Cornwall

Das Buch

Urlaub in Cornwall – das ist leichter gesagt als getan! Zumindest, wenn man nicht allein reisen will. Denn niemand aus Juna Flemings Freundeskreis hat Lust auf Abenteuer à la Rosamunde Pilcher. Doch Juna lässt sich nicht von ihrem Traum abbringen – und landet schließlich in einer Reisegruppe, bei der sie mit Abstand die Jüngste ist. So hatte sie sich das zwar nicht vorgestellt, aber die Rentnertruppe stellt sich als äußerst unternehmungslustig heraus. Da wird schon mal der Reisebus entführt, fremde Schafherden umgetrieben und auch mit dem Alkohol nicht gegeizt. Vor allem schließt Juna ihre Sitznachbarin Käthe ins Herz. Und irgendwie auch deren Enkel Mads, mit dem sie regelmäßig für Käthe über deren Handy telefonieren muss ...

Die Autorin

Stephanie Linnhe wuchs im nördlichen Ruhrgebiet auf. Nach dem Publizistikstudium ging sie für ein Jahr nach Australien und arbeitete als Story Writer sowie als Tourguide mit Schwerpunkt in Sydney. Zurück in Europa, führten Projekte sie in die Schweiz und nach England. Seit 2008 arbeitet sie in Karlsruhe als Redakteurin, mischt hin und wieder bei Filmdokumentationen mit und versucht, das alles mit ihrer permanenten Reisewut zu vereinbaren.

Von Stephanie Linnhe sind in unserem Hause bereits erschienen:

Herz aus Grün und Silber
Cornwall mit Käthe

STEPHANIE LINNHE

Cornwall mit Käthe

Roman

List Taschenbuch

Besuchen Sie uns im Internet:
www.list-taschenbuch.de

Originalausgabe im List Taschenbuch
List ist ein Verlag der Ullstein Buchverlage GmbH, Berlin.
1. Auflage Juni 2016
© Ullstein Buchverlage GmbH, Berlin 2016
Umschlaggestaltung: bürosüd° GmbH, München
Titelabbildung: © bürosüd° GmbH, München
Satz: Pinkuin Satz und Datentechnik, Berlin
Gesetzt aus der Kepler
Druck und Bindearbeiten: CPI books GmbH, Leck
Printed in Germany
ISBN 978-3-548-61275-1

*Wer andere besucht, soll seine Augen öffnen
und nicht den Mund.*

(Afrikanisches Sprichwort)

1

Frauen können vieles gleichzeitig: morgens im Bad auf dem Klo hocken, Zähne putzen und dabei nachschauen, wer was getwittert hat, funktioniert schon seit langem einwandfrei. Auch Schminken auf dem Beifahrersitz ist nach vielen Tränen und der Angst, sich die Pupille blutig zu stechen, irgendwann kein Problem mehr. Das Gespür für die nächste Bodenwelle stellt sich irgendwann ein.

Daran, vor einem Café nach einem Mann Ausschau zu halten, den ich noch nie zuvor gesehen hatte, und gleichzeitig meinen Slip zurechtzuzupfen, scheiterte ich jedoch kläglich. Ich knickte dabei um und zog die Aufmerksamkeit zweier wollbemützter Typen auf mich. Sie schoben Fahrräder, an denen so viele vollbepackte Plastiktüten baumelten, dass es sich um ihren gesamten Hausstand handeln musste.

»Kneift's?«, fragte der eine, grinste breit und hielt mir seine Hand entgegen, wobei er Daumen und Zeigefinger mehrmals zusammenpresste. Er trug wie sein Kollege fingerlose Handschuhe und mindestens drei langärmelige Oberteile.

Wir hatten September, und es herrschten beinahe dreißig Grad.

Beide brachen in Gelächter aus. Ich reckte das Kinn und verstärkte den Griff um meine Handtasche, wenn ich schon meine Würde verloren hatte. Vor Scham schwitzte ich und dachte mit Schrecken an mein neues Deo. Zwar versprach es einen Rundumschutz, aber vielleicht versagte es ebenso wie diese teure Unterwäsche, die alles war, nur nicht elastisch.

Ich hätte nicht auf Gabs hören sollen, als ich mich auf meine Verabredung vorbereitete. Immerhin war es kein Date, sondern lediglich ein Treffen mit einem potentiellen Reisepartner. Eine Art Meeting quasi. Trotzdem war ich im Vorfeld nervös geworden, und wie immer machte ich dann fast alles, was Gabs mir riet. Leider gab sie mir oft seltsame Ratschläge, seitdem sie mit Onkel Olli von diesem Schweigeseminar an der Ostsee zurückgekehrt war. Ich konnte mir noch immer nicht vorstellen, was sie dort eine Woche lang getrieben hatte – geschwiegen ganz sicher nicht, das hätte ihr Körper wie eine Krankheit bekämpft –, aber meine beste Freundin war auf schräge Weise verändert. Das begann bei ihren Klamotten (sie ergänzte ihre durchaus sexy-provokativen Outfits nun mit Walle-Walle-Schals oder Accessoires mit Ethno-Touch) und endete bei diesem geheimnisvollen Lächeln, mit dem sie Lebensweisheiten von sich gab, die ich eher aus dem Mund einer hundertjährigen Zigeunerin erwarten würde.

Weil sie sich weigerte, etwas über diese ominösen sieben Tage auf Usedom zu verraten, war ich überzeugt, dass ›Schweigeseminar‹ bedeutete, nicht über die seltsamen Dinge reden zu dürfen, die man dort gelernt hatte. Die Anbietergurus solcher Workshops sicherten sich so wahrscheinlich ab, und niemand konnte weitertragen, dass ihre Angebote nichts weiter als Humbug waren. Oder eine geheime Sektenversammlung. Oder eine Dauerorgie – wobei ich Letzteres ausschließen konnte, weil Gabs es sonst niemals mit meinem Patenonkel dort ausgehalten hätte. Olli war nicht nur zwanzig Jahre älter und zehn Zentimeter kleiner als sie, sondern einfach nicht ihr Typ. Alles, was die beiden derzeit verband, war die Welt der Meditation und Meridiane.

Wie auch immer, laut meiner besten Freundin waren die eigenen Sinne die Faktoren dafür, ob die Umwelt uns akzeptierte oder nicht. Mit anderen Worten: Wer sich rundum gut und wertvoll fühlte und offen war für alles, musste nur noch die Hände aufhalten und auf seine Belohnungen warten. »Verwöhne deinen Körper und deine Sinne«, hatte sie mir ins Ohr gebrüllt und mich anschließend gezwungen, mir ein neues Dessous-Set für mein Treffen mit Sven zu kaufen. Leider hatte ich wenig Zeit gehabt und es nur bis ins nächste Kaufhaus geschafft. Die Kollektion ›Zitronengelbes Mousse‹ war im Angebot gewesen, doch leider fühlte es sich nicht so leicht und locker an, wie der Name versprach. Die BH-Träger gruben sich in meine Haut, und der Slip setzte alles daran, um als String getragen zu werden, hatte dafür aber leider zu viel Stoff und drückte an Stellen, wo er nicht drücken sollte.

Ich wollte warten, bis die beiden Tippelbrüder mit ihren Rädern um die Ecke gebogen waren. Leider verfügten die Jungs über einen siebten Sinn, denn sie blieben stehen und starrten mit unverhohlener Vorfreude auf mein Hinterteil. Ich fluchte leise und ging weiter, wobei ich stärker als üblich die Hüften schwang in der Hoffnung, dass diese Bewegung zumindest einen Teil des Problems lösen würde. Ein langgezogener Pfiff begleitete mich, als ich in die Sicherheit des Café Rossi flüchtete.

Seltsamerweise wurde er nicht leiser, obwohl ich die Tür hinter mir zuzerrte. Ich gefror in der Bewegung und starrte bestürzt auf den Tisch vor mir, von wo mir fünf Jugendliche, ausnahmslos männlich, zuwinkten. Zwei hoben ihre Daumen, ein dritter schaffte es, so eindrucksvoll seine Hüften zu wiegen, dass sein Stuhl über den Boden schabte. Sie mussten mich ebenfalls beobachtet haben. Ich spürte, wie meine Wangen endgültig aufflammten, und setzte meine Flucht in den Innenraum des Rossi fort.

Dort blieb ich stehen, wagte es, einen Blick über meine Schulter zu werfen, und lobpreiste die kurzen Aufmerksamkeitsspannen der Jugend: Meine Fans am Eingang schienen mich bereits wieder vergessen zu haben und starrten auf ihre Handys. Nun war es leider zu spät, um die Funktionalität des Deos zu überprüfen oder meine Wäsche zu richten. Oder das Notizbuch hervorzuziehen, um ein letztes Mal durchzugehen, was ich über Sven notiert hatte. Ich überlegte, kurz auf der Toilette zu verschwinden, doch nachher beobachtete Sven mich bereits und glaubte, dass ich zu den nervösen Zeitgenossinnen zählte. Oder, noch schlimmer, zu denen mit schwacher Blase. Und wer will schon mit jemandem in den Urlaub fahren, der an jeder Tankstelle anhalten muss?

Nein, mein Date-Meeting begann genau ... jetzt. Nun galt es, nicht allzu offensichtlich nach dem Menschen Ausschau zu halten, mit dem ich in der letzten Woche drei kurze Mails gewechselt hatte.

Ich werde keine rote Rose dabeihaben, aber ich könnte dir anbieten, ein rotes Hemd zu tragen.

Zudem wusste ich, dass er kurzes, braunes Haar hatte und noch eine Weile auf seine Sportlerfigur hinarbeiten musste. Zumindest hatte er es so umschrieben und gleich drei Smileys dahinter gesetzt. Mir sollte es recht sein. »Es ist sogar von Vorteil, wenn er nicht gerade dürr und ein Schwächling ist! Er kann deinen Koffer tragen!«, hörte ich Gabs' Dominastimme in meinem Kopf und zuckte so heftig zusammen, dass die Kellnerin neben mir beinahe ihr Tablett fallen ließ. Sie sah mich ungehalten an und deutete auf einen leeren Tisch mit zwei Stühlen. Um Erklärungen zu vermeiden und den Frieden zu wahren, nickte ich und ging wenige Schritte in die angewiesene Richtung, bis die Frau mich nicht mehr beachtete.

Ich hatte es nicht geschafft, Gabs klarzumachen, dass ich meinen Koffer allein tragen wollte.

»Papperlapapp. Männer geben es nicht zu, aber sie freuen sich darüber, etwas tragen zu können, was uns Frauen zu schwer ist«, hatte sie erklärt. »Möglicherweise, weil sie das Gentleman-Gen mitbekommen haben, aber das ist leider nur in den seltensten Fällen so. Meist wollen sie einfach zeigen, wie stark sie sind, oder hoffen, dich ins Bett zu bekommen, wenn sie um dich herumscharwenzeln. Wie auch immer, es spricht die Urinstinkte an, weißt du? Evolution und so. Rollenverteilung.«

Gabs besaß Koffer in den unterschiedlichsten Ausführungen und machte sich stets gewissenhaft Notizen über die Pros und Kontras ihrer Zufallsbekanntschaften. Ob sie sich ebenso viele Notizen im Schulunterricht gemacht hatte, als die Evolution besprochen wurde, wagte ich zu bezweifeln. Dabei war sie nicht dumm. Sie hatte einfach nur ihre eigene Vorstellung darüber, welches Wissen ihr nutzte und welches nicht.

Ich verdrängte die Koffertheorie aus meinen Gedanken und sah mich um. Der Einfachheit halber hatte ich Sven ein Foto von mir gemailt, aber auch er machte es mir leicht. Sein Hemd war von grellstem Ferrarirot, und er musste mich bereits beobachtet haben, denn er winkte mir augenblicklich zu. O Gott. Hoffentlich hatte er nicht gesehen, wie ich ins Rossi gewackelt war, oder noch besser, mir auf der Straße selbst den Po getätschelt hatte, während ich auf einem Bein stand.

»Augen zu und durch«, murmelte ich in bester Selbstmotivierungsmanier.

»Wie bitte?«, antwortete es neben mir. Ich fuhr herum und sah mich der Kellnerin von vorhin gegenüber. An ihrem Hals pochte eine Ader, und das viel zu schnell für meinen Geschmack.

»Ich nehme einen Latte macchiato«, platzte ich heraus. »Und ich sitze dahinten.« Ich deutete auf Sven, der auch noch einmal winkte und nun sogar aufstand. Okay, auf seine Sportlerfigur musste er noch etwas länger als eine Weile hinarbeiten, aber immerhin zählte die gute Absicht.

Ich hielt auf ihn zu, eine Jungfrau in Nöten auf der Flucht vor der resoluten Schankmaid, bereit, sich in die Arme des unbekannten Retters zu stürzen, der durchaus auch ein Massenmörder sein konnte. Dabei war das Unbekannte alles andere als mein Freund. Ich mochte es nicht und ging ihm aus dem Weg, wann immer ich konnte. Eine Urlaubsreise mit einem Fremden zu planen, löste bei mir ungefähr denselben Adrenalinschub aus wie bei anderen ein Bungeesprung. So weit war es bereits gekommen, wenn man einfach nur ein paar entspannende Tage außer Landes verbringen wollte! Das Leben war seltsam. In diesem Moment stellte ich mir vor, wie es groß und gehässig über mir hockte und mir mit einer Nadel wieder und wieder in den Po pikte.

Mit diesen Gedanken trat ich an Svens Tisch und streckte eine Hand aus. Ich musste positiv denken. Alles war in Ordnung. »Hallo, Sven? Ich bin Juna.«

Er griff beherzt zu und schüttelte sie energisch, musterte dabei aber leider erst meinen Körper, dann etwas intensiver bestimmte Teile davon und zuletzt mein Gesicht. Ich versuchte, diesen Minuspunkt zu verdrängen, und zog einen Stuhl heran. An meinem Outfit konnte es nicht liegen, denn es war leicht, aber sachlich und unaufdringlich, so wie ich es am liebsten hatte: eine gerade geschnittene, marineblaue Hose und dazu eine Jacke, die zwar etwas tailliert war, aber lang genug. Mein Shirt zeigte weder Anzeichen von Dekolleté noch von Zitronenmousse. Svens spezielle Aufmerksamkeit fühlte sich seltsam an, und am liebsten hätte ich mich geschüttelt oder etwas vor mich gehalten. Ich war es nicht gewohnt, von Kerlen angestarrt oder – noch schlimmer! – mit Blicken ausgezogen zu werden, und ich war heilfroh darüber. Vielleicht war das der Effekt, von dem Gabs gesprochen hatte, und Sven erahnte meine neue Unterwäsche. Plötzlich musste ich ihn mir schnüffelnd vorstellen, mit einem Fässchen Alkohol um den Hals, und verdrängte diese Gedanken energisch. Nein, sein Fässchen saß eindeutig knapp über dem Gürtel und wurde in diesem Moment wieder hinter den Tisch gedrückt, da Sven sich setzte.

»Schön, dass du kommst«, sagte er. »Hatte ich nicht mit gerechnet.«

Ich blinzelte und lächelte zugleich. »Natürlich, warum sollte ich nicht kommen?«

Immerhin hatte ich dieses Treffen ausgemacht und sogar noch einmal per Mail bestätigt, da war es doch selbstverständlich, dass ich erscheinen würde. Wenn etwas Wichtiges dazwischengekommen wäre, hätte ich abgesagt, mit Lesebestätigung, um sicherzugehen, dass der andere die Nachricht wirklich bekommen hatte. Aber an Wichtigem gab es momentan nur meine Arbeit und vielleicht das Liebesleben meiner Schwester Finja, und an beiden Fronten war es verhältnismäßig ruhig.

Sven wedelte mit der Hand. »Ach, nur so.«

Das Wedeln veranlasste die Bedienung, die soeben meinen Latte bringen wollte, dazu, auf der Stelle stehen zu bleiben. Sie sah nicht erfreut aus, machte auf dem Absatz kehrt und nahm mein Getränk mit. Ich seufzte und entschied, das Rossi in der nächsten Zeit zu meiden, bis die Dame mein Gesicht vergessen hatte. Sehnsüchtig starrte ich auf Svens dampfende Tasse.

Er nahm sie und lehnte sich damit zurück. Ich unterdrückte den Drang, mich kleiner zu machen, als ich war. Sven hatte diesen Chirurgenblick, der einen auch ohne Skalpell sezierte.

Rasch griff ich nach der Getränkekarte, riss sie vor meine Brust und drehte sie in meinen Händen. »Schön dass es geklappt hat! Reden wir doch gleich über den Urlaub. Ich mache so etwas sonst nicht, ich meine mit fremden Leuten wegfahren, aber es haben sich gewisse ... Umstände ergeben, und ich möchte nicht allein reisen.« Ich machte eine Pause. Als er schwieg, schob ich eine Frage hinterher. »Also, Sven. Wieso ausgerechnet Cornwall?«

Es hatte mich gewundert, dass die erste Antwort auf meine Anzeige von einem Mann gekommen war. Immerhin galt die südenglische Region durch eine gewisse literarische Berühmtheit als hoffnungslos romantisiert und war daher gerade beim anderen Geschlecht oft verschrien. An die Reaktionen meiner männlichen Bekannten auf die Frage, ob sie Lust auf einen Trip nach Cornwall hätten, erinnerte ich mich nur zu gut: Matthias hatte theatralisch seine Hände in die Luft geworfen und etwas zitiert, das wie eine Mischung aus liebestollem Shakespeare und einem Hund klang, dem man auf die Pfoten getreten war. Gunnar hatte sich auf den Brustkorb geschlagen und war zu Boden gesunken (wobei er sich den Kopf an einer Tischkante angestoßen hatte und im Krankenhaus genäht werden musste), und Jochen hatte einfach nur einen Finger in den Hals gesteckt.

Sven dagegen nahm einen Schluck und grinste. Er hob dabei nur einen Mundwinkel, was bei manchen Leuten sehr lieb aussehen konnte, aber seinem Sezierblick das Krönchen aufsetzte. Seine Augen kamen mir sehr dunkel vor, vielleicht lag das aber auch an der Beleuchtung oder daran, dass die Aura der Kellnerin sich düster über unserem Tisch ausbreitete, um mich aus ihrem Revier zu treiben. Gabs würde bei der Aura-Erklärung in Freudentränen ausbrechen, weil ich mich endlich für Neues öffnete. Aber was brachte mir das? Ich saß hier mit Sven und versuchte, den Dreck unter seinen Fingernägeln zu ignorieren. Allmählich fragte ich mich, ob das mit der Reisepartnersuche wirklich eine gute Idee gewesen war. Aber nachdem Tante Beate mir schon seit Jahren regelmäßig Urlaubskarten aus Cornwall schickte, auf denen sie glühende Begeisterungshymnen verfasste und so mein Interesse quasi hochgezüchtet hatte, wollte ich mir die Gegend unbedingt selbst ansehen. Dumm war nur, dass es niemanden gab, der Interesse und noch nichts anderes gebucht hatte. Miriam hatte zunächst zu-, dann aber letzte Woche abgesagt, weil sie ihr Kind mit gebrochenem Arm nicht tagelang bei den Großeltern lassen wollte. Leider fand ich aus Zeitgründen keine akzeptable Möglichkeit, mit öffentlichen Verkehrsmitteln durch Cornwall zu reisen. Selbst fahren kam nicht in Frage – ich hatte zuletzt vor über zehn Jahren am Steuer eines Autos gesessen und war schon damals eine sehr unsichere Fahrerin gewesen. Im heimatlichen Rechtsverkehr. Wenn das Ganze sich nun auch noch spiegelverkehrt abspielte, wollte ich gar nicht wissen, welchen Verkehrsgegner ich als Erstes in den Graben schickte. Ich brauchte also Hilfe, um auf den Spuren von König Artus zu wandeln oder beim Cream Tea zu entspannen. Immerhin wollte ich Cornwall besuchen und nicht die Krankenhäuser dort. Zudem hatte mir die Bevölkerung nichts getan und sollte am Leben bleiben.

Es war Gabs, die zuerst mit der Idee einer Onlinereisebörse angekommen war. »Es gibt Börsen für alles«, hatte sie mir im Brustton der Überzeugung mitgeteilt und begeistert auf ihrer Tastatur gehämmert, während ich noch überlegte, welches Argument am besten ›Nein, auf gar keinen Fall‹ verdeutlichen würde. »Leute suchen sich Hundesitter, Eltern suchen Altenheimbewohner, die ihre Kinder mit weniger Süßigkeiten vollstopfen als die echten Omas und Opas, und es gibt sogar eine Seite für Menschen, die sich gern anbrüllen lassen. Irre, oder? Ich hab mir sofort ein Profil gemacht. Überleg mal, du bist echt wütend – ein Klick, und ...«

Ab diesem Punkt hatte ich nur noch halbherzig zugehört, um einen Termin für das nächste Großmeeting anzusetzen. Ein Fehler, wie ich mittlerweile wusste, denn so konnte Gabs meine verminderte Aufmerksamkeit für ihre Zwecke nutzen, was sie ebenso begeistert wie enthusiastisch getan hatte. Kurz darauf besaß ich ein Profil auf www.zusammenindenurlaub.de und fand das nach weiteren Überzeugungsversuchen gar nicht so verkehrt. Und während Gabs ihre spirituellen Gedanken ausnahmsweise beiseiteschob und nach Männern suchte, die sich auf ein paar kräftige Maulschellen von ihr freuten, fand ich Sven.

»Juna?«

»Ja?« Ich wollte lächeln und merkte, dass ich das bereits die ganze Zeit über getan hatte.

Sven nahm einen weiteren Schluck aus seiner Tasse. Ein dunkler Rand blieb auf seiner Oberlippe zurück, den er mit der Zungenspitze verteilte.

»Ich fand deine Anzeige nett«, sagte er.

Oh. Streng genommen hatte er meine Frage nach seinem Reisegrund damit nicht beantwortet, also starrte ich auf den Kakaobart und versuchte es noch einmal. Immerhin kannte ich das von der Arbeit: Wenn man ein Projekt managen wollte, musste man den einzelnen Fachabteilungen so lange freundlich auf die Füße treten, bis sie vorgaben, zu telefonieren, sobald sie einen bemerkten. Sobald Sven also ein Telefon aus der Tasche zog, war es Zeit, eine Pause einzulegen.

Noch war es nicht so weit. »Was interessiert dich denn dort besonders?«

Er zuckte die Schultern. »Och. Die Landschaft. Und das Meer. Die Leute.«

»Hm, hm«, stimmte ich zu. Er ging offenbar nicht gern ins Detail.

Wir schwiegen. Sven überbrückte die Stille, indem er geräuschvoll den letzten Rest Kakao aus seiner Tasse schlürfte. Ich spielte mit der Karte, sah mich um und entfernte ein paar imaginäre Fusseln von meiner Hose. Diese unbeholfene Art der Stille mochte ich nicht. In Gedanken verkürzte ich meine Reisedauer, falls ich das Abenteuer wirklich mit ihm wagen sollte. Und ich würde eine große Portion Kakao mitnehmen. So war er immerhin beschäftigt, und ich konnte mir die Gegend anschauen.

»Ich habe dir ja bereits geschrieben, dass ich ... na ja, sagen wir, ich möchte bei dem Linksverkehr nicht fahren«, sprach ich den nächsten Punkt auf meiner Liste an.

Endlich blitzte es in Svens Augen auf, und ich atmete tief durch. Vielleicht hatte er ebenso Anlaufschwierigkeiten wie ich, wenn es um Gespräche mit Fremden ging. Hätte ich das Treffen nicht in Gedanken unzählige Male zuvor geprobt, alle wichtigen Punkte notiert und sie auswendig gelernt, wäre ich nun weitaus stiller.

Die Tasse wurde mit dem Schwung männlicher Entschlossenheit auf den Tisch geschmettert. »Kein Problem«, sagte Sven, beugte sich vor und spreizte die Finger einer Hand ab. »Mein erster Wagen war ein VW Polo, danach hatte ich einen Honda Civic, dann schon einen BMW Alpina. Zwischendurch kurz einen Jeep, nun fahre ich Mercedes.«

Ich nickte bei jeder Marke interessiert.

»Das Fahren ist also überhaupt kein Problem«, beendete

Sven seine Tirade, knibbelte an den nun getrockneten Kakaoresten über der Lippe, entdeckte ein verirrtes Barthaar und zog daran.

Ich schaute weg. »Super. Ich bin eine ganz gute Kartenleserin.«

Seine Bewegungen wurden langsamer, und ich merkte, wie ich in einem riesigen Fettnapf zu ertrinken drohte. Karten lesen kam heutzutage wahrscheinlich Kassetten hören gleich. Aber hey, ich hatte gesagt, dass mein letztes Mal am Steuer schon sehr lange her war!

»Ich habe mir bisher nur grobe Gedanken über die Route gemacht«, redete ich hastig weiter. »Sicherlich willst du auch bestimmte Orte besichtigen, und ...«

Er schnitt mir mit einem weiteren Wedeln das Wort ab. »Weißt du«, er lehnte sich zurück und verschränkte die Hände hinter dem Kopf. Ein Teil seines rotbespannten Bauches lugte über den Tisch und erinnerte mich an ein Kind, das Verstecken spielte. Ich musste mich zusammenreißen, um ihm nicht zuzublinzeln. »Mir geht es nicht so sehr um die Gegend. Ich will einfach in meinem Urlaub mal was Neues sehen und ein wenig nette Gesellschaft genießen.«

Ich hielt mein in langen Meetings antrainiertes Lächeln und versuchte, das Ganze positiv zu sehen. Sven war einfach ein sehr offener Mensch und bereit, sich den Empfehlungen anderer anzuvertrauen. Neue Eindrücke zu sammeln, ohne sich vorher eine Meinung gebildet zu haben. Das war doch gut, oder?

Nachhaken, Juna, immer nachhaken, und dabei alles protokollieren. Es kam oft vor, dass Gesprächsteilnehmer sich nicht mehr an getroffene Absprachen erinnerten, gerade wenn sie nervös waren. Sven wirkte zwar nicht so, aber vielleicht verbarg er es auch nur gut. Der Kakao könnte ein Indiz sein – Schokolade beruhigte ja bekanntlich die Nerven.

Ich nickte, um ihm zu zeigen, dass ich mich über seine Antwort freue, und kramte meinen Notizblock samt Stift aus der Handtasche. »Okay ich notiere einfach mal alles. Reiseroute: Lege ich fest.« Ich schlug das Buch auf, notierte den Punkt, setzte ein schwungvolles Häkchen dahinter und strahlte ihn an.

Er bekam es nicht mit, weil er in seine Tasse starrte. In seinen Augen schimmerte ein Hauch von Bedauern. Ich schob es auf den Kakao und blickte mich nach der Kellnerin um. Sie mied unseren Tisch wie ich in Zukunft den Laden, der diese schreckliche Unterwäsche anbot, die mich noch immer malträtierte. »Dann zu der Frage, wie wir anreisen wollen: mit dem Auto direkt von Deutschland aus und über die Fähre von Calais nach Dover? Wir könnten auch nach London fliegen und uns dort einen Mietwagen nehmen.«

»Nee nee, wir fahren schon mit meinem Schätzchen«, sagte er und tätschelte zu meiner Verwirrung seinen Bauch. Immerhin flutete Enthusiasmus seine Worte, und man musste kein Hellseher sein, um zu erkennen, welches Thema Sven immer aus der Reserve locken würde, sollten wir uns im Urlaub unangenehm lang anschweigen. Natürlich, gerade das, in dem ich nicht einmal eine angelaufene Bronzemedaille holen würde. Aber egal, Information war Information, und je mehr ich über meinen zukünftigen Reisepartner wusste, desto besser konnte ich planen. Ihn bei Laune halten. Dafür sorgen, dass kein Streit aufkam und den Urlaub verdüsterte. Ich entschied, das Thema ›Auto‹ als Trumpf im Ärmel zu behalten. Sollte Sven doch irgendwann die Nase voll haben und grummeln, dass er keine romantischen Felsküsten oder Herrenhäuser mehr sehen wollte, konnten wir noch immer einen Zwischenstopp auf einer Autoshow oder dergleichen einlegen. Moment, gab es so etwas dort überhaupt? Hastig schrieb ich ›Autoshow‹ auf meine Liste und schmierte dabei absichtlich ein wenig, falls Sven auf die Idee kam, mitlesen zu wollen.

»Super, das erleichtert natürlich die Planung. Das Spritgeld und andere Ausgaben rund um den Wagen teilen wir uns natürlich.« Damit würde ich mir schon kein Eigentor schießen – so stolz wie Sven vorhin seine Exfahrzeuge aufgezählt hatte, war er sicher niemand, der eine Schrottkarre fuhr.

Er nickte. Etwas an der Art, wie sein Blick durch den Raum huschte, machte mich stutzig. Wirkte er etwa ungeduldig? Selbst der Röntgenblick hatte nachgelassen. Vielleicht ermüdete ihn die Farbe seines Hemdes. Mir zumindest fiel es schwer, mich von dem Signalrot nicht permanent ablenken zu lassen, und ich war in der Regel hochkonzentriert, wenn es darauf ankam.

»Dann haben wir ja schon die meisten grundlegenden Fragen geklärt«, sagte ich. »Wir müssten uns noch einigen, wie wir übernachten wollen. Die Möglichkeiten sind ja zahlreich.«

Sein Gesicht erhellte sich, er stützte die Unterarme auf und lehnte sich über den Tisch. »Genau darüber wollte ich auch reden.«

»Wunderbar.« Mein Stift beschrieb kleine Kreise in der Luft, bereit, die notwendigen Notizen zu machen. »An was hast du gedacht – Hotels? Bed & Breakfast? Ich habe gehört, das wäre die schönste Art, die Region kennenzulernen. Es gibt Unmengen davon in allen möglichen Preisklassen. Und so bekommt man einen kleinen Einblick, wie die Menschen dort wohnen. Ich muss gestehen, dass ich kein großer Fan von Jugendherbergen bin. Und Camping …« Ich schüttelte mich, um ihm zu zeigen, was ich davon hielt. Mein Stuhl wackelte. Der Herr am Nebentisch blickte mich erstaunt an und warf einen nachdenklichen Blick in Richtung der Heizung.

Auch Sven wirkte perplex. Ich hätte ihm vielleicht vorher sagen sollen, dass ich wirklich kälteempfindlich war. Aber um solche Dinge zur Sprache zu bringen, waren wir ja schließlich hier. »O nein. Du bist Camper, oder?«, hakte ich voll dumpfer Vorahnung nach.

Er blinzelte und runzelte die Stirn. »Nein, auf gar keinen Fall. Ich meine, falls du auf Zelte stehst, können wir uns da sicher einig werden. Aber alles andere ist mir ziemlich egal.«

Ich zögerte. Es war eine Sache, offen und tolerant zu sein, aber eine andere, nicht den Hauch einer Meinung zu haben, wenn weder Auspuff noch Vergaser im Spiel waren. Toleranz und Offenheit hin und her, aber etwas Variation bei den Gesprächsthemen wünschte ich mir schon. »Gibt es eine Preisspanne, in der du dich bewegen möchtest, wenn es um die Übernachtung geht?«, versuchte ich es noch einmal. Und starrte perplex auf Svens Hand, die sich plötzlich auf meiner befand. Sie war schwer, warm und feucht. »Ich will nicht gerade das teuerste Hotel dahinten in Wales«, sagte er und grinste wieder. »Aber ansonsten überlasse ich dir die Auswahl. Du wirst schon ein geeignetes Bettchen für uns finden.«

Meine Augen begannen zu schmerzen, und ich begriff, dass ich sie weit, weit aufgerissen hatte. Mein Hirn sammelte hastig Eindrücke, versuchte, sie zusammenzusetzen – und meckerte mich an, nachdem es die Aufgabe erfolgreich hinter sich gebracht hatte. Warum hatte ich nicht eher begriffen, was hier vor sich ging?

Svens Hand auf meiner. Sein komisches Grinsen. Das absolute Desinteresse an Cornwall. Wales, wirklich?

»Es tut mir leid, aber ich verstehe nicht ganz, was du meinst«, gab ich ihm eine letzte Chance. Jeder hatte eine verdient, sogar der dürre Lieferant, der vor meiner Haustür hastig die Salamischeiben von meiner ›Pizza Speciale ohne Salami‹

gepflückt und dabei nicht bemerkt hatte, dass ich einen Türspion besaß.

Sven ließ seine Hand, wo sie war. »Na komm«, sagte er und blickte sich um, als würde er mir etwas Geheimes mitteilen wollen. »Hier hört doch niemand zu.«

Der Herr neben uns lehnte sich interessiert in unsere Richtung.

»Wir sind beide erwachsen und können solche Dinge ruhig offen besprechen«, fuhr Sven fort. »Also, solange wir ein Doppelbett mieten, bin ich dabei. Zu zweit in einem schmalen Ding schlafen würde ich ungern. Außerdem weiß ich ja nicht, wie viel Platz du *dabei* brauchst.« Er betonte es, indem er mir wild zuzwinkerte. Ein sehr leises, schmatzendes Geräusch ertönte.

»Ich ... was?« Ich konnte einfach nicht anders, als vollkommen perplex zu sein. Obwohl ich genau verstand, was Ferrari-Sven mir mitteilte, konnte ich es einfach nicht glauben – die typische Reaktion von Menschen, die in eine Situation gerieten, die zu weit von ihrem Normleben abwich. Wäre ich damals länger mit Mirko zusammengeblieben, der heute mit Vorliebe durch Swingerclubs zog und davon träumte, Frauen die Köpfe kahl zu rasieren und sie an seinem Fußende schlafen zu lassen, hätte ich wahrscheinlich mit einem lockeren Kommentar kontern können. So aber blieb mir nur der Bügel meiner Handtasche, an dem ich mich festklammern konnte, da Sven mich endlich losließ.

Seine Finger malten kleine, lüsterne Kreise auf die Tischplatte. »Also, Juna, reden wir nicht mehr länger drum herum. Warum sonst hättest du die Anzeige schalten sollen, wenn du nicht darauf aus bist?« Er ließ eine Hand unter den Tisch gleiten und bewegte sie. Ich musste nicht mehr hinschauen, um zu wissen, was er da bearbeitete.

Das reichte. Sven würde niemals auch nur den winzigsten

Koffer für mich tragen, und er würde sich auch keinen Cream Tea mit mir teilen, ohne zu erzählen, was man mit der Cream noch alles anstellen könnte. Gabs würde ihm nun den Kakao über die Weichteile gießen, aber zum einen war der Kakao leer, und zum anderen machte der Herr am Nebentisch bereits seine Tischnachbarin auf uns aufmerksam. Ich entschied, ausnahmsweise auf jedwede Höflichkeit zu verzichten, packte mein Notizbuch, stand auf und machte irgendetwas mit meinem Gesicht, das entweder eine Grimasse oder ein Lächeln war.

»Das hat sich dann leider erledigt. Einen schönen Tag noch.«

Mein Slip erinnerte mich daran, dass allzu hastiges Aufstehen keine gute Idee war, doch ich ignorierte es ebenso wie Svens perplexes Gesicht oder die Tatsache, dass ich meinen Kuli auf dem Tisch liegen gelassen hatte. Er war ein Geschenk von Tante Beate, blau und mit ›Cornwall, Südengland‹-Aufdruck. Vielleicht warf Sven ja noch einen Blick darauf und lernte Geographie fürs Leben, dann hatte dieses Treffen noch etwas Gutes.

Mit energischen Schritten lief ich los. Der Herr am Nebentisch reckte mir einen Daumen entgegen. Kurz vor dem Eingang kreuzte die Kellnerin meinen Weg, ein schmales, milchschaumgekröntes Glas in den Händen. »Einen Macchiato«, sagte sie streng. Ich stöhnte innerlich. Sie hatte mich also nicht durch Ignoranz, sondern einfach nur ausgiebiges Trödeln strafen wollen.

Ich deutete über meine Schulter. »Für den Herrn im roten Hemd.« Dann flüchtete ich.

2

»Du willst all deine Reisepläne über Bord werfen, nur weil ein spätpubertäres Bürschchen im Café in deiner Gegenwart an sich herumgespielt hat?« Gabs' Hände beschrieben theatralische Bögen in der Luft. Hektisch versuchte ich ihr klarzumachen, dass sie leiser reden sollte. Manchmal brachte mein Instinkt mich eben einfach dazu weiterzukämpfen, obwohl ich längst wusste, dass ich auf verlorenem Posten stand. So wie jetzt. Gabs würde niemals einsehen, dass dieses Thema nicht für die Öffentlichkeit bestimmt war, dazu war es in ihren Augen viel zu interessant. Und da sie nun einmal war, wie sie war, konnte sie wahrscheinlich ihre Stimme nicht senken, selbst wenn sie es gewollt hätte. »Juna! Das ist nun nicht dein Ernst. Natürlich solltest du dieses Erdkunde-Ass von deiner Liste streichen, aber dafür nicht gleich alles abblasen. Denk immer daran: Die Pferde der Hoffnung galoppieren, doch die Esel der Erfahrung gehen im Schritt. Aber sie gehen. Sie bleiben doch nicht stehen!«

»Worum geht's?« Stan rollte auf seinem Stuhl an unserem Raum vorbei und warf uns interessierte Blicke zu. Die Tatsache, dass er eine knallrote Hose trug und auch sonst die Bürozicke war, der man besser nichts anvertraute, verlieh mir die Kraft aufzustehen. »Um Esel«, sagte ich und schloss die Tür.

Stan verfolgte meine Bewegungen mit vorwurfsvollen Blicken durch die Glasfronten von Brille und Sichtfenster.

Ich ließ mich wieder auf meinen Stuhl fallen, richtete meinen Monitor neu aus und starrte auf den Projektreport der Regalmodelle für die kommende Saison. Ich wollte und würde nun in meinen Arbeitsmodus fallen, egal, mit wie vielen Fingern Gabs sich an die Stirn tippte.

Ich öffnete die erste Seite und vertiefte mich in Möbelbeschreibungen. So schlimm war es nicht, dass meine Pläne ins Wasser gefallen waren. Ich würde den Urlaub einfach stornieren und mich in den kommenden Wochen mehr denn je um die neue Designsaison kümmern. Dabei würde ich alles tun, um mich wohl zu fühlen: täglich meinen Schreibtisch aufräumen (was Gabs zur Weißglut brachte, die lieber hinter Papierstapeln und leeren Kaffeetassen thronte und mich hin und wieder ›Minimonk‹ nannte, wenn ich die Pflanzen auf der Fensterbank nach der Größe ordnete) und alte Baumwollunterwäsche tragen, die sich weich an meine Haut schmiegte. So wie heute. Ich wackelte auf meinem Stuhl hin und her und triumphierte – nichts kniff, scheuerte oder zog sich zusammen. Die Bündchen meines Slips waren leicht ausgeleiert und verschafften mir den Eindruck, abgenommen zu haben. Es fühlte sich großartig an. Um es mit anderen Worten zu sagen: Ich verwöhnte meinen Körper gerade ganz enorm.

Positiv denken, das war meine Zusatzaufgabe für heute. Ich musste mich ablenken von der Tatsache, dass ich, eine achtundzwanzigjährige, berufstätige und selbständige Frau, nicht in der Lage war, einen Teil des Landes zu besuchen, das quasi um die Ecke lag. Dies war eine der seltenen Situationen, in denen sich rächte, dass ich seit meiner Führerscheinprüfung vor zehn Jahren erst zweimal am Steuer gesessen und alles komplett verlernt hatte. Aber nachdem sich die Fußmatte unter dem Gaspedal verhakte, ich wild schreiend mit 120 Sachen durch die Innenstadt gedonnert war und mir vor lauter Panik nicht mehr einfiel, was außer der Bremse oder einem sehr, sehr großen LKW den Wagen stoppen konnte, hatte ich wohlweislich auf das Steuer verzichtet. Ich hielt gern die Zügel in der Hand, aber nur, wenn sie mir nicht die Haut aufscheuerten. Zu große Aufregung lehnte ich von vornherein ab, immerhin wollte ich nicht vor meinem Dreißigsten an einem Herzinfarkt sterben.

Heute war Arbeit eine wunderbare Kontrolle. Ich war fest entschlossen, das Thema Urlaub erst einmal ebenso zu ignorieren wie Gabs' Blick. Sie hatte sich auf vorwurfsvolles Anstarren verlegt, lediglich ihre unzähligen Armbänder klimperten, als sie tief Luft holte und so versuchte, mir zu sagen, dass sie meine Entscheidung ganz und gar nicht nachvollziehen konnte. Wenn das eine Nachwirkung ihres Schweigeseminars war, dann kam es mir zugute. Tatkräftig schloss ich den Projektbericht. Das Hintergrundbild meines Desktops leuchtete mir entgegen: Sonne schien auf türkisblaues Wasser, einen schmalen Streifen hellen Strand und mit Gras bewachsene Felsen, in denen die Ruine einer Kirche thronte. Tante Beate hatte es in der Nähe von St. Agnes aufgenommen, dem Ort, an dem sie im Frühling 2011 geglaubt hatte, endlich ihren Ruhepunkt gefunden zu haben. So nannte sie es zumindest.

Tante Beate fand ihren Ruhepunkt genau zweimal im Jahr und stets an einem anderen Ort in Cornwall. Vor ungefähr zehn Jahren hatte sie die Region für sich entdeckt, nachdem sie zuvor Stein und Bein geschworen hatte, dass Italien ihre wahre Heimat war. Bis zu diesem Vorfall mit Salvatore, dem Künstler, der sie zu seiner Muse deklariert und monatelang nackt gemalt hatte. Kurz darauf hatte sich jedoch herausgestellt, dass Salvatore Nacktsein ausschließlich mit der Malerei verband, denn er litt unter einer tiefgehenden Phobie gegen Intimitäten. Tante Beate zuliebe hatte er versucht, sie zu überwinden, aber der gemeinsame Saunabesuch war zu viel für seine Selbstbeherrschung gewesen – und der unbekleidete, flüchtende Maestro zu viel für die Carabinieri in den Straßen von Florenz.

Tante Beate hatte danach entschieden, dass Italien doch nicht ihre spirituelle Heimat und die Männer dort zu klein waren, schloss ihre feurige Phase ab und entdeckte die der romantischen Liebe. Kurz darauf war sie mit Unmengen von Pilcher-Romanen und Reiseführern wochenlang abgetaucht.

Im März 2006 hatte ich die erste Cornwall-Postkarte von ihr erhalten. Sie zeigte Milltown House, ein wunderbares Anwesen in der Nähe der ehemaligen Landeshauptstadt Lostwithiel. Das langgestreckte Grundstück wurde von liebevoll gestalteten Hecken und Bäumen sowie einem typisch britischen Rasen eingerahmt. Darauf stand ein Tisch mit entzückenden Stühlen im Landhausstil und einem Sonnenschirm. Ich hatte mich sofort in den Anblick verliebt und das Internet bemüht, um mehr über Cornwall zu erfahren. Ich las von Wanderwegen und mittelalterlichen Orten, von bezaubernden Gärten und Speisesälen, die den Besucher Jahre in die Vergangenheit versetzten. Auf Webseiten lächelten sich Damen und mit engen Poloshirts bestückte Herren an, während die Sonne ihnen ins Gesicht schien.

Ich war verliebt. Ich wollte auf einem dieser Stühle sitzen, Tee trinken und mit einem Poloshirtmann ins Gespräch kommen, nur um herauszufinden, dass er Tag und Nacht an mich dachte. Was er mir mit äußerster Höflichkeit mitteilte.

Tante Beates Umorientierung löste daher riesige Begeisterung bei mir aus – was wiederum meine Familie in Ratlosigkeit stürzte. Meine Mutter verstand nicht, wie ich mich derart für etwas erwärmen konnte, das ich nicht einmal kannte. Sie war Tante Beates Schwester, aber abgesehen von ihrer Vorliebe für geflügelte Worte oder Redewendungen, die mich zu neunzig Prozent wahnsinnig machten, gaben die zwei sich Mühe, andere davon nichts merken zu lassen. Wo Tante Beate auf der Suche nach spirituellen Erkenntnissen durch die Welt reiste, seitdem ich sie kannte, war meiner Mutter bereits Yoga zu esoterisch. Sie brauchte Ergebnisse, die sie sehen und anfassen konnte. Trödeln kam für sie einer Kriegserklärung gleich, Zeitersparnis war dagegen das Nonplusultra, und so trug sie einzig aus dem Grund eine Kurzhaarfrisur, damit sie morgens nicht lange im Bad brauchte. Organisation, Pünktlichkeit und Strukturen waren ihr enorm wichtig, und mir ging es genauso. Wir waren uns in vielerlei Hinsicht ähnlich, und manchmal erschreckte mich das. Hin und wieder erwischte ich mich dabei, dass ich einfach nur vor mich hin träumte. Es ging nie so weit, dass ich die Realität vernachlässigte oder der Öffentlichkeit laut seufzend mitteilte, dass ich in Gedanken woanders unterwegs war. Nein, ich achtete stets darauf, dass niemand etwas mitbekam, aber trotzdem fühlte es sich ... komisch an. Wenn es so etwas gab wie unbeholfene Träumer, so zählte ich definitiv dazu.

Ich berührte den Monitor dort, wo sich die von Hecken gesäumte Einfahrt von Milltown House befand. Wahrscheinlich war es gut, dass Sven sich bereits so früh als Idiot entpuppt hatte. Die Vorstellung, wie er sich auf dem perfekt gepflegten Rasen im Schritt kratzte, war grauenvoll.

Gabs tat mittlerweile so, als würde sie mich nicht mehr beachten, und tippte auf ihrer Tastatur herum. Ich argwöhnte, dass sie mich nur in Sicherheit wiegen wollte, um dann wie aus dem Nichts zuzuschlagen, und blieb wachsam. Stille eroberte das Zimmer, nur unterbrochen von Gabs' Fingernägeln auf den Tasten. Hin und wieder blitzte eines ihrer Amulette im Sonnenlicht und blendete mich, wie eine Erinnerung, dass das Raubtier noch immer lauerte.

Ich machte mich daran, meine Mails abzuarbeiten, und fragte mich, warum so viele Leute in meiner Umgebung derzeit ihr Glück in metaphysischen Gefilden suchten. Nicht nur Tante Beate, sondern auch Onkel Olli und nun Gabs. Während der Trend bei ihr verhältnismäßig neu war, aber dafür voll durchschlug, hatte Olli schon vor meiner Geburt mit geistigen Idealen jongliert. Sein Erstwagen, ein klappriger VW, war über und über mit Peace- und Ying-und-Yang-Zeichen bemalt gewesen. Das machte den Zusammenstoß mit dem Volvo meiner Eltern auch nicht freundlicher, wohl aber den daraus resultierenden Kontakt, der nie wieder abbrach und mir meinen Taufpaten bescherte. Ich kannte Olli nicht anders als mit einem dieser verrückten Hüte, die grauenvoll an ihm aussahen. Abgesehen davon kleidete er sich normal, sprach stets ruhig und bedächtig und reiste regelmäßig nach Indien. Dort ging er vielerlei Interessen nach, von denen ich lieber nichts wissen wollte, da sie Namen hatten, die ich nicht aussprechen konnte.

Olli und Gabs hatten sich kennengelernt, kurz nachdem ich bei Möbel Mommertens angefangen hatte, und verstanden sich blendend und völlig ohne romantische Avancen. Gabs und ich teilten uns ein Büro und erzählten uns quasi alles. Sie hatte sich lange gegen Ollis Entspannungs- und Meditationstipps gewehrt, schließlich war sie so etwas wie sein Gegenpol. Gabs war eine Naturgewalt. Eins achtzig groß, selbstbewusst, mit langen schwarzen Haaren und einer tiefen Stimme, die mühelos laut werden konnte. Zudem legte sie manchen Menschen gegenüber einen großen Beschützerinstinkt an den Tag, zu denen ich auch gehörte. Wenn wir zusammen ausgingen, wirkte sie wie meine schöne Leibwächterin. Ich war zwar nur acht Zentimeter kleiner, aber mein eher sportlich-dezenter Kleidungsstil, die blonden Haare und die Tatsache, dass ich mich am liebsten nur dezent schminkte, hatten keine Chance gegen diesen Panther in Frauengestalt. Wie Olli es geschafft hatte, das Raubtier zu zähmen und zu einem Schweigeseminar zu schleppen, würde mir ewig ein Rätsel bleiben.

»So«, sagte Gabs energisch und winkte mich zu sich. »Komm mal her, und schau dir das an.«

Die Ruhe war vorbei, der Sturm schickte seine Vorläufer ins Rennen. Gabs klang entschlossen, und das machte mich vorsichtig. Ich wollte nicht sehen, was sie aus den Tiefen des Internets gefischt hatte, also gab ich vor, hochkonzentriert zu arbeiten.

»Juna, wenn du nicht augenblicklich aufstehst, erzähle ich Stan alles von deinem Date im Rossi. Sogar, dass du dein Hinterteil vor Minderjährigen durch die Luft geschwenkt hast.«

Ich war empört. »Das ist völlig verzerrt dargestellt, und außerdem war das Treffen deine Idee!«

»Na und?« Ich hörte das Schulterzucken deutlicher, als jede HD-Technik es hätte abbilden können. »Du bist hingegangen, nichts anderes zählt.« Ihr Schmuck klimperte abermals, als sie schwungvoll auf mich deutete.

»Schon gut! Ich komme ja.« Ich sprang so abrupt auf, dass mein Stuhl zurückrutschte. In der nächsten Sekunde kam ich schlitternd neben Gabs zum Stehen und sah sie strafend an, auch wenn ich wusste, dass es vergebene Liebesmüh war.

Sie lächelte mir eine Ladung Zucker entgegen und konzentrierte sich wieder auf ihren Monitor.

»Zauberhaftes Südengland und Cornwall?« Ich ignorierte den wild blinkenden ›Jetzt buchen‹-Button, der mir ein wenig Kopfschmerzen verursachte, und entspannte mich bei dem Anblick des schlossähnlichen Anwesens mit makellosem Rasen. Beim zweiten Blick begriff ich. »Gabs, das ist eine geführte Bustour.«

»Ganz genau.« Sie strahlte mich an. Kaum zu glauben, dass diese Frau noch vor wenigen Sekunden mit der Vernichtung meines Rufs gedroht hatte. »Ist das nicht toll? Die fahren ab Deutschland, setzen mit der Fähre von Calais nach Dover über und brettern durch bis Lands Ending.«

»Land's End.«

»Siehst du? Du hast schon Feuer gefangen!« Gabs stieß mich so begeistert an, dass es weh tat.

Ich ignorierte das Pochen an meiner Hüfte. »Unsinn, ich weiß doch noch gar nicht genau, was du da ausgebuddelt hast.«

Sie verengte die Augen und erinnerte an einen Hund, der seinen Knochen verteidigte. »Was gibt es denn da noch zu wissen? Du buchst, wartest zur Startzeit mit deinem Gepäck am verabredeten Treffpunkt, setzt dich in einen Bus und lässt dich quer durch das Land deiner Träume kutschieren. Ab und zu steigst du aus, um Sehenswürdigkeiten zu bestaunen oder in einem Türmchenhaus zu übernachten, in dem der Butler nur darauf wartet, dir den Mantel abzunehmen. Du musst es einfach tun! Denk daran: Ganz gleich, wie beschwerlich das Gestern war, stets kannst du im Heute von neuem beginnen.«

Oh, oh. Sie hatte zwischen den Worten kaum Luft geholt, was bedeutete, dass sie wirklich begeistert war. Es würde ein hartes Stück Arbeit werden, sie zu überzeugen, dass ihre Idee nichts für mich war. Um Zeit zu gewinnen und in Gedanken eine kurze Liste an Gegenargumenten zu erstellen, zog ich das Haarband von meinem Zopf und band ihn neu. »Was kostet das eigentlich?«, erkundigte ich mich beiläufig. »Ist doch sicher ziemlich teuer.«

Ein Klick, und Gabs lächelte mich triumphierend an. »Schau mal. Für acht Tage ist das kein schlechter Preis.«

Ausnahmsweise hatte sie recht. Ich überflog den Text, der den Verlauf der Reise beschrieb. Es hörte sich wirklich ganz gut an, und ich trampelte mir selbst im Geiste auf den Fuß. Ich würde mich nicht in einen Reisebus setzen und durch Cornwall tingeln! Der Grund lag klar auf der Hand, und damit kamen wir zu Punkt zwei meiner Liste der Gegenargumente.

»Ist dir klar, was da für Leute mitfahren?« Ich nahm Gabs die Maus weg, klickte zurück auf die Startseite und zeigte auf das Unternehmenslogo. »Kurfürst-Reisen. Wie das schon klingt.«

»Wie soll das klingen?« Sie warf ihre Mähne zurück und schlug mir mit voller Absicht einige Strähnen ins Gesicht. Ich ignorierte es hoheitlich – wenn wir schon einmal bei Adelstiteln waren – und suchte nach Bildern, die meine These unterstützten. Leider waren die Leute von Kurfürst-Reisen intelligent genug, um sich auf Landschaftsimpressionen zu beschränken.

»Na, so, als würde ich damit eine gute Wahl treffen, wenn ich bereits in Rente wäre«, sagte ich. »Wie hoch glaubst du ist der Altersdurchschnitt bei solchen Busreisen?«

Gabs seufzte, zog die oberste Schublade auf, nahm ein Parfumöl heraus und tupfte sich etwas davon auf ihre Handgelenke. Wahrscheinlich hatte ich mit meiner Skepsis soeben einen Hauch Karma zerstört, das sie nun schleunigst reparieren musste. Das Aroma von Sandelholz, Jasmin und Kardamom füllte die Luft. »Ist das nicht egal?«, fragte sie, ehe sie den Flakon wieder verstaute. »Dir geht es doch um die Gegend. Die Atmosphäre dort. Du warst ja sogar bereit, mit einem wildfremden Mann in den Urlaub zu fahren. Macht es einen Unterschied, ob der dreißig oder siebzig ist?«

»Natürlich!«

»Aha. Du würdest also einen sexuell verirrten Dreißigjährigen einer Horde rüstiger, kulturell interessierter und freundlicher Rentner, die dir deine Ruhe lassen, wenn du es wünschst, bevorzugen? Was bitte hast du gegen ältere Leute, Juna? Kannst du etwa auch meine Oma nicht leiden?«

»Was?« Dieser Angriff erfolgte fies von der Seite. Ich hatte ihn trotz aller Vorsicht nicht kommen sehen. »Unsinn, ich mag deine Oma sehr gern.« Das stimmte. Gabs' Großmutter lebte in einem Heim mitten im Wald und ging Holz hacken, wenn ihr langweilig war. Ich begleitete Gabs hin und wieder bei ihren Besuchen, und wir verbrachten stets lustige Stunden dort. Mit ihrer Oma würde ich sofort nach Cornwall fahren, allerdings hätte ich Angst um die wenigen Bäume, die der Landstrich aufzuweisen hatte.

»Was ist es dann?«

»Es geht hier um die Gruppe! Es ist eine Reisegruppe. In einem Bus. Es gibt eine vorgeplante Route mit vorgeplanten Zwischenstopps zu vorgeplanten Zeiten. Das bedeutet, dass man zwangsläufig viel Zeit miteinander verbringt. Und das könnte ... seltsam werden, wenn alle mindestens doppelt so alt sind wie ich. Ich würde da nicht reinpassen, verstehst du? Abgesehen davon, dass die meisten Aktivitäten sicher nicht für mich gemacht sind.«

Sie zuckte die Schultern. »Nimm dir was zu lesen mit.«

»Und dann? Wenn sie mir irgendwas erzählen, das ich nicht wissen will? Endlose Geschichten über ihre Enkel, Krankenhäuser oder Kochrezepte?«

»Du könntest Kopfhörer aufsetzen.«

»Das wäre ziemlich unhöflich.« Ich starrte auf den Bildschirm, wo Gabs sich mittlerweile durch die Bilder einzelner Stationen der Tour klickte: Exeter, Dartmoor, Newquay. Wunderschön! Ich sah mich bereits durch die Landschaft wandern. Etwas kribbelte in meinen Adern, eine Art Fernweh, das früher nie so stark gewesen war. Verdammt seist du, Tante Beate! Du bist schuld an diesem ganzen Malheur. Wärst du damals in Italien geblieben und hättest akzeptiert, dass der Maestro nun einmal nicht auf Tuchfühlung gehen möchte, müsste ich mir nun nicht mit Gabs Rentnerbusse anschauen.

»Vielleicht gibt es auch nur Doppelzimmer bei so einer geplanten Tour, und ich werde mir ganz sicher kein Bett mit einer fremden Person teilen, egal wie alt die ist«, unternahm ich den nächsten Versuch und merkte, dass meine Stimme bereits schwächer klang, besiegt von romantischen Küstenstrichen und Picknicken bei Sonnenuntergang.

Dieses Mal schaute Gabs nicht einmal auf den Monitor, sondern sah mich vorwurfsvoll an, während sie noch einmal klickte. Die Preistabelle erschien erneut und informierte mich darüber, dass der Einzelzimmerzuschlag durchaus vertretbar war. Gemeinerweise hatte der Anbieter Bilder von den Hotelzimmern direkt unter die Tabelle gepackt, und Himmelbetten mit Baldachinen zerbrachen einen weiteren Pfeiler meines Widerstands. Ich gab einen Laut von mir, der irgendwo zwischen Sehnsucht und Protest schwebte.

Vielleicht war die Idee gar nicht mal so übel. Immerhin hatte ich in den vergangenen Wochen bereits lose vorgeplant, mich mit Reiseführern eingedeckt, mit der regionalen Küche vertraut gemacht und sogar versucht, mich der kornischen Sprache zu nähern. Erfolglos. Angeblich sollte sie dem Walisischen oder Bretonischen ähneln, und ich wurde aus allen nicht schlau. Das war allerdings nicht ganz so schlimm, weil nur noch wenige hundert Menschen fließend kornisch sprachen. Also: keine Sprachbarriere und somit ein weiterer Pluspunkt. Aber Moment, was dachte ich da eigentlich? Ich wollte mich doch den Pro-Argumenten sperren, unter anderem, weil Gabs versuchte, mich in eine Ecke zu drängen. Ich dachte stets erst über Ideen nach und drückte niemals kurz entschlossen irgendwelche Knöpfe. Allein die Art, wie der Mauszeiger zu nah am ›Jetzt buchen‹-Button schwebte, machte mich nervös. Ich wollte jetzt nicht buchen, sondern nach Hause gehen, mich auf mein Sofa kuscheln und alles in Ruhe durchgehen. Überlegen, ob die Pros wirklich stärker waren als die Kontras.

Ob ich Vorträge meines Sitznachbarn über Medikamente und Kurzuschläge überhören konnte, wenn ich die vorbeiziehende Landschaft bewunderte. Es fiel mir schwer, Menschen zu ignorieren, und die schienen das zu spüren. Oft schaffte ich es aus keinem Bahnhof heraus, ohne mindestens zweimal auf einen Euro angesprochen zu werden. Im Einkaufszentrum fragten mich Mütter, ob ich kurz auf ihre Kinder aufpassen könnte, während sie auf die Toilette gingen.

Gabs' Mundwinkel hoben sich zu einem schwungvollen Lächeln – und stürzten ab, als die Tür mit so viel Schwung aufgestoßen wurde, dass sie gegen die Wand knallte.

»Mädels, die Hollenbach-Analyse ist da!« Stan füllte den Raum mit lauter Stimme und zu viel Präsenz. Noch war ich mir nicht sicher, ob er wirklich die Mappe so großartig fand, die er durch die Luft schwenkte, oder sich selbst.

Gabs schaffte bereits Platz auf ihrem Schreibtisch, doch Stan machte keine Anstalten, die Mappe abzulegen oder gar aufzuschlagen. Stattdessen starrte er auf das Angebot von Kurfürst-Reisen. »Was soll das denn sein?«

»Urlaub in Cornwall, was soll das sonst sein?« Gabs zog die Augenbrauen so hoch, dass es allein beim Zusehen schmerzte.

Stan hob seine Nase noch höher. »Ja, aber mit einem Bus! Mädels, denkt ihr etwa ernsthaft über so etwas nach, oder sucht eine von euch ein Geschenk für die Großeltern?«

»Wir haben nur herumgesurft«, kam ich Gabs zuvor und trat ihr unbemerkt auf den Fuß.

Stan atmete so theatralisch aus, als wäre er der Star einer Sitcom, was in seiner Phantasie auch sicherlich der Fall war. Ich argwöhnte, dass in seinem Kopfkino oft Applaus aufbrandete, nachdem er etwas gesagt oder seinen Körper in eine neue Pose geworfen hatte. »Gott sei Dank! Ich habe schon gedacht, dass eine von euch so verzweifelt ist.« Er fuhr sich mit dem kleinen Finger über den Mundwinkel. »Das sind diese besseren Butterfahrten, die steuern doch lediglich Toiletten und Cafés an, weil ihre Gäste an nichts anderem interessiert sind. Weil sie einfach nicht mehr gut sehen können. Schmecken geht gerade eben noch. Daher geht es auch immer an die hässlichsten Orte in Europa. Ich meine ... Cornwall. Mädels!« Er schwang eine Hand in der Pose einer Tempeltänzerin durch die Luft. »Da gibt es nichts außer Schafscheiße und langweiligem Grün. Keinen vernünftigen Strand, keine Party, nichts Interessantes. In Cornwall liegt nicht nur der Hund begraben, sondern gleich ein ganzes Tierheim. Zudem haben die Engländer einen schrecklichen Modegeschmack, vom Essen ganz zu schweigen. Für die älteren Semester gut geeignet, die können dann sagen, dass sie mal was von der Welt gesehen haben. Wenn man dagegen unter sechzig ist und Bock auf Cornwall hat, dann sollte man schleunigst darüber nachdenken, wie man sein Leben wieder auf die Reihe bekommt.«

Er machte eine Pause und starrte auf den Monitor. Ich war zu perplex, um etwas zu sagen, und Gabs zu interessiert. Ihr Blick verriet, dass sie ahnte, wie es um mich stand. Ja, ich fühlte mich persönlich angegriffen. Und dann klickte Stan herum und rief ein wunderbares Bild auf: eine Bucht bei Newquay. Grün bewachsene Klippen, Ginsterbüsche und ...

»Hier, genau das meine ich! Was kann man nur daran gut finden? Das ist kein Strand, sondern ein überdimensionales Fußbad. Ich ...«

»Stan?« Unsere Praktikantin Inga rettete uns, indem sie den Kopf zur Tür hereinsteckte. »Telefon.«

»Ich komme.« Er deutete auf die Mappe. »Passt gut darauf auf, Mädels, ich bin sofort wieder da.« Im nächsten Moment rauschte er aus der Tür.

In mir brodelte es. Ja, ich war richtig wütend, und das

kam nur selten vor. Wortlos schob ich Gabs samt Stuhl beiseite, schnappte mir ihre Maus und drückte den ›Jetzt buchen‹-Button.

3

»Ey ... 'n Euro? Oder 'n paar Cent?«

Obwohl Onkel Olli und Gabs neben mir standen, starrte der Kerl mit der leeren Bierflasche in der Hand nur mich an. Der kleine Fernbusbahnhof war menschenleer und wirkte daher viel größer als sonst. Er lag einsam hinter dem Arbeitsamt, das ihn vom regulären Bahnhof trennte, wo in zwei Stunden die ersten Linienbusse fahren würden. Der Mann war plötzlich auf der anderen Seite des Platzes aus dem Gebüsch gekrochen und hatte direkt auf mich zugehalten.

»Hm, Blondie? Haste einen übrig? Kann auch mehr sein.« Er kicherte.

Ich hatte genau fünfundfünfzig Euro und zweiundvierzig Cent in der kleinen, runden Geldbörse in meiner Handtasche. Die andere war bereits mit Pfundnoten bestückt. »Nein, tut mir leid.« Ich fühlte mich augenblicklich schlecht. Aber irgendwann musste ich auch mal nein sagen. Zudem weckte die Tatsache meinen Trotz, dass wir zu dritt waren, aber weder Gabs noch Onkel Olli als mögliche Spender in Betracht gezogen wurden.

Der Mann starrte in seine Bierflasche, als würde ein Geist dort sitzen und ihm verraten, ob ich log oder nicht. Dann brummte er etwas und schwankte von dannen.

»Das war nicht gut für dein Karma.« Onkel Olli rückte seinen Hut zurecht und strich über die Taschen seiner Weste. Aus einer ragte gut sichtbar sein Portemonnaie.

Das war ungerecht. »Also hör mal. Ich bin gestern mindestens fünf Euro auf diese Weise losgeworden, und vorhin auf dem Parkplatz noch mal einen. Mitten in der Nacht! Mein Karma müsste so sehr aufgefüllt sein, dass es für Wochen reicht. Warum werdet ihr eigentlich nie gefragt, ob ihr Kleingeld übrighabt?« Ich starrte von ihm zu Gabs, die neben meinem Gepäck am Wartehäuschen lehnte und sich die Seele aus dem Leib gähnte.

»Olli hat recht«, sagte sie und fügte etwas an, das in einem neuerlichen Mundaufreißen unterging.

»Sie sagt, dass du wahrscheinlich in deinem Vorleben geizig gewesen bist und jetzt endlich die Chance auf Wiedergutmachung bekommst«, übersetzte Onkel Olli. Offensichtlich verstanden sich die beiden seit dem Schweigeseminar ohne Worte. Klar.

»Es gibt keine Beweise dafür, dass wir schon einmal gelebt haben.« Es war die alte Diskussion zwischen uns. Onkel Olli war felsenfest davon überzeugt, dass er Anfang des neunzehnten Jahrhunderts im Dienste von Muhammad Ali Pascha in der osmanischen Provinz Ägypten gestanden und davor etwas mit der britischen Ostindien-Kompanie zu tun gehabt hatte. Sogenannte Rückführungen hatten ihm das verraten, und nach jeder legte er sich ein Tattoo zu, das ihn an sein Vorleben erinnern sollte. »An heiklen Stellen«, wie er mir vor Jahren mit einem Augenzwinkern verriet. Damals hatte ich entschieden, sie nicht sehen zu wollen.

Gabs gähnte lauter.

»Es ist doch aber vieles nicht bewiesen, Juni.« Onkel Olli griff nach meinen Händen. Ich verzieh ihm den verhassten Spitznamen aus meiner Kinderzeit, immerhin hatte er mich nachts um kurz vor drei hierher gefahren. Außerdem fiel es mir schwer, auf jemanden sauer zu sein, der einen Fingerbreit kleiner war als ich und dessen Stupsnase mich an einen Hobbit erinnerte.

»Hm.« Ich wappnete mich innerlich für die Argumente, die ich bereits kannte.

Onkel Olli lächelte. »Für die Liebe gibt es zum Beispiel keine Beweise.«

Natürlich, das Standardbeispiel! Ich sah das anders. Es gab Küsse, verliebte Blicke oder Leute, die sich zum Idioten machten.

»Oder für die Zeit. Streng genommen ist die Uhr kein Beweis«, sagte Gabs und kam von der anderen Seite auf mich zu.

Verflixt noch mal! Gab es denn nichts mehr, bei dem sie nicht einer Meinung waren? War dieses Schweigeseminar etwa das Rezept für Harmonie? Sobald ich wieder einen Mann kennenlernte, der mir wirklich gefiel, würde ich ihn dorthin schleppen.

»Oder Kunst«, sagte Onkel Olli. »Oder dass ich wirklich zu Hause bin, wenn ich dich anrufe und es behaupte.«

»Oder dass Stan ein Idiot ist, obwohl wir das alle wissen.« Gabs zwirbelte an ihrem Zopf, warf den Kopf in den Nacken und riss erneut den Mund auf. Sie sah aus wie eine Löwin, bereit, besagtem Idioten den Kopf abzubeißen.

Ich hatte ein Einsehen. »Okay, es war sehr lieb von euch, dass ihr mich hergebracht habt. Aber ihr solltet fahren, ehe ihr euch todmüde ins Auto setzt und einen Unfall verursacht.« Zwar waren die Straßen um diese Zeit leer, aber man wusste ja nie. Außerdem konnte ich Selbstlosigkeit eventuell gegen Karmapunkte eintauschen.

Gabs blinzelte. »Bist du sicher, Süße?«

Mir stiegen die Tränen in die Augen. Ich war übermüdet, nervös und überhaupt nicht sicher, ob diese Reise wirklich eine gute Entscheidung war, da war die Rührseligkeit nicht weit. Aber ich wollte tapfer sein. Was konnte mir schon groß passieren außer einer Horde Betrunkener, die mich um mein letztes Geld bringen wollte? »Natürlich. Der Bus müsste ja jeden Moment kommen.« Ich zwang ein Lächeln auf die Lippen, das sich anfühlte, als hätte ich es teuer gekauft und müsste regelmäßig zum Nachspritzen.

Gabs ignorierte meinen Zustand, vielleicht war sie auch einfach zu müde (im Gegensatz zu mir war sie erst vor drei Stunden ins Bett gegangen). Eine kurze, dafür umso kräftigere Umarmung presste mir die Luft aus den Lungen. Das Aroma von Räucherstäbchen umhüllte mich. »Das wird super, du wirst schon sehen. Mach viele Fotos, und bring mir eine Hexenpostkarte aus Boss Castle mit.«

»Boscastle.« Jetzt weinte ich doch.

»Na, na.« Onkel Olli drückte mich ebenfalls. »Keine negative Energie, Juni. Denk positiv, und du wirst Positives anziehen. Stell dir einfach vor, dass dich ein sehr helles Licht umgibt, so wie alles, was mit der Reise zu tun hat. Der Bus, die anderen Fahrgäste. Eure Lichter werden sich verbinden, und du wirst viel Spaß haben.«

Licht? Das war also die Lösung? Ich wischte mir die Augen und starrte zur Straßenlaterne hoch. Sie flackerte und erlosch.

Na, vielen Dank.

Ich drückte meine beiden Lieben ein letztes Mal, scheuchte sie weg und beobachtete kurz darauf, wie die Lichtkegel von Onkel Ollis altem Auto durch die Nacht schnitten. Jetzt gab es kein Zurück mehr. Ich hatte mich entschieden, für einen Besuch in Cornwall einiges auf mich zu nehmen, und obwohl ich Zweifel hegte, war ich wild entschlossen, es nicht zu bereuen.

Schon allein, weil ich keine Niederlage vor Stan oder anderen eingestehen wollte.

Ich hatte versucht, ihm zu verheimlichen, dass ich bei Kurfürst-Reisen gebucht hatte, doch dabei nicht mit Gabs' Mitteilungsdrang gerechnet. Keine drei Minuten, nachdem ich das Zahlungsfeld ausgefüllt hatte, schwappten auch schon die ersten Reaktionen in unser Büro. Stan bekam einen Lachanfall, für den er sich sogar dramatisch (aber dennoch behutsam) auf den Boden warf. Erna, unser Telefonengel und Firmenurgestein, beglückwünschte mich zu meiner tollen Entscheidung, buchte gleich darauf mit vor Eifer hochroten Wangen eine ähnliche Reise für den Achtzigsten ihrer Mutter und machte ein Foto von uns beiden zusammen vor ihrem Arbeitsplatz aus Gründen, die ich nicht verstand. Inga fragte mich schüchtern, wie alt ich sei. Kurz darauf hockte sie kichernd vor Facebook. Zwei Stunden später hatte mein Abteilungsleiter mich zum Gespräch gerufen und mir angeboten, den Urlaub auszuzahlen, damit ich meine Zeit nicht verschwenden musste.

Mein Karma hätte darüber gejubelt, denn dann hätte ich das angesparte Geld in der Stadt verteilen können. So aber stand ich mitten in der Nacht mutterseelenallein auf dem Areal neben dem alten Güterbahnhof und wartete. Mein Herz wurde schwer vor Angst, die falsche Entscheidung getroffen zu haben – und ja, auch aus Nervosität. Das Unbekannte machte mich immer unruhig. Ich ließ mich auf die Plastikbank neben meinem Gepäck fallen und sah auf die Uhr. Noch zehn Minuten, bis der Reisebus mich abholen sollte. Er würde verschiedene Stationen im Ruhrgebiet abfahren und sich anschließend auf den Weg nach Calais machen. Bisher war ich der einzige Fahrgast aus meiner Stadt. Einerseits war ich froh darüber, da es eine Schonfrist bezüglich Gespräche über Stützstrümpfe und Arztromane bedeutete, andererseits hätte ich nichts gegen einen Begleiter gehabt. Einen netten Begleiter. Einen netten, attraktiven Begleiter. Einen, der sich um mich kümmerte, mich in den Arm nahm und gemeinsam mit mir über unsere schrägen Reisepläne lachte.

Das kommt davon, dass du dir seit Simon keinen Freund mehr an Land gezogen hast.

Moment, warum hörte ich Gabs' Stimme so deutlich in meinem Kopf, als hätten wir eine besondere Verbindung? Ich hatte das Schweigeseminar doch gar nicht absolviert! Außerdem war ich mit achtundzwanzig Jahren im besten Alter, um eine Weile als Single klarzukommen. Immerhin stand ich mit beiden Beinen fest im Leben. Mein Job lief gut, mein Privatleben je nach Sichtweise auch. Es gab in der letzten Zeit keine größeren Pannen, dafür sorgten schon allein meine Gewissenhaftigkeit und mein Notizbuch. Ich hatte keine Schulden, zahlte alle Rechnungen pünktlich (ich nutzte für eine bessere Übersicht verschiedenfarbige Stifte in meinem Kalender und notierte zusätzlich alles auf dem Handy) und eckte auch sonst nirgendwo an. Wenn ich es recht bedachte, war meine letzte größere Panne Simon Perchter gewesen. Ein Jahr jünger als ich, Student der Germanistik. Im Gegensatz zu mir hatte er sein Studium nie richtig ernst genommen, sondern mehr oder weniger vor sich hin gelebt. Das ließ von Anfang an meine Alarmglocken schrillen, aber ich war überzeugt, dass er nur ein wenig Hilfe bräuchte, und gewillt, sie ihm zu geben. Also hatte ich angefangen, seinen Studienplan zu bearbeiten, und ihn an seine Termine erinnert. Schließlich waren vierzehn Semester mehr als genug, um weiterhin an der Uni zu trödeln. Ich begriff nicht, warum Simon sich so vehement weigerte, endlich mit beiden Beinen im Leben zu stehen. Allerdings begriff ich auch nicht, dass er einfach noch nicht bereit war, erwachsen zu werden. Oder zuverlässiger. Ich hatte dennoch kurz gelitten, nachdem sich unsere Wege trennten, war aber schnell darauf gekommen, dass ich mehr Mutter als Freundin gewesen war. Nein, Simon trauerte ich nicht hinterher.

Das hat aber nichts damit zu tun, dass dieses Cornwall-Ding zu zweit schöner wäre.

»Verdammt noch mal, Gabs. Raus aus meinem Kopf!« Ich schüttelte meinen und bemerkte dabei die Gestalt, die auf dem Weg zu mir gewesen sein musste, nun aber verwundert stehen blieb.

»Nein, ich habe keinen Euro, tut mir leid«, rief ich höflich. Die Frau sah mich erschrocken an, drehte sich um und verschwand. Irgendwann war auch meine Grenze erreicht, und Kälte, Einsamkeit und Ungewissheit setzten sie ein gutes Stück herab. Ich seufzte. Meine Gedanken wollten wieder zu meinem Singlestatus schweifen, doch ich hielt sie energisch zurück. Immerhin gab es etwas, das beinahe ebenso faszinierend wie ein Mann an meiner Seite war: mein Notizbuch. Ich schlug es auf und verglich meine Endliste noch einmal mit dem Inhalt meines Koffers, soweit ich mich an ihn erinnerte.

Ich erstellte für wichtige Ereignisse wie eine Urlaubsplanung stets drei Listen zum Thema ›Was muss alles mit‹: Zwei weitgehend identische schrieb ich mit mindestens einem Tag Abstand, die dritte setzte ich aus diesen beiden zusammen. Auf diese Weise verhinderte ich, bei schlechter Tagesform wichtige Details zu vergessen, und sicherte mich doppelt ab. Ich kam zu dem Ergebnis, dass alles in bester Ordnung war, schnappte mir meine Handtasche und ging noch einmal durch alle Fächer. Es waren fünf, so wie in allen Taschen, die ich besaß. Die Fächerzahl war ein ausschlaggebendes Kriterium beim Handtaschenkauf, und ich ordnete stets dieselben Dinge in derselben Reihenfolge ein. Es war eine wunderbare Stütze des Alltags, dass ich einfach blind zugreifen konnte und niemals wühlen musste, so wie andere Frauen es gern taten. Gabs beispielsweise war eine Meisterin darin, so zu tun, als würde sie ihre Autoschlüssel nicht finden, wenn sie einen Mann witterte, der ihr gefiel. Eine ihrer Jagdmethoden bestand darin, dem Objekt der Begierde den Tascheninhalt vor die Füße zu kippen und gemeinsam nach den Schlüsseln zu suchen. »So haben wir unser erstes gemeinsames Erlebnis, und er lernt mich auch gleich besser kennen«, pflegte sie zu sagen und trug daher stets Gegenstände mit sich herum, die sie als moderne, selbstbewusste Frau von heute kennzeichneten, wie Noppenkondome oder Fußballkarten.

Meine Tasche war ehrlicher und verriet mit Feuchttüchern, einer Ersatzzahnbürste und einer Kopie meines Ausweises, dass ich auf alles vorbereitet und bestens abgesichert war. Ich fand nichts zu beanstanden, starrte in die Dunkelheit und fröstelte ein wenig. Es war kurz nach drei. Kein Bus in Sicht.

Das fing ja gut an.

Ich kaute an meinem Stift, sagte mir, dass Cornwall mich für all die Mühen belohnen würde, und kritzelte in meinem Notizbuch herum. Erst als ich gähnen musste und mir anschließend vorsichtig die Augen rieb – ich hatte zwar nur leichtes Make-up aufgetragen, wollte aber einen guten ersten Eindruck machen –, wurde mir bewusst, was ich geschrieben hatte:

Urlaub für das kommende Jahr planen
Allein oder mit Partner?
Über Partnerbörsen informieren!

Ich schnaubte, trennte den Zettel aus meinem Block, zerknüllte ihn und sah mich nach einem Mülleimer um. Ein Scheinwerfer blendete mich und wanderte weiter. Ich blinzelte. Endlich, das musste der Bus sein!

Sieben Minuten zu spät.

Hastig steckte ich den Zettel in meine Jacke, schob das Notizbuch samt Stift an seinen Platz, stand auf und angelte nach meinem Koffer. Der Bus war nicht riesig, aber auch nicht so winzig, wie ich befürchtet hatte. Ich schätzte, dass fünfzehn oder zwanzig Personen hineinpassten. Damit war er vielleicht sogar groß genug, um mir einen Rückzugsort zu liefern, wenn ich ihn brauchte. Je kleiner die Reisegruppe, desto schwieriger würde es werden, allein mit meinen Gedanken zu sein. Ich hoffte nur, dass Kurfürst-Reisen kein Unterhaltungsprogramm während der Fahrt geplant hatte. Volksmusik und gemeinsames Schunkeln würden mich an den Rand des Wahnsinns treiben, von dem mich auch die schönsten kornischen Häuser nicht wegzerren konnten. Rasch schob ich noch einmal meine Finger in die Handtasche: Kopfhörer, Fach drei: check.

Der Bus hielt, die Fahrertür glitt lautlos auf. Im Inneren herrschte gedämpftes Licht, dennoch erkannte ich die Umrisse mehrerer Menschen. Plötzlich war ich nervös und trat von einem Fuß auf den anderen. Meine Kehle war ausgetrocknet, und ich schluckte mehrmals, um den Kloß zu beseitigen, der darin steckte.

Hier stand ich, Juna Fleming, solide Projektmanagerin, und war wegen einer Gruppe älterer Menschen so nervös, dass ich am liebsten weggerannt wäre. Ich musste mich ablenken. Was taten meine zen-affinen Freunde in einer solchen Situation? Gabs gar nichts – ich glaubte nicht, dass sie jemals in ihrem Leben nervös gewesen war. Tante Beate hatte Sex – auch keine Option –, und Onkel Olli zählte langsam von zehn rückwärts. Das war leicht und vor allem unauffällig und daher genau mein Ding.

Ich kam bis sieben, als es rumpelte. Jemand murmelte unwillig, fluchte, und dann stolperte er aus dem Bus auf mich zu.

»Verflixte Tasche! Fabio, wenn ich mir den Knöchel verstauche, breche ich dir die Nase, also schaff das verdammte Ding aus meinem Gang!« Gemurmel antwortete ihm, gefolgt von Gelächter. Es klang leicht überdreht, mit einem Hauch Gekreisch, und somit exakt wie das von Senioren in guter Stimmung. Mein Herz sank, und ich klammerte mich an dem Anblick vor mir fest. Der Mann war ungefähr so groß wie ich und trug zu einer dunklen Stoffhose einen adretten, marineblauen Pullover über einem weißen Hemd. Seine Brille betonte die buschigen Augenbrauen und die hektisch zuckenden Augen, über denen sich Runzeln gebildet hatten. Sie glätteten sich, als er mir eine Hand entgegenstreckte.

»Julia Flemming?«

Ich wollte seine Hand ergreifen, um sie zu schütteln, und merkte zu spät, dass er es auf meinen Koffer abgesehen hatte. Meine Finger stakten ins Leere. »Ähm. Hallo. Juna. Fleming«, stotterte ich und beobachtete verwirrt, wie er das schwere Ding mit einer Hand stemmte und vor dem Bus abstellte. Dort nestelte er an einem Schloss in der Verkleidung, schlug mit einer Faust dagegen, murmelte eine Reihe Flüche und verfrachtete meinen Koffer im Inneren. Für einen Mann hatte er schmale Schultern, die zusammen mit seinem Bauch für eine Birnenform sorgten.

Ich rieb meine kalten Hände aneinander und sah nachdenklich zur offenen Tür, aus der Wärme strömte. Als hätte der Mann meine Absicht geahnt, winkte er mir zu. »Einen Moment. Erst die Formalitäten, dann können Sie einsteigen. Ich brauche gleich Ihren Ausweis und die Reisepapiere.« Damit verschwand er wieder im Inneren. Ich hörte ihn kramen, kurz darauf erschien er mit einem Klemmbrett in der Hand. »So. Jetzt aber!«

Ich griff in meine Handtasche – Ausweis und Papiere, bei

den wichtigen Dingen in Fach eins –, zog das Gewünschte hervor und hielt es ihm entgegen. Dabei vermied ich es, zu den getönten Busscheiben aufzusehen. Ich spürte regelrecht, wie ich beobachtet wurde.

Der Mann schob seine Brille mit dem Mittelfinger hoch und verglich meine Papiere mit der Liste auf seinem Brett. Ich entdeckte meinen Namen lange vor ihm, wagte aber nicht, ihn darauf hinzuweisen. Ich hatte schließlich gelernt, wie Männer reagieren konnten, wenn man ihnen zeigte, was zu tun war. Schließlich nickte er, setzte einen schwungvollen Haken und hielt mir noch einmal eine Hand entgegen. Sein Gesichtsausdruck hatte sich gelöst, so als hätte ich einen Test bestanden. »Herzlich willkommen an Bord. Ich bin Waldemar Wewers, gern auch Waldi, und ich kutschiere die fröhliche Truppe nach Cornwall.«

Waldi Wewers' Stimme dröhnte durch die Nacht, und im Bus setzte Jubel ein. Jemand applaudierte. Ich lächelte und ließ zu, dass er meine Hand schüttelte, als wäre ich ein Ehrengast und er zu enthusiastisch. Ich ignorierte das Knacken in meinem Gelenk, hielt mein Lächeln und durfte endlich den Bus betreten.

Tief durchatmen, Juna. Es wird nicht so schlimm werden.

Es wurde schlimmer.

»Das ist Juna, meine Damen und Herren. Unser Küken«, sagte Herr Wewers, als ich einstieg.

Die Resonanz war überwältigend. Erneut wurde applaudiert, Stimmen riefen durcheinander, und jemand machte ein Foto. Das Blitzlicht blendete mich so sehr, dass ich stehen blieb und haltsuchend die Hand ausstreckte, während ich mir mit der anderen die Augen rieb. Schatten und verschwommene Farbpunkte tanzten vor meinen Augen um die Wette.

»Mensch, Hermann, das musst du doch nicht bei jedem

machen«, sagte eine Frau vorwurfsvoll. Sie hatte eine ruhige Stimme und betonte jedes Wort auf angenehme Weise.

»Ich mach das aber bei jedem, Lise, und zwar als Urlaubsdokumentation. Warum denkst du, habe ich die neue Kamera mitgenommen?« Hermann klang nicht im Geringsten schuldbewusst, was ihm seinen ersten Minuspunkt einbrachte. »So junges Volk lässt sich doch gern fotografieren und stellt alles ins Internet. Auf Facebook und so. Die fragt mich nachher noch, ob sie das Bild haben kann, wirst schon sehen!«

Ich verfluchte ihn im Stillen und grub vor Empörung meine Nägel tiefer in das Polster. Es gab einen Schmerzenslaut von sich. Erst da begriff ich, dass ich mich nicht an einer Sitzlehne festhielt, sondern einem Menschen. Einer menschlichen Schulter, um genau zu sein.

»Entschuldigung!« Hastig zog ich meine Hand weg und erntete erneutes Gelächter. »Ich habe gedacht ... ich habe nichts gesehen. Der Blitz hat mich geblendet.« Beim letzten Satz redete ich lauter, um Hermann, wo auch immer er saß, ein schlechtes Gewissen zu machen. Gleichzeitig schwor ich mir, niemals ein Star zu werden, egal ob in diesem oder einem meiner nächsten Leben. Das viele Blitzlicht würde mich erst verlegen machen, irgendwann aggressiv, und schließlich zu Reaktionen verleiten, die meinen Karmapunkten eine rasante Talfahrt bescheren würden.

Endlich verschwanden die grünen Schlieren vor meinen Augen, und ich erkannte, wer mich – wenn auch unwillentlich – vor einem Sturz gerettet hatte. Meine Laune hob sich noch nicht, weil ich sie draußen an der Haltestelle gelassen hatte, aber plötzlich hielt ich es für möglich, sie im Laufe der Reise wiederzufinden.

Er war stattliche eins achtzig groß und musste mir nicht erzählen, dass er gerne Sport trieb, weil sein Körper es bereits verriet. Die dunklen Augen erinnerten an die Sonnen, die ich in der Grundschule gemalt hatte – groß, leicht schräg und von so langen Wimpern umrahmt, dass ich sie selbst hier im Dämmerlicht erkannte. Locken kringelten sich in eine hohe Stirn, und für seine Lippen hätte so manche Frau sich zur Behandlung in die Hände eines Fachmannes begeben müssen. Das Allerbeste an der ganzen Sache: Er war in meinem Alter! Okay, streng genommen musste er älter sein als ich, weil ich soeben als Küken bezeichnet worden war, aber es konnten nicht allzu viele Jahre sein.

»Hallo.« Er konnte wundervoll lächeln. Ich ließ seine Lippen nicht aus den Augen und zuckte zusammen, als er mit den Fingern vor meinem Gesicht schnippte. »Hey, ist alles in Ordnung?« Es klang besorgt.

Meine Wangen brannten. Ich murmelte etwas von wenig Schlaf und Kreislaufproblemen.

Er nickte, nahm ein zusammengefaltetes Papier aus der Brusttasche seines Hemdes, öffnete es und fuhr mit dem Finger darüber. »Ah hier!« Er strahlte mich an und ließ das Papier auf den Sitz neben sich fallen. »Sie haben Platz Nummer sechzehn, ich bringe Sie hin. Oder ist es in Ordnung, wenn ich du sage?«

»Du ist super«, murmelte ich und ließ zu, dass er mich sanft durch den Gang dirigierte. In den Augenwinkeln nahm ich Gesichter wahr, die mich anstarrten, ab und zu verstärkt durch den Glanz einer Brille. Niemand sah jung aus, aber ich konnte mich auch irren, schließlich sah ich nicht genau hin. Jemand flüsterte, ein anderer lachte, und ich hätte schwören können, dass es dieser Hermann mit seiner Kamera war.

Ich war noch keine zehn Minuten an Bord des Reisebusses und hatte bereits meinen ersten Feind. Das war mir lange nicht passiert.

»Nummer sechzehn, Fenstersitz. Bitte sehr!« Ich sah genauer hin, und die Strahleaugen kehrten zurück.

»Danke.« Beide Plätze waren noch frei. Ich rutschte auf meinen, plötzlich müde und bemüht, keine weitere Aufmerksamkeit auf mich zu lenken. Vor mir bewegten sich Köpfe in Weiß, Grau und Silber. Manche wandten sich zu mir um. Am liebsten wäre mir gewesen, der Fahrer würde den Bus starten und weiterfahren, am besten mit einem Kavaliersstart, so dass die Truppe etwas zu lästern, staunen und beklatschen hatte. Mein Generationsverbündeter glitt auf den Sitz neben mich. Ja, er setzte sich nicht, sondern glitt. Bilder aus einem Fitnessstudio zogen durch meinen Kopf, und auf jedem bediente er mit lässigem Lächeln ein Gerät.

»Ich bin Fabio Bertani und der Busbegleiter auf dieser Reise«, sagte er.

Ich war froh, dass er reines Deutsch sprach. Ein sexy italienischer Akzent wäre zu viel des Klischees, und ich hätte mich Hals über Kopf in Fabio vergucken müssen. So aber blieb mir eine Chance auf Vernunft.

Was dachte ich da eigentlich? Es war nicht meine Art, bei einem gutaussehenden Kerl sofort nur an das eine zu denken – oder auch an die Möglichkeit eines Dates. Natürlich machte ich mir hin und wieder Gedanken über meinen Singlestatus, besonders, weil er bereits fast drei Jahre andauerte. Aber ich war keine von den Unglücklichen, deren Leben erst wieder gut würde, wenn sie jemanden an ihrer Seite hatten. Allein die Tatsache, dass ich mich trotz Gabs' Drängen bisher in keiner Online-Dating-Börse angemeldet hatte, war der Beweis.

Meine Reaktion musste der Gesamtsituation geschuldet sein. Ich war müde, zweifelte an dem Abenteuer, auf das ich mich gerade einließ, und hatte einen nicht sehr rühmlichen Auftritt hingelegt. Kein Wunder, dass mein Herz Fabio entgegenflog, immerhin schien er der einzig normale Mensch im Umkreis zu sein. Vor allem der Einzige, der ... na ja, zu mir passte. Sollte die Apokalypse einsetzen und nur unseren Bus verschonen, läge meine einzige Chance auf Zweisamkeit und Nachwuchs bei ihm – schon allein, weil alle anderen weit vor mir sterben würden. Und er flirtete mit mir! Zumindest hatte er den Kopf schräg gelegt und sah mich eingehend an.

»Hallo?«

»Hallo.« Gut, besonders originell stellte er sich nicht an, aber ich lächelte trotzdem.

»Hast du Probleme mit Migräne? Oder bist du Epileptikerin?«

»Was? Nein. Warum?«

»Weil du etwas neben dir zu stehen scheinst, und ich frage mich, ob das am Blitz von vorhin liegt. Flackerndes Licht kann manchmal die Ursache für einen Anfall sein.«

Ich runzelte die Stirn. »Nein, ich leide nicht unter Epilepsie. Der Blitz hat mich einfach nur geblendet, und ich stehe auch nicht neben mir.« Ich legte besonders viel Überzeugung in meine Stimme, weil ich merkte, wie sich mehr und mehr Köpfe zu uns herumdrehten.

»Gut. Ich habe dich nämlich nach deinem Namen gefragt, aber du hast mich nur angestarrt. Ich weiß natürlich von unserer Passagierliste, wie du heißt, aber ich wollte nur sichergehen, ob wirklich alles okay ist.«

Wie peinlich! »Entschuldige, ich bin einfach nur müde, und mir geht es ganz sicher gut. Ich heiße Juna, aber das weißt du ja schon. Mein Geburtstag ist der erste Mai. Wir haben den vierzehnten März. Ich befinde mich in einem Bus von Kurfürst-Reisen mit einem Fahrer namens Waldemar Wewers, der mich um sieben Minuten nach drei am Treffpunkt eingesammelt hat. Wir fahren für acht Tage nach Cornwall, und ich bin der einzige Gast unter sechzig, schätze ich. Du siehst, mit meinem Kopf ist alles in Ordnung. Es war doch alles richtig?«

Ich sah ihn bittend an und hoffte, dass er verneinen und mir sagen würde, dass noch jemand Anfang, Mitte oder meinetwegen auch Ende dreißig zusteigen würde. Zu meinem Leidwesen nickte er.

Wo hatte ich noch einmal meine Laune gelassen? Sehnsüchtig musterte ich das Haltestellenschild. »Alle anderen sind wirklich doppelt so alt wie ich?« Ich senkte meine Stimme und klang dadurch, als würde mir das Herz brechen.

Fabio biss sich auf die Lippe – ein wirklich schöner Anblick – und nickte. »Ich fürchte ja. Tut mir leid.«

Es war eine Sache, sich mit einer Freundin die schlimmsten Szenarien auszumalen, und eine andere, allein ertragen zu müssen, dass sie wirklich eintraten.

Fabio schien zu verstehen und legte eine Hand auf meinen Arm. »Keine Sorge, ich bin ja auch noch da.«

Ich schöpfte Hoffnung. Vielleicht wurde das Ganze ja doch nicht so schlimm. Fabio hatte als Busbegleiter sicher seine Pflichten, aber da ich ebenso Gast war wie jeder andere auch, musste er sich um mich kümmern. Ich würde ihm einfach viele Fragen stellen, die lange Erklärungen erforderten. Auf diese Weise hielt er sich in meiner Nähe auf. Problem teilweise gelöst! Bei nächster Gelegenheit würde ich eine Liste an Fragen erstellen, auswendig lernen und bei jeder Gelegenheit abrufen. Bis dahin musste ich lediglich die Fahrt bis zum ersten Stopp überstehen.

»Wie viele werden wir denn sein?« Ich musste mir einen Überblick meiner Situation verschaffen. »Kann ich den Platz neben mir nutzen?«

»Leider nein. Mit achtzehn Leuten sind wir voll belegt, die hinteren vier Plätze müssen leer bleiben, da lagern wir das

Equipment der Crew. Allerdings hast du, wenn ich mich richtig erinnere, deine Ruhe, bis wir in Moers sind.« Er machte eine Pause, seine Zartbitterschokoladenaugen funkelten. »Tut mir sehr leid, Juna.«

»Schon in Ordnung.«

Im Bus knisterte es, dann ertönte die Stimme des Fahrers über Lautsprecher. »Fabio, kommst du bitte nach vorn, wenn du da fertig bist, und nimmst deinen Platz wieder ein? Wir wollen weiter.«

»Die machen dahinten Amore!« Hermann.

»Aber das heißt doch Lahf, da wo wir hinwollen!«

»Ach stimmt. Wir fahren ja gar nicht nach Rimini!«

Und schon gackerte der Chor erneut los. Dieser Bus war leichter zum Lachen zu bringen als Gabs, nachdem sie vier oder fünf Cocktails intus hatte.

Ich schluckte jeden Kommentar hinunter und entschied, dass es keinen Sinn machte, für Hermann eine Negativliste in meinem Notizbuch anzulegen. Er würde sie nach wenigen Tagen sprengen.

Fabio grinste. »Bin gleich da«, rief er. Gelächter antwortete, so wie scheinbar alles, was er oder Herr Wewers von sich gaben, mit wildem Gackern quittiert wurde.

Die Lautsprecher knackten erneut, um eine weitere Stimme auszuspucken. »Ich hab das versucht mit meinem Platz, aber das geht nicht. Da wird mir schlecht. Ich muss ganz vorn sitzen.« Grell und brüchig zugleich und voller Beschwerden zwischen den Wörtern.

Ein Zischen antwortete. Ich war nicht sicher, ob der Fahrer Luft geholt oder geseufzt hatte. »Fabio, du tauschst deinen Platz dann auch gleich mit Frau Gralla.« Ein leiser Knall, das Mikro wurde abgeschaltet, und der Lautsprecher verstummte.

Fabio beugte sich zu mir, so nah, dass seine Stirn beinahe meine berührte. Sein Atem roch nach Pfefferminz. »Das ist Antonia«, flüsterte er und ließ einen Zeigefinger neben der Schläfe kreisen. Seine Haut strahlte so viel Wärme ab, dass ich sie beinahe berührt hätte.

Mit einem Zwinkern stand er auf und machte sich auf den Weg.

Ich ignorierte die Blicke der Leute vor mir, zog mit sicherem Griff meine Schlafmaske aus Fach zwei und lehnte mich kurz darauf zurück. Das Rattern und Ruckeln des Busses empfand ich zunächst als störend, doch mit der Zeit führte es mich sicher in den Schlaf.

4

Ein Rütteln an der Schulter riss mich zurück in die Realität, genauer gesagt aus der Traumversion eines Büros, in dem Onkel Olli das Sagen hatte. Wände, Decke und der Boden waren über und über mit Glitzer-Yin-und-Yangs bedeckt, und Stan tanzte auf Ballettschuhen durch die Gegend und trug lediglich eine viel zu enge, weiße Hose. Gabs und ich standen vor einem überdimensionalen Monitor. Ein Wort war darauf zu lesen.

Schweigen.

»Ja hallo, da sind wir wohl Platznachbarinnen, nicht wahr? Da freue ich mich aber, neben einer so jungen und hübschen Dame zu sitzen.« Das Rütteln wurde zu einem Zupfen. Gabs, Monitor und Stans Gezappel verschwanden schlagartig.

Ich fuhr in die Höhe und riss mir die Schlafmaske vom Gesicht. Ein breites Lächeln begrüßte mich. Nein, eher ein Strahlen. Erwartungsvolles Strahlen. Nicht nur hinsichtlich der weit aufgerissenen Augen und Lippen, sondern auch wegen der zahlreichen Falten im Gesicht. Viele kleine Sonnen ballten sich da zusammen. »Wir sind in Moers, falls du dich das fragst. Also noch nicht am Ziel unserer Reise. Aber du hast ja so wunderbar geschlafen. Ich könnte das nicht in einem Bus. All das Geruckel! Ich habe ja schon in meinem Bett Probleme. Aber man muss sich ja auf das Neue einstellen, nicht wahr? Sonst kann man ja gleich zu Hause bleiben und braucht erst gar nicht aufstehen!« Die Frau lachte, hielt sich mit einer Hand am Vordersitz fest und schaukelte hin und her. Wahrscheinlich versuchte sie, eine bequeme Position zu finden.

Ich war so perplex, dass ich erst nicht antwortete, sondern einfach nur starrte und Einzelheiten speicherte.

Das war dann wohl meine Sitznachbarin. Sie ging mir momentan bis zur Schulter, und weil ich kein Sitzriese war, schätzte ich sie auf höchstens eins sechzig. Zwischen siebzig und achtzig, was ihr Alter betraf, aber so genau konnte ich das nicht sagen. Ich hatte nicht viel Erfahrung mit Senioren. Die Eltern meiner Mutter waren beide gestorben, ehe ich auf die Welt gekommen war. Die meines Vaters lebten nicht allzu weit entfernt, aber der Kontakt war sporadisch und beschränkte sich auf Postkarten, Telefonate zu Feiertagen und wenige Besuche, bei denen ich häufig verhindert war. Eigentlich war Gabs' Oma der einzige Mensch ihrer Generation, mit dem ich regelmäßig redete. Aber ich argwöhnte, dass Gespräche über Holzfällercamps, CS-Gas und die richtige Methode, eine Gans auszunehmen, eher die Ausnahme waren.

Meine neue Reisegefährtin schien vor guter Laune nur so zu sprudeln. Ihre Stimme klang freundlich, hell und voller Begeisterung. Ich entschuldigte mich in Gedanken bei Gabs, aber hier musste ich Stan zustimmen: Sicher gab es nicht viel Abwechslung im Leben dieser Frau, so dass sie sich in den kommenden Tagen von einem Entzücken ins nächste stürzen würde.

Sie war nicht nur klein, sondern dünn, fast schon zerbrechlich, was durch ihren langen Hals betont wurde. Um den Kopf hatte sie ein Tuch in hellen Tönen gebunden, das weiße Haar darunter schien aufgerollt oder hochgesteckt zu sein. Sie trug einen Rock und eine Trachtenjacke, ihre braune Handtasche hielt sie mit beiden Händen fest auf ihrem Schoß. Ich hoffte, dass die Frau robuster war, als sie aussah. Hatte ich Verpflichtungen ihr gegenüber, weil sie neben mir saß? Das wäre fatal, denn ich fürchtete, dass sie bei der ersten starken Windböe an der Küste – oder bereits auf der Fähre! – stolpern und sich einen Knöchel verstauchen könnte.

Ich schielte auf ihre Hände. Die filigranen Finger zitterten leicht. Sie waren so schmal! Ein etwas kräftigerer Handschlag, und sie würden vielleicht brechen.

Die Frau hatte eine akzeptable Position gefunden und strahlte mich erneut an, als der Bus sich in Bewegung setzte. Die Lichter auf der anderen Seite der Fenster verwandelten sich in Linien. »Jetzt geht's los!«

Zustimmendes Raunen ertönte und klang nach Ehrfurcht und Abenteuer. Ich sah mich um und starrte auf fremde Hinterköpfe. Während ich geschlafen hatte, mussten wir sämtliche Abholorte angefahren haben. Bis auf die letzte Reihe waren alle Sitze belegt, und Gemurmel beherrschte den Bus wie ein Bienenschwarm. Mein Herz setzte zum lockeren Dauerlauf an. Nun gab es kein Entkommen mehr. Es war so weit. Ich war Teil dieser rüstigen Reiserunde und würde so schnell nicht mehr aus der Sache herauskommen. Im Grunde war ich auf mich allein gestellt. Was auch immer in Cornwall geschehen würde, es gab niemanden, der mir zur Seite stand. Mit dem ich auf einer Wellenlänge lag.

Mein Herz klopfte noch schneller. Eine Busreise! War ich denn wahnsinnig? Ich mochte Busse nicht einmal besonders, immerhin legte ich mein Leben in die Hände eines Menschen, der wahrscheinlich viel zu lange am Steuer saß und irgendwann einfach einschlafen musste. Warum gab es überhaupt nur einen Fahrer? Sollten es nicht zwei sein? Oder sprang Fabio hin und wieder ein?

Ich musste mich beruhigen. Ich saß in der vorletzten Reihe, hatte somit niemanden hinter mir und zumindest die Illusion eines Fluchtraums. Zudem befand sich Fabio nicht allzu weit entfernt. Er würde sich um mich kümmern, wenn alle Stricke rissen.

»Ich war noch nie auf der großen Insel«, sagte die ältere Dame neben mir vergnügt und sah mich an. Dafür drehte sie sich auf ihrem Sitz, vermutlich um ihren Nacken zu schonen. Die meisten Falten hatte sie um die Augen und zwischen Mundwinkel und Kinn. Sie erinnerte mich an eine Bauchrednerpuppe, bei der sich lediglich der Unterkiefer bewegte. »Eine gute Freundin, die Inge Dambrow, hat diese Tour schon dreimal gemacht und jedes Mal ein wundervolles Kaffeeservice mitgebracht. Und Rosenseife. Dieses Jahr ist sie verhindert, wegen den Knien. Käthe, hab ich mir gedacht, dann fährst du eben! Wenn ich zurück bin, erzähle ich der Inge alles, und dann kann sie sehen, ob sich Cornwall verändert hat. Die Seife bringe ich ihr natürlich auch mit.« Sie lachte und streckte mir ihre kleine, zarte Hand entgegen. »Ich bin übrigens Käthe.«

»Ich ... ich weiß«, sagte ich. »Juna Fleming.«

Käthe strahlte, als hätte ich ihren Tag gerettet. »Das ist aber ein schöner Name! Ist der aus dem Süden? Meine Familie stammt aus der Gegend um Hamburg, aber mit den Jahren sind wir immer weiter nach unten abgewandert. Ich bin damals mit meinem Karl in Moers gelandet. Es ist aber auch hübsch dort.«

Ich überlegte, ob ich ihr die Frage zu meinem Namen noch beantworten sollte, aber sie hatte das Thema wohl schon wieder vergessen. Dafür sah sie mich jetzt abwartend an. Ich überlegte, ob es unhöflich wäre, die Schlafmaske wieder anzulegen, als ein Telefon klingelte.

Ich griff bereits aus Reflex nach meiner Handtasche, ehe ich bemerkte, dass es ein fremder Klingelton war. Nun, so fremd doch nicht. Es war eines von den Dudelsackstücken, die man zwar nicht namentlich kannte, aber in jedem Tourismus-Werbespot über Schottland hörte.

»Ah!« Käthes Gesicht erhellte sich, dann kramte sie mit beiden Händen in ihrer Tasche und zog schließlich ein Handy heraus. Der Dudelsack dröhnte mit voller Kraft durch den Bus und erzeugte erste Unmutsbekundungen. Natürlich, Käthe hatte den Ton auf höchste Lautstärke gestellt. Daher war es mir unerklärlich, warum sie das Gerät jetzt nur in den Händen drehte und nicht daran dachte, den Anruf entgegenzunehmen.

Von vorn brüllte jemand, dass man diesen Höllenlärm abstellen sollte. Er hatte recht, immerhin war es ja noch Nacht, und manche Fahrgäste hatten sicher geschlafen. Ich verzog das Gesicht, weil alle, die sich umdrehten, ausnahmslos mich anstarrten. Natürlich, Mobiltelefon plus nerviger Klingelton, das musste ja die junge Mitreisende sein.

»Möchten Sie nicht rangehen?«, zischte ich Käthe zu und beugte mich zu ihr, damit sie mich hörte. Sie roch nach Lavendel, an ihren Ohren blitzten Perlenstecker.

Sie nickte, schüttelte den Kopf und schob mir das Telefon in die Hände. »Hach, ich weiß nicht, wo ich da draufdrücken muss. Bitte mach du das. Ich habe den Apparat erst seit gestern und kenne mich damit noch gar nicht aus.«

Perplex starrte ich auf meine Hände, in denen es nun vibrierte, und das Display. ›Blacky‹ stand dort. »Ich soll den Anruf für Sie entgegennehmen?«

Käthe blinzelte zu mir hoch. Unter anderen Umständen hätte ich es als treuherzig bezeichnet, aber jetzt war es lediglich die Ursache des Ärgers, der auf mich einbrandete.

»Mensch, stellt das Gebimmel ab dahinten!« Ein Mann, genervt.

»Wir wollen hier schlafen!« Eine Frau, gereizt.

Meine Bewegungen wurden ebenso zittrig wie Käthes. »Okay, gut. Wer ist denn Blacky?«

Käthe lächelte.

»Das Telefon endlich aus!« Ein anderer Mann, eindeutig wütend.

Mir blieb nichts anderes übrig. Ich nahm den Anruf an. »Einen Moment bitte«, teilte ich dem Anrufer mit, dann hielt ich das Telefon an Käthes Ohr.

Sie schüttelte den Kopf und verzog das Gesicht.

»Sie müssen nur noch etwas sagen«, sagte ich aufmunternd und so laut, wie ich es wagte. »Ich halte das Telefon auch fest.«

Käthe bekam den Blick eines störrischen Esels. »Hallo mein Kleiner«, zwitscherte sie, als wäre sie nicht die Ursache eines Entrüstungssturms, in dessen Zentrum sie mich gestoßen hatte. »Ich bin im Bus. Die nette Dame, die mich begleitet, redet jetzt mit dir.« Nach diesen Worten schob sie das Telefon energisch mit beiden Händen weg, fasste mich am Arm und zog mich zu sich hinab. »Mir ist da nicht so wohl mit«, sagte sie und deutete auf das Handy, als wäre es ein streng geheimes Artefakt, von dem möglicherweise Gefahr ausging.

Fast hätte ich mich nach unerwünschten Zuhörern umgesehen, so sehr ließ ich mich davon anstecken. Innerlich stöhnte ich. Was hatte ich nur getan, um mich mit diesem Karma herumzuschlagen? Wahrscheinlich konnte man sich gutes oder schlechtes nicht verdienen, sondern es wurde jedem in einer spirituellen Lotterie zugeteilt. Das würde passen. Bei Glücksspielen gewann ich selten.

Käthe schob meinen Arm zurück zu mir. Ich gab mich geschlagen und hielt das Telefon an mein Ohr. »Hallo, hier ist Juna Fleming.«

»Carstens. Ich wollte mich erkundigen, ob alles glattgelaufen ist und meine Oma sich gut eingerichtet hat.« Die Stimme war energisch, aber auch dunkel und schwer vor Müdigkeit. Oder sprach Käthes Enkel immer so? Besonders freundlich klang es nicht, abgesehen davon, dass es mitten in der Nacht war und er eine wildfremde Frau in der Leitung hatte. War man da nicht schon fast gesetzlich zu mehr Höflichkeit verpflichtet? Andererseits war er noch wach – oder schon – und machte sich Gedanken um seine Oma. Das war doch nett, oder?

»Hallo, sind Sie noch da?« Nun klang er ungeduldig.

Ich strich das ›nett‹ wieder. Auf meinem Rücken begann es zu kribbeln, auf jene unangenehme Weise, die verriet, dass das Fass nah daran war überzulaufen. Ich war diejenige, die ungeduldig sein durfte! Immerhin hatte man mich aus dem Schlaf gerissen und gezwungen, mit einem Mann zu telefonieren, der entweder unter Schlafdefizit oder Freundlichkeitsmangel litt. »Ja, ich bin noch da, und ja, Ihre Oma sitzt sicher auf ihrem Platz im Bus von Kurfürst-Reisen«, sagte ich in dem Tonfall, der in Meetings angebracht war, wenn die Parteien sich nicht einigen konnten. Weder eisig noch distanziert, aber von beidem ein wenig.

Es folgte Stille, womöglich hatte ihn das irritiert.

»Gut«, sagte er dann und unterdrückte eindeutig ein Gähnen. »Wie lange dauert es noch, bis Sie die Fähre erreichen? Und wann setzt die noch einmal über?«

Der stellte Fragen! »Ich habe keine Ahnung. Ich weiß ja

nicht einmal, wo genau wir gerade sind.« Ich starrte durch die Scheibe nach draußen in der Hoffnung, ein Schild zu erkennen, aber bis auf Lichter und flüchtige Schatten konnte ich nichts sehen.

Ein Schnauben dröhnte an mein Trommelfell. »Was soll das heißen, Sie wissen es nicht? Haben Sie sich nicht ausreichend vorbereitet?«

Ich verfiel in meinen Arbeitsmodus, setzte mich aufrecht hin und hob das Kinn. Wie unverschämt! Ich war stets vorbereitet, doch nicht für Bereiche, die ich nicht kennen musste. Und da nicht ich, sondern Waldemar Wewers diesen Bus steuerte, konnte ich mich zurücklehnen, schlafen und versuchen, mich darauf zu verlassen, dass wir irgendwann unser Etappenziel Calais erreichten.

Nein, verbesserte ich mich. Hätte ich mich zurücklehnen können, denn Käthes Enkel machte soeben den Rest Nachtruhe zunichte, auf den ich gehofft hatte. Ich sah sie an. Sie hatte den Kopf auf die Seite gelegt und lächelte so strahlend, dass ich es nicht übers Herz brachte, das Telefonat zu beenden. Also warf ich einen Blick auf meine Uhr, versuchte, mich an das zu erinnern, was in den Reiseunterlagen stand, und rechnete rasch nach. »Wir müssten, falls wir nicht in einen Stau geraten, zwischen acht oder neun an der Fähre sein, wenn ich mich richtig erinnere.«

Leises Zischen. Wahrscheinlich rauchte Käthes Enkel. Bei dem Blutdruck, den er scheinbar hatte, würde ich ihm eher einen Baldriantee empfehlen. »Wenn Sie sich richtig erinnern? Ja, wissen Sie das denn nicht?«

»Nein«, rief ich lauter als beabsichtigt und rutschte tiefer in meinen Sitz. »Nein, ich weiß das nicht, und ich kann mich auch nicht auf Befehl erinnern, wenn ich mitten in der Nacht aus dem Schlaf gerissen werde!«

»Was ...« Er verstummte, dann hustete er. Ich wurde das Gefühl nicht los, dass er eigentlich etwas hatte sagen wollen, das ganz sicher nicht für meine Ohren bestimmt war – oder für die irgendeines anderen Menschen auf diesem Planeten. »Sie haben geschlafen? Im Bus?«

Allmählich beschlich mich das Gefühl, dass dieser Enkel ebenso schräg war wie seine Großmutter, die wildfremden Leuten ihr Telefon in die Hand drückte und sie mit einer Mischung aus Hundeblick und Alter-Leute-Bonus dazu zwang, ihren Wünschen nachzugeben.

Es half nichts, eine der Coaching-Methoden für schwierige Verhandlungen musste her. Ich holte tief Luft und stellte die Füße fest auf den Boden. Die freie Hand legte ich auf meinen Bauch und stellte mir vor, eine Rüstung zu tragen und ein Schwert auf dem Rücken, mit dem ich den unverschämten Enkel von dem Sofa aufscheuchen würde, auf dem er sicherlich herumhing. Ich wettete darauf, dass neben ihm mindestens eine leere Bierflasche sowie ein übervoller Aschenbecher stand. Gut, eventuell rutschte ich damit in die Klischeesparte, aber das war mir egal. Besser als Onkel Ollis Tipp mit dem Licht. Allein bei der Vorstellung, dass ich mir eine Lichtblase mit diesem impertinenten Kerl teilte, war schlimmer, als von einer Horde Senioren mit ihren Handys bedroht zu werden.

»Hallo? Sind Sie noch ...«

»Ja, ich bin noch da, und ja, ich habe geschlafen, und das werde ich auch gleich wieder können, nachdem wir aufgelegt haben. Ihrer Oma geht es gut, sie sitzt neben mir und lächelt, aber sie kommt mit ihrem Handy nicht ganz klar. Es wäre daher schön gewesen, wenn Sie sich vor ihrer Abreise die Zeit genommen hätten, es ihr zu erklären, und nicht einfach nur zu kaufen. Ich bin zuversichtlich, dass sie das noch lernen wird. Aber vielleicht gönnen Sie nun mir und damit auch Ihrer Oma etwas Zeit zum Schlafen?« Die Worte sprudelten nur so heraus, und bereits nach den ersten beiden Sätzen wünschte ich mir, sie zurücknehmen zu können. Ich fühlte mich nicht wohl, wenn ich unhöflich war. Bereits jetzt spürte ich Hitze auf den Wangen, obwohl mich niemand außer Käthe sehen konnte. Aber der Kerl hatte mir keine andere Wahl gelassen!

Als ich fertig war, pumpte mein Herz das Blut in Höchstleistung durch meine Adern, und ich atmete so schwer, als wäre ich den Weg nach Calais gejoggt. Meine Finger pochten, während ich auf eine Antwort wartete.

»Ich rufe später wieder an.« Jede Silbe klang wie ein Peitschenknall, dann legte Blacky auf.

Ich starrte auf das Handy und war einfach nur dankbar, dass mich und Käthes Enkel viele Kilometer trennten und es mit jeder Minute mehr wurden. Dann riss ich mich zusammen. Es gab keinen Grund, mich so unwohl zu fühlen! Ich würde diesen Typen niemals treffen und mich seinen Anschuldigungen daher nicht live stellen müssen. Wenn er noch einmal anrief, hatte Käthe sicher bereits Reisebekanntschaften geschlossen, die ihr in Sachen Mobiltelefon beistehen würden. Vielleicht konnte ich sie mit Hermann zusammenbringen, der so stolz auf seine Kamera war. Wenn er die bedienen konnte, kam er auch mit einem Handy klar.

»Hier bitte.« Ich drückte Käthe das Ding in die Hand.

Sie brauchte mindestens eine Minute, um es wieder zu verstauen, strahlte und zeigte Zähne, die zu ebenmäßig waren, um echt zu sein. »Er ist ein Netter, mein Blacky, nicht wahr?«

Blut war nicht nur dicker als Wasser, sondern machte scheinbar ebenso blind wie Liebe. »Hm.« Zu mehr konnte ich mich nicht durchringen.

Käthe genügte das. »Ich nenn ihn so, weil er der Einzige aus unserer Sippe mit dunklen Haaren ist. Die Carstensens sind ein heller Verein.« Sie lachte und fummelte an ihrem Kopftuch herum. Ich verbarg ein Gähnen hinter der Hand und beobachtete, wie sie es löste und sorgsam zusammenlegte.

»Ich werde dann noch einmal versuchen zu schlafen«, sagte ich. »Gute Nacht.« Ich wollte mich gerade auf die Seite drehen, als eine Gestalt durch den Gang nach hinten kam und winkte. Fabio?

Ich winkte zurück und ließ meine Hand schnell wieder sinken, als ich meinen Irrtum bemerkte. Das war nicht der nette Busbegleiter, sondern ein Mann, dessen dunkler Pulli mit Reißverschlusskragen ihn zu strangulieren drohte. Er lief vorbei und setzte sich hinter uns in die letzte Reihe.

Ich drehte mich zu ihm um. »Entschuldigung, aber die letzte Reihe muss laut Crew frei bleiben.«

Mit seinem runden Gesicht, dem Ansatz zum Doppelkinn und den großen, glänzenden Augen hinter der Brille erinnerte er mich an ein verschrecktes Rind. »Ich weiß, ich wollte nur kurz mit Ihnen reden.«

O nein, das auch noch! »Hören Sie, das mit dem Telefon tut uns beiden wirklich leid.« Ich sah nicht ein, die Schuld zu tragen, und nickte in Käthes Richtung. »Meine Sitznachbarin hat es neu und ist noch nicht so gut damit vertraut.«

Er blickte aus dem Fenster, obwohl es dort nichts zu sehen gab, dann wieder zu mir. »Nein nein, ach, darum geht es gar nicht. Ich bin übrigens der Rudi.«

»Juna. Hallo. Das ist Käthe«, hoffte ich, das Gespräch abschieben zu können, frei nach dem Motto ›Gleichaltrige unter sich‹. Käthe winkte nur, ohne sich umzudrehen – was wahrscheinlich besser war, nachher brach oder verstauchte sie sich noch was.

Rudi nickte ihr zu, obwohl sie es nicht sehen konnte, und schüttelte meine Hand. Er hatte breite Finger. An einem glänzte ein Ehering, den er nun drehte, ohne hinzusehen. Würden wir nicht in einem Urlaubsbus sitzen, hätte ich angenommen, er sei nervös. Oder auch nur unbeholfen. Vielleicht hatte er keine Kinder und war den Umgang mit Menschen, die jünger waren als er, nicht mehr gewohnt. »Und, waren Sie schon einmal drüben? Junge Leute fahren doch andauernd in der Weltgeschichte herum und fühlen sich überall sofort zu Hause. Kennen Sie England?«

Oha. Immerhin nannte er mich jung. Ich erstellte in Gedanken eine Liste, was er mit diesem Gespräch beabsichtigen könnte: Flucht vor seiner Frau, die ihn auf dieser Reise begleitete und seit der Abfahrt an ihm herumnörgelte, und damit verbunden sein mangelndes Durchsetzungsvermögen. Sprich: egoistische Absichten. Smalltalk mit einer jungen Frau, die ihn an seine Tochter oder Enkelin (rein biologisch war beides möglich) erinnerte, zu der er keinen Kontakt mehr hatte – also sentimentale Absichten. Oder Smalltalk mit einer jungen Frau, die ... nun ja, die jung war. Anbandelungsabsichten?

Letztlich war es egal. Ich wollte kein Gespräch, sondern die restlichen Stunden bis zur Fähre für meine Nachtruhe nutzen. Vielleicht wurde ich Rudi los, wenn ich mich kurz mit ihm unterhielt und ihm dann mitteilte, wie müde ich war. Am liebsten hätte ich ihn ignoriert, aber da ich noch acht Tage mit ihm verbringen würde, wollte ich mir keine schlechte Stimmung leisten.

»Ich war noch nie zuvor da, wenn Sie das meinen. Aber ich habe viel darüber gelesen. Gibt es denn etwas Bestimmtes, das Sie wissen wollen?«

»Och.« Wenn er so weitermachte, würde der Ring eine Brandspur an seinem Finger hinterlassen. »Einfach nur so allgemein. Wie die Leute da so sind. Ob man mit denen gut ins Gespräch kommt. Wissen Sie, so wie hier.«

Ich zog unwillkürlich den Kopf ein, als seine Hand einen Bogen beschrieb, und war nicht sicher, ob er den Bus oder Nordrhein-Westfalen meinte. Wobei wir doch mittlerweile sicherlich durch die Niederlande fuhren? Die wirklich interessante Frage war allerdings, warum er das ausgerechnet von mir wissen wollte. »Tut mir leid, ich fahre wie gesagt zum ersten Mal nach Großbritannien. Und ich kenne auch keine Briten.« Ich zog meine Schlafbrille von der Stirn und betrachtete sie eingehend. »Aber ich bin sicher, dass der Fahrer oder der Busbegleiter Ihnen helfen kann. Die zwei haben diese Fahrt vielleicht schon öfter gemacht?«

Rudi schmatzte leise, als er den Mund öffnete. Ich gähnte hastig, wobei ich mich beinahe verschluckte. Mehr fiel mir wirklich nicht ein, um ihm zu verdeutlichen, dass er störte, abgesehen von vorgetäuschtem Sekundenschlaf. Wie gab man vor, von einer Sekunde auf die andere einzuschlafen?

Käthe kramte unterdessen ein Kissen aus ihrer Handtasche. Der Anblick erinnerte mich an ein Märchen aus meiner Kindheit, in dem die Heldin einen verzauberten Beutel besaß, aus dem sie alles zauberte, was sie auf ihrer Reise benötigte. Sogar ein Pferd. Ich beobachtete, wie Käthe sich ihr Nachtlager zurechtklopfte, und beugte mich über die Rückenlehne. »Ich glaube, Frau Carstens möchte gern schlafen«, flüsterte ich und deutete mit hochgezogenen Augenbrauen auf den grauen Schopf. Käthe hatte ihr Haar tatsächlich an den Seiten und am Hinterkopf aufgerollt. Nicht mit Lockenwicklern, sondern in edlen Löckchen, die mit Haarklammern befestigt waren. Es verpasste ihr einen Hauch Adelsflair.

Rudi nickte. »Natürlich, natürlich.«

Schon erhob er sich, und ich hatte dieses seltsame Gespräch überstanden. So funktionierte das also. Ich musste lernen, diesen Rentnerbonus für mich auszunutzen, dann würde ich den

Urlaub problemlos überstehen. Ich starrte auf die Wellen über Käthes Ohren. Vielleicht hatte das Karma doch ein Einsehen mit mir und gewährte mir einen rettenden Ast im Meer der Verzweiflung. Okay, ich wurde poetisch, was nichts anderes bedeutete als: Ich brauchte dringend Schlaf. Also tat ich es Käthe gleich, suchte eine halbwegs bequeme Position und schloss die Augen.

Ganz in der Nähe brüllte ein verwundeter Bär, eventuell schnarchte auch nur jemand. Wenn ich eines von Gabs' Oma gelernt hatte, dann, dass Senioren im Schlaf ungeahnte Lautstärken erzeugen konnten.

Das kann ja heiter werden.

»Eigentlich bin ich gar nicht müde, das ist hier alles so aufregend«, hörte ich Käthe flüstern. »Aber dann hast du das diesem Rudi gesagt, also, dass ich schlafen möchte, und da habe ich mir gedacht, warum nicht.«

Ich bewegte mich nicht und sagte nichts, erlaubte mir aber ein Grinsen, ehe ich einschlief.

5

*D*er Wind riss Strähnen aus meinem Zopf und peitschte sie in mein Gesicht. Ich zog den Jackenkragen höher und stellte mich neben das große Sichtfenster, hinter dem sich Leute drängten und auf die See starrten, wo es absolut nichts zu sehen gab. Es war kalt hier draußen, und meine Haare würden sich innerhalb kürzester Zeit in einen Knotenteppich verwandeln, aber ich blieb eisern an der frischen Luft. Immerhin belästigten mich weder Wellen noch Möwen mit Gesprächen.

Kurz nach unserer Ankunft an der Fähre hatte Herr Wewers zu meinem Leidwesen den Bus mit Licht geflutet und eine energische Tirade mit eindeutig einstudierten Pointen zum Besten gegeben, die belacht und beklatscht wurden. Lediglich Antonia, die Frau, die unbedingt vorn sitzen musste, hatte genörgelt, weil sie sofort auf die Toilette wollte und nicht erst nach Waldis Kampfrede, die darauf abzielte, an Bord Souvenirs zu kaufen. Vermutlich bekam Kurfürst-Reisen eine nette Beteiligung.

Schließlich hatte unser Fahrer ein Einsehen und öffnete die Tür, woraufhin Antonia in Fabios Begleitung – »bei dem ganzen Geruckel kann ich nicht allein los, da falle ich die Treppe runter, ich hab nicht mehr so gute Knochen wie ihr alle, wartet mal ab, bis ihr in mein Alter kommt« – zu den sanitären Anlagen wankte. Der Bau sah überraschend modern aus, die Zeichen für Männlein und Weiblein leuchteten uns fröhlich entgegen. Menschen drückten sich davor herum, kramten in Taschen, zogen an ihren Zigaretten, und manche wirkten, als würden sie gleich einschlafen. Antonia durchbrach die Blockade der Kampfraucher mit heftigem Gestikulieren und rief einem Mann etwas zu, das wir zum Glück nicht verstanden. Er zeigte ihr einen Vogel.

Zwar hatte ich die restliche Fahrt bis Calais wirklich durchgeschlafen, aber Käthe erzählte mir, dass wir wegen Antonia fünfmal außerhalb der regulären Stopps anhalten mussten. Sie weigerte sich zu aller Leidwesen, die Bordtoilette zu benutzen, weil ihr, wie sie sagte, während der Fahrt dabei schlecht wurde und sie Angst hatte, bei dem künstlichen Licht der Weißplastikkabine ohnmächtig zu werden.

Käthes Augen leuchteten bei ihrem Bericht, als wäre Antonias Bockigkeit mindestens eine Schlagzeile in dem Klatschblättchen wert, das sie in das Netz am Vordersitz gestopft hatte – wenn nicht gar in den Hollywoodnachrichten. Sie hatte helle Augen und ein herzförmiges Gesicht, wenn man die Wangen etwas hochschieben würde. Früher musste sie sehr hübsch gewesen sein. Sie war es für ihr Alter wohl noch immer. Zumindest hatten das Leben und vielleicht auch ihr Gemüt sie vor hängenden Mundwinkeln oder anderen Falten bewahrt, die Menschen so häufig grimmig aussehen ließen.

Nachdem Antonia und Fabio zurück waren, dauerte es nicht mehr lange, und wir konnten auf die Fähre rollen. Motoren wurden angelassen, obwohl der Tross der Fahrzeuge sich noch nicht in Bewegung setzte.

Es war bereits hell, aber am Himmel trieben Wolken zu schnell vorüber. Windböen ließen die Fahnen über dem Toilettengebäude flattern, hin und wieder sogar peitschen. Ich betrachtete die langen Schlangen der Fahrzeuge, das große weiße Metalltor mit dem Aufdruck »Calais 5« und dahinter ... unsere Fähre. Es war ein ehrfürchtiger Moment, und mir war etwas mulmig zumute. Immerhin war ich drauf und dran, mein Leben für anderthalb Stunden einem Metallkoloss anzuvertrauen. Der Anblick war imposant, das konnte man nicht leugnen, aber die Titanic hatte sicher noch mehr Eindruck gemacht und war dennoch gesunken. Gut, es gab auf unserer Strecke keine Eisberge, aber es konnte so viel anderes passieren. Unwetter. Monsterwellen. Wie tief war eigentlich der Ärmelkanal? Ich hatte es nicht recherchiert. Und wie sollten wir Antonia nach Dover schaffen, wenn ihr bereits die Busbewegungen Übelkeit bereiteten? Der Wind würde kaum für uns abflauen. Es sah leider ganz danach aus, als würde Fabio auch auf der Fähre keine Zeit für mich haben. Aber nun gut, die Reise begann eh erst richtig, sobald ich einen Fuß auf englischen Boden setzte und ... o mein Gott, wenn wir auf der falschen Straßenseite fuhren. Ich würde jedes Mal zusammenzucken, wenn wir im

Uhrzeigersinn durch einen Kreisverkehr bretterten. Bei all den Besuchern mussten doch Unfälle vorprogrammiert sein?

Ich riss mich von meinen Befürchtungen los und konzentrierte mich auf die Fähre. Aus ihrem vorderen Teil ragte etwas in den Himmel, das wie ein schräggestellter Metallmast aussah mit einer Art Aussichtsplattform. Dahinter dampfte es aus einem breiten, blau gestrichenen Schornstein, und wiederum dahinter ... das Wasser, grau und voller Geheimnisse. Die ersten Fahrzeuge rollten bereits die Rampe hinauf. Waldi Wewers startete den Motor, und meine Nervosität verwandelte sich in Aufregung und Vorfreude. Allein die Tatsache, dass ich noch niemanden kannte, der so früh am Morgen bereits wach war, hielt mich davon ab, einen letzten Anruf auf dem Festland zu tätigen und meinen Lieben zu Hause zu erzählen, dass ich mich gleich auf dem Wasser befinden würde. Das erinnerte mich an Blacky, Käthes Enkel. Ich schielte zu ihrer Handtasche und beschwor ihn, nicht noch einmal anzurufen. Er konnte die Zeit viel besser nutzen, indem er nach Benimmkursen googelte oder einen Knigge las.

Jemand trat auf den Gang, bückte und verbog sich und machte ein großes Theater um den richtigen Winkel für sein Foto: Hermann. Erstmals bekam ich Gelegenheit, ihn genauer ins Auge zu fassen und mir zu merken, vor wem ich in Zukunft einen Bogen machen musste.

Er wirkte drahtig und fit, die Outdoorkleidung verstärkte den Eindruck einmal mehr. Das war nicht gut – damit schwanden meine Chancen, ihm zu entkommen, wenn er auf die Idee kam, mich in ein längeres Gespräch zu verwickeln. Meine Kondition ... nun ja. Ich hatte schon längst mit dem Joggen beginnen wollen und sogar ein Paar (unbenutzte) Laufschuhe in den Koffer gepackt, aber bisher war stets etwas dazwischengekommen.

Hermann schob sich umständlich an einer Sitzreihe vorbei, die er allerdings problemlos hätte passieren können. Der Rempler an der Schulter der Frau, die dort saß, führte zu Gelächter und dem Umstand, dass er ihr die Kamera vorführen konnte. Sein weißes Haar war dicht und stand aufdringlich vom Oberkopf ab, passend zum Charakter des Trägers. Er nutzte die Situation, um der Frau halb auf den Schoß zu kriechen. »Entschuldigen Sie, aber wenn Sie nur ein Stück zur Seite rutschen, krieg ich den Bug drauf. Gut, dass es bewölkt ist, oder? Da brauch ich den Polfilter nicht, den hab ich mir extra vor dem Urlaub noch kommen lassen.«

Die Lautsprecher knackten, und alle Köpfe bis auf Hermanns wandten sich synchron nach vorn. »Bitte alle hinsetzen, bis wir auf der Fähre sind.« Herr Wewers klang bestimmt und etwas knurrig.

Hermann schoss drei weitere Fotos, wobei er sich auf erstaunliche Weise verrenkte. Erst die energische Stimme einer Frau rief ihn an seinen Platz. Auf dem Rückweg nahm er sich die Zeit, die Bilder auf dem Display zu betrachten und zwei weiteren Fahrgästen zu zeigen.

»Das schaukelt aber ganz schön, das Schiff!« Antonia.

Niemand reagierte, und in andächtigem Schweigen rollten wir weiter auf die *Pride of...*

Mehr konnte ich nicht lesen, denn Käthe hatte mir ihr Klatschblättchen vor die Nase gehalten, weil sie etwas in ihrem Kreuzworträtsel nicht lesen konnte.

Jetzt, über eine Stunde später und nicht mehr in den Fängen von Käthe, Rudi oder jemand anderem, hatte ich Pause von dem Gefühl, mich wie ein Teil der Kurfürst-Crew und nicht wie ein Gast zu fühlen. Fabio war, kaum auf der Fähre, leider mit Herrn Wewers in die ›Drivers Lounge‹ verschwunden, zu der ich keinen Zutritt hatte. Als die Senioren das mitbekamen, wandten sich manche mir zu in der Hoffnung auf Hilfe, eine

Führung über die Fähre oder Gespräche. Eine Frau in einer Art modernem Jogginganzug drückte mir sogar Geld in die Hand und bat mich, für sie im Souvenirshop einzukaufen, weil sie mit der fremden Währung nicht zurechtkam. Das war der Moment, in dem ich an Deck geflüchtet war, ungeachtet der Kälte und unzähligen feinen Wassertropfen, die mir der Wind ins Gesicht sprühte. Begrüßt hatten mich der Geruch nach Salz und Frische und eine gute Portion Möwendreck, der sich überall auf der Fähre zu verteilen schien. Die *Pride of whatever* schaukelte und bockte sogar ein wenig. Ich passte mich meinen Mitreisenden an und schlurfte bis zur Reling, ohne auch nur einmal einen Fuß anzuheben. Die Angst war zu groß, dass ich ohne Bodenhaftung zu Fischfraß verdammt war, und der Wind hatte den Anschein, als wartete er nur auf seine Chance, mich über Bord zu wehen.

Der Blick auf das wirbelnde Wasser erinnerte mich an den Abend vor einigen Jahren, an dem ich auf Gabs' Drängen mit ihr die Feuerleiter des örtlichen Veranstaltungssaals emporgeklettert war, um einen Blick auf die Strippertruppe zu werfen, die dort gastierte: Er war faszinierend und beängstigend zugleich. Immerhin hatten die Stripper nicht so tödlich gewirkt wie die Fluten unter mir, dafür aber ihre Managerin, die uns erwischt und quer über den Parkplatz verfolgt hatte. Bis heute träumte ich bisweilen von ihren langen, feuerroten Fingernägeln.

Ich dachte an zu Hause, an Gabs, meine Arbeit und wie wohl alles gekommen wäre, wenn ich einen Freund hätte. Dann würde ich nun in den Armen eines Mannes hier an Deck stehen, anstatt frierend allein der Küste von Dover entgegenzublicken, die sich bereits als Umriss in der Ferne abzeichnete. Mein Begleiter würde mich mit seinem Körper gegen die Gischtspritzer schützen und alle Gesprächsversuche der Rudis dieser Welt abblocken.

Ich seufzte. Hätte ich es doch mit Sven versuchen sollen? Vielleicht brauchte er lediglich jemanden, der ihn in die Schranken wies und ... nein, es brachte nichts, weiter darüber nachzudenken. Er war absolut nicht mein Typ, und außerdem war es zu spät. Ich befand mich auf dieser Fähre, und solange mich niemand von Bord stieß, würde ich Großbritannien zusammen mit der lustigen Truppe erkunden, der ich nun angehörte.

Allmählich kroch die Kälte unter meine Sachen und grub sich durch meine Haut, also trat ich die Flucht nach drinnen an – nicht jedoch, ohne zuvor durch die Panoramascheibe zu prüfen, ob die Luft rein war. Der Barbereich war gut gefüllt, die meisten der mit rotem Kunstleder bezogenen Stühle im 70er-Jahre-Stil belegt. An einem Tisch waren Rudi und Hermann ins Gespräch vertieft. Es musste sich um wichtige Dinge handeln, denn obwohl Hermann die Kamera um den Hals trug, machte er weder Fotos, noch präsentierte er sie irgendwem. Ich verrenkte mir den Hals, entdeckte aber weder Käthe noch Antonia. Der Raum schien sicher.

Ich durchquerte ihn dennoch, ohne nach rechts und links zu blicken, hastete den Gang entlang und vertrödelte die restliche Zeit der Überfahrt im Bällchenbad. Es war der einzige Ort, an dem die Gäste von Kurfürst-Reisen sich nicht blicken lassen würden, und ich führte eine nette Unterhaltung mit zwei Vierjährigen. Als die Durchsage erschallte, dass wir in Kürze anlegen würden, verabschiedete ich mich und schlenderte zu der Treppe, die zum Autodeck führte. Dort drängten sich bereits die Menschenmassen, als würden wir für eine Evakuierung proben (oder als wären die Chippendales an Bord). Ich drückte mich in einer Ecke herum und betrachtete angestrengt mein Handy, das keinen Empfang hatte. Trotzdem war das die beste Verteidigung gegen alle, die ihre Sätze gern mit ›Junge Leute‹

anfingen. Junge Leute starrten gern auf ihre Handys, weil sie ohne nicht mehr leben konnten und ihr Atemrhythmus auf seltsame Art schon an das Ding gekoppelt war. Ich war zwar zu alt für die App-Generation, vermutete aber, dass der Großteil meiner Reisegruppe das nicht wusste. Ich hatte Probleme, das Alter meiner Mitreisenden zu schätzen, das musste einfach auf Gegenseitigkeit beruhen.

Schließlich wurden die Treppen freigegeben, und Gedränge setzte ein. Menschen rempelten, drückten, schoben und fluchten, so als ob auf der Fähre die Apokalypse ausgebrochen wäre. Ich entdeckte Fabio und wollte ihm zuwinken. Gerade noch rechtzeitig bemerkte ich, dass er und ein Crewmitglied der *Pride of ...* Antonia zwischen sich genommen hatten und sie halb die Treppe hinabtrugen, halb stützten. Sie gab ihr Bestes, um es den beiden schwerzumachen, rief etwas und fuchtelte mit den Armen, dann war das ungleiche Trio verschwunden.

Ich erreichte das Fahrzeugdeck, bahnte mir den Weg zum Bus und traf auf Fabio, der mit einer Liste an der Tür stand und Namen abhakte. Seine Café-noir-Augen strahlten, als er mich sah. »Du bist die Letzte.«

Ich lächelte. »Ja, ich wollte mich aus dem größten Gedränge heraushalten. Sobald die Durchsage kam, waren die Leute ja kaum noch zu halten.«

Er erwiderte mein Lächeln, zwinkerte mir zu und gab mir das Gefühl, ein großes Geheimnis mit mir zu teilen. »Eine weise Entscheidung. Es gab hier beim Einstieg etwas Stau, weil einige wissen wollten, ob sie ihre Souvenirs überhaupt mit an Land bringen dürfen oder sie verstecken müssen.«

Ich biss mir auf die Lippe, um nicht zu lachen. Wahrscheinlich war es einfach der Drang, etwas zu verstecken. Manche ältere Leute waren wie Hunde: erst glücklich, wenn sie etwas verbuddeln konnten. Gabs' Oma hob stets ihre gesamte Rente vom Konto ab, sobald sie eingegangen war, schob die zusammengerollten Scheine in Stützstrümpfe und versteckte sie unter einer losen Diele in ihrem Zimmer. Gabs und ich hatten Tage gebraucht, um die Stelle den Anweisungen ihrer Oma entsprechend zu präparieren und wären dabei fast von der Heimleitung erwischt worden.

Wahrscheinlich war ich die Einzige, die mit leeren Händen von der Fähre zurückkam. »Ich habe euch gesehen, als ihr Antonia die Treppe hinuntergetragen habt«, sagte ich und schielte über Fabios Schulter. Waldemar Wewers saß am Steuer und tippte auf seinem Armaturenbrett herum – wahrscheinlich programmierte er den Navi. »Gibt es da keinen Fahrstuhl? Ich meine, was ist mit Passagieren, die im Rollstuhl sitzen?«

Fabio schüttelte den Kopf und fuhr sich durch die dunklen Locken. Zwei blieben aberwitzig stehen und erinnerten an winzige Hörner. Süß. »Nein, nicht auf der Strecke von Calais nach Dover. Davon abgesehen hätte sie das auch gar nicht gewollt. Einer der Passagiere hat dasselbe gefragt, und sie hat angefangen zu zetern. Sie hasst Aufzüge.«

Ich hob die Augenbrauen. »Welch Überraschung.«

»Ja, sie mag es angeblich nicht, wenn sich die Türen schließen. Sie hasst geschlossene Türen. Selbst ihre Wohnungstür lässt sie stets offen. Hat sie mir zumindest erzählt.«

Ich konnte meine Brauen nicht höher heben, obwohl ich es gern getan hätte. »Seltsame Vorstellung. Wer bitte wohnt denn mit offener Haustür?«

Fabio riss die Augen auf. »Nun, wir sollten froh sein, dass sie die Toilette im Bus nicht mag.« Er presste eine Faust vor den Mund, um ein Lachen zu unterdrücken. Ich dagegen war Gast, also konnte ich mir ein leises Kichern erlauben, auch wenn ich dabei einen Hauch schlechten Gewissens verspürte. Zum ersten Mal seit Beginn dieser Reise hatte ich Spaß! Vermutlich verzogen sich draußen gerade die Wolken und ließen goldenes Sonnenlicht durch. Ich stellte mir vor, wie es über die Fähre flutete und hier in das Unterdeck kroch. Wie es mich und Fabio einhüllte. Unsere Lichtschimmer überstrahlten die Metallgitter am Boden, die anderen Autos und selbst den Bus, verschmolzen ineinander, auf dass wir ...

»Fabio! Komm rein hier, geht gleich los!«

Waldemar Wewers hatte keinen Respekt vor meinen Tagträumen. Ich blinzelte, als ich in die Gegenwart zurückkehrte, und nickte Fabio zu, der mir mit einer Geste den Vortritt ließ. Vielleicht übertrieb ich etwas. Ja, ich war Single, und ja, Fabio war wirklich attraktiv, aber das musste noch längst nicht heißen, dass wir füreinander bestimmt waren oder ich mich in seinem Beisein in eine schmachtende Idiotin verwandeln musste.

Kaum war ich ebenfalls eingestiegen, bemerkte ich einen scharfen Blick zu meiner Linken: In der ersten Reihe saß Antonia und starrte mich böse an. Zwar war sie nicht größer als Käthe, aber dafür mehr als doppelt so füllig. In ihrem engen, hautfarbenen Glanzpullover und mit den kurzen grauen Locken sowie dem zu einem winzigen O zusammengepressten Mund erinnerte sie mich an einen Kampfhund kurz vor dem Angriff. Ich hoffte nur, dass sie mich und Fabio nicht gehört hatte, aber das konnte eigentlich nicht sein. Wir hatten sehr leise geredet.

»Sie sind die Letzte«, sagte sie. Was bei Fabio so locker geklungen hatte, war bei ihr reif für die Anklagebank.

»Ja.« Etwas anderes fiel mir nicht ein.

»Na, hoffentlich kommt drüben bald eine Toilette, wenn ich nun schon wegen Ihnen die Beine zusammenkneifen muss.«

Ich sah zu Fabio, doch der zuckte lediglich die Schultern. Offenbar war er derartige Anschuldigungen bereits gewohnt.

Nun, ich nicht, und es lag mir viel daran, das klarzustellen – vor allem, weil alle Fahrgäste mich anstarrten, als befänden wir uns in einer Sitcom oder einem Boxring. Brillen blitzten mir entgegen, eine Dame drehte an ihrem Hörgerät, weiter hinten hustete jemand.

»Der Bus kann doch erst losfahren, sobald wir in Dover angelegt haben und die Fähre uns herauslässt. Daher wären wir selbst dann nicht schneller an der nächsten Raststätte, wenn ich vor einer halben Stunde gekommen wäre.« Ein logisches und daher durchschlagendes Argument.

Antonia verschränkte die Arme vor der mächtigen Brust. »Trotzdem.«

Hinter ihr nickte jemand.

Ich war fassungslos. Das war ihr Gegenargument? *Trotzdem*? Sie zwang mich ja bereits zum Aufgeben, noch ehe ich mich richtig verteidigen konnte.

Fabio legte mir eine Hand auf die Schulter und ließ es so aussehen, als wollte er mich beiseiteschieben. Allein der Druck seiner Finger verriet, was er sagen wollte.

Tut mir leid, dass du dir das antun musst, Juna. Hör einfach nicht hin. Sobald wir unseren ersten Zwischenstopp machen, setzen wir zwei uns ab, und du erzählst mir in aller Ruhe, was dich dazu getrieben hat, diesen Urlaub zu buchen. Eine Wette? Oder war es ein Geschenk einer älteren, alleinstehenden Tante? Du bist nämlich noch viel zu jung für so etwas.

Vielleicht fügte er ja noch *und viel zu hübsch* an, aber da war ich mir noch nicht sicher.

Ich blendete die Gesichter zu beiden Seiten aus und trat den Spießrutenlauf zu meinem Platz an. Ganz erreichte ich ihn nicht, denn Käthe hatte ihn mit unzähligen Plastiktüten gespickt, die sie von einer Seite auf die andere schob. Sie nahm eine, spähte hinein, stellte sie wieder zurück und griff zur nächsten. Die stopfte sie in ihre Handtasche (die mittlerweile aus allen Nähten quoll), nur um sie wieder herauszuziehen. Ich betrachtete kopfschüttelnd die Auswahl an Tüten. Was hatte Käthe um Himmels willen in anderthalb Stunden auf der Fähre alles gekauft?

Sie hob den Kopf und wackelte ihn von einer Seite auf die andere. »Ach herrje, du möchtest dich sicher hinsetzen.«

Eine Lavendelwolke stieg mir entgegen, und ich brauchte einige Sekunden, um mich daran zu gewöhnen. »Ja, das wär schön.« Noch lieber hätte ich mich in die Bordtoilette eingeschlossen. Obwohl ich auf der Fähre meine Ruhe gehabt und mich etwas entspannt hatte, genügten fünf Minuten in diesem Bus, um mich in ein Nervenbündel zu verwandeln.

Käthe packte alle Tüten sorgfältig noch einmal um, tauschte zwei aus und schenkte mir zwischendurch einen Blick, mit dem sie mir zu verstehen gab, dass ich sie bei ihrer Organisation störte. Ich hatte keine Lust, darauf einzugehen, wartete mit vor der Brust verschränkten Armen und fühlte mich ein bisschen wie ein Straßenschläger. Gabs und Onkel Olli hätten die Hände über dem Kopf zusammengeschlagen, und auch ich kannte mich so nicht. Wo war meine Geduld geblieben?

Da hatten wir es! Ein Tag an Bord bei Kurfürst-Reisen, und ich wurde zum Menschenhasser.

Käthe war allerdings nicht nachtragend – und ich mir nicht sicher, ob ich mich darüber freuen sollte oder nicht. Kaum hatte ich mich an ihr vorbei auf meinen Sitz quetschen dürfen, plapperte sie auch schon drauflos. »Das war eine ganz schön schaukelige Angelegenheit auf der Fähre, oder?«

Ich zögerte, da ich nicht sicher war, ob sie eine Antwort erwartete.

Offenbar nicht. »Und alles schon in der anderen Sprache. Jetzt sind wir auf englischem Boden, da bin ich nicht mehr die

Käthe, sondern die Käit! Wie die vom Prinzen.« Stolz schob sie ihre Brille auf dem Nasenrücken zurück. »Ich habe mich an Bord sogar mit diesem netten jungen Mann an der Kasse unterhalten. Er hat nicht alles verstanden, aber ich habe ihm einfach meine Geldbörse hingehalten, und dann hat das alles wunderbar funktioniert. Schau mal hier, ist das nicht goldig?«

Sie zog eine Tasse hervor, die über und über mit Rosen in allen Farben bedeckt war. Auf einer Seite prangte der mit Glitter umrandete Aufdruck *Welcome to England.* Sie war unbeschreiblich hässlich.

»Hm, hm«, kramte ich all meine Diplomatiekünste hervor und konzentrierte mich auf die spannenden Geschehnisse auf dem Ladedeck (Menschen diskutierten in ihren Autos miteinander, Fährenarbeiter liefen herum, eine Möwe landete – unglaublich fesselnd!). Doch das hielt Käthe nicht davon ab, mir den Rest ihrer Ausbeute zu präsentieren. Und so stapelten sich auf meinen Knien schließlich Servietten mit England-Aufdruck, zwei Tüten Fudge sowie eine Tüte Weingummi, eine Prinz-Charles-Pappmaske, eine Dose Ginger Beer, ein Flachmann mit Gin sowie zwei kleine Seifen in Rosenform. Ich bekundete zu jedem Stück meine Anerkennung und reichte sie ihr folgsam nacheinander an, als sie endlich ein System gefunden hatte, alles in ihrer Handtasche unterzubringen. Anschließend saß sie fröhlich und kerzengerade auf ihrem Sitz und machte einen langen Hals, um ja nichts zu verpassen. Der Bus setzte sich in Bewegung, holperte über die Rampe und rollte kurz darauf an Land. Zum ersten Mal, seitdem ich diese Reise angetreten hatte, spürte ich so etwas wie Vorfreude. Mein Herz klopfte schneller, und ich atmete tief durch. Wir waren in England! Der Hafen von Dover war zwar ein eher enttäuschender Anblick, denn vor uns schraubte sich Metall in allen Größen und Winkeln in die Höhe, aber sobald wir das Gebiet hinter uns gelassen hatten, ging das große Abenteuer endlich los. Ich würde Cornwall besuchen und mit eigenen Augen sehen, was ich seit Jahren auf Tante Beates Postkarten bewunderte.

Wir ratterten über eine Brücke und wurden kurz und kräftig durchgeschüttelt, doch nicht einmal Antonia beschwerte sich. Vielleicht war sie bereits zu fasziniert von den berühmten weißen Klippen, die zu beiden Seiten gen Himmel ragten. Sie waren von Grün bedeckt. Zur Linken entdeckte ich weit über uns ein Bauwerk, das wie eine Burg oder Festung aussah. Ich überlegte, in meinem Reiseführer nachzuschlagen, verzichtete dann aber darauf. Das konnte ich später im Hotel tun.

Dover besaß einen der größten Passagierhäfen Europas, und das merkten wir in den nächsten Minuten deutlich. Unser Fahrer fluchte laut und ausgiebig, während er den Bus teils im Schritttempo durch die Bahnen lenkte, die kreuz und quer über das Gelände zu laufen schienen. Käthe kroch mir fast auf den Schoß, um alles sehen zu können – und zuckte plötzlich wie vom Blitz getroffen zurück.

»Mach bitte die Vorhänge zu«, bat sie mich und umklammerte ihre Handtasche mit beiden Händen so fest, dass ich fürchtete, sie könnte sich die Finger brechen.

Ich beugte mich vor. »Ist alles in Ordnung? Ist Ihnen übel? Soll ich dem Fahrer Bescheid geben?«

Sie reagierte nicht und blickte starr geradeaus. »Die Vorhänge«, murmelte sie. »Und dann so tun ... wäre alles gut.«

Hatte sie gesagt, als wäre alles gut? Ich verstand sie eher schlecht, weil sie ihre Lippen kaum bewegte und mich auch nicht mehr ansah. Wie eine Wachspuppe hockte sie neben mir und rührte sich keinen Zentimeter. Mein Hirn ratterte los. War das normal? War das bei alten Leuten normal? Sollte ich einen Arzt rufen? Verdammt, ich wusste nicht einmal, wie man in England einen Arzt rief! Ich würde Fabio bei nächster Gelegenheit fragen. Für alle Fälle sollte ich Käthe auch bitten, mir Namen und Telefonnummer ihrer Familie zu geben, falls ihr etwas zustieß. Warum hatte ich nicht vorher daran gedacht?

Weil du nicht wusstest, dass du für eine Horde Senioren den Babysitter spielen wirst.

Ich wollte sie schon schütteln, um zu sehen, ob sie noch reagierte – ob sie überhaupt noch atmete! –, als wir am Zollhäuschen vorbeirollten. Käthes Hände krampften sich fester um ihre Handtasche.

Allmählich wurde ich unruhig. »Okay, bleiben Sie einfach sitzen, ich gehe nach vorn und frage Herrn Wewers, ob wir irgendwo anhalten können. Vielleicht brauchen Sie frische Luft.«

»Nein«, zischte Käthe, ehe ich aufstehen konnte. Ihre Finger tasteten etwas in ihrer Tasche ab, einen länglichen Gegenstand. »Erkennt man die Flasche, Junalein?«, nuschelte sie. »Es könnte doch auch ein Deo sein, nicht wahr?«

Ich runzelte die Stirn ... und begriff. »Machen Sie sich etwa Sorgen um den Gin? Wegen der Zollstation?«

Käthe rührte sich nicht, lediglich eine Hand wedelte – weit unterhalb des Fensters – energisch in meine Richtung. Ich hatte Mühe, ein Lachen zu unterdrücken. Glaubte sie wirklich, illegal Alkohol in das Land zu schmuggeln? Dann sah ich den Van: Er war von blauen und gelben Streifen bedeckt und trug ausgerechnet den Schriftzug, den Old Miss Bonnie & Clyde nicht lesen wollte.

»Sehen Sie mal, Käthe«, konnte ich mir nicht verkneifen. »Die Polizei.«

Sie bewegte sich keinen Deut, aber ich bemerkte, wie sie erstarrte, und hätte schwören können, dass auch der Rest Farbe von ihren Wangen verschwand. Sie tastete nach ihrer Kehle und röchelte leise.

»O nein.« Das hatte ich nicht gewollt. »Käthe?«

Sie starrte mich an, ihre Augen groß und rund und wässrig. Noch immer kam dieses leise Rasseln aus ihrem Mund, den sie nicht mehr schloss, so als hätte ihre Luftröhre sich zusammengezogen. Plötzlich konnte ich nicht mehr schlucken, mir wurde heiß, und mein Puls donnerte so hart unter meiner Haut, als wollte er sie durchbrechen. Was hatte ich getan?

»Käthe, beruhigen Sie sich. Alles ist gut! Die Polizei steht da sicher nur zur allgemeinen Kontrolle.« Ich fasste ihre Hände, drückte und schüttelte sie. Die Bewegung lief durch Käthes Körper, und ihr Kopf wackelte vor und zurück. Himmel, sie war noch viel zerbrechlicher, als es zunächst den Anschein gehabt hatte. »Machen Sie sich keine Sorgen um den Gin, Sie dürfen zehn Liter Spirituosen einführen und noch viel mehr Wein! So viel passt doch gar nicht in Ihre Handtasche.« Mittlerweile schwitzte ich. Hatte sie etwa einen Herzinfarkt? Es brachte nichts, ich musste vorn Bescheid geben. Herr Wewers musste anhalten und den Notarzt rufen, vielleicht sogar in ein Krankenhaus fahren. Und ich würde nie, niemals wieder einen Scherz auf Kosten eines Menschen über siebzig machen.

Käthe riss weiterhin den Mund auf wie ein Vogeljunges. Ich fühlte rasch ihren Puls – vorhanden – und machte mich daran, an ihr vorbeizuklettern. »Ich hole Hilfe.« Es war gar nicht so einfach, weil der Bus in diesem Moment das Tempo beschleunigte und ich mir den Kopf an der Deckenverkleidung stieß.

Käthe packte mein Handgelenk und riss mich zurück. Erstaunlich kräftig. Plötzlich sah sie wieder ganz normal aus. »Tut mir leid, Kindchen, mit mir ist alles in Ordnung. Aber ich musste üben. Und ich habe dich überzeugt, nicht wahr?«

Fassungslos ließ ich mich auf meinen Sitz fallen und rieb mir erst einmal die Augen. »Sie mussten was?«

Sie lächelte eine Entschuldigung und klimperte mit den

Wimpern. Unter anderen Umständen hätte ich ihren Blick als treuherzig empfunden, jetzt aber war ich weit davon entfernt. Ich hatte wirklich geglaubt, dass Käthe den guten englischen Boden in Kürze aus einer anderen Perspektive betrachten würde. Im Geiste hatte ich mich schon im Krankenhaus gesehen, wo dieser Blacky auftauchen und mich verprügeln würde.

Aber sie hatte *nur geübt*.

Am liebsten hätte ich sie angebrüllt, aber das machte man nicht bei jemandem, der zwei- bis dreimal so alt war wie man selbst. Umgekehrt war es in Ordnung, fast gesellschaftsfähig, weil es auf nachlassendes Hörvermögen geschoben werden konnte.

Käthe tätschelte mir die Hand, dann die Wange. Ich nahm mir vor, sie zu beißen, sollte sie hineinkneifen. »Wegen der Damen und Herren vom Zoll. Jetzt weiß ich, dass es echt wirkt, wenn ich so tue, als sei etwas nicht in Ordnung. Falls mir so ein Zollbeamter zu nahe kommt ...« Ihr Lächeln hatte etwas Verschwörerisches.

Ich wischte mir über die Stirn. Meine Hand zitterte noch immer, und ich war mir nicht sicher, ob es Angst, Erleichterung oder Wut war. Ja, Käthe hatte es geschafft, ich war wütend, und ich wollte nicht mehr neben dieser wahnsinnigen, kleinen alten Frau sitzen. »Es wird kein Zollbeamter kommen«, sagte ich in einem Tonfall, den man unartigen Kindern gegenüber an den Tag legte. »Allerhöchstens ein Polizist mit einem Rauschgifthund, und solange Sie keine Drogen schmuggeln, lässt der Sie in Ruhe.« Damit war die Unterhaltung für mich beendet, und ich zeigte es ihr, indem ich mich in meinen Sitz warf, die Arme verschränkte und die Augen schloss. Lieber verzichtete ich für einige Meilen auf die englische Landschaft, als dieses schräge Gespräch weiterzuführen. Der Schreck ebbte nur langsam ab, und mein Herz trommelte noch immer in der Brust.

Käthe witterte wohl meine Stimmung und ließ mich in Ruhe. Nach einer Weile schlief ich ein.

Der Duft von Kaffee weckte mich. Mein Magen reagierte zuerst und knurrte. Meine Augen brannten von den viel zu kurzen Schlafetappen, und auch mein Gesicht fühlte sich heiß an. Ich tastete in Fach vier meiner Tasche nach den Erfrischungstüchern, zog eines heraus und rieb mir vorsichtig über das Gesicht. Erst dann wagte ich es, mich in meinem Handspiegel zu betrachten. Es hätte schlimmer kommen können. Ich hatte den Look ›Waldbewohnerin auf Entzug‹ erwartet, doch ich wirkte lediglich erschöpft. Die Haare lagen noch immer glatt und einigermaßen ordentlich, das leichte Make-up hatte sich verflüchtigt, Nase und Stirn glänzten mehr als sonst. Nur meine Augen verrieten mich, sie waren matt vor Müdigkeit. So fertig sah ich nicht einmal aus, wenn ich das Büro erst am späten Abend verließ. Ich hatte befürchtet, dass dieser Urlaub mich an meine Grenzen trieb!

Stimmen hinter mir schreckten mich auf, und ich wandte mich um. Jemand hatte die Kaffeemaschine angeworfen, die auf der breiten Ablage hinter der letzten Reihe stand. Davor drängelten sich mindestens fünf Personen.

Das Kaffeearoma weckte meine Lebensgeister endgültig. Ich setzte mich aufrecht, blinzelte zu Käthe – sie schlief, Gott sei Dank! – und dann aus dem Fenster. Wir befanden uns auf einer Art Fernstraße. Zu beiden Seiten erstreckte sich Grün und Braun – Felder und Waldstücke, durchbrochen von kleinen Siedlungen oder einzelnen Häusern. Das Meer war nirgends zu sehen.

Ich lehnte mich zurück und starrte an die Decke. Eine Tasse Kaffee wäre jetzt genau das Richtige, aber möglicherweise würde ich Käthe wecken, wenn ich versuchte, über sie hinwegzuklettern. Wärme und Wohlgeschmack gegen Ruhe und ein in normalem Tempo schlagendes Herz. Es war eine schwere Entscheidung, doch am Ende verzichtete ich auf meinen Kaffee. Früher oder später würden wir irgendwo anhalten, so lange musste ich eben warten.

Hinter uns polterte es, und drei Gestalten wankten durch den Gang nach vorn. Die Geräusche in meinem Rücken verstummten allerdings nicht. Jemand lachte – war das Hermann? Ich schloss die Augen und wünschte mir, er würde sich an seinem Kaffee verbrühen.

Ja, Karma, da hast du es.

»Dann bist du der Käpten und ich dein erster Matrose.« Mehr Gelächter. Natürlich, es war Hermann. Ich hatte keine Ahnung, wovon er redete, aber es war mir egal, solange er einen Mindestabstand zu mir hielt.

»Erst einmal abwarten, Manni.« Die zweite Stimme klang nach Verschwörung, aber auch vorsichtig oder verschreckt. Da ich noch nicht mit vielen Männern in diesem Bus gesprochen hatte, erkannte ich sie schnell: Sie gehörte Rudi, dem Ringdreher.

Hermann lachte schon wieder. Meine Güte, war das Show, oder hatte er wirklich permanent gute Laune? »Das passt schon, du wirst sehen. Wir kümmern uns um die Fracht. Die wird schon sicher zu den richtigen Reedern geschippert! Das wird absolut klasse, Rudi.«

Ich verstand nur Bahnhof, aber das würde in den kommenden Tagen häufiger der Fall sein, also dachte ich mir nichts dabei.

Die Sonne brach durch die Wolkendecke und badete nicht nur die Landschaft, sondern auch mich in goldenes Licht. Ich lächelte, drehte mich wieder auf die Seite und schloss die Augen.

6

Das Riesenrad war zwar nicht in Betrieb, bot aber dennoch einen imposanten Anblick. Weiß getüncht ragte es neben dem Pier in den Himmel. Möwen schwebten darüber, und hinter ihm, weiter draußen, lag die See spiegelglatt da.

Brighton fegte meine Müdigkeit schneller hinweg, als jeder Kaffee es geschafft hätte. Es war früher Nachmittag, und obwohl es noch kein Sommer und extrem windig draußen war, waren die Straßen voll. Wir kamen mit dem Bus nur langsam voran. Die Promenade summte vor Leben, und selbst der ab und zu einsetzende Nieselregen konnte daran nichts ändern. Kinder rannten kreischend über den Sand, andere flitzten in Richtung Pier. Surfer nutzten die Wellen, um sich neben seinen mächtigen Holzsäulen treiben zu lassen. Menschen hockten vor dem Wasser, öffneten ihre Schirme, sobald es regnete, und legten die Köpfe in den Nacken, wenn die Sonne sich ankündigte. Manche trugen T-Shirts und Flipflops, eine Frau sogar nur ein Top. Mich fröstelte bereits beim Hinsehen. Die Engländer waren entweder wahnsinnig oder kälteresistent.

Käthe hatte keinen Blick für das Meer übrig, stattdessen freute sie sich über die hübschen Häuserfassaden in Eierschalenfarben, Creme und Weiß. Ich wusste das so genau, weil sie mir jeden Gedanken mitteilte, der durch ihren Kopf tobte.

»Ist das nicht schön? Schau mal, das sind alles Hotels! Sind die nicht wundervoll? Und so sauber. Hier gibt es überhaupt kein Grafenfitti oder andere Malereien an Hauswänden, so wie bei uns. Das sieht alles so vornehm aus! Mit Rasen auf dem Dach. Und da oben die Schornsteine, da sind ja ganz viele auf einem Fleck! Oh, das ist ja auch entzückend, siehst du? Da, das mit dem Erker.« Ihre Finger tupften Fettflecken auf die Scheibe, weil Käthe sie vorhin eingecremt hatte.

Ich war nicht glücklich über meine Freikarte im Käthe'schen Kopfkino, behielt das aber für mich. Nachher machte ich die ganze Sache schlimmer, wenn ich reagierte. Es war ein Fehler gewesen, ihr vorübergehend den Platz am Fenster zu überlassen. Vielleicht hätte ich die Sicht mit meinem Körper verdecken und ihren Redefluss bremsen können. Auf der anderen Seite war sie mir zum wiederholten Mal beinahe auf den Schoß geklettert, und ich fühlte mich bei dieser Art Körperkontakt unwohl und hatte schnell nachgegeben.

Herr Wewers rettete mich davor, meine Meinung zu den Kleidern der Leute und dem Mann abgeben zu müssen (mittlerweile zupfte Käthe vor Begeisterung an meinem Ärmel), der am Eingang eines Hotels stand und einen Zylinder trug: Er schaltete sein Mikrophon ein. »So, meine Damen und Herren, ich habe einen Parkplatz entdeckt. Wir machen hier eine Stunde Pause, bevor es weiter in unser Hotel geht. Bitte merken Sie sich den Parkplatz, und seien Sie pünktlich zurück, damit wir im Zeitplan bleiben. Bis später.«

Obwohl er keine Anstalten machte, langsamer zu werden – geschweige denn zu parken –, standen meine Mitreisenden auf und begannen, in der Gepäckablage zu kramen. Der Bus schaukelte, und nicht alle besaßen ausreichend Gleichgewichtssinn, um das auszugleichen. Fabio tauchte auf und pflügte wie ein Rettungsschwimmer durch die Fluten der Hilferufe. Ich lächelte. Nie wieder würde ich den Job eines Busbegleiters unterschätzen. Es war ein hartes Stück Brot, doch er meisterte es mit Bravour und diesem charmanten Lächeln, bei dem mir warm ums Herz wurde.

Nachdem er das Sodom und Gomorrha im Gang geschlichtet hatte, winkte er mir kurz zu und verschwand wieder im vorderen Bereich des Busses. Ich merkte erst, dass ich noch immer zurücklächelte, als Käthe mich so strahlend anblickte, als hätte ich ihr einen Heiratsantrag gemacht. »Das erinnert mich an Marienbad. Kennst du das? In der Tschechei. Karl und ich haben dort unsere Flitterwochen nachgeholt. Unser Hotel hatte ein entzückendes Bett mit Häkelspitze, so etwas findet man heute gar nicht mehr. Und Karl hatte noch dunkles Haar. Es ist so schade, dass das außer Blacky niemand geerbt hat. Alle Carstensens außer ihm sind blond. Eine schöne Farbe. Ich verstehe gar nicht, dass Sonja sich immer dieses grauenhafte Rot reinmachen muss. Sonja ist meine Enkelin.« Sie strahlte vor Stolz, also konnte die Haarfarbe nicht so schlimm sein.

Ich nickte. »Bei uns haben auch alle helle Haare«, sagte ich in der Hoffnung, einem weiteren Redeschwall vorzubeugen – und mich wieder mehr wie ich selbst zu fühlen. Normalerweise war ich nicht derart verschlossen und unterhielt mich gern. Nicht, dass ich auf Fremde zuging und ihnen ungefragt Geschichten erzählte, aber ich hatte in der Regel keine Probleme, wenn es um freundliche Worte oder auch etwas Smalltalk ging. Seitdem ich in diesen Bus eingestiegen war, hatte sich das geändert, und wenn ich nicht aufpasste, würde ich mich in ein mürrisches Weib verwandeln. Immerhin hätte ich dann in Antonia eine Schwester im Geiste.

Käthe zupfte an meinem Haar. »Ja, die sind wirklich hell. So eine schöne Farbe! Da hast du Glück. Wenn die ersten grauen kommen, wird man die kaum sehen.« Sie strahlte, als hätte sie mir soeben das Kompliment meines Lebens gemacht.

Mein Lächeln fühlte sich verkrampft an, und wahrscheinlich war es das auch. Käthe war das gleich, denn sie scheuchte mich in den Gang, stand auf und begann, sich für unseren Ausflug fertigzumachen.

Fünf Minuten später stand ich noch immer an meinem

Platz und hätte einen Heiligenschein für meine Geduld verdient. Käthe hatte in der Zwischenzeit einen Teil ihrer Haare neu aufgerollt und festgesteckt, ihr Kopftuch festgebunden (wobei ich einen Spiegel halten musste) und einige Souvenirs aus ihrer Handtasche im oberen Ablagefach verstaut. Da sie fürchtete, dass die während der Fahrt ins Rutschen kommen und bei unseren Mitreisenden landen könnten (»Dann ist mein Fatsch schneller weg, als wir beide gucken können«), half ich ihr, eine Barriere aus ihrer Strickjacke zu bauen. Erst dann durfte ich in meine Jacke schlüpfen.

»Schon wieder die Letzte«, feixte Fabio. Er stand vorn neben Antonia, die erst mich, dann ihn, dann den Brighton Pier finster beäugte. »Na dann los, Frau Gralla«, sagte er betont munter und klatschte in die Hände.

Auweia. Er zog alle Register, das wies auf eine Problemsituation hin.

Antonia schnaubte. »Meine Beine tun weh. Ich kann da jetzt nicht eine Stunde herumlaufen. Außerdem ist es windig. Und kalt. Was hab ich davon?«

Fabio und ich tauschten einen Blick. Ich zuckte die Schultern, immerhin stand ich hinter ihr und war vorläufig vor ihrem Unmut sicher. »Vielleicht tut ein kleiner Spaziergang Ihren Beinen ganz gut, immerhin haben wir alle sehr lange im Bus gesessen.«

Sie verschränkte die Arme ein wenig mehr und presste ihren enormen Busen dabei fast ans Kinn. »Meine Beine schaffen das nicht. Und das Trara da draußen interessiert mich nicht.«

Ich fragte mich, warum sie die Reise überhaupt angetreten hatte, hielt mich aber raus. Nachher machte sie mich noch dafür verantwortlich, dass wir an der Strandpromenade eines bezaubernden Seebades parkten. »Ich gehe dann mal. Magst du mitkommen?«, fragte ich Fabio.

Seine Miene verfinsterte sich kurz, dann strahlte er wie eh und je. »Ich bleibe hier. Sicherheitsvorschriften. Wir dürfen keinen Gast allein im Bus lassen.«

Meine Laune bekam einen winzigen Dämpfer. »Oh. Na dann ... bis später.«

»Lassen Sie die Tür auf«, rief Antonia mir nach. »Ich mag es nicht, wenn die verschlossen ist.«

Ich drehte mich um, winkte und deutete auf Fabio. Das musste als Erklärung genügen.

Der Wind traf mich unerwartet. Ich schloss meine Jacke und atmete tief ein. Neben dem Salz der See erkannte ich Kaffeearoma sowie etwas Süßes, gebrannte Mandeln oder Zuckerwatte. Zusammen mit der freundlichen Häuserfassade fühlte ich mich ein wenig in die Vergangenheit versetzt, obwohl Brighton mit seinem Verkehr und der Vergnügungsmeile eine moderne Stadt war. Ich blickte die Straße hinab und schmunzelte – es würde wohl noch dauern, bis ich mich an den Linksverkehr gewöhnte. Schräg gegenüber unserem Parkplatz befand sich ein süßes Café mit einer Markise in Pastellfarben. Sie flatterte im Wind, fast so, als wollte sie mich zu sich locken. Das passte gut, für eine frische Tasse Kaffee würde ich mittlerweile einiges geben.

Wenig später verließ ich das ›Emmas Dearest‹ mit den Resten eines köstlichen Stücks Karottenkuchen sowie einem Kaffee zum Mitnehmen. Eine schwere Entscheidung, weil ich mich liebend gern an einen der weißen Rundtische gesetzt und durch die Panoramascheibe nach draußen geblickt hätte. Aber ich hatte nur eine Stunde Zeit, und so wie ich das Reiseprogramm verstanden hatte, war dies unser einziger Stopp in Brighton. Ich wollte über den Pier schlendern und die Stadt von der Seeseite aus betrachten.

Ich schaffte es beinahe bis zu den Stufen, als eine wedelnde Hand mich stoppte. »Juna! Huhu, ich bin hier!«

Käthe schien vor Freude völlig aus dem Häuschen, dabei hatte sie mich vor einer knappen Viertelstunde zuletzt gesehen. In dieser Zeit hatte sie es irgendwie geschafft, zwei weitere Plastiktüten samt Inhalt zu sammeln. Zudem hielt sie eine Riesenwolke Zuckerwatte in der Hand.

Ich winkte zurück und wollte weitergehen, als ihre Gesten energischer wurden. Dass sie dabei dem Pärchen neben sich immer wieder die Zuckerwatte ins Gesicht klebte, schien sie entweder nicht zu merken oder – wahrscheinlicher – nicht zu stören. Ich gab mich geschlagen und änderte meine Richtung.

Das Pärchen warf mir einen entrüsteten Blick zu und machte sich aus dem Staub. Käthe strahlte über das ganze Gesicht. Zwei weiße Strähnen waren ihrem Kopftuch entkommen und tanzten über die faltigen Wangen. Sie balancierte gekonnt Zuckerwatte und Tüten in einer Hand und zog mit der anderen etwas aus der Handtasche.

O nein. Nicht schon wieder!

»Blacky sagt, man kann damit auch Fotos machen. Zuerst habe ich mir gedacht, dass ich so etwas nicht brauche. Wozu sollte ein Telefon Fotos machen? Es ist doch zum Telefonieren da. Aber jetzt habe ich überlegt, dass es ganz schön wäre, wenn ich ein Foto hätte, nicht wahr? Hier vor dieser ganz entzückenden Aussicht. Oder lieber vor den schönen Häusern? Was denkst du?«

Ich dachte vor allem, dass ich aus dem Schneider war, wenn sie nur ein Foto wollte. Das war rasch erledigt. »Wir fotografieren am besten beides.« Ich nahm das Telefon und stellte fest, dass sie das Foto-Menü bereits aufgerufen hatte. Immerhin etwas. »Lächeln bitte.« Eigentlich hätte ich das nicht mehr sagen müssen, denn Käthe strahlte bereits über das ganze Gesicht. Nach meiner Aufforderung zog sie die Lippen noch weiter auseinander, was gruselig wirkte, aber damit musste ihre Familie leben. Ich schoss zwei Fotos, dann zwei in die andere Richtung, und reichte ihr das Handy zurück.

Sie nahm es nicht an, und mir schwante Böses. Ich warf einen Blick auf meine Uhr. Vielmehr gesagt tat ich so, weil ich Käthe durch die Blume mitteilen wollte, dass ich jetzt keine Zeit hatte. »Wir haben noch knapp vierzig Minuten, ich gehe und sehe mir solange noch den Pier an.«

»Sind die Bilder denn jetzt ganz sicher auf dem Telefon drauf?« Käthe begleitete die Tatsache, dass sie meine Aussage schlichtweg überhörte, mit einem entwaffnenden Lächeln.

Ich nickte, stellte mich neben sie, hielt Respektabstand zur Zuckerwatte und drehte das Handy so, dass sie das Display sehen konnte. »Hier ist Ihre Foto-App, und da sind alle Fotos gespeichert, die Sie mit diesem Telefon geschossen haben.« Ich wechselte zum Hauptmenü. »Oh. Sie haben einen verpassten Anruf.«

»Hm?«

»Hier, sehen Sie? Blacky hat versucht, Sie zu erreichen.« Ich schaffte es, weiterhin neutral-freundlich zu klingen.

»Hm.« Sie lächelte noch immer. Und starrte mich an. Und lächelte.

Ich schob es auf meine Erschöpfung durch die lange Fahrt und die kurzen Schlafetappen, dass ich nicht sofort begriff. Der ausbleibende, Käthe'sche Redeschwall hätte mich schon längst stutzig machen sollen.

»Oh«, sagte ich und starrte auf das Display. »Hören Sie, als ich das letzte Mal ...«

»Ach bitte, kannst du ihm nicht einfach ein Foto schicken? Ein schönes, mit mir drauf. Dann sieht er, dass ich gut angekommen bin.«

Hoffnung flackerte durch meinen Magen wie ... ja, wie ein warmes Licht. Da war es, das Licht, von dem Onkel Olli geredet

hatte. Der Kelch schien noch einmal an mir vorüberzugehen.
»Ich soll Ihrem Enkel einfach nur ein Foto senden?«

Treuherziges Blinzeln.

»Soll ich Ihnen nicht lieber zeigen, wie das geht? Dann können Sie das demnächst selbst tun.« Bei Käthes Begeisterungsfähigkeit würde sie ihrem Blacky wahrscheinlich jedes Foto senden, das sie unterwegs machte.

Käthe winkte ab. »Ach, vielleicht beim nächsten Mal. Ich bin grad so aufgeregt, dass wir jetzt endlich hier sind und alles auch so englisch aussieht!« Sie starrte einer Möwe hinterher, aß die restliche Zuckerwatte, zog den Flachmann aus ihrer Tasche und spülte mit einem ordentlichen Schluck nach.

Das bedeutete, dass wir diese Diskussion noch einmal führen würden. Nun gut, je eher ich dem Motzkopf ein Foto seiner Oma schickte, desto schneller war ich wieder in Freiheit. Ich wählte das, auf dem Käthe nicht zur Zuckerwatte, sondern in die Kamera blickte, und sendete es. »So, erledigt.« Als ich Käthe das Telefon zurückgeben wollte, fiel ein Dudelsacktrupp über mich her. Das Handy vibrierte, und ich war nicht überrascht, dass Blacky anrief.

Das ging ja schnell. Hat er nichts anderes zu tun, als auf ein Lebenszeichen seiner Oma zu warten?

»Machst du das, ja, Junalein?«

»Nein, dieses Mal müssen Sie wirklich selbst rangehen.« Mist, warum hatte sie das Telefon so laut gestellt? Mit ihren Ohren war eindeutig alles in Ordnung. Auf der Busfahrt hatte sie sehr gut gehört, sogar das, was nicht für sie bestimmt gewesen war.

Irrte ich mich, oder spielte der Dudelsack bei jeder Wiederholung lauter? »Käthe!«

Mittlerweile verlangsamten die Menschen ihren Schritt und starrten mich an. Ein Pärchen am Strand hatte sich umgedreht und winkte mir zu, vielleicht zeigte es mir auch einen Vogel. Ich konnte es ihm nicht verübeln. Käthe kramte in ihrer Tasche und gab vor, mich nicht zu hören. Kurz spielte ich mit dem Gedanken, den Anruf wegzudrücken, doch ich ahnte, dass Hartnäckigkeit in dieser Familie weit verbreitet war. Schmerz schoss durch die Zahnwurzeln in meinen Kiefer, so fest biss ich die Zähne zusammen, dann nahm ich den Anruf an.

»Juna Fleming.«

»Hey, hier ist Mads, ich … ach. Sie schon wieder.«

Ich verdrehte die Augen. »Ja, ich schon wieder. Ihre Großmutter scheint eine regelrechte Abneigung gegen ihr Telefon zu hegen. Haben Sie sie gefragt, ob sie überhaupt eines haben möchte, oder es ihr einfach aufgedrängt?«

So wie mir dieses Gespräch?

»Wie geht es meiner Oma? Ist sie in der Nähe?«

Käthe hatte ihm eindeutig die Angewohnheit vererbt, alles zu ignorieren, das man nicht hören wollte. Ich schielte zu ihr. Sie versuchte gerade, mit dem Zuckerwattestiel eine Möwe anzulocken. »Ja, aber wie gesagt, sobald das Telefon klingelt, zieht sie sich zurück. Haben Sie ihr etwa diesen Klingelton ausgesucht?«

»Ja.« Eine Silbe so dunkel, wie meine Laune am Ende des Telefonats sein würde, gefolgt von Schweigen.

Ich hielt es – und gewann. Immerhin etwas.

»Wie ist der Aufenthalt auf der Fähre verlaufen?«

Wahrscheinlich war er Soldat. Berufssoldat. Das würde den Tonfall erklären und vielleicht auch seine Unfreundlichkeit. Er kannte es nicht anders, weil in der Kaserne einfach dieser Tonfall herrschen musste, damit man sich gegenseitig ernst nahm. Das bedeutete, er würde sich schnittig zurückziehen und keine weitere Zeit vergeuden, wenn er die gewünschten Infos bekam.

Das können Sie haben, Sergeant!

»Gut, denke ich. Weitgehend. Der Seegang war etwas unstet, aber noch nicht beängstigend, und Ihre Großmutter hat die ersten Andenken gekauft. Anschließend sind wir gefahren und machen jetzt den ersten Stopp in Brighton.«

»War auf der Fahrt alles in Ordnung?«

Ich entschied, Käthes Erstickungsnummer für mich zu behalten. »Ich denke schon. Zwischendurch habe ich geschlafen, aber immer wenn ich aufgewacht war, saß Ihre Großmutter noch auf ihrem Platz«, versuchte ich einen Scherz.

»Sie haben geschlafen? Schon wieder?« Vorwurf pur, und obwohl ich mich mittlerweile daran gewöhnt haben sollte, war ich perplex.

»Ja, ich habe schon wieder geschlafen und natürlich im Bus! Wir werden keine Pause machen, damit ich mich auf eine Parkbank legen kann. Und wenn Ihre Großmutter und die anderen Gäste mich nicht andauernd wachgehalten hätten, wäre ich wahrscheinlich auch mit einem längeren Nickerchen ausgekommen. So hatte ich eben mehrere kurze. Vielleicht wissen Sie nicht, wie sich das anfühlt, aber glauben Sie mir, es ist nicht angenehm. Und jetzt muss ich auflegen. Unsere Pause dauert nicht ewig, und ich habe keine Lust, im Stechschritt über die Promenade zu hetzen.«

»Sicher auch keine Ausdauer.« Er murmelte es oder deckte den Hörer mit einer Hand ab, aber nicht gut genug.

Ich richtete mich weiter auf und hob mein Kinn gen Himmel. »Wie bitte?«

»Ich sagte, dass Sie nicht sehr ausdauernd zu sein scheinen«, schnappte er zurück. »Sie schlafen während der Fahrt. Sicher haben Sie vor, sich während des gesamten Aufenthalts so wenig wie möglich zu bewegen?«

Er hatte es geschafft: Ich wusste nicht mehr, was ich sagen sollte, und strich mit einer Hand über meinen Bauch. Ja, ich war nicht die Sportlichste, obwohl man mir das Gott sei Dank nicht ansah. Ich hatte schmale Hüften, eher kleine Brüste und neigte dazu, dürre Arme zu bekommen, wenn ich wenig aß. Das einzig Runde an mir war mein Hintern, den ich mit der richtigen Kleidung zu kaschieren wusste. Trotzdem, an mir gab es nichts auszusetzen!

»Hallo?«

»Ja hallo!« In meinen Ohren pfiff es vor Empörung. »Sie haben es erkannt, ich befinde mich auf einer achttägigen Reise durch Südengland und Cornwall, da werde ich wohl kaum mein Fahrrad einpacken oder eine Ladung Hanteln.«

»Joggen könnte nicht schaden gegen Lethargie.« Jetzt auch noch Ironie. Das reichte!

»Das Einzige, was ich loswerden möchte, ist dieses Telefon. Ich gebe Ihnen nun Ihre Großmutter. Viel Spaß noch beim Drill!« Ich wirbelte herum, drückte Käthe das Telefon so zackig in die Hand, dass sie keine Chance auf Protest hatte, und flüchtete in Richtung Pier. Dabei verdrängte ich das Bild der neuen Laufschuhe, die ich zwischen Jeans und Kulturbeutel platziert hatte. Erst als ich das Zentrum des kleinen Vergnügungsparks auf dem Pier erreicht hatte, kam ich auf die Idee, langsamer zu laufen.

Ich deutete auf den Koffer. »Das ist meiner.«

Fabio wuchtete ihn mir mit einer Hand und einer eleganten Drehung vor die Füße. »Fütterung der Drachen«, raunte er mir zu und deutete unauffällig erst zu einer Seite, wo Käthe sich mit ihrem Gepäck abmühte, dann zur anderen.

Ich wusste nicht recht, was ich darauf erwidern sollte, und nickte daher lediglich.

Fabio zwinkerte mir zu und zeigte seine strahlend weißen Zähne. Ich war entzückt, sah aber ein, dass er jetzt keine Zeit für eine Unterhaltung finden würde. Seitdem Herr Wewers den Bus hinter dem Hotel geparkt und die Seitenklappe geöffnet hatte, um das Gepäck auszuladen, herrschte Panik. Die Senioren drängten sich um die Kurfürst-Mitarbeiter und wichen auch auf mehrmalige Bitte keinen Schritt zurück. Zu groß war die Angst, dass der Koffer verloren gegangen sein oder als letzter ausgeladen werden könnte – das Rennen um den ersten Platz am Aufzug wäre damit verloren. Diejenigen, die ihr Gepäck bereits erspäht und messerscharf geschlussfolgert hatten, dass sie noch warten mussten, liefen unruhig vor dem Bus hin und her. Raubkatzen des Alters. Schrecken der Busrundreisen. Jäger auf zwei, manchmal auch drei oder vier Beinen.

Herr Wewers, der alte Fuchs, hatte den Bus zunächst allein verlassen, unter Antonias Protest vorsätzlich verschlossen (wahrscheinlich, weil der arme Fabio sonst von einer Stampede überrannt worden wäre), alle Zimmerschlüssel aus dem *Golden Seaview* besorgt und anschließend an uns verteilt. Ich hatte lediglich genickt, als er mir meinen in die Hand drückte. Seitdem wir die Promenade wieder verlassen hatten, schwieg ich. Zwar hatte ich mich bei dem Spaziergang auf dem Pier wieder beruhigt, war aber immer noch sauer auf Käthe und über die Art, wie sie mich nun bereits zweimal in die Kampfarena geschickt hatte. Anders konnte man die Gespräche mit ihrem Enkel nicht bezeichnen. Nachdem ich wieder eingestiegen war, hatte sie mich voller Begeisterung gefragt, ob »er nicht ein Netter sei«, so wie auch nach dem ersten Telefonat. Ich hatte entschieden, dass es höflich genug war, nicht zu antworten. Käthe dagegen musste ihren letzten Rest an Feinfühligkeit zusammengekramt haben und ließ mich in Ruhe.

Jetzt rumpelte mein Koffer hinter mir her, und ich freute mich so sehr auf mein Einzelzimmer, als würde Johnny Depp dort auf mich warten. Zwar konnte man vom Parkplatz des

Seaview das Wasser nicht sehen, aber möglicherweise vom obersten Stockwerk aus. Wenn der Verkehr nachließ, hörte man es allerdings, dieses dumpfe und vielversprechende Rauschen, das einem zuflüsterte, so schnell wie möglich auf einen Besuch, aber nicht zu nahe zu kommen. Lockend und gefährlich zugleich.

Ich schnaubte. Meine Phantasie ging mit mir durch – oder, wahrscheinlicher, meine Nerven. Es wäre gut, wenn Mister Depp mich mit einem Glas Wein oder Sekt empfangen würde, um mich wieder auf Spur zu bringen.

Ich warf einen Blick über meine Schulter. Fabio stand noch immer am Bus und strahlte sogar auf die Entfernung hin. Er hob eine Hand und winkte. Trotz allem musste ich lächeln und erwiderte die Geste.

Er winkte weiter. Seltsam. War er kurzsichtig? Ich runzelte die Stirn, doch in diesem Moment lief eine schlanke, junge Frau an mir vorbei. Sie trug einen Minirock, der vor allem Mini war, und dafür umso mehr Make-up. Sie erwiderte Fabios Geste, und er ließ den Arm sinken, wobei er über das ganze Gesicht grinste.

Ich ließ ebenfalls rasch den Arm fallen und kam mir etwas unbeholfen vor, weil Fabio mich nicht einmal beachtet hatte. Wahrscheinlich war die Frau eine Bekannte und arbeitete hier im Hotel. Immerhin fuhr Kurfürst-Reisen stets dieselbe Strecke, da konnten durchaus Freundschaften entstehen. Ehe ich mich weiter blamierte, machte ich mich wieder auf den Weg. Noch war die Luft rein und keine Senioren hinter mir, also blieb ich vor dem Eingang stehen und betrachtete das Seaview. Es hob sich mit seiner Naturklinkerfassade von den anderen Häusern der Straße ab. Der Eingang wurde von zwei Erkern eingerahmt. Ein weißer Balkon lief in der ersten Etage rund um das Gebäude, darüber prangten schmale Dächer mit Ziegeln, die nicht größer sein konnten als meine Hand. Eine Treppe mit Schnörkelgeländer führte zur Tür, wo sich wie auch an den Fenstern das Zusammenspiel von Weiß und dunklen Naturfarben fortsetzte. Ein hübscher Anblick.

Meine Zuflucht für heute Nacht.

Ich atmete so tief ein, dass es in den Lungen kribbelte, und tauchte in das Dämmerlicht der Lounge.

»Juna?«

O nein, das musste Käthe sein. Ich lief schneller, sofern das mit meinem Gepäck möglich war. Spezielle Situationen erforderten spezielle Maßnahmen, sagte ich mir, als ich zwei Frauen zur Seite drängte und eine mit meinem Koffer rammte. Ich rief eine Entschuldigung in zwei Sprachen, fuhr einem Mann in Anzug und Krawatte über die frisch polierten Schuhe und knallte mit einem unterdrückten Triumphschrei meine Faust auf den Knopf für den Aufzug. Erst dann bemerkte ich das wartende Paar, das mir beunruhigte Blicke zuwarf. Ein knapper Wink des Mannes, und sie entschieden sich für die Treppe. Mir war in diesem Moment alles recht, wenn ich nicht ...

»Juna!«

Ich blickte gehetzt von meinem Koffer zur Treppe. Bis in den dritten Stock würde ich es niemals schaffen, wenn ich das Abendessen nicht verpassen wollte.

Schritte, eine Hand an meiner Schulter. Ich schrie auf, fuhr herum ... und sah in Fabios Schokoladenaugen. »Hey, hast du mich nicht gehört? Ich habe dich gerufen.«

Eine Lawine polterte von meinem Herzen. »Oh. Nein, ich ... das habe ich nicht gehört. Ich war so ... fasziniert von diesem Hotel.« Ich strahlte und deutete auf den Teppich, der das hässlichste Muster besaß, das ich jemals gesehen hatte.

Es knisterte, als Fabio mir eine Hand entgegenstreckte. »Hier. Das hast du verloren.«

Verwirrt nahm ich ein zerknittertes Papier an mich, kam jedoch nicht dazu, es zu lesen, weil ich ein vertrautes Zetern am Eingang hörte. Antonia. »Danke«, sagte ich hastig. »Ich gehe dann mal auf mein Zimmer.«

Er nickte. »Du meinst, du trittst die Flucht an.«

»Ähm. Ja, irgendwie schon.« Ich war etwas unsicher, wie ehrlich ich ihm gegenüber sein konnte. Er hatte zwar voll ins Schwarze getroffen, war aber immer noch Mitarbeiter von Kurfürst-Reisen. Zudem tat er mir leid, weil er sich nicht wie ich aus dem Staub machen konnte. Hoffentlich bezahlten sie ihn gut. »Wir sehen uns dann beim Abendessen.«

»Ich wünschte, ich könnte wie du einfach verschwinden, aber dann geht das Gekeife der Alten erst richtig los. Also dann bis später.« Er deutete auf den Zettel in meiner Hand. »Wenn du magst, können wir ja hinterher noch etwas an der Hotelbar trinken.«

Mein erster Gedanke war, dass er für einen Kurfürst-Mitarbeiter wirklich nicht gut über seine Gäste sprach. Sich seinen Teil denken, war eine Sache, es laut aussprechen eine andere. Der zweite Gedanke riet mir jedoch, Fabio um den Hals zu fallen. Er bot mir Abendgesellschaft! Ich trat einen Schritt vor und ...

Mit einem Ping glitten die Türen hinter mir auseinander. Ich zuckte zusammen, besann mich darauf, dass wir nicht allein in der Halle waren, wuchtete meinen Koffer in den Fahrstuhl und winkte Fabio zu. »Sehr gern!«

Er winkte zurück und verschwand hinter einer Wand aus Metall. Der Lift ruckelte und setzte sich in Bewegung. Ich legte den Kopf in den Nacken, lockerte meine Schultern und atmete tief durch. Was war mir im Gespräch mit Fabio noch einmal seltsam vorgekommen?

Richtig, der Zettel. Ein Erinnerungsfetzen zog durch meinen

Kopf, und ich faltete das Knäuel voll böser Vorahnung auseinander.

Urlaub 2016 planen
Allein oder mit Partner?
Über Partnerbörsen informieren!

O nein. Ich stöhnte laut auf. Hoffentlich hatte Fabio das nicht gelesen! Was würde er von mir denken? Dass ich eine einsame Jungfer war, die aus lauter Verzweiflung eine Busfahrt nach Cornwall buchte in der Hoffnung, sich einen wohlhabenden Witwer zu angeln, der bald das Zeitliche segnen würde?

Ich stöhnte just in dem Moment noch mal, als die Türen sich öffneten. Vor mir stand eine Frau in meinem Alter und sah mich perplex an. Ich grüßte, hastete an ihr vorbei und kam erst zur Ruhe, nachdem sich die Tür meines Zimmers hinter mir geschlossen hatte.

7

*M*eine Familie ist nach Deutschland gezogen, als ich fünf war.« Fabio nahm einen Schluck Rotwein und sah dabei aus, als hätte er das Paradies entdeckt. »Wahrscheinlich habe ich inzwischen auch den letzten Rest Akzent verloren.«

Zum ersten Mal in meinem Leben teilte ich mir mit einem Mann eine Flasche Wein. Das klang banal, vielleicht auch seltsam, aber es stand schon lange auf meiner Wunschliste: Momente der Zweisamkeit, in denen man sich wortlos verstand. Der Wein zählte dazu, ebenso gemeinsames Lesen auf dem Sofa, im Idealfall Rücken an Rücken. Oder die Bestellung einer Riesenpizza für zwei. Alles Szenen, die ich mir in warmen Farben ausgemalt, aber die das Leben mir stets vorenthalten hatte. Bei der Auswahl meiner Männer hatte ich in dieser Hinsicht ein schlechtes Händchen bewiesen. Sie waren ausnahmslos Biertrinker gewesen. Jens hatte zudem nur gelesen, wenn es notwendig war, und Patrick konnte mit seiner Glutenempfindlichkeit keine Pizza essen und war auch sonst verwöhnt, was seine Nahrung betraf.

Fabio und ich teilten uns zum Wein zwar nur ein Schälchen mit Erdnüssen, aber das genügte mir. Andere Länder, andere Sitten.

Das Abendessen hatte sich als nicht so schlimm herausgestellt wie erwartet. Im hinteren Bereich des Speisesaals waren vier Rundtische für Kurfürst-Reisen reserviert, und als ich eintraf, waren die meisten Plätze bereits besetzt. Offenbar war es für viele aus meiner Reisegruppe noch wichtiger, als Erster sein Essen zu bekommen, als den Koffer aus dem Bus zu holen.

Ich teilte mir einen Tisch mit Fabio, Waldi Wewers sowie Lotte und Christel Ingbill, zwei Schwestern, die durch ihre Vorliebe für Pink auffielen, aber abgesehen davon sehr umgänglich und sogar witzig waren. Keine der beiden hatte große Chancen, einen Satz zu Ende zu führen, weil die andere ihr stets ins Wort fiel. Sie schienen sich das nicht übelzunehmen, sondern sogar zu erwarten, denn ihr Sprechtempo verlangsamte sich zum Ende ihrer Sätze und kam manchmal beinahe zum Erliegen, wenn die andere nicht rechtzeitig reagierte. Während Fabio die Augen verdrehte, hatte ich daran Spaß.

Käthe saß zwei Tische weiter und amüsierte sich köstlich mit ihrer Sitznachbarin. Das war gut! Vielleicht entstand dort gerade eine Reisefreundschaft. Ich würde alles tun, um das zu unterstützen.

Mir gefiel der Speisesaal. Zwar war er alt, aber er strahlte jenes Flair aus, das an vergangene, glorreiche Zeiten erinnerte. Sicher war dieses Hotel vor vielen Jahrzehnten ein Treffpunkt gut betuchter Großstadt-Engländer gewesen, die an der Küste aufatmen wollten. Allein die Kristallleuchter und die Brokatvorhänge zeugten davon. Dafür ertrug ich sogar den Teppich, der wie der im Foyer ein grauenhaftes Muster aufwies.

Das Essen kam in drei Gängen und war hervorragend, zumindest für meinen Geschmack. An unseren Schwesterntischen vernahm ich Gemurmel – in Antonias Fall lauter als bei den anderen – und Beteuerungen, dass es ›zu Hause einfach besser schmeckte‹. Vor allem die Minzsoße zum Rinderfilet sowie die Steak Pie stießen auf Skepsis.

Herr Wewers verabschiedete sich, kaum dass er den letzten Löffel Pflaumenpudding in den Mund geschoben hatte, und ließ uns zu viert zurück. Fabio und ich warteten, bis die beiden Schwestern ihre Mahlzeit beendet hatten, und schlenderten dann in die Bar. Er erzählte mir, dass er nach seiner Ausbildung zum Reiseverkehrskaufmann begonnen hatte, als Reiseführer zu arbeiten, und sein organisatorisches Talent dem Umstand verdankte, dass er früher stets auf seine vier jüngeren Schwestern aufpassen musste.

»Hast du danach sofort bei Kurfürst angefangen?« Ich überlegte, ob ich mir Wein nachschenken sollte, hielt mich aber zurück. Nach mehr als zwei Gläsern neigte ich dazu, anhänglich zu werden. Schlimm genug, dass Fabio den Zettel gefunden und höchstwahrscheinlich gelesen hatte. Immerhin war er so taktvoll, das Gespräch nicht darauf zu bringen.

Er schnappte sich eine Erdnuss, warf sie in die Luft und fing sie mit dem Mund auf. Im Hintergrund applaudierte jemand, und Fabio deutete eine Verbeugung an. Ein Kichern war die Antwort – vielleicht die Frau vom Parkplatz?

Das gedämmte Licht der Bar spiegelte sich in Fabios Locken und auf seinen Unterarmen. Er trug ein hellblaues Hemd mit halben Ärmeln und Jeans. Beides hing nicht einfach an seinem Körper, sondern umspielte ihn. Fabio war auf jeden Fall jemand, für den man sich im Schlafzimmer die Zeit nahm, um erst einmal zu gucken.

Er wandte sich mir wieder zu. »Nein, ich war erst zwei Jahre bei Juno Tours. Das Publikum war dort jünger.« Er sah sich um und beugte sich weiter vor. »Viel, viel jünger.«

Ich verkniff mir ein Lachen. »Warum hast du aufgehört?«

»Sie hatten sich verkalkuliert. Die Busflotte zu schnell erweitert, ein zu großes Programm angeboten. Es funktionierte nicht, und ich bin abgesprungen, ehe es ganz den Bach hinunterging. Sehr schade. Wir hatten unseren Schwerpunkt auf Reisen nach Italien und Spanien gelegt oder eben auf Großstädte wie London oder Paris. Ich habe als einziger Mitarbeiter italienisch gesprochen und hatte daher genug zu tun. Es war eine tolle Zeit. Deutlich aufregender als hier, im Mekka der Falten, das kann ich dir sagen.« Sein Gesichtsausdruck bekam etwas Schwärmerisches.

»Das kann ich mir vorstellen. Bist du viel herumgekommen, oder hat man dich quasi nach Italien zwangsversetzt?«

Er zwinkerte mir zu. »Jeder musste zunächst das komplette Programm durchlaufen – eine Sicherheitsmaßnahme, um Ausfällen bei Krankheit vorzubeugen. Danach wurde ich dann wirklich meist in Italien eingesetzt oder in Stoßzeiten bei den Städtereisen. Silvester oder Weihnachten ging es oft nach London oder Amsterdam, um dort Party zu machen. Das waren ganz schön harte Zeiten. Viel Schlaf war da für uns nicht drin.« Er lachte, griff nach der Weinflasche und sah mich fragend an. Ich nickte. Er würde damit leben müssen, wenn ich nachher an seiner Schulter lehnte.

»Klingt hart«, sagte ich todernst. »Das muss schrecklich gewesen sein.«

Er hob sein Glas und stieß es sanft gegen meines. Der helle Ton fuhr durch meinen Körper und nistete sich in meinem Magen ein. Es fühlte sich gut an.

Oha. Es ging schon los. Hastig nahm ich ein paar Erdnüsse, vielleicht senkte das meinen Alkoholpegel.

»Es war schrecklich!« Fabio spielte den Leidenden, und ich prustete laut heraus. Zu meinem Entsetzen machte ich damit Hermann und Rudi auf uns aufmerksam, die gerade mit ihren Frauen die Bar betraten.

»Soso!« Hermanns Stimme war so laut wie die eines Matrosen bei höchstem Seegang. »Das macht unser Busbegleiter also nach Feierabend!« Seine Frau Lise zerrte ihn weiter und bedeutete ihm, leiser zu reden. Anders als ihr Mann legte sie Wert auf adrette, etwas elegante Kleidung. Selbst im Bus wirkte sie stets wie aus dem Ei gepellt. Mit dem blondierten Haar und dem perfekten Make-up sah sie mindestens fünfzehn Jahre jünger aus als Hermann, dabei aber durchaus sympathisch. Sie sagte selten etwas – dazu hatte sie bei dem Kerl an ihrer Seite auch kaum Gelegenheit –, und wenn, diente es meist dazu, ihn zurückzurufen. Ich war froh darüber. Nicht auszudenken, wenn der Mann allein und ohne Leine unterwegs wäre.

Rudis Frau dagegen war einem Bilderbuch entsprungen, das das Leben auf dem Wochenmarkt zeigte: rund, robust und mit stets roten Wangen. In ihrer Gegenwart bekam ihr Mann das Flair eines Schuljungen, der einen Streich gespielt und Angst hatte, erwischt zu werden. Zu meiner Erleichterung wählten die vier einen Ecktisch, nachdem sie uns ausführlich gemustert hatten.

Fabio lächelte ihnen zu und verdrehte dann die Augen. »Genau, der Busbegleiter hat Feierabend«, flüsterte er. »Ich hoffe, das haben auch die anderen verstanden. Madame Brüchig und Tatterig beispielsweise.« Er deutete zur Seite, wo Käthe gerade aus meinem Sichtfeld verschwand.

Gut, nun übertrieb er etwas. Käthe war zwar klein und schmal, aber tatterig war anders. »Es sah so aus, als wäre sie auf dem Weg nach oben. Wir haben Glück.«

»Das hoffe ich! Es kann ziemlich anstrengend sein, den ganzen Tag höflich bleiben zu müssen.«

»Besonders bei Antonia«, stimmte ich zu.

Er legte seine Stirn in Dackelfalten. Unheimlich niedlich! »Ich schaff das nicht«, krächzte er und verschränkte die Arme vor der Brust. »Meine Beine erst recht nicht. Wissen Sie, wie viele Kilometer ich in meinem Leben schon gelaufen bin? Außerdem ist es draußen windig und mich interessiert das Land so wenig, dass ich lieber auf meinem Sitz hocken bleibe.«

Okay, das war wohl seine Art, um sich den Stress von der Seele zu reden.

»Das versteh ich wirklich nicht«, sagte ich. »Warum buchen solche Leute überhaupt Urlaub? Ich habe vorhin beim Abendessen dreimal jemanden sagen gehört, dass es nicht wie zu Hause schmeckt. Das muss ihnen doch bewusst sein – ich meine, dass uns hier britisches Essen erwartet und kein Schweinebraten mit Klößen.«

Fabio lehnte sich zurück. »Das ist leider normal. Wobei Antonia wirklich ein Härtefall ist. Oft tauen solche Gäste nach wenigen Tagen auf, weil sie nur eine längere Phase der Umgewöhnung brauchen. Wenn wir Pech haben, bleibt das so, bis wir sie wieder in Oberhausen rauswerfen.«

»Oh. Ich wünsche dir das Gegenteil.«

Er verwandelte sich kurz in einen großen, leidenden Jungen und ließ sich von mir die Schulter tätscheln. »Danke. Ich wünsche dir vor allem gute Nerven. Die wirst du brauchen mit der Klette neben dir.«

Ich sah mich zunächst um, entdeckte aber nur eine Blondine, die Fabio ekstatisch anstarrte. Erst dann begriff ich. »Ach, du meinst Käthe. Nun, sie hat so ihre Eigenarten, aber es könnte schlimmer sein.«

Antonia beispielsweise. Oder Hermann.

»Glaub mir, das wird es noch. Schlimmer.« Fabio ließ einen Finger neben der Schläfe kreisen. »Die Carstens ist scheinbar eine von denen, die jeden Mist kaufen und alles horten. Messies. Nicht ganz dicht.«

Ich dachte an Käthe und ihre Plastiktüten. Das meiste davon waren Souvenirs für ihre Familie. »Nein, das ist ...«

»Ist ja nun auch egal.« Er rieb sich das Kinn. »Was hat dich eigentlich auf diese Tour verschlagen, Juna Fleming? Ich muss dir nicht sagen, dass du nicht hierher gehörst.«

Ich war froh über den Themenwechsel, denn obwohl Käthe mich mit ihrem Handy an den Rand der Beherrschung trieb, hatte sie mir nichts getan. Kurz überlegte ich, ob ich Fabio die Wahrheit verraten sollte, und nippte an meinem Wein, um Zeit zu gewinnen. Blamierte ich mich, wenn ich ihm verriet, dass ich Autofahren nicht wirklich beherrsche? Ich entschied mich für die halbe Wahrheit. »Ich fürchte, mein Dickkopf hat mich in diese Lage gebracht«, sagte ich. Das klang gut und selbstbewusst, und wirklich sah Fabio mich noch interessierter an als zuvor. »Ich traue dem Linksverkehr nicht. Vielmehr traue ich mir im Linksverkehr nicht. Dann hat meine Reisebegleitung so kurzfristig abgesagt, dass ich niemanden mehr gefunden habe, der mitkommen wollte. Ich hatte aber meinen Urlaub schon genehmigt bekommen und wollte unbedingt nach Cornwall.«

Er schwieg und sah mich eine lange Zeit einfach nur an.

»Weil du so romantisch bist?« Seine Stimme war leiser als zuvor.

O mein Gott! Mein Herz hüpfte, in meinem Hals kribbelte es, und ich spürte, dass ich rot wurde. Konnte ich das jetzt schon auf den Wein schieben? Ich musste mich ablenken! Das war gar nicht so leicht bei diesem Anblick. Das sanfte Licht betonte Fabios Wangenknochen und die Linie seines Kinns. Ich verlor mich in seinen Augen und konnte meinen Blick nicht mehr von ihm lösen. War diese Busreise etwa doch gar keine so schlechte Idee? Spielte das Karma letztlich sogar für mich?

»Junalein, hier bist du!«

Nein! Nein nein nein!

Käthe hatte ihr Kopftuch gegen einen waldgrünen Hut mit einer Filzblume darauf getauscht. Zusammen mit dem ebenfalls grünen Rock und den robusten Schuhen erinnerte sie mich an eine in die Jahre gekommene Jägerin. Lediglich der Seidenschal um ihren Hals passte nicht recht ins Bild. In einer Hand hielt sie einen dampfenden Becher, der stark nach Alkohol roch.

Ich kam nicht mehr dazu, Fabio nach einem Hinterausgang zu fragen, da hatte sie uns auch schon erreicht. Vielmehr gestellt – so abwegig war der Jägereindruck nicht.

»Ach, die jungen Leute sitzen zusammen. Das ist schön, da könnt ihr euch über all die Themen unterhalten, von denen wir nichts mehr verstehen, nicht wahr?« Sie lachte. Dass unser letztes Gespräch wenig freundlich gewesen war und ich sie seitdem angeschwiegen hatte, schien sie verdrängt oder vergessen zu haben.

Fabio zappte sein Weihnachtslächeln an. Allmählich konnte ich es von dem echten unterscheiden. »Ja, wir gönnen uns ein Glas Wein nach Feierabend. Und Sie, Frau Carstens? Das hier ist schon etwas anderes als Moers, was?«

Er kannte wirklich die Namen sowie Wohnorte aller Gäste. Das beeindruckte mich. Andererseits hätte Fabio mich auch beeindruckt, wenn er ein Rechteck aus Streichhölzern legen würde.

Käthe starrte in ihren Becher. »Der nette Kellner spricht Deutsch, also hab ich ihn überredet, mir einen Spezialtee zu bringen. Leider habe ich vergessen, wie der Whisky heißt, den er da reingekippt hat. Dabei schmeckt der so lecker.«

»Ich bin sicher, das lässt sich herausfinden, Frau Carstens.«

»Och, das wär so schön«, freute sich Käthe. »Ich wollte mir den Namen aufschreiben, wenn ich schon die Flasche nicht mit zurücknehmen kann.«

Fabio lachte. »Sie wollen die Flasche mit zurücknehmen? Als Andenken?«

»Nein, ach, ich hätte sie zum Wein-Josef gebracht, vielleicht kann er das nachbestellen. Bisher hat er noch immer alles gefunden, selbst für meine Schwägerin. Die fährt jedes Jahr in die Schweiz oder nach Österreich und bringt alle möglichen Schnäpse mit. Und dann ist das Gejammer groß, wenn die leer sind!«

Fabio fiel in ihr Gelächter ein und schickte mir einen ›Hab ich es nicht gesagt‹-Blick. Ich schaffte es, die Mundwinkel zu heben. Sicher würde Käthe gleich gehen und uns in Ruhe lassen – immerhin sah jeder, der auch nur einen Hauch Empathie besaß, dass sie störte.

Wieder einmal hatte ich die falsche Taktik eingeschlagen, denn Käthe nahm meine so überschäumende Laune zum Anlass, in ihrer Handtasche zu kramen.

Ich ahnte nichts Gutes. »Ich muss ... dringend zur Toilette«, murmelte ich und rutschte von meinem Hocker. Käthe zeigte perfekte Reflexe, indem sie mich festhielt und Fabio mit der anderen Hand ihr Handy reichte. Ich schaffte es kaum, meinen

Blick von dem schwarzen Ding loszureißen, und erwartete, dass es jeden Augenblick losdudeln würde.

Käthe legte mir einen Arm um die Taille und strahlte Fabio an. »Bist du so gut und machst ein Foto von uns? Für meine Sammlung. Dann sieht zu Hause jeder, welch hübsche und charmante junge Frau die ganze Zeit neben mir sitzt.«

Bei ihrer offensichtlichen Begeisterung für mich bröckelte meine Abwehr, und als Fabio Käthes Lächeln erwiderte, brach sie vollends zusammen. Ich verzog das Gesicht und ergab mich meinem Schicksal.

»Natürlich, gerne.« Fabio stand auf und gab sich deutlich mehr Mühe als ich an der Promenade: Er bat uns mehrmals, die Position zu verändern, um das beste Licht einzufangen, und dann, etwas enger zusammenzurücken. Ich argwöhnte, dass er die Sache extra in die Länge zog, um mich zu piesacken. Später würde ich mich dafür revanchieren.

»Bitte lächeln! Genau so bleiben! So, das war es auch schon. Vielen Dank, die Damen!« Er drückte Käthe ihr Telefon in die Hand. »Du siehst auf dem Bild bezaubernd aus, Juna. Sie natürlich erst recht, Frau Carstens.«

Ich beugte mich über Käthes Schulter. Gemeinsam betrachteten wir das Ergebnis, dann drehte sie sich um und tätschelte meinen Arm. »Da hat er recht. Wirklich bezaubernd.«

Es war in der Tat ganz passabel. Ich posierte neben Käthe, die mir bis zur Schulter ging, und hielt mein Weinglas so locker in der Hand, als hätte man mich nicht zu dem Schnappschuss gezwungen. Mit den roten Wangen und den offenen Haaren hatte es wirklich den Anschein, als wäre der Abend etwas ganz Besonderes für mich. Sämtliche Aggressionen und all die Angespanntheit waren nicht zu sehen, herausgefiltert von einer entspannten Stunde mit Fabio – die Käthe kurzzeitig unterbrochen hatte. Jetzt, da sie an ihr Foto gekommen war, würde sie sich sicher bald auf den Weg in ihr Zimmer machen und ins Bett begeben. Und ich, ich würde ...

»So, wie ging das noch mal mit dem Versenden? Hier drauf drücken, und dann?« Ehe ich antworten musste, schritt Fabio ein. Wenig später zischte es, und der Schnappschuss war auf dem Weg zu Blacky. Allmählich fragte ich mich, ob Käthes restliche Familie nicht wissen durfte oder sollte, dass sie sich in England herumtrieb, oder ob ihr Enkel nicht nur unfreundlich, sondern auch unselbständig war.

Natürlich vergingen keine zwanzig Sekunden, und das Telefon legte los. Zum Glück weckte es dieses Mal niemanden. Im Gegenteil, der Barkeeper swingte gut gelaunt im Takt mit, und sogar der Fuß der Blondine wippte. Sie starrte uns noch immer an, als wäre sie auf Beutezug, und Fabio war höflich genug, um sie zu grüßen.

Käthe dagegen ... nun, sie blinzelte treuherzig in meine Richtung. Mit meinem ganzen Durchsetzungsvermögen schlug ich die Faust auf die Holztheke. »Sie werden den Anruf dieses Mal selbst entgegennehmen, Käthe!«

Sämtliche Anwesenden betrachteten mich, als hätte ich es gewagt, deutsches Dosenbier in dieses Hotel zu schmuggeln. Einzig Käthe wirkte unerschrocken, straffte die knochigen Schultern, nickte mir zu, als wäre ich ihre Komplizin, und presste den Daumen auf die Handyoberfläche.

»Hallo Blacky, mein Kleiner!« Sie trottete in eine Ecke der Bar.

Es ging doch! Ich hob mein Kinn. So fühlte sich Triumph an! »Also dann, auf die Reise«, sagte ich und hielt Fabio mein Glas entgegen. Er wirkte etwas verwirrt, und ich begriff, dass er über meine Schulter gesehen hatte.

Zufall. Oder das blonde Raubtier nervt ihn einfach.

Er stieß sein Glas gegen meines. Ich stürzte den halben Inhalt herunter und setzte mich wieder. Rudi starrte mich an, aber ich fühlte mich so gut, dass ich zurückstarrte, bis er verlegen winkte und mir den Rücken zukehrte.

Fabio legte den Kopf schräg. »Was habe ich da gerade verpasst?«

Ich schielte in Käthes Richtung. »Ach. Komische Geschichte.« Aber dann erzählte ich ihm alles von Käthe, ihrer Abneigung gegen ihr Handy und dem Ekel von Enkel. Es dauerte nicht lange, und er hielt sich den Bauch vor Lachen. Ich biss mir auf die Innenseite der Wangen. Zum Glück wussten die anderen nicht, worüber wir redeten, und jetzt, mit einigem Abstand und nachdem ich die Geschichte mit jemandem teilen konnte, kam mir die ganze Sache auch gar nicht mehr so schlimm vor. Immerhin war Käthe stets freundlich zu mir und nicht so anstrengend wie etwa Antonia. Ja, sie war auf ihre Weise penetrant, aber ...

»Wenn Blacky nicht wäre, könnte ich sie leichter ertragen«, schloss ich.

Fabio wog den Kopf hin und her, so als schwappte mein Gedanke darin herum. »Ich kann dich zu gut verstehen, und ich bedaure es jetzt noch mehr, dass wir dir keinen Einzelplatz geben können. Ich hatte das erst vor, als ich dein Geburtsdatum auf der Anmeldung gesehen habe, aber dann sind die letzten Plätze doch noch eine Woche vor Abfahrt gebucht worden.«

Hatte ich bereits angemerkt, dass er wirklich süß war? »Ja, dann muss ich wohl weiter damit leben.« Ich zwinkerte.

»Ist sie denn immer so aufdringlich?« Er kniff die Augen zusammen und starrte dorthin, wo Käthe das Handy mit einer Hand abschirmte. »Wenn ja, könntest du dich offiziell bei Kurfürst, also stellvertretend bei mir und Waldi, beschweren. Immerhin soll sich jeder Gast wohl fühlen, und wenn sie dich andauernd zutextet ...«

Ich winkte ab. »Ach nein, so schlimm ist das wirklich nicht.« Bei allen Nerven, die Käthe mich bisher gekostet hatte – eine Beschwerde beim Reiseteam schien mir zu hart. »Ich halte das schon durch.«

»Aber das ist der falsche Ansatz«, sagte Fabio und fuhr sich mit einer Hand durch seine Locken. »Du sollst sie nicht ertragen müssen, sondern dich entspannen können. Weißt du, manchmal denken sich die alten Leute, dass sie sich alles erlauben können. Aber so geht das nicht. Wenn Käthe dich nervt, nehme ich sie mir kurz zur Brust, und danach ist Ruhe. Und wenn nicht, geht's für sie und ihre Tüten zurück nach Hause.«

Ich stutzte. Mittlerweile klang er geradezu entschlossen. Zuvor hatte er mir nur einen Vorschlag gemacht, aber jetzt hatte ich das Gefühl, ihn zurückhalten zu müssen. »Lieb von dir, Fabio, aber das muss wirklich nicht sein. Sie hat ein neues Telefon und kommt damit überhaupt nicht klar, aber das ist auch schon alles.« Ich stellte mein Glas ab und bedeutete dem Kellner, dass ich zahlen wollte.

Fabio legte eine Hand auf meine, als ich mein Portemonnaie aus der Tasche holen wollte. »Lass nur, ich lade dich ein – auf Firmenkosten.« Wieder dieses Zwinkern. »Beim nächsten Mal kannst du dich ja revanchieren.«

»Das werde ich auf jeden Fall.« Plötzlich musste ich gähnen und riss schnell eine Hand vor den Mund. »Entschuldige. Das heute war anstrengender als vermutet.«

»Das ist der erste Tag immer. Die lange Fahrt, dazu all die neuen Eindrücke. Mich wundert, dass die Truppe so lange durchgehalten hat. Glaub mir, morgen bist du wieder topfit. Aber ich werde mich jetzt auch auf den Weg in mein Zimmer machen, ich muss noch die Tour für morgen vorbereiten.«

»Kein Problem. Ich wollte eh bald ins Bett gehen.« Vielleicht würde ich noch ein wenig lesen oder Gabs anrufen und ihr erzählen, dass ich bisher überlebt hatte.

Fabio stand auf und drückte mir zu meiner Überraschung einen Kuss auf die Wange. »Also dann bis morgen.«

»Ja, bis morgen!« Ich sah ihm lächelnd nach, wie er mit eleganten, leicht tänzerischen Bewegungen die Bar durchquerte und hinter dem schweren Vorhang verschwand, der an den Seiten mit Goldkordeln befestigt war. Der Abend hätte schlimmer verlaufen können. Ich hatte sogar damit gerechnet und daher geplant, sofort nach dem Essen zu verschwinden. Wer hätte gedacht, dass das Schicksal sich doch noch meiner erbarmen würde! Nun aber schnell auf mein Zimmer, ehe es sich umentschied.

Ich hatte den Ausgang beinahe erreicht, als mich jemand am Ärmel zupfte. Die dumpfe Vorahnung zeigte sich als dünnes Stimmchen in meinem Hinterkopf. Es wisperte mir zu, möglichst schnell zu verschwinden, doch es war bereits zu spät: Käthe hielt mir ihr Telefon entgegen. »Er möchte dich kurz sprechen.«

Ich sah mich um, so als könnte ich jemanden finden, der mich rettete. Immerhin waren wir in England, einem Land voller Gentlemen, die nur darauf warteten, einer Dame in Not beizustehen. Nur wo waren sie alle? Ein weiterer verzweifelter Blick. Nichts. Ich war auf mich allein gestellt.

Ich runzelte die Stirn und hoffte, Käthe damit zu verschrecken. »Sind Sie sicher?«

Sie dachte gar nicht daran, sich einschüchtern zu lassen, und nickte so enthusiastisch, dass ihr Hut ins Rutschen kam. Der Kellner wurde aufmerksam, und so griff ich hastig nach dem Telefon, ehe noch mehr Menschen das Schauspiel verfolgten.

»Fleming.«

»Frau Fleming, guten Abend. Sie sind ja noch nüchtern.«

Neun Worte schafften es innerhalb eines Sekundenbruchteils, mir die gute Laune zu verderben. Ich streckte meine Schultern durch. »Guten Abend. Bei Ihnen in der Kaserne alles in Ordnung? Die Stiefel schon geputzt?«, fragte ich spitz. Normalerweise reagierte ich nicht so. Ich war kein Fan von Ironie oder Sarkasmus. Aber er ließ mir keine andere Wahl, als zurückzufeuern, wenn er schon mit Kanonen und Maschinengewehren gleichzeitig auf mich zielte.

Nun dachte ich bereits in militärischen Bildern! Käthes Enkel war nicht gut für mich. Wenn das so weiterging, würde ich an der Rezeption nach Stacheldraht und Camouflagespray fragen, um mein Zimmer zu verschönern.

Er hustete, vielleicht fluchte er auch oder erstickte an einem Stück Trockenfleisch. »Meine Oma hat mir ein Foto geschickt. Ich nehme an, Sie sind die blonde Frau neben ihr?«

Ich drehte mich ein Stück zur Seite. Käthes Enkel allein war bereits schwer genug zu ertragen, ihr Sezierblick machte das Ganze schier unerträglich. »Wenn Ihre Oma nicht durch das Hotel gelaufen ist, um sich mit mehreren blonden Frauen Ende zwanzig fotografieren zu lassen, dann ja.«

»Sie haben ein Glas Wein in der Hand.«

Okay, seine Aufmerksamkeit war ... vorhanden. »Das haben Sie gut beobachtet. Es war ein Rotwein, und wenn Sie gern die Sorte wissen möchten, müsste ich noch einmal nachfragen.«

Wieder diese Stille, so als dächte er über jedes einzelne Wort nach. Oder als könnte er sich nicht entscheiden, was er aus seinem Repertoire an fiesen Antworten wählen sollte. Im Hintergrund hörte ich Lärm. Ein Rasseln? Nein, Hundegebell.

»Ich finde es nicht gut, dass Sie Alkohol trinken«, sagte Mads Carstens dann.

Ich fuhr herum und starrte Käthe so perplex an, als hätte

sie das Gespräch mitgehört oder wäre für seine Aussagen verantwortlich. Ein Ratschlag wäre jetzt nicht schlecht, immerhin kannte sie ihren Enkel und wusste, wie er tickte. Doch sie lächelte nur und kramte in ihrer Handtasche. Zu spät fiel mir ein, dass sie nicht hören konnte, welchen Unsinn er von sich gab.

Ich holte tief Luft. Anscheinend brachte es nichts, Mads Carstens' Frechheit mit derselben Waffe zu bekämpfen, denn auf diesem Ohr war er erwiesenermaßen taub. Ich würde also das tun, was ich in einem Kurs zu Verhandlungstaktiken gelernt hatte und was ich auf der Arbeit anwandte, wenn jemand das Offensichtliche nicht begreifen wollte: ruhig argumentieren, mich zur Not mehrmals wiederholen. Verständnis für die Gegenseite vortäuschen, aber dennoch meinen Standpunkt weiterhin vertreten. Wenn alle Stricke rissen, würde ich alle Punkte noch einmal von vorn durchgehen.

»Hören Sie, Herr Carstens, ich finde es wirklich reizend, dass Sie sich um Ihre Großmutter sorgen. Aber vielleicht sollten Sie es bei eben dieser Großmutter belassen? Das wäre doch für alle sehr schön. Ich habe nämlich eine eigene Familie, die sich regelmäßig nach meinem Befinden erkundigt, und abgesehen davon bin ich seit einigen Jahren volljährig und kann sehr gut selbst auf mich achtgeben.« Die Aussage zu meiner Familie war zwar gelogen – bei uns galt die ungeschriebene Regel, dass man sich nur aus dem Urlaub meldete oder dort angerufen wurde, wenn etwas Schlimmes geschehen war –, aber das musste er ja nicht wissen.

Hundegebell. »Einen Moment bitte«, sagte Käthes Enkel barsch zu mir. Mit dem Hund redete er anschließend deutlich freundlicher, und das Gebell verwandelte sich in begeistertes Jaulen. Aha, er war ein Hundemensch. Das war gut für ihn, so hatte er zumindest hin und wieder jemanden, der ihm zuhörte, ohne nach wenigen Worten das Weite zu suchen. Er hätte auch ein Pflanzenmensch oder, schlimmer noch, ein Steinmensch sein können, der nichts leiden konnte, das wuchs, sprach oder sich bewegte.

»Also«, sagte er kurz darauf. »Es ist beruhigend, dass es irgendwo jemanden gibt, der sich um Sie sorgt, denn ich bin es nicht. Mir geht es hier um meine Oma. Sie ist zweiundachtzig Jahre alt und völlig allein auf dieser Reise!«

»Das mag zwar stimmen, aber ich sehe kein Problem darin. Sie liegt gut im Altersschnitt und hat hier viele Menschen, mit denen sie sich unterhalten kann.«

»Darum geht es doch gar nicht. Sie macht einen solchen Ausflug zum ersten Mal, und das auch nur, weil eine Freundin ihr den Floh mit den Busreisen und Cornwall ins Ohr gesetzt hat. Die ganze Familie hat ihr davon abgeraten, aber sie hat von nichts anderem mehr geredet und letztlich ohne unsere Zustimmung gebucht. Darum habe ich ihr das Handy gekauft, damit sie sich melden kann, falls etwas passiert, und damit wir anrufen können, um zu erfahren, ob ihr etwas fehlt. Wenn ich also Bilder abendlicher Saufgelage erhalte, finde ich das nicht sehr beruhigend!«

Ausflug? Wie süß. »Jetzt mal langsam.« Ich richtete mich weiter auf und achtete darauf, ruhig und fest zu reden. »Erstens habe ich mit Ihren Familiengeschichten nichts zu tun, und ich finde es unverschämt, dass ich mir regelmäßig Vorwürfe von Ihnen anhören muss. Zweitens: Glauben Sie nicht, dass Sie sich da gerade zu weit aus dem Fenster lehnen, was Käthe betrifft? Wie sich das schon anhört – *Sie hat ohne unsere Zustimmung gebucht!* Ich habe noch nie davon gehört, dass Senioren nicht auf Reisen gehen dürfen!« Ich schlug eine Faust gegen die Wand und atmete tief aus. So viel zu meiner Absicht, mich nicht aus der Reserve locken zu lassen. Mein Herz joggte sportlich in meiner Brust. Erstaunlich, wie anstrengend diese Tirade gewesen war. Unter anderem, weil ich gerade etwas getan hatte, was ich tunlichst vermeiden sollte: mich in die Angelegenheiten dieser seltsamen Familie einzumischen. Mist!

Blacky Carstens atmete schwer. Vermutlich setzte er soeben alles daran, nicht komplett auszurasten. »Es war mein Fehler zu erwarten, dass Sie auf meine Großmutter achtgeben würden.« Er klang bitter. Der Vorwurf war dick und schwer wie Sirup. Vor allem aber war er unfair.

»Ja, das war wohl Ihr Fehler. Denken Sie, ich sitze in diesem Bus, um ein Auge auf alle Senioren zu werfen? Dann müsste ich mich zerteilen, weil manche den Bus selbst dann nicht verlassen wollen, wenn wir an einem wunderschönen Seebad Pause machen. Entweder tun ihnen die Füße weh oder das da draußen sieht nicht so aus wie Bottrop-Batenbrock und könnte daher gefährlich sein. Sie bräuchten eine ganze Fußballmannschaft, wenn Sie Aufpasser für alle Teilnehmer haben wollen, und vielleicht sollten Sie sich überlegen, ob Sie Ihrer Oma nicht demnächst einen Zivi oder einen persönlichen Begleiter zur Seite stellen, wenn es Ihnen so wichtig ist!«

»Aber ich ...«

»Im Übrigen habe ich mir heute nach dem Abendessen das erste Glas Wein dieser Reise gegönnt, während Ihre Oma bereits nachmittags an einem Flachmann nippte. Um das auch mal klarzustellen.«

Der Kellner hob einen Daumen. Ich war nicht einmal sicher, ob er mich überhaupt verstand, aber die Geste half, mich zu beruhigen. Ich hatte alles gesagt.

Käthes Enkel holte scharf Luft. Ich hielt das für einen guten Moment, um mich zu verabschieden. »Es wird spät, Herr Carstens, ich möchte gern ins Bett. Ihre Oma sicher auch, denn sie wartet neben mir, um ihr Telefon wieder einzustecken. Ich bin sicher, wir sprechen uns noch mal, da Sie ja keine Zeit hatten, Ihrer Oma die Funktion des Handys zu erklären. Auf Wiederhören.« Ich legte auf und gab Käthe das Telefon zurück. »Ihr Enkel macht sich mehr Sorgen um Sie als nötig. Vielleicht sollten Sie ihm einfach mal sagen, dass er das nicht muss?«, schlug ich vor.

»Er ist ein reizender Junge, nicht wahr? Und noch so jung mit seinen zweiunddreißig Jahren«, sagte Käthe und zupfte an ihrem Hut herum.

Wie man es nimmt.

Vielleicht lag es an dem Glas Wein, aber wahrscheinlicher vibrierten meine Nerven noch von dem Telefonat: Ich schüttelte den Kopf. »Ich fürchte, er und ich kommen nicht miteinander aus. Lassen Sie ihn besser demnächst mit Fabio reden, so von Mann zu Mann.«

Käthe nickte, schwieg aber und sah mich so auffordernd an, als wartete sie auf etwas. Was auch immer es war, ich musste sie enttäuschen. Die Beute verzog sich. »Ihnen noch einen schönen Abend, Käthe. Ich gehe ins Bett.«

Ich winkte Lise und Hermann zu, die mich seit dem Gespräch mit Blacky nicht aus den Augen gelassen hatten, und machte mich auf den Weg. In einer Ecke des Foyers entdeckte ich Fabio – zusammen mit der Blondine aus der Bar. Er zupfte an ihrem Haar, sie kicherte. Wollte er nicht ins Bett gehen? Obwohl ich kein Recht hatte, eifersüchtig zu sein, gefiel mir dieser Anblick ganz und gar nicht. Dies war ein blöder Abend, dabei hatte er so schön angefangen! Ich ignorierte Fabio und stürmte zum Fahrstuhl. Kurz darauf betrat ich mein Zimmer, drückte die Tür ins Schloss und ... war allein! Endlich! Mit einem tiefen Seufzer ließ ich meine Handtasche fallen, streifte meine Schuhe ab und sank auf das Bett. Die Stille begrüßte mich wie ein alter Bekannter, den ich schmählich vernachlässigt hatte. Ich strich über die mit Rosen verzierte Tagesdecke, starrte auf den Baldachin über mir, der sich an einer Ecke bereits löste, und dachte nach. War ich vorhin am Telefon so aggressiv gewesen, weil ich den ganzen Tag über unter Beobachtung gestanden hatte? Ich war das nicht gewohnt, immerhin lebte ich allein und hatte daher stets einen Rückzugsort.

Ich schoss in die Höhe und setzte mich kerzengerade auf. War das der Grund? Lebte ich zu lange allein? Entwickelte ich mich allmählich zur Einsiedlerin? Hätte ich vorhin mehr mit Fabio flirten sollen, hatte ich etwa abweisend gewirkt? Wurde die Zeit allmählich knapp, in der ich mich noch retten und irgendwann eine ganz normale Beziehung führen konnte? Eine Beziehung mit Frühstück im Bett, gemeinsamen Ausflügen und ohne Schamgefühl, wenn beide im Bad waren und der eine auf dem Klo saß?

Ich hatte noch nie mit jemandem zusammengewohnt, selbst zu Studienzeiten hatte ich ein Zimmer im Studentenheim vorgezogen, um einen möglichst kurzen Weg zur Uni zu haben. In all meinen Beziehungen hatte sich nie die Gelegenheit ergeben, über eine gemeinsame Wohnung nachzudenken. Gut, ich hatte natürlich davon geträumt und mir die romantischsten Dinge ausgemalt (ja, auch dass er mich über die Schwelle trägt – ich fand, so etwas sollte nicht nur frischgebackenen Ehepaaren vorbehalten sein), aber sie nie erwähnt. Es hatte einfach nie gepasst. Und wenn ich ganz ehrlich war, hatte ich mich auch nicht getraut aus Angst vor einem Nein. Bisher hatte mich das nie gestört. Ich kam gut allein klar. Aber jetzt, hier in diesem kleinen, englischen Hotelzimmer, schlugen die Zweifel auf mich ein wie die Regentropfen, die an mein Fenster prasselten. War ich wirklich so zufrieden, wie ich glaubte, oder hatte ich mich nur daran gewöhnt, dass da etwas fehlte? Oder jemand?

Ich starrte hinaus in die Dunkelheit. War Käthes Enkel wirklich so ein Ekel, oder machte er sich echte Sorgen?

Und wenn schon! Genervt von all den Fragen, stand ich auf und trottete in das kleine Badezimmer. Der Spiegel war ein Biest, denn er zeigte mir gnadenlos, wie sehr man mir meine Zweifel ansah. Dabei gab es keinen Grund dafür! Ich musste und vor allem wollte nicht an mir zweifeln. Nicht jetzt. Nicht bei all dem Geld, das ich für diese Fahrt ausgegeben hatte. Ich war hier, um Spaß zu haben und Neues kennenzulernen, und das nicht einmal auf eigene Faust (was ich niemals getan hätte), sondern im geschützten Rahmen. Sicher hatte ich nur einen Anfall von Heimweh.

Ich starrte in den Spiegel. »Der Urlaub wird großartig. Südengland ist ein toller Ort, Cornwall wird noch besser, ich hatte einen schönen Abend mit Fabio, die Blondine spielt keine Rolle, und Käthes Enkel ist ein Kontrollfreak.« Ein gutes Mantra. Ich wiederholte es, während ich mich bettfertig machte, beim Zähneputzen (weshalb ich einen Teil der Zahnpasta schluckte), und selbst als ich unter die Decke kroch. Der Wind flaute auf und peitschte den Regen stärker gegen die Scheibe. Das leise Trommeln lockte mich endlich in den mehr als verdienten Schlaf.

8

Ein Bienenschwarm wäre neidisch geworden bei dem Eifer, mit dem meine Reisegefährten den Bus umschwärmten. Koffer schienen über Nacht wie Pilze aus dem Boden geschossen zu sein. Sie standen vor dem Bus, mitten auf dem Parkplatz, in der Empfangshalle des Seaview. Jemand hatte ein knallrotes Exemplar direkt vor dem Eingang platziert, wo es einen – glücklicherweise jungen und sportlichen – Mann zu einer unfreiwilligen Hechtrolle verleitete. Fahrzeuge waren gezwungen, Schlangenlinien zu fahren, und eines kam dabei so knapp an einem Koffer vorbei, dass er umkippte. Ich hörte ein kurzes »Yeah«, dann gab derjenige Gas.

Niemanden schien es zu stören, dass weder Fabio noch Herr Wewers zu sehen waren. Hier und jetzt galt es lediglich, den Bus zu umkreisen und auf die Möglichkeit zu warten, als Erster einzusteigen.

Vor meinem inneren Auge verwandelten sich die anderen in Wölfe. Ältere, teilweise hinkende Wölfe, deren Fell an manchen Stellen bereits kahl war.

Die Türen zum Hotel glitten auseinander. Antonia ließ sich unter Geächze und Gestöhne von einem Angestellten die Treppe hinabhelfen und beklagte die Tatsache, dass es keinen Außenlift gab. Ein weiterer trug ihren Koffer, mit dem eine vierköpfige Familie ausgekommen wäre. Wer bitte ließ eine Frau, die keine Bodybuilderin war, mit einem solchen Ungetüm losziehen? Da ich ahnte, dass sie ausrasten würde, sobald sie merkte, dass sie noch nicht einsteigen konnte, ging ich ins Hotel zurück.

Ich war am frühen Morgen zum Wasser spaziert. Der Rezeptionist hatte nicht übertrieben: Keine zehn Minuten, und ich konnte die Häuserzeilen hinter mir lassen. In den Fels gehauene Stufen führten vom Ende der Straße hinab. Zwar gab es keinen Sandstrand, aber die kleinen Kiesel dort unten waren vom Wasser glatt geschliffen und nahmen im Morgenlicht wunderbare Farben an. Sie verdunkelten sich, wenn eine Welle darüber schwappte, um nach kurzer Zeit wieder wie kleine Kostbarkeiten zu schimmern. Einzelne Sonnenstrahlen brachen durch die Wolken und zauberten Glitzereffekte auf das Wasser, das so still vor mir lag, als hätte jemand es mit einem Lineal gezogen.

Es war wunderschön. Ich schoss ein paar Fotos mit meinem Handy, doch sie sahen auf dem Display dunkel und langweilig aus. Kurz überlegte ich, meine Schuhe auszuziehen, und beglückwünschte mich für den Geistesblitz, erst die Finger ins Wasser zu tauchen. Es war eiskalt. Wäre ich reingehüpft, hätte der Bus mit Verspätung losfahren müssen, weil ich ohne ein heißes Fußbad zugrunde gegangen wäre. Nicht auszudenken, was Antonia mir aus Rache angetan hätte! Immerhin galt es für sie heute, die nächsten Attraktionen auf dem Weg nach Cornwall aus dem Bus heraus zu betrachten: Stonehenge und Bournemouth. Ich steckte einen besonders schönen Kiesel in meine Hosentasche, atmete noch einmal die frische, salzige Luft ein und machte mich auf den Rückweg.

In der Halle bewachten Rudi und Hermann einen Kofferkreis, der ihnen und ihren Ehefrauen gehören musste. Hermann, behangen mit Kamera und einer Fototasche, bemerkte meinen Blick und hob übertrieben die Schultern.

»Das meiste gehört meiner Frau. Voll mit Handtaschen, immer passend zur Garderobe.« Er berührte den kleinsten Koffer mit der Fußspitze. »Das ist meiner, aber auch halbvoll mit Taschen.« Er lachte und boxte Rudi gegen die Schulter.

Der mühte sich gehorsam ein Lächeln ab. »Da hab ich mit meiner Gerda Glück. Die hat extra den halben Koffer leer gelassen, weil wir was für die Kinder und Enkel mitbringen wollen.«

Hermann lachte lauter und beugte sich so nahe zu Rudi, dass er dessen Ohr küssen konnte. »Na, wir wissen ja, was du mitbringen willst, oder?« Er schaffte es, so laut zu raunen, dass es in der gesamten Halle zu hören war. Interessant, sie sahen mich die ganze Zeit über an, brauchten mich aber weder für dieses Gespräch, noch erwarteten sie eine Reaktion. Ich war allerdings nicht in der Stimmung, Publikum zu spielen, also winkte ich und ging weiter.

Noch war Frühstückszeit, doch der Speisesaal war fast leer. Darauf hatte ich gehofft. Bis zur Abfahrt war es eine Dreiviertelstunde, und da mein Koffer bereits fertig gepackt in meinem Zimmer auf mich wartete, würde ich die Zeit nutzen, um gebackene Bohnen samt Eiern und Tomaten in herrlicher Stille zu verzehren.

Ich traf Herrn Wewers in der Halle, als ich den Saal satt und zufrieden wieder verließ. Er hielt einen beeindruckenden Schlüsselbund sowie ein Klemmbrett samt Liste in der Hand und sah mich gehetzt an. »Sind noch welche von uns beim Frühstück?«

»Nein, niemand. Das Buffet wird bereits abgeräumt.«

Er murmelte etwas von Wahnsinn, Hühnerhaufen und Stress am Morgen und hastete weiter.

Ich holte das Gepäck aus meinem Zimmer, gab den Schlüssel an der Rezeption ab und machte mich auf den Weg nach draußen. Noch ehe ich den Parkplatz erreichte, hörte ich das Stimmengewirr. An der Vordertür des Busses hatte sich eine Traube gebildet. Herr Wewers saß bereits hinter dem Steuer, hatte seine Stirn darauf platziert und überließ es Fabio, sich um die Überprüfung der Teilnehmerliste zu kümmern. Der hob den Kopf und winkte mir zu. Ich sah über meine Schulter, doch dieses Mal meinte er wirklich mich.

Die Hälfte der Reisegruppe wandte sich um. Ich gab mich unbeteiligt, strich mir die Haare aus dem Gesicht, die der Wind dorthin getrieben hatte, und winkte zurück. Fabio sah toll aus. Er trug ein Shirt in Olivgrün, das seinen schönen Teint sogar auf die Entfernung und bei mittlerweile leider grauem Himmel zum Leuchten brachte. Ich freute mich darauf, am

Abend eventuell wieder ein Glas Wein mit ihm zu trinken. Vorausgesetzt, er fand die Zeit dafür und war nicht anderweitig beschäftigt.

Ich stellte meinen Koffer ab und wartete geduldig, bis der Großteil der Herde eingestiegen war. Rudi und Hermann drückten sich vor dem Bus herum, warfen sich verschwörerische Blicke zu und verhielten sich auch sonst so, als hätten sie gestern Abend zu viel Sherlock Holmes geguckt.

»Ich sag nur toi, toi, toi«, sagte Hermann und klopfte auf die Seitenverkleidung. Er trug Wanderstiefel und eine Outdoorkombi mit so vielen Taschen, dass ich meinen gesamten Kofferinhalt darin verstauen könnte.

Rudi schüttelte den Kopf und sandte Signale mit Augen, Mund und Händen zugleich, die sein bester Reisefreund allesamt ignorierte. Stattdessen lachte er. »Sobald wir einen Souvenirshop finden, spendiere ich dir eine Augenklappe, alter Pirat!« Er hob die Kamera und schoss ein Foto von Rudi vor dem Bus. »Für unsere Dokumentation. Du und die Fracht!«

Möglicherweise hatte er am vergangenen Abend einen Piratenfilm gesehen. Ich ließ die beiden Seemannsgarn spinnen und stellte meinen Koffer ab. Fabio nutzte die Gelegenheit, drängelte sich zu mir durch und tat so, als würde er sich Schweiß von der Stirn wischen.

»Hey«, begrüßte ich ihn. »Schon wieder mitten im Geschehen?«

»Die Arbeit hat heute bereits beim Frühstück begonnen«, sagte er, während er meinen Koffer verstaute. »Ich musste gefühlt einem halben Fußballstadion erklären, was Porridge ist.«

Ich grinste. »Und, warst du erfolgreich?«

»Absolut. Sobald alle begriffen hatten, dass es sich um eine Art Hafergrütze handelt, die man kaum kauen muss, waren sie kaum zu halten. Das Buffet wurde zum Schrecken des Küchenpersonals fast überrannt.«

Ich presste eine Hand vor den Mund, um nicht laut zu lachen. Der zunehmende Wind versuchte, mich direkt in Fabios Arme zu wehen. Und obwohl mir das gefallen hätte, war ich nicht scharf auf die Kommentare, die mit Sicherheit folgen würden. Daher lächelte ich lediglich noch einmal und stieg ein.

Im Bus stand Antonia neben ihrem Sitz und redete auf Waldi Wewers ein. Sie trug ein Glanzoberteil im Leodruck, das bei der kleinsten Bewegung schillerte. »Schon zwei Tage und noch immer keine Schafe!«

»Es ist erst der Morgen des zweiten Tages«, sagte unser Fahrer, zog dabei die Silben auseinander und kratzte etwas von der Windschutzscheibe. »Später gibt's bestimmt noch ein paar von den Viechern irgendwo am Straßenrand.«

Antonia machte sich jedoch nichts aus gutem Zureden. »Das ist nicht, was ich mir vorgestellt habe, so ganz ohne Schafe! Warum, denken Sie, bin ich hier?«

»Entschuldigung«, sagte ich. »Könnte ich bitte vorbei?«

Sie rückte gerade so weit zur Seite, dass ich mich an ihre mächtige Brust pressen musste. »Mein Vater war Schäfer«, sagte sie und erzeugte ein Dröhnen in meinem Ohr. »Und England ist bekannt für seine Schafherden. Das weiß man aus dem Fernsehen, und das steht auch in den ganzen Zeitschriften! Hätte ich gewusst, wie das hier wirklich ist, hätte ich doch gar nicht erst gebucht.«

Ich widersprach ihr nicht, sondern eilte zu meinem Sitz und ließ die Tirade hinter mir. Käthe hatte bereits Platz genommen und trug eine Art Spitzenborte auf dem Kopf, die an den Seiten kunstvoll mit ihrem Haar verflochten war. Um den Hals hatte sie ein bunt gemustertes Tuch geschlungen, ihre Augen blitzten.

»Guten Morgen«, rief sie so begeistert, als wäre ich von den Toten auferstanden. »Ich habe dich gar nicht beim Frühstück gesehen.«

Ich wollte ja auch meine Ruhe haben.

»Ich frühstücke gern spät«, sagte ich, verstaute meine Jacke und kletterte über Käthe auf meinen Platz.

Sie rückte auf ihrem Sitz herum. »Hast du gut geschlafen? Ich ja, das Bett war ein Traum! Um sechs bin ich dann aufgestanden, das war ganz praktisch, weil mein Telefon kurz darauf geklingelt hat.«

»Ihr Enkel? Mads?« Ich schöpfte Hoffnung. Sollte der Kelch heute an mir vorbeigegangen sein? War der tägliche Kontrollanruf bereits erfolgt?

Käthe winkte jedoch ab. »Iwo, so früh ist der Junge noch nicht auf den Beinen. Manchmal arbeitet er bis spät in die Nacht und schläft gern länger.«

Unter normalen Umständen hätte ich mich nun höflich erkundigt, was er beruflich machte, aber jetzt schwieg ich. Käthe war das nur recht, denn sie kam gerade richtig in Fahrt. »Nein, erst hat Dörte angerufen, das ist meine Tochter. Sie hat mit ihrer Familie ein Restaurant auf Juist. Ich sag dir, Junalein, die Kleine ist immer im Stress! Zum Glück hat sie drei Kinder bekommen. Ina und Karsten helfen mit aus, nur Nele ist ins Ausland gegangen. Nach Amerika! Sie macht da was mit Booten, so ganz habe ich das nicht verstanden, aber sie hat auch geheiratet und zwei ganz süße Kinder. Sie haben mich schon zweimal besucht, und wer weiß, eines Tages fliege ich vielleicht auch mal hin.« Sie sah mich listig an.

»Lassen Sie das nicht Mads hören«, rutschte es mir heraus. Dafür verbiss ich mir den Kommentar, dass der Anruf von Dörte scheinbar kein Problem gewesen war. Vielleicht war es ja auch nur eine Frage der Zeit gewesen und das Handy hatte seinen Status des unheilvollen, fremdartigen Stücks Technik verloren.

Hoffentlich!

Käthe tätschelte meine Hand. »Ach ja. Der Gute, er macht sich wirklich Gedanken um mich. Sein Bruder auch, der Christian, aber der hat so viel mit seiner Familie zu tun. Und meine kleine Lea! Mein Sohn Hans, das ist Mads' Vater, hat mir dafür nur gesagt, dass ich bekloppt bin und der Wind hier mich wahrscheinlich ins Meer wehen würde. Ich hab ihn ausgelacht. Meine Freundin auch, die Inge Dambrow. Das ist die, die schon mehrmals hier war, auch mit Kurfürst-Reisen. Sie kannte sogar das Hotel, in dem wir gewohnt haben. Ist das nicht toll?«

»Wahrscheinlich fährt der Reiseveranstalter immer dieselben Hotels an.« Mir brummte der Kopf von all den Namen. Käthes Familie schien so groß wie ihr Redebedürfnis zu sein. Ich lehnte mich zurück und drehte am Lüftungsregler. Wie es wohl war, wenn so viele Verwandte aufeinandertrafen? Chaotisch und laut oder quirlig und bunt? Gab es oft Streit, sprachen manche Starrköpfe nicht miteinander, oder verzieh man sich schneller, da es bei so vielen Menschen zu anstrengend war, lange sauer zu sein?

In meiner Familie wurde jede Auseinandersetzung schnellstmöglich beigelegt, gerade weil wir meist nur zu fünft waren: meine Eltern, Finja und Tante Beate. Meine Großeltern ließen sich nur sehr selten blicken. Eine überschaubare Runde also. Es wäre unangenehm, wenn zwischen zweien länger als ein paar Tage Funkstille herrschen würde, daher ließen wir es erst gar nicht so weit kommen.

Käthe bemerkte nicht, dass ich in Gedanken abschweifte (oder sie ignorierte es) und erzählte von ihrer Schwiegertochter Edda, die gar nicht glücklich damit war, dass Mads keine Kinder in die Welt setzte, sondern lieber durch die Weltgeschichte tingelte.

Als sie bei ihrer Enkelin Lea angekommen war, die mit ihrer Partnerin Sabine zusammenlebte und als Kostümbildnerin in Hamburg »Leute so schminkt, dass sie aussehen wie Raubkatzen oder Nonnen«, setzte der Bus sich in Bewegung. Wir ließen das Seaview hinter uns. Ich hörte Käthe nur noch mit halbem Ohr zu und sondierte meine Gefühlslage. Zu meiner Überraschung hatte ich extrem gute Laune. Die erste Nacht war überstanden, ich hatte das englische Frühstück liebgewonnen und Fabio näher kennenlernt. Damit sah die Gegenwart nicht düster aus, und sogar Käthes Geschichten bekamen amüsante Blüten. Nach und nach erfuhr ich, dass Mads-Blacky zweiunddreißig und das genaue Gegenteil seines älteren Bruders Thomas war. Der hatte die typische Familienlaufbahn mit drei Kindern, Karriere und einem Reihenhäuschen eingeschlagen. Mads dagegen trug seinen Kosenamen wohl nicht nur wegen seiner Haarfarbe, sondern auch, weil er mit seiner unsteten Art ein Sonderfall in der sonst sehr zielstrebigen Carstens-Sippe war: kein Angestelltenjob, keine feste Freundin, nicht einmal ein fester Wohnsitz für längere Zeit.

Also doch keine Kaserne. Ich zog Pfefferminzdrops aus Fach fünf meiner Handtasche, betrachtete die vorbeiziehende Landschaft und dämmerte nach einer Weile bei Käthes Geschichten über Familienfeste und Inge Dambrows Englandabenteuern in einen angenehmen Halbschlaf.

Käthes Stimme begleitete mich durch eine Flut von Traumfetzen und verwandelte sich in die von Herrn Wewers. Die Verwirrung darüber war intensiv genug, um mich zurück in die Gegenwart zu katapultieren: Käthe saß mit geschlossenem Mund neben mir, hielt die Hände auf ihrem Schoß gefaltet und lauschte andächtig. Ich gähnte und begriff: Ich hörte wirklich die Stimme des Fahrers.

»... für einen Erwachsenen derzeit knapp fünfzehn Pfund, also so um die zwanzig Euro. Wir haben zwei Stunden Aufenthalt. Sobald wir geparkt haben, zählt Fabio nach, wer alles mitkommen möchte. Wenn wir mehr als elf Interessierte zusammenbekommen, wird der Eintritt zehn Prozent billiger.«

Ich rieb mir die Augen. Wir fuhren an einer schier endlosen Grünfläche vorbei, die zum Horizont sanft anstieg und von einem breiten Weg geteilt wurde. Drei Ordner in signalgelber Kleidung standen dort und waren von Menschentrauben umringt. Ein Strom Fußgänger lief, die Köpfe gegen den Wind eingezogen, den Weg entlang. An dessen Ende befand sich unser Etappenziel: ein grauer Kreis aus freistehenden Steinen – eine der größten Touristenattraktionen der Insel.

Stonehenge.

Ich konnte mir nur schwer vorstellen, wie Menschen viele Jahrtausende vor Beginn unserer Zeitrechnung diese riesigen Monolithen bewegt haben sollen. Im Gegensatz zu Onkel Olli oder Gabs vermutete ich nicht, dass Druiden im Inneren des Kreises mit ihren Göttern getanzt und Massenorgien gefeiert hatten. Oder dass es Energielinien gab, die all jenen, die sich ihnen aussetzten, Kinder, volleres Haar oder Glück in der Ehe bescherten. Was mich faszinierte, war die Tatsache, dass es die Steine bereits so lange gab – und dass bis heute niemand genau wusste, was sie darstellten. Die Menschheit flog zum Mond und entschlüsselte Genstrukturen, aber diesen Felsbrocken kamen sie nicht auf die Schliche.

»Schon wieder keine Schafe!« Antonias Stimme tönte durch den Bus, weil Herr Wewers das Mikro nicht schnell genug ausgestellt hatte. Jemand lachte, es knackte in den Lautsprechern, und die Übertragung war beendet.

Es dauerte lange, bis wir endlich parken konnten. Obwohl England sich von seiner wetterkühlen Seite zeigte, schien das halbe Land einen Ausflug zu den Steinen zu machen. Menschen hasteten zwischen den Fahrzeugen her, bildeten Trauben oder, im Falle des Eingangs, eine lange Schlange. Ich verrenkte mir den Hals, doch vom Parkplatz aus war nichts zu sehen außer einer hohen Hecke und einigen Zipfeln Grün.

Sobald der Motor verstummte, sprangen die Ungeduldigen auf. Ich hielt Käthe zurück, die es ihnen gleichtun wollte, und deutete auf Fabio, der im Mittelgang mit dem Mikro in der Hand Stellung bezog.

»So«, sagte er mit dieser Stimme, bei der aus jeder Silbe ein Lächeln sprach. »Wir haben nun Informationen über die genauen Eintritte mit Rabatten. Ich gehe gleich durch die Reihen, hake ab, wer die Anlage besichtigen möchte, und sammle das Geld ein. Anschließend gehen wir gemeinsam zur Kasse, und ich kaufe die Gruppentickets. Wichtig ist, dass wir alle zusammenbleiben, damit wir als Gruppe durchgezählt werden können. Waldemar bleibt im oder am Bus mit denen, die sich Stonehenge nicht ansehen möchten.«

Der Mann mit dem Blaustich im Haar, der nie einen Ton sagte und täglich dieselben Klamotten trug, machte sich auf den Weg nach vorn. Fabio hob eine Hand. »Ich möchte Sie alle bitten, auf Ihren Plätzen zu warten, bis ich mit der Runde fertig bin. Wir werden Ihnen Bescheid geben, wenn es losgeht und Sie aufstehen können. Vielen Dank.« Ein strahlendes Lächeln schloss seine Rede ab. Dennoch wurde Gemurmel laut, das nicht nur freundlich klang. Es war aber auch ein Frevel! Hier standen wir, auf diesem wunderschönen Parkplatz, und durften nicht raus!

»Aber ich muss mal auf die Toilette«, rief eine der Ingbill-Schwestern.

Ich schüttelte den Kopf. Wie lange waren wir unterwegs gewesen? Ich sah auf die Uhr. Knapp über zwei Stunden.

Der Toilettenruf pflanzte sich wie ein Virus fort, und plötzlich schien die halbe Truppe ein bestimmtes Bedürfnis zu verspüren. Herr Wewers griff – wie üblich kurz angebunden – durch und gab zu verstehen, dass wir umso schneller fertig wären, wenn alle sitzen blieben und ihre Geldbeutel zückten. Er erklärte, wo sich die sanitären Anlagen befanden, und betonte, dass er die Tür erst in fünf Minuten öffnen würde.

Es funktionierte, und Fabio konnte endlich das Geld einsammeln.

Ich half Käthe, die mit ihren Pfundnoten kämpfte, und stellte dabei fest, dass in ihrem Portemonnaie ein heilloses Durcheinander zweier Währungen herrschte. Bei nächster Gelegenheit würde ich – falls ich mich wahnsinnig langweilte – ihr anbieten, das in Ordnung zu bringen. Genügend Fächer waren vorhanden, ihr Portemonnaie hatte die Ausmaße einer Sumoringerfaust.

Als wir an der Reihe waren, zahlte ich erst für Käthe, dann für mich und freute mich über das bereits vertraute Zwinkern von Fabio. Seine Runde dauerte länger als die angekündigten fünf Minuten, weil Käthe nicht als Einzige mit der fremden Währung Probleme hatte. Endlich stürmte die Gruppe ins Freie, als würde der Bus brennen. Wir hatten mit Mühe und Not elf Leute zusammenbekommen. Der Rest zog es vor, etwas »Ordentliches zu essen« (da das Frühstück bereits Äonen zurücklag) oder sich im Souvenirshop umzusehen. Die Warteschlange vor dem Kassenhäuschen verlängerte sich daher um Käthe, Fabio, Rudi und Hermann samt ihren Frauen, den Ingbill-Schwestern (die heute abenteuerliche Roben über ihren hellrosa Hosen trugen. Sie reichten ihnen bis zu den Knien und vereinten so viele Pinktöne auf sich, dass ich nicht lange hinsehen konnte), dem Woteski-Ehepaar, das sich stets gleich kleidete und mit einem starken Akzent sprach, den ich nicht einordnen konnte, sowie mir. Während wir mit Tippelschritten vorankamen, wurden mir zwei Dinge klar: Ich hatte nicht die geringste Chance, diese zwei Stunden in Fabios Gesellschaft zu verbringen, da er von den Woteskis und Rudis Frau belagert wurde. Dafür hing mir Käthe wie ein aufgeregtes Schulkind am Arm und erzählte von einem Steinkreis, den ihre Enkelkinder zu Hause selbst gelegt hatten und der nach und nach so hoch wurde, dass der Yorkshireterrier der Nachbarin hineingefallen und nicht mehr herausgekommen war. Wie der Hund es in den Kreis geschafft hatte, blieb bis heute laut Käthe ein ebenso großes Rätsel wie Stonehenge.

Hermann schoss Fotos vom Eingangsbereich, obwohl nichts Spannendes zu sehen war. Anschließend drängte er jedem von uns sowie zwei koreanischen Besuchern einen Blick auf die Ergebnisse auf. Seine Frau verschwand in der Zwischenzeit in der Damentoilette, um Haar und Make-up aufzufrischen. Allmählich argwöhnte ich, dass ihr nicht wirklich so viel an ihrem Äußeren lag, sondern dass sie diese Taktik schlicht nutzte, um ihrem Mann hin und wieder zu entfliehen.

Käthe erzählte mittlerweile Anekdoten vom vergangenen Weihnachtsfest (Inge Dambrow, die ihrer Meinung nach zur Familie gehörte, hatte den Grillanzünder mit dem Wodka verwechselt und entzückende Cocktails gemischt, die zum Glück niemand getrunken hatte). Dann bekamen wir unsere Tickets sowie Audiogeräte, die sämtliche Kommentare für die Stationen, an denen wir vorbeiliefen, ins Deutsche übersetzten. Mit einer Bewegung, die Routine verriet, streckte Käthe es mir entgegen und perfektionierte ihren Dackelblick. Ich erklärte ihr die Funktionsweise, platzierte den Kopfhörer vorsichtig auf dem Kunstwerk aus Haar und Spitze und bemerkte dann erst, was ich eigentlich machte. Wundervoll, zwei Tage, und schon war ich konditionierter als der Pawlow'sche Hund.

Käthe tastete nach der Spitze auf ihrem Haar. »Jetzt kann bei dem Wind da draußen wenigstens nichts mehr wegfliegen«, freute sie sich und drückte wild auf dem Gerät herum. Ich schwieg dazu – sie würde schon fragen, wenn sie etwas nicht verstand – und machte mich auf den Weg.

Der erste Blick auf die Steine war faszinierend und enttäuschend zugleich. Das Motiv selbst war grandios: Dunkle Wolken ballten sich am Himmel zusammen und unterstrichen die magische Kulisse des Kreises. Wind drückte die Grashalme zur Seite, und für einen Moment stellte ich mir vor, wie es wäre, ganz allein an diesem faszinierenden Ort zu sein. Plötzlich wünschte ich mir, Gabs oder Onkel Olli wären hier. Oder ... besser nicht. Wären wir drei allein, bestand die Gefahr, dass einer von beiden sich auszog und splitterfasernackt auf den Kreis zustürzte, um die ›Energien in sich aufzunehmen‹.

Ich schüttelte den Kopf und konzentrierte mich wieder auf Stonehenge. Hier wurzelte die Enttäuschung: Die Hälfte der Steine wurde von Besuchern verdeckt. Sie umkreisten das Monument in einigem Abstand, weil man nicht ganz nah heran oder die Monolithen gar berühren durfte. Stonehenge war heutzutage ein Doppelring aus Stein und Menschenkörpern, und es war schier unmöglich, Letztere auszublenden. Ein schönes Foto wie auf den Postkarten, die man überall kaufen konnte, schied also schon einmal aus.

Ich blieb stehen, ließ mir den frischen Wind um die Nase wehen und atmete tief ein. Plötzlich fühlte ich mich ... frei. Obwohl Leute an mir vorbeigingen und mir Sprachgewirr um die Ohren flog, war alles auf einmal angenehm weit weg. Da waren nur noch der Wind, die Weite der Grasfläche, die imposanten Monolithen, die vor vielen Jahrtausenden an diesen Ort gebracht worden waren ... und ich. Genau so sollte es sein.

»Juna?«

Da stand ich nun vor dem UNESCO-Weltkulturerbe ... und hatte Käthe am Ärmel. Schon wieder. Aus ihrer geöffneten Handtasche dudelte ihr Handy. In meinem Bauch brodelte es, und ein hysterisches Lachen stieg meine Kehle herauf. Ohne ein weiteres Wort streckte ich eine Hand aus und hob eine Augenbraue.

Gib schon her.

Hatte sie nicht gestern erfolgreich einen Anruf entgegengenommen? Und das Gespräch mit ihrer Tochter? Das konnte sie doch nicht bereits vergessen haben?

Käthe drückte mir das Ding in die Hand. Ich drehte mich mit dem Rücken in die Windrichtung und stellte mich dem Unvermeidlichen. »Guten Tag, Herr Carstens. Wir befinden uns in Laufnähe von Stonehenge, das wir heute besichtigen werden, ehe es weiter nach Bournemouth geht. Das Wetter ist kühl, ich schätze zehn bis zwölf Grad, mit teilweise stärkeren Windböen und dunklen Wolken, aber noch regnet es nicht. Ihre Großmutter steht neben mir, ist mit Mantel und Halstuch gut gerüstet und trägt eine Spitzenbordüre im Haar, die aber, und das wird Sie beruhigen, trotz Wind nicht wegfliegen kann, da sie von einem Kopfhörer fixiert wird. Sie fragen sich nun bestimmt, warum Ihre Oma einen Kopfhörer trägt, aber da möchte ich Sie erneut beruhigen: Es handelt sich um ein Audiogerät, das hier am Stonehenge-Monument ausgegeben wird und viele Besucher in ihrer Landessprache mit Informationen versorgt. Käthe wird sich gleich vermutlich etwas langweilen, da sie sich bereits sämtliche Kommentare zu diesem Rundgang angehört hat. Außer uns sind zahlreiche Menschen vor

Ort, die genauen Zahlen kann ich Ihnen leider nicht nennen, und Käthe wird sicher jemanden finden, mit dem sie sich unterhalten kann, während ich mich auf meine Audiokommentare konzentriere, die ich erst an den entsprechenden Stationen anhören möchte.«

Ich atmete aus und wartete auf die Gegenoffensive. Sie kam nicht. Scheinbar musste Blacky die Informationen erst einmal verarbeiten – so wie die Tatsache, dass ich sie freiwillig lieferte, ohne zuvor angeknurrt worden zu sein.

»Hallo?«, konnte ich mir nicht verkneifen nachzuhaken. »Sind Sie noch da?« Ich drehte mich um. »Käthe, ich glaube, die Verbindung ist unterbrochen worden.«

»Ich bin noch da«, kam es wie Gewehrfeuer und so grimmig, als hätte ich ihn zum Duell herausgefordert. Was ja irgendwie auch zutraf.

»Ah.« Mehr fiel mir nicht ein, aber es gab ja auch nicht mehr zu berichten.

Er räusperte sich. »War das Hotel in Ordnung?«

Ich dachte an den Baldachin über meinem Bett und an das Kopfkissen, das leicht nach Rosen geduftet hatte. »Das Hotel war sehr schön, mit einem englischen Frühstück. Ihre Großmutter hat sich sehr über das Porridge gefreut.« Okay, das war geraten, aber nach Fabios Information bestand die Chance, dass Käthe zu denen gehört hatte, die beinahe das Buffet gestürmt hatten.

»Ah, gut. Und …« Seine nächsten Worte gingen unter – vielmehr achtete ich nicht mehr darauf, weil ich Käthes Handy von meinem Ohr riss. Ein vertrautes Geräusch vermischte sich mit dem Wind, und fast hätte ich losgelacht: Mein eigenes Telefon klingelte. Endlich rief mich mal jemand an!

»Entschuldigen Sie? Mein Telefon klingelt, ich rufe Sie nachher zurück.« Noch während ich auflegte, fragte ich mich, warum ich das gesagt hatte. Gewohnheit. Immerhin hatte ich nicht die geringste Lust auf einen Rückruf. Ich steckte Käthes Handy in die Jackentasche, gab ihr ein Zeichen, das sie mit einem breiten Lächeln quittierte – und beäugte mein eigenes Display. Finja. Rasch nahm ich das Gespräch an. »Hey, Kleine!«

Wüste Rockmusik antwortete, erst dann hörte ich meine Schwester brüllen. »Juna! Wie sieht es aus bei dir?« Gesang setzte ein – oder vielmehr etwas, was eigentlich Gesang hätte sein sollen. Es klang sehr nach einem psychotischen Metzger, der hundert Kilo zu viel auf den Rippen hatte.

Auweia. Finja befand sich in der Wutphase ihrer Trennung von Steffen, dem sie viel früher den Laufpass hätte geben sollen. Ich war mit fast allem einverstanden, was sie mit ihrem Leben anstellte, aber an Steffen mit seiner ewigen Miesepeterart hatte ich mich nie gewöhnt. Vor allem, weil er die Beziehung in eine Therapie verwandelte und Finja dazu brachte, Krankenschwester zu spielen. Sie war einfach zu gut für ihn, hatte aber Monate gebraucht, um das zu begreifen.

»Gut sieht es aus«, rief ich. »Ich stehe gerade vor Stonehenge, und wenn du die Musik etwas leiser drehst, müsste ich auch nicht so brüllen.«

Fin murmelte etwas, aber dann schraubte der Metzger sich auf eine erträgliche Hintergrundlautstärke zurück. »Danke. Wie gesagt, alles in Ordnung.«

Ich wusste, in ihrem Zustand hätte sie es bevorzugt, wenn ich mich aufgeregt hätte, damit wir gemeinsam über die dunklen Seiten der Welt meckern konnten. Also hakte sie nach. »Kein schreckliches Essen? Die Engländer sollen doch nicht kochen können.«

»Alles nur Gerüchte. Das Essen war bisher toll.«

»Hm. Und wie steht's mit den anderen aus deiner Gruppe?

Musst du helfen, Rollatoren ein- und wieder auszuladen? Sind noch alle fit, oder gab es bereits erste Todesfälle?«

Ich schielte zu Käthe. Sie hatte ihr gutes Gehör bereits demonstriert, und Fin redete nicht gerade leise. »Nein, zum Glück noch nicht. Ich bin zwar die Jüngste, aber es gibt hier einen recht niedlichen Reisebegleiter. Ich vermute, er ist in meinem Alter, höchstens Anfang dreißig.«

Es war eindeutig das falsche Thema: Meine Schwester schien eine Handvoll Kiesel mit den Zähnen zu zermahlen. »Und er hat Segelohren, einen schrecklichen Überbiss und einen gewaltigen Bierbauch.«

Ich drehte mich einmal um die Achse und fand Fabio in einiger Entfernung. Er unterhielt sich mit einer rothaarigen Frau, die ich nicht kannte und die sich bemühte, ihm ihre Brüste unter die Nase zu halten. Starrte er etwa wirklich darauf? Unsinn, das musste über die Entfernung einfach nur so wirken. »Nein, er sieht sogar sehr gut aus. Nicht, dass da was läuft, wir haben gestern nur einen Wein zusammen getrunken, aber ... ja, er sieht wirklich gut aus.« Himmel, ich klang wie eine Platte mit Sprung. Dabei hatte ich mich nicht einmal in Fabio verguckt. Noch nicht. Dafür brauchte ich eine längere Anlaufzeit. Immerhin musste es eine gewisse Grundlage für Zuneigung geben, wie beispielsweise Vertrauen. Und wie sollte ich jemandem vertrauen, den ich nicht kannte? Dass Fabio ein heißer Kandidat war, wollte ich Fin in ihrer Verfassung nicht auf die Nase binden.

Sie schnaubte, etwas klirrte, und ich fürchtete, dass sie das Telefon aus dem Fenster geworfen hatte. »Fin, bist du noch dran?«

»Lass die Finger von ihm, wenn er gut aussieht«, erklärte sie mir statt einer Antwort. Der Altklug-Level beim Tonfall war um einige Punkte gestiegen. »Die Attraktiven sind zu neunzig

Prozent Mogelpackungen, erst recht wenn sie durchgehend freundlich zu dir sind. War er bisher durchgehend freundlich zu dir?«

»Nun ja, er ist Reisebegleiter, er muss freundlich sein.«

»Ha! Da hast du es!« Noch mehr Geklirre. »Freundlich und attraktiv, den kannst du in der Pfeife rauchen! Gib ihm den Laufpass!«

Es quietschte, Fin musste auf ihr Sofa gesprungen sein. Ich verstand ihre Reaktion. Steffen war ein echter Hingucker gewesen und anfangs auch wirklich nett. Den ersten Streit hatten die beiden erst nach zwei Monaten gehabt, was bei Finja eigentlich ein Ding der Unmöglichkeit war. Ich liebte sie, aber sie erwartete von ihren Freunden, wie eine Prinzessin behandelt zu werden, und verwandelte sich in einen kleinen Drachen, wenn das nicht der Fall war. Nun, Steffen hatte den Feueratem auf seinem Hintern allerdings mehr als verdient.

»Ich muss ihm nicht den Laufpass geben, Süße«, sagte ich und hatte Mühe, ernst zu bleiben. »Da ist ja nichts zwischen uns.«

»Gut! Sieh zu, dass es so bleibt, wenn du nicht enden willst wie ich.«

Wunderbar. Die jüngere Schwester warnte mich, seit knapp drei Jahren Single, vor Beziehungen. Hätte ich jemals gedacht, dass mein Leben mit Ende zwanzig so aussehen würde? Nein.

»Juna, hast du gehört?«

Ich blinzelte. »Sorry. Was?«

»Ich sagte, zu freundlich ist ein Zeichen. Und zwar ein Startschuss. Lauf, so schnell du kannst. Er ist unehrlich, verstehst du? Wie kann man eine Beziehung mit einem Typen eingehen, der nicht ehrlich sein kann?«

Okay, sie redete mittlerweile nicht mehr von mir. »Ähm, okay.«

»Da wir gerade beim Thema sind: Nutz doch den Urlaub, um ein wenig Sport zu machen, wenn es schon niemanden gibt, mit dem du reden kannst.«

Ich stellte mir vor, wie sie vor einem riesigen Sandsack im örtlichen Thaiboxing-Club stand und sich verausgabte. Realistischer war, dass sie einen Sack gekauft, mit Steffens Konterfei bedruckt und in ihr Wohnzimmer gehängt hatte. »Sport im Urlaub? Hast du da an was Bestimmtes gedacht?«

»Nun, du könntest zum Beispiel joggen gehen.« Ich starrte das Telefon an, dann drehte ich mich um. Allmählich litt ich unter Verfolgungswahn, immerhin war Fin die Zweite innerhalb kurzer Zeit, die das zur Sprache brachte.

Ich redete noch ein wenig auf sie ein, brachte sie mit Anekdoten meiner Reise zum Lachen und rang ihr das Versprechen ab, nicht den ganzen Tag allein auf dem Sofa zu verbringen und Gläser an die Wand zu werfen. Nach einem halben Dutzend Küsschen in den Hörer legte ich auf und wischte über meine Stirn. Ich fühlte mich erschöpft, so als hätte ich Fin einen Teil ihrer Seelenlast abgenommen. War das etwa möglich? Ich blinzelte zu den Steinen, als könnten sie mir eine Antwort liefern. Natürlich geschah nichts dergleichen, aber vielleicht hätte ich dafür nackt in den Kreis rennen müssen.

Ich hoffte, dass Fin bald aus ihrem schwarzen Loch herauskrabbelte. Sie war zwar wie ich ein Vernunftmensch, aber nachdem sie mit der Trennung eine Kopfentscheidung getroffen hatte, schlugen ihre Emotionen hoch, als wären sie zu lange unterdrückt worden. Ja, sie hatte Steffen einen Tritt in den Hintern gegeben, aber ich ging jede Wette ein, dass sie mehr litt als er.

»So«, sagte ich zu Käthe und verstaute mein Telefon in der Handtasche. »Ein Telefonat noch, dann können wir los.« Ich verfluchte meine Zuverlässigkeit und rief Mads Carstens zurück. »Juna Fleming. Entschuldigung, aber meine Schwester hat angerufen.«

»Ihre Schwester?« Er sparte sich die Begrüßung. Reizend.

»Ja. Ihr geht es nicht so gut.«

»Deshalb haben Sie den Anruf unterbrochen und mich die ganze Zeit warten lassen?«

Ich wiederholte den Satz in Gedanken, da er mir zu unverschämt schien, um echt zu sein. Die Worte veränderten sich jedoch nicht, und mein Kurzzeitgedächtnis war zu gut, als dass ich sie verdreht hätte. »Ja«, sagte ich und ballte die freie Hand zur Faust. »Genau deshalb. Und ich habe Sie zurückgerufen, obwohl ich dazu nicht verpflichtet bin. Aus reiner Höflichkeit.«

Er lachte trocken. »Aus reiner ...«

»Höflichkeit, genau! Schlagen Sie es nach! Und notieren Sie sich auch bitte Folgendes: In Zukunft werde ich mich weigern, mit Ihnen zu reden. Sie haben Ihrer Großmutter dieses Telefon aufgedrängt. Ihrer Großmutter, erinnern Sie sich? Nicht mir. In Zukunft können Sie sich auf den Kopf stellen und meinetwegen jede Stunde anrufen, ich werde Ihren Kontrollzwang nicht weiter unterstützen. Stellen Sie sich einfach vor, dass Käthe hier Spaß hat. Vermutlich mehr als bei Ihnen zu Hause, wo sie stets damit rechnen muss, dass Sie hinter einer Ecke hervorspringen und nachsehen, was sie gegessen und ob sie ihre Kleidung gebügelt hat.«

Ich hatte erneut ohne Punkt und Komma geredet und musste Luft holen. Natürlich nutzte er diese Pause gnadenlos aus.

»Ich glaube, Sie vergessen gerade ...«

So lange es dauerte, bis ich wütend wurde, so lange flackerte die Empörung in mir nach. Und so feuerte ich den Rest meiner Munition.

»Ich vergesse einiges, und ich bin nicht sehr nachtragend, aber ich habe meine Grenzen. Die haben Sie soeben mit einem

Armeepanzer überrollt. Mehrmals, in beide Richtungen. Und nun verabschiede ich mich von Ihnen, Major Carstens, um private Angelegenheiten zu erledigen und mich zu amüsieren. Hier, da ist noch jemand, der mit Ihnen reden will!«

Gut, ich war nicht besser als Finja. Ich hatte mich so sehr in Rage geredet, dass sich das verdammte Telefon anfühlte, als würde es meine Fingerspitzen verbrennen. Auf einmal wollte ich es einfach nur noch loswerden, daher drückte ich es dem nächstbesten Mann in die Hand, der an mir vorbeikam. »Hier, bitte, es gehört der Dame dort vorn!« Ich deutete auf Käthe.

Der Herr verstand mich scheinbar nicht und starrte perplex auf das gute Stück, aber er war ein Mann von Welt: Nach einem »Hallo?« plauderte er kurz mit Käthes Enkel, legte auf und reichte ihr das Telefon. Unter seinem verwunderten Blick flüchtete ich in Richtung der Steine.

9

»Das wollte ich gerade kaufen!«

Ich zog erschrocken meine Hand zurück, die ich nach dem Untersetzer mit Stonehenge-Motiv ausgestreckt hatte. Schon wurde er aus der Halterung gerissen und schwebte an meinem Gesicht vorbei.

Die Siegerin dieses seltsamen Kampfes, eine Landsmännin mittleren Alters in einem langen Kleid und Absatzschuhen (sollte sie die beim Steinkreis getragen haben, musste ich sie widerwillig bewundern), straffte ihre Schultern und stapfte zur Kasse. Ich fragte mich, woher sie gewusst hatte, dass ich Deutsche war, und setzte meinen Rundgang durch den Souvenirshop fort. Ich hatte nicht vor, etwas zu kaufen, aber noch blieben mir fünfzehn Minuten bis zur Weiterfahrt, und ich wollte meinen Besuch bei den Steinen nachklingen lassen, indem ich durch Bücher blätterte und Postkarten betrachtete.

Stonehenge hatte mehr Eindruck auf mich gemacht als erwartet. Zwar mussten die Besucher einen Mindestabstand halten, aber dennoch war es ein faszinierendes Erlebnis. Als ich vor den meterhohen Brocken stand, fragte ich mich zum wiederholten Mal, was die Menschen damals dazu gebracht hatte, sie ausgerechnet auf diesen unscheinbaren Hügel zu schleppen. Anders als Gabs oder Onkel Olli (oder viele andere Besucher, die ihre Theorien im Brustton der Überzeugung möglichst laut verkündeten) hatte ich keine Erklärung, und plötzlich schien sie mir auch gar nicht mehr so wichtig. Alles, was zählte, war die Tatsache, hier zu sein. Über alles andere konnte ich mir später Gedanken machen. Ausnahmsweise hatte das Schicksal ein Einsehen mit mir gehabt und Käthe von mir ferngehalten: Sie hatte sich den Ingbills angeschlossen und winkte mir lediglich zu.

Jetzt, im überheizten Shop des Visitor Centres mit seiner Glasfront, den Holzverkleidungen und den ordentlich aufgereihten Büchern, fragte ich mich, ob ich meinen entspannten Zustand dem Zauber des Ortes verdankte. Vielleicht hatte Gabs' Hingabe zum Spirituellen bereits auf mich abgefärbt? Nachdenklich befingerte ich ein Batiktuch.

Käthe betrat den Raum und war so fair, ihr Erscheinen anzukünden, indem sie ihre Handtasche durch die Luft schwenkte. So ließ sie mir zwar eine Chance zur Flucht, brachte aber auch die Glasregale neben sich in höchste Gefahr. Ich winkte und merkte, dass ich nicht mehr sauer war. Zumindest nicht auf Käthe.

Gelbes, strahlendes Licht, Juna! Oder Liebe für alle? Vielleicht solltest du doch das Batiktuch kaufen.

»Unglaublich spannend, diese Steinsache, oder?«, rief Käthe, als sie noch mehr als zwei Regalreihen entfernt war. »Ich hab nicht gedacht, dass die so groß sind! Natürlich hab ich drüber gelesen, und Inge Dambrow hat mir viel erzählt, aber es ist doch etwas anderes, es mit eigenen Augen zu sehen, nicht wahr?«

Ich stimmte ihr zu – fünf Meter auf dem Papier waren etwas anderes als fünf Meter in natura.

Käthe nahm einen Gummistein von einem Regal und drückte drauf. Er quietschte. »Es war übrigens ganz toll, wie du Blacky Paroli geboten hast. Das kommt nicht häufig vor.« Sie kicherte.

Ich öffnete den Mund und schloss ihn wieder. Kein ›Ist er nicht reizend‹? Das waren ja ganz neue Töne. Aber gerade über diese Sache wollte ich jetzt nicht reden. Musste ich auch gar nicht, weil Käthe so richtig in Fahrt kam. »Ich habe gelesen, dass der Name Stonehenge ›hängende Steine‹ bedeutet. Seltsam, nicht wahr? Dabei ...«

Plötzlich begann ihr Gesicht zu tanzen, die Welt drehte sich, Verkaufsstände zogen kometengleich an mir vorbei. Ich holte erschrocken Luft. Nachdem ich meine Verwirrung weggeblinzelt hatte, stand ich Fabio gegenüber. Er hielt mich an den Schultern gefasst und wirbelte mich wie eine Tanzpartnerin auf den Ausgang des Shops zu. »In zehn Minuten am Bus, Frau Carstens«, rief er und winkte. Dann zwinkerte er mir zu, so nah, dass seine langen Wimpern an meiner Wange kitzelten. »Da habe ich dich gerade noch rechtzeitig gerettet, oder?«, flüsterte er.

Ich nickte, obwohl ich nicht das Gefühl gehabt hatte, gerettet werden zu müssen. »Na ja, so schlimm war es gar nicht.«

»Juna Fleming, ich habe deinen Gesichtsausdruck von weitem gesehen. Er schrie geradezu nach Hilfe! Also habe ich mich in die Menschenfluten gestürzt, um dich von der biestigen Carstens wegzuholen.«

Ich runzelte die Stirn – als biestig würde ich Käthe nun wirklich nicht bezeichnen. Zudem es sehr unhöflich gewesen war, sie mitten im Satz zu unterbrechen. Ich drehte mich um: Sie stand noch immer dort, wo wir sie verlassen hatten, lächelte etwas einsam vor sich hin und betrachtete ihre Hände. In dem breiten Gang wirkte sie mit ihrem Spitzenhaarschmuck noch kleiner und zerbrechlicher als sonst. Menschen hasteten in Paaren oder kleinen Gruppen an ihr vorbei, und sie trat zur Seite, um ihnen Platz zu machen.

»Wie hat es dir denn hier gefallen?« Fabio lenkte meine Aufmerksamkeit wieder auf sich.

Ich riss mich von Käthes Anblick los und sah wieder nach vorn, ehe ich niedergetrampelt wurde. »Besser als erwartet. Stonehenge stand nicht ganz oben auf meiner Wunschliste, aber ich muss zugeben, dass es mich beeindruckt hat.«

»Gut.« Er streifte meinen Arm, und ein feiner Schauer lief über meine Haut. »Und weißt du nun alles über die Steine, was du wissen wolltest, oder sind Fragen offen? Nutzen Sie Ihren Reisebegleiter, Frau Fleming, ich stehe exklusiv zur Verfügung.« Er legte eine Hand auf den Rücken und verbeugte sich mit großer Geste. »Ich war schon so oft hier, ich kann sämtliche Geschichten im Schlaf herunterbeten.«

Den Reisebegleiter exklusiv nutzen? Eine nette Vorstellung. Ich nickte huldvoll und grübelte. »In der Tat gibt es da eine Sache. Ich habe vorhin erfahren, dass der Name Stonehenge so viel wie hängende Steine bedeutet. Warum ist das so? Immerhin kann man nicht leugnen, dass die Megalithen hier in den Himmel ragen.«

»Du hast vollkommen recht, mit beidem. Stonehenge kommt von *stone* wie Stein und *henge* wie hängen. Der Name stammt daher, dass die Steine über dem Grab aufragen, also quasi hängen. Du weißt, dass es ein Hügelgrab auf dem Areal gibt?«

Ich erinnerte mich an die Passage in meinem Reiseführer, die ich heute früh überflogen hatte. »Ich dachte, es wären zwei.«

»Nein, nur eines. Es ist mit zwei großen Steinen beschwert worden. Es gibt einige dieser Gräber in England und auch in Frankreich.« Er sah mich so eindringlich an, dass ich unruhig wurde. Sein Gesicht war nah an meinem, und durch den Besucherstrom, der uns entgegenkam und nicht viel Platz ließ, berührten sich unsere Arme und Schultern. »Ich hätte nicht gedacht, dass ein paar jahrtausendalte Steine dich so faszinieren, Juna.«

Er sprach meinen Namen ganz weich aus, behutsam, so als würden die Silben zerspringen, wenn er nicht vorsichtig war. Ich schluckte und hoffte, dass meine Stimme mich nicht im Stich ließ. Einfach ganz normal wirken! »Ich auch nicht. Wahrscheinlich weiß man das erst, wenn man davor steht.«

»Ja«, sagte Fabio und lief langsamer. »Das denke ich auch.« Kam es mir nur so vor, oder blickten seine Kaffeeaugen intensiver als sonst? Sein Blick schien mich zu verschlingen, und das ließ mein Herz schneller schlagen. Flirtete Fabio etwa mit mir? Ich öffnete meinen Mund, brachte aber keinen Ton heraus.

Fabio hob einen Mundwinkel. Kein Lächeln, sondern eine Botschaft, die ich ahnte, aber nicht komplett verstand. Oder doch? Natürlich verstand ich sie, und zwar ganz genau, aber ich ... normalerweise machte ich so etwas ... ich kannte ihn doch erst seit ... ach verdammt!

Ganz in der Nähe dröhnte eine Hupe. Die eines großen Autos. Oder ... eines Busses.

»Fabio! Beweg dich gefälligst schneller, du musst die Liste abhaken, die Leute warten schon!« Herr Wewers klang genervt. Also wie fast immer. Ich war nicht sicher, ob ich ihm dankbar oder sauer sein sollte.

Fabio stöhnte leise, schenkte mir einen letzten, intensiven Blick, murmelte eine Entschuldigung und joggte los. Ich kämpfte meine Enttäuschung nieder und schlenderte langsam hinterher. Dabei musterte ich die Traube an der Bustür und nutzte die restliche Zeit bis zur Abfahrt, um die Damentoilette aufzusuchen.

Als ich zum Bus zurückkehrte, redeten Rudi und Hermann mit Händen und Füßen auf eine Gruppe junger Männer ein, die sich als waschechte Engländer auszeichneten: Sie trugen Shirts mit dem Aufdruck ›Manchester Rowing Team‹ und hatten bei dem Wetter nicht einmal eine Gänsehaut. Starkes Stirnrunzeln, Schulterzucken und Schweigen verriet zudem, dass es um die Englischkenntnisse meiner Landsmänner nicht sehr gut bestellt war. Ich ließ die beiden machen und stieg ein.

Käthe saß bereits auf ihrem Platz. Ich verstaute meine Jacke, kletterte über ihre Beine und machte es mir bequem. »Tut mir leid, dass wir Sie vorhin im Shop so stehengelassen haben. Aber ...« Ja was aber? Mir fiel nicht einmal eine Begründung ein, und im Nachhinein schämte ich mich.

Käthe wehrte ab. »Ach, das war doch nicht schlimm. Ich werde doch die jungen Leute nicht abhalten, miteinander zu plaudern. Immerhin musst du es die ganze Zeit mit den alten Kalibern aushalten.« Sie zeigte erst auf sich, dann nach vorn.

Ich schwieg, da Widerspruch schließlich eine Lüge gewesen wäre. Trotzdem wollte ich etwas tun, um Käthe ein wenig zu entschädigen und mich mit meinem Karma zu versöhnen. Mittlerweile kannte ich meine Sitznachbarin gut genug, um zu wissen, dass ihr nichts mehr Freude bereitete als ein Gespräch.

»Wussten Sie, dass das *hängen* in Stonehenge daher kommt, dass die Steine so hoch an der Grabstätte aufragen? Sie hängen streng genommen über dem Boden.«

Käthe zupfte an der Spitzenborte, die sich an einer Seite gelöst hatte. »Es sind zwei Grabstätten, Kindchen. Und du musst da was verwechseln. *Henge* bezeichnet ... wie war das? Es ist ein neolithisches Erdwerk und hat nichts mit hängen zu tun. Das Wort kommt von den Angelsachsen und bedeutet so viel wie *torartige Struktur*. Stonehenge ist damit ein Henge aus Steinen«, dozierte sie mit angestrengtem Blick, als würde sie sich an etwas erinnern, das sie gehört oder gelesen hatte. Dann kehrte schlagartig das begeisterte Käthe-Lächeln zurück. »Es gibt auch Woodhenge, aus Holz! Wutt heißt nämlich Holz, aber das hast du sicher schon in der Schule gelernt. Wir hatten so was ja damals gar nicht. Auf jeden Fall ist das nur ein paar Kilometer von dem hübschen Kreis hier entfernt. Für die meisten von uns leider zu weit zum Laufen. Und es soll auch gar nicht so spektakulär sein wie das hier. Ich finde es ja so beeindruckend! Wie die Leute früher geackert haben müssen, um alles herzubringen. Ich hätte mir die Mühe ja nicht gemacht und lieber kleine Steine in meinem Garten aufgestellt. Vielleicht mache ich das ja, wenn ich zurück bin. Ich baue ein kleines Stonehenge nur für mich!« Sie wackelte vor Vergnügen mit ihren Beinen.

Ich staunte. »Woher wissen Sie das alles?«

»Von Inge Dambrow«, strahlte Käthe. »Die war doch schon dreimal hier, und sie liest sehr viel. Eigentlich macht sie nichts anderes, wenn sie in Deutschland ist: Sie liest alles, was sie über England in die Finger bekommt, und erzählt es mir dann, wenn wir zusammen Kaffee trinken. Wenn ich die Sachen oft genug höre, behalte ich sie auch. Wobei es ja auch unheimlich fesselnd ist, nicht?«

Ich nickte und hörte nur noch mit halbem Ohr zu, wie Inge Dambrow eines Tages in Polizeibegleitung aus der Stadtbibliothek geführt werden musste, weil ihr Buch so spannend gewesen war und sie sich geweigert hatte, die Schließzeiten zu beachten. Wir rollten vom Parkplatz, und als wir auf der Straße beschleunigten, wurde Käthes Stimme leiser, dann schleppender, dann begann sie zu murmeln. Es dauerte nicht lang, bis sie von sanften Atemgeräuschen abgelöst wurde. Es war erstaunlich: Die alte Dame hatte sich in den Schlaf geredet.

Ich stand auf, hielt mich am Griff des Vordersitzes fest und verrenkte mich, um sie nicht zu wecken. Vorsichtig streckte ich eine Hand aus und tastete im Ablagefach über uns herum. Bald fand ich meinen dicken Reiseführer – in dem schmalen in meiner Handtasche wurde Stonehenge nur in einem Absatz erwähnt. Zurück in meinem Sitz, überflog ich das Inhaltsverzeichnis und schlug die entsprechende Seite auf. Mit dem Finger fuhr ich die Textstellen entlang, fand die richtige und las sie gleich zweimal.

Käthe hatte recht mit ihrer Erklärung über Stonehenge. Erklärungen, Plural. Fabio hatte sich nicht nur bei der Anzahl der Grabstätten geirrt, auch seine Bedeutung von *Henge* war falsch.

Ich schlug den Reiseführer zu und starrte nach vorn. Er musste sich vertan haben. Das war gut möglich bei all den Dingen, um die er sich kümmern und an die er denken musste. Warum sollte er mir auch absichtlich etwas erzählen, das nicht stimmte? Das ergab keinen Sinn.

Ich sagte mir das wieder und wieder, aber die Erkenntnis hinterließ einen schalen Nachgeschmack. Obwohl ich versuchte, es zu vergessen und mich auf die Landschaft zu konzentrieren, auf die weiten Felder, die weiß getünchten Häuser oder die zwei Hunde, die mit einem kleinen Mädchen tobten, kreisten meine Gedanken immer wieder darum. Hatte mein einziger Verbündeter auf dieser Fahrt einfach zu viel um die Ohren, oder wollte er mich mit diesem Unfug beeindrucken? Ich fühlte mich ... verraten. Ja, das passte. Vielleicht übertrieb ich und es war dumm, sich von einer Sache, deren Ursache ich nicht einmal kannte, die Laune verderben zu lassen, aber trotzdem trübte es meine Stimmung. Am besten, ich folgte Käthes Beispiel – abgesehen von ihrem leisen Röcheln – und versuchte, etwas zu schlafen.

»Hey, junge Dame, hier wird nicht geschlafen!«
Ich zuckte zusammen, mein Kopf schlug gegen etwas Hartes ... und ich die Augen auf. Hermann stand vor mir, hielt einen Kaffee und schüttelte mich, als wäre ich ein Milchshake.
»Schon gut, ich bin ja wach.« Unwillig drückte ich seine Hand weg. Hatte der Mann denn überhaupt kein Feingefühl? Wäre sein Karma ein Mensch, würde es ein Feinrippunterhemd und einen Bauarbeiterhelm tragen.
Käthe saß nicht neben mir, und vorn stiegen soeben die letzten Gäste aus dem Bus. »Wo sind wir?«
Hermann hielt mir eine Hand entgegen. »Für einen Fünfer sag ich es dir.« Er lachte und tätschelte seine Kamera. »Bournemouth. Der Morgen war wohl etwas stressig für so junges Gemüse wie dich, hm?« Weiteres Lachen. Lauter. Gekünstelter. *Nerviger.*
Ich überlegte, wie ich aus der Situation herauskam, ohne unfreundlich zu werden. Leider war mit mir die schlechte Laune erwacht, und ich spürte bereits, dass meine Nerven vibrierten. Lange würde ich den Möchtegern-Komödianten nicht mehr ertragen. Wo war seine Frau, wenn man sie brauchte? Sollte sie ihren Mann nicht zurückpfeifen?

Rudi gesellte sich zu uns und rettete mich. »Manni, die Mädels warten.«

»Och.« Hermann verzog das Gesicht. Er wandte sich ab und schien mich in der nächsten Sekunde vergessen zu haben. »Lass die doch shoppen gehen, und wir kümmern uns um … du weißt schon!« Breites Grinsen, ein Tätscheln der Kamera, ein Fingerzeig gen Boden.

Rudi starrte mich über Hermanns Schulter mit großen Augen an, als hätte ich ihn bedroht. »Lass uns rausgehen, Manni.«

»Gute Idee, alter Pirat. Verlassen wir die Bounty und mischen uns unter die Einheimischen an Land!«

Zusammen gingen sie mit so schweren Schritten nach vorn, als würden sie sich wirklich über die Planken eines Schiffes auf hoher See bewegen. Ich atmete auf. Sie zwangen mich nicht, mit ihnen in Souvenirläden Augenklappen oder Stoffpapageien für die Schulter zu kaufen. Mit dieser Art der Realitätsflucht konnte ich nämlich nichts anfangen. Ich schälte mich aus meinem Sitz und gähnte von ganzem Herzen, weil mich ausnahmsweise niemand beobachtete.

Der Lautsprecher knisterte. »Alle müssen heute den Bus verlassen, solange wir Pause machen, wirklich alle. Ohne Ausnahme. Niemand bleibt hier. Alle gehen. All go. No one stays here. I say it gerne again: No one stays here.« Herr Wewers klang, als stünde er kurz vor der Explosion. Ich schnappte mir Jacke, Halstuch und Handtasche, ignorierte die säuerliche Miene des Fahrers, fragte mich, wie sie Antonia nach draußen getrieben hatten, und flüchtete auf die schillernde Promenade von Bournemouth. Fabio war nirgendwo zu sehen, Käthe ebenso wenig.

Im ersten Moment dachte ich, wir wären zurück nach Brighton gefahren – Meer, Strand, Pier. Allerdings befand sich auf diesem kein kleiner Vergnügungspark, sondern ein weißes Gebäude mit dem Schriftzug ›Pier Theatre‹. Heller Sandstrand ermunterte mich, die Schuhe auszuziehen und die Zehen hineinzugraben. Das Meer dahinter glitzerte in unzähligen Farben, weil die Sonne sich ausnahmsweise die Ehre gab. Dennoch besaß der Wind die Vorherrschaft und ließ nicht zu, dass die Temperaturen auf für mich akzeptable Werte stiegen. Die Engländer dagegen ... nun, ich wunderte mich über nichts mehr. Während ich über eine Gruppe junger Mädchen in Bikinis den Kopf schüttelte, zog ich das Tuch höher, um meinen Hals vor dem Wind zu schützen. Ich sah mich um, entschied mich für den Strand und hielt auf eine der Ausbuchtungen zu, hinter denen Treppenstufen begannen. Jemand winkte mir zu.

Käthe.

Es war zu spät, um zu flüchten, daher ging ich weiter. Sie hatte mich kaum erreicht, da legte sie auch schon los. »Wir haben zweieinhalb Stunden Zeit, und in einer treffen wir eine Lady, die mit uns eine Stadtführung macht, das ist nämlich alles von hier zu Fuß erreichbar. Sie spricht Deutsch, wir müssen uns also keine Sorgen machen. Die anderen sind schon in der Stadt, aber wir sind erst einmal am Strand geblieben.«

Ich fragte mich, wer mit ›wir‹ gemeint war, entdeckte dann aber Antonia, die mit grimmigem Gesicht vor einem Café an der gegenüberliegenden Straßenseite hockte. Wahrscheinlich plante sie, sich bis zur Weiterfahrt keinen Zentimeter zu rühren.

Die Stadtführung klang interessant, aber leider hatte ich sämtliche Ansagen im Bus verschlafen. »Sie wissen, wo wir hinmüssen?«

Käthe zerrte einen Stadtplan aus ihrer Jackentasche, der vor lauter Falten kaum noch lesbar war. »Ich hab es mir notiert.« Auf dem Plan prangte ein Kreuz, das gleich mehrere Straßennamen überdeckte. Käthe musste es mit einem Edding gezogen haben. Das konnte ja heiter werden. Mit diesem Plan war es sehr wahrscheinlich, dass wir durch die Stadt irren und die Führung verpassen würden.

Käthe tätschelte meinen Arm. »Aber erst hätte ich gern einen Kaffee. Bist du so lieb und holst mir einen? Ich lade dich auch ein.« Käthe deutete auf das Café, vor dem Antonia wachte, und zückte ihr Portemonnaie.

Ich winkte ab. »Lassen Sie nur, ich mach das. Bin gleich wieder da.« Der Verkehr war unglaublich dicht, die Autos schoben sich Stoßstange an Stoßstange die Straße entlang. Es dauerte, bis ich endlich eine Lücke entdeckte und loslaufen konnte. Ein Fahrer wählte ausgerechnet diesen Moment, um seinen Wagen nach vorn hüpfen zu lassen. Erschrocken sprang ich zur Seite und knallte mit der Hüfte gegen den Kofferraum links von mir.

»Hey!« Eigentlich hatte ich das rufen wollen, aber der Typ mit dem Muskelshirt kam mir zuvor. Er riss die Fahrertür auf – ach ja, die war hier rechts – und schüttelte eine Faust in meine Richtung. »Crazy, bitch?« Den Rest verstand ich nicht, da es zu schnell und ganz sicher kein Oxford English war, aber sein Gesichtsausdruck sprach Bände.

Ich sah den Fahrer an, der das Ganze verursacht hatte, konnte aber keine Hilfe erwarten, denn er gab sich unbeteiligt und blätterte in einer Zeitschrift. Dabei hatte er das Fenster auf und konnte das Gebrüll des anderen nicht überhören.

Feigling.

Der Muskelmann brüllte weiter. Ich schätzte meine Chancen auf eine Antwort mit anschließender Flucht ein, kam zu dem Ergebnis, dass sie gering waren (ich kannte die Stadt nicht, der Bus würde erst in zweieinhalb Stunden weiterfahren und ja, ich war einfach nicht fit, zudem waren meine Laufschuhe im Koffer und ich trug entzückende beigefarbene Ballerinas), und stiefelte hocherhobenen Kopfes auf das Café zu. Ich hasste das Gefühl, einen Rückzieher machen zu müssen, obwohl ich keinen Fehler begangen hatte. Doch ich war nicht wild darauf, mir das Krankenhaus von Bournemouth näher anzusehen, obwohl ich über eine Reisekrankenversicherung verfügte.

Der Klügere gibt nach, sagte ich mir. Zumindest blieb er unversehrt.

Antonia begrüßte mich mit einem Blick, für den jeder Horrorregisseur sie auf die Besetzungsliste geschrieben hätte. »Da müssen Sie aufpassen, bei dem Verkehr hier. Kommen alle von der falschen Seite. Bin gespannt, wie viele von uns deshalb draufgehen werden.«

Danke, genau das hatte ich gebraucht. Meine Laune sank weiter in den Keller. Ich war müde, hatte noch immer das Gefühl, meinen Verbündeten verloren zu haben, und zur Krönung entpuppten sich die Einheimischen als Idioten. Das war nicht die Urlaubsromantik, die ich mir hier erhofft hatte!

»Mir gefällt es hier nicht«, verkündete Antonia so laut, dass es auch der Kellner am Nebentisch mitbekam.

Ich hoffte, dass er kein Deutsch verstand. »Lassen Sie mich raten. Keine Schafe?«

Sie zupfte an ihrem Shirt herum und sah mich nicht einmal an. »Das auch. Die Autos und der ganze Sand, das ist nichts für mich. Wann sind wir denn endlich in Cornwall? Das ist mir hier zu laut. Und gar nicht wie zu Hause!«

Die alte Leier. Ich schluckte die Bemerkung herunter, dass auch Cornwall nicht wie zu Hause war, und ließ Antonia stehen beziehungsweise sitzen. Meine Laune reichte momentan nicht aus, um meine Stimmung durch Höflichkeit zu kaschieren – meine Hüfte pochte, und mein Herz klopfte noch immer vor Empörung über den Autofahrer. Im Café bestellte ich zwei Kaffee zum Mitnehmen, bezahlte und stapfte hinaus, vorbei an

Antonia, die mir etwas hinterherrief. Ich reagierte nicht darauf. Dieses Mal überquerte ich die Straße ohne Zwischenfälle, nur um festzustellen, dass Käthe verschwunden war.

Wunderbar, ganz wunderbar. Ich sah mich um, während die Hitze durch die Billigbecher kroch und drohte, meine Handflächen zu verbrennen. Nein, so hatte ich mir das alles nicht vorgestellt. Seit unserer Abreise stand ich unter Anspannung. Viel fehlte nicht, und ich würde einen Wutanfall bekommen, hier vor allen Leuten. Endlich entdeckte ich Käthe: Sie taperte über den Strand und telefonierte. Allein und selbständig. Immerhin das war ein echter Pluspunkt, oder? Leider reichte er nicht aus, um die Gewitterwolken aus meinem Kopf zu vertreiben.

Da ich nicht warten wollte, bis ich Verbrennungen dritten Grades erlitt, verließ ich die Promenade und lief ihr entgegen. Die Stufen waren unregelmäßig, aber breit, und der Sand gleichmäßig aufgeschüttet, wenn auch so weich, dass meine Füße einsanken.

Damit, dass sich direkt unter der Oberfläche etwas Hartes befand, das ich nur halb mit dem Fuß erwischte, hatte ich nicht gerechnet. Ich knickte um. Schmerz fuhr durch meinen Knöchel, und ich versuchte verzweifelt, das Gleichgewicht zu halten. Zu spät: Die Bewegung riss die nicht richtig befestigten Plastikdeckel von den Bechern, und der heiße Kaffee ergoss sich auf meinen Handrücken. Es brannte höllisch, die Haut färbte sich augenblicklich rot. Ich ließ die Becher fallen und schrie. Normalerweise hätte ich jetzt die Zähne zusammengebissen und den Schmerz ertragen, um keine Aufmerksamkeit auf mich zu ziehen, doch die Wut, die sich im Laufe des Morgens angesammelt hatte, wirkte wie ein Katalysator. Passanten glotzten mich an, manche schüttelten den Kopf und flüsterten miteinander, eine Frau zeigte sogar auf mich. Super, jetzt bekam Bournemouth immerhin etwas Abwechslung! Neben dem Strandbesuch und Kuchen in einem Café konnte man die durchgeknallte Touristin bestaunen, die erst Autos demolierte und dann den Strand mit Müll verschmutzte. Um nicht deshalb noch eine Anzeige zu erhalten, hob ich die Becher auf, stapfte zum nächsten Mülleimer und knallte sie mit solcher Wucht hinein, dass letzte Kaffeetropfen in die Höhe stoben. Ich atmete schwer. Es war anstrengend, so sauer zu sein, und allmählich ahnte ich, wie Fin sich derzeit fühlte. Leider gab es weit und breit kein Sofa, auf dem ich herumspringen konnte.

Ich betrachtete meine Hand – bis auf die Rötung war alles in Ordnung. Käthe eilte auf mich zu, das Telefon noch immer am Ohr. Vor mir blieb sie stehen, griff nach meinen Fingern und begutachtete sie fachmännisch. »Nichts Schlimmes passiert, es ist nur etwas gerötet.«

»Ich weiß«, sagte ich. Dann begriff ich, dass sie nicht mich gemeint hatte, denn sie redete munter weiter.

»Nein, Juna hat uns Kaffee geholt und verschüttet, als sie an den Strand gekommen ist. Nein, nein, sie ist im Sand gestolpert, und dann ist das aus dem Becher … Was? Moment.« Sie sah mich an. »Blacky fragt, ob du so etwas zum ersten Mal machst, Liebchen?«

Es ist ein interessantes Gefühl, wenn die besagte Sicherung durchknallt. Plötzlich fühlte ich mich leicht und schwer zugleich. Alles um mich herum war zu viel, und mein Fluchtinstinkt schrie mir zu, so schnell wie möglich zu verschwinden. Während ich tief einatmete, begriff ich, warum er das tat: Mit jeder Sekunde wurde ich wütender. Wenn ich nicht festgenommen und die Nacht in einem englischen Gefängnis verbringen wollte, weil ich eine äußerlich harmlose ältere Dame am Strand angebrüllt hatte, musste ich hier weg. Sofort.

Käthe rief hinter mir her. Ich hoffte, dass sie ihrem Enkel damit einen Hörsturz bescherte.

Blieb die Frage, wohin ich gehen sollte. Ich wollte niemanden aus meiner Gruppe sehen und erst recht mit niemandem reden. Dies war einfach nicht mein Tag, und zu allem Überfluss war ich eine Gefangene im summenden Bournemouth. Ich konnte mich nicht zurückziehen, keine Tür hinter mir abschließen, sondern musste warten, bis Herr Wewers das Signal zur Weiterfahrt gab. Das war nicht fair!

Ich lief die Promenade entlang und hoffte, dass die Innenstadt sich in der anderen Richtung befand und ich niemanden treffen würde, mit dem ich mich unterhalten musste. Den Rest der Pause verbrachte ich an der Wasserlinie, die Fäuste in den Jackentaschen, und betete, dass die Zeit Erbarmen mit mir hatte und schneller verging.

10

*D*ie Entenbrust sah gut aus, und die Tatsache, dass es wirklich Schokoladensoße war, die in zarten Wellenlinien darüber verlief, versöhnte mich ansatzweise wieder mit der Welt, die sich heute gegen mich verschworen hatte. Ich schloss die Augen und sog das Aroma des Fleisches sowie der zarten Kartoffeln und Möhren ein. Dann nahm ich die Flasche, schenkte mir Wein nach und trat mit dem Glas an das Fenster.

»Einen Toast auf das *Eagle of the South*!« Ich trank es mit einem Zug halb leer, aber das schien mir angebracht. Ich war unendlich dankbar, weil meine Bitte erfüllt worden und mein Abendessen ausnahmsweise auf das Zimmer geliefert worden war.

Nachdem ich in Bournemouth einen regelrechten Verfolgungswahn entwickelt hatte aus Angst, Käthe, Hermann und Rudi oder jemand anderem aus unserer Gruppe zu begegnen, hatte ich bei der Weiterfahrt Kopfschmerzen vorgetäuscht und mich in die letzte Sitzreihe gelegt. Käthe hatte sich nach einer Weile zu mir gesellt und mir zugeraunt, ob ich etwas bräuchte, doch ich hatte mich schlafend gestellt. Zwar fand ich ihre Sorge rührend, aber meine Komfortzone bestand momentan ausschließlich aus mir, und ich war nicht bereit, sie zu verlassen.

Am Hotel trug Fabio meinen Koffer zur Rezeption, obwohl ich protestierte, und verkündete dort mit großen Gesten, dass ich ein Gast seines Reiseveranstalters wäre und mich nicht wohl fühle. So zwang er mich, die kleine Notlüge aufrechtzuerhalten, was mich zu der Idee verleitete, mein Abendessen allein einzunehmen. Die hübsche Rezeptionistin schien Mitleid zu haben, erklärte, dass sie auch häufig unter Migräne litt, und leitete die Ausnahme in die Wege. Fabio ließ sich nicht abwimmeln, begleitete mich bis zur Tür und nannte mir seine Zimmernummer, falls »es schlimmer wurde«. Ich wusste nicht, was er sich vorstellte – dass ich halb tot über die Flure kroch, um mit letzter Kraft bei ihm anzuklopfen und nach Hilfe zu röcheln? Jetzt, wo ich schon einmal wütend war, bekam auch er bei mir kein Bein mehr auf den Boden. Beinahe hätte ich ihn auf den Mist angesprochen, den er mir über Stonehenge erzählt hatte, und ihn gefragt, ob er mich für blöd verkaufen wollte. Letztlich blieb ich aber in meiner Rolle der Leidenden, murmelte einen halbherzigen Dank, zog die Tür hinter mir ins Schloss ... und atmete auf. Endlich allein!

Den Wein hatte ich telefonisch geordert. Zum Glück fragte die nette Frau nicht nach, warum ich in meinem Zustand Alkohol zu trinken gedachte.

»Auf mich.« Ich leerte das Glas und setzte mich an den

Tisch, um die Ente nicht kalt werden zu lassen und eine Grundlage zu schaffen. Immerhin wollte ich mir auch den Rest der Flasche ohne nennenswerte Auswirkungen gönnen. Ich trug bereits meinen Schlafanzug aus schlichtem blauem, aber elegantem Satinstoff, grub die Zehen in den Flauschteppich und fühlte mich endlich wieder wie ein freier Mensch. Draußen pfiff der Wind und rüttelte an den Fensterläden, doch es störte mich nicht. Ich würde das Zimmer heute nicht mehr verlassen, und wenn die gesamte Reisegruppe vor dem Hotel stand und meinen Namen brüllte.

Das Essen heilte einen Teil meiner geschundenen Seele. Als ich fertig war, schaltete ich den Fernseher ein und drehte den Ton leise, weil ich fürchtete, Fabio könnte an der Tür lauschen im Glauben, ich läge halb im Sterben. An diesem Punkt musste ich grinsen. Allmählich wurde es wirklich Zeit, den Verfolgungswahn wieder loszuwerden. Heute würde mich niemand stören, und wenn doch, würde ich ihn höflich vor die Tür setzen. Ganz einfach. Dieser Abend gehörte mir!

Ich schnappte mir das zweite Glas Wein, ließ mich auf das Bett sinken und zappte durch alle Kanäle. Es war nichts dabei, das mein Herz schneller schlagen ließ, also stellte ich den Ton aus und wählte eine Unterwasserdokumentation. Vielleicht wirkten die Bilder entspannend.

Apropos Entspannung: Es war höchste Zeit, Gabs anzurufen. Ich stand noch einmal auf und zog das Handy aus der Handtasche. Anschließend baute ich mir ein Nest aus allen Kissen, die das Doppelbett hergab, ließ mich wie eine Königin hineinsinken und rief die Nummer auf. Es klingelte so lange, dass ich bereits glaubte, kein Glück zu haben, doch dann klackte es in der Leitung, und das Freizeichen verschwand.

»Hallo.« Die Stimme war samtig-weich, im Hintergrund war schwere, orientalische Flötenmusik zu hören. Einen schrecklichen Moment glaubte ich, dass jemand sich einen Scherz erlaubt und die Nummer einer Sexhotline in mein Telefon gespeichert hatte.

»Gabs?«

Es rauschte. »Süße, hey! Na, wie ist die Stimmung im guten England?« Es rauschte stärker, zudem blubberte etwas.

Ich runzelte die Stirn. »Ist das ein Whirlpool? Wo bist du?«

»Das ist eine Shisha, Schätzchen. Meine neueste Errungenschaft.«

»Du hast dir eine Wasserpfeife gekauft? Aber Gabs, du rauchst doch nicht einmal!«

»Ich will mich damit auch nur in Stimmung bringen.« Die Flöte verstummte, dafür zupfte jemand so schwermütig an einer Harfe rum, dass mir die Tränen in die Augen traten. Das musste am Wein liegen.

»Stimmung wofür?« Mir schwante Böses. »Hast du ein Date? Hat es etwas mit Kamasutra zu tun? Gabs, ging es etwa darum in diesem Schweigeseminar? Um Kamasutra?«

Ich wurde allein bei dem Gedanken rot. Vor allem, weil mein Patenonkel ebenfalls dort ... ich schüttelte den Kopf.

Nein, nein, nein!

Gabs seufzte. »Du hast ja lange gebraucht, um es herauszufinden.«

Ich kiekste, und sie brach in Gelächter aus. »Mensch, Juna, das war ein Scherz! Ich würde jetzt so gern dein Gesicht sehen!« Ein dumpfes *Plonk* verriet, dass sie wahrscheinlich vom Sofa gefallen war. Das beruhigte mich, denn es war so ... normal. Gabs fiel andauernd von ihrem Sofa. War es, da sie sich im Halbschlaf auf die Seite drehte, zu faul war, um aufzustehen, und nach etwas angelte, das auf dem Tisch stand, oder – so wie jetzt – weil sie etwas irrsinnig komisch fand und selbst beim Lachen ihren Bewegungsdrang auslebte. Niemand brauchte so viel Platz wie Gabs. Die Erfahrung hatte ich gemacht, als wir uns zum ersten Mal ein Hotelzimmer mit Doppelbett geteilt hatten und ich nach der ersten Nacht mit blauen Flecken an Schulter und Hüfte, nach der zweiten mit einem blauen Auge aufgewacht war. Gabs hatte sich in der letzten Nacht aus Reue in die Badewanne verzogen.

Das Gelächter hielt an und würde noch einige Sekunden dauern. Ich legte das Telefon beiseite, ging ins Bad, ließ mir ein Glas Wasser ein und kehrte in aller Seelenruhe zum Bett zurück. Als ich das Telefon wieder aufnahm, war Gabs auf dem besten Weg, sich zu beruhigen.

»Also?« Ihre Stimme überschlug sich noch immer leicht.
»Erzähl. Mein Hals brennt sowieso gerade.«

Ich überlegte. Sollte ich die Dinge beschönigen, um ihr die Laune nicht zu verderben? Letztlich entschied ich mich für die knallharte Wahrheit. Wem sonst würde ich mein Herz ausschütten können, wenn nicht der besten Freundin? »Also«, sagte ich und grübelte, wo ich beginnen sollte. Besser, ich ließ Gabs die Wahl. »Was willst du wissen?«

»Was tust du gerade?«

Das war leicht. »Ich sitze auf meinem Bett und trinke ein Glas Wein. Das zweite, um genau zu sein.«

»Sehr gut. Dein Körper ist ein Tempel, das weißt du, und daher sollst du auf den Altar kippen, was du in die Finger bekommen kannst. Aber Altar ... Alter ... wir sind beim Thema, Junaschatz! Sind die anderen Gäste alle so gebrechlich, wie du befürchtet hast? Oder gibt es jemanden in unserem Alter? Vielleicht sogar jemand Nettes? Oder mehr als nett? Attraktiv? Anziehend? Sexy?«

Das war typisch Gabs. Zunächst gab sie vor, harmlos zu sein und das Ruder mir zu überlassen, doch schon in der nächsten Sekunde überrollte sie mich mit den Themen, die wie kleine

Zahnstocher in meinen Wunden piksten. Ich wusste, sie meinte es gut, also gab ich ihr brav Auskunft. »Nein, ich habe leider Pech und bin der einzige Gast, der noch nicht in Rente gegangen ist. Außer mir gibt es nur noch Fabio, den Reisebegleiter. Ich fand ihn anfangs ganz okay, sogar ein wenig süß. Aber mittlerweile glaube ich, dass er ein Idiot ist.«

Eine Zither setzte ein, und eine Frau sang in einer Sprache, die nach Schmerz und Sehnsucht klang. Gabs musste ihr Fenster geöffnet haben, denn Sharky, der Nachbarshund, heulte eine herzzerreißende Antwort. Gabs ignorierte die Doppelbeschallung. »Warum denn das?«

Ich erzählte ihr von Stonehenge, Fabios falschen Angaben und seinem Benehmen Käthe gegenüber. Die Flirts mit den anderen Frauen unterschlug ich, um nicht wie eine eifersüchtige Jungfer zu klingen. Zudem hätte Gabs das als Anhaltspunkt genommen, um mich verbal in den Kampf zu schicken.

Sie sog in der Zwischenzeit fröhlich an ihrer Wasserpfeife. »Er macht das noch nicht so lange und hat die Informationen über Stonehenge durcheinandergebracht?«, schlug sie mit Saloonstimme vor.

»Nein, er hat mir erzählt, dass er quasi ein alter Hase sei. *Ich war schon so oft hier, ich könnte dir sämtliche Geschichten im Schlaf erzählen*«, ahmte ich Fabios Tonfall nach.

»Das hat er gesagt?«

»Ja, ungefähr so.«

»Dann ist er ein Blender. Vergiss ihn.«

Sharky jaulte lauter.

Ich stöhnte und hätte den Köter am liebsten fest in meine Arme geschlossen, auch wenn er hinterhältig war und nach Schweinestall stank, aber er traf meinen Gefühlszustand perfekt. »Fein. Wenn ich das tue, habe ich hier niemanden mehr und werde in den kommenden Tagen über fehlende Schafe und Rheumacremes reden müssen. Und mich von Käthes Enkel anmaulen lassen.«

»Ha! Es gibt einen Enkel? Das klingt doch halbwegs jung. Und wer ist Käthe?«

Ich stand auf und schenkte mir den Rest Wein ein. »Käthe sitzt im Bus neben mir. Sie ist ganz nett, aber manchmal auch wirklich anstrengend. Sie ist über achtzig, Gabs! Was habe ich mir eigentlich dabei gedacht, diese Reise zu buchen? Das war ein Riesenfehler.«

»Papperlapapp. Du darfst dich nicht dagegen sperren, was dir passiert. Es geschieht nämlich alles aus einem ganz bestimmten Grund, auch wenn du ihn noch nicht erkennst.«

Ich nahm einen Schluck Wein und brachte mich in Angriffshaltung. »Aha. Du willst mir erzählen, dass du Lust hättest, eine Woche lang Käthes Babysitter zu spielen? Und nun komm mir nicht mit deiner Oma.«

»Ich dachte, sie wäre ganz nett.«

»Ja, ist sie auch, aber ...«

»Und was ist nun mit diesem Enkel?« Ein Gong schlug im Hintergrund. »Junalein, warte einen Moment, ich bin gleich wieder da.« Es knallte, als sie das Telefon hinlegte. Ich tat, worum sie mich gebeten hatte, immerhin blieb mir nichts anderes übrig.

Eine Minute verging. Ich stand auf, zog die Vorhänge vor die Fenster und bemerkte dabei, dass der englische Regen Bournemouth heimgesucht hatte. Das passte, ich würde die Stadt sowieso in schlechter Erinnerung behalten. Nach zwei Minuten ließ ich mich wieder auf das Bett fallen und wackelte so lange mit den Zehen, bis Gabs sich meiner erbarmte. »Entschuldige, aber ich musste die letzte Yogaübung machen, um den Abend abzuschließen.«

»Yoga? Ich dachte, du rauchst Pfeife.«

»Es ist alles eins, wenn man es so will.«

Schön gesagt. Mit dieser Einstellung konnte man vieles entschuldigen, aber ich wollte jetzt keine Diskussion vom Zaun brechen. »Also, zu Käthes Enkel«, sagte ich. Es hatte ohnehin keinen Sinn, die Antwort hinauszuzögern. »Er ist kein Gast, ich kenne ihn auch nicht persönlich. Gott sei Dank! Ich bin mir nämlich nicht sicher, ob er ein Arschloch ist oder noch niemals was von Höflichkeit gehört hat. Immerhin ruft er andauernd an, um sich nach dem Befinden seiner Oma zu erkundigen.«

»Das ist doch nett von ihm.«

»Ja, aber er erkundigt sich bei mir.«

»Er ruft dich an? Woher hat er deine Nummer?«

»Gar nicht. Die braucht er auch nicht, weil Käthe und ich entweder im Bus nebeneinandersitzen oder sie mich mit der Zielstrebigkeit dieser älteren, grauhaarigen Detektivin findet. Wie hieß die noch gleich?«

Gabs gab einen verwunderten Laut von sich. »Ich gestehe, du verwirrst mich. Hab Erbarmen mit meinem Kopf, der sich auf eine wunderbare Weise anfühlt wie rosa Zuckerwölkchen, die sich im warmen Wind drehen. Erzähl mir alles der Reihe nach. Jedes Gespräch mit diesem Enkel.«

Das tat ich. Während ich redete, durchlebte ich erneut alle Phasen meiner Emotionen, die Käthe und Blacky mir beschert hatten: Erstaunen, den Wunsch zu helfen, Fassungslosigkeit, Entrüstung, Gleichgültigkeit, Empörung, Kränkung, Fluchttrieb sowie den Drang, Käthe das Handy zu entreißen, es auf den Boden zu werfen und stundenlang darauf herumzutrampeln. So lange, bis nur noch Splitter übrig waren, die sich nicht mehr zusammensetzen ließen, selbst wenn man es noch so sehr versuchte. So lange, bis Blacky nur noch ein Erinnerungsfetzen war.

Das Blut rauschte lauter in meinen Ohren, je länger ich

mich diesen Bildern hingab. Der Ton veränderte sich, wurde zu einem zarten Wummern. Nein, kein Wummern, zumindest nicht in meinen Gehörgängen, sondern außerhalb. Es war Gabs, und sie gluckste vergnügt vor sich hin.

»Was bitte ist daran so lustig?«

Sie gluckste ungerührt weiter und brach dann in so heftiges Gelächter aus, dass ich beleidigt war.

»Hör mal, Gabs, wenn ...«

So schnell sie angefangen hatte, so schnell hörte sie auch wieder auf. Das musste man ihr lassen: Sie konnte sich zusammenreißen, wenn sie musste, und sie kannte mich so gut, dass sie wusste, wie nah sie meiner persönlichen Gefühlssperrzone gekommen war. »Hast du jemals überlegt«, keuchte sie, »ob er dich mit der Reisebegleitung verwechselt?«

»Nein, habe ich nicht. Warum sollte ich ... oh.« Ich drehte und wendete den Gedanken in meinem Kopf, als würde etwas Tolles herauskommen, wenn ich hartnäckig blieb. Zwei Kopfkissen fielen zu Boden, so energisch stand ich auf und lief durch das Zimmer. Von der Tür zum Fenster, vom Fenster zum Bett, ins Bad, zurück zur Tür. Ich ging die Telefonate mit Mads Carstens durch und kombinierte sie mit Gabs' Vermutung.

Treffer. *Treffer!*

»Ach du Scheiße.«

»Ich hab recht, oder?« Gabs klang fröhlich und hatte sogar die Musik gewechselt: Statt indischer Herzschmerzballaden sang Madonna von ihrem *Beautiful Stranger*.

Ich zögerte. »Möglicherweise. Aber wieso sollte er? So dumm kann man doch nicht sein, und ...«

»Mäuschen, das hat nichts mit Dummheit zu tun. Die liebe Käthe hat das Telefon stets brav an dich abgedrückt, und du hast nie wirklich klargestellt, dass du Gast auf dieser Reise bist, oder?«

»Das gibt ihm noch lange nicht das Recht, so unhöflich zu sein.« Ich war nicht bereit, mir die Schuld zuschieben zu lassen.

»Na ja, er hält dich für unfähig. Aus seiner Perspektive ist das gar nicht so abwegig, Juna. Überleg doch! Du kannst ihm keine Auskünfte geben, schläfst während der Fahrt, verschüttest Kaffee ...«

»Er hat angedeutet, ich wäre fett!«

»Unsportlich. Womit er auch richtigliegt.«

»Gabs!« So hatte ich mir das nicht vorgestellt. Ich schielte zu meinem Koffer, der geöffnet in einer Ecke stand. Die Sachen, die ich bis zur Abreise aus diesem Hotel nicht brauchen würde, hatte ich gar nicht erst ausgepackt. Meine Laufschuhe lagen dort und flüsterten mir zu, wie wunderbar es wäre, mehr von der Welt zu sehen als das Innenfutter meines Koffers.

Großartig. Anderen hockten immerhin Engel und Teufel auf den Schultern, mir wisperten Schuhe ins Gewissen.

»Sobald ich zurück bin, mache ich irgendetwas«, versprach ich Gabs, den Tretern und mir. »Radfahren vielleicht oder Badminton.«

»Große Ziele«, meinte Gabs trocken. »Überleg dir, ob du nicht doch mit zu diesem Kamasutra ...«

»Nein. Ich möchte nicht mit dahin. Ich möchte keinem alternden Meister ...«

»Guru.«

»Schön, meinetwegen auch Guru. Ich möchte überhaupt keinem alten Mann dabei zusehen, wie er sich zusammen mit einer jungen Hippiedame verrenkt, um dann einen Herzinfarkt zu bekommen. Hast du jemals daran gedacht, was Feuerwehr oder der Notarzt sich dann ansehen müssen? Wie schnell werden Leichen überhaupt steif?«

In Gabs' Wohnung wieherte ein Pferd.

»Gabs! Ich rede von der Leichenstarre! Und ich verbiete dir, jemals wieder Wasserpfeife zu rauchen, bevor ich anrufe.« Es war zu spät. Ich wusste es, ehe ich ausgeredet hatte. In Gabs' Gelächter hatten sich diese Kiekser geschlichen, die sie immer dann bekam, wenn sie krampfhaft nach Luft schnappte, weil sie ihr Zwerchfell nicht mehr unter Kontrolle hatte. Ich gab mich geschlagen. »Ich melde mich wieder, okay?«

Sie prustete weiter, klopfte aber zweimal gegen den Hörer – unser vereinbartes Zeichen für *Ja*, falls wir aus welchen Gründen auch immer nicht reden konnten. Ich seufzte, kompensierte meinen Anflug von Fernweh noch eine Weile damit, der wachsenden Hysterie am anderen Ende zu lauschen, und legte dann auf.

Nach der Mischung aus esoterischer Vielfalt und übersprudelnder Laune kam mir die Umgebung totenstill vor. Einzig der Regen prasselte gegen das Fenster. Ich betrachtete meine Reflexion in der Scheibe: Sie war verzerrt und nur teilweise sichtbar – so wie das Bild, das Käthes Enkel von mir hatte.

»Auweia.« Der Wein verwandelte mich in einen melancholischen Poeten. Wenn das so weiterging, würde ich heute Nacht in der großen Halle sitzen, mit einer Flasche kuscheln und über die Vergänglichkeit der Jahre sowie der wachsenden Macht des Scheins philosophieren. Käthe würde das sicher äußerst interessant finden und sich zu mir gesellen. Oder, schlimmer, Fotos von mir machen. So weit durfte es nicht kommen! Am besten beendete ich den Tag und machte mich bettfertig – der ideale Plan in dieser Situation. Ich wickelte im Bett stets die Decke um die Füße. Sollte der Weinrausch mich im Schlaf ereilen und mich im halbwachen Zustand hinaustreiben, würde ich stolpern und durch den Sturz aufwachen. Zumindest bis zum Morgen war ich damit vor weiteren Peinlichkeiten sicher.

Ich putzte mir besonders ausgiebig die Zähne, um der pelzigen Zunge am kommenden Morgen vorbeugend entgegenzuwirken. Dabei schlenderte ich durch das Zimmer und blieb vor dem Koffer stehen. Ich grübelte, nahm die Laufschuhe heraus und stellte sie vor das Bett. Es war ein hübsches Bild, das von Bereitschaft, Sportlichkeit und Fleiß kündete. Ich entschied, es so zu belassen.

Als ich endlich das Licht löschte, kreisten meine Gedanken noch immer um die Telefonate mit Käthes Enkel. Musste ich mich schämen? Hatte ich mich wirklich blamiert, oder war dies eines jener Missverständnisse, die man mit einem Lachen aufklären und dann vergessen konnte? Immerhin hatte ich mir nichts zuschulden kommen lassen. Zumindest konnte ich gleich morgen klarstellen, dass ich ebenfalls Gast war, damit hatten die Attacken gegen mich ein Ende. Vielleicht wurde die Reise dann sogar entspannter, und ich musste nicht immer gegen meinen Fluchttrieb kämpfen, wenn Käthes Handy sich meldete.

Ich räkelte mich und strich über die feinen Stickereien des Oberbettes. Ein Teil meiner Anspannung hatte schon nachgelassen. Der Teil, der sich die Schuldzuweisungen, ob gerechtfertigt oder nicht, zu Herzen genommen hatte. Es war zwar kein riesiger Stein, der da wegplumpste, aber er erzeugte einen Sonnenstrahl, mit dem ich diese Reise beleuchten konnte. Bald war ich in Cornwall und zudem kurz davor, eine unangenehme Sache aufzuklären.

Ab morgen ging es bergauf.

11

Die Schmerzen in meiner Brust nahmen zu. Ich keuchte und hatte auf einmal das Gefühl, keine Luft mehr zu bekommen, obwohl ich den Mund weit aufriss. Mir war heiß und kalt zugleich, mein Körper schweißbedeckt. Wenn ich die Augen zukniff und wieder öffnete, waberte die Umgebung mehr, als sie sollte. Aber ich durfte jetzt nicht aufgeben.

Über mir schaukelten Möwen in der Luft, ließen sich vom Wind treiben oder landeten dort am Strand, wo er dunkler vor Feuchtigkeit war. Es kam mir vor, als beobachteten sie mich. Ich war neidisch auf sie und ihre Unbekümmertheit, hatte aber nicht mehr die Kraft, es ihnen mitzuteilen.

Aus ihrer Perspektive musste es zu lustig aussehen, wie ich mich an der Wasserlinie entlangquälte. Ein menschliches Wrack, das jeden Moment zusammenzubrechen drohte und dann einen köstlichen Futterberg bildete, von dem man wochenlang zehren konnte. Vielleicht fanden mich die Einwohner von Bournemouth rechtzeitig, so dass der Leichenbestatter nicht allzu viel Arbeit mit mir haben würde.

Ich habe vom Fenster meines wundervollen Prunkanwesens beobachtet, wie sie am Strand entlangjoggte. Sie ist aus heiterem Himmel zusammengebrochen, was mich sehr verwundert hat. Sie war doch noch so jung. Aber dann habe ich erfahren, dass sie mit Kurfürst-Reisen unterwegs war, und mir wurde einiges klar ...

Ich schüttelte die Stimme des noblen Engländers aus meinem Kopf und konzentrierte mich wieder auf meine Schritte. Die Laufschuhe sahen von meiner wackeligen Perspektive aus wie kleine Möwen, und sie donnerten auf den feuchten Untergrund: rechts, links, rechts ...

Das Stechen in meiner Seite begleitete mich seit gefühlt Tausenden von Metern, aber nun schlug es durch und schnitt einmal durch den gesamten Körper. Ich hätte gestöhnt, wenn mir noch Atem dafür geblieben wäre. So aber konnte ich nur eines tun: aufgeben.

Ich blieb stehen, presste beide Hände in die Seite und krümmte mich in der Hoffnung, so dem Schmerz entgegenzuwirken. Dabei atmete ich so heftig, dass es sich anfühlte, als wäre mein Hals eine einzige rohe Masse. Mein Gesicht musste knallrot sein, so sehr brannte es. Der Wind war froh, dass seine Beute endlich stehen blieb, und schickte stärkere Böen. Ich fror, noch ehe mein Atem langsamer geworden war. Klamotten und Haare klebten an meiner Haut, die Beine zitterten, und meinem Magen ging es auch nicht besonders. Mit anderen Worten: Ich war total am Ende. Am liebsten wäre ich nicht nur aus den Sachen, sondern gleich aus meinem Körper gekrochen, um ihn aufzufrischen und erst dann wieder hineinzuschlüpfen, wenn alles seinen normalen Rhythmus gefunden hatte. Dann, wenn es sich nicht mehr anfühlte, als hätte ich meine inneren Organe so durchgeschüttelt, dass sie ihre regulären Funktionen vergessen hatten.

Dabei war der Tag gut gestartet. Nach dem Telefonat mit Gabs war ich rasch eingeschlafen und hatte wirr geträumt. Trotzdem ging es mir gut. Ich freute mich auf die kommenden Stunden und, was noch besser war, es gab nichts mehr, das ich abwehren oder vor dem ich mich drücken musste. Ich hatte für diese Reise bezahlt und besaß einen Gästestatus, den ich ausnutzen durfte und würde. Vielleicht sollte ich Käthe ja mal bitten, mit Gabs oder Onkel Olli zu telefonieren? Die Vorstellung gefiel mir.

Ich stand auf und zog mich an, obwohl es erst sechs Uhr war, doch ich wollte nicht länger über mein Vorhaben nachdenken und mir die Möglichkeit einräumen, mich umzuentscheiden. Denn dies war der erste Tag meines neuen Lebensabschnittes: Ich würde joggen gehen. Wenn ich versuchte, die Dinge aus Gabs' oder Onkel Ollis Perspektive zu betrachten, hatte es für diesen Entschluss in den vergangenen Tagen genügend Zeichen gegeben. Ich wollte nie wieder die Bemerkung hören, nicht fit zu sein!

Angetan mit meiner Gammelstoffhose, einem Shirt, der dünnen Outdoorjacke und meinen wirklich bequemen Schuhen fühlte ich mich stark und entschlossen, also machte ich mich auf den Weg zum Strand. Wie auch das *Golden Seaview* war das *Eagle* nicht weit davon entfernt. Herr Wewers hatte während der Anfahrt betont, dass Kurfürst-Reisen die Nähe zum Wasser sehr wichtig sei. Natürlich, immerhin sollten auch alle Gäste in der Lage sein, einen Spaziergang dorthin zu machen – selbst Leute wie Antonia, die nicht gut zu Fuß waren oder sein wollten.

Die Luft war kühl und frisch. Es hatte aufgehört zu regnen, und ich bildete mir ein, dass aus der Eingangshalle bereits Kaffeeduft schwappte. Autos und die Pflanzen in der Einfahrt glänzten feucht. Außer mir waren nur wenige Menschen unterwegs, aber genau das gefiel mir. Nicht nur, weil es entspannend war, sondern auch, weil ich nicht wollte, dass jemand die erste Joggingrunde meines Lebens beobachtete.

Die Straße zum Strand mündete in einem Parkplatz. Dahinter begannen die Strandwege, gesäumt von Gras und vereinzelten gelb leuchtenden Ginsterbüschen. Holzstege ragten in regelmäßigen Abständen ins Wasser, das so früh am Tag grau wirkte. Auf der anderen Seite türmte sich das Gelände auf, bewachsen mit dem harten Gras und Büschen, die sicher später im Jahr wunderschön blühen würden. Ganz oben thronten Häuser und Hotels, doch selbst die machten noch einen schläfrigen Eindruck.

Ich schlenderte weiter, bis ich zwei Fußgänger hinter mir gelassen hatte, deren Hunde in den Fluten tollten. Erst dann hatte ich mich sicher gefühlt und losgelegt.

Und nun stand ich hier und wünschte mir, stattdessen lieber ein paar Sit-ups in meinem Zimmer versucht zu haben. Ehrlich gesagt wusste ich nicht, wie ich es zurück zum Hotel schaffen sollte. Allein die Straße vom Parkplatz aus würde mich umbringen, weil sie steil bergauf ging.

Eine Möwe landete vor mir, legte den Kopf schräg und starrte mich mit schwarzen Knopfaugen an.

Ich nutzte den winzigen Atemvorrat, den ich bereits zurückerlangt hatte, für meine Verteidigung. »Verschwin...de, du ... blödes ... Vieh. Meinen Kör...per bekommst du ... nicht.«

Die Möwe riss den Schnabel auf, blieb aber stumm. Ich hatte sie eingeschüchtert. Ja! Ein kleiner Erfolg! Die Faust riss ich mangels Kraft allerdings nur in Gedanken in die Luft. Dafür warf ich einen Blick auf meine Uhr. Seitdem ich das Hotel verlassen hatte, musste über eine Stunde vergangen sein. Wenn ich vor dem Frühstück noch duschen und mich fertigmachen wollte, durfte ich nicht mehr lange trödeln.

»Mist.« Das dämliche Ding war stehengeblieben. Seltsam, da die Sekunden fleißig weiterliefen. Also musste der Minutenzeiger hängen. Ich seufzte, starrte auf das Ziffernblatt und wartete. Kurz darauf war die Minute um, und der Zeiger bewegte sich wie vorgesehen eine Winzigkeit vorwärts. Mit der Uhr war alles okay.

Das konnte nicht sein! Dieses Mal keuchte ich vor Erstaunen sowie ein wenig aus Empörung. Obwohl es nichts brachte, schüttelte ich mein Handgelenk so fest, dass es knackte, und sah noch einmal auf die Uhr. Alles funktionierte. Wenn das stimmte, waren keine zehn Minuten vergangen, seitdem ich mit dieser Quälerei begonnen hatte! Dabei hielt ich mich an die Ratgeber und wechselte Joggingphasen mit ruhigeren ab, in denen ich langsam lief. Um Muskelkrämpfen vorzubeugen, hatte ich diesen Ruhephasen den Vorrang gegeben und sie immer dann ausgedehnt, wenn mir jemand entgegenkam.

Das konnten nicht nur wenige Minuten gewesen sein! Nicht, wenn mein Körper eine andere Geschichte von Stunden voller Schmerzen, Anstrengungen und Entbehrungen erzählte.

Juna – Joggen: null zu eins.

Allmählich beruhigte sich mein Atem, und ich wagte es, mich aufzurichten. Das Stechen in der Seite blieb, ließ aber immerhin so weit nach, dass ich weitergehen konnte. Ich verscheuchte die dumme Möwe, die sich krächzend und meckernd in die Luft erhob, und schleppte mich den Weg zurück. Mittlerweile begann ich auszukühlen und zitterte. So hatte ich mir das nicht vorgestellt. Ich wollte fit werden und keinen Ausblick darauf bekommen, was mich erwartete, wenn ich im passenden Alter für Kurfürst-Reisen war.

Ein Umriss tauchte vor mir auf und bewegte sich rhythmisch. Noch ein Jogger, aber ein echter! Jemand, der es draufhatte! Ich versuchte, mich auf meine Atmung zu konzentrieren und mich weiter aufzurichten. Bis er mich erreichte, durfte ich keine Anzeichen von Schwäche zeigen. Immerhin waren wir zwar Fremde, aber dennoch Kollegen, hier am Strand und zu dieser frühen Stunde.

Ich kämpfte schwer gegen meinen Neid, als der Jogger näher kam. Er trug ein rotes Shirt, quasi das Signal für *Seht her, ich beherrsche diese Tortur und sehe dabei sogar gut aus!* Seine Bewegungen waren nicht nur gleichmäßig, sondern vor allem leicht, fast spielerisch, so als gäbe es keine Anstrengung, sondern nur Spaß am Sport. Ob ich auch eines Tages an diesen Punkt kommen würde? Ich konnte es mir nicht vorstellen.

Noch einige Meter, und er winkte mir zu. Ich winkte zurück.

Wahrscheinlich war das ähnlich wie bei Motorradfahrern: Man grüßte, wenn man sich begegnete. Dann runzelte ich die Stirn. Etwas kam mir an dem Mann bekannt vor. Die Erkenntnis kam plötzlich. Es war Fabio.

»Hey«, rief er und winkte noch einmal.

Das hatte mir gerade noch gefehlt. Ich konnte nur noch hoffen, nicht so auszusehen, wie ich mich fühlte. Aber jetzt war es eh zu spät, um noch etwas daran zu ändern.

Fabio nutzte den Boden, als wäre er ein Trampolin. Seine Bewegungen waren anmutig und gleichmäßig, und das leichte Lächeln verriet, dass er entweder ein vollendeter Schauspieler war oder das hier ihm wirklich Spaß machte. Ich lauschte und versuchte dabei, das Rauschen von Wind und Wasser zu verdrängen. So sehr ich auch die Ohren spitzte, ich hörte kein Keuchen.

Fabio ließ sich auf den letzten Metern in einen leichten Trott fallen und gab mir Gelegenheit festzustellen, dass er nicht schwitzte. Er war allerhöchstens leicht erhitzt, das sanfte Rot seiner Wangen war das eines Spaziergängers an der frischen Luft.

Ich zwang ein Lächeln auf meine Lippen – gar nicht so einfach, weil sie vor Kälte bebten. »Guten Morgen!«

Er blieb vor mir stehen und lockerte seine Beine. »Hey, welch ein Zufall. Ich wusste nicht, dass du auch läufst!«

Ich zuckte die Schultern und kreuzte unauffällig die Finger so, dass er es nicht sah. »Hin und wieder. Ich bin heute so früh aufgewacht, da war mir danach.«

»Cool. Wir können ja mal zusammen gehen.« Er strubbelte sich durch die vom Wind zerzausten Haare und sah dabei sehr niedlich aus.

Ich hielt mein Pokerface. »Gern.« Bis es so weit war, würde mir noch eine Ausrede einfallen. Vielleicht brach ich mir ja noch auf einer Strandpromenade ein Bein. »Ich bin schon auf dem Weg zurück ins Hotel. Du legst gerade erst los?«

Er schüttelte seine Arme. »Ja, aber ich kann dich gern ein Stück begleiten und dann wieder umdrehen. Bis zur Abfahrt ist noch Zeit, und ich bin noch nicht so warm geworden, dass ich auskühlen könnte.«

»Das musst du nicht«, wehrte ich ab. »Lass dich von mir nicht von deiner Runde abhalten.« Wenn wir länger redeten, bemerkte er noch, in welcher Verfassung ich mich befand.

Leider war Fabio ebenso hartnäckig wie sportlich. »Unsinn, ich mach das gern. So viele Möglichkeiten, um mit jemandem ein interessantes Gespräch zu führen, habe ich in diesen Tagen ja nicht. Ist dir kalt?«

»Nein, das ist bei mir normal. Ich bin etwas windempfindlich.«

»Zu früh aufgehört, hm?«

»Das ist wirklich schön, oder? Ist das Ginster?« Ich deutete auf die wenigen Farbflecken in dem Grünbraun neben uns.

Fabio nickte. Ich musste an Stonehenge denken und argwöhnte, dass er Ginster nicht einmal von Gänseblümchen unterscheiden konnte. »Wie gefällt es dir bisher?«

Oha, Standardfrage. »Gut«, sagte ich etwas zu schnell, um glaubwürdig zu sein. »Okay, ich hatte es mir etwas anders vorgestellt. Nicht diese kurzen Stopps in den Städten und dann weiter zum Hotel. Aber bald sind wir ja in Cornwall, dann bleibt mehr Zeit, um die Umgebung zu erkunden.« Das hoffte ich wirklich – immerhin würden wir in Newquay dreimal im selben Hotel übernachten und längere Ausflüge in die Umgebung unternehmen. Bisher waren wir ja noch auf dem Weg ins gelobte Land, da konnte man darüber hinwegsehen, dass Herr Wewers ein wenig auf die Tube drückte.

Fabio legte den Kopf in den Nacken und lockerte die

Schultern. »Ja, das Programm ist leider auf unsere Klientel zugeschnitten. Die interessiert sich für genau drei Dinge: Wo ist das nächste Café, wie gut sind die Toiletten, und wann sind wir endlich im Hotel.«

»Und die Ausflüge«, setzte ich hinzu.

»Weniger. Wenn wir etwas ins Programm nehmen, das länger als zwei oder maximal drei Stunden dauert, ist das Gejammer groß. Die Gralla ist das beste Beispiel dafür.«

Ach, er redete von Antonia. »Sie ist ja zum Glück eher die Ausnahme.«

Er schnaubte. »Sei dir da nicht so sicher. Noch ein oder zwei Tage, und der Beschwerdechor bekommt Zuwachs. Glaub mir, ich habe das schon oft genug erlebt.«

Und ich hatte erlebt, was passierte, wenn ich ihm glaubte – zumindest, wenn es um Sehenswürdigkeiten des Landes ging. »Ach, ein Teil interessiert sich doch durchaus dafür, was wir uns unterwegs ansehen. Vielleicht sparen sie ihre Kräfte nur für das auf, was sie wirklich sehen wollen. Ich freu mich da auch schon drauf: kleine Fischerdörfchen, tolle Landschaften oder das Schloss von König Artus ...« Meine Stimme nahm einen verträumten Tonfall an, aber Fabio bemerkte das entweder nicht oder er ignorierte es.

»Ich gehe jede Wette mit dir ein, dass keiner von denen sich für die olle Ruine interessiert, wenn kein WC in der Nähe ist. Außerdem gibt es zu viele Treppenstufen, und überhaupt ist der Stein, auf dem sie kraxeln müssen, ihnen zu unsicher. Nein, die meisten werden im Bus bleiben. Die sind doch nicht wirklich daran interessiert, durch die Gegend zu laufen und Neues zu sehen, Juna! Hast du das nicht mitbekommen in den vergangenen Tagen? Alles, was nicht ist wie zu Hause, finden sie erst einmal blöd. Erst wenn auf der Hotelkarte auch Schnitzel steht, ist es gar nicht so schlimm. Dann macht man ein Foto beim Abendessen, ruft seine Familie an und erzählt, wie schön es hier ist. Das geht mir so sehr auf die Nerven!«

Okay, nun übertrieb er etwas. »Denkst du nicht, dass manche ...«

»Hach, und eine gescheite Currysoße können die auch nicht«, sagte er mit plötzlich näselnder Stimme und riss gespielt entrüstet die Arme in die Luft, wobei er mich auf alarmierende Weise an Stan erinnerte. »Und was, zweihundert Meter bis zum Eingang? Das kann ich nicht laufen, wie soll das gehen? Außerdem drückt der Kaffee auf meine Blase, den ich vorhin im Hotel noch runtergezwungen habe. Ich wollte eigentlich keinen mehr, aber er war nun mal umsonst! Huch und meine hässliche Tischdecke, die ich mir heute früh auf den Kopf gepappt habe, weil ich unter Geschmacksverirrung leide ... hält die überhaupt bei dem Wind? Kann man nicht dahin fahren, wo es weniger stürmisch ist?«

Zunächst war ich sprachlos. Nicht so sehr, da mir keine Antwort auf sein kleines Theaterstück einfiel, sondern weil er sich wirklich herausnahm, sich so über die Gäste lustig zu machen, die er betreute. Es war, als hätte sich ein Ventil bei ihm geöffnet, und all der aufgestaute Frust strömte nun hinaus. Nur wie kam er auf die Idee, dass er den bei mir abladen könnte? Wo ich mich zuerst noch gefreut hatte, dass es jemanden in meiner Altersklasse gab, fühlte ich mich nun seltsam defensiv. Als müsste ich etwas verteidigen, das zu Unrecht angegriffen wurde.

»So schlimm hab ich das nicht erlebt«, sagte ich kühler als zuvor.

Fabio schenkte mir den Blick eines schwer Leidenden. »Du wirst ja auch nicht so von ihnen belagert wie ich. Kaum hält der Bus an und ich steige aus, hängen die betagten Mädels mir doch schon am Arm. Dabei hat die Hälfte ihren Mann dabei.

Aber weißt du, Juna, das ist auch genau der Punkt. Die wollen alle ihren Urlaub zusammen verbringen, obwohl sie froh sind, wenn sie den anderen mal nicht sehen. Das merken sie aber erst hier. Und ich muss es ausbaden. Waldi macht das schon ganz richtig und meckert den ganzen Tag vor sich hin, den lassen sie in Ruhe.«

Ich grübelte und entschied, ihm eine weitere Chance zu geben. Immerhin wusste ich nicht, was er heute früh bereits erlebt hatte – möglicherweise war etwas passiert, das seine Nerven so sehr strapaziert hatte, dass er nun quasi ausrastete? Ja, der Job des Reisebegleiters war sicher anstrengend. Es irritierte mich nur über alle Maßen, dass Fabio seinen Frust bei mir ablud und nicht bei seinem Busfahrerkumpel Waldi. Wobei – wenn ich genauer darüber nachdachte, irritierte mich das mit Waldi weniger. Wäre der ein Hund, dann ein Rauhaardackel, der sich in jedem Hosenbein verbiss, das auch nur in seiner Nähe wackelte.

Moment, entschuldigte ich gerade wirklich Fabios Verhalten? Er hatte doch Freunde oder eine Familie, bei der er sich ausheulen konnte. Ich kümmerte mich schon um Käthe und fand, dass das genug Verantwortung war.

»Na ja«, sagte ich und bemerkte, wie müde ich klang. »Es sind ja nicht nur Ehepaare unterwegs. Käthe neben mir zum Beispiel reist allein.«

Fabio nickte und legte einen Arm um meine Schultern. »Mensch, Juna, so leid es mir auch für dich tut, aber ich bin fast froh, dass du die Carstens am Rockzipfel hast. Eine weniger für mich. Die ist nämlich auch so ein Fall, bei dem ich abends ins Kissen beißen muss. Immer dieser glubschäugige Blick, als würde sie nicht verstehen, was ich sage. Und sie plappert recht viel, oder? So ein Nervenbündel.«

Das war unfair. Ja, Käthe redete gern und manchmal viel,

aber das war auch schon alles. Jetzt, wo sich das Missverständnis mit ihrem Enkel zumindest für mich aufgeklärt hatte, störte mich nicht mal mehr die Sache mit dem Telefon. Und glubschäugiger Blick? Ich wusste nicht, wie er darauf kam. Käthe war eine zarte Person, ja, mit großen Augen, aber ich empfand das weder als störend noch als unangenehm. Im Gegenteil, sie war sicher als junge Frau eine Schönheit gewesen.

Die Szene im Souvenirshop von Stonehenge kam mir in den Sinn, und plötzlich spürte ich den Drang, sie zu verteidigen.

»Käthe ist eigentlich eine sehr nette Dame«, sagte ich und sah stur geradeaus. Das Gespräch wurde zunehmend unangenehm. Wie lang wollte Fabio mich eigentlich begleiten? Ich hoffte, dass es bis zum Parkplatz nicht mehr allzu weit war, und letztlich gefiel mir auch die vertrauliche Art nicht, mit der er einen Arm um mich gelegt hatte.

Ich hörte, dass er grinste. »Du bist einfach zu nett. Mir kannst du ruhig erzählen, was dich an der Carstens stört. Zum Beispiel dieses Netz, das sie letztens auf dem Kopf hatte ...«

Wir erreichten den Parkplatz. Endlich! Ich drehte mich zur Seite und damit aus Fabios Reichweite. Sein Arm rutschte von meiner Schulter. »Weiter brauchst du wirklich nicht mitkommen, ich muss ja nur noch hier hoch. Vielen Dank und noch viel Spaß beim Joggen. Wir sehen uns später.« Ich wartete keine Antwort ab, drehte mich um und stapfte die Straße entlang. Fabio rief noch etwas, aber ich hörte nicht hin. Seine Worte hatten mich wütend gemacht. Ich war mir nicht sicher, was an diesem Morgen mein größerer Gegner gewesen war: mein Körper, den ich auf barbarische Weise fast zehn Minuten lang hatte Sport treiben lassen, oder Fabio.

Da ich keinerlei Sehnsucht verspürte, Fabio beim Frühstück wiederzutreffen und möglicherweise an einem Tisch mit ihm zu sitzen, wählte ich erneut die Fluchtnummer. Ich stapelte mir einen Teller voller Rührei, Toast und Frühstücksspeck beim Buffet und verzog mich damit auf mein Zimmer. Dort duschte ich erst einmal in aller Ruhe und stöhnte dabei so laut vor Wonne, als das heiße Wasser über meinen geschundenen Körper lief, dass nebenan jemand gegen die Wand hämmerte. Ich fluchte leise und entschied, diese morgendliche Tortur niemals wieder durchstehen zu müssen. Sollten andere sich die Seele aus dem Leib rennen, für mich war das nichts. Und weil in nächster Zeit weder eine Apokalypse drohte noch die Menschheit Gefahr lief, im Sinne der Nahrungskette gejagt zu werden und um ihr Leben rennen zu müssen, bestand auch keine Notwendigkeit für besondere Fitness. Sobald ich wieder zu Hause war, würde ich mir einen Sport suchen, der zu mir passte.

Nach der Dusche trocknete ich all die kleinen Fläschchen ab, die ich in Reisegröße gekauft hatte – Shampoo, Conditioner, Duschgel, Bodylotion – und brachte sie in den extra dafür erstandenen Plastikbeuteln und anschließend in meinem Kulturbeutel unter. Meinen Koffer hatte ich bereits weitgehend fertiggepackt und alle Sachen sorgfältig verstaut, die ich am Vorabend auf meine Reisekleiderbügel gehängt hatte, damit sie nicht knitterten. Ich zog mein Notizbuch hervor und hakte alles ab, was ich nun einpackte. Es war eine gute Idee gewesen, eine Liste für jeden Tag zu schreiben und sie stets aufs Neue durchzugehen. So konnte ich sicher sein, dass ich nichts im Hotel zurückließ – und wenn doch, konnte ich genau sagen, in welchem sich ein verlorengegangener Gegenstand befand.

Dann saß ich mit nassen Haaren in den wundervollen Flauschbademantel des Hotels gehüllt, ließ mir mein erkaltetes Frühstück schmecken und studierte die Reiseroute des heutigen Tages. Es war so weit! Endlich, endlich würde ich

Cornwall sehen! Ich war so aufgeregt, dass ich fast Tante Beate angerufen hätte. Bei näherem Nachdenken war das allerdings eine schlechte Idee. Möglicherweise befand sie sich zwischen zwei Ruhepunkten, und dann konnte sie unausstehlich sein. Ich kannte niemanden, der von so intensiven Gefühlsschwankungen gebeutelt war wie sie. Als Kind hatte ich lange Zeit geglaubt, es gäbe nicht nur eine Beate, sondern zwei, die zufälligerweise gleich aussahen. Ich malte stets Bilder für beide und pflückte zu ihren Geburtstagen zwei Blumensträuße. Meine Eltern erzählten mir die Wahrheit, als ich in die Schule kam und von beiden Tanten begleitet werden wollte. Ich bekam einen langen und intensiven Heulkrampf, weil ich mich um eine Verwandte betrogen fühlte, und beruhigte mich erst wieder, als Beate mir zur Entschädigung zwei Schultüten kaufte.

Besser, ich blieb mit meiner Euphorie vorerst allein. Nachdenklich starrte ich auf das Bild von Newquay mit dem türkisblauen Wasser und dem kleinen Hafen. Ich war total aufgeregt und musste meine Vorfreude einfach mit jemandem teilen, schon allein, um sie hinsichtlich meines Karmas zu vervielfältigen. Schließlich hieß es immer, dass man Leid teilte, aber Freude verdoppelte, sobald man davon erzählte. Gabs schied als Gesprächspartnerin aus, so gern ich ihr eine Freude bereitet hätte. Es war eindeutig zu früh für sie, erst recht, nachdem sie sich mit der Wasserpfeife vergnügt hatte. Meine Eltern waren bereits arbeiten, aber Onkel Olli konnte wach sein. Er hatte keine feste Arbeitsstelle und jobbte als Aushilfe in einem Massagesalon, der erst am Nachmittag öffnete – zumindest hatte er das getan, als ich in Deutschland in den Bus gestiegen war. Aus Erfahrung wusste ich, dass sich so etwas bei ihm täglich ändern konnte. Einen Versuch war es wert.

Ich wählte Ollis Nummer und wartete. Doch ich hatte kein Glück: Eine kurze Ansage, gefolgt von einem dramatischen

Trommelwirbel und Glöckchengebimmel, informierte mich, dass Olli momentan verhindert war.

Okay, meine Familie und Freunde waren nicht zu erreichen – oder das Schicksal hielt sie derzeit für nicht in der Lage, mein Urlaubsglück zu ertragen. Ich warf das Telefon auf das Bett und dachte an Käthes Enkel. Ob er heute schon angerufen hatte? Fast freute ich mich darauf, ihm zu erklären, wer ich wirklich war – und auf seine Reaktion. Bis dahin würde ich mich einfach in Geduld üben.

Zwei Stunden später hatte ich mich unauffällig bei Käthe erkundigt, ob sie auch alles eingepackt hatte (ihr Telefon), nichts im Hotel liegen geblieben war (zum Beispiel ihr Telefon) und ob sie ihre Handtasche bei sich hatte (die mit dem Telefon drin). Wir befanden uns auf dem Weg nach Exeter, um dort den Nachmittag zu verbringen. Das war zwar noch immer nicht Cornwall, aber auf dem besten Weg dahin. So wie ich auf dem besten Weg war, Käthe darauf anzusprechen, ob sie heute bereits telefoniert hatte. Noch konnte ich mich allerdings zusammenreißen.

Fabio hatte mich angegrinst, als wäre nichts gewesen, und meinen Koffer zu den anderen ins Gepäckfach geschoben. Mit so übersprudelnder Laune, dass ich es nicht lange ertragen konnte, erzählte er Witzchen und bedachte die Frauen der Reisegruppe mit spritzigen Bemerkungen, bis sie sich um ihn scharten, als wäre er Hering-Hannes vom Fischmarkt. Obwohl er am Strand darüber gejammert und kräftig gelästert hatte, sah es ganz danach aus, dass ihm diese Aufmerksamkeit gefiel. Sogar Antonia schenkte er einen flotten Spruch, und als sie zurückgrummelte, zauberte er die Charmekanone hervor und beglückwünschte sie zu der Wahl ihres grellgrünen Oberteils in Kombination mit einem Schal in Feuerfarben. Das war mein persönlicher Startschuss, und ich sah zu, aus der Reichweite des Kurfürst-Quotensonnyboys zu kommen.

Rudi und Hermann standen an der Hotelausfahrt und unterhielten sich mit einer Gruppe junger Männer. Ich hatte keinen von ihnen jemals zuvor gesehen, und bei den fragenden Gesichtern sowie der unverhältnismäßig hohen Zahl an Gesten vermutete ich ein Sprachproblem zwischen beiden Parteien. Das war jedoch nicht meine Sache, also ließ ich das Duo machen, stieg ein und kramte meinen dicken Reiseführer hervor, um mich weiter über Exeter zu informieren. Käthe war bereits an Ort und Stelle und steuerte einige Details bei, die sie von Inge Dambrow erfahren hatte. Als der Bus vom Hotelparkplatz rollte und seine Fahrt aufnahm, während eine junge Frau in Minirock und durchsichtiger Bluse Fabio frenetisch zuwinkte, vertieften Käthe und ich uns in eine Unterhaltung. Zu meinem Erstaunen landeten wir schließlich bei der Erwähnung Exeters in Bram Stokers *Dracula*. Käthe entpuppte sich als großer Vampirfan, erklärte jedoch energisch, »alles Moderne mit Glitzer oder diesen Hemden, bei denen man die halbe Männerbrust sieht«, abzulehnen. Sie wusste allerdings auch, dass Exeter, heute die Hauptstadt der Grafschaft Devon, früher die Hauptstadt von Cornwall gewesen war und die Römer – wer sonst – bei der Stadtentstehung mitgemischt hatten. Ich blätterte in meinem Reiseführer zurück und suchte die entsprechende Passage.

»Sie haben recht, Käthe. Exeter hieß damals Isca Dumnoniorum und entstand noch vor Christus. Wissen Sie das auch von Inge Dambrow?«

Sie lächelte ihr feines Lächeln und tätschelte ihr Haar. Heute trug sie ein dunkelblaues Hütchen seitlich festgesteckt, was ungemein britisch wirkte, bei dem Wind dort draußen aber ein gewagtes Unterfangen war. »Wenn man älter wird und nicht mehr tagein, tagaus zur Arbeit laufen muss, bleibt weniger Stress übrig und mehr Zeit für andere Dinge. Ich habe immer, wenn ich mich mit Inge getroffen habe, alles nachgeschlagen, was sie mir erzählt hat. Sonst wäre das sofort wieder weg gewesen.« Sie tippte mit einem Finger gegen ihre Stirn. »Und das wär doch wirklich schade.« Sie kicherte.

Ich grinste, schloss den Reiseführer und legte ihn auf meinen Schoß. Dann hielt ich es nicht mehr länger aus. »Und, hat man Sie heute schon angerufen?«, fragte ich und bemühte mich um einen unbefangenen Tonfall. Meine Finger bearbeiteten den Einband des Reiseführers.

Käthe sah mich an, als würde ich noch immer reden, obwohl ich doch längst still war. Mit verschwörerischer Miene griff sie in ihre Handtasche und hielt mir ihr Telefon hin.

Ich hob eine Hand und hielt sie abwehrend vor mein Gesicht – so, dass ich Käthe den Blick auf meine Wangen verdeckte, die sich verräterisch erwärmten. »Nein, das haben Sie falsch verstanden. Ich wollte nicht telefonieren, sondern nur fragen, ob Sie heute bereits mit jemandem in Deutschland gesprochen haben.«

Ich wusste nicht, warum ich mich plötzlich schämte oder eine so große Sache daraus machte. Aber hier ging es darum, mich von einer mir unabsichtlich aufgeladenen Schuld reinzuwaschen. Allein darauf zu sprechen zu kommen, war ein wenig unangenehm, immerhin führte es mir die Momente erneut vor Augen, in denen man mich unhöflich behandelt hatte. Aber irgendwo freute ich mich auch darauf.

»Also«, begann Käthe und schwieg erschrocken oder auch entsetzt, als Herr Wewers so laut und derb fluchte, dass er kein Mikrophon benötigte. Ich zuckte zusammen, als etwas durch den gesamten Bus dröhnte. Die Hupe. Unser Fahrer betätigte sie einmal kurz, noch einmal, dann ließ er die Hand gleich drauf. Der Bus machte einen Schlenker zur Seite. Käthe schrie auf, als sie gegen mich gedrückt wurde, und ich hielt sie instinktiv fest.

»Verdammte Touristen«, brüllte Wewers. »Hier herrscht Linksverkehr! Links!!« Die Hupe dröhnte nun ununterbrochen, und die Leute auf den vorderen Sitzen begannen zu kreischen.

»O nein ... halten Sie sich fest, Käthe!«

Ihr Gesicht war bleich, die Falten rund um den Mund doppelt so tief wie sonst, so sehr presste sie ihre Lippen aufeinander, doch sie gehorchte. Ich stützte mich mit den Knien am Vordersitz und mit einer Hand am Griff ab, während ich mit der anderen Käthe festhielt. Wie war das in Flugzeugen – vorbeugen und den Kopf zwischen die Beine? Waren die eigentlich wahnsinnig? Hatte sich jemals jemand Gedanken darum gemacht, dass nicht einmal die Hälfte der Passagiere dieses Kunststück bewerkstelligen konnte, vor allem bei dem Platzmangel?

Die Hupe machte eine kurze Pause und brüllte dann weiter. Ich vergaß meine Überlegungen zu Köpfen und Beinen und hoffte, meinen Kopf auf den Schultern behalten zu dürfen. Der Bus schlingerte, dann ruckelte er: Wir fuhren auf dem Grasstreifen neben der Straße. Das Geschrei nahm nicht ab, und ich dankte Käthe im Stillen für ihre Ruhe, auch wenn sie womöglich aus Angst geboren war. Doch sie übertrug sich auf mich, und irgendwie schafften wir es beide, nicht durchzudrehen.

Ein harter Stoß, erneutes Schlingern, doch wir fuhren weiter. Ich atmete flach und stoßweise. Jeden Augenblick konnten wir kippen oder einen Unfall bauen. Zweimal rutschten meine Finger vom Griff des Vordersitzes, so feucht waren sie, und dann zog der Bus wieder nach rechts, zurück auf die Straße.

Ich hielt die Luft an. Noch wagte ich nicht aufzuatmen, aber schließlich knackte und knisterte das Mikro. Es funktionierte noch! Herr Wewers funktionierte noch! Wir hatten unseren Fahrer nicht verloren. Niemand anderes musste den Bus steuern, dessen Geschwindigkeit sich durch die Aktion vielleicht nicht mehr drosseln ließ, und vielleicht war das alles nur geschehen, weil wir eine Bombe an Bord … okay, nun ging meine Phantasie mit mir durch. Aber wer konnte mir das verübeln nach dem, was wir durchgestanden hatten?

»Diese Dreckstouristen«, leitete Herr Wewers seine Erklärung diplomatisch ein und beruhigte damit sicher alle Adrenalinjunkies an Bord, die mindestens einmal pro Jahr mit einem Gummiseil von einer Brücke hüpften. Streng genommen also niemanden. »Ich entschuldige mich für die etwas raue Fahrt, doch wir mussten auf den Seitenstreifen ausweichen. Das vorhin war einer der berüchtigten Geisterfahrer, die sich nicht daran erinnern, dass auf dieser Insel Linksverkehr herrscht. Uns ist nichts geschehen, und wir haben auch nichts gerammt, trotzdem werde ich den Bus bei der nächsten Gelegenheit parken und einer Inspektion unterziehen. Wenn jemandem von Ihnen etwas fehlt oder Ihnen übel ist, heben Sie bitte die Hand. Fabio wird herumgehen und sich darum kümmern.« Beruhigende Worte, wenn auch in einem Tonfall vorgetragen, als würde Herr Wewers uns alle zum Armdrücken herausfordern.

Hände schnellten in die Höhe, als befänden wir uns in einem Raum voller motivierter Erstklässler.

Ich tauschte einen Blick mit Käthe. »Alles in Ordnung?«

Sie nickte und sah vergnügter aus, als ich es war. »Nichts passiert. Das war ganz schön aufregend, was? Ich hab mich schon gefragt, ob das nicht mal jemand falsch macht mit dem Straßenverkehr, so verkehrt herum. Aber unser Fahrer hat ja wundervoll reagiert.«

Ich staunte über ihre Gemütsverfassung, aber nun gut, sie hatte sicher in ihrem Leben Schlimmeres erlebt als einen

Beinahe-Unfall. Allein die Reaktion ihres Enkels am Telefon, wenn sie ihm davon erzählte, würde eine größere Katastrophe sein.

Fabio begann seine Runde taktisch unklug bei Antonia und redete noch immer mit ihr, als wir auf einen Parkplatz fuhren. Der erstreckte sich seitlich der Straße, Holzbänke und -tische luden zum Picknicken ein. Wieder knackte das Mikro. »Wir bleiben hier auf unbestimmte Zeit, bis ich mit der Kontrolle des Busses fertig bin«, grummelte Herr Wewers. »Für alle, die unter Schock stehen: Ich geb eine Runde Kaffee aus. Nehmen Sie sich hinten aus der Maschine, was Sie möchten, und verlassen Sie dann bitte den Bus so schnell wie möglich, damit ich anfangen kann.«

Das Mikro knisterte noch, da stürmten die Massen bereits dem gelobten Gebräu entgegen. Käthe und ich warteten, bis die Stampede uns die Möglichkeit gab, auszusteigen. Die frische Luft, so hoffte ich, würde den letzten Schreck vertreiben. Kurz dachte ich daran, mir auch einen Kaffee zu besorgen, entschied mich aber dagegen. Es wäre ein zu großer Kampf, dorthin zu gelangen, und die aufgeregte Gruppe im hinteren Bereich des Busses schien nicht gewillt, sich von der Maschine zu entfernen. Früher oder später würde das Wewers'sche Donnerwetter auf sie herniedergehen, und da wollte ich nicht in der Nähe sein. Ich schlüpfte in meine Jacke und machte mich auf den Weg zur Tür.

»Außerdem habe ich mir mein Bein angeschlagen, hier vorn, und seitdem ist es taub und kribbelt ganz fürchterlich.« Antonia drückte wild auf ihrem Oberschenkel herum, als ich mich an ihr vorbeischob.

Fabio runzelte die Stirn, beugte sich über besagte Stelle und betrachtete die Glanzleggins. Dabei wirkte er interessiert. »Es kribbelt und ist zugleich taub?«

»Ja, immer abwechselnd.« Antonia war der personifizierte Vorwurf. »Zusammen mit den Schmerzen in meinem Rücken und in den Fingern sollten wir einen Arzt aufsuchen, sobald wir hier wegkommen.« Sie tippte so energisch gegen die Scheibe, dass es mich nicht gewundert hätte, wenn das Glas geborsten wäre.

Fabio schickte mir einen stummen Hilferuf, als ich an ihm und Antonia vorbeiging. Ich zog einen Mundwinkel in die Höhe und zuckte die Schultern, mehr konnte und wollte ich nicht für ihn tun. Dies war schließlich sein Job.

Käthe stand bereits draußen und redete auf Herrn Wewers ein, der düster auf Kratzer im Lack des Busses starrte. Dann tätschelte sie ihm den Arm und winkte mir zu. »Sollen wir uns auf die Holzbänke setzen? Die sehen doch sehr einladend aus.« Ihr Optimismus war wirklich unerschütterlich.

Ich nickte und stieß fast mit Rudi und Hermann zusammen, die aus dem Bus stürzten und beinahe ihren Kaffee verschütteten. Sie wirkten beunruhigt. »Wir müssten kurz an unser Gepäck«, wandte sich Hermann an Herrn Wewers.

Der winkte ab. »Später. Ich habe gerade andere Dinge im Kopf. Wenn der Bus defekt ist, muss ich in die Werkstatt und die Tour umplanen.«

Rudi warf Hermann einen entsetzten Blick zu. Ich fand, dass er etwas übertrieb. Wir hatten alle unser Gepäck in den Staufächern unten im Bus, und nicht einmal Antonia hatte daran gedacht, sich aufzuregen, dass etwas damit geschehen sein könnte.

»Sie müssen nur kurz die Luke öffnen, wir schauen dann selbst nach.«

Herr Wewers dachte gar nicht daran. »Da unten ist alles durchgeschüttelt worden. Wenn ich das Ding nun aufmache, fällt Ihnen der ganze Krempel entgegen. Nachher brechen Sie sich noch eine Hand und dann? Anzeige bei Kurfürst-Reisen? Nee, nicht mit mir. Eins nach dem anderen.«

Rudi machte noch größere Augen, und meine Lider zuckten allein beim Zuschauen nervös. Sie mussten sich wirklich sehr um ihr Gepäck sorgen. Dann bewegte er die Lippen, und ich konnte schwören, dass er etwas über die *Fracht* murmelte.

Hermann setzte sein »Lass mich mal machen, Kumpel«-Gesicht auf und räusperte sich. Es klang wichtiger, als es sein konnte. »Aber gerade weil alles durchgeschüttelt wurde, muss ich nachsehen. Wir beide haben ein paar zerbrechliche Souvenirs eingepackt und würden gern wissen, ob die überlebt haben. Sie können ja öffnen, und wir warten kurz ab, ob Koffer herausfallen, und wenn nicht, kümmern wir uns darum, dass alles wieder ordentlich eingeladen wird. Nicht wahr, Rudi?« Er schlug Rudi vor den Birnenbauch. Der keuchte, nickte und wischte sich den Schweiß von der Stirn. Er musste sich vorhin wirklich sehr gefürchtet haben, wenn er noch immer schwitzte, denn es war recht kühl.

Herr Wewers machte keine Anstalten zu verbergen, wie ungehalten er war. »Das kann nicht warten?«

»Nein.« Hermann blieb hart, während Rudi auf dem Boden nach einem Loch suchte, in dem er verschwinden konnte.

»Juna!« Käthe winkte mir von einem der Tische aus zu. Ich verließ die fröhliche Männerrunde, machte mich auf den Weg und setzte mich zu Käthe. Gemeinsam beobachteten wir, wie die anderen um den Bus wuselten und dabei gestikulierten und ihre Verletzungen diskutierten, als wären wir soeben der Titanic entkommen.

Hermann und Rudi wühlten derweil im Gepäck herum. Letzterer blickte sich mehrmals um und bemühte sich, Hermann vor Blicken abzuschirmen. Es sah seltsam aus, verschwörerisch, so als würden sie nicht wollen, dass jemand ihre

Koffer zu Gesicht bekam. Wer wusste schon, welche Art von Souvenirs sie erstanden hatten? Nackte Frauenstatuen oder andere Dinge, die ihnen peinlich waren? Bei Hermann konnte ich mir das regelrecht vorstellen, aber Rudi ... Ich schüttelte den Kopf. Sollten sie kaufen, was sie wollten. Ich war heilfroh, dass wir überlebt hatten und Fabio noch immer zu beschäftigt mit Antonia war, um sich auf einen Plausch zu uns zu setzen.

12

»Ich hoffe ja, ihr wollt da nicht rein. Guckt doch, wie groß der Bau ist! Und sicher voller Treppen! Ich kann keine Treppen steigen, erst recht nicht mit meinen Unfallverletzungen.« Antonia pikste die Fingernägel tief in ihren Oberschenkel. Heute Abend im Hotel würde sie zahlreiche Blutergüsse an sich entdecken, aber nicht darauf kommen, dass sie sich die meisten, wenn nicht sogar alle, selbst zugefügt hatte.

Nachdem der Bus inspiziert worden war und zu Herrn Wewers' Zufriedenheit bis auf einige Kratzer nichts abbekommen hatte, waren wir weitergefahren. Rudi war in der Zwischenzeit in den Bus gekrochen, wurde von Hermann bewacht und kramte in irgendwelchen Sachen. Erst auf den energischen Befehl seiner Frau hörte er damit auf, hob einen Daumen in die Luft und verkündete, dass alles in Ordnung sei. Hermann strahlte wie ein Weihnachtsbaum und umarmte vor Freude den nächsten Menschen, der neben ihm stand – eine der Ingbill-Schwestern, die daraufhin schleunigst die Flucht antrat. Ich fand, dass Rudi und Hermann zu viel Aufheben um ihre Koffer machten.

Mit nur einer halben Stunde Verspätung waren wir in Exeter eingetroffen: eine hübsche, lebendige Stadt mit zahlreichen Restaurants, Cafés und Sehenswürdigkeiten wie die berühmte Kathedrale oder eine der schmalsten Straßen der Welt.

Wir waren zu fünft unterwegs: Neben Antonia hatten sich Hermanns Lise und Rudis Gerda uns angeschlossen. Die Herren wollten in der Nähe des Busses und unter sich bleiben, so sagten sie.

»Mit anderen Worten, die Kathedrale interessiert sie kein Stück, und sie wollen sich lieber in einen Pub verziehen, ein paar Bier trinken und anschließend in dieser schmalen Gasse gegen Mauern pinkeln, um sich wieder jung und wild zu fühlen«, hatte Gerda übersetzt und entschieden, dass wir alle zusammen gehen sollten. Sie hatte die Führung übernommen und schritt so energisch aus, dass wir anderen sie mehrmals bremsen mussten. Allein wegen Antonia.

»Entschuldigung«, hatte Gerda Käthe und mir zugeraunt. »Ich hab sie zwar meckern hören, dass ich zu schnell wäre, aber weil sie immer meckert, habe ich mir nichts dabei gedacht. Solange ich sie noch höre, kann ich gar nicht zu weit weg sein, nicht wahr?« Sie schob die Ärmel hoch und lief mit angewinkelten Armen weiter, als würde sie ihre Armee in die Schlacht führen. So klein und rundlich sie auch war, ich wollte ihr nicht in die Quere kommen. Sollte ich jemals mitbekommen, dass sie sich in einer Spelunke zum Armdrücken anmeldete, würde ich auf sie wetten.

Zusammen mit der eleganten Lise gab sie ein ungleiches Paar ab, trotzdem verstanden die zwei sich prächtig. Nicht zuletzt, weil sie gemeinsam über ihre Männer die Köpfe schütteln konnten.

Ich grinste über Gerdas Kommentar und blieb stehen, um die Kathedrale St. Peter zu betrachten. Das Bauwerk war wirklich groß, aber nicht minder faszinierend und quoll geradezu über vor Einzelheiten, Bögen, Türmchen und anderen Verzierungen. Ich hatte selten ein so schönes Gebäude gesehen.

In der Mitte des langgezogenen Baus ragte ein imposanter, quadratischer Turm in den Himmel, der laut Reiseführer einen Zwilling auf der anderen Seite haben musste. Beide bildeten die Querschiffe und wirkten älter als der Rest. Ihre Verzierungen waren teilweise bereits verwittert. Dazwischen streckte sich das längste Gewölbe der Welt, zumindest, wenn man Käthe und somit Inge Dambrow glauben wollte. Unzählige gotische, oben spitz zulaufende Fenster wechselten sich mit schmalen Türmchen ab, die von den Reichtümern erzählten, die vor vielen Jahrhunderten in St. Peter geflossen waren. Es wirkte nahezu hoheitlich und rief uns zu, dass wir uns nähern durften, wenn wir ausreichend Ehrfurcht bekundeten.

Bei Antonia war es da an der falschen Adresse. »Ich geh da nicht rein!« Man hätte denken können, die alte Dame wäre vom Teufel besessen, so sehr sträubte sie sich, der Kathedrale auch nur näher zu kommen. »Dahinten ist ein Café, da setz ich mich hin und warte, wenn ihr euch unbedingt das ansehen müsst, was man in jeder gescheiten Kirche finden kann. Vielleicht haben die in dem Schuppen Ahnung, wie man Kaffee richtig macht. Bisher habe ich hier noch keinen getrunken, der schön kräftig war. Kein Wunder bei den ganzen Teetrinkern hier. Die sind gefärbtes Wasser ja gewohnt.« Sie setzte sich erstaunlich flink in Bewegung – ich hatte sie noch nie so schnell laufen sehen.

Lise rückte ihre Sonnenbrille zurecht und sah Gerda an. »Och, einen Kaffee könnte ich jetzt auch vertragen. Die Kathedrale läuft uns ja nicht weg. Was meinst du?«

Gerda kniff die Augen zusammen und betrachtete die Umgebung. »Da hab ich nichts gegen, wenn ein Stück Kuchen im

Spiel ist. Aber nur, wenn wir uns ein anderes Café suchen als die alte Schrapnelle. Ich müsste sie sonst leider erwürgen.«

Bei ihren Oberarmen hätte sie damit kein Problem.

Lise errötete und wedelte vor Gerdas Gesicht herum. »Sag so was doch nicht vor allen Leuten.« Sie wandte sich zu Käthe und mir um. »Sie meint das nicht so.«

»Doch, sie meint das genau so«, sagte Gerda, fasste Lise am Arm und zog sie mit sich. »Wir sitzen dahinten, in dem Ding mit den blauen Tischdecken. Kommt doch nach, wenn ihr wollt, ansonsten laufen wir uns über den Weg oder treffen uns am Bus!«

»Gern, gern«, rief Käthe und winkte. Ihre Hand verschwand dabei fast vollständig in ihrem Ärmel und ließ sie einen Moment lang wie ein kleines Mädchen wirken. »Also dann. Wir zwei gehen aber doch, oder?« Sie sah mich an.

»Natürlich. Ich lasse mir doch das längste Rippengewölbe der Welt nicht entgehen«, sagte ich. Sie strahlte, weil ich ihre Erläuterungen behalten hatte. Zusammen schlugen wir einen Bogen, um zunächst die Westfassade mit den drei Figurenreihen und dem prächtigen Fenster zu betrachten. Wenn ich einen Schritt setzte, machte Käthe zwei, daher lief ich extra langsam, um sie nicht zu hetzen. Es fiel mir leicht, da es genug zu bestaunen gab. Nicht nur die Kathedrale, sondern auch die umliegende Front aus Geschäften und Cafés gab einen hübschen Anblick ab. Exeter war eine Stadt, in der ich gern länger geblieben wäre. Im Gegensatz zu den Seebädern zuvor lag sie zwar ein Stück von der Küste entfernt, aber das störte mich nicht. In den kommenden Tagen würde ich noch genug Wasser sehen.

Wir hatten die vordere Rasenfläche beinahe erreicht, als in Käthes Handtasche die altbekannte Highlandkapelle erwachte und mir einen Herzinfarkt bescherte. Zwar nur einen kleinen, aber ich war doch aufgeregt. War das ihr Enkel? Würde er fragen, ob er mit mir sprechen konnte, oder hatte er es zwischenzeitlich aufgegeben? In dem Fall musste ich Käthe bitten, mir ihr Telefon für eine Weile zu überlassen.

Ich kaute auf meiner Lippe herum, während sie etwas umständlich nach dem guten Stück kramte. In der Nähe begann ein Pärchen zur flotten Musik über das Gras zu tanzen, als Käthe endlich die Taste drückte. Sie hielt es nicht an ihr Ohr, sondern schien zu überlegen. Dann lächelte sie breit und legte es mir in die Hand. »Hier, Junalein. Ich gehe schon einmal vor und sehe mir das gute Stück von innen an.« Sie drehte sich um, zupfte an ihrem Hut und lief los.

Ich fragte mich, woher sie gewusst hatte, was ...

»Hallo?« Auweia. Blackys Stimme war zu laut, um von guter Laune zu zeugen. Wahrscheinlich vermutete er, dass zwei Straßendiebe das Handy seiner Oma entwendet hatten ... oder dass Käthe einem Schwächeanfall erlag ... oder dass sie aufgrund einer seltenen, britischen Krankheit ihre Stimme verloren hatte. In allen drei Szenarien hatte Reisebegleiterin Fleming versagt, einzuschreiten und das Problem zu lösen. Oder er mochte es schlicht und einfach nicht, wenn man ihn warten ließ.

Ich räusperte mich, atmete tief ein und lächelte probeweise. »Hallo, Juna Fleming hier.«

»Habe ich da gerade meine Oma gehört? Warum will sie nicht mit mir reden, ist etwas passiert?«

Er war wirklich unglaublich. »Nein, es ist nichts passiert, Käthe möchte sich nur schon einmal die Kathedrale ansehen. Wir sind gerade in Exeter.« Ich beschloss, ihm nichts von dem Beinahe-Unfall zu verraten, weil ich argwöhnte, dass er sonst mit all seinen Kumpels noch heute ein Baseballschlägergeschäft leerkaufen würde, um in der Nacht in England einzufallen. Wenn er Freunde hatte. Mit anderen Worten: wenn er in seiner Heimatstadt Menschen kannte, deren Fell dick genug war, um seine durchaus gewöhnungsbedürftige Art zu ertragen. »Aber das trifft sich ganz gut, denn es gibt etwas, über das ich gern mit Ihnen reden würde.«

»Was ist passiert?« Er klang angespannt.

»Nichts, es ist alles in bester Ordnung«, versuchte ich, ihn zu beruhigen. »Aber sagen Sie ... als Sie Käthes Reise gebucht haben, was stand in den Unterlagen bezüglich der Betreuung während der Fahrt?«

Kurze Stille. »Ich verstehe nicht, was die Frage soll.«

Ich riss mich zusammen, um ihm nicht zu sagen, er sollte es vergessen. Da musste ich nun durch, und ich wollte damit fertig sein, ehe Käthe zurückkehrte. »Ich wäre Ihnen wirklich dankbar, wenn Sie sie dennoch beantworten könnten. Viel Zeit kostet es ja nicht.«

Und Zeit scheinst du doch zu haben, immerhin rufst du Käthe öfter an, als mein Ex es bei mir getan hat, als wir noch ein Paar waren. Und ja, ich bin etwas neidisch darauf, aber das werde ich niemals jemandem erzählen. Nicht einmal Gabs. Vielleicht einem Hund, sollte ich eines Tages einen besitzen.

»Okay. Ich müsste nachschlagen.«

»Sie erinnern sich nicht mehr?« Oh, oh, das hatte etwas spitz geklungen. Aber das war schon in Ordnung. Immerhin hatte er mir vorgehalten, wie unsportlich ich sei, da durfte ich seine Gedächtnisleistung anzweifeln.

Entweder er atmete schwer oder er holte Luft, um loszubrüllen. Ich ballte die freie Hand zur Faust und wappnete mich für das Klingeln in meinen Ohren. Zu meiner Überraschung blieb seine Stimme ruhig. »Worauf wollen Sie hinaus, Frau Fleming?« Hörte ich da etwa einen Hauch Verwunderung?

Allzu lange wollte ich ihn nicht auf die Folter spannen. »In meinen Informationen und auf der Webseite von Kurfürst-

Reisen war die Rede von einer Zweiercrew als Fahrtbetreuung sowie zwei geführten Ausflügen beziehungsweise Stadtrundgängen mit einem Reiseführer vor Ort.«

Er antwortete nicht sofort – im besten Fall dachte er über das, was ich sagte, nach. »Daran erinnere ich mich, ja.«

Ich zwang meine Mundwinkel, unten zu bleiben. »Nun, und auf dieser Fahrt gibt es Herrn Wewers, den Busfahrer, und Fabio, unseren Reisebegleiter.«

In der Folgestille zählte ich Stecknadeln. Eine, zwei ... wollte er denn gar nichts dazu sagen? Hatte er nicht begriffen, was ich ihm gerade deutlich machte? Himmel, war Käthes Enkel etwa ein wenig begriffsstutzig? Schließlich hielt ich es nicht mehr länger aus. »Sind Sie noch dran?«

»Das bin ich, ja.« Wieder klang er düsterer als zuvor ... nein, nicht düsterer. Nur war seine Stimme dunkler geworden, nachdenklicher. »Ich bin nur nicht sicher, was Sie mir gerade sagen wollen. Ich ... mit wem spreche ich denn bitte?«

»Noch immer mit Juna Fleming.«

»Und Sie arbeiten nicht für Kurfürst-Reisen?«

Ahh. Da fiel er, der Groschen. »Nein. Das tue ich nicht.«

»Moment mal.« Es raschelte, offenbar setzte er sich bei der Neuigkeit aufrecht hin – oder er griff zur Papiertüte, weil er drohte, zu hyperventilieren. Das wäre nicht gut! Ich wollte Käthe nicht beibringen müssen, dass ihr Lieblingsenkel nach dem Telefonat mit mir in ein Krankenhaus eingeliefert werden musste. »Sie sind für die Dauer der Fahrt also nicht für meine Großmutter verantwortlich?«

Ein Glucksen regte sich in meinem Bauch, eine Mischung aus Vergnügen, Triumph und dem Gefühl, Mads Carstens zumindest verbal eine lange Nase zu zeigen. »Nein, absolut nicht. Und abgesehen von der Tatsache, dass sie im Bus zufällig neben mir sitzt, mit ihrem Telefon nicht richtig klarkommt und es daher mir in die Hand drückt, wann immer es möglich ist, haben wir auch nichts miteinander zu tun.«

»Das glaub ich jetzt einfach nicht«, murmelte er und räusperte sich. »Warum haben Sie mir das denn nie gesagt?« Es klang vorwurfsvoll. Die Masche also wieder! Aber nein, ich würde mir nicht noch einmal die Schuld zuweisen lassen.

»Wie denn? Sie haben mich ja kaum zu Wort kommen lassen! Außerdem bin ich anfangs gar nicht darauf gekommen, dass Sie mich für die Reisebegleitung halten könnten. Ich habe gedacht, Sie sind einfach nur ...« Ich überlegte, wie ich es ihm am höflichsten beibringen konnte.

»Unverschämt?«, schlug er vor.

»Ich ... ja, irgendwie schon.« Meine Laune stieg mit jeder Sekunde des Gesprächs. Ich hatte ihn mit voller Breitseite erwischt – damit hatte er nicht gerechnet. Er schwieg wieder. Sicher überlegte er, wie er sich am besten bei mir entschuldigen wollte. Es war an der Zeit, dass ich ebenfalls überlegte: nämlich ob ich ihm sofort verzeihen oder noch ein wenig knurrig sein sollte. Zwar kannten wir uns nicht, aber für seine weitere Karriere in Sachen Frauen konnte es nicht schaden, wenn er eine Weile kriechen musste, ehe ich ihm die Absolution erteilte. Vielleicht fand er auch einen netten Blumenservice in Cornwall und konnte mir eine Entschädigung auf mein Zimmer liefern lassen. Ich würde einfach nebenher erwähnen, dass wir in der kommenden Nacht in Newquay sein würden. Mit der nötigen Recherche ließ sich das Hotel herausfinden und auch meine Zimmernummer.

Als Mads Carstens endlich etwas sagte, war es nicht das, womit ich gerechnet hatte. »Das bedeutet, dass meine Oma die ganze Zeit über mit Ihnen zusammen war und nicht professionell betreut wurde?«

Mein Mund klappte auf, ohne dass ich etwas dagegen tun

konnte. Wie schaffte dieser Mann es nur, aus jeder Situation einen Vorwurf zu machen, den er mir an den Kopf werfen konnte, um sein Gewissen reinzuhalten? Wann hatte er das gelernt? Was war er bitte von Beruf?

»Sind Sie Politiker?«, platzte ich heraus. »Oder vielleicht Rechtsanwalt?«

»Was? Nein, momentan habe ich einige Jobs, aber keiner hat mit Politik oder Recht zu tun. Warum?«

Da fragte er noch? Abgesehen davon, dass er ein Meister darin war, anderen ein schlechtes Gewissen zu bereiten, hielt er sich gern bedeckt. Was bedeutete denn eigentlich *einige Jobs*? Warum sagte er Job und nicht Beruf? Für mich waren das zwei grundverschiedene Dinge. Ein Job war etwas, das man nebenher oder zwischen zwei Festanstellungen erledigte – man jobbte eben. Aber Käthes Enkel war kein Student mehr und eigentlich aus dem Alter raus. Im Gegenteil, ein Mann über dreißig sollte sich an seine Jobs ebenso erinnern wie an seine Studienzeiten: mit ausreichend zeitlichem Abstand. Wobei ich nicht den Fehler begehen durfte, vorschnell zu urteilen. Womöglich studierte er spät oder zum zweiten Mal, oder er machte seinen Doktor oder ... nein, das passte alles nicht. Ein Zweit- oder auch ein spätes Studium konnte man als Abendstudium gut neben dem regulären Beruf erledigen – falls man nicht seine gesamte Zeit damit verbrachte, Familienmitgliedern hinterherzutelefonieren. War dieser Mann womöglich kein Kontrollfreak, sondern schlicht und einfach ziellos?

Das wäre ja noch schlimmer.

»Was für Jobs?« Ich musste ihn das einfach fragen! Ich musste abschätzen können, welche Art Mensch er war.

Er gab ein Geräusch von sich, das ich nicht einordnen konnte. Entweder lachte er oder stand kurz vor der Explosion. Das Risiko musste ich wohl eingehen.

Er räusperte sich. »Lenken Sie gerade ab?«

Ich stemmte eine Hand in die Hüfte. »Nein.« Einfach hart bleiben, keine weiteren Erklärungen liefern und ihn im Dunkeln tappen lassen. So machte Gabs das stets bei mir, mit dem Ergebnis, dass ich ihr letztendlich sagte, was sie wissen wollte, nur um das merkwürdige Nichtgespräch und die Spannung zu beenden.

Bei einer so guten Lehrmeisterin konnte es nur funktionieren.

»Also gut«, sagte er. »Aber nur, wenn Sie mir danach meine Frage beantworten. Einverstanden?«

Ich wusste nicht mehr, welche Frage er mir gestellt hatte, nickte aber. Dann fiel mir ein, dass er das nicht sehen konnte. »Einverstanden.«

»Also gut. Derzeit helfe ich hauptsächlich in der Umzugsfirma meines Cousins aus. Außerdem gebe ich Massagekurse oder massiere selbst. Zufrieden?«

Onkel Olli wäre nun zumindest bei der zweiten Aussage begeistert gewesen. Aber Umzugskartons schleppen und Leute durchkneten? Wo passte denn das zusammen? »Das ist eine ... seltsame Kombination.«

»Ja? Ich finde, es passt hervorragend. Aber nun sind Sie dran. Also, wie steht es mit Käthe? Hat ihr Reisebegleiter, dieser Franco ...«

»Fabio.«

»... so viel zu tun, oder warum greifen Sie ihm unter die Arme?«

»Ich greife niemandem unter die Arme. Warum denken Sie eigentlich, dass Käthe Betreuung braucht? Sie ist weder fußkrank noch schwach oder verwirrt. Sie kommt sehr gut allein zurecht. Außerdem weiß sie dank einer gewissen Inge Dambrow mehr über England als manch anderer auf dieser Reise.«

Mads Carstens schnaubte. »Hören Sie mir mit Inge auf. Sie hat meiner Oma erst diesen Floh ins Ohr gesetzt. Eine Busreise nach Cornwall. Ganz allein. Normalerweise fährt sie an die Ostsee, da kennen wir den Vermieter und wissen, dass alles in Ordnung ist.«

Sie leiden unter Kontrollzwang und sollten das dringend mit einem Psychologen besprechen. Oder hilft da eine Massage?

Meine Zunge kribbelte regelrecht, aber ich schluckte die Worte hinunter und wählte etwas Gesellschaftsfähigeres. »Genau das ist wahrscheinlich der Grund, dass sie mal etwas anderes sehen wollte, auch wenn die Ostsee noch so schön ist.«

»Sie kann nicht einmal Englisch!«

Ich lächelte über die Empörung, die aus seinen Worten schwappte. »Wir sind mit einem deutschen Reisebus unterwegs, wissen Sie? Sogar die geführten Touren sind auf Deutsch.«

Schweigen. Ha! Ich wusste, dass ich die besseren Argumente hatte. Es war nur eine Frage der Zeit gewesen, dass er das einsehen musste.

Etwas raschelte, dann atmete er tief ein. »Hören Sie, wir machen uns hier eben Sorgen. Daher habe ich Oma auch das Handy aufgedrängt. Sie hat sich mit Händen und Füßen gewehrt.«

Ich lächelte. »Das kann ich mir vorstellen. Aber Sie müssen sich wirklich keine Sorgen machen.«

»Gut«, sagte er nach einigem Zögern. »Ich versuche, Ihren Rat zu beherzigen. Was treiben Sie da eigentlich?«

Ich zog die Hand von meinem Schienbein, das ich gerade hingebungsvoll kratzte, und richtete mich auf. »Nichts! Ich stehe vor der Kathedrale und warte auf Ihre Oma.«

Ich hörte etwas, das vertraut klang, aber nicht hierher zu gehören schien: Er lachte. Käthes Enkel lachte! Nicht lang oder laut, aber immerhin.«Ich meinte vielmehr, was Sie in diesen Bus verschlagen hat. Kurfürst ist schließlich für seine Ü60-Zielgruppe bekannt.«

Ach, war das so? Ich wünschte, dass mir das jemand früher gesagt hätte. »Ich wollte unbedingt nach Cornwall. Und da die öffentlichen Verkehrsmittel dort eher spärlich gesät sind, war eine Bustour die beste Option.«

»Ein Mietwagen wäre noch besser.«

Ich überlegte, wie ich mein spezielles Problem beschönigen könnte, doch mir fiel nichts ein. Zudem eine Lüge unangebracht wirkte, jetzt, nachdem wir ein freundliches Gespräch führten und die Sonne mir ins Gesicht schien. »Womöglich, ja. Aber ich kann nicht so richtig fahren.«

»Sie meinen, der Linksverkehr macht Ihnen Probleme?«

»Nein.« Ich seufzte. »Ich meine, das Autofahren macht mir Probleme.«

»Sie haben keinen Führerschein?« Er klang fassungslos und beinahe entsetzt. Ich hätte am liebsten auch die andere Hand in die Hüfte gestemmt. Was war daran so schlimm? Es brachte niemanden um, wenn ich kein Auto fuhr – im Gegenteil.

»Doch, den habe ich«, erklärte ich so würdevoll ich konnte. »Pünktlich zum achtzehnten Geburtstag. Aber ich bin seitdem erst zweimal gefahren und habe so ziemlich alles verlernt. Autos machen mich nervös, sobald ich hinter dem Steuer sitze.«

»Das kann doch nicht so schlimm sein.« Sein Tonfall teilte mir mit, dass Blacky nicht einmal daran dachte, Verständnis aufzubringen. Typisch Mann! Da war eine Maschine, die bedient werden wollte, und er glaubte, dass all meine Nervensynapsen danach schreien mussten, ihr diesen Wunsch zu erfüllen, den Zündschlüssel umzudrehen und den Motor zum Leben zu erwecken. Taten sie aber nicht, diese Synapsen.

»Doch«, sagte ich energisch. »Das ist es. Seien Sie einfach froh, dass ich nicht am Steuer sitze. Dann könnten Sie nämlich anfangen, sich Sorgen um Käthe zu machen.«

»Ich habe eine Weile auf Barbados als Fahrlehrer gearbeitet und ein paar Leute getroffen, die genau dieses Problem hatten: Scheu vor dem Steuer. Sie wussten, was sie im Auto zu tun hatten, aber sie waren es einfach nicht gewohnt. Alles, was Sie brauchen, ist etwas Praxis.«

Ich dachte an den Beinahe-Unfall. Fahrpraxis gut und schön, aber definitiv nicht bei Linksverkehr. Bei meinem Glück würde ich nicht frontal auf einen Bus zufahren, sondern auf einen Schwertransporter – oder eine Kolonne der Queen. Anschließend würde man mich sicher nicht noch einmal auf die Menschheit loslassen. War der Tower of London eigentlich noch als Gefängnis in Betrieb?

Ich erschauerte bei der Vorstellung, in einer kalten Steinzelle zu hocken, und konzentrierte mich auf das, was Käthes Enkel noch gesagt hatte. »Sie waren Fahrlehrer auf Barbados?«

»Vor ein paar Jahren, ja. Ich bin damals durch die Welt getingelt.«

Gabs hätte ihn an dieser Stelle gefragt, ob er noch zu haben sei, sich mit ihm verabredet und den nächsten Flieger gebucht – nicht aus Verzweiflung, sondern aus Neugier. Weltenbummler waren bei ihr derzeit groß in Mode, und wer schon einmal im Himalaya gewesen war, hatte beste Chancen auf zumindest eine Nacht im Bett meiner verrückten Freundin.

Käthe trat aus dem Schatten der Kapelle und winkte mir zu. Ich ging ihr entgegen. »Käthe kommt zurück«, teilte ich Mads Carstens mit. »Ich gebe ihr mal das Telefon.«

»Okay. Und ... Frau Fleming?«

»Ja?«

»Ich bin übrigens Mads. Darf ich Ihnen zur Wiedergutmachung das Du anbieten?«

Wie jetzt, doch kein Blumenstrauß?

»Sie sind ja ziemlich sparsam«, rutschte es mir heraus, und ich presste erschrocken eine Hand vor den Mund. »Entschuldigen Sie, das war jetzt nicht so gemeint! Ich meine entschuldige. Ich wollte nur ... einen Scherz machen. Wirklich. Bis später!«

Die letzten Meter zwischen Käthe und mir überbrückte ich im Sprint. Ich drückte ihr das Telefon in die Hand, als würde es mir die Haut verbrennen, deutete auf die Kathedrale und rannte weiter. »Wir treffen uns im Café!«

Wenn sie verwirrt war, ließ sie sich nichts anmerken und bewahrte wie immer ihr Lächeln. Ich winkte noch einmal und hechtete weiter auf die Kathedrale zu, wobei ich Spaziergängern auswich, als wäre ich plötzlich sportlich und würde einen Touchdown laufen wollen. Pastor Meermann (der mich nicht nur getauft, sondern mir auch durch die heilige Kommunion geholfen hatte und dessen Glaube eine Winzigkeit erschüttert wurde, als ich keine Messdienerin mehr sein wollte) hätte sich bei diesem Bild vor Wonne bekreuzigt: Ich, Juna Fleming, raste auf die Tore eines Gotteshauses zu, in der Hoffnung, dort die Zuflucht zu finden, die ich mir so verzweifelt wünschte. Gut, wäre er nun hier, würde ich ihn nicht desillusionieren und von Mads Carstens erzählen sowie von meinem Unvermögen, meine Gedanken im passenden Moment für mich zu behalten.

Käthe wanderte herum und betrachtete die Umgebung, die Mauern und den mittlerweile blauen Himmel, als ich wieder ins Freie trat. Entweder wollte sie mir etwas unter vier Augen mitteilen, oder aber sie mied Antonia.

Das Innere der Kathedrale hatte mich noch mehr fasziniert

als die Steinfassade. Das Hauptschiff war das Imposanteste, das ich jemals in einer Kirche gesehen hatte. Es quoll geradezu über vor Bögen und Balken, so als wäre der Gestalter vor schierer Begeisterung über sein Motiv kreativ explodiert ... oder hätte ein zwanghaftes Faible für Irrgärten entwickelt. Zwischen den Arkadenbögen spielten Schatten und überzogen die Winkel mit Geheimnissen. Viele Chancen blieben ihnen nicht, sich auszuweiten, weil die Kathedrale durch ihre riesigen Fenster gut erhellt wurde. Sonnenstrahlen fielen durch das bunte Glas über dem Chor und schickten schemenhafte Farbflecken auf Wanderung. Instinktiv legte ich die Arme an den Körper, senkte den Kopf und blinzelte mir meinen Weg. Das schien gut anzukommen, zumindest bei zwei Frauen, die auf mich deuteten und sich etwas zumurmelten, das ich mit ›wahre Demut‹ übersetzte. Ich wollte ihre Freude darüber nicht schmälern, schwieg und nahm meine Wanderung wieder auf. Nach einer weiteren Runde entschied ich, genug gesehen zu haben. Immerhin nagte etwas an mir: Ich wollte wissen, was Mads Käthe erzählt hatte. Schließlich waren meine letzten Worte in gewisser Weise eine Beleidigung gewesen. Damit hatten wir die Rollen getauscht. Nun wusste er, wie ich mich fühlte und welche Qualen man auf sich nahm, wenn man einfach nur nett zu Fremden sein wollte!

Sollte Käthe etwas darüber wissen, behielt sie es für sich, tätschelte erst ihr Hütchen, dann meinen Arm und zog mich zu dem Café, in dem Gerda und Lise Zuflucht gefunden hatten. Zu meiner Überraschung fanden wir Antonia ebenfalls dort. Genauer gesagt hörten wir sie, ehe wir sie sahen. Sie hatte ihre Ellenbogen auf den Tisch gestützt, der bei jedem ihrer Worte bedenklich wackelte. Ihre Brust lag dazwischen, Tasse und Handtasche nahmen den übrigen Platz ein. Gerda und Lise hielten ihre Getränke zwangsläufig in den Händen und hatten ihre Köpfe etwas gedreht, wahrscheinlich um einer feuchten Aussprache zu entfliehen. Was immer Antonia erzählte, sie tat es mit Leidenschaft und Nachdruck.

»Da sind wir wieder«, sagte Käthe fröhlich und erzeugte einen *Bitte rettet mich*-Ausdruck bei Lise sowie einen *Endlich, dann können wir jetzt gehen*-Blick bei Gerda. Lediglich Antonia sah uns nicht an, sondern redete schneller, so als wären wir Teilnehmer einer Talkshow und Käthe hätte die letzte Runde eingeleitet.

»Und das war gar kein Mehlteig, sondern irgendein Firlefanz aus zerkrümelten Keksen mit Butter. Das stelle man sich mal vor! Kekse! Wahrscheinlich haben sie die ganz hinten im Schrank gefunden und sich gesagt: Ach, mit der Touristin, mit der kann man es ja machen! Und als ich ihm das sagen wollte, hat er mich nicht einmal verstanden.«

Gerda seufzte so laut, dass sogar mir die Brust schmerzte. »Wahrscheinlich, weil wir in England sind und Sie Deutsch reden, liebe Frau Gralla.«

»Haargenau! Wie soll man sich da ordentlich beschweren oder einen vernünftigen Kuchen bestellen können? Die können das einfach nicht mit dem Backen, die Engländer.«

Ironie war für Antonia ein Wort, das man in Kreuzworträtseln eintrug.

Lise tat so, als würde sie mich und Käthe jetzt erst entdecken, und warf beide Arme in die Luft. »Herrje, da sind Sie ja. Dann können wir weiter, oder?« Sie war die schlechteste Schauspielerin, die ich jemals gesehen hatte, aber sie tat mir leid, also nickte ich.

»Käthe und ich haben ...« Weiter kam ich nicht, Lise und Gerda waren bereits in ihre Jacken geschlüpft und aufgesprungen.

»Sie hat uns gefunden«, zischte Gerda. »Ich hatte gehofft,

ihre Sehstärke reicht dafür nicht aus, aber sie ist weitsichtig. So etwas muss einem doch vorher gesagt werden!«

Allmählich blickte ich nicht mehr durch. »Worum geht es gerade eigentlich?«

Lise flankierte meine andere Seite. »Sie hat zunächst in dem anderen Café gesessen, weil sie dachte, dass es ein Schafbild auf der Eingangstür hatte.«

»Es war ein Hundeverbotsschild«, warf Gerda ein.

»Aber ihre Beine taten weh, also ist sie dort geblieben und hat einen Kuchen bestellt.«

»Der ihr nicht schmeckte. Wahrscheinlich hat sie das Falsche bestellt, die kann ja kein Wort Englisch und besitzt auch keinen Reiseführer, wo sie nachschlagen könnte. Sie wissen schon, die haben doch im Anhang immer so eine kleine Sprachtabelle.«

»Und selbst wenn sie so was bei sich tragen würde, hätte der Kuchen ihr nicht geschmeckt, weil er anders gebacken wurde, als sie es von zu Hause kennt.«

Mein Kopf bewegte sich von einer Seite auf die andere, in meinem Nacken knackte es vor Protest. Käthe half in der Zwischenzeit Antonia auf die Beine, denn »bei diesen Billigstühlen bricht man sich ja alle Knochen, wenn man aufstehen will!«

Gerda drückte meinen Arm so fest, dass ich leise aufschrie. »Hören Sie, Lise und ich müssen dringend noch nach Schuhen gucken, dazu hätte Antonia gar keine Lust.«

»Das viele Laufen«, nickte Lise, zückte einen Spiegel und überprüfte ihren Lippenstift.

»Haargenau. Übernehmen Sie das bitte, ja?« Gerda gab ihrer Reisefreundin einen Wink und gewährte mir eine Millisekunde später beste Sicht auf ihren breiten Rücken. Lise hob eine Hand und ließ die Goldarmreifen klimpern, dann hämmerten ihre Absätze eine Fluchtmelodie auf das Pflaster. Gerda sah sich zu uns um, packte Lise und zog sie in die nächste Gasse.

Ich schüttelte den Kopf. Am liebsten wäre ich nun auch geflüchtet, weg von Antonia und ihren endlosen Litaneien über das schlimme England, in das man sie verschleppt hatte. Aber ich wollte Käthe nicht allein lassen.

So weit war es schon gekommen – ich hatte mich nicht nur an die kleine alte Frau gewöhnt, sondern auch eine Bindung zu ihr entwickelt! Wenn das so weiterging, würden wir noch Adressen tauschen, und ich würde sie bitten, mich zu besuchen, auf dass ich sie mit zu Gabs' Oma nehmen und wir zu viert Holz hacken gehen konnten. Ja, genau so stellte ich mir meine Nachmittage am Wochenende vor.

Antonia hatte es mittlerweile geschafft, dem hinterhältigen Stuhl zu entfliehen, der nur Schlechtes im Sinn hatte. Sie lief drei Schritte, riss die Augen auf und fasste sich an den Hals.

Ich schrie leise auf und schlug eine Hand vor den Mund. Es sah aus, als würde sie auf der Stelle zusammenbrechen. Sie musste sich überanstrengt haben.

»Mein Schal!« Ihre Finger tasteten ihren Kragen entlang und brachten die Wülste darüber zum Schwingen.

Käthe legte den Kopf auf süße Weise schief. »Aber Sie tragen doch gar keinen, meine Liebe.« Ich bewunderte sie dafür, dass sie noch immer ruhig blieb und ihre Stimme klang, als würde sie eine ganz normale Unterhaltung führen. Mit anderen Worten: als würde sie mit jemand anderem als Antonia reden.

Die blickte sich um, als wäre ein Rudel Höllenhunde hinter ihr her. »Das ist es ja. Ich hatte einen um! Den blauen mit den grünen Streifen, wissen Sie nicht?«

Nein, ich wusste nicht, denn der letzte Antonia-Schal, an den ich mich erinnerte, hatte ein hässliches Rot besessen. Vielleicht hatte sie ein Einsehen gehabt und ihn gewechselt?

Allerdings klang ›blau mit grünen Streifen‹ modisch vertretbar und passte daher nicht zu Antonia. Wahrscheinlich bildete sie sich das Kleidungsstück nur ein.

Auch Käthe sah ratlos aus und machte das, was sie am liebsten tat: Sie tätschelte, dieses Mal Antonia. »Mit etwas Glück haben Sie ihn im Bus liegen lassen und finden ihn dort wieder.«

»Nix da, ich hatte den noch im Café, und nun ist er weg. Wahrscheinlich gestohlen.«

»Oder es war der Wind«, warf ich ein. Das war gut möglich, immerhin konnte er sehr kräftig werden. Ich hatte bisher jeden Abend damit zu kämpfen, die Knoten aus meinen Haaren zu kämmen.

Antonias Antwort bestand in einer Mischung aus Schnauben, Grollen und Knurren. »Jetzt erkälte ich mich sicher, so mit nacktem Hals.«

Käthe nestelte an ihrer Jacke herum und zog ihren elfenbeinfarbenen Schal hervor. »Hier. Nehmen Sie einfach solange den. Ich brauche ihn erst einmal nicht, ich habe ja diesen tollen Kragen.«

Antonia erstarrte, und ich glaubte wirklich, dass sie den Anstand besaß, Käthes Angebot abzulehnen. Dann aber griff sie danach, schlang das gute Stück um ihren Nacken und verknotete es vorn zu einer großen Schleife. »Danke. Vielleicht werde ich ja so doch nicht krank.«

Ich war sprachlos und überlegte, ob Antonia die Oma von Stan aus dem Büro war. Wenn nicht, musste sie es werden. Ich würde die beiden miteinander bekannt machen, sobald wir zurück waren. Es würde so perfekt passen!

Um weiteren Tiraden zu entkommen, hakte ich Käthe unter und lief mit ihr los, weg von Antonia. Die würde schon folgen. Nachher entdeckte sie, was ihr noch alles fehlte, und verlangte von mir, dass ich kleidertechnisch den St. Martin spielen und halbnackt durch Exeter laufen würde, während sie versuchte, sich in meinen Pullover zu quetschen.

»Ist Ihnen jetzt nicht kalt?«, fragte ich Käthe. Was würde Mads dazu sagen, wenn sie krank wurde? Beinahe musste ich lachen. Erst hielt er mich fälschlicherweise für die Busbegleitung und ich brütete Mordgelüste aus, weil er von mir verlangte, dass ich mich um seine Oma kümmerte. Und jetzt, wo alles geklärt war, machte ich mir wirklich Sorgen um sie.

Käthe winkte ab. »Ach i wo. Von frischer Luft stirbt man nicht.«

Wir passierten die Gasse, in die Gerda und Lise zuvor abgebogen waren, und ich stellte fest, dass es keine Gasse war, sondern nur eine Ausbuchtung zwischen zwei Häusern. Gerda und Lise drückten sich an die rückwärtige Mauer, starrten uns mit großen Augen an und warteten, dass die Luft rein wurde – sprich, wir mit Antonia vorbeigezottelt waren.

Ich hätte schwören können, dass Käthe sie ebenfalls sah, doch sie tat so, als wäre nichts gewesen, und lief weiter. Ganz die Dame. Fast war ich stolz auf sie. Trotzdem konnte ich es mir nicht verkneifen, den beiden zuzuwinken und aus den Augenwinkeln zu beobachten, wie Gerda rot anlief.

13

*E*ntschuldigung?« Ich angelte nach dem Zettel, der Rudi aus der Tasche gefallen war. »Das haben Sie gerade verloren.«

Er balancierte zwei Kaffee durch den Bus und sah mich erst fragend, dann hilflos, dann zu Tode erschrocken an. Wie ich ihm mit einem Stück Papier solche Angst gemacht hatte, war mir schleierhaft.

Gerda klärte die Situation. Mit einem »Was dauert denn da so lange?« kam sie uns entgegen, erfasste, worum es ging, nahm das Papier an sich und faltete es auseinander.

Sie schaffte noch einige Gefühlsnuancen mehr als ihr Mann, und sie alle pendelten zwischen Entrüstung und Wut. Rudi wurde bleicher, als er ohnehin bereits war, und ich fürchtete, Gerda könnte ihn direkt hier im Bus verprügeln. Ihr flammender Blick durchbohrte ihren Mann, der augenblicklich die Schultern einklappte und zu schrumpfen schien. Auch ich spürte den Drang, mich in meinem Sitz zu verkriechen. Hätte mir jemand gesagt, dass Gerda die Nachfahrin einer nordischen Schildjungfer wäre, hätte ich es geglaubt.

»Das habt ihr also getrieben? Nicht mit uns durch die Stadt bummeln wollen, aber dann so etwas. Dafür brauchst du nicht nach England fahren, Rudolf, das kannst du auch zu Hause tun. Das geht mir jetzt wirklich zu weit!« Sie schlug mit einer Faust auf die Sitzlehne. In der Erwartung, dass sie dabei kleine Blitze erzeugen oder schlicht und einfach weiter ausholen würde, zog ich Käthe zu mir und damit von der Gefahrenquelle weg.

Einige Gäste drehten sich zu uns um. Verständlich, Gerda legte keinen Wert darauf, leise zu reden. »Sehen Sie sich das an«, sagte sie zu Käthe und hielt ihr den Zettel hin.

Es war eine Liste. Auf der linken Seite prangten in eckiger Männerschrift die Namen diverser Spirituosen, rechts daneben Preise sowie weitere Angaben. Ich sah genauer hin: Es schien sich um Namen der Läden samt Adressen zu handeln, wo das gute Zeug verkauft wurde. Rudi und Hermann hatten also in den letzten Stunden akribischen Preisvergleich betrieben und dabei ihre eigene Reise durch das Alkoholangebot Englands unternommen.

Käthe musterte die Notizen flüchtig und reichte sie Gerda zurück. »Männer«, sagte sie lächelnd. »Sie sind doch immer für einen kleinen Skandal gut. Und was wäre es doch langweilig, wenn wir uns nicht darüber aufregen könnten, oder?«

»Kleiner Skandal?« Gerdas Augen quollen fast aus ihrem Kopf. Sie würde es nicht gern hören, aber sie und Antonia gaben ein interessantes Paar ab – sie hatten mehr gemeinsam, als ihr lieb war. Mit blitzenden Augen wandte sie sich um. »Ich hab deine Marotten ja bisher mitgemacht, aber allmählich reicht es mit diesen Sperenzchen, Rudolf!« Sie nahm die Liste und steckte sie in ihre Hosentasche, wobei das gute Teil komplett zerknitterte. »Ich hab ja schon nichts gesagt, als du die Koffer gepackt hast, aber wenn es jetzt nur noch darum geht ...«

»Gerda, bitte, doch nicht hier vor allen Leuten«, flüsterte er, weitgehend hilflos, weil er noch immer die Kaffeebecher hielt. Ich sah ihm an, wie gern er seine Frau durch den Gang und von uns weggeschoben hätte.

Gerda, waren Leute, der Gang und vor allem die Einwände ihres Holden gleichgültig. »Warum nicht? Ist es dir auf einmal peinlich? Ich schlepp mich ab für nichts und wieder nichts, konnte nicht einmal meine Filzsachen einpacken, weil du unbedingt den großen Koffer für dich und dein neues Hobby haben wolltest, und ...«

Rudis Gesicht hellte sich auf. Zunächst erstaunte mich das, aber dann sah ich Hermann. Er schwebte wie ein rettender Engel den Gang entlang, fasste Gerda am Arm und schenkte ihr das, was er wohl für ein Casanova-Lächeln hielt. »Holde Komplizin, das besprechen wir am besten nachher beim Pitstop. Immerhin gibt es einen Grund, warum Rudi und ich die Erkundungen eingeholt haben.«

»Den Grund kenne ich«, schnaubte sie.

»Eben«, bestätigte Hermann fröhlich. »Und du kannst nicht abstreiten, dass er uns allen zugutekommen wird.«

»Da bin ich mir nicht so sicher.«

Er bedeutete Rudi vorzugehen – der Held entließ das vermeintliche Opfer in Sicherheit, während er sich der Bestie stellte. »Aber, aber, Pessimismus ist da nicht angebracht. Na komm, Lise wartet, und der Kaffee wird kalt.«

Das letzte Argument brachte die Wendung: Gerda setzte sich murrend in Bewegung. Hermann deutete eine Verbeugung an und folgte ihr. Im hinteren Teil des Busses kehrte wieder Ruhe ein.

»Das war ja seltsam«, sagte Käthe und glättete ihren Rock. »Und so geheimnisvoll! Ob die vier ein Detektivspiel spielen? Vielleicht wollten sie das Café deshalb eher verlassen und nicht wegen Antonia.«

Ihr Tonfall verriet, dass sie das selbst nicht glaubte. Und wer Antonia auch nur einmal erlebt hatte, wusste, dass sie der Grund für die Flucht der beiden Damen gewesen war, nichts und niemand anderes. Käthes zweiter Gedanke setzte sich allerdings in meinem Kopf fest. Spielten die vier etwa so etwas wie ein Live-Rollenspiel für Senioren? Waren sie deshalb an Bord?

Ich grübelte. »Gibt es denn einen berühmten Detektiv, der in Cornwall ermittelt hat?«

Käthe zuckte die Schultern, kramte in ihrer Handtasche und zückte ein dünnes Ledernotizbuch samt Stift. »Das weiß ich gar nicht, aber ich werde es mir notieren und Inge Dambrow fragen. Das ist doch ein schönes Thema.« Sie schlug das Buch auf und setzte den Stift an. Ich beobachtete, wie sie gleichmäßig geschwungene Bögen auf das Papier malte, und dachte an die Gesten von Rudi und Hermann. War nicht auch die Rede von irgendeiner Fracht gewesen? Nun, entweder hatten die beiden zu viele Geschichten über Schmuggler in Cornwall gelesen, oder – wahrscheinlicher – sie hatten ihren Frauen nur zugesagt, sie auf dieser Fahrt zu begleiten, weil sie ihre eigene Tour durch die Dorfpubs starten wollten.

Das sanfte Rütteln des Busses machte mich schläfrig. Ich plauderte noch ein wenig mit Käthe, brachte in Erfahrung, dass Mads nach dem Abitur nur aus dem Grund nicht studiert hatte, weil es jeder von ihm erwartete (sondern zunächst Speditionskaufmann geworden war), und sank nach einer Weile ins Reich der Träume.

»Täffinn Pläustri!«

Die seltsamen Worte schnitten durch meinen Traum und verscheuchten das Bild des britischen Lords, der mir gerade Tee einschenkte. Das war schade, denn zuvor waren wir in einem schicken Cabrio eine lange, von Pappeln gesäumte Allee entlanggefahren, die zu seinem Haus mit Meerblick führte. Ich hatte am Steuer gesessen, ein Lächeln im Gesicht und einen Hut auf dem Kopf, während ich mit lockeren Bewegungen das Lenkrad bediente.

Interessanterweise verflüchtigten sich die Traumbilder Stück für Stück: Zunächst löste sich meine Tasse aus feinstem, weißem Porzellan auf, so dass der Tee irgendwo zwischen Tisch und Kanne einfach verschwand. Es folgte das Geschirr, dann die wunderschöne Umgebung aus Gartenflächen und Rosenspalieren. Mein Traum-Ich seufzte und erhaschte einen letzten Blick in die Samtaugen meines Gentlemans, ehe auch der nur noch eine Erinnerung war.

»Täffinn Pläustri, Junalein!«

Ich runzelte die Stirn. Anscheinend verwandelte sich das ganze Traumgebilde soeben in eine Fantasystory. War das Elbisch? Zwergisch, Orkisch, Drachensprache?

Bei Drachen musste ich an Antonia denken und kicherte. Da bemerkte ich, dass jemand auf meinem Arm herumdrückte. Etwas schlug hart an meine Schläfe. Hey, das tat weh!

Ich fuhr in die Höhe und riss die Augen auf. Die Fensterscheibe vor mir war beschlagen, da ich dagegen geatmet hatte. Ich befand mich natürlich im Bus – wo auch sonst – neben Käthe. Sie strahlte mich voller Stolz an, wahrscheinlich, weil sie es geschafft hatte, mich zu wecken. Dann deutete sie nach draußen, mehrmals und so begeistert, als wäre mein Traumlord Realität und würde an unserem Bus hängen, ein Blumenbouquet in der Hand, um es mir später zu Füßen zu legen. Der reelle Anblick war jedoch beinahe so faszinierend wie besagter Verehrer: Riesige Grünflächen ähnelten denen in meinem Traum, dahinter erhob sich die schlanke Silhouette einer Stadt. Zwar gab es keine Pappelallee, dafür schimmerte auf der anderen Seite das Meer in der Ferne in so strahlendem Türkis, dass ich vor Freude leise schluchzte.

»Sind wir da?«, hauchte ich.

Käthe nickte und hielt mir einen verknitterten Werbeprospekt vor die Nase. Offenbar wusste sie genau, was ich meinte. Ich blinzelte, bis die Benommenheit von mir abfiel und ich die Buchstaben deutlich lesen konnte: *Newquay, kornisch auch Tewynn Pleustri – eine Perle an der Nordküste Cornwalls.*

Der Prospekt verschwand. »Täffinn Pläustri.« Käthe nickte mehrmals. »So heißt Ni-U-Kai auf Kornisch.« Sie betonte die ungewohnten Silben so vorsichtig, als würde sie testen, wie sie sich anfühlten.

Es klang niedlich. Aber ich war so froh, dass ich selbst Hermanns Aufschneidergetue niedlich gefunden hätte. Wir waren endlich angekommen! Rasch ging ich in Gedanken unseren Reiseplan durch. Ja, das vor uns war Newquay. Ursprünglich ein Fischerdorf, mittlerweile ungefähr 20 000 Einwohner, elf

Sandstrände mit einer Länge von insgesamt zehn Kilometern. Was Cornwall anging, hatte ich meine Hausaufgaben gemacht. Ich setzte mich kerzengerade hin und sah von einer Seite zur anderen. In meinem Bauch kribbelte es vor Aufregung, und ich konnte nicht mehr aufhören zu lächeln. Käthe schien zu ahnen, wie ich mich fühlte, denn sie schmunzelte und starrte ebenfalls schweigend aus dem Fenster. Dies war der Moment, in dem sich mein langgehegter Traum erfüllte. Ich war endlich in Cornwall und hatte nicht vor, etwas zu verpassen.

Newquay enttäuschte mich nicht. Zum Glück lag unser Hotel, in dem wir drei Nächte bleiben würden, nicht am Ortsrand. So gondelten wir einmal quer durch das Städtchen, teilweise mit direktem Blick auf einen wunderschönen, weißen Strand. Mein Herz hüpfte, als ich in einer Entfernung den imposanten Umriss der Steilküste ausmachte. Der Kontrast, dieses Zusammenspiel von sanft und rau, weich und gefährlich, machte einen Teil des Zaubers von Cornwall aus. Ich verrenkte mir den Hals, als der Bus abdrehte und auf die Hausreihen zuhielt. Zwei Mütter schoben Kinderwagen neben der Straße entlang, und zu meinem Entzücken hüpfte ein Mädchen in einem weißen Sommerkleid vor ihnen her. Ich wettete darauf, dass zu Hause ihr Gentleman-Vater darauf wartete, seiner Frau einen Tee vorzusetzen, um ihr anschließend die Füße zu massieren.

»Schön, nicht wahr?«, murmelte Käthe.

Ich strahlte sie an. Sie strahlte zurück. In diesem Moment verstanden wir uns ohne Einschränkung, und ich war froh, dass sie neben mir saß. Mit jedem anderen Mitglied unserer Reisegruppe hätte ich es schlimmer getroffen.

Wir bogen ab, und der Blick auf die Küste wurde durch Häuserreihen versperrt. Viel Zeit, um das zu bedauern, blieb uns nicht, denn der neue Anblick war ebenso pittoresk: Die Steinhäuschen ähnelten sich zwar in ihrer Bauweise, aber dennoch glich keines dem anderen. Sie waren alle ungefähr gleich hoch – Erdgeschoss plus erste Etage – und machten den Eindruck, als hätten sie sich eigens für unsere Ankunft herausgeputzt. An der Mauer zur Linken rankten sich lila Blüten, und immer wieder bildeten Hortensien in unterschiedlichen Farben einen hübschen Kontrast. Manche Häuser besaßen einen Erker, und ich konnte mich nicht sattsehen an den liebevoll hergerichteten Fenstern. Vor einem Haus wuchs ein imposanter Rosenbusch, passend zum Schild an der Wand: »Rose Cottage – Coffee and more«. Darunter war eine große Schieferplatte angebracht, die uns darüber informierte, welche Kuchenspezialitäten es heute im Rosenhäuschen gab – und dass jeder Gast namens Marko einen kostenlosen Kaffee bekam.

»Cream Tea«, seufzte ich und legte eine Hand an die Fensterscheibe, so als könnte ich die geschwungenen Buchstaben berühren. Wir bogen erneut ab. Das Cottage verschwand aus meiner Sichtweite, dafür mischten sich mehr und mehr Grünflächen in das Gesamtbild.

Dieses Mal störte es mich nicht, dass Käthes Handydudelsackspielertruppe sich meldete. Ich konnte meine Aufmerksamkeit nicht von dem losreißen, was draußen an uns vorbeizog, also streckte ich blind eine Hand aus. Kurz darauf spürte ich das vertraute Gefühl von Käthes Telefon. Es klingelte nicht mehr, also musste Käthe den Anruf bereits entgegengenommen haben. Ich machte mir darüber keine Gedanken, sondern hielt es an mein Ohr.

»Juna Fleming hier, hallo«, hauchte ich und bemerkte zu meinem großen Entzücken, dass die meisten Häuser in dieser Gegend einen Namen trugen. Neben dem *Ivory Home* lag *Silver Birches*, gefolgt vom *Windy Ridge*. Elfenbeinzuhause, Silberbirken, windiger Kamm. Wie nett. Mir gefiel die Vorstellung, meinem Haus einen Namen zu geben. Das war viel schöner als eine unpersönliche Nummer, die man sich nicht einmal aussuchen konnte.

Ich war hin- und hergerissen zwischen dem Wunsch, die Augen zu schließen und mir mein Traumcottage vorzustellen, und der Tatsache, dass ich keine Sekunde unserer Newquay-Rundfahrt verpassen wollte. In dem Moment fiel mir auf, dass ich noch immer Käthes Telefon am Ohr hatte und gerade jemand etwas gesagt hatte. »Entschuldigung, wie bitte?«, murmelte ich.

»Geht es dir gut?«

Ach ja, wir duzten uns ja mittlerweile. Und Mads Carstens erkundigte sich nach meinem Befinden, wie schön! Ich tippte mit einem Finger gegen die Scheibe. »Mir geht es wunderbar«, sagte ich und lächelte.

»Das ist nicht zu überhören«, kam die prompte Antwort. »Bist du müde, hast du getrunken, oder gibt es einen anderen Grund?«

Noch gestern hätte ich mich bei diesen Worten angegriffen gefühlt und wäre in die Verteidigungshaltung gerutscht. Jetzt aber machten sie mir nichts aus. Zum einen, weil wir endlich in Newquay waren, und zum anderen, weil sie weder unfreundlich noch vorwurfsvoll geklungen hatten. Im Gegenteil, Mads schien sich zu amüsieren. Vielleicht saß er in einem bequemen Sessel, hatte die Füße hochgelegt und ein Glas Wein neben sich. In meiner Phantasie veränderte sich das Bild, ähnelte plötzlich dem in meinem Traum, und Käthes Enkel verbeugte sich vor mir, eine Teekanne in der Hand. Ich blinzelte diese seltsame Vorstellung weg.

»Nein, nichts davon. Aber wir sind endlich in Cornwall.« Mehr musste ich wohl nicht sagen. Man musste nicht einmal romantisch veranlagt sein, um mich zu verstehen. Es genügte, wenn man sich einmal im Leben für etwas begeistert hatte und wusste, wie sich Euphorie anfühlte. So wie ich Blacky einschätzte, wusste er das durchaus. Zumindest kannte er sicher die feinen Wellen der Genugtuung, wenn er wieder einmal trotz der Entfernung wusste, dass seine Oma noch lebte und nicht mitsamt Bus und Besatzung entführt worden war.

Leises Lachen drang an mein Ohr. »Ich hätte nicht gedacht, dass du so leicht zu begeistern bist. Dann kann ich dich wohl nicht mehr mit der Information beeindrucken, dass ich heute hundertundzwei Euro beim Tierarzt losgeworden bin und auf dem Heimweg gleich ein paar Säcke Hundefutter für insgesamt dreiundsechzig Euro eingeladen habe? Dazu kommt ein Mittagessen in der Stadt für sieben Euro neunzig sowie ein Parkschein, der mich vier Euro gekostet hat, obwohl ich ihn nicht voll ausgenutzt habe. Das macht hundertsechsundsiebzig neunzig. Und du wirst es mir womöglich nicht glauben, aber ich habe einem Straßenmusikanten zwei Euro in den Geigenkasten geworfen. Er spielte nicht sehr gut, aber ich mochte das Stück.«

Okay, wenn es ihm darum ging, mich bei jedem Anruf erneut zu verwirren, so hatte er sein Ziel auch dieses Mal erreicht. Ich riss meinen Blick von einem Hotel mit weinroten Baldachinen los und starrte auf die Polster vor mir, so als könnten sie eine Aussage über Blackys Geisteszustand machen. »Geht es *dir* denn gut?« Die Anrede kam holprig über meine Lippen.

»Bestens. Warum fragst du?«

»Weil ich nicht weiß, warum du mir das erzählst.«

»Nun, du hast bei unserem letzten Telefonat den Eindruck gewonnen, ich sei sparsam. Ich wollte das nicht abstreiten, weil sicher jeder eine andere Auffassung von Sparsamkeit hat. Daher habe ich entschieden, dich mit etwas mehr Information neu urteilen zu lassen.«

Mein Blick brannte ein Loch in die Polster. Fast hätte ich

mich in abgrundtiefer Hilflosigkeit Käthe zugewandt. »Ich ... war das eben ein Scherz?«, fragte ich unsicher. Nein, eigentlich war ich mir ziemlich sicher, dass dem so war. Seine Worte wirkten zu überzogen. Selbst der Tonfall hatte etwas an sich gehabt, dieses locker-leichte Vibrieren, das seiner Aussage die Spitze nahm. Aber die Tatsache, dass Colonel Carstens überhaupt wusste, wo man Humor herbekam und wie man ihn verwendete, schubste mich in den Graben zwischen Erstaunen und Beeindrucktsein.

»War das nicht offensichtlich? Soll ich noch einen Kalauer anfügen, um es zu verdeutlichen?«

Nun schöpfte er wirklich aus dem Vollen! Meine Wangen erwärmten sich langsam, aber stetig. »Nein, nein, das ist vollkommen ausreichend!«

»Gut. Ich bin nämlich nicht der Typ für erzwungene Witze.«

Käthe kicherte leise. Ich tat so, als würde ich weiterhin die Umgebung beobachten. Plötzlich war das gar nicht mehr so leicht. Immerhin wollte ich mir diesem unbekannten Menschen gegenüber, der mir eigentlich gleichgültig sein sollte, keine Blöße geben. Das Gespräch erforderte meine volle Konzentration! Aber das war ich von den Meetings und Telefonkonferenzen bei Mommertens gewohnt, daher wusste ich, was zu tun war: Augen geradeaus und in perfekter Haltung vor meinem Schreibtisch sitzen, den Block zur Linken, einen Stift in der rechten Hand. Wenn das nicht möglich war, so wie jetzt, dann musste ich die Situation visualisieren. Mit geübtem Griff zog ich den Kugelschreiber aus Fach zwei meiner Handtasche und betätigte den Drücker am Ende. Ich hatte ihn vor der Abfahrt zu Hause ausprobiert und wusste, dass er weder eingetrocknet war noch schmierte. Das Wissen gab mir zusätzliche Sicherheit. Nun fühlte ich mich besser. Mads konnte loslegen.

»Also dann«, sagte ich. »Ich bin bereit.«

»Wofür?«

»Um zu erzählen, wie es Käthe geht«, sagte ich verwundert. »Wofür denn sonst?«

»Also gut. Wie geht es meiner Oma?«

Nun sah ich sie doch an. Sie gab vor, sich mit ihrer Handtasche zu beschäftigen, und kramte umständlich – zu umständlich für ihre Verhältnisse – ein Pfefferminzbonbon hervor. »Gut«, sagte ich und beäugte Käthes Hütchen. »Sie verwandelt sich mehr und mehr in eine britische Lady. Mit Hut und Pfefferminz und allem. Dein Hund ist nicht zufällig ein Corgi?«

Er schnaubte. »Mein Hund ist vor allem ein Hund. Das bedeutet, er kann mein Knie erreichen, ohne springen zu müssen.«

Oha. Anderen war die Größe ihres Autos oder der Sportyacht wichtig, bei Mads Carstens war es der Hund. Allmählich machte er es mir wirklich schwer, die Puzzleteilchen zu einem Gesamtbild zusammenzufügen. Andererseits war es relativ einfach. Der Hund eines Kontrollfreaks musste selbstverständlich springen können, hoch und vor allem auf Befehl. »Warum musste er denn für hundertundzwei Euro zum Tierarzt?«

»Er hat sich vor kurzem an einer Pfote verletzt.«

»Beim Springen.«

»Ich dachte, das mit den Kalauern wollten wir unter den Tisch fallen lassen.«

Ich räusperte mich. »Das war auch keiner. Als Kalauer bezeichnet man ein einfaches Wortspiel mit Wörtern unterschiedlicher Bedeutung von gleichem Klang oder gleicher Schreibweise. Ich dagegen habe lediglich deine Aussage aufgegriffen.«

»Bist du Lehrerin? Oder Erzieherin?« Imitierte er mich etwa?

Ich schüttelte den Kopf und dachte an die Kurse zum Thema Verhandlungsgeschick, die ich zur Sicherheit gleich zweimal durchlaufen hatte. Freiwillig. »Projektmanagerin. Aber was hat das nun mit deinem Hund zu tun?« Ich wartete nur eine Sekunde, so, wie man es mir beigebracht hatte, ehe ich das Thema wechselte. »Aber du wolltest über deine Oma reden. Da gibt es nichts zu berichten, seitdem wir Exeter verlassen haben. Wir sind ein wenig durch die Stadt gebummelt und haben uns einen Kaffee gegönnt, aber das war auch schon alles.« Ich verschwieg, dass ich schon wieder eingeschlafen war, ebenso dass Käthe ihren Schal an Antonia abgetreten und sich damit der Gefahr einer tödlichen Erkältung ausgesetzt hatte. Noch traute ich dem Frieden nicht so ganz. Vielleicht war es mit seiner Freundlichkeit so wie mit dem berühmten Aufbäumen kurz vor dem Ende: Er hüllte mich in falsche Sicherheit, um dann mit ungeahnter Härte zuzuschlagen. Eventuell doch ein taktischer Offizier.

»Gut.« Mehr sagte er nicht. Einfach nur ›gut‹. Ein Schachzug, der des Teufels würdig gewesen wäre, denn er verdonnerte mich dazu, mit angehaltenem Atem darauf zu warten, dass er noch etwas hinzufügte. Etwas fragte. Mir meinetwegen einen Befehl gab. Doch er schwieg und brachte mich damit in die Position, das Gespräch in Gang halten zu müssen. Aber wollte ich das überhaupt? Immerhin waren wir endlich in Cornwall, und ich hatte mir vorgenommen, keine Minute zu verpassen. Diesen Grundsatz hatte Mads Carstens bereits zunichtegemacht.

»Wir sind sicher bald im Hotel«, sagte ich.

Er schien zu verstehen. »Ich wollte auch nicht lange stören, sondern nur fragen, ob bei euch alles in Ordnung ist. Und einen schönen Abend wünschen.«

Aha, nun wollte er schon über uns Bescheid wissen. Plural. Mittlerweile ging ich jede Wette ein, dass Mads' Hund ein

Schäferhund oder Border Collie war. Irgendeine Rasse, deren ganzes Bestreben darin lag, die Herde zusammenzuhalten. Somit hätten Hund und Herrchen etwas gemeinsam. Ich sollte versuchen, ihn und Antonia ins Gespräch zu bringen. Herde auf der einen, Schafe auf der anderen Seite. Das würde passen.

»Das wünsche ich dir auch. Möchtest du noch einmal deine Oma sprechen?«

Leises Schnarchen antwortete mir. Fassungslos sah ich Käthe an, deren Kopf zur Seite gesunken war. Ihr Mund stand leicht offen. So schnell konnte sie doch gar nicht eingeschlafen sein! Man könnte den Eindruck gewinnen, als mied sie die Kontrollen durch ihre Liebsten. Einen Augenblick lang stellte ich mir die kleine Käthe vor, die sich nachts heimlich aus dem Haus ihrer Eltern schlich, um noch auf Tour zu gehen oder sich mit einem Jungen zu treffen, von dem niemand etwas wissen durfte. War es das? Sehnte Käthe sich einfach danach, noch mal ein Abenteuer zu erleben?

»Juna?«

»Was? Entschuldige, ich war etwas abgelenkt. Käthe ist eingeschlafen.«

Er knurrte und lachte zugleich. »Oma war sehr lange Zeit im Seniorentheater aktiv. Aber nun lasse ich euch wirklich allein. Dir noch viel Spaß, Juna.«

Es klang so ehrlich und aufrichtig, dass ich stockte. Zunächst musste ich Erstaunen, Erleichterung und Dankbarkeit ordnen, dann brachte ich ein »Danke, dir auch« heraus. Mads Carstens legte auf, ehe die Stille unangenehm wurde.

Ich grübelte, was er mir damit hatte sagen wollen – und auch, was Käthe mit ihrer kleinen Privatvorstellung bezweckte. Wenn es denn eine war.

Ich wollte gerade ihren Namen flüstern, als sie ohne die Augen zu öffnen eine Hand ausstreckte und sich ansonsten keinen

Millimeter bewegte. Kopfschüttelnd legte ich das Telefon hinein und erzeugte den Hauch eines Lächelns auf Käthes Gesicht. Sie brachte das Kunststück fertig, dabei weiterzuschnarchen. Ich entschied, Rätsel Rätsel sein zu lassen, und wandte mich wieder Newquay zu. Allerdings schaffte ich es nicht völlig, das Rätsel namens Mads aus meinem Kopf zu vertreiben.

»Der ist doch viel zu schwer!«

Der Koffergriff verschwand wie durch Zauberei aus meinen Händen. Ich drehte mich verblüfft um und sah Fabio, der ihn vor sich hertrug und mich dabei breit angrinste. Völlig unnötig, denn ich hatte mein Zimmer beinahe erreicht, zudem war das gute Stück keine zwanzig Jahre alt und besaß Rollen, so dass man es bequem hinter sich herziehen konnte. Letztlich hatte ich es mir zum Grundsatz gemacht, niemals mit Gepäck zu verreisen, das ich nicht selbst transportieren konnte. Immerhin war ich Single, und auch davor hatte es mir nicht gefallen, wenn ich zu sehr auf den Mann an meiner Seite angewiesen war. Das bedeutete nicht, dass ich romantische Gesten verabscheute. Im Gegenteil! Finja bezeichnete mich gern als altmodisch, wenn ich mich darüber freute, dass mir ein Mann die Tür aufhielt oder mir meinen Stuhl zurechtrückte. Und ja, mit einem Strauß Rosen konnte man bei mir durchaus punkten, und ich träumte von einer Hochzeit in Weiß, bei der mein frisch Angetrauter mich über die Schwelle hob und mein bodenlanges Kleid raschelte. Allerdings musste eine Frau auch in der Lage sein, eine Reise durchzuplanen und genau abzuwägen, welches Kleidungsstück oder Utensil sie brauchte und welches nicht. Davon abgesehen war ich nicht sicher, ob ich Fabios Bemühungen als romantisch bezeichnen konnte. Hatte er bereits zuvor derartig knapp geschnittene Shirts getragen? Mein Blick klebte an den Muskeln seiner Oberarme, die sich deutlich unter der Haut abzeichneten. Sie hätten mich begeistert, wenn es etwas mehr Stoff gegeben hätte, um die Achselhöhlen zu bedecken. Und der Ausschnitt? Ich konnte Fabios halbe linke Brust sehen, und auch dort zuckte und spielte es. War das als Arbeitskleidung für Kurfürst-Reisen vertretbar?

Er grinste noch mehr, als er meinen Blick bemerkte, und hob den Koffer ein Stück höher. Seine Brustmuskeln schwollen an. Ach du meine Güte!

»Ich kann den wirklich allein ziehen«, versicherte ich ihm, weil mir das Ganze allmählich peinlich war. »Es ist ja nicht mehr weit.« Zur Bestätigung schwenkte ich den Schlüssel mit dem Messingschild, auf dem eine Fünfzehn eingraviert war. Wir standen neben Zimmer elf.

Er schüttelte den Kopf. »Kannst du, musst du aber nicht. Für mich wiegt der kaum etwas, zudem ist es gutes Training.«

Ja wie, was von beidem denn nun? Oder trainierte er immer mit wenig Gewicht?

Fabio streifte mich, als er sich an mir vorbeidrängte. Sein Körper war fest und warm, und meiner reagierte unwillkürlich mit einer Gänsehaut. Es war ein wohliges Gefühl. Ich zuckte zusammen und ärgerte mich im selben Moment. Immerhin war ich keine Pflanze, die nach jedem Tropfen Wasser gierte. Ein hämisches Stimmchen flüsterte mir zu, dass dies der passendste Vergleich war. Fabio grinste, als hätte er es ebenfalls gehört, und ich blieb stehen, um ihm den Vortritt zu lassen. Er wackelte den Gang entlang – im wahrsten Sinne des Wortes. Mein Gehirn brauchte einen Moment, um das zu verarbeiten, was mein Sehsinn ihm übermittelte. Fabios Hüftschwung hätte selbst Bürozicke Stan vor Neid erblassen lassen. Hatte er nicht zuvor betont, dass sein italienisches Erbe kaum vorhanden war? Ich konnte ihn mir gut beim lateinamerikanischen Tanzabend vorstellen, aber hier, in diesem englischen Traditionshotel mit seinen Teppichböden in Senfgelb, Waldgrün und Kornblumenblau, wirkte es künstlich und übertrieben.

Er stellte den Koffer mit einer Hand so vorsichtig vor meiner Tür ab, dass nichts zu hören war. Ich lächelte flüchtig, schob rasch den Schlüssel in das Schloss und sperrte auf. Mir war meine Reaktion auf seine Berührung etwas peinlich, und ich hoffte, dass Fabio nichts gemerkt hatte. Als ich mich bückte, um nach meinem Koffer zu greifen, schoss seine Hand nach vorn. Ehe ich es verhindern konnte, legten sich unsere Finger gleichzeitig um den Griff.

»Entschuldige«, rief ich und zuckte zurück. »Das war sehr nett von dir. Aber das letzte Stück schaffe ich wirklich allein.«

Er fuhr sich durch die Haare und sah mich mit diesem leichten Lächeln an, das mich an dem Abend in der Hotelbar so begeistert hatte. Dasselbe Lächeln, das er seitdem sicherlich einem Dutzend Frauen zugeworfen hatte. Seine Augen funkelten vergnügt. »Juna, komm schon. Akzeptiere doch einfach mal den Service des Hauses.«

Ach ja, die Nummer schon wieder. »Solltest du nicht lieber den Gästen helfen, die etwas älter und nicht so gut zu Fuß sind?«

Er lachte. »Glaub mal, dafür hat Waldi gesorgt. Die sind alle im Erdgeschoss untergebracht, immerhin hat das Ding hier keinen Aufzug.«

Das stimmte. Ich hatte meine liebe Mühe gehabt, den Koffer über die verwinkelte Treppe zu tragen. Allerdings hätten sich die älteren Teilnehmer unserer Tour sicher über Hilfe gefreut, ob Erdgeschoss oder nicht.

Fabio nahm den Koffer und betrat mein Zimmer. Mir blieb nichts anderes übrig, als ihm zu folgen.

»Wohin möchtest du ihn?«

»Zwischen Fenster und Bett, danke.« Ich positionierte meinen Koffer wenn möglich stets an derselben Stelle.

Fabio platzierte mein Hab und Gut am gewünschten Ort, richtete sich auf und strahlte mich an. »Und, was hast du heute Abend noch vor?«

Das war eine gute Frage. Um ehrlich zu sein, hatte ich nicht weiter gedacht als bis zur Dusche. Senioren froren offenbar schnell, und nach mehreren Beschwerden über die Temperatur hatte Herr Wewers unter Gefluch und Gezeter die Heizung so hochgedreht, dass mir extrem warm geworden und ich heimlich aus meinen Schuhen geschlüpft war. Zudem waren meine Haare vom Wind total durcheinander.

»Vor dem Essen werde ich auf jeden Fall noch unter die Dusche hüpfen«, sagte ich und blickte auf die Uhr. Viel Zeit war nicht mehr, aber ich würde es schaffen. Schließlich trödelte ich niemals unter der Dusche, es war weder effizient noch meinem Zeitplan förderlich. Und den hatte ich auch hier: Das *Greenbank Hotel* bot ein abendliches Drei-Gänge-Menü, so dass ich weder auf meinem Zimmer essen noch später kommen konnte.

Fabio nickte, während sein Blick rasch über meinen Oberkörper zu meinen Beinen und wieder zurück glitt. Ich ignorierte diese Aufmerksamkeit. Fabio besaß nicht nur den Hüftschwung der Lateinamerikaner, sondern auch die Fähigkeit, mit einem stummen Blinzeln zu sagen, dass es eine gute Idee wäre, sich auszuziehen.

Ich schluckte. Das konnte er nicht wirklich so meinen, oder? Bei mir? Wahrscheinlich hatte ich es mir eingebildet und etwas viel in die Sache hineininterpretiert, dass er lieber meinen Koffer schleppte als die Schrankwand von Antonia.

»... Abendessen?«

Mist, er hatte etwas gesagt! Ich riss mich zusammen und spürte, dass ich rot wurde. »Entschuldige, was hast du gesagt?«

»Ich fragte, was du nach dem Abendessen machst.«

Noch vor kurzem hätte ich mich über diese Frage gefreut. Nun war ich mir nicht mehr so sicher. Meine Euphorie über Fabio war abgekühlt, und ich sehnte mich kaum noch danach, mit ihm Zeit zu verbringen. Diese Erkenntnis erstaunte mich selbst. Trotzdem wollte ich ihn nicht vor den Kopf stoßen, also täuschte ich ein Gähnen vor. »Tut mir leid, aber für mich heißt es heute früh ins Bett zu gehen. Ich werde mich direkt nach dem Essen verabschieden.«

Sein Lächeln wankte einen flüchtigen Moment, ehe es wieder strahlte wie ein Atomkraftwerk. »Sag mir nun nicht, dass du dich von der allgemeinen Lethargie anstecken lässt.«

Seine Worte machten mich wütend. Ich hatte keine Lust, meinen Wunsch nach Ungestörtheit verteidigen zu müssen – vor einem Mitarbeiter des Reiseveranstalters, bei dem ich viel Geld gelassen hatte. »Ich lasse mich sicherlich nicht anstecken, ich möchte mich heute einfach nur früh zurückziehen. Mit meinen Leuten zu Hause telefonieren, Reisetagebuch schreiben, all so was.« Womöglich brachte es mehr, wenn ich ihm Gründe für meinen Entschluss nannte.

Ich scheiterte, denn Fabio trat näher heran. Verdammt! Er war Italiener, vielleicht hätte ich *Mamma* erwähnen sollen und behaupten, wie sehr sie toben würde, wenn ich sie nicht anrief.

Fabio roch nach Aftershave – hatte er es im Laufe des Tages aufgetragen? – und ein wenig nach Fish and Chips. »Hm ... soll ich dir helfen, etwas zu finden, das du in dein Reisetagebuch schreiben kannst?«

Er legte seine Hand auf den Bettpfosten, seine Fingerspitzen berührten meine Haut. Ich zuckte zurück, als hätte er mir einen elektrischen Schlag verpasst. Zufall? Absicht? Was passierte hier gerade? Mein Herz schlug schneller, aber nicht auf die Weise, die ich mir erhoffte, wenn ich mit einem gutaussehenden Mann allein auf meinem Hotelzimmer war. Ja, Fabio sah gut aus, das konnte ich nicht leugnen. Trotzdem wollte ich einfach nur, dass er mich in Ruhe ließ.

»Ich ...« Weiter kam ich nicht, denn nun legte er seine Hand auf meine. Seine große, warme Hand. Ich starrte wie paralysiert darauf und kam zu spät auf die Idee, meinen Arm zurückzuziehen. Schon hatte Fabio seine Finger sanft mit meinen verschlungen. An sich ein schönes Bild. Mein Körper, der elendige Verräter, reagierte mit beschleunigtem Puls. Dennoch sträubte sich alles in mir. Das hier war nicht, was ich mir wünschte. Ich wollte Fabio nicht näherkommen. Nicht mehr. Er hatte Charakterzüge gezeigt, mit denen ich mich weder arrangieren konnte noch wollte.

Ich wappnete mich für das, was ich äußerst unangenehm fand, nämlich ihm einen Korb geben, und trat zurück. Seine Hand traf mit einem leisen Platsch auf das Holz. »Ich möchte jetzt wirklich allein sein, Fabio«, murmelte ich.

In meinem Hinterkopf hörte ich Gabs toben und zetern.

Das ist ein Mann, Juna! Sei deutlich und direkt! Knall ihm die Abfuhr mit den Worten ›Ich habe kein Interesse an dir‹ an den Kopf und glaube nicht daran, dass er zwischen den Zeilen auch nur nach etwas Essbarem sucht. Zwischen den Zeilen existiert für ihn nicht, hörst du? Du weißt doch: Fehlt der Eifer, schwindet die Weisheit.

Ich wusste, sie hatte recht, aber ich bekam es nicht über das Herz, unhöflich zu sein. Also lächelte ich Fabio an und hoffte, dass er verstand. Vielleicht wuselte er ja doch zwischen meinen Zeilen herum und stolperte dort über die Wahrheit.

Zunächst wirkte er unsicher. Das Lächeln verschwand und machte einem anderen Platz, das weniger siegessicher war und an das von Fabio, dem Kurfürst-Mitarbeiter, erinnerte. »Okay. Dann sehen wir uns morgen.«

Ich atmete insgeheim auf. Hatte ich es doch gewusst – er

würde mich verstehen. Es war nicht nötig, es wie Gabs zu halten und mit einer imaginären Bratpfanne auf seinen Schädel einzudonnern. »Ja, bis morgen«, sagte ich. Vor Erleichterung fühlte ich mich leicht. »Schlaf gut.«

»Du auch.« Er ging an mir vorbei, blieb stehen, sah mir tief in die Augen und strich mir federleicht über die Wange. »Auf die Vorfreude.«

Ich riss die Augen auf, doch ehe ich reagieren konnte, hatte er das Zimmer bereits verlassen und die Tür hinter sich zugezogen. Fassungslos drehte ich mich um und starrte auf die dunkle Holzfläche. Meine Haut kribbelte dort, wo Fabio mich berührt hatte, und ich wünschte mir, deutlicher geworden zu sein. Nur eine Winzigkeit. Ich ließ mich rücklings auf mein Bett fallen und starrte an die Decke. Ein dunkler Schatten huschte dort entlang – eine Fliege.

»Ich habe kein Interesse an dir, und ich möchte, dass du verschwindest und mich in Ruhe lässt«, teilte ich ihr mit. Sie flog eine weitere Runde und verschwand aus meinem Sichtfeld.

14

*W*ichtig sind kurze, gerade Bewegungen. Du nutzt dabei keine starre Muskelkraft, sondern deinen Körper. Seine Elastizität.«

Es war nicht Mads' Schuld, dass ich bei seiner Beschreibung an etwas vollkommen anderes dachte als daran, mich gegen einen Angreifer zu verteidigen, der es in einer einsamen Straße auf mich abgesehen hatte.

»Ich bin keine Schlangenfrau«, wandte ich ein. Ich musste

ihm ja nicht gleich auf die Nase binden, dass Sport mich nicht in Begeisterungsstürme ausbrechen ließ.

Er lachte diesen dunklen, kurzen Laut, so sparsam, als würde er ihn pro Tag dosieren. Nur dann einsetzen, wenn es angebracht war. Ich fragte mich, wie es sich wohl anhörte, wenn er aus vollem Hals lachte. »Das ist gut, denn beim Wing Tsun geht es um eine Mischung aus Schritttechnik, also Gewichtsverlagerung, und raschen Streckbewegungen. Da ist wenig Schlange dabei. Zudem nutzt du einfach den Schockmoment, sollte dich jemand gegen deinen Willen festhalten.«

Damit konnte ich schon eher etwas anfangen. »Ich schreie?«

»Nicht ganz. Du darfst nicht darauf vertrauen, dass dir rechtzeitig jemand zu Hilfe kommen wird. Ein Angreifer wird dich allerdings selten so festhalten können, dass du deine Arme nicht bewegen kannst. Solange eine Hand frei ist, kannst du demjenigen beispielsweise einen Handballen vor die Nase rammen. Von unten nach oben. Die Nase ist ein superempfindlicher Punkt.«

Ich blieb stehen, als ich das Gemurmel anderer Gäste hörte. Vor mir lag das Foyer. »Das klingt einerseits sehr einfach, andererseits aber auch so, als könnte es schiefgehen. Er könnte den Kopf drehen oder ich wäre zu schwach. Damit würde ich einem Angreifer nicht gerade entkommen.«

Mads schmunzelte. Es war erstaunlich, aber ich war mir sicher. Damit war er der einzige Mensch auf der Welt, dessen Schmunzeln ich quasi durch die Leitung hören konnte. Vielleicht lag es schlicht und einfach daran, dass ich selten mit jemandem so häufig innerhalb kurzer Zeit telefoniert hatte wie mit ihm. Ich war kein Fan von ausgiebigen oder gar überflüssigen Telefonaten. Bereits als Teenager hatte ich nicht stundenlang an der Strippe gehangen, um gemeinsam mit einer Freundin vom Lieblingsrockstar zu schwärmen. Das Telefon war für mich ein Werkzeug, ein Gerät. Es erfüllte seinen Dienst, nicht mehr und nicht weniger.

»Am wichtigsten ist dabei, dass du an dich glaubst, Juna. Du musst darauf vertrauen, dass du stark genug bist, um dich deinen Ängsten zu stellen. Oder jemandem, der größer und schwerer ist als du.«

»Wo hast du diese Verteidigungsart noch mal gelernt?«

»In Guangzhou. Ich bin ein paar Monate durch China und Südostasien gereist.«

»Nun, da sind sicher alle kleiner und leichter als du, da ist es nicht so schlimm, sich jemandem zu stellen«, entfuhr es mir, und augenblicklich wurde ich rot. War das unhöflich gewesen? Ich hatte keine Ahnung, wie groß oder schwer Mads war. Was, wenn er ein Gewichtsproblem hatte? Womöglich war er auch kleinwüchsig – gerade dann würde es doch Sinn machen, dass er Selbstverteidigung lernen wollte. Am besten, ich ließ ihm überhaupt keine Möglichkeit zur Antwort. »Ich meide Asien lieber. Und damit auch diese Art von Kampfsport.«

»Warst du schon einmal dort?« Puh. Er ging nicht auf die Sache mit der Größe ein.

»Nein.« Mich zog nichts in jenen Teil der Welt. Ich verstand die Sprache nicht, ich kannte die wenigsten Sitten und Gebräuche, und alles in allem war es dort so fremd, dass ich mich nicht wohl fühlen würde. Ich wusste, wovon ich redete. Ich war einmal mit Gabs nach Bulgarien gefahren, kurz nachdem sie Dano aus Dupniza kennengelernt und beschlossen hatte, dass sie unbedingt Kyrillisch sowie den kommerziellen Paprikaanbau erlernen wollte. Wir hatten uns trotz mehrerer Straßenkarten und meiner akribischen Vorabnotizen verlaufen. Die Schilder waren unlesbar, und die Leute, die wir um Hilfe bitten wollten, verstanden weder Deutsch noch Englisch. Selten hatte ich mich so hilflos gefühlt wie an jenem Tag. Für mich passten

Probleme und Urlaub nicht zusammen. »Nein, ich interessiere mich auch nicht dafür. Ich bleibe lieber in Europa. Da weiß ich ungefähr, was mich erwartet.«

»Aber nimmst du dir damit nicht selbst die Überraschung?« Ich blinzelte. »Was genau meinst du?«

»Ich finde es aufregend, den bekannten Rahmen zu verlassen. Das Unerwartete zu erleben.« Seine Stimme bekam ... ja, sie bekam einen fast träumerischen Unterton. Fahrlehrer auf Barbados, ein Trip durch Asien ... kein Wunder, dass es mit der echten Karriereleiter nicht klappen wollte. Zumindest nahm ich das an, wenn er nur jobbte und nicht arbeitete. War ich etwa auf Mads Carstens' geheime Passion gestoßen – Weltenbummler, ohne Ziel und Plan? Neben Kontrollanrufen bei der Oma, verstand sich.

Hinter mir knarrte und knarzte der Boden, dann dröhnte ein ›Vorsicht‹ so nah an meinem Ohr, dass ich zur Seite sprang.

Antonia streifte mich dank meines Reaktionsvermögens nur knapp an der Schulter. »Na, haben Sie auch keine Lust, schon mit den anderen im stickigen Bus zu sitzen? Ich bin ja mal gespannt, ob das heute wieder so ein Krampf wird. Ohne Schafe.« Das Grollen in ihrer Stimme hätte einen Bären zum Zweikampf herausgefordert – wenn er nicht zuvor von ihrem Oberteil vertrieben worden wäre. Heute hatte Antonia zu Strudeln aus grellen Lachsfarben gegriffen, die von helleren Mustern durchzogen wurden. Ich konnte mich irren, glaubte aber, spielende Katzen zu erkennen. An einer Antwort war sie wie immer nicht interessiert. Aber so viel hatte ich bereits gelernt: Antonia wollte sich nicht unterhalten, sondern nur loswerden, was ihr nicht passte.

»Glaub mir, in Cornwall gibt es genug Überraschungen«, murmelte ich ins Telefon und sah ihr hinterher. »Ich werde dann mal besser deine Oma suchen und ihr das Telefon zurückgeben, damit sie ein paar Fotos schießen kann. Heute geht es nämlich nach St. Ives.« Bei den letzten Silben bekam meine Stimme einen schwärmerischen Beiklang. Ich freute mich unwahrscheinlich auf den malerischen, kleinen Ort. Und jetzt, wo ich das jemandem mitgeteilt hatte, würde er sogar hinterher nachfragen, so dass ich von meinen Erlebnissen erzählen konnte.

Auf einmal merkte ich, wie wichtig mir genau das war – jemandem von meinen Erlebnissen zu erzählen. Jemandem, der nachhakte und mich dazu brachte, schöne Eindrücke noch einmal in meinen Erinnerungen zu erleben. Der sich vielleicht anstecken ließ und wegen meiner Beschreibung selbst hierher fuhr, um die Wunder der Gegend zu entdecken.

»Dann wünsche ich einen schönen Tag und viel Spaß«, sagte Mads. »Und ...« Er stockte.

Ich runzelte die Stirn. »Ja?«

»Nun, würdest du dennoch hin und wieder einen Blick auf meine Oma werfen? Ich verspreche auch, dass ich freundlich nachfragen werde.«

Ich schmunzelte. »Das heißt, ich darf im Bus einnicken und vielleicht sogar ein Glas Wein trinken?«

Er gab ein Brummen von sich. Offenbar war selbst ihm manchmal etwas unangenehm. Die Militärfassade bröckelte immer mehr, Sergeant Carstens!

Wir verabschiedeten uns, und ich ging ins Foyer. Es war bis auf die beiden Damen an der Rezeption leer. Seltsam, hatte ich nicht gerade noch die Leute aus meiner Reisegruppe gehört? Ich warf einen Blick auf die Uhr an der Wand und zuckte zusammen: zwei Minuten nach zehn. Der Schreck zog durch meinen Körper, und ich holte tief Luft. Das konnte nicht sein! Wann war denn die Zeit vergangen, und warum so schnell? Um zehn Uhr war Abfahrt für den Tagesausflug nach St. Ives ...

und ich war zu spät! Ich kam nie zu spät. In der siebten Klasse hatte ich einmal verschlafen, und ich erinnere mich noch heute an den Moment, als sich die gesamte Klasse zu mir umdrehte und ich meine Entschuldigung stotterte. Unzuverlässigkeit zählte zu den Eigenschaften, mit denen ich nichts zu tun haben wollte. Was, wenn der Bus bereits unterwegs war? Bei Waldi Wewers' Gemüt würde mich das nicht wundern!

Ich tat also das, was Gabs, Onkel Olli und auch Mads am wenigsten von mir erwarteten: Ich joggte los. Die Tür nahm ich bereits im Sprint und atmete erleichtert auf, als ich den Kurfürst-Bus auf dem Parkplatz neben dem Hotel entdeckte. Der Motor lief, doch noch bewegte er sich nicht. Mit wild klopfendem Herzen erreichte ich die vordere Tür, versuchte mein Keuchen zu unterdrücken und stieg ein.

Alle Plätze waren bereits belegt – natürlich.
Na wunderbar.

Herr Wewers las etwas, das er vor sich auf dem Lenkrad platziert hatte, und blickte mit so gerunzelter Stirn auf, als hätte ich ihn in seiner Konzentration gestört. »Ach, ich dachte schon, Sie wollen hierbleiben.« Sein Tonfall teilte mir mit, dass ich in seiner Achtung um einige Stufen gesunken war.

Das Blut hämmerte in meinen Adern, und es hätte mich nicht gewundert, wenn ein paar platzen würden. Ich schämte mich, murmelte eine Entschuldigung und ging weiter. Fabio hob eine Hand und zwinkerte mir zu, doch er strahlte nicht so wie sonst, wenn er mich sah. Dafür blickte Antonia umso finsterer. Wahrscheinlich zählte sie die Minuten, die sie wegen mir schaflos verbringen musste. Ich nickte auch ihr eine stumme Entschuldigung zu und war froh, dass Herr Wewers in diesem Moment anfuhr. Der Bus ruckelte extrem und beschrieb augenblicklich eine Kurve, obwohl das auf dem Parkplatz nicht nötig war – die Ausfahrt lag beinahe in gerader Linie vor uns. Es war wohl seine Art, um mich für die Verspätung zu bestrafen. Ich biss die Zähne zusammen und versuchte, nicht zu stolpern, doch immerhin lenkte das Fahrmanöver die Aufmerksamkeit von mir weg.

Hermann wäre nicht Hermann, wenn er diesen Zustand nicht ändern würde. »Na«, dröhnte er quer durch den Bus. Seine Hand schlug hart auf meine. »Nicht vom Liebsten trennen können, was?«

Verwirrt blickte ich ihn an, dann an mir hinab. Ich hielt noch immer Käthes Telefon. »Unsinn«, murmelte ich.

»Rausreden ist nicht!« Hermann lachte los, beugte sich quer über den Gang und klopfte Rudi auf die Schulter, was ihm einen gutmütigen Blick seiner Frau einbrachte. Nein, korrigierte ich mich, er war eher vorwurfsvoll. Doch Lise Mosbach strahlte mit ihrem gelben Haarband sowie der Sommertunika in Goldtönen so sehr, dass sie einfach nicht unfreundlich wirken konnte. Hermann zumindest zwinkerte ihr zu und ignorierte den dezenten Hinweis, sich nicht danebenzubenehmen. »Scheint, als läuft es bei einigen von uns im Schlafzimmer noch ganz gut, was?«

O nein! Hatte ich geglaubt, meine Verspätung wäre schon peinlich genug? Dann hatte ich die Rechnung ohne Hermann gemacht.

Fabio wandte sich um und sah mich an, als forderte er mich heraus, die Sache klarzustellen. Ich schloss die Augen und ging weiter. Dabei umklammerte ich Käthes Telefon so fest, dass das Gehäuse leise knackte.

Der Bus bretterte auf die Straße, und ich schlängelte mich an Käthe vorbei und atmete erst auf, als ich endlich auf meinem Platz saß.

»Hier, bitte«, murmelte ich und drückte ihr das Telefon in die Hand.

Sie stopfte es ohne hinzusehen in ihre Tasche und zwinkerte mir zu. Heute hatte sie wieder die Spitze auf dem Kopf, dazu trug sie ein dunkelblaues Ensemble aus Blazer und Rock. Am Kragen ihrer Bluse prangte eine Brosche mit Rosenmotiv. Man konnte es nicht abstreiten, Käthe passte in ihrem Outfit perfekt in diese Gegend.

»Mach dir nichts draus, Junalein«, sagte sie. »Ich bin mit Inge Dambrow einmal zu spät zum Theater gekommen. Das war nicht schön, denn die schließen die Türen pünktlich zur Vorstellung und dann …« Sie hob ihre Hände und sah bemerkenswert unschuldig aus.

Ich musste lächeln. Allmählich beruhigte sich mein Puls wieder. »Und dann?«

»Inge hat ihren Lippenstift herausgeholt und mir zauberhafte Apfelbäckchen gemalt. Weißt du, so wie die Clowns manchmal haben. Dazu einen Punkt auf die Nase.« Sie tippte auf ihre. »Dann sind wir zum Hintereingang und haben geklopft, bis jemand aufmachte. Dem hat Inge gesagt, dass ich bei dem Stück mitwirken würde und das Taxi mich zu spät vom Hotel abgeholt hätte, und nun müsste alles ganz schnell gehen, damit ich rechtzeitig auf die Bühne könnte.«

»Hat es funktioniert?«

»Nein, dabei habe ich mich sehr bemüht und bin sofort in meine Rolle gerutscht. Ich habe gekichert und ein bisschen mit den Augen gerollt. Dazu die Hände in die Hüften und dann hin und her drehen.« Sie machte es vor, so gut es im Sitzen ging, und seufzte. »Aber Inge hatte sich den Titel falsch eingeprägt und geglaubt, das Stück hieße ›Das Leben ist ein Clown‹. Ich habe nicht weiter nachgelesen, und um ehrlich zu sein, mag ich ja die klassischen Stücke lieber. Aber Inge liebt neue Dinge, und das Stück war von einem spanischen Señor.« Sie schwenkte eine Hand durch die Gegend, als wollte sie Flamenco tanzen.

»Aber es hieß ›Das Leben ist ein Traum‹, und es kamen gar keine Clowns drin vor! Das ist dann aufgefallen, und der Herr hat uns wieder weggeschickt.«

Ich stellte mir vor, wie Käthe mit roten Punkten im Gesicht ihr ganzes Schauspieltalent einsetzte, und der Rest der dunklen Wolke verschwand, die seit meiner Flucht aus der Hotellobby über mir schwebte. Ich entspannte mich. »Trotzdem war es ein guter Versuch.«

»Ja, nicht wahr?«, freute sich Käthe und lehnte sich zurück. »Ich glaube, ich schlafe noch ein bisschen. Heute Nacht lief ein so spannender Film im Fernsehen. Ich habe zwar kaum etwas verstanden, aber die Landschaft war so schön! Und der Gentleman darin hatte einen sehr hübschen Bart.«

Ehe ich antworten konnte, schloss sie die Augen und atmete tief ein. Ich strich meine Bluse glatt und schmunzelte, während ich mich unwillkürlich fragte, was ich wohl in Käthes Alter tun würde. Wäre ich unterwegs, so wie sie, oder würde mir von einer Freundin eine Clownsnase malen lassen, um durch die Hintertür ins Theater zu kommen?

Ich strich mir die Haare hinter die Ohren und lehnte mich zurück, während die Welt draußen in Grün, Braun und Dunkelblau an uns vorbeizog. Ich hoffte ja, dass ich jemanden bereits für lange Zeit an meiner Seite haben würde, wenn ich so alt wie Käthe war. In der Hinsicht war ich altmodisch oder, wie Gabs es zu sagen pflegte, wenig experimentierfreudig. Ich glaubte eben an Liebe bis ans Lebensende – nicht zu verwechseln mit der großen Liebe. Die war etwas vollkommen anderes, und ich war nicht sicher, ob es sie wirklich gab. Vielmehr, dass man sie fand. Bei den vielen Menschen auf der Welt und den daraus resultierenden unendlichen Möglichkeiten war es eher unwahrscheinlich. Aber Liebe bis dass der Tod zwei Menschen auseinanderriss ... das war im Bereich des Möglichen.

Meine Großeltern waren das beste Beispiel. Sie hatten nicht aus Liebe geheiratet, sondern aus Vernunft, sich aber von Anfang an respektiert. Nach einer Weile war Freundschaft daraus geworden und schließlich Liebe – zumindest hatte meine Mutter das so erzählt. Meine Großeltern redeten selten über sich und noch seltener über Gefühle. Dafür strich er ihr ab und zu über die Wange, und sie legte oft eine Hand auf seine Schulter, wenn sie an ihm vorbeiging. Mir gefiel es, dass kleine Gesten wie diese erhalten geblieben waren, selbst nach all der Zeit. So etwas wünschte ich mir: einen Mann, der an meiner Seite blieb und auf den ich mich hundertprozentig verlassen konnte. Für den ich die einzige Frau auf der Welt war, bei der er sein wollte. Nicht so jemand wie Simon, bei dem ich wusste, dass er unseren Jahrestag mitunter vergaß und auch ganz gern Gabs' Beine ausgiebig anstarrte, wenn ihre Röcke im Sommer kürzer wurden.

Käthe murmelte etwas und griff ohne die Augen zu öffnen nach ihrer Tasche. Kurzes Wühlen, dann zog sie ihr Telefon hervor, blinzelte und stopfte es in das Gepäcknetz vor sich. »Falls jemand anruft«, nuschelte sie. »Dann können wir beide schnell dran.« Sie ruckelte auf ihrem Platz herum, drehte sich halb auf die Seite und lag still.

Ich starrte zum Telefon, wieder weg und wieder hin. Erst nach einer Weile merkte ich, dass ich den Atem anhielt ... und wirklich darauf wartete, dass es klingelte.

Was ist los mit dir, Juna? Wenn du dich so sehr nach Gesprächen sehnst, hast du hier die große Auswahl. Anzügliche Bemerkungen von Hermann, misanthropische Einwürfe von Antonia oder lustige Geschichten von Käthe. Du musst nur den Mund aufmachen.

Aber das war es nicht. Ich wünschte mir jemanden, der mich fragte, was *ich* erlebt hatte. Wie es *mir* ging. Und die letzte Person außer Gabs, die das getan hatte, war ein fremder Mann, dem ich höchstwahrscheinlich nie im Leben begegnen würde.

Aber jetzt war weder die Zeit für Bedauern noch für wehmütige Gedanken. Im Gegenteil! Ich wandte den Kopf und beobachtete die Straßenzüge von Newquay. Laut Reiseplan sollten wir in einer Stunde am Ziel sein.

St. Ives entschädigte mich für die erlittene Schmach am Morgen. Wir hatten bereits umwerfende Orte besichtigt und hinter uns gelassen, doch dieser war mit Abstand der schönste. Er präsentierte sich bei strahlender Sonne. Wenn ich die Palmen betrachtete – ja, es waren wirklich Palmen! –, musste ein lauer Wind wehen. Die Häuser standen eng zusammen, manche waren weiß getüncht, andere aus Stein und wieder andere bunt gestrichen. Hinter ihnen säumte ein breites, grünblaues Band den Horizont: die keltische See. Wir fuhren direkt darauf zu. Auf einmal war alles vergessen, was mir auf dieser Reise nicht gefallen hatte: Antonias Dauerbeschwerden, Fabios seltsames Benehmen, der Autofahrer, der mich beschimpft hatte.

Ich war glücklich. Es fühlte sich an, als würde Licht durch meinen Körper fluten.

Käthe begann leise zu schnarchen. Ich überlegte, sie zu wecken, damit sie nichts verpasste, ließ es dann aber. Sie war nicht die Einzige – im Bus wurden vereinzelt Knall- und Rasselgeräusche laut –, und außerdem hatte sie im Gegensatz zu mir eine kurze Nacht hinter sich.

Wir hielten an einer roten Ampel neben einer Kunstgalerie, deren Schaufenster mit Bildern in Flammenfarben aufwartete. Ja, St. Ives war ein Ort für kreative Menschen, das hatte ich gestern Abend gelesen. Bereits in den dreißiger Jahren war hier die erste Künstlerkolonie entstanden. Komponisten, Maler und Bildhauer hatten sich angesiedelt, und die Schriftstellerin

Virginia Woolf hatte als Kind viele Sommer hier verbracht. Ich konnte mir gut vorstellen, wie das Flair und die Umgebung die Kreativität der Menschen anregten. Wäre ich einer von ihnen, würde ich mir eine Wohnung mit Meerblick nehmen. Dort konnte ich an einem Tisch sitzen oder vor einer Staffelei stehen, hinaus auf das Wasser starren, träumen und den Geruch nach Salz und Tang einatmen, während in der Bucht die Boote schaukelten. Die Ideen würden nur so fließen – vorausgesetzt, ich wäre ein kreativer Mensch. Kunst erschaffen lag mir nicht sehr. Ich betrachtete oder genoss sie gern, aber da hörte es auch schon auf. Etwas aus dem Nichts erschaffen, dazu hatte ich kein Talent. Dafür liebte ich Pläne, Aufstellungen, Listen, Vorgaben, Termine. Ja, ich hatte durchaus Phantasie und gönnte mir hin und wieder Augenblicke, in denen ich ihr nachhing. Aber die Vorstellung, sie mit anderen zu teilen, fühlte sich seltsam an.

Umso faszinierter war ich daher, dass mein Reiseführer nicht übertrieben hatte: Kaum setzten wir uns wieder in Bewegung, schon erspähte ich die nächste Galerie sowie einen kleinen Buchladen, vor dem weiße Tische mit entzückend verschnörkelten Stühlen standen. Abgesehen von der Farbe glich keiner dem anderen, aber genau das machte ihren Charme aus. Eine farbenfroh bemalte Schiefertafel bot Tee und Kuchen an. In einem Buchladen! Wie hübsch! Direkt daneben saß eine Frau an einem Webstuhl vor »Rosies Wonderland«. Ich wünschte mir mehr rote Ampeln, um öfter anhalten und mehr sehen zu können. Rosies Wunderland befand sich in einem so altertümlich wirkenden Steinhaus, das mich selbst dann zum Besuch verleitet hätte, wenn es eine Versicherungsfirma beherbergen würde. Rasch rechnete ich nach. Wir hatten fünf Stunden Zeit, um den Ort zu erkunden. Viel zu kurz! Wie sollte ich all die verwinkelten Gassen durchstreifen, mir die hübschen Läden ansehen und natürlich noch einen Cream Tea genießen? Ganz zu schweigen von dem Hafen, der auf meiner Reiseliste sehr weit oben stand. So wie die Strände! St. Ives besaß vier.

»Harbour Beach, Porthgwidden Beach, Porthmeor Beach, Porthminster Beach«, murmelte ich und war stolz, alle Namen behalten zu haben. Eine halbe Stunde entfernt lag ein fünfter Strand, Carbis Bay Beach, und zumindest auf den Bildern sahen sie alle umwerfend aus. Manche hatten gar karibisches Flair. Ich konnte es kaum abwarten, meine Schuhe abzustreifen und den Sand unter den Zehen zu spüren. Voller Vorfreude überprüfte ich noch einmal meine Handtasche, checkte Kamera und Portemonnaie. Alles da, alles aufgeladen, alles befüllt.

Vor mir wurde Gemurmel laut, und ich lächelte in mich hinein. Diesem Ort konnten selbst meine Mitreisenden nicht widerstehen. Die Ingbill-Schwestern pressten energisch ihre Zeigefinger auf die Fensterscheibe und versuchten, die jeweils andere auf etwas aufmerksam zu machen. Rudi und Hermann diskutierten miteinander und deuteten nach draußen. Vielleicht würde sogar Antonia vergessen, dass dies nicht Deutschland war, und endlich einmal lächeln. Oder zumindest ihr Gesicht entspannen. Ich überlegte, Käthe zu wecken, brachte es aber noch immer nicht übers Herz. Ihr Schnarchen hatte sich in ein Pfeifen gewandelt.

Wir näherten uns dem Wasser, bogen noch zweimal ab und rollten endlich auf einen Parkplatz. Er war bis auf wenige Autos und eine Reihe imposanter Motorräder leer.

Das Mikrophon knisterte und knackte. Herr Wewers räusperte sich und nahm mir die Entscheidung bezüglich Käthe ab. Sie murmelte eine Reihe von Namen – vermutlich Angehörige ihrer unüberschaubar großen Familie –, schmatzte und blinzelte.

»So, wir sind da, fast genau um elf Uhr«, sagte Herr Wewers.

»Wir haben hier einen Aufenthalt von fünf Stunden. Die Innenstadt ist da vorn links, da geht's zum Hafen, und Sie verlassen den Parkplatz dort hinten. Da ist auch ein Toilettenhäuschen.« Seine Hand flog umher und unterstrich die vagen Richtungsanzeigen. Der Hinweis auf die sanitären Anlagen löste erfreutes Gemurmel aus.

Herr Wewers beendete es mit erneutem Räuspern. Allmählich erinnerte er mich an den Aushilfslehrer in Sozialkunde, den wir alle »Die Maschine« genannt hatten, weil er bereits in der Tür loslegte und die ganze Unterrichtsstunde durchreden konnte. »Um Punkt vier fahren wir zurück zum Hotel, das wir ungefähr eine Stunde später erreichen werden. Ich bitte alle, pünktlich zu sein. Wenn sich jemand verspätet, müssen alle warten, und das geht heute Abend von unserer Zeit beim Essen ab.«

Sämtliche Köpfe – bis auf Käthes, die noch immer mit Aufwachen beschäftigt war – fuhren zu mir herum. Frau Woteski, auch heute wieder im selben Look wie ihr Mann, stand sogar auf, um mich besser sehen zu können. Gut, sie war sehr klein und hatte generell Probleme, über die Sitzlehne zu blicken, aber sie wusste doch, wie ich aussah?

Ich versteifte mich und erwiderte die Blicke stumm. Was hätte ich auch sagen sollen? Die Gruppe bestrafte mich auf ihre Weise für fünf Minuten Wartezeit und warnte mich gleichzeitig, sie auch nur eine Sekunde von ihrem Abendessen abzuhalten. Dass uns bis dahin noch eine Stunde Zeit blieb, wenn wir wirklich um fünf im Hotel eintrafen, interessierte niemanden.

Käthe wählte diesen Augenblick, um den Rest Schläfrigkeit abzuschütteln. Sie blinzelte, setzte sich aufrecht, sah aus dem Fenster und dann mich an. Schließlich griff sie nach ihrer Tasche, stand auf ... und erwiderte verwundert die Blicke der anderen. Ein Lächeln, ein Winken, dann starrte Käthe aus dem Fenster und wieder nach vorn. Sie war sichtlich verwirrt.

»Oh, ich muss etwas verpasst haben«, rief sie und wirkte unbeholfen und ein wenig verschämt. »Aber ich habe so wunderbar geschlafen auf der Fahrt hierher. Dürfen wir noch nicht raus? Sind wir vielleicht zu früh?« Ein entwaffnendes Lächeln folgte. »Ich frage nur, weil wir hier auf dem Parkplatz stehen und alle noch sitzen und auf etwas warten. Das geht ja von unserer Besichtigungszeit ab. Oder ist es draußen zu kalt?« Während sie fragte, zog sie ein Tuch aus ihrer Handtasche und schlang es demonstrativ um ihren Hals. Dabei wirkte sie tatteriger, als ich sie jemals erlebt hatte. Niemand konnte dieser kleinen, gebrechlichen Frau böse sein.

Es knackte, als Herr Wewers das Mikro ausstellte. Ich hörte, wie sich die Türen des Busses öffneten. Gemurmel setzte ein, die Leute standen auf, sammelten ihre Sachen zusammen und machten sich auf den Weg.

Ich atmete auf und dankte dem Schicksal im Stillen dafür, dass es Käthe im passenden Moment hatte wach werden und sie die richtigen Fragen stellen lassen.

Die gewann ihre Agilität zurück, lächelte, tätschelte meine Hand und band ihr Halstuch mit auf einmal erstaunlich sicheren Bewegungen. Ich runzelte die Stirn – und begriff, als sie mir zuzwinkerte, sich ihre Handtasche nebst Telefon schnappte und sich auf den Weg zur Tür machte. Käthe, die alte Schauspielerin! Sie hatte alles genau mitbekommen und ihre Nummer der hilflosen und etwas naiven Großmutter abgezogen. Damit war sie ja bereits bei mir durchgekommen. Man konnte sagen, was man wollte, aber dumm war sie nicht.

Ich verließ den Bus als vorletzter Gast. Lediglich Antonia saß noch immer und starrte verbissen umher. Ich machte, dass ich an ihr vorbeikam, denn dass ihre Laune sich heute im

Laufe des Tages verdüstern würde, war so klar wie der Himmel über Cornwall. Dies war ein Küstenort, und wir parkten in der Nähe von Innenstadt und Hafen. Schafe würden sich hier nicht finden lassen, höchstens auf Kunstdrucken oder Gemälden. Ich bezweifelte, dass ihr das genügte.

Ich trat auf den Parkplatz und atmete die frische Luft ein. Die Nähe zur See war unverkennbar, aber es roch anders als in den Orten, die wir bisher besucht hatten. Frischer, salziger. Urtümlicher. Ich mochte es. Nein, ich liebte es und konnte kaum erwarten, endlich loszulaufen. Immerhin schien die Sonne, und die wenigen Wolken am Himmel deuteten darauf hin, dass das auch so bleiben würde. Mit meiner dünnen Jacke zu der Stoffhose war ich perfekt gekleidet. Ich sah an mir hinunter und zupfte den Kragen meiner Tunikabluse zurecht. Sie war weiß, mit folkloristischen Stickereien an Kragen und Saum. Gabs hatte sie mir von einem Wochenende auf Ibiza mitgebracht. Fast kam ich mir damit selbst wie eine Künstlerin vor.

Der größte Teil der Gruppe pilgerte bereits Richtung Toiletten. Käthe stand am Rande des Platzes und hielt die Nase in den Wind. Die Woteskis diskutierten gestenreich, welche Richtung sie einschlagen wollten. Letztlich entschieden sie sich, der Gruppe zu folgen. Fabio huschte an mir vorbei in den Bus, um etwas mit Herrn Wewers zu besprechen. Seitdem ich ihn abgewiesen hatte, schien er mich zu meiden. Ich hoffte, dass er nicht sauer war oder, schlimmer, gekränkt.

Rudi und Hermann standen am Rand des Parkplatzes und sahen die Straße hinab. Selbst sie konnten sich dem Charme von St. Ives nicht entziehen. Insgeheim triumphierte ich. Bisher hatte ich das Gefühl gehabt, dass ich Cornwall gegen einen Teil der Reisegruppe, der sich permanent unzufrieden zeigte, verteidigen musste. Da freute ich mich über jeden Sieg, und war er noch so klein.

Rudi drehte sich zu mir um, so als hätte er bemerkt, dass ich ihn beobachtete. Er sah nachdenklich aus, dann zupfte er Hermann am Ärmel und deutete auf mich.

Ach du meine Güte.

Ich fasste meine Handtasche fester und eilte auf Käthe zu, die einzige Zuflucht weit und breit. Hermann, in Jack Wolfskin und mit Hightech-Turnschuhen, war jedoch schneller.

»Hey, warte mal!«

Ich gab vor, nicht zu bemerken, dass er mich meinte, was wunderbar funktionierte, bis er sich mir in den Weg stellte und mich angrinste. Innerlich wappnete ich mich für einen weiteren Kalauer. Wenn er das Gespräch nun wieder auf das Telefonat mit meinem angeblichen Liebsten brachte, würde ich ihm die Meinung geigen! Hinter meinem Rücken ballte ich probeweise schon einmal eine Hand zur Faust.

Rudi, der treue Schatten, tauchte neben seinem Freund auf. Ich bemühte mich um Höflichkeit. »Kann ich helfen?«

»Absolut«, sagte Hermann und strahlte. »Absolut. Du hast doch bestimmt etwas über die Orte gelesen, oder? Also über alle, die wir besuchen?«

Was war denn das für eine Frage? Er etwa nicht? Allmählich fragte ich mich wirklich, was manche Gäste auf dieser Fahrt zu suchen hatten. »Natürlich«, sagte ich daher streng. »Sie haben sich doch sicher auch informiert.«

»Sicher, sicher«, murmelte Rudi und wischte sich über die Stirn. Die Sonne schien zwar, aber dass er schwitzte, war doch etwas übertrieben.

Hermann nickte. »Wie mein Klabauterkumpel sagt, sicher. Aber das Gedächtnis im Alter, musst du wissen. Nun, da kommst du auch noch hin. Ich habe auf jeden Fall alles vergessen, was ich über St. Ivy gelesen habe, und Rudolf leider auch. Daher ...«

»St. Ives.«

Er runzelte die Stirn und schüttelte den Kopf, als wäre meine Bemerkung eine Fliege, die ihn nervte. »Ja, ganz genau. Also, was weißt du darüber?«

Ich war verwirrt. »Worüber?«

»Na, über den Ort hier.« Er breitete die Arme aus. »Ist er groß?«

Ich überlegte. »Das kommt darauf an, was Sie meinen. Laut meinem Reiseführer leben hier über elftausend Menschen, aber die Ausgabe ist ein paar Jahre alt. Wenn Sie nun die Fläche ...«

Er winkte ab. »Elftausend klingt nicht sehr groß.«

Rudi nickte in bester Jo-Jo-Manier. »Bleiben die so klein?«

Ich sah von einem zum anderen. Sie mochten sich blind verstehen, aber ich hatte da meine Probleme. »Was bleibt so klein?«

»Na, die Orte, in die wir noch fahren«, sagte Hermann. »Wir sind ja hier ziemlich weit im Westen.«

Ich überschlug in Gedanken den Reiseplan. »Der nächstgrößere Ort ist Bath. Aber morgen fahren wir zum Minack Theatre und dann natürlich noch nach Tintagel.« Für mich war das eines der Highlights der Reise.

Die Gesichter der zwei erhellten sich nicht.

»Das mit der Burg? König Artus?«, half ich nach und erzeugte synchrones Nicken. Ich war nicht sicher, ob wirklich die Erinnerungsfunktion bei ihnen angesprungen war, aber mehr würde ich wohl in dieser Hinsicht nicht erreichen. »Das ist jedenfalls viel kleiner als hier.«

»Klasse«, sagte Hermann, fasste Rudis Arm und schüttelte ihn so begeistert, dass er um sein Gleichgewicht kämpfen musste. »Das passt wunderbar. Dann können wir jetzt endlich loslegen! Bis Bath haben wir noch Zeit, nicht wahr?« Die Frage ging an mich.

»In zwei Tagen sind wir dort.«

»Ah, wunderbar, wunderbar. Und hier in der Ecke ist alles so klein, oder? Also abgesehen von den Orten, die wir eh besuchen. Wir überlegen nämlich, ob wir abends noch ein wenig auf Tour gehen sollen.«

Er überraschte mich. Redete er von Pubtouren – oder wollte er wirklich außerhalb des regulären Reiseplans Orte besichtigen? Das hatte ich nicht von ihm erwartet. Aber wie sagte Gabs' Oma doch immer? Man konnte Köpfe zwar mit einem Beil spalten, aber vorher nicht hineingucken.

»Nun, was ich laut Beschreibung noch unheimlich faszinierend fand, ist Boscastle.« Ich dachte kurz nach, griff dann aber zur Sicherheit doch in Fach zwei meiner Handtasche, wo ich gestern Abend meine Notizen verstaut hatte. Schließlich wollte ich nichts Falsches sagen. »Einen Moment bitte«, sagte ich und klappte mein Notizbuch auf. »Boscastle liegt von unserem Hotel in Newquay aus kurz hinter Tintagel. Es ist ein bezaubernder kleiner Ort mit ungefähr eintausend Einwohnern – ich hab da leider nur ältere Angaben gefunden. Es gibt dort das High Cliff, die höchste Klippe Cornwalls, und die Ruinen von Bottreaux Castle. Bekannt ist auch das Hexenmuseum. Es beherbergt die weltweit größte Sammlung an Artefakten, die mit Magie in Verbindung gebracht wurden.« Ich merkte, dass ich vor Begeisterung schneller redete, und riss mich zusammen. Dies war der zweite Aspekt, der für mich Cornwall ausmachte: Magie. Neben süßen Häusern, atemberaubender Landschaft und dem Gefühl, selbst eine Lady auf einem Landsitz zu sein, war die Gegend für mich verbunden mit Drachen, Merlin und der Artuslegende. Allein in Boscastle, hatte Tante Beate erzählt, kam man um Postkarten und Anhänger mit magischen Motiven nicht herum. Generell war das nichts für mich, aber es schuf eine Kulisse, die fremd, exotisch und spannend war.

Zudem wollte ich für Gabs und Onkel Olli je einen Kristall mitbringen, mit dem sie dann irgendetwas anstellen konnten, wovon ich sicher nichts wissen wollte.

Rudis und Hermanns Blicke verrieten mir, dass auch sie einiges nicht wissen wollten. »Na, und wie weit ist das jetzt?« Rudis Frage klang eher wie eine Entschuldigung.

Ich blätterte um. »Laut Internet sind es 32 Meilen mit dem Auto, also ungefähr eine Stunde Fahrt. Von Tintagel nur zehn Minuten.«

Wieder ein Faustschlag von Hermann. Rudi schwankte nicht einmal. Seine Schulter musste grün und blau sein. »Das passt! Wir können auch einfach mal so rumfahren und die Orte abklappern. Je kleiner und weiter weg vom Schuss, desto besser!«

»Ich glaube nicht, dass in den ganz kleinen Orten viel zu besichtigen sein wird«, warf ich ein. »Es sei denn, Sie wollen die Landschaft betrachten. Es gibt sicher überall Pfade, die an den Klippen entlangführen.«

Hermann winkte ab. »Ach, mach dir mal keine Gedanken.« Da war es wieder, dieses hektische Zwinkern. »Aber jetzt wollen wir dich nicht länger aufhalten, willst sicher wieder ...« Er hob eine Hand an sein Ohr und grinste anzüglich. Dann packte er Rudi und zerrte seinen Freund hinter sich her zur Straße, wo bereits ihre Frauen warteten.

Ich verdrehte die Augen, verstaute mein Notizbuch und blickte auf, als jemand dicht an mir vorbeiging. »Na, schon wieder die Letzte? Heute ist wohl nicht dein Tag, was?« Herr Wewers wartete keine Antwort ab, sondern stapfte mit energischen Schritten weiter. Mit einem Seufzer wandte ich mich um, doch der Bus war bereits verschlossen und von Fabio weit und breit nichts zu sehen. Dafür winkte Käthe mir zu. Nun ja, ich konnte ihn noch immer heute Abend fragen, ob er sauer auf mich war. Vielleicht war es gar nicht so verkehrt, den Ort zusammen mit Käthe zu erkunden. Wer wusste schon, wer in den kommenden Stunden anrief.

15

Wenn ich eines unterschätzt hatte, so war es die Zeit. Oder wie wohl ich mich in St. Ives fühlen würde. Bereits nach dem zweiten Laden, einer Mischung aus Galerie, Café und Souvenirshop, merkte ich, dass meine ursprüngliche Planung nicht aufging. Das irritierte mich. Planung war nicht nur mein Beruf, sondern auch ein wichtiger Teil meines Lebens. Ich schätzte täglich Zeiten ab, schob Termine hin und her und jonglierte mit verschiedenen Faktoren. Es funktionierte wunderbar. Zwar würde ich mir Termine auch so merken können, aber ein schriftlich festgelegter Plan erfüllte mich mit Zufriedenheit.

Jetzt starrte ich auf die Tabelle, die ich für St. Ives erstellt hatte, und korrigierte sie im Geiste. Ich hatte eine Stunde für den Hafen eingerechnet, eine für die Innenstadt, zwei für die Strände sowie etwas Pufferzeit für einen Snack und je zwanzig Minuten für den Weg zum Parkplatz. Nun war bereits nahezu eine Stunde um, und ich hatte nicht einmal eine Straße geschafft – ganz abgesehen davon, dass ich Käthe verloren hatte.

Ich blinzelte in die Sonne, die in abertausenden Reflexionen im Hafen tanzte: auf dem Wasser, den Booten und den Schieferdächern der Häuser, die sich hier drängelten, als wollten sie auch einen Blick auf die See werfen. Der Duft von frischem Kaffee und Kuchen vermengte sich mit dem von gebratenem Fisch. Eine Brise strich über meine Wangen, ehe sie in der Nähe ein Windspiel klingeln ließ. Es war so schön, dass ich innehielt und einen Moment lang an nichts dachte. Menschen liefen vorbei, unterhielten sich auf Englisch. Ich hörte, dass sich ihre Akzente voneinander unterschieden, konnte aber keinen einordnen. Eine junge Frau lachte, und ein Mann stimmte ein.

Und plötzlich war ich einfach nur glücklich. Ich verstand Tante Beate, ahnte sogar, was es mit ihrem Ruhepunkt auf sich hatte und warum sie manchmal Begebenheiten beschrieb, die sich zu Hause in Deutschland seltsam anhörten. Hier passten sie hin. Hier durfte man auch mal lächeln, die Arme ausbreiten und sich um sich selbst drehen, und niemand würde einen deshalb als Spinner bezeichnen. Eine Möwe krächzte über mir, und ich schloss die Augen. Wegen Momenten wie diesem hatte ich die Reise gebucht. Ich war endlich am Ziel.

»Junalein!«

Ich war fast dankbar, als Käthe mich aus der Trance riss, in die ich zu fallen drohte. Nicht auszudenken, wenn ich wirklich die Arme ausgebreitet und einen Tanz aufgeführt hätte! Womöglich hätte es die Einwohner, all diese Künstler oder Fischer, nicht gestört. Aber was, wenn jemand aus meiner Reisegruppe es gesehen hätte? Das wäre mir schrecklich peinlich gewesen.

Ich blinzelte und hielt auf Käthes Hand zu, die wild durch die Luft wedelte. An der Promenade war einiges los, und so brauchte ich eine Weile, um mir den Weg zu bahnen.

Käthe saß in adretter Haltung auf einer Steinmauer, hinter der Boote auf dem Sand lagen, und ließ die Beine baumeln. Sie hatte ein Stofftuch untergelegt – woher sie das hatte, war mir ein Rätsel – und die Hände auf dem Schoß platziert. Zwischen ihren Füßen und dem Boden war ein gutes Stück Platz, und ich fragte mich, wie sie es auf die Mauer geschafft hatte. Sie sah zierlicher aus als sonst, erst recht neben dem Mann, mit dem sie plauderte.

Er war vor allem eines: stattlich. Ich schätzte ihn auf ungefähr eins neunzig, zudem war er eher kräftig als dünn. Trotz der angenehmen Temperaturen war er komplett in schwarzes Leder gekleidet. Sein eisgrauer Bart reichte ihm bis zur Brust, dafür prangten auf seinem Kopf lediglich Stoppeln. Buschige Brauen schwebten über dunklen Augen in einem kantigen Gesicht. Ich war mir nicht sicher, ob er mich im nächsten Moment anlächeln oder -brüllen würde. In einer Hand hielt er eine Pfeife.

»Käthe«, sagte ich und sah den Kerl fragend an. »Entschuldigen Sie, es hat etwas länger gedauert.«

Sie strahlte und wedelte noch immer mit der Hand. »Das ist doch gar kein Problem, wir sind hier im Urlaub, da läuft uns niemand mit einer Stoppuhr hinterher. Außerdem hatte ich eine reizende Unterhaltung. Das ist Heinz. Er kommt aus Deutschland, aus Berlin, und ist den ganzen Weg bis hier mit dem Motorrad gefahren! Und dann mit dem Zug durch den Tunnel, stell dir das mal vor. Das ist sicher unheimlich!« Sie schüttelte sich, doch es schmälerte ihre Begeisterung nicht.

Ich nickte Heinz zu und streckte ihm höflich eine Hand entgegen. »Juna Fleming. Freut mich, Sie kennenzulernen.«

Er begutachtete mich eine Weile, schlug dann die Pfeife gegen den Stein und packte meine Hand so, als ... verblüfft starrte ich darauf. Als hielte er ein rohes Ei.

»Im Urlaub und dann so förmlich? Das musst du bei mir nicht sein, junge Dame. Ich nehme doch an, du reist zusammen mit Käthe?« Er ließ meine Hand wieder los.

»Ja, also das heißt eigentlich nein, wir ... also ...« Ich zögerte und suchte nach den passenden Worten. Die großen Augen in Käthes herzförmigem Gesicht lächelten mich immer noch an. »Ja, wir reisen zusammen. Aber ich bin nicht ihre Enkelin.«

Heinz' buschige Augenbrauen führten einen regelrechten Tanz auf. »Zu deinem großen Pech, meine Liebe! Von so einer

Oma kann man viel lernen – ganz abgesehen von den guten Genen.« Er nahm Käthes Hand und hauchte einen Kuss in die Luft knapp darüber. Käthe senkte den Kopf und kicherte. Ich könnte schwören, dass ihre Wangen etwas mehr Farbe bekamen, als die gute Seeluft ihnen ohnehin schon zugefügt hatte.

Heinz zwinkerte mir zu. »Wobei du auch sehr hübsch bist, Juna.«

Zum Glück verzichtete er bei mir auf den Handkuss, ich war bereits verlegen genug. »Reisen Sie allein?«

Er lachte. Es klang, als würde eine Steinlawine einen Berg herabrollen. »Sag ruhig du zu mir. Nein, ich bin mit meinen Jungs unterwegs.« Er drehte sich, so dass ich den Schriftzug ›Motorradclub Altes Eisen Berlin‹ lesen konnte. »Die machen gerade den Ort unsicher. Alle im gehobenen Alter, aber das ist immerhin das Beste, nicht wahr, meine Liebe?«, wandte er sich an Käthe.

Sie nickte. »Ich zumindest habe viel Spaß.«

»Das sieht man dir auch an. Glaub mir mal, ich hätte nicht jedes Mädel angesprochen. Aber wenn eine so strahlt wie du …« Er zuckte die Schultern, und Käthe kicherte erneut.

Ich überlegte, ob ich weitergehen und die beiden allein lassen sollte. Insgeheim verglich ich Heinz automatisch mit Fabio und erschrak. Denn wo ich mir einen Gentleman erträumte, der mich wie eine Kostbarkeit behandelte, hatte Käthe mühelos einen gefunden. Zwar war er kein britischer Lord, sondern ein Motorradfahrer aus Deutschland, aber machte das wirklich einen Unterschied? Käthe schien seine Aufmerksamkeit zu gefallen, und obwohl ich ihn kaum kannte, glaubte ich nicht, dass er böse Absichten hatte.

Was sollte er auch tun? Sie über die Schulter und dann auf sein Motorrad werfen, um sie zu entführen?

Ich fühlte mich ein wenig fehl am Platz und war nicht sicher, ob ich die zwei allein lassen sollte. Heinz nahm mir die Entscheidung ab.

»Wärst du sehr enttäuscht, wenn ich Käthe etwas herumführe? Vielleicht eine Stunde? Sie hat sich vorhin bereiterklärt, mir noch eine Weile das Geschenk ihrer Gegenwart zu machen, und ich würde mich darüber sehr freuen.«

Natürlich war ich einverstanden, trotzdem regte sich das Stimmchen der Vorsicht in mir. »Natürlich, kein Problem. Wohnen Sie ... wohnst du in der Nähe, oder bist du auf der Durchreise?« Es konnte nicht schaden, mehr über ihn herauszufinden, ehe ich Käthe mit ihm von dannen ziehen ließ.

»Wir haben uns zwei Ferienhäuser in der Nähe von Land's End gemietet. Ist eine nette Strecke dorthin.« Er stand auf und sah Käthe fragend an. Als sie nickte, fasste er sie an der Taille und hob sie so vorsichtig von der Mauer, als wäre sie eine Porzellanpuppe. Sie lachte vor Vergnügen. Nun wusste ich immerhin, wie sie dort heraufgekommen war.

Heinz nahm das Tuch, auf dem Käthe gesessen hatte, faltete es zusammen und stopfte es in die Tasche seiner Lederjacke. »Ich bringe sie dir heil zurück, versprochen.«

Käthe sah zu mir auf. »Sollen wir uns in einer Stunde wieder hier treffen?«

Ich war noch immer unschlüssig, aber letztlich ging es mich nichts an. Wir waren nicht verwandt, zudem hatte ich Mads erst neulich am Telefon gepredigt, dass er ihr mehr Freiheit lassen sollte. Und jetzt fing ich selbst an, wie ein Wachhund auf Käthe aufzupassen! »Gut, in einer Stunde«, sagte ich, sah auf die Uhr und prägte mir die Zeit minutengenau ein. »Haben Sie Ihr Telefon dabei, Käthe?«

»Gut, dass du das sagst!« Sie öffnete ihre Handtasche, kramte, zog es heraus und drückte es mir in die Hand. »Hier, Kindchen. Dann hab viel Spaß.«

Ich war perplex. So war das nicht gedacht. »Eigentlich wollte ich ...« Ja, was wollte ich eigentlich? Weder hatte ich ihre Nummer noch sie meine. Im Notfall konnten wir uns nicht gegenseitig erreichen. Ich musste mich bei nächster Gelegenheit darum kümmern. Nur zur Sicherheit. »Was machen wir, wenn sich eine von uns verläuft?«, fragte ich und beglückwünschte mich insgeheim zu dieser Frage. Es wirkte weniger misstrauisch.

Heinz streckte eine Hand aus. »Gib her, ich speichere am besten meine Nummer ein.«

»Das ist eine wundervolle Idee«, sagte Käthe. Sie sah aufmerksam zu, wie er auf den Tasten herumtippte und mir das Handy kurz darauf zurückgab.

»Also dann, bis später«, sagte er und bot Käthe einen Arm. Sie hakte sich ein, und gemeinsam schlenderten die zwei am Wasser entlang. Es war ein seltsamer Anblick, weil sie ihm mit Mühe bis zur Brust reichte und halb so schmal war. Doch dann traf ein Sonnenstrahl ihre Gestalten, tauchte sie in das spezielle Licht von St. Ives, und auf einmal gab es nichts Merkwürdiges mehr. Käthe und Heinz, der Motorradfahrer, wurden zu zwei Menschen, die sich mochten und miteinander lachen konnten.

Ich begriff zu spät, dass es Sehnsucht war, die ich spürte. Fast fühlte ich mich mir selbst gegenüber wie eine Verräterin. Ich war nicht hier, um mich zu verlieben, sondern wegen der Landschaft. Ich erlaubte mir, von meinem Lord zu träumen, der mich auf seinem Pferd entführte und zu seinem weißen Haus brachte, wo wir am Abend Gin Tonic schlürften und dem Gesang der See lauschten. Oder ich hatte mich über den Abend mit Fabio gefreut, der sich leider als Idiot herausgestellt hatte. Aber ich musste nicht krampfhaft nach einem Mann suchen. Ich war glücklicher Single! Entschlossen reckte ich den Kopf und sah Lise und Gerda, die mit finsteren Gesichtern auf mich zuhielten.

»Das hätten wir uns sparen können«, rief Gerda mir zu, ohne ihre Geschwindigkeit zu verringern. Ihr Kopf war hochrot. Lise auf ihren hohen Absätzen gab ihr Bestes, um mitzuhalten.

»Antonia?«, riet ich und trat vorsorglich einen Schritt beiseite.

Gerda schüttelte den Kopf nicht, sie headbangte. »Ach, die haben wir doch gleich am Parkplatz zurückgelassen. Nein, die Herren der Schöpfung! Erst warten wir stundenlang, weil sie etwas in einem Laden klären wollen.« Mit den Fingern deutete sie Gänsefüßchen in der Luft an, doch es sah eher aus, als wollte sie jemandem das Gesicht zerkratzen. »Dann nörgeln sie über unser Schritttempo und drucksen herum, und erst als man sie direkt fragt, kommt heraus, dass sie keine Lust auf den Hafen haben!«

»Das hätten sie auch von Anfang an sagen können«, ergänzte Lise.

»Dann hätten wir nicht so viel Zeit mit Warten verschwendet«, sagte Gerda und beschleunigte erneut. »Wir sehen uns im Bus!«

Ich hob eine Hand, und weg waren sie. Nachdenklich sah ich ihnen hinterher, blinzelte in den Azurhimmel und dankte dem Schicksal. Es hatte mich rechtzeitig davor bewahrt, in den Strudel aus Selbstmitleid zu geraten, der sich bereits aufgemacht hatte, mich in die dunklen Tiefen der Singlejammereien zu ziehen. Dabei hatte ich ja durchaus allein Spaß, und vor allem konnte ich selbst bestimmen, was ich mir ansehen wollte. Entschlossen setzte ich mich auf die Mauer, streckte die Beine aus und ließ die Stimmung auf mich wirken.

Obwohl die Cafés und Restaurants voll besetzt waren und viele Leute einfach nur vorbeischlenderten, wirkte es nicht hektisch. Im Gegenteil, die schaukelnden Boote verströmten eine unglaubliche Ruhe. Auf einem saßen zwei Möwen und schnäbelten miteinander. Ich beobachtete sie eine Weile, bis die Sonne mich blendete. Ich drehte mich wieder um – vor mir war ein Pärchen stehen geblieben und küsste sich innig. Ich sah schnell zur Seite, um nicht wie eine Voyeurin zu wirken. Mein Blick fiel auf zwei Hunde, die …

Echt jetzt?

Vorhin hatte das Schicksal es noch gut mit mir gemeint, und nun? Wollte es mir zeigen, dass ich als einziges Lebewesen im Hafen allein war?

Ich starrte auf Käthes Telefon, schickte dem Himmel einen letzten Blick voller Trotz, öffnete das Telefonverzeichnis und wählte eine Nummer. Während ich dem Freizeichen lauschte, drehte ich mich um und ließ die Beine über die Mauer baumeln. Immerhin waren die Möwen verschwunden.

»Hey Oma«, meldete sich Mads. »Oder bist du es, Juna?«

»Ich bin es«, sagte ich. Im Hintergrund hörte ich jemanden fluchen, dann krachte etwas. »Störe ich?«

»Nein, gar nicht. Ich schleppe gerade mit Thorsten Möbel, und um ehrlich zu sein, kann ich eine Pause gut gebrauchen.«

Thorsten? Ah, der Cousin mit der Umzugsfirma, ich erinnerte mich. »Oh, bei dem Wetter ist das kein Spaß.«

»Wetter? Hier regnet es.«

»Ha, hier scheint die Sonne, und ich denke ernsthaft darüber nach, meine Jacke auszuziehen.«

»So. Du rufst mich also an, um mit den Temperaturen in Cornwall anzugeben. Wie unverschämt, junge Frau. Wo seid ihr gerade, schon in St. Ives?«

Er hatte es behalten! Ich fühlte mich augenblicklich besser. »Ja, sind wir, aber eigentlich rufe ich dich an, um dich darüber zu informieren, dass Käthe einen Kavalier gefunden hat.« Die Worte kamen schnell heraus, und ich verdrängte energisch mein schlechtes Gewissen. Es war nicht wirklich eine Lüge, wenn ich etwas vorschob, das den Tatsachen entsprach, oder? Aber ich wollte Mads Carstens nicht sagen, dass ich ihn angerufen hatte, weil ich mich allein fühlte und nicht auf dieser Mauer sitzen wollte, während mich andere beobachteten oder, schlimmer, bedauerten.

Dass meine Entscheidung keine gute Idee gewesen war, hätte ich mir denken können. Spätestens, als Mads scharf Luft holte, war es mir sonnenklar. »Sie hat was?«

Mist! Aber ich hatte mir die Suppe eingebrockt und musste sie jetzt auch auslöffeln. Keinesfalls wollte ich, dass er Käthe später die Leviten las und ihr den schönen Tag verdarb. »Mach dir keine Sorgen. Ich habe seine Nummer, und er scheint wirklich ein netter Kerl zu sein.«

»Wie nett?«

»Nett.« Würde ich nicht telefonieren, hätte ich nun die Arme verschränkt. »Er hat ihr einen Handkuss gegeben, macht ihr Komplimente und hebt sie mit Leichtigkeit von einer Mauer. Als sie losgegangen sind, hat er ihr den Arm geboten. Ich habe seine Telefonnummer und treffe mich in knapp einer Stunde wieder mit ihnen. Also ist es besser, wenn du dich gar nicht erst aufregst.«

Er brummte. »Ich rege mich nicht auf.«

»Aber du hattest es vor.« Er schwieg. Ich biss auf meine Lippe. »Mads?«

»Nun gut, ein wenig. Aber ich strenge mich an und halte mich zurück.«

»Ich merke es, und ich rechne es dir hoch an.«

»Das will ich hoffen. Ich tu das ja vor allem für dich.« Obwohl es knurrig klang, merkte ich plötzlich, dass ich wie eine Idiotin grinsen musste. Rasch brachte ich meine Mundwinkel wieder unter Kontrolle.

»Ich weiß das zu schätzen, vielen Dank«, sagte ich mit fester Stimme und klang trotzdem sanfter als sonst.

Mads schwieg, doch die Stille in der Leitung war nicht unangenehm. Im Gegenteil, sie ließ mir Zeit, alles in Ruhe zu betrachten: das rot-weiße Boot mit dem süßen Mast, auf dessen Rumpf ›Ellen-Su‹ gepinselt war. Die unzähligen Blautöne von Wasser und Himmel, die am Horizont miteinander verschmolzen. Die endlose See. Der Sonnenuntergang musste hier bei klarem Wetter wunderschön sein.

»Also«, sagte Mads. »Was siehst du dir gerade an?«

Ich antwortete, ohne zu überlegen. »Das Wasser und die Boote. Manche liegen auf Sand, die weiter draußen bewegen sich nicht, obwohl ein leichter Wind weht. Keines sieht aus wie die anderen, und die meisten sind bunt. Ich sehe nur ein braunes. Kein Grau oder Schwarz. Es passt zum Ort. Fröhlich, aber auch verträumt.«

»Das klingt schön. Friedlich.«

»Das ist es. Seltsam, weil die Hafenpromenade vor Leben nur so brummt. Sie ist nicht sehr lang, aber überall sind Leute. Und trotzdem stören sie die Ruhe nicht, die man ... na ja, die man sehen kann.« Ich stolperte über die Worte. Nicht, weil ich danach suchen musste, sondern weil mir plötzlich auffiel, dass ich einfach gesagt hatte, was mir in den Sinn gekommen war. Ich hatte nicht darüber nachgedacht, wie es bei ihm ankommen oder ob er darüber lachen würde. Oder dass man Männern, die man kaum kannte, keinen Einblick in seine Träume gab.

»Stehst du im Wasser?« Seine Stimme war leiser geworden, sanfter, so wie das Licht von St. Ives.

»Ich sitze auf einer Mauer. Unter mir ist Sand. Dies ist bisher wirklich der schönste Ort, den wir besucht haben. Ich glaube sogar der schönste, den ich jemals gesehen habe.« Ich überlegte. »Was ist deiner?«

»Der schönste Ort, den ich gesehen habe?«

»Ja.« Ich zog meine Jacke aus und lauschte seinem Schweigen.

»Ich weiß es nicht«, sagte er.

»Wie kannst du das nicht wissen? Bist du so viel herumgekommen?«

»Ich denke, dass es immer auf die Umstände ankommt. Der schönste Ort kann düster wirken, wenn etwas nicht stimmt. Es geht ja nicht nur um den Ort an sich, sondern darum, was man mitbringt. Seine Stimmung, seine Erwartungen. Manchmal auch Menschen, mit denen man sich gut versteht oder auch streitet. Das alles kann die Stimmung färben. Aber man hat nur eine Erinnerung an den Ort. Und wäre es nicht unfair, wenn man die von schlechten Faktoren beeinflussen ließe?«

»Nenn mir ein Beispiel.« Ich wusste, was er meinte, aber ich wollte ein Bild dazu. Vielleicht nur, weil es mir gefiel, dass ich in der Sonne saß und seiner Stimme lauschte.

»Okay. Ich war vor ein paar Jahren auf den Whitsunday Islands in Australien und hatte mir eine schwere Grippe eingefangen. Also lag ich dort bei hohen Temperaturen in meinem Bett und habe darauf gewartet, dass die Zeit vorbeigeht. Ich habe nichts von den weißen Stränden gesehen und bin auch nicht getaucht. Ich habe endlose Tage einfach nur vor mich hin vegetiert und erst hinterher erfahren, dass es über eine Woche war. Danach hat mich die Gegend nicht mehr interessiert, ich wollte einfach nur weg. Ich konnte schon diesen verdammten Papagei nicht hören, der jeden Morgen in der Nachbarhütte krächzte. Dafür war ich einmal mit Thorsten in Serbien unterwegs, in der Fruška Gora. Das ist ein kleines Mittelgebirge, stark bewaldet. Nationalpark. Wir wollten drei Tage wandern und uns ein paar Klöster ansehen. Am ersten Tag trafen wir Mitch, einen Engländer, der sich am Rande des Gebiets eine

Hütte gekauft hatte. Sie war klein, mit einem stark abfallenden Stück Garten, in das er vier Plastikstühle gestellt hatte. Dort saßen wir morgens und beobachteten den Sonnenaufgang. Wir sahen nur Wiese und Bäume, aber es war so friedlich, und Mitch war ein toller Kerl, also sind wir dort geblieben. Die ganzen drei Tage. Und wenn du mich fragst – ja, die Gegend zählt zu den schönsten, die ich jemals gesehen habe. Ich würde wieder hinfahren.«

Dieses Mal war ich diejenige, die schwieg. Ich ließ seine Worte nachklingen, malte mir die Gegend aus, die er beschrieben hatte, und fragte mich, wie es wäre, Cornwall zu zweit zu erkunden. Beispielsweise mit jemandem, an dessen Schulter ich mich lehnen konnte.

»Hey!«

Verwundert starrte ich den Typen an, der sich neben mich auf die Mauer plumpsen ließ und auf den Hafen deutete. »Nice, eh? The boats? What's your name? Hm?« Bei jeder Frage rückte er näher, und schon presste sich seine Schulter an meine. Er hatte rotes Haar, war spindeldürr und allerhöchstens seit kurzem volljährig.

»So war das mit der Schulter nicht gedacht«, murmelte ich, stand hastig auf und ignorierte die Bemühungen meines neuen Freundes, mich zum Bleiben zu überreden. Das Schicksal nahm mich einfach zu wörtlich. Sollte es in all der Zeit nicht gelernt haben, Aussagen und Wünsche abzuwägen?

»Wie bitte?«, fragte Mads.

»Ach nichts«, sagte ich und trat auf die Promenade. »Das klingt alles, als wärst du ein ziemlicher Weltenbummler.«

Er lachte. »Das ist übertrieben. Ich verreise gern.«

»Und wirst dann mal eben Fahrlehrer auf Barbados?«

Etwas zischte. Ich stellte mir vor, wie er eine Cola öffnete und die Perlen des Kondenswassers außen an der Flasche ...

okay, entweder zu viel Werbung oder zu viel Phantasie. Ich musste das Bild des oberkörperfreien Mannes mit dem dunklen Haar schleunigst aus meinem Kopf bekommen! Ob Mads durchtrainiert war? Genügten drei Tage wandern in einem Gebiet, dessen Namen ich nicht einmal aussprechen konnte, um eine gute Figur zu bekommen? Mir würden sie reichen. Zumindest hätte ich nach drei Tagen Gekraxel teilweise eine neue Figur, weil meine Füße auf das Doppelte ihrer ursprünglichen Größe angeschwollen sein würden.

»Juna?«

Mist, ich hatte schon wieder nicht mitbekommen, was er gesagt hatte.

»Ja! Ich wollte nur warten, bis du die Cola ausgetrunken hast.«

»Welche Cola?« Ehrliches Erstaunen.

»Vergiss es«, plapperte ich hastig. »Ich wollte nur sagen, dass man im Urlaub ja nicht mal eben beschließt, Fahrlehrer zu werden. Dafür muss man ja länger bleiben. Oder war das vor der Ausbildung als Speditionskaufmann?«

»Woher weißt du denn davon?«

Erwischt! Ich wich zwei hüpfenden Kindern aus. »Käthe hat es mir erzählt.«

Er stöhnte. Wahrscheinlich stellte er sich gerade vor, welche schrecklichen Geschichten aus seiner Kindheit Käthe noch zum Besten gegeben hatte. Ich hatte nicht vor, diesbezüglich Entwarnung zu geben. Sollte er ruhig auch ein wenig leiden.

»Damit hätte ich rechnen müssen. Ich frage besser nicht weiter nach.«

»Das ist wohl besser, ja«, sagte ich und biss mir in die Hand, um nicht loszulachen.

»Und unfair«, sagte er, klang aber, als hätte er Spaß. »Aber nun gut, ich nehme es als Strafe für mein schlechtes Verhalten am Anfang. Und erzähle dir, obwohl du es vielleicht schon weißt, dass ich nach der Ausbildung ganze zwei Jahre in dem Beruf ausgehalten und dann gekündigt habe. Danach bin ich gereist und habe Gelegenheitsjobs angenommen, um das zu finanzieren. Unter anderem die Fahrlehrersache.«

»Du hast eine feste Anstellung aufgegeben, ohne etwas Neues zu haben?« Das kam einem Bungeesprung gleich. Beides würde ich niemals in meinem Leben tun, es sei denn, man zwang mich mit Waffengewalt dazu.

»Ich war nicht glücklich in dem Beruf, Juna.«

»Ja, aber ...« Mir gingen die Argumente aus. Konnte man glücklich sein, wenn man nicht wusste, was man am nächsten Tag tun sollte? Machte Unsicherheit nicht unglücklich? Ich öffnete bereits den Mund, schluckte die Frage dann aber hinunter. Noch kannte ich Mads zu wenig, um solche Grundsatzdiskussionen mit ihm zu führen, und ich wollte nicht riskieren, dass die Stimmung umschlug und er sich wieder in den grummeligen Soldaten verwandelte. »Aber gut. Irgendwann musst du mir das genauer erzählen.«

»Gern.«

Jetzt erst wurde mir bewusst, was ich soeben gesagt hatte. Wie vertraut es klang. Das allein bewirkte, dass ich den Faden komplett verlor. Ich musste dabei so verwirrt aussehen, dass mich eine Dame in bodenlangem Sari mit einem »Are you okay, my dear?« anhielt. Ich nickte, bedankte mich mit einem Lächeln und ging weiter. Meine Gedanken liefen auf Hochtouren. Schnell, ich brauchte ein belangloses Smalltalk-Thema. Das Wetter? Das englische Essen? Antonias schrecklicher Modegeschmack?

Mads rettete mich mit der Lässigkeit eines Kenners aus meiner Misere. »Aber nun erzähl mir doch endlich von dem Kerl, der meine Oma verschleppt hat.«

»Mehr als einen Kopf größer als ich, Ledermontur, langer Bart«, ratterte ich hervor. »Er ist Pfeifenraucher und mit seiner Motorradgang unterwegs.«

Entweder keuchte oder hustete er, das konnte ich nicht feststellen. »Verstehe. Du könntest ihn also bei der Polizei identifizieren?«

Ich zwang meine Mundwinkel herab. »Ich denke schon. Wobei Käthe ja ganz fit ist, wenn sie will, und ihm im Falle eines Entführungsversuchs wohl entwischen würde.«

»Im Falle einer Entführung vermute ich sogar, dass meine Oma Spaß daran hätte. Sie wollte immer schon Motorrad fahren. Bei mir ist sie damit aber nicht durchgekommen.«

»Warum nicht?« Dass er ein Motorrad besaß, hätte ich mir denken können. Wahrscheinlich hatte er sich auch mal ein Gummiseil um den Fuß gebunden, um wie ein Verrückter von einer Brücke zu hüpfen. Oder sich in eine Plastikkugel sperren lassen, um darin von einem Abhang zu rollen. Bei solchen Leuten musste das Schicksal doch Doppelschichten einlegen, damit sie den nächsten Sonnenaufgang erlebten!

»Warum nicht? Sie ist zweiundachtzig!«

»Ich weiß«, sagte ich vergnügt und wich einer Taube aus. Mittlerweile war ich fast am anderen Ende des Hafens angekommen, lief ein passables Tempo und war nicht einmal außer Atem! Vielleicht sollte ich Mads bitten, mit mir zu telefonieren, während ich joggte. »Aber vielleicht macht sie so was glücklich«, wählte ich seine Worte. »Es scheint, als hättet ihr einiges gemeinsam.« Wie viel leichter war es, für andere auf Wagnisse zu plädieren, als sie selbst einzugehen? »Ich sage ihr, sie soll dich anrufen, wenn ich sie wiedertreffe in …« Ich sah auf die Uhr. »Einer Dreiviertelstunde. Einverstanden?«

»Okay. Ich will dich auch nicht von deiner Stadttour abhalten. Wir sprechen uns. Pass auf dich auf.«

»Mach ich«, sagte ich leise und legte auf. Etwas in seinen Worten hatte mir eine Gänsehaut beschert, eine von der angenehmen Sorte. Ich wollte es nicht kaputtmachen, indem ich zu viel darüber nachgrübelte. Also nahm ich es einfach hin, verstaute das Handy behutsam in Fach fünf meiner Handtasche und schlenderte weiter.

16

*W*ir sind ihnen zweimal begegnet, und das bei all diesen Straßen.« Gerda schritt energisch voran und dachte nicht daran, langsamer zu laufen. In ihrem Nacken glitzerten Schweißtropfen. »Ich habe immer versucht, sie zu ignorieren. Aber bei deinem Mann hat man keine Chance, Lise, den hört man auch, wenn man stocktaub ist.«

»Ja, da kennt er leider nichts«, sagte Lise, während sie mit ihren Goldsandalen das Tempo hielt. In ihrem weißen Overall sah sie aus wie eine griechische Göttin, die zu weit nördlich gestrandet war. »Aber wir auch nicht, nicht wahr, Gerda?«

»Absolut«, schnaubte die. »Wir sind jedes Mal weitergegangen. Wenn die beiden allein herumlaufen wollen, dann müssen wir uns auch nicht um sie kümmern.«

Sie war noch immer stocksauer, weil Rudi und Hermann sich allein in den kornischen Dschungel schlagen wollten, so wie Hermann es ausdrückte. Dumm nur, dass Rudi sein Geld im Bus liegen gelassen hatte und Gerda das ›getrennt bummeln‹ so wörtlich nahm, dass sie ihn ignorierte, als er ihr begegnete und sie um Geld bat. Dabei machte sie ein strenges Gesicht, das sie in eine Gouvernante und Rudi in einen kleinen

Jungen verwandelte, der all seine Hoffnungen in ein Glas mit Karamellbonbons gesetzt hatte, das zu weit oben auf dem Schrank stand.

Käthe und ich hatten das Ganze beobachtet, weil wir uns zum Abschluss unserer Tagestour einen Cream Tea gönnten – endlich! – und die Szene sich auf der Straße davor abspielte. Während ich Käthes Münzgeld ordnete, hatte sie die Gelegenheit genutzt und ihren Stuhl umgedreht, um mit der Fotofunktion ihres Handys zu üben. Sie hatte zwei Bilder geschossen, auf denen Gerda aussah, als wollte sie ihren Mann verprügeln. Die Sonnenreflexion auf dem Schaufenster spiegelte sich in Gerdas Augen und erinnerte mich an Arnold Schwarzenegger in ›Terminator‹.

Heinz hatte Käthe nicht entführt, sondern pünktlich zurück zum Hafen gebracht. Sie hatten keine Motorradtour unternommen, wie sie mir voller Bedauern erzählte, sondern sich nur den Ort angeschaut und dabei sehr gut verstanden. Ich fragte, ob sie sich wiedersehen wollten, und Käthe bemerkte, dass Berlin ihr zu weit entfernt wäre, sie aber nichts dagegen hätte, wenn Heinz sie eines Tages mit dem Motorrad besuchte. Immerhin hatte er nun ihre Adresse. Ich konnte sie überreden, sich bei Mads zu melden, was sie erstaunlicherweise ohne meine Hilfe bewerkstelligte. Erwischt hatte sie ihn im Straßenverkehr. Er hatte sich für den Anruf bedankt, ihr noch viel Spaß gewünscht und sie gebeten, mich zu grüßen. Seitdem sprudelte sie über vor guter Laune und Energie. Sie keuchte nicht einmal, als wir mit Gerda und Lise zurück zum Parkplatz gingen. Das war einerseits gut, andererseits wieder nicht, da es bedeutete, dass diese drei Frauen ebenso fit waren wie ich. Gut, sie wurden angefeuert durch Wut (Gerda), teure Schuhe sowie ein Leben lang Training in hohen Absätzen, was Frauen ohnehin in Athletinnen verwandelte (Lise), und Nachwirkungen einer Stunde Bewunderung durch einen Mann (Käthe). Dennoch war es nicht fair.

Wir passierten ein Pärchen, das sich knutschend in eine Gasse presste, und ich stockte. War das etwa Fabio? Mehr als ein kurzer Blick blieb mir jedoch nicht, wenn ich den Anschluss nicht verlieren wollte. Ich war froh, als wir den Parkplatz erreichten, denn allmählich ließ sich meine beschleunigte Atmung nicht mehr verbergen.

»Ha!« Gerda stieß einen Kampfschrei aus und deutete nach vorn.

»Oh, oh«, sagte Käthe und sah mich an. »Das kann ja heiter werden.«

Und so war es. Der Bus hatte bereits die Türen geöffnet. Herr Wewers kontrollierte die Reifen und trug seinen ›Sprecht mich nicht an‹-Gesichtsausdruck zur Schau. Ein Teil unserer Truppe hatte sich bereits eingefunden. Ich glaubte, Antonias Genörgel zu hören. Die Tonlage hatte sich in die Tiefen meines Gefahreninstinkts gegraben, so wie das Summen einer Wespe oder das Zischen einer Schlange. Immerhin setzte der Fluchttrieb nicht augenblicklich ein, da man bei Antonia sichergehen konnte, dass sie ihren Platz nur unter Protest oder bei einem Raubüberfall verlassen würde (obwohl ich mir selbst da nicht sicher war).

Doch das alles war nicht der Grund dafür, dass Gerda Verwünschungen und Flüche ausstieß. In einer Ecke des Parkplatzes, ein Stück vom Bus entfernt, standen Hermann und Rudi mit zwei Männern. Hermann hielt eine große Reisetasche in den Händen und redete auf die anderen ein. Sie gehörten nicht zu unserer Gruppe, dafür waren sie zu jung. Ich schätzte sie auf Mitte, höchstens Ende zwanzig, und ihren verwirrten Gesichtsausdrücken nach zu urteilen hatten sie keine Ahnung, was der seltsame Deutsche von ihnen wollte.

»Aha, unsere Gatten haben neue Freundschaften geschlossen«, sagte Lise. In ihrer Stimme lag ein Unterton, der so gut verpackt war, dass ich ihn fast überhörte. Ich argwöhnte, dass sie wahrscheinlich die Gefährlichere von beiden war: Wo Gerda tobte und zeterte und ihrem Rudolf daher ausreichend Zeit für Fluchtvorbereitungen oder Verstecke ließ, glich Lise einer Schlange: schön, schillernd ... aber wenn es ihr reichte, biss sie zu. Und wenn man Pech hatte, stand man in dem Moment neben ihr, da man sich in Sicherheit wähnte. Also lag ich mit meiner antiken Griechenland-Assoziation richtig. Hatte nicht dort eine Frau eine Schlange zwischen ihren Brüsten großgezogen?

Gerdas Schnauben klang wie eine Explosion. »Freundschaften, ha. Wir wissen genau, was sie da versuchen. Hoffentlich kriegen sie eins auf die Nase!« Damit schwenkte sie so rasant nach links, dass ich befürchtete, sie wollte den Schlägerpart selbst übernehmen. Doch sie hielt auf das Toilettenhäuschen zu. Lise folgte ihr, während Käthe und ich einen Blick wechselten.

»Detektivspiel«, flüsterte Käthe.

Ich nickte, obwohl mir allmählich Zweifel kamen. Auf den Gesichtern der beiden Fremden mischten sich Fragen und Ablehnung. Einer schüttelte den Kopf und verließ die muntere Runde. Hermann versuchte, ihn aufzuhalten, und er zeigte ihm den Mittelfinger. »I have no idea what you're talking about, man!«

»Da ist ja was los«, sagte Käthe. »Was hat der Mann gesagt?«

»Dass er keine Ahnung hat, was die beiden von ihm wollen.«

»Das ist ja spannend!«

In der Tat. Ich konnte mir keinen Reim darauf machen, was die beiden dort versuchten, und zudem gab Rudi sich alle Mühe, nicht verdächtig zu wirken: Er zog den Kopf zwischen die Schultern, sah sich um, wurde selbst auf die Entfernung bleich und versuchte, die Tasche mit seinem Körper vor fremden Blicken abzuschirmen. Dann flüsterte er Hermann etwas ins Ohr, obwohl sich niemand in ihrer Nähe befand, packte die Tasche und schleppte sie zum Bus. Sein Komplize schlug unterdessen den Weg zu den Toiletten ein – vermutlich, um Gerda zu beruhigen, ehe sie bei ihrer Rückkehr ihren Ehemann zerfleischte.

Der Torwächter des Busses erwartete uns mit grimmiger Miene: Antonia machte jedem Gargoyle Konkurrenz. Sie wirkte erschöpft und wischte sich mit einem großen Taschentuch über Gesicht und Nacken. »Die Hitze hier ist ja nicht zum Aushalten«, stöhnte sie. »Wann macht der denn die Klimaanlage an?«

›Der‹ wollte gerade einsteigen, überlegte es sich anders und drehte eine zweite Reifenrunde.

Ich ließ Käthe den Vortritt und deutete nach draußen. »Dort ist es etwas kühler als hier drinnen.« Wobei es selbst im Bus angenehm war. Aber das empfand jeder anders, und Antonia war ja ohnehin sehr empfindlich, was ... so ziemlich alles anging.

Schon schnaubte sie mich an. »Na toll, und? Soll ich mir da die Beine in den Bauch stehen? Oder anderen beim Pinkeln zusehen? Hast du mitbekommen, wie es da drinnen riecht?« Sie deutete auf das Toilettenhäuschen, ehe ihr Taschentuch erneut zum Einsatz kam. Die Scheibe neben ihrem Sitz war übersät mit Fingerabdrücken.

Leider war ich zu höflich, um einfach weiterzugehen. »Nein, ich war in der Stadt auf ...«

»Und dann wieder den ganzen Tag in so einem Kaff.« Antonia verschwendete keine Gedanken an Höflichkeit. »Das machen wir doch die ganze Zeit, wir fahren von einem Nest ins andere, und alles sieht gleich aus!«

Darauf konnte ich nichts erwidern, denn wenn sie sich nie weiter als wenige Meter vom Bus entfernte, war es gut möglich, dass alles gleich aussah. Zumindest hätte sie damit die schönen Ecken von St. Ives verpasst.

»Ich will ...«

Tipp.

»... endlich ...«

Tipp.

»... Dreckswiesen mit verdammten Schafherden. Das kann hier oben doch nicht so schwer sein!«

Tipptipptipp.

Hinter ihr rief jemand, dass sie sich doch bitte beherrschen möge, und sie drehte sich ächzend auf ihrem Sitz, um dem nächsten Feind die Stirn zu bieten. Ich nutzte den Moment, huschte unter ihrem Kampftuch hindurch und schlüpfte auf meinen Platz.

Käthe zupfte an ihrer Spitzenborte. »Das wird immer spannender.«

»Antonia?« Ich warf ihr einen zweifelnden Blick zu. »Ich fürchte, dass sie explodiert, wenn wir nicht bald eine Schafherde zu sehen bekommen. Oder, schlimmer, wenn wir an einer vorbeifahren und nicht anhalten.«

Käthe hielt sich eine Hand vor den Mund. »Was läuft sie dann noch einmal? Ach, Amok, nicht wahr?« Sie kicherte. »Aber ich meine doch unsere Herren.«

Ich sah aus dem Fenster. Rudi und Hermann beugten ihre Köpfe einträchtig über eine Straßenkarte. Während Hermann diskutierte und eine Strecke mit dem Finger entlangfuhr, schielte Rudi immer wieder zur Vordertür des Busses: Dort standen Gerda und Lise und beobachteten ihre Abtrünnigen. Als Gerda den Blick ihres Mannes bemerkte, hob sie langsam die zur Faust geballte Hand und streckte einen Daumen in die Höhe.

Rudi wagte ein Lächeln, und selbst durch die Fensterscheibe konnte ich sehen, wie seine Schultern vor Erleichterung herabsackten.

Auf Gerdas Gesicht breitete sich das kälteste Lächeln der Welt aus. Sie kippte den Daumen, bis er Richtung Boden zeigte.

»Vielleicht läuft bald nicht nur Antonia Amok.«

Käthe kicherte noch einmal, machte es sich bequem, schloss die Augen und war kurz darauf eingeschlafen.

Fabio sah ich erst beim Abendessen im Greenbank Hotel wieder. Sein Vierertisch war bereits mit ihm, Herrn Wewers und einem Ehepaar, das niemals redete und dessen Namen ich nicht einmal kannte, belegt. Er winkte mir zu, als unsere Blicke sich kreuzten, und ich winkte zurück. Ich war froh, dass er mir nichts nachzutragen schien – und ich ihm auch nicht. Selbst das Bild des küssenden Pärchens in St. Ives war mir gleichgültig. Wenn das wirklich Fabio gewesen war, hatte ihn meine Abfuhr zumindest nicht in tiefe Trauer gestürzt.

Zur Feier des Tages – immerhin hatten wir einen der bezauberndsten Orte der Welt besichtigt – hatte ich mich schick gemacht und trug den einzigen Rock, der in den Koffer gewandert war. Er ging mir bis zu den Knien, war dunkelrot und zwar schmal, aber nicht eng geschnitten. Dazu hatte ich eine beigefarbene Bluse mit kurzen Ärmeln gewählt sowie etwas Lipgloss und Wimperntusche aufgelegt.

»Juna!« Käthe winkte mir zu und deutete auf den leeren Platz neben sich. Sie hatte so laut gerufen, dass sich sämtliche Köpfe zu mir herumdrehten – inklusive die des Personals, das aus der Flügeltür lugte, die zur Küche führen musste. Ich ignorierte es heldenhaft und hielt auf den Tisch zu.

»Hätte aber ein bisschen kürzer sein können, Mädchen«,

sagte Hermann und deutete auf meine Knie. »Bist doch keine Sekretärin.«

Dieses Mal fand ich, dass Ignoranz die passende Antwort war, und setzte mich neben Käthe. »Danke, dass Sie mir den Platz freigehalten haben«, sagte ich und grüßte die Ingbill-Schwestern auf der anderen Seite des Tisches.

Käthe strich mir eine Haarsträhne hinter das Ohr. »Du siehst bezaubernd aus, Kind. Halt mal still.« Sie angelte nach ihrer Tasche, zückte ihr Handy, tippte darauf herum und schoss mit geübter Miene ein Foto von mir. Allmählich konnte sie mir nicht mehr vormachen, mit dem guten Stück nicht klarzukommen. Das musste sie auch nicht, denn schließlich freute ich mich mittlerweile über jeden Anruf von Mads. Prompt erklang seine Stimme in meinem Kopf.

Oma war sehr lange Zeit im Seniorentheater aktiv.

Es hätte mich nicht gewundert, wenn Käthe ihr Telefon vor meinen Augen fachmännisch auseinandergenommen, illegal frisiert oder andere abenteuerliche Dinge damit angestellt hätte. Ich hatte ja bereits die ganze Zeit über geahnt, dass ich einem wohl durchdachten Theaterstück zum Opfer gefallen war. Trotzdem konnte ich ihr nicht böse sein. Eher war ich ... dankbar. Ja, ich genoss Käthes Gesellschaft!

Das Abendessen rundete den Tag ab: Als Vorspeise wurde wahlweise Gemüse- oder Krabbenrahmsuppe gereicht, beim Hauptgang entschied ich mich für eine Edelversion der Cornish Pastys (eine mit Fleischragout, Kartoffeln und Gemüse gefüllte Pastete) und gegen die gebackene Makrele mit Stachelbeersoße. Als ich beim Nachtisch herausfand, dass es sich bei den sogenannten Cornish Splits um süße Hefebrötchen, gefüllt mit Clotted Cream, handelte, war ich der Seligkeit nah. Wer brauchte dafür schon Kamasutra! Ich trank ein Glas trockenen Rotwein und sagte spontan ja, als Käthe vorschlug, in der

Bar noch einen zu sich zu nehmen. Lotte und Christel Ingbill schlossen sich uns an. Das war in Ordnung, weil ich über eine Stunde Zeit gehabt hatte, um mich an ihre Outfits zu gewöhnen. Wo sie am Nachmittag in zarten rosa Kleidern durch St. Ives gelaufen waren, hatten sie sich für den Abend in kräftiges Neonpink gehüllt. In ihren Seidenoveralls erinnerten sie mich an Marsmännchen, weil die Dinger sich bei jeder Bewegung aufbauschten.

Das Zentrum der Bar war eine mit dunklem Samt verkleidete Theke, eine Wand war mit Tischen gesäumt. Die Ingbills eroberten einen, ohne ihre Erzählungen zu unterbrechen.

»Wir waren oft in Griechenland, aber irgendwann war die Atmosphäre da nicht mehr so wie früher ...«

»... also haben wir angefangen, uns etwas anderes zu suchen. Da mussten ja nur wir zwei uns einig werden. Mein Mann war bereits gestorben, und Lottes ist eh so gut wie tot ...«

»... was kompletter Unsinn ist, er reist einfach nicht gern und ... nun, gut, meist sitzt er auf dem Sofa und rührt sich nicht, aber glaubt mir, er macht dieselben Geräusche im Bad wie früher, also weiß ich genau, dass er noch lebendig ist.«

»Wobei der Unterschied wie gesagt gering ist, es sei denn, man verführt ihn zu Automatismen wie Essen oder auch Rasenmähen. Das macht er gern, man muss ihn nur auf dieses Ding setzen ...«

»... und dann hab ich meine Ruhe! Stundenlang!« Lotte Ingbill strahlte.

Ich stellte mir vor, wie ihr Mann Kreise um Kreise mit dem motorisierten Rasenmäher zog, während es dämmerte, zu regnen begann und schließlich Nacht wurde. Alles nur, weil seine Frau vergessen hatte, ihn wieder ins Haus zu holen. Rasch trank ich einen Schluck Wein.

Käthe dagegen hielt das Gespräch in Schwung. »Wie entzückend, wenn man eine Schwester hat, mit der man so viel reisen kann. Ich habe vier Geschwister, alle jünger, und die haben genug mit ihren eigenen Familien zu tun. Aber wir sehen uns alle einmal im Jahr bei einer großen Feier. So groß, dass wir immer eine Scheune anmieten müssen.«

Christel Ingbill hob abwehrend eine Hand. »Gott bewahre, all unsere Verwandten auf einem Fleck, das würden wir nicht ertragen!«

»Warum, denken Sie, reisen wir so viel?«, ergänzte Lotte. »Oft ist es nur Flucht.«

»So wie vor vier Jahren, als wir eine Nilkreuzfahrt gemacht haben. Wir wollten ...«

»Fünf.«

»... eigentlich nach Tunesien, aber eine Bekannte hatte uns abgeraten, und ...«

»Fünf!«

»... dann mussten wir ... Herrgott, Lotte, was hast du denn immer damit?«

»Es waren fünf Jahre, Christelchen. Vor vier Jahren waren wir im Frühjahr in Venedig und im Herbst in Schweden, weißt du denn nicht mehr?«

»Stimmt!« Christel schlug sich so fest vor die Stirn, dass ich zusammenzuckte. Auf ihrer Haut prangte ein roter Abdruck, aber sie schien nicht einmal Schmerzen zu empfinden. »Wie auch immer. Fahren Sie bloß nicht nach Ägypten!« Ihr Blick flog von mir zu Käthe, so als wollte sie uns beschwören. Dabei ähnelte sie meinem Chef, wenn er sich etwas in den Kopf gesetzt hatte, daher beeilte ich mich, zu nicken.

Käthe war weniger beeindruckt. »Aber das muss doch spannend sein dort. All die alten Gebäude. Nur die Nilpferde, sagt Inge Dambrow, vor denen sollte man sich in Acht nehmen.

Inge war nämlich auch schon in Ägypten. Mit ihrem Exmann, aber der ist gleich da geblieben.«

Die Ingbills winkten ab – synchron. »Viel zu heiß.« Lotte.

»Am schlimmsten sind diese Verkäufer, die einem immer und überall etwas andrehen wollen.« Christel. »Aber was ist mit Ihnen, Käthe? Wo waren Sie denn überall, ehe Sie sich für Cornwall entschieden haben?«

»Ostsee.«

Bäm! Nach dem hektischen Geplapper der Schwestern wirkte Käthes Aussage, als hätte ein großer, kräftiger Schmied mit einem Hammer auf seinen Amboss geschlagen. Ich hielt mich an meinem Wein fest und trank mehrere Schlucke rasch nacheinander. Danach war das Glas leer, also orderte ich gleich ein neues.

»Ah«, sagte Lotte. »Und abgesehen davon?« Die Ostsee lag wohl nicht sehr hoch bei ihnen im Kurs.

»Sonst nichts«, sagte Käthe. »Wir sind sehr gut mit jemandem befreundet, der ein Ferienhaus in Dahme hat. Ein sehr süßes Örtchen. Daher können wir fast immer hin, wann wir wollen. Das gilt für die gesamte Familie.«

Das Interesse in Lottes Blick erlosch, lediglich Christel blieb noch etwas bei der Stange. »Aber ist das nicht ... nun, etwas eintönig, immer wieder an denselben Ort? Da hat man doch irgendwann alles gesehen.«

»Ach i wo«, sagte Käthe. »Wir kennen in Dahme sehr viele Leute, da ist immer etwas los. Das fing an, als mein Mann noch lebte, der mochte nämlich gern FKK. Das gab es dort nun einmal, also sind wir da Jahr für Jahr hin. Sogar einmal für junge und für ältere Leute. Also nicht streng getrennt, sondern nach ... ach, wie sagt man, Junalein?«

»Schwerpunkten?«, riet ich dank meiner gut antrainierten Fähigkeit, in Meetings ein Pokerface zu behalten. Genau als das betrachtete ich dieses Gespräch mittlerweile: als Meeting, in dem ich den Teilnehmern nicht verraten durfte, was ich wirklich dachte.

Käthe strahlte. »Haargenau. An unserem Strand lag der Schwerpunkt auf Menschen in unserem Alter. Man will ja den Jüngeren auch nicht alles zumuten, nicht wahr?«

Schweigen.

Käthe hatte es geschafft. Sie hatte das Gespräch nicht nur elegant an sich genommen, sondern die Ingbills auch länger verstummen lassen, als sie zum Luftholen benötigten. Mich allerdings auch. Nicht, dass ich verklemmt war, aber FKK ...

Käthe drehte sich, um ein weiteres Glas Wein zu ordern, und zwinkerte mir zu. Endlich fiel der Groschen.

Alte Schauspielerin!

Ich murmelte eine Entschuldigung und flüchtete auf die Toilette, um nicht in Gelächter auszubrechen und Käthes kleine Lügengeschichte auffliegen zu lassen.

Als ich zurückkam, hatte sich dreierlei geändert: Zum einen hatte meine muntere Runde das Thema gewechselt. Des Weiteren saß Fabio an der Theke und strahlte auf voller Leistung, als er mich entdeckte. Zu guter Letzt hielt Käthe mir ihr Telefon entgegen.

Ich winkte Fabio nur kurz zu, weil ich mich weit mehr über das Telefon freute – und war irgendwie enttäuscht, als das Display keinen Anruf zeigte.

Fragend musterte ich Käthe.

Die tippte auf das gute Teil, als würde sie damit alles erklären. »Ich wollte mir noch einmal dein Foto ansehen, weil das wirklich sehr bezaubernd war. Aber ich muss auf die falsche Taste gekommen sein.« Sie blinzelte mehrmals und sah plötzlich sehr nachdenklich aus. »Also das musst du mir noch einmal erklären, Juna. Fotos machen kann ich ja nun schon, aber der ganze Rest ...« Sie zuckte die Schultern und sah erst mich, dann die Ingbills an, als läge das Gewicht der Welt auf ihren Schultern.

»Ich komm mit den Dingern auch nicht klar«, sagte Lotte prompt.

Christel schüttelte den Kopf. »Höllengeräte«, murmelte sie.

Ich nahm Käthes Telefon, rief das Fotoverzeichnis auf, und prompt strahlte ich mir entgegen. Es war ein akzeptables Bild. Das Licht der Deckenlampe verlieh meinem Haar einen Goldton, und man sah sogar, dass ich Farbe bekommen hatte. Die Nase glänzte etwas, aber Wangen und Lippen auch, daher war das vertretbar. »Also, gelöscht haben Sie das Bild schon einmal nicht. Wo haben Sie denn draufgedrückt?«

Käthe machte riesige Augen. Ratlosigkeit waberte mir entgegen.

»Nun gut«, sagte ich und versuchte, die Sache zu analysieren. Ein Schritt nach dem anderen. Käthes Signaltöne waren aktiviert – das könnte ein Hinweis sein. »Hat es ein Geräusch gegeben?«

Käthe und die Ingbills nickten zugleich.

»Ein Klingeln«, sagte Christel.

»Vielmehr ein Rascheln«, meinte Lotte.

Käthe legte den Kopf schräg. »Es hat eher gezischt. So.« Sie schürzte die Lippen und presste Luft durch die Zähne.

Ich hob die Augenbrauen, als ein Verdacht in mir keimte. Ich wechselte zur Benutzeroberfläche, fand das SMS-Programm, öffnete es ... und wirklich: Käthe hatte eine Nachricht verschickt. An den einzigen Menschen, mit dem sie scheinbar kommunizierte, während sie ›die Käit‹ war: Mads.

Warum wunderte es mich nicht, dass ihre Nachricht nichts anderes enthielt als mein lächelndes Gesicht? Umso interessanter war dafür die Antwort darunter:

Wirklich hübsch.

Ich las es zweimal. Mads Carstens fand mich hübsch! Zunächst freute mich das, aber dann begann ich zu grübeln. War ›hübsch‹ etwa gleichzusetzen mit ›nett‹? Hatte er die knappe Antwort (völlig ohne Smileys oder andere Zeichen) nur aus Höflichkeit seiner Oma gegenüber geschrieben? Dies war ja bereits das zweite Foto von mir, das er zu Gesicht bekam, und beim ersten war ihm nichts anderes eingefallen, als das Glas Wein in meiner Hand zu kritisieren. Wir wussten doch alle, wo ein Mann zuerst hinsah. Gewiss nicht zum Weinglas, es sei denn, er fand die Frau ...

Ich biss die Zähne zusammen. Meine Laune sank, und ich zerrte sie energisch wieder hoch. Was brachte es denn schon, ob ein Mann, mit dem ich hin und wieder redete, dem ich aber noch niemals begegnet war, mich hübsch, umwerfend oder einfach nur zum Weglaufen fand?

Mein Ego hob zaghaft einen Finger.

Gut, okay, das ›zum Weglaufen‹ würde mich bei jedem stören, der mich so betitelte. Fin, dieses kleine, rockige, selbstbewusste Bündel von Schwester, hielt mir stets vor, dass mir die Meinung anderer zu wichtig war. Manchmal ahnte ich, wie recht sie hatte, doch in diesem Fall kommunizierte mein Kopf nicht sehr gut mit meinen Gefühlen.

»Hm, Käthe, Sie haben das Foto verschickt. Per Nachricht.«

»Oh, so etwas geht?« Sie machte große, runde Augen und drehte ihre Rosenbrosche. Obwohl es mir unangenehm war, hielt ich den Blick und schwieg. Wenn sie glaubte, dass ich auf sie hereinfiel, so hatte sie vergessen, dass ich schon länger mit ihr unterwegs war. Ich wusste Bescheid! Früher oder später musste sie den Blick senken, spätestens wenn sie merkte, dass ich sie durchschaut hatte.

Die Flügel ihrer Stupsnase bewegten sich, ansonsten rührte

sie sich nicht. Sekunden wurden zu Minuten, zumindest fühlte es sich so an. Allmählich war ich diejenige, die den Wunsch hegte wegzusehen. Käthes Lächeln besaß mittlerweile einen fragenden Unterton, dann vertieften sich die Runzeln auf ihrer Stirn. »Ist alles in Ordnung, Junalein?« Sie stand auf, streckte sich und fühlte meine Stirn. »Du siehst aus, als hättest du einen Geist gesehen. Aber Fieber hast du wohl nicht.«

Okay, so gut konnte sie einfach nicht sein. Wahrscheinlich sah ich einfach nur Gespenster, und Käthe hatte das Foto wirklich aus Versehen an Mads geschickt. Nur weil sie sich ab und zu etwas tatteriger gab, als sie wirklich war, durfte ich sie nicht von vornherein verurteilen. Vor allem, weil sie mich bei ihren Showeinlagen in letzter Zeit stets eingeweiht hatte. Ich war quasi ihre Verbündete.

Die Sache mit dem Foto war ja auch kein Beinbruch, es fühlte sich einfach nur seltsam an. So, als hätte ich Mads zu etwas aufgefordert, von dem ich selbst nichts ahnte.

»Nein, alles in Ordnung. Mir geht es gut.« Ich lächelte und ließ mich wieder auf meinen Stuhl sinken. Käthe strich mir über die Haare und setzte sich ebenfalls. Ein Glas schwebte wie von Zauberhand herbei und wurde vor mir auf dem Tisch abgestellt.

»Aber ich ...« Perplex blickte ich auf, direkt in die Augen von Fabio.

Er sah aus, als machte er sich Sorgen. »Für dich, eine Weinschorle. Die sind hier im Hotel sehr gut. Vielleicht hattest du heute einfach zu viel Sonne. Das fällt nicht sofort auf bei dem kühlen Seewind, ist aber für den Körper dennoch anstrengend.«

Wie nett von ihm! »Danke.« Es konnte gut sein, dass Fabio recht hatte, und dann war der schwere Rotwein wirklich keine kluge Wahl. Schon fühlte ich mich leichter, was aber vielmehr daran lag, dass dieses Schweigen zwischen uns endlich gebrochen war.

»Möchten Sie sich zu uns setzen?«, fragte Käthe.

»Sehr gern, Frau Carstens.« Er setzte sich jedoch nicht, sondern sah mich an, als wartete er auf mein Einverständnis.

Ich beschloss, ihm zu vergeben. Jeder hatte mal einen schlechten Tag oder schoss über die Stränge, und Fabio hatte sicher keinen leichten Job.

»Ja, setz dich doch zu uns« sagte ich, ganz zur Freude von Fabio und den Schwestern, die sofort loslegten.

Lotte beugte sich quer über den Tisch, schob ihr Weinglas und das ihrer Schwester beiseite und berührte Fabio am Arm. »Wir reden über unsere Reisen.«

»Da können Sie bestimmt einiges erzählen«, stimmte Christel zu.

»Wenn Sie wüssten«, sagte Fabio und lächelte geheimnisvoll in die Runde. »Ich könnte Ihnen Geschichten erzählen! Aber ... ach ... besser nicht.« Er zwinkerte mir zu.

Die Ingbills und Käthe hatten sich bereits vorgebeugt und dachten gar nicht daran, auf die versprochene Sensation zu verzichten. Am Tisch kehrte Schweigen ein. Mir war die Stille unangenehm, also sah ich auf meine Hände und hoffte, dass Fabio bald etwas sagte. Oder besser nicht. Bisher war er kein Anwärter auf den Pokal für Feinfühligkeit gewesen, und ich fürchtete, dass das so bleiben würde.

»Im vergangenen Jahr war ich mit meiner besten Freundin Gabs im Urlaub«, sagte ich und nahm einen großen Schluck von der Weinschorle. »Eigentlich heißt sie Gabriele. Zehn Tage auf Teneriffa Ende Oktober, da ist es dort noch schön warm. Ich kann es nur jedem empfehlen. Die Insel ist sehr hübsch, und unser Hotel war ausgesprochen modern.« Ich erinnerte mich genau an diesen Urlaub. Vor allem, weil ich vierzehn Tage mit der Planung verbracht, die Preis-Leistungs-Verhältnisse der Hotels sowie die besten Anreisen hinsichtlich Flugpreis und -tageszeit sowie Transfer zum Hotel verglichen hatte. Mit drei Hotels hatte ich telefoniert, um mich über Buffet und Betten zu informieren. Ich war nicht pingelig, aber ich ging in meinen Planungen gern ins Detail. Zum Schluss hatte ich meine Vergleichstabelle ausgedruckt und in unser Büro gehängt, um Gabs an ihre einzige Pflicht zu erinnern: Sie sollte sich um den Mietwagen kümmern. Ich erfuhr nach unserer Landung, dass es keinen Wagen gab, da sie es schlicht vergessen hatte. Zu ihrer Verteidigung musste gesagt werden, dass sie die Tage vor dem Abflug mit Partneryoga verbracht hatte, für sie bis dato eine neue Erfahrung. Ich ertrug gern die tiefen Seufzer, wann immer sie an Paramsimran (oder Peter, wie er eigentlich hieß) dachte, ebenso all die Geschichten, die sie mir erzählte, obwohl ich sie nicht hören wollte … nicht aber, dass wir Stunden nach dem Flug mit unserem Gepäck an einer Straße standen, wo Gabs beharrlich einen Daumen in die Höhe hielt. Trampen war nichts für mich. Ich wollte nicht zu Fremden in den Wagen steigen. Leider waren sämtliche Mietwagen an dem Tag ausgebucht, von einem Taxi war weit und breit keine Spur, und mit dem Bus wären wir nur auf vier Kilometer an unser Hotel herangekommen.

»Niemand konnte wissen, dass heute dieses Inselfest stattfindet«, hatte Gabs damals gesagt, ihren Rock noch ein Stück in die Höhe gezogen und kurz darauf Jeremy und Marcus angehalten, zwei junge Engländer mit zu langen Haaren. Ich behielt für mich, wie oft ich ihr vom Sunfestival erzählt hatte, und quetschte mich neben sie auf die Rückbank des von süßlichem Rauch durchzogenen Wagens. Die Fahrt über starrte ich aus dem Fenster, nickte und hielt mich fest, wo auch immer ich konnte. Jeremy und Marcus hatten beide ausreichend Substanzen konsumiert, die sie nicht mehr befugten, einen Wagen zu steuern, und ich fürchtete um mein Leben.

Christel Ingbill verscheuchte meine Erinnerungen. »Auf Teneriffa waren wir auch mal, vor Jahren.«

»1979«, warf Lotte ein.

»War das nicht 78?«

Die beiden starrten sich an.

»Wie auch immer, es ist schon recht lange her«, sagte Fabio und lehnte sich zurück. »Ich war mal mit Kumpels auf Malle. Eine Woche lang nur Party! An das Hotel kann ich mich kaum noch erinnern, dafür aber an die Bars.« Er sah nur mich an.

Das war beinahe so unangenehm wie Gabs' und meine Autofahrt damals. Ich fühlte mich stets verantwortlich, wenn Menschen in einer Runde nicht in Gespräche eingeschlossen wurden, und Fabio machte es ziemlich deutlich, dass er am liebsten mit mir allein reden würde. Bis vor kurzem hätte mir das geschmeichelt. Was hatte sich seitdem verändert?

Nun, du hast ihn einfach näher kennengelernt, Juna! So eine Zauberei ist das nicht.

»Auf Mallorca war ich noch nie«, sagte ich. »Sie, Käthe?«

Sie schüttelte den Kopf und wollte etwas sagen, aber Fabio kam ihr zuvor. »Ich weiß, die Insel ist ein ziemliches Klischee. Aber wenn man da ist, reißt die Stimmung einen mit. Und schwupps, schon sind drei Tage vorbei.« Er griff nach seinem Glas, trank es halb leer und stellte es mit viel Schwung auf den Tisch.

»Es war 1979.« Lotte ließ sich nicht beirren. Ich hatte zudem das unbestimmte Gefühl, dass sie Fabios Ausführungen durchaus mitbekommen hatte.

Er verdrehte die Augen in meine Richtung.

Käthe tippte sich plötzlich an die Nase. »1979 lebte mein Mann noch. Da waren wir ein Wochenende in Bad Herrenalb.

Ein hübscher Kurort unten im nördlichen Schwarzwald. Ich werde das nie vergessen. Wir hatten dieses Hotel mit wunderschönem Blick auf die Region und einen großen Balkon. Karl hatte die Tür aufgelassen, und wir bekamen Besuch von Margarete und ... ach, wie hieß er noch gleich? Eberhart. Richtig.« Sie klatschte in die Hände. »Und auf einmal war da ein Schnattern und ein seltsames Geräusch, und dann flogen zwei Enten in das Zimmer! Die armen Tiere mussten sich verirrt haben, und dann wurden sie panisch und flogen näher, und die können das ja nicht ganz so gut.« Sie gluckste, hob ihre Arme und bewegte sie rhythmisch auf und ab. »Sie haben so sehr mit den Flügeln geschlagen, und Eberhart trug dieses Toupet ... nun, jedenfalls nicht mehr lange.«

Die Ingbills prusteten los, und auch ich musste herzlich lachen. Käthe strahlte in die Runde.

Fabio sagte etwas, doch es ging im allgemeinen Gelächter unter. Er beugte sich vor und stützte die Ellenbogen auf den Tisch. »Der beste Urlaub in Deutschland war direkt nach meiner Ausbildung. Ich und die anderen Jungs, vier Tage Hamburg. Reeperbahn, St. Pauli, das ganze Programm.«

»Toupetenten«, japste Christel. Tränen liefen ihr über die Wangen.

Ich hatte mich bereits wieder beruhigt, doch ihr Kommentar fachte das Gelächter erneut an. Als ich sah, wie Lotte sich den Bauch hielt und ihre Schwester sich die Tränen von den Wangen wischte, war es um mich geschehen. Ich prustete los und lachte so laut und lange, bis mir der Bauch weh tat. Aus den Augenwinkeln sah ich, dass Käthe vor Vergnügen auf den Tisch klopfte. Sie hielt sich damenhaft ein Taschentusch vor den Mund, doch ihre Augen strahlten. Immer, wenn sich eine von uns beruhigte, erlitt eine andere einen neuen Lachkrampf und riss alle anderen mit.

Alle bis auf einen. Fabio hob lediglich die Mundwinkel. Wie ein Fremdkörper saß er an unserem Tisch, den Rücken gerade, und wartete, dass wir uns beruhigten. Er wartete lange, und er tat mir nicht einmal leid.

17

»Da steht ja kein Stein mehr auf dem anderen! Vollkommen kaputt, und dann so weit weg und an den Klippen. Bin ich eine Gemse, oder wie? Was soll ich denn da?«

Herr Wewers lernte einfach nicht, das Mikro nach seinen Ansagen sofort auszuschalten. So bekam der gesamte Bus mit, was Antonia von der Burg von Tintagel hielt.

Ich dagegen fand sie großartig. Von unserem Parkplatz aus konnte ich zwar keine Details erkennen, aber meine Phantasie erledigte den Rest. In einem stimmte ich Antonia zu: Der Zugang schien nicht ganz ohne zu sein, lediglich eine schmale Landzunge führte zu der Festung. Kurfürst-Reisen hatte den Ort sicher nur des Namens halber ins Programm genomen, immerhin war er fest mit der Artus-Sage verbunden. Für die meisten Senioren schied der Weg dorthin schon einmal aus. Und wenn sie es doch schafften, waren zwei Stunden eine sportliche Zeit, um in den Ruinen herumzuklettern.

Ich sah auf meine Füße: Meine Sportschuhe waren bereit. Wenn ich sie schon nie wieder fürs Joggen beanspruchen würde, mussten sie mich heute davor beschützen, von den Felsen zu stürzen und als Möwenfutter zu enden. Ich bezweifelte, dass ein englischer Lord auftauchen und mich retten würde, sollte ich Bekanntschaft mit dem Wasser machen. Ganz abgesehen davon, dass die Chance groß war, neben der See auch noch ein paar scharfkantige Klippen kennenzulernen.

»Ich wünschte, ich hätte vorher mehr Zeit mit euch verbracht«, murmelte ich den Schuhen zu.

»Warum denn, Junalein?« Käthe hörte wieder mal erstaunlich gut. »Wir sind doch noch ein paar Tage zusammen unterwegs!«

»Ich habe mit meinen Schuhen geredet«, sagte ich nach kurzem Zögern und schämte mich weniger als erwartet. Gestern Abend hatte ich mit Käthe so viel gelacht, da durfte sie ruhig wissen, dass ich mich manchmal etwas seltsam benahm.

Es gefiel ihr, zumindest sagte mir das ihr Zwinkern, das von der üblichen käthschen Begeisterung unterstrichen wurde.

Die Fahrertür öffnete sich mit einem Zischen und gab den Startschuss zum Aussteigen. Augenblicklich sprangen meine Mitreisenden auf und versuchten, als Erste aus dem Bus zu kommen. Dabei spielte das Wetter heute nicht mit. Eine graue Wolkenschicht bedeckte den Himmel und versprühte Nieselregen. Ich trug meinen Lieblingsrollkragenpullover und hatte mir einen karierten Schal in Rot und Grau umgeschlungen. Käthe dagegen setzte wie immer auf Kopfbedeckung: Ihr Hut war aus grünem Filz und verbarg beinahe ihr gesamtes Haar. Lediglich an den Seiten lugten zwei Strähnen hervor.

Ich ließ ihr den Vortritt, und wir folgten den anderen. Der Großteil der Gruppe hatte die Köpfe eingezogen und drängelte sich in der Nähe des Busses, als würde der vor dem Regen schützen. Gerdas Gesicht war wie immer gerötet und vermittelte den Eindruck, dass sie bereits zur Burg und wieder zurück gejoggt war.

»Bei dem Wetter will ich nicht raus«, flüsterte sie Lise ins Ohr, die gerade einen gelben Regenschirm aufspannte. Dabei zog sie die Silben etwas in die Länge – haargenau so wie Antonia es stets machte.

»Psst!« Lise sah sich um. Ihr wetterfester Kurzmantel raschelte.

Gerda schnaubte. »Die hört uns hier draußen doch eh nicht.«

»Bei dem Wetter habe ich eh keine Lust, da rauszugehen«, rief Antonia, die noch immer im Bus saß. »Da rutsche ich nur aus und breche mir alle Knochen.«

Gerda breitete in einer ›Was hab ich dir gesagt‹-Geste die Arme aus, und Lise kicherte.

Im Bus versuchte Fabio, Antonia zum Aussteigen zu bewegen, damit Herr Wewers abschließen konnte. Der war bereits geflüchtet und telefonierte in einiger Entfernung. Zumindest tat er so. Es würde mich nicht wundern, wenn er das Gespräch nur vorschob, um Fabio die Sisyphosarbeit erledigen zu lassen.

Fabio hatte am Vorabend eine weitere halbe Stunde ausgehalten und noch einmal erfolglos versucht, uns von seinem Partywochenende in Hamburg zu erzählen. Als niemand zuhörte, da die Ingbills mittlerweile dazu übergegangen waren, Tierstimmenimitationen zum Besten zu geben (wo Lotte eine sehr gute Ente abgab, überraschte Christel uns und vor allem den Kellner, weil sie röhren konnte wie ein echter Hirsch), gab er auf. Unter dem Vorwand, den Ausflug noch vorbereiten zu müssen, verabschiedete er sich, winkte in die Runde und war verschwunden. Ich hatte das nicht weiter kommentiert und ihn in kürzester Zeit mit einer der Hoteldamen in einer Ecke vermutet. Letztlich war es mir egal.

Beim Frühstück hatte er gegrüßt, aber das übliche Strahlelächeln war ausgeblieben. Mittlerweile konnte ich gut damit leben, dass unser Reisebegleiter und ich keine Zeit mehr zusammen verbrachten. Allmählich hatte sogar ich gemerkt, dass viele Gäste auf dieser Fahrt bessere Gesprächspartner abgaben als er.

Gerda riss mich in die Gegenwart zurück. »Keine Schafe«, sagte sie und machte sich nicht mehr die Mühe, leise zu sprechen. Prompt zischte Lise und hielt sich einen Finger vor die Lippen. Gerda zuckte die Schultern.

Im Bus schnaubte Antonia. »Wie tief sollen wir eigentlich noch nach Cornwall reinfahren, um endlich mal ein paar vernünftige Schafherden zu sehen? Im Prospekt waren welche, genau vor dieser ollen Burg. Wenn Sie mir nicht glauben, kann ich gern zu Hause anrufen, und meine Leute schicken mir das dann ins Hotel. Wobei, müssten Sie nicht noch ein paar von den Dingern haben? Den Katalogen, meine ich. Ist doch Ihre Firma! Dann gucken Sie doch nach, da waren definitiv Schafe zu sehen. Eine ganze Herde!«

Gerda atmete aus. »Was würde sie eigentlich machen, wenn da nun wirklich so ein Vieh herumstehen würde? Dahinten vor der Burg? Ich wette mit euch, dass dann plötzlich schmerzende Beine und andere Gebrechen vergessen wären, ganz zu schweigen von dem ach so weiten Weg.«

»Gerda!« Lise bemühte sich sichtlich, nicht zu lachen. Ich konnte sie verstehen. Die Vorstellung, wie Antonia aus dem Bus stürzte und sich von niemandem aufhalten ließ auf dem Weg zur Burg, war durchaus amüsant.

»Das scheint mir eine gute Idee zu sein«, sagte Käthe. »Wir machen einen Schäfer ausfindig und bitten ihn, ein paar Tiere herzuführen. Das lockt Frau Gralla aus dem Bus, und dann kann auch unser lieber Fabio eine Pause machen.« Im Gegensatz zu Antonia meinte sie es ernst.

Wir alle starrten in den Bus, wo Antonia in ihrem Flammenpullover einem wutschnaubenden Stier ähnlicher sah als jemals zuvor. Fabio mimte den verzweifelten Torero, fuhr sich wieder und wieder durch die Haare und versuchte, die Aufmerksamkeit von Herrn Wewers zu erlangen. Der ignorierte ihn.

Ein Stück entfernt von uns und damit ihren Frauen standen Rudi und Hermann, die Köpfe wie immer zusammengesteckt. Sie trugen dicke Jacken, die sie bis zum Kragen geschlossen hatten, und hielten die Arme vor der Brust verschränkt. Das kam mir komisch vor. Ja, es war kühler als gestern, aber die beiden vermittelten den Eindruck, als näherten sich die Temperaturen dem Gefrierpunkt. Hermann hatte sogar seine übliche Outdoorjacke gegen eine mit hohem Kragen getauscht. Beide wirkten steif, wenn sie sich bewegten. Steif und ... ja, unbeholfen. Ich runzelte die Stirn. Vom Männerschnupfen und all den grässlichen Qualen und Torturen, die dabei durchgestanden werden mussten, hatte ich ja oft gehört, aber derartige Wetterempfindlichkeit war mir neu. Es würde zumindest erklären, warum ihre Frauen sich von ihnen fernhielten: Sie wollten kein Gejammer hören. Gerade Rudi schien Höllenqualen zu leiden. Die Augen in seinem bleichen Gesicht huschten stetig umher, und er hielt sich seinen Bauch, als hätte er Angst, ihn zu verlieren.

Ich wandte mich an Käthe. »Wie sieht es aus, wollen wir uns die Burg ansehen?«

Käthe zupfte ihr Halstuch zurecht. An ihrem Hutrand glitzerten Regentropfen. »Dieses Mal muss ich dir leider absagen, meine Liebe. König Artus' Burg betrachte ich besser aus der Ferne. Inge Dambrow hat gesagt, bei Regen brauche ich es gar nicht erst versuchen, weil ich da sehr vorsichtig laufen und auf den Wind aufpassen muss. Sonst weht der mich von den Klippen, und dann haben wir den Salat!« Sie lachte. »Inge Dambrow ist größer und schwerer als ich, obwohl sie noch immer eine sehr gute Figur hat. Und sie ist eine echte Wandersfrau! Bisher hat immer gestimmt, wenn sie sagte, dass etwas für mich zu schwer wäre. Und sind wir mal ehrlich, Junalein: Zwei Stunden sind sehr kurz. Allein kannst du dir viel mehr ansehen.« Sie stellte sich auf die Zehenspitzen und streichelte meine Wange mit ihrer kleinen, rauen Hand.

Es fühlte sich erstaunlich gut an, als hätte mich jemand in ein dickes, flauschiges Handtuch gehüllt, in dem ich sicher war und kurz die Augen schließen konnte.

Ich widerstand dem Drang, meine Hand auf Käthes zu legen, das erschien mir dann doch zu vertraut. Zwar kannten wir uns ein paar Tage, aber längst nicht gut genug für so etwas. Nicht einmal meine Mutter legte mir noch die Hand auf die Wange! Aber ich lächelte.

»Das ist schade. Wir hätten sicher viel Spaß.« Und das meinte ich auch so. Fast waren mir die Vorurteile, die ich anfangs Käthe und den anderen gegenüber gehegt hatte, peinlich. Gut, bei Antonia oder Hermann hatten sie sich bewahrheitet, aber in anderen Fällen hatte ich echte Überraschungen erlebt. Wenn ich Gabs erzählen würde, dass ich gestern Abend mit drei Seniorinnen Wein getrunken und mehr Spaß als in den vergangenen Wochen gehabt hatte, würde sie mich schnellstens abholen. Zwar hatte sie mir die Reise aufgedrängt und die Empörte gespielt, als ich auf die Altersdifferenz hingewiesen hatte, aber sie ging dennoch davon aus, dass ich mich abkapselte und acht Tage Eremitin spielte.

Käthe winkte ab. »Ach, den werden wir noch haben. Hier in der Nähe soll es eine entzückende alte Kirche geben, die werde ich mir ansehen. Haben Sie vielleicht Lust, mich zu begleiten?«, wandte sie sich an die beiden Frauen.

Lise lugte unter dem Regenschirm hervor. »Wissen Sie denn, wie man zu dieser Kirche kommt? Haben Sie eine Straßenkarte?«

Käthe schüttelte den Kopf und legte einen Finger an die Schläfe. »Inge Dambrow hat mir genau erklärt, wie ich laufen muss. Ich habe es mir eingeprägt.«

Lise sah skeptisch aus, doch Gerda nickte energisch. »Ich gehe überall hin. Hauptsache, wir stehen hier nicht mehr herum, wenn sie die Urmutter aller Nörgler aus dem Bus treiben. Ob die Kurfürst-Leute die Polizei benachrichtigen, wenn sie es nicht allein schaffen? Wird die Gralla dann abgeführt, in Handschellen?« Sie blieb stehen und schien zu überlegen, ob ein solches Spektakel es nicht doch wert war, stehen zu bleiben.

Lise nahm ihr die Entscheidung ab und fasste sie am Arm. »Also Gerda, wirklich.« Ihre Stimme bebte von dem Versuch, sich zusammenzureißen. »Wir kommen sehr gern mit, Käthe. Also los!« Ihre Ohrringe klimperten. An ihren Mann verschwendete sie keinen Blick. Auweia, da schien wirklich etwas im Argen zu liegen.

Käthe griff in ihre Handtasche und zog ihr Telefon hervor. »Hier. Ruf doch Blacky an und erzähl ihm ein wenig über die Burg, wenn du da bist. Es ist immer schön, Erlebnisse mit jemandem zu teilen. Ich brauche das nicht, ich habe ja ganz reizende Begleitung.« Sie winkte den beiden Frauen zu und bewirkte sogar, dass Gerdas Gesichtszüge weicher wurden. Hätte mir jemand gesagt, dass Käthe Antonia meine Joggingschuhe verkaufen wollte, würde ich nicht an ihrem Erfolg zweifeln.

»Also gut«, sagte ich und steckte das Telefon ein. »Dann viel Spaß.«

»Dir auch, und mach ein paar schöne Fotos, hörst du?«

Ich nickte, winkte, zog meine Kapuze über den Kopf und machte mich auf den Weg. Außer mir war offenbar niemand daran interessiert, die Burg zu besuchen, also stopfte ich die Hände in die Jackentaschen und lief schneller. Der Wind schien mich aufhalten zu wollen, immer wieder wehten mir stärkere

Böen entgegen und ließen mich nach Luft schnappen. Nach wenigen Minuten war mein Gesicht feucht vom Sprühregen. Doch ich fror nicht, im Gegenteil. Ich hatte ein gutes Tempo angeschlagen, und meine Sportschuhe bewahrten mich vor dem steinigen Untergrund. Es war doch eine gute Idee gewesen, sie einzupacken – man musste sich damit ja nicht sofort an den Rand des Bewusstseins joggen! Schnelles Laufen lag mir eindeutig mehr.

Nach dem Weg musste ich nicht lange suchen. Die Burg war nicht zu verfehlen: Obwohl nur eine Ruine, war sie eindrucksvoll direkt an den Klippen erbaut worden. Schon von weitem sah man den steilen Weg dorthin, die Brücken und in den Stein geschlagenen Stufen, die etwas abenteuerlich wirkten. Allmählich begriff ich, warum Käthe zurückbleiben wollte. Sollte es dort unten so windig sein, wie ich vermutete, hätte ich mir wirklich Sorgen um sie gemacht.

Die See war grau und unruhig, die Klippen davor teilweise mit Grün und dunklem Gelb überzogen. Ich war so beeindruckt, dass ich stehen blieb und das Bild auf mich wirken ließ. Mit einem Mal kam ich mir so klein und zart wie Käthe vor. Zwar hatte ich in den vergangenen Tagen immer wieder die Küste und Steilklippen wie diese gesehen, doch unter dem Grau des Himmels wirkte das Ganze viel gewaltiger. Gischt schlug gegen die Felsen, schäumte in die Luft und senkte sich als weißer Teppich, der rasch verblasste. Die Burg von Tintagel lag im Schatten. Manche Umrisse hoben sich erst beim zweiten Blick vom Hintergrund ab, so als wollte sie mir all die Geheimnisse präsentieren, die sich um sie rankten. Ich überlegte, wie die Burg früher ausgesehen haben musste. Die Umgebung hatte sich seitdem sicherlich kaum verändert. Wo heute Besucher über die Stufen balancierten, hatten sich damals vielleicht Ritter auf Pferden den Weg gebahnt. Nun, wer auch immer dorthin geritten war, den legendären König hatte er wohl nicht besucht. Die geschichtlichen Belege verrieten, dass es sich dabei nur um eine Sage handelte. Ganz abgesehen davon, dass die Existenz von König Artus nicht gesichert war, wurde die Burg zu spät erbaut, um wirklich mit ihm in Verbindung gebracht werden zu können. Leider, denn die Vorstellung hatte mir gefallen – so wie wohl Richard, dem Earl of Cornwall, der dieses Schmuckstück im 13. Jahrhundert hatte errichten lassen. Doch allein die Tatsache, dass sie beinahe achthundert Jahre auf dem Buckel hatte, rechtfertigte in meinen Augen einen Besuch.

Ich lief weiter und fühlte mich abenteuerlich. Hier war ich, Juna Fleming, allein in Cornwall, um mir trotz Wind und Wetter eine Ruine anzusehen, die man erst erreichte, nachdem man Hindernisse überwunden und Mut bewiesen hatte. Gabs, Onkel Olli, Tante Beate und vor allem Käthe wären stolz auf mich.

Mads vielleicht auch. Immerhin hatte er mir mitgeteilt, dass mir mehr Bewegung guttun würde. Okay, das war noch vor der Aufklärung des Missverständnisses gewesen und fühlte sich mittlerweile an, als gehörte es in eine andere Welt, aber trotzdem!

Ich erreichte ein Holzgatter und trat hindurch. Der Weg dahinter war mit Schotter ausgelegt, fiel weiter vorn ab und verschwand zwischen den Klippen. Schon spürte ich das Ziehen in meinen Waden, als ich beim Laufen versuchte, das Gefälle auszugleichen. Morgen würde ich Muskelkater haben und mich großartig fühlen, weil ich im Urlaub letztlich doch noch Sport getrieben hatte.

Ich bog um eine Kurve und sah in der Ferne ein Meer von Möwen und, dazwischen, Menschen. Ich schritt energischer aus und blieb stehen, als die nächste Kurve die Sicht auf den weiteren Verlauf des Pfades freigab.

Der war steiler, als ich vermutet hatte. Sollte ich doch besser umkehren? Ich sah auf die Uhr. Noch blieben mir genau hundertundelf Minuten. Ich gab mir einen Ruck und lief weiter. Der Regen hielt nichts von Karma und Belohnungen, denn er wurde stärker, vielmehr blies der Wind ihn energischer in mein Gesicht. Mir wurde ein wenig flau im Magen, als ich das Geländer betrachtete, das sich über die Felsen zog. Ich hatte nichts gegen die Holzbrücke, die an einer Stelle zwischen zwei Felsen waagrecht über dem Wasser verlief. Doch die Treppenstufen machten mir Angst. Sie waren viel zu steil und dazu sicher rutschig. Was, wenn der Wind zu stark wurde und mich da hinunterwehte?

Hör auf damit.

Ich biss die Zähne zusammen, dachte an einen fröhlichen Song, der andauernd im Radio gespielt wurde, und ging weiter.

Die ersten Stufen nahm ich ohne Zögern. Doch bald spürte ich, wie meine Knie weich wurden. Mit jedem Schritt fiel mir der Weg schwerer. Wie lange war diese Holztreppe schon hier draußen? Das Material musste bei all der Feuchtigkeit doch irgendwann morsch werden! Ich krampfte meine Finger um den Handlauf, blieb immer wieder stehen, um sie an meiner Hose abzuwischen, und ging mit unsicheren Schritten weiter. Linkskurve. Vor mir tat sich der Blick auf die See auf, und dann sah ich es.

Ein Holzstück war gesplittert. Das Loch war nicht groß und die Stufen schmal genug, dass ich locker darüber hinwegsteigen konnte. Trotzdem blieb ich wie angewurzelt stehen. In meinem Kopf entstanden Bilder, die ich gern verdrängt hätte, aber es ging nicht. Ich schloss die Augen, riss sie aber sofort wieder auf, als die Bilder intensiver wurden und ganze Filme vor mir abliefen. Ich wollte keine Action- und Horrorstreifen in meinem Kopf! Ich wollte nicht sehen, wie ich in das Wasser stürzte, natürlich auf den einzigen Felsen, der daraus emporragte. Ich wollte einen weißen Ritter, der herangepbrescht kam, mich auf sein Pferd hob und sicher zur Burg geleitete! Leider gab es weit und breit keine Hinweise auf einen Ritter, nicht einmal ein Pferd. Lediglich kleine, schwarze Haufen waren auf den Grasstücken zu sehen. Schafscheiße. Antonia wäre in einen Freudentanz ausgebrochen.

Ich entschied, bis drei zu zählen. Kalter Schweiß bedeckte meinen Körper, und ich glaubte, meine Finger nicht mehr vom Geländer lösen zu können. Ich konnte hier doch nicht einfach stehen bleiben! Würden die anderen mich suchen, wenn ich nach zwei Stunden nicht zurückgekehrt war?

Eine Möwe krächzte über mir, viel zu nah. Ich duckte mich aus Reflex und taumelte. Mein Herz schlug bis zum Hals, und schnell schlang ich beide Arme um das Holz. Ich schloss die Augen und wartete, bis das Trommeln in meiner Brust nachließ. War das gerade eine Panikattacke?

Komm schon, Juna. Die hätten das Geländer hier nicht hingebaut, wenn es zu gefährlich wäre. Außerdem hast du Menschen an den Ruinen gesehen. Die werden alle lebendig sein und keine vom Tourismusverband hergebrachten Pappaufsteller, um Publikum anzulocken. Wenn die es geschafft haben, schaffst du das auch.

Ich atmete tief durch, leckte das Salz von meinen Lippen und öffnete die Augen wieder. Das Meer begrüßte mich mit Rauschen und Gischt. War das da vorn etwa ein kleiner Strudel?

Mein Kopf hatte die Kontrolle wieder übernommen, doch mein Körper war geschwächt. Zittrig ließ ich die nächsten Stufen und somit auch das Loch hinter mir und war froh, dass niemand in der Nähe war, um zu beobachten, wie ich mich mit Trippelschritten vorantastete.

Vor mir führte die Brücke über eine dünne Meerzunge hinweg. Eine weitere Treppe schloss sich an. Sie schien nicht ganz so steil zu sein wie die, auf der ich mich befand. Fast geschafft! Die Welt gehörte den Mutigen!

Wie sehr die Welt sich gegen diese Aussage sträubte, bekam ich zu spüren, als ich auf dem glitschigen Holz ausrutschte. Ich schrie, landete auf dem Hosenboden und griff wild nach allem, was ich in die Finger bekam. Aus meiner Handtasche rollten mein Lippenbalsam sowie mein Ersatzkugelschreiber, und mein Hirn versorgte mich mit der unnötigen Information, dass der Druckknopf von Fach drei sich gelöst haben musste. Warum dachte ich an so etwas, wenn mir womöglich nur noch wenige Sekunden auf dieser Welt blieben?

Mein rechter Fuß schoss ins Leere, dann bewegte sich nichts mehr. Ich traute dem Frieden nicht und hielt still, wagte nicht einmal zu atmen. Als der Druck in meinen Lungen zu groß wurde, tat ich es doch und blinzelte.

Ich saß auf der Treppenstufe, meine Beine zeigten zum Wasser. An sich eine fröhliche Pose, wenn ich sie hätte baumeln lassen. Doch selbst wenn ich gewollt hätte, ich konnte nicht. Ich konnte nicht einmal zurückrutschen und meine Füße auf festen Untergrund bringen. Mein Hirn sendete permanent Befehle, doch mein Körper dachte nicht daran, sie zu befolgen.

Ich starrte auf meine plötzlich so schneeweißen Fingerknöchel. Es kam mir vor, als würden sie hinter einem Schleier liegen, so wie die übrige Welt auch. Und ich konnte mich einfach nicht bewegen! Allmählich wurde das Stimmchen der Angst in meinem Kopf lauter. Ich sah bereits die Schlagzeile vor mir: *Deutsche Touristin in den frühen Morgenstunden in halbentspannter Haltung auf den Treppen zum Tintagel Castle gefunden. Noch ist nicht geklärt, ob sie erfroren oder an Panik gestorben ist.*

Ein Dudelsack dröhnte durch die kalte Luft meiner letzten Ruhestätte. Wie idyllisch, da spielte jemand an der Burg. Wahrscheinlich eine Touristenattraktion. Erst als sich ein zweiter Dudelsack hinzugesellte, begriff ich, dass die Musik aus meiner Handtasche kam. Käthes Telefon.

Mads!

Fieberhaft sah ich von meiner Handtasche zurück zum Meer. Ich durfte den Anruf nicht verpassen. Mads musste mir helfen.

Mir war bewusst, wie lächerlich meine Gedanken waren. Käthes Enkel hatte zwar einen Kontrollzwang, aber hier konnte er nichts tun. Zumindest nicht physisch. Aber wenn ich mit ihm redete, würde ich mich nicht mehr so allein fühlen und könnte vielleicht wieder aufstehen.

Es dudelte lauter. Ohne den Blick vom Meer zu lösen, tastete ich nach meiner Tasche. Dort drinnen war alles durcheinander, aber das war mir nun gleichgültig. Ich fand das Handy, zog es hervor und hielt es auf Augenhöhe, weil ich nicht wagte, meinen Hals zu bewegen.

Blacky.

Sehr vorsichtig nahm ich den Anruf an. »Hallo.« Allein bei diesem einen Wort zitterte meine Stimme so stark, dass sie fremd klang.

Kurze Stille. »Juna, was ist passiert?«

Er klang so besorgt, dass mir die Tränen kamen. »Käthe geht es gut«, schluchzte ich. »Aber ich sitze auf einer Holztreppe über dem Meer, und eine Stufe ist bereits gebrochen, und ich bin ausgerutscht und halte mich fest und kann mich nicht mehr bewegen. Es waren mal Schafe da, aber auch die sind weg.« Die Tränen liefen stärker und verwässerten meine Stimme. »Ich wusste, dass ich Höhen nicht mag, aber nicht, dass es so schlimm ist! In etwas weniger als anderthalb Stunden muss ich zurück am Bus sein.« Der Gedanke, auch noch von Herrn Wewers gerügt zu werden, weil ich zu spät kam, brachte das Fass zum Überlaufen. Ich bekam keinen vernünftigen Ton mehr heraus, dafür schluchzte ich lauter.

»Okay, Juna, hör mir zu.« Die Sorge in Mads' Stimme war noch immer da, ebenso das Knurren, das niemals ganz verschwand, wenn man es einmal wahrgenommen hatte. Über all dem lag Entschlossenheit. »Ich muss hier sehr schnell etwas klären und bin dann sofort bei dir. Leg nicht auf.«

Scherzkeks. Am liebsten hätte ich ihm gesagt, dass er mich nicht allein lassen sollte, doch ich riss mich zusammen. Ich hörte ihn leise reden. Lief da Musik? Mein Bein kribbelte, aber ich traute mich nicht einmal, das Gewicht zu verlagern. Kurz darauf war Mads wieder in der Leitung.

»Ich bin zurück.«

»Was hast du gemacht?« Ich klang weinerlich, wie ein kleines Kind, und wusste selbst nicht, warum ich diese Frage gestellt hatte. Wahrscheinlich, um hinauszuzögern, dass er mich gleich überreden würde, meinen lauschigen Platz am Meer zu verlassen. Noch war ich nicht bereit, das Wagnis einzugehen.

»Ich habe in einer Viertelstunde einen Massagetermin und der Kundin rasch abgesagt.« Mittlerweile klang er so ruhig, als hätte er selbst eine Tiefenmassage erhalten. Gabs und Onkel Olli wären auf der Stelle neidisch geworden – diesen Zustand erreichten selbst sie erst nach langer Meditation.

»Was hast du der Kundin erzählt?«

»Die Wahrheit. Dass ich einen Notfall habe, um den ich mich sofort kümmern muss. Aber zu dir. Du hast gesagt, eine Stufe ist gebrochen. Ist der Untergrund sicher, auf dem du sitzt?«

Weder fragte er nach, was eine Treppe über dem Meer zu suchen hatte, noch, was ich vorhin für einen Unsinn über Schafe erzählt hatte. Dabei musste sich die ganze Geschichte seltsam anhören für jemanden, der nicht vor Ort war. Es sei denn, er kannte die Gegend.

»Du warst schon einmal in Tintagel«, sagte ich. Es klang wie eine Anschuldigung. War es auch irgendwie. Wenn er den Ort kannte, hätte er mich und seine Oma vor dieser Teufelstreppe warnen müssen!

»Nein, ich war noch nie in Cornwall. Meine Englanderfahrungen beschränken sich auf London. Und nun sag mir, ob du sicher sitzt oder ob diese Treppe insgesamt einsturzgefährdet ist.«

Bei dem Gedanken daran musste ich erneut weinen.

»Juna. Hör mir zu. Ich helfe dir, da wegzukommen. Aber dazu musst du meine Fragen beantworten. Okay?« Seine Stimme war so dunkel und ruhig wie Samt. Es war die eines Menschen, der andere mühelos in den Schlaf lesen konnte, weil seine Worte nach und nach mit der Nacht verschmolzen. Eine Stimme, in die man sich hineinfallen lassen konnte, trotz der rauen Nuance im Hintergrund, an die ich mich bereits so sehr gewöhnt hatte. Plötzlich bedauerte ich, dass es nur eine Stimme war. Wäre Mads hier, könnte er mir die Hand reichen und mich wegbringen von diesem Ort. Nun musste ich das allein tun, und genau da lag das Problem.

»Ich schaffe das nicht«, sagte ich. Es klang nüchtern, aber immerhin redete ich von einer Tatsache.

Mads machte nicht den Fehler, mir einfach mit »Natürlich schaffst du das« zu widersprechen. Stattdessen wiederholte er seine Frage, und ich beschrieb ihm alles, was er wissen wollte.

»Gut«, sagte er schließlich. Ich war nicht seiner Meinung, schwieg aber. »Du hast eine Panikattacke. Ich weiß, wie das ist. Mir ist das auch schon mal passiert.«

»Wo?« Ich konnte kaum glauben, dass Mads Carstens, seines Zeichens Soldat und unzuverlässiger Masseur, jemals in eine Panikstarre verfallen war.

»Auf Island. Wir sind zum höchsten freifallenden Wasserfall geklettert, und ich hatte ausgeleierte Stoffschuhe ohne Profil an. Es wurde steil, ich bin bei jedem Schritt abgerutscht und auf dem Geröll ein Stück nach unten geschlittert.«

Island. Gab es ein Land auf der Welt, das er noch nicht besucht hatte? »Und dann?«

»Dann hat mich jemand aus der Gruppe nach oben gelotst. Nur mit Worten, ohne mich zu berühren. Genau das werde ich auch bei dir tun.«

Allein die Vorstellung, aufzustehen, ließ mich zittern. »Nein, Mads. Ich kann mich nicht bewegen.«

»Vertraust du mir?«

Verblüfft lauschte ich den Worten, obwohl sie schon längst verklungen waren. Nicht verblüfft über seine Frage, sondern weil meine Antwort ohne zu zögern ›Ja‹ lautete. Dabei kannte ich ihn nicht einmal richtig. Streng genommen kannte ich ihn gar nicht. Wir hatten nur telefoniert, und die Hälfte der Zeit waren es keine schönen Gespräche gewesen, da er mich für jemanden gehalten hatte, der ich nicht war. Trotzdem glaubte ich ihm, egal, was er sagte. War das normal? Oder musste ich das auf meine Lage schieben? Ja, natürlich. In meiner Verzweiflung machte ich ihn zu meinem weißen Ritter, dabei besagte allein Käthes Spitzname für ihn, wie dumm diese Idee war.

»Ja«, hauchte ich.

»Gut. Dann präg dir bitte die Umgebung ein. Denn ich fordere dich gleich auf, dich nur auf meine Stimme zu konzentrieren und auf nichts anderes. Am besten wäre es, wenn du die Augen schließt. Aber ich kann verstehen, wenn du das nicht möchtest.«

»Was? Aber ich kann nicht ...«

»Was hast du an?«

Ich riss die Augen weit auf, anstatt sie zu schließen. »Wie bitte?«

»Deine Schuhe, Juna.« Seine Stimme bebte. Wagte er es etwa, in dieser Situation zu lachen?

»Sportschuhe«, sagte ich würdevoll und mit einem Hauch von Stolz. »Mit Kunstlederelementen in der Außensohle für besonders guten Halt auf nassem Untergrund.« Was glaubte er denn, dass ich mich in Absätzen auf diese Kletterpartie begeben hatte?

»Sehr gut, dann wird es keine Probleme geben. Du siehst dich jetzt um und suchst dir den Punkt aus, an dem du dich als Nächstes festhalten wirst, wenn du weitergehst.«

»Ich will nicht weitergehen«, jammerte ich.

»Das interessiert mich nicht.«

Aha, da war er wieder, der Kasernenton. Trotzig blieb ich, wo ich war.

Er wiederholte die Anweisung noch mal. Und noch mal, als ich mich noch immer nicht traute. Obwohl es bestimmt klang, verschärften sich weder seine Worte noch sein Tonfall. Mads nahm die Sache ernst und würde nicht lockerlassen, bis ich mich in Bewegung setzte. Hatte ich zuvor gedacht, dass alles an ihm so unbeständig war wie seine Berufswahl, so hatte ich mich gründlich getäuscht. Das gab letzten Endes den Ausschlag. Mit wackeligen Beinen stand ich auf, machte einen Schritt zur Seite und stürzte mich förmlich dem Holzgeländer entgegen. Eine weitere Stufe war geschafft, dann noch eine. Trotz der Angst, die wieder und wieder über meinen Rücken kribbelte, ging ich weiter, geführt von Mads' Worten und der Ruhe darin. Das Handy hielt ich dabei mit aller Gewalt fest. Ich sah nicht auf die See oder die Stufen, sondern immer nur auf die nächste Stelle, die ich greifen oder an der ich stehen wollte.

Das Rauschen des Meeres trat in den Hintergrund. Sollte es! Sollte es sich schwarzärgern, weil es sich ein neues Opfer suchen musste! Mein Trotz regte sich zaghaft, angefeuert durch die ersten Erfolge.

Endlich hatte ich den Meeresarm hinter mir gelassen. Ich blieb in einer Ausbuchtung stehen und wagte es, mich umzudrehen und den Weg hinter mir zu betrachten. Meine Bewegungen waren zittrig wie die einer alten Frau. Mittlerweile passte ich perfekt in die Zielgruppe von Kurfürst-Reisen.

»Ich bin drüben«, flüsterte ich ins Telefon. Mein Atem ging schwer und brannte in der Kehle. »Ich ruhe mich kurz aus, dann gehe ich zurück zum Parkplatz. Bleibst du solange dran?« Allein die Vorstellung, noch einmal über diese Treppe zu laufen, bereitete mir Übelkeit. Aber mir blieb nichts anderes übrig, falls ich nicht hier campen oder mit einem Rettungshubschrauber abgeholt werden wollte.

»Nein.« Mads sprach nicht lauter als zuvor. Dennoch kam es mir vor, als hätte er mich angebrüllt.

»Du willst mich jetzt allein lassen?« Ich war fassungslos.

»Nein, ich bleibe bei dir. Aber du gehst weiter, nicht zurück, und du siehst dir diese Ruine an. Treppen laufen musst du so oder so.«

»Aber dann muss ich hinterher den ganzen Weg noch einmal durchstehen!«

»Wenn du diese Treppen einmal hinter dir gelassen hast, ist es beim zweiten Mal viel einfacher. Glaub mir.«

Ich glaubte ihm. Ich glaubte ihm nicht. Dann glaubte ich ihm wieder. Mein Kopf spielte dieses Pingpong-Spiel, bis Mads mich animierte weiterzulaufen. Ganz einfach so. Und noch während die Stufen vor mir steiler wurden und seine Stimme mich leitete, wusste ich, er würde mich sicher zum Ziel bringen.

18

Ich erreichte den Parkplatz genau fünf Minuten vor Abfahrtszeit. Unser Bus stand mit geöffneter Tür dort und wirkte verlassen, weil niemand draußen im Nieselregen herumstehen wollte.

Noch immer tobte das Adrenalin des überstandenen Abenteuers durch meine Adern. Meine Jacke war zwar wasserfest, aber meine Hose klamm vom feinen Regen, der auch in meine Sportschuhe gedrungen war. Doch das war es mir wert.

Es war gekommen, wie Mads gesagt hatte: Zwar hatte der Rückweg mir noch immer Angst eingejagt und ich war so langsam gelaufen, dass ich von zwei Familien mit kleinen Kindern überholt worden war. Aber ich war nicht stehen geblieben und hatte nicht einmal an der Brücke gezögert, unter der das Meer zischte und brauste.

Ich hatte es geschafft. Ganz allein. Zwar hatte Mads mir angeboten, dass ich ihn jederzeit anrufen konnte, wenn ich unsicher war, doch das war nicht nötig gewesen.

Ein weiterer Lohn für meinen Mut war die Burgruine selbst. Die dramatische Landschaft, der Blick vom Areal auf die See und die alten Steine, von denen leider nicht mehr allzu viele erhalten waren. Der Grundriss des ursprünglichen Gebäudes war allerdings noch zu erkennen, und einige Mauern ragten nach all den Jahrhunderten so stolz in die Höhe, als wollten sie dem Betrachter zuflüstern, dass auch die Gewalt der Zeit sie nicht zu brechen vermochte. Unwillkürlich fragte ich mich, warum dieser Ort vor langer Zeit verlassen worden war. Was war geschehen? Wohin waren die Bewohner gegangen, oder waren sie einfach gestorben? Als ich eine am oberen Ende spitz zulaufende Holztür erreichte und sie aufzog, erwartete ich, in eine andere Zeit zu blicken. Stattdessen zeigte sich das Panorama von moosbewachsenen Felsen und Klippen. Ich wanderte so lange wie möglich in den Ruinen herum. Als die Sonne für wenige Minuten durch die Wolken brach, funkelte das Wasser der Bucht türkis und dunkelblau. Voller Freude, dass ich all das hier erleben durfte, zückte ich Käthes Telefon, schoss ein Foto von dieser Zauberlandschaft, sendete es Mads und bedankte mich noch einmal für seine Hilfe. Kurz darauf kam ein Bild zurück. Es zeigte einen Mann in der etwas schrägen Position eines Selfies, das man mit ausgestrecktem Arm schoss. Das musste er sein. Er trug ein dunkles Shirt, das einen großen Teil seiner Oberarme frei ließ, und blickte ... ja, wie? Ich betrachtete sein Gesicht und zoomte es heran.

Sein Äußeres passte perfekt zu seinem Tonfall. Er sah ernst in die Kamera und wirkte auf den ersten Blick sogar etwas mürrisch, aber das lag vor allem an den dunklen Augenbrauen. Wenn seine Augen nicht gewesen wären, hätte man meinen können, Mads Carstens gefiele nicht, was er gerade betrachtete. Selten hatte ich ein so strahlendes, volles Blau gesehen. Die Ruhe und Freundlichkeit darin hätte keinen größeren Kontrast bilden können, und das machte sein Gesicht umso interessanter. Auf den zweiten Blick erkannte ich ein vergnügtes Funkeln, gut versteckt, aber unübersehbar. Das dunkle Haar war gerade so lang, dass es zerzaust wirkte, Kinn und Wangen waren mit dunklen Stoppeln überzogen, die rötlich schimmerten. Er hatte eine gerade Nase, die in der Mitte eine Verdickung aufwies. Ein Bruch? Ich widerstand dem Drang, die Stelle auf dem Display zu berühren. Stattdessen verkleinerte ich das Foto wieder und starrte auf das faszinierendste Detail des Fotos: das Papier in Mads' Hand. Es schien ein simples DIN-A4-Blatt zu sein, wahrscheinlich hatte er es aus einem

Block oder Heft gerissen. In gleichmäßiger Handschrift stand dort:

Go Juna!!!

Er musste es nach unserem Telefonat geschrieben haben, vielleicht auch erst, nachdem ich ihm das Bild geschickt hatte. Ich freute mich so sehr darüber, dass ich laut auflachte. Ein junges Paar, das in der Nähe miteinander tuschelte, sah mich irritiert an und machte sich aus dem Staub.

Man konnte es nicht leugnen, Käthes Enkel sah gut aus. Düster, ja, aber sehr anziehend. Und soweit seine Oberarme verrieten, bekam ihm der Aushilfsjob als Möbelpacker gut.

Go, Juna.

Mads sah so entschlossen aus, als würde er mir diese Worte direkt in den Kopf pflanzen wollen. Dabei hob er einen Mundwinkel – nur einen! Er wollte es nicht gleich übertreiben! – und schickte einen Hauch Humor mit ins Rennen. Der Sergeant befahl nicht, er feuerte mich an. Und er hatte keine Ahnung, wie gut es funktionierte!

Ich antwortete ihm nicht, war aber sicher, dass er das auch nicht erwartete. Es war nicht nötig, und ein dummer Smiley oder ein ›Mach ich‹ hätte den Zauber zerstört.

Ich schickte das Foto an mein eigenes Handy, löschte es nach kurzem Zögern von Käthes und machte mich auf den Weg. Es war mir lieber, wenn diese Episode unser Geheimnis blieb. Sein Bild vor Augen und das Wissen, dass er an mich glaubte, gaben mir mehr Halt als die teuersten Sportschuhe der Welt.

Während ich quer über den Parkplatz beschleunigte, bedauerte ich, keine Zeit für den Ort gehabt zu haben. Die alte Post war laut Reiseführer das schönste Gebäude dort, über 600 Jahre alt, mit gewelltem Schieferdach, Steinerkern und -türmchen. Abgesehen davon gab es zahlreiche Lädchen, die allerlei Mystisches rund um die Artussage anboten. Ich hätte gern nach Mitbringseln gestöbert oder zumindest eine Postkarte gekauft. Doch angesichts der Wewers'schen Standpauke, die mich bei Trödelei erwartete, verzichtete ich darauf.

Unser Fahrer saß bereits am Steuer. »Musst dich nicht abhetzen, Mädchen. Da fehlen noch zwei.«

Glück gehabt! Der Kelch ging dieses Mal an mir vorbei. Ich nickte ihm zu, ignorierte Antonias Drachenblick, der mir zubrüllte, an irgendetwas schuld zu sein, wovon ich nicht einmal etwas ahnte, und ging weiter. Fabio grüßte, wandte sich dann aber wieder dem Buch auf seinem Schoß zu. Ich hoffte für ihn, dass es sich um einen Reiseführer handelte und er lernte, was man als Reisebegleiter über die Region wissen musste.

Gerda und Lise saßen nebeneinander und tuschelten, die Plätze auf der anderen Seite des Gangs waren frei. Also fehlten Hermann und Rudi.

Käthe schwenkte mir eine Papiertüte entgegen, auf der in dicken Lettern »Fudge from Tintagel« prangte. »Hier, das habe ich dir mitgebracht. Fatsch mit Whisky! Ich habe mir gedacht, dass die Kletterei da draußen sicher hungrig gemacht hat, und bis wir im Hotel sind, dauert es ja noch ein bisschen. Man reicht Fatsch übrigens mit einer Zange zum Tee, in Stücken, so wie Würfelzucker. Nur dass man es natürlich nicht in den Tee packt.«

»Oh, vielen Dank. Das ist lieb von Ihnen. Hier, Ihr Telefon.« Ich reichte es ihr und nahm mir ein großes Stück Karamellkonfekt aus der Tüte. Das Aroma von Süßem und einem guten Schuss Whisky flog mir entgegen. Mein Magen reagierte augenblicklich und knurrte, was das Zeug hielt. Ich brach ein kleines Stück ab, steckte es mir in den Mund und verdrängte den Gedanken daran, wie viele Kalorien ich soeben über meine Zunge trieb. Es schmeckte einfach herrlich. »Wow. Das ist wirklich gut.«

Käthe freute sich darüber mehr als ich. »Nicht wahr? Sie hatten vierzehn Sorten in dem kleinen Geschäft. Ich habe sie alle durchprobiert, aber das hier ist die beste.«

Ich war erstaunt. »Sie haben alle Sorten durchprobiert?«

»Ja, sie haben es dort angeboten. Nachher kauft man doch sonst etwas, was einem gar nicht schmeckt.«

»Aber alle Sorten? Wie haben Sie denn das geschafft?«

Käthe lächelte, legte den Kopf schief und zupfte zart an einer Locke. Ah, der Oma-Bonus. Ich schmunzelte, brach noch ein Stück ab und genoss das feine Salzaroma, das durch Zucker, Sahne und Whisky hindurchschimmerte. »Haben Sie die Kirche gefunden?«

Sie nickte. »Dank Inge Dambrows Wegbeschreibung wusste ich genau, wo wir lang mussten. Es war etwas verwildert dort, und ich gebe zu, ich wäre fast vorbeigelaufen. Aber genau das hat sie mir gesagt: Wenn du glaubst, dass du umkehren solltest, Käthe, musst du noch ein Stück weiter gehen. Wie damals in diesem Etablissement, in dem sich diese halbnackten Leute am Eingang herumdrückten.«

Ich verschluckte mich und hustete, fragte aber nicht weiter nach.

Käthe klopfte mir den Rücken. »Es war sehr interessant. Aber doch sicher nicht so beeindruckend wie die Burg. War es schön?«

Ich dachte an meine Panikattacke und an das Gespräch mit Mads. »Ja, das war es wirklich. Anfangs habe ich gezweifelt, dass es das Richtige für mich ist. Aber ich bin froh, dass ich gegangen bin.«

Käthe legte kurz ihre Hand auf meine. »Ich bin sehr stolz, dass du als Einzige von uns aufgebrochen bist. Bei dem Wetter! Ich hätte nicht …«

Das Mikrophon knisterte, und Käthes Worte gingen in denen von Herrn Wewers unter. »So, es ist zwei Minuten nach, wir sind bereit für die Abfahrt, aber uns fehlen zwei Gäste. Wissen die Damen Mosbach und Ottmann zufällig etwas über den Verbleib ihrer Gatten?«

Lise und Gerda schüttelten die Köpfe.

Herr Wewers schnaubte. Es klang, als würde das Mikro explodieren. »Wenn Sie Kontaktmöglichkeiten wie beispielsweise ein mobiles Telefon haben, möchte ich Sie bitten, sie zu nutzen, damit wir bald losfahren können.« Bei jedem anderen hätten die Worte höflich geklungen, bei ihm kamen sie einer Morddrohung gleich. Prompt begann Lise in ihrer Tasche zu kramen. Sogar von meinem Platz aus sah ich, wie unangenehm ihr die Sache war.

Und dann packte unser Fahrer die ganz große Waffe aus. »Ansonsten werden wir wahrscheinlich zu spät zum Abendessen im Hotel sein.«

Schon wieder die Leier! Doch auch jetzt begriff niemand, dass nach unserer Ankunft bis zum Abendessen noch ausreichend Zeit blieb. Eine Sekunde lang herrschte Stille, dann setzte Gemurmel ein. Jemand entrüstete sich, dass nun alle für das Vergehen zweier Mitreisender bestraft wurden, die Woteskis riefen etwas in einer Sprache, die ich nicht verstand, und Antonia fügte dem Beschwerdenchor ihr übliches Gebrummel hinzu.

Käthe und ich sahen uns an. »Vielleicht haben sie sich verlaufen. Oder denkst du, sie sind von den Klippen gefallen?« Sie knibbelte vor Aufregung am Rand ihres Hutes.

Ich glaubte, dass die beiden höchstens von einem Barhocker gefallen waren. »Ihnen geht es sicher gut. Wahrscheinlich haben sie einfach nicht auf die Zeit geachtet.«

Vorn pressten sich Lise und Gerda ihre Mobiltelefone an die Ohren, doch keine von ihnen schien Glück zu haben. Gerda legte auf und schloss sich dem Chor der anderen Gäste an, um ihren Mann und seine Seele zu verfluchen. Ich wollte nicht in seiner Haut stecken!

Käthe warf einen Blick auf ihre Armbanduhr und hielt mir das Zifferblatt entgegen: Wir hätten bereits vor zehn Minuten losfahren sollen. Allmählich machte ich mir Sorgen, dass die Stimmung im Bus sich bis zum Inquisitionslevel aufheizen würde. Drei Gäste standen bereits, einer schüttelte eine Faust, und Gerda verkündete lautstark, sich scheiden zu lassen, wenn ihr Rudi keine vernünftige Erklärung parat hatte. Einzig Lise schwieg, die noch immer perfekten Lippen zusammengepresst und den Kopf hoch erhoben.

Kurz bevor die Stimmung eskalierte, bogen die beiden um die Ecke. Sie froren nicht mehr, zumindest trugen sie nun ihre Jacken offen. Irgendwie sahen sie nackt aus. Ich wunderte mich über diesen Gedanken, bis ich begriff, wie ich darauf kam: Hermann hatte seine Kamera nicht dabei. Dafür, dass er anfangs ein Riesengetue um das Ding gemacht hatte, war sein Interesse an seinem Spielzeug rasch geschrumpft.

Ich musste den beiden zugestehen, dass sie mutiger waren als ich, denn sie rannten nicht einmal. Hermann hob sogar den Kopf und winkte uns zu. Hörte er denn nicht den Chor der Verdammnis aus der Bustür schwappen?

Dieser verstummte, als die beiden eintraten: Rudi schuldbewusst und verschreckt, doch mit einem seltsamen Leuchten auf dem runden Gesicht. Hermann dagegen versprühte pure Begeisterung und verfiel augenblicklich in seine Rolle als Gruppenmacho. »Ladys und Gentlemen, entschuldigen Sie die kleine Verspätung. Aber es hatten sich wichtige Dinge ergeben, um die wir uns kümmern mussten.« Er hob beide Arme, drehte sich einmal im Kreis und verbeugte sich. Eine Dame, deren Namen ich nie mitbekommen hatte, begann automatisch zu klatschen, bis ihr Mann ihre Hände festhielt. Abgesehen davon herrschte noch immer Stille, mittlerweile mehr aus Erstaunen.

Rudi starrte in die Runde, und Hoffnung mischte sich unter den Schrecken auf seinem Gesicht. Er sah zu Hermann und hob die Arme in einer unsicheren Imitation seines Freundes.

»Rudolf!« Es war kaum mehr als ein Zischen, besaß jedoch die Durchschlagskraft einer Bombe. Er zog den Kopf zwischen die Schultern und huschte zu seinem Platz. Gerda, die Inkarnation eines Racheengels, packte ihn am Arm und redete auf ihn ein. Ihr Finger bewegte sich mehrmals so nah auf sein Gesicht zu, dass Käthe und ich zurückzuckten.

Hermann wollte etwas sagen, als Lise aufstand und auf den Fensterplatz deutete. »Setz dich. Und es ist besser, du bist still.«

Es war das erste Mal, dass ich hörte, wie sie ihrem Mann etwas befahl. Wahrscheinlich kam es nicht oft vor, aber gerade deshalb wirkte es. Hermann schloss den Mund und ließ die Schultern sinken. Der Showmaster verwandelte sich in einen reumütigen Jungen, der von zu Hause ausgerissen, am heimischen Bahnhof gescheitert und von der Polizei nach Hause gebracht worden war. Er gehorchte den Weisungen seiner Frau und sammelte dann all seine Kraft für eine letzte Gegenwehr. »Liselotte, lass es mich doch erklären. Wir haben erste Ver...«

»Es reicht, Hermann«, sagte sie und strich sich eine glänzende Haarsträhne zurück, die sich aus der Hochsteckfrisur gelöst hatte. »Und es interessiert mich auch nicht.« Damit war die Sache für Lise erledigt.

Der Motor sprang an, und das Mikro knisterte. »Also dann. Wir sind vollzählig, und nun geht es zurück nach Newquay. Wenn ich einen Zahn zulege, kommen wir vielleicht noch halbwegs pünktlich. Versprechen kann ich nichts.« Damit setzten wir uns in Bewegung.

»Das war fast wie in einem Kammerspiel«, sagte Käthe und deutete auf die zerstrittenen Paare, die damit beschäftigt waren, sich gegenseitig zu ignorieren. »Weißt du, wo einer der Mörder ist und man immer in die Irre geführt wird. Nur glaube ich nicht, dass die beiden Herren jemanden umgebracht haben.«

Ich stimmte ihr zu. Vor allem, weil Rudolf sicher nicht einmal einem Käfer etwas zuleide tun konnte »Nein. Das nicht. Aber seltsam verhalten haben sie sich schon.«

»Oder sie …« Käthe formte ihre Finger zu einem Kreis, setzte an und tat so, als würde sie trinken.

»Das könnte gut sein.« Wobei ich mir nicht sicher war. Rudi und Hermann hatten aufgekratzt gewirkt, aber nüchtern. Was auch immer sie aufgehalten hatte, wir würden es wohl nie herausfinden. Ich machte es mir bequem und lehnte mich zurück, um den Rest der Fahrt zu ruhen und die Augen zu schließen.

Ich hatte meine Rechnung ohne Antonia gemacht. Zunächst hörte ich einen erfreuten Aufschrei, den ich nicht zuordnen konnte. Verwirrt blinzelte ich und glaubte, meinen Augen nicht zu trauen: Antonia stand! Aufrecht! Im Bus! Während der Fahrt! Gut, wir waren nicht besonders schnell, aber der Anblick ließ meinen Mund dennoch offen stehen.

»Käthe?«

»Ich sehe es«, flüsterte sie zurück. »Ob es ihr gutgeht?«

Fabio musste das Gleiche denken, denn er versuchte, Antonia dazu zu bringen, sich wieder zu setzen. Zunächst ignorierte sie ihn. Dann schob sie ihn beiseite und deutete aus dem Fenster. »Da!«

»Himmel, setzen Sie sich wieder hin! Nachher brechen Sie sich was, und ich muss mich darum kümmern!« Dieses Mal brauchte Herr Wewers kein Mikrophon.

Antonia ließ sich nicht beeindrucken. »Halten Sie an!«

Niemals hätte ich es für möglich gehalten, aber Herr Wewers bremste wirklich. Dabei ließ er so derbe Flüche vom Stapel, dass Frau Woteski eine Hand vor den Mund schlug. Wir rollten neben einer Wiese aus, die von einer unregelmäßigen Steinmauer abgegrenzt wurde. Ein paar knorrig gewachsene Bäume ragten in den Himmel. Auf der anderen Seite schimmerte in der Ferne das Meer, davor führte ein Pfad zwischen Feldern hindurch und wurde an der Straße von einem Holztor begrenzt.

Ein Aufschrei ging durch den Bus. Fahrgäste klammerten sich aneinander fest in der Erwartung, etwas Schreckliches zu entdecken (denn etwas Wunderschönes hätte Antonia niemals diesen Enthusiasmus abgerungen). Oder eine öffentliche Toilette.

Es war nichts dergleichen. Stattdessen sahen wir eine Frau, die gerade das Gatter hinter sich schloss. Sie trug Gummistiefel und einen Parka, der ihr bis zu den Knien reichte. Ihr langer, dunkler Zopf wehte hinter ihr her. Zwei Hunde sprangen um sie herum, schöne, aufgeweckte Tiere mit schwarz-weißem Fell, lustigen Schlappohren und buschigen Ruten. Die Zungen hingen ihnen aus den Mäulern, und als sie sich zu uns umdrehten, wirkte es, als lachten sie uns aus. Border Collies.

»Hütehunde«, donnerte Antonia. »Das ist eine Schäferin! Hier müssen irgendwo Schafe sein. Lassen Sie mich raus, ich frag nach.« Sie stapfte vorwärts und klopfte gegen die geschlossene Tür. Die Frau drehte sich um und sah uns mit gerunzelter Stirn an.

Fabio versuchte Antonia aufzuhalten, doch Herr Wewers winkte ihn zurück. »Lass sie, Junge, lass sie. Der ist nicht mehr zu helfen. Ich muss in erster Linie an meinen Bus denken, und ich traue ihr zu, ihn zu demolieren.«

Es zischte, die Türen öffneten sich, und Antonia stürzte hinaus. Es war ein merkwürdiger Anblick, doch ihr Flammenpulli passte perfekt dazu.

»Sie ist gut zu Fuß, wenn es drauf ankommt«, sagte Käthe.

Das stimmte. Antonia hatte die Straße in Windeseile überquert. Dabei zog sie die Schultern hoch und beugte sich leicht nach vorn.

Ich hätte bei diesem Anblick die Beine in die Hand genommen und wäre gerannt. Die Frau dagegen blieb, wo sie war, und starrte der deutschen Naturgewalt entgegen. Vielleicht fühlte sie sich auch sicher, weil ihre Hunde sie begleiteten. Die hatten die Ohren aufgestellt, neben ihrem Frauchen Position bezogen und ließen Antonia nicht aus den Augen.

Die blieb stehen und rief etwas, das die Frau offenbar nicht verstand, denn sie hob fragend die Hände. Natürlich, Antonia sprach kein Englisch.

Herr Wewers gab Fabio einen Wink. »Geh und kümmer dich darum. Je eher sie sich abregt, desto besser.«

Fabio sah nicht erfreut aus, stürzte aber heldenhaft nach draußen und erinnerte mich dabei an Kanonenfutter. Antonia riss ihn an sich, kaum dass er sie erreicht hatte. Er prallte an ihre enorme Brust, machte sich mit einem unsicheren Lächeln los und ging auf Sicherheitsabstand, ehe er seine Dienste als Dolmetscher aufnahm.

»Ist das spannend!« Käthe stützte sich mit einem Ellenbogen auf meinen Oberschenkeln ab, um besser sehen zu können.

Zwischen Fabio und den beiden Frauen entwickelte sich ein reges Gespräch, an dessen Ende die Hundedame den Kopf schüttelte, Antonia dagegen die Arme vor der Brust verschränkte und schmollte. Sie stapfte zum Bus zurück, anscheinend ohne sich zu verabschieden, und ließ sich auf ihren Platz fallen. Fabio folgte ihr und flüsterte Herrn Wewers etwas ins

Ohr, woraufhin der den Motor anließ und weiterfuhr. Die Frau und ihre Hunde blickten uns hinterher, und ich hatte den Eindruck, dass alle drei uns für verrückt erklärten.

»Was war da wohl los?«, fragte Käthe.

So gern ich geantwortet hätte, mir fiel auch nichts ein. »Vielleicht mag Antonia nicht nur Schafe, sondern auch Hunde?«

Käthe grübelte. »Ich finde es heraus.« Sie hob einen Arm und winkte so energisch, als befände sie sich in Lebensgefahr. »Fabio? Fabio!« Der erste Ruf war laut und deutlich, der zweite klang viel brüchiger, beinahe krank. Besorgt sah ich sie an. Hatte sie sich übernommen? Dann fiel mir ein, wen ich neben mir hatte. Käthe, die früher nicht nur gern ins Theater gegangen, sondern auch selbst mit einer Amateurgruppe auf den Bühnenbrettern gestanden hatte. Käthe, die in ihrem Leben sicher mehr Leute zu irgendetwas überredet als ich die Hand geschüttelt hatte.

Fabio musste nicht nur in der Rolle des Reisebegleiters auftreten, sondern wusste auch zu wenig über Käthe. Er hatte keine Chance. »Ist alles in Ordnung, Frau Carstens?« Sein Strahlelächeln hielt, obwohl Unsicherheit durchsickerte. Antonia musste ihm ordentlich zugesetzt haben, und nun fürchtete er einen weiteren Wunsch, der ihn an die Grenzen seiner Geduld brachte oder, schlimmer, die Weiterfahrt verzögerte. Eine der ersten Regeln in diesem Bus lautete, dass man die Reisegruppe nur im höchsten Notfall zu spät zum Abendessen kommen lassen durfte.

Käthe seufzte, hielt sich an Fabios Arm fest und ließ sich auf ihren Sitz sinken. Ein weiterer Seufzer, kurzes Augenschließen, flatternde Lider und ein besorgter Blick. Sie machte ihre Sache wirklich gut. »Ist alles in Ordnung?«, flüsterte sie und deutete aus dem Fenster, wo mittlerweile Wiesen ohne Hunde und Frauen an uns vorbeizogen. »Oder wird es Ärger geben? Mit der Frau vorhin ...« Käthe machte den Eindruck, als wollte sie sich am liebsten verkriechen.

Natürlich fiel Fabio darauf herein. Er war es so sehr gewohnt, mit den Frauen zu spielen, dass er es nicht bemerkte, wenn er selbst benutzt wurde. Insgeheim freute mich das. Urplötzlich musste ich an Sven denken, den Mann in Ferrarirot, mit dem ich beinahe auf diese Reise gegangen wäre. Warum war mir noch nie aufgefallen, wie sehr Fabio ihm ähnelte? Nicht äußerlich, da hatte unser Busbegleiter die Gene eines jungen Gottes in die Wiege gelegt bekommen. Aber dieser Blick, diese Mischung aus Überheblichkeit und Selbstgewissheit, war derselbe. »Machen Sie sich keine Sorgen, Frau Carstens«, sagte Fabio und schmunzelte. Natürlich, er machte sich über die verschreckte alte Oma lustig. Heute Abend würde er irgendeiner englischen Schönheit eine hübsch aufgebauschte Geschichte zum Besten geben und jammern, wie schwierig die Arbeit mit den bösen Rentnern war. »Es war ein harmloses Gespräch dort draußen, und es wird nichts passieren. Frau Gralla lag richtig mit ihrer Vermutung, die Dame ist eine Schäferin.«

»Oh«, sagte Käthe. »Dann sehen wir gleich noch Schafe?«

Er schüttelte den Kopf. »Nein, keine Sorge, die Schafherde steht tagsüber auf irgendeiner Wiese außerhalb des Ortes und wird erst am Abend nach Tintagel zurückgetrieben. Wir machen keinen Zwischenstopp mehr und fahren nun direkt zum Hotel. Bis dahin können Sie natürlich die Bordtoilette nutzen, wenn es wirklich nicht mehr geht.«

»Danke«, hauchte Käthe so theatralisch, als hätte er sie aus einem brennenden Wrack gerettet.

»Gern geschehen.« Fabio verbeugte sich und machte sich auf den Weg zurück nach vorn, wobei er die Augen verdrehte und vor sich hin murmelte. In mir wallte Ärger auf, doch ich schob ihn zurück. Ich würde Fabio nicht ändern können, und wenn er sich mit einer Arbeit quälen wollte, die er so sehr verachtete, so war das sein Problem.

Käthe starrte mich an. »Dann wird die Stimmung ja heute beim Essen nicht gut sein«, prophezeite sie.

»Warum nicht? Wir haben auch zuvor keine Schafe gesehen. Es hat sich nichts geändert.«

»Da bin ich mir nicht so sicher. Nun weiß Antonia, dass welche in der Nähe sind. Das macht es sicher schlimmer. Das ist doch, als ob man ein Stück Kuchen durch ein Schaufenster betrachtet und es nicht haben kann. Besser ist, man weiß erst gar nicht, dass es Kuchen gibt!«

Dieser Weisheit konnte ich nicht widersprechen. Ich grübelte darüber nach, während wir an Steinformationen und kleinen Dörfern vorbeifuhren. War es wirklich so? Vermisste man etwas weniger, von dem man annahm, dass es sich nicht in der Nähe befand? Ich versank in Gedanken, die sich irgendwann um meine letzte Beziehung und die Tatsache drehten, dass ich seitdem einfach keinen Mann gefunden hatte, der mich auch nur ansatzweise faszinierte. Sah ich nicht richtig hin? Gabs pflegte stets zu sagen, ich öffnete mich nicht genug. Okay, sie sagte auch, dass die Chancen, einen sexuell annehmbaren Partner zu finden, in einer Massenorgie stiegen. Was mir wiederum sagte, besser nicht auf ihre Ratschläge zu hören.

Wir erreichten das Hotel eine halbe Stunde später als geplant. Meine Mitreisenden hatten die qualvolle Wartezeit damit überbrückt, den Kaffeevorrat im Bus aufzubrauchen. Rufe nach weiterem Kaffee begleiteten die letzten Minuten und wurden lauter, sobald die Silhouette von Newquay in der Ferne zu erkennen war. Ich bereitete mich auf einen Aufstand vor, doch zu meiner Erleichterung blieb alles ruhig, bis wir auf den Parkplatz des Greenbank Hotels rollten.

»Sitzen bleiben, bis wir stehen«, donnerte Herr Wewers, dieses Mal ohne elektronische Verstärkung und deutlich genervter als zuvor. Selbst die Anwesenden ohne jedwede Empathie – also Hermann – schienen zu merken, in welcher Gemütsverfassung sich unser Fahrer befand, und gehorchten.

Kaum hatten wir unsere Parkposition erreicht, öffneten sich die Türen, und Herr Wewers stürzte als Erster heraus. Ich beobachtete durch das Fenster, wie er fluchte. Seine Hände ballten sich zu Fäusten und öffneten sich wieder, und ich stellte mir vor, wie er in seinem Zustand jemandem an die Kehle ging. Wahrscheinlich suchte er genau das – einen Menschen, mit dem er sich prügeln konnte.

Käthe und ich ließen den anderen wie so oft den Vortritt, klaubten unsere Sachen zusammen und verließen den Bus. Lediglich Antonia saß mit düsterem Gesicht an ihrem Platz, die Arme verschränkt, den Blick starr nach vorn gerichtet. Sie hätte einen hervorragenden Sparringspartner für unseren Fahrer abgegeben, und kurzzeitig war ich versucht, es ihr vorzuschlagen. Stattdessen hoffte ich nur, dass heute Abend kein Lamm auf der Speisekarte stand und sie an ihre enttäuschten Hoffnungen erinnerte.

Fabio stand draußen und hakte alle Gäste auf einer Liste ab, obwohl er genau wusste, dass wir vollzählig waren – immerhin hatte er gezählt, als wir in Tintagel aufgebrochen waren, und es konnte sich niemand in Luft aufgelöst haben. Aber er musste die Zeit überbrücken, bis Antonia sich bequemte, den Bus zu verlassen. Das konnte dauern, denn heute schmollte sie mehr als sonst. Er wünschte mir und Käthe noch viel Spaß und sah über unsere Köpfe zum Bus. »Frau Gralla, Sie müssen aussteigen. Sie wissen doch, dass ...«

Ein Zischen antwortete, gefolgt von Fabios erschrecktem Ausruf. Ich drehte mich erstaunt um und sah, wie sich die

Türen schlossen. Hinter dem Glas schwebte Antonias Gesicht, eine Sinfonie voller Grimm und Trotz.

»Frau Gralla?« Fabios Stimme kiekste, so fassungslos war er. »Wo haben Sie draufgedrückt?« Er blickte sich um, doch von Waldi Wewers war keine Spur zu sehen.

»Oh, oh.« Käthe blieb mit einem Lächeln im Gesicht stehen, um sich das Schauspiel anzusehen. Natürlich, eventuell konnte sie noch etwas lernen. »Sie hat sich eingesperrt.«

»Das kann ich mir nicht vorstellen«, sagte ich.

Käthe blinzelte zu mir hoch. »Nun, sie hat sich freiwillig eingesperrt.« Ein listiges Lächeln huschte über ihre Lippen.

Das passte schon eher. Fabio klopfte gegen die Bustür. »Frau Gralla, Sie müssen wieder öffnen! Drücken Sie einfach noch mal auf den Knopf, den Sie vorhin betätigt haben!«

Antonia drückte, aber lediglich ihre Brust gegen die Glasscheibe. »Ich mache überhaupt nichts!« Sie klang dumpf, brüllte aber so sehr, dass wir sie hören konnten. »Ich habe es satt mit dieser Reise. Überall kutschieren wir hin und müssen uns langweilige Orte und schlechte Kekse antun. Ich komme erst wieder hier raus, wenn wir zu den Schafen fahren!«

»Eine Erpressung«, wisperte Käthe begeistert.

Wie hatte ich jemals glauben können, eine Reise mit Senioren wäre langweilig? Allmählich nahmen die Thrillerelemente überhand: zunächst die Geheimgesten zwischen Rudi und Hermann, nun Antonias Aufstand. Besser als jeder Krimi.

Fabio versuchte mittlerweile, die Bustür mit den Händen zu öffnen »Frau Gralla, machen Sie bitte auf! Sie dürfen nicht allein im Bus bleiben.«

»Ist mir egal. Bringen Sie mir Schafe, und ich komm raus.«

Fabio klopfte gegen die Tür, zog noch einmal und trat frustriert gegen einen Reifen. Er tat mir trotz allem leid.

»Können wir helfen?«, fragte ich ihn.

Er sah nicht einmal auf. »Nur, wenn du diese verdammte Tür aufbekommst. Ansonsten geh einfach ins Hotel, und schick Waldi her, wenn du ihn siehst, ja?«

»Die Tür aufmachen?« Wir alle drehten uns zu Rudi um, der auf uns zuhielt. Die unerwartete Aufmerksamkeit verunsicherte ihn, und er wischte sich über die Stirn. »Ich habe früher eine Weile als Busfahrer gearbeitet«, sagte er zu Fabio und trat neben ihn. »Darf ich?«

Fabio nickte perplex, und Rudolf begann, an dem Bus herumzutasten.

»Was macht er da?«, fragte Käthe.

»Was machen Sie da?«, kam das verzerrte Echo aus dem Bus. »Lassen Sie das. Gehen Sie sofort weg!« Antonia trommelte mit den Fäusten und stampfte mit einem Fuß auf.

Rudi ließ sich nicht stören, immerhin befand sich noch ein solider Bus zwischen ihm und der Erzürnten. »Busse haben einen versteckten Drucktaster, um die Vordertür zu öffnen, solange das Fahrzeug noch nicht mit dem Funkschlüssel verschlossen wurde«, erklärte er und arbeitete sich zur Stoßstange vor. Sein Gesicht erhellte sich. »Ah, hier.«

Es zischte, die Tür glitt zur Seite, und Antonias Gezeter gellte über den gesamten Parkplatz. »Das merke ich mir! Glauben Sie nicht, dass ich Ihnen jemals einen Gefallen tue. Sie brauchen gar nicht erst fragen! Und wenn Sie verbluten und auf mich zukriechen, werde ich Sie liegen lassen und keinen Finger rühren!« Ihre ganze Wut richtete sich nun gegen Rudi, der ihren Plan, den Bus als Geisel zu nehmen, zerstört hatte.

Der wirkte perplex. »Aber ich habe Sie doch noch nie um einen Gefallen gebeten.«

»Ich rede auch von der Zukunft!« Antonia trat einen Schritt vor, und wir alle wichen unwillkürlich zurück. Ich schob mich halb vor Käthe, um sie zu schützen, falls der flammendrote Racheengel losstürmen würde, um eine Schneise der Verwüstung zu ziehen.

Käthe hielt sich an meiner Schulter fest und zog sich hoch, um darüber zu schauen. Sie gluckste vergnügt. Antonia zeterte weiter und verstummte erst, als sie einem ebenbürtigen Widersacher begegnete: Herr Wewers bog um die Ecke. *Not amused.*

»Was ist hier los?«, bellte er und sah erst in die Runde, dann Fabio an.

Antonia verstummte.

Fabio atmete zweimal tief durch. »Frau Gralla hatte sich im Bus eingesperrt und weigerte sich, ihn wieder zu öffnen, weil wir keine Schafherde besucht haben«, presste er hervor. »Herr Ottmann hat dann die Tür von außen geöffnet.«

Antonia zeterte weiter.

»Ich war mal Busfahrer«, warf Rudi ein.

Herr Wewers war nicht beeindruckt. »Dir ist das nicht eingefallen?«, fragte er Fabio. »Du müsstest so was doch mittlerweile wissen.«

Fabio war erstaunt, dann presste er die Lippen zusammen. »Ich hatte Stress, so etwas ist noch nie vorgekommen.« Er zeigte auf Antonia. »Ich hatte hier echt einiges zu regeln, und du warst nicht in der Nähe.«

»Ich musste mal pinkeln«, sagte Herr Wewers. »Und Sie sind jetzt mal still!« Die letzten Worte gingen an Antonia und kamen so scharf heraus, dass wirklich Stille herrschte.

Käthe neben mir atmete auf.

»So, und nun will ich hier niemanden mehr sehen«, rief Herr Wewers. »Alle gehen ins Hotel oder irgendwo anders hin, aber keiner treibt sich mehr an meinem Bus herum! Wenn das so weitergeht, muss ich mit der Kurfürst-Zentrale telefonieren. Und da sage ich Ihnen gleich, dass wir schon einmal Gäste nach Hause geschickt haben, die sich nicht benehmen konnten. Also!« Er klatschte in die Hände.

Antonia stand auf der untersten Stufe, wild entschlossen, sich ein Blickduell mit unserem Fahrer zu liefern. Sie verlor es binnen kürzester Zeit. Vielleicht gab auch das Argument, den Urlaub abbrechen zu müssen, den Ausschlag. Zwar schien eine Heimkehr ganz in Antonias Sinn zu sein, weil sie dann diesem ach so schrecklichen Land den Rücken kehren konnte … aber vielleicht hatte sie noch immer Hoffnung, was die Schafe betraf. Mit dem Gesichtsausdruck einer Bulldogge, der man sowohl den Schlaf als auch den Futternapf geraubt hatte, marschierte sie an uns vorbei Richtung Hotel.

»So, und du hilfst mir jetzt, die leeren Flaschen in die Lobby zu tragen, das Hotel entsorgt sie für uns«, wies Herr Wewers Fabio an. »Die Kartons sind unten im Stauraum.«

»Aber das können wir doch machen!« Hermann eilte auf uns zu und schlug Rudi auf die Schulter, bis der leise ächzte. »Sie müssen sich auch mal ausruhen und sich einen Drink gönnen. Den ganzen Tag fahren, und dann auch noch der Ärger hier. Fabio kann sicher auch ein Bier gebrauchen, oder?« Er lachte.

»Ja«, sagte Rudi. »Wir machen das schon. Die Klappe schlagen wir einfach zu, die ist dann ja dicht.«

»Das geht schon«, winkte Herr Wewers ab, schon weniger knurrig. »Und wenn ich jetzt einen Drink nehme nach dem Tag heute, bin ich sofort hinüber.«

Doch Hermann ließ nicht locker. Schließlich gab Herr Wewers nach, schloss die Tür und machte sich mit Fabio auf den Weg.

»Na, das war doch mal was«, sagte Käthe und wandte sich ebenfalls um. »Ein toller Abschluss für den Tag!«

Ich fand, dass der Tag weitaus schöner gewesen war als dieses Drama, behielt den Gedanken aber für mich. Die Aktion an den Klippen und Mads' Foto auf meinem Handy waren mein kleines Geheimnis und würden es auch bleiben. Ich warf noch einen letzten Blick auf den Bus, wo Hermann und Rudi Pappkartons auf den Boden wuchteten, und machte mich auf den Weg zum Greenbank Hotel.

19

*W*ir hatten Glück: Es gab kein Lamm zum Abendessen.

Ich hatte geduscht und war in eine helle Stoffhose und ein eng anliegendes Top mit Spitzenbesatz geschlüpft. Darüber trug ich einen leichten Cardigan. Meine Haare hatte ich nach einer zehnminütigen Kopfmassage hochgesteckt. Nachdem ich heute beinahe dem Tod ins Auge gesehen hatte, wollte ich meinen Körper besonders verwöhnen, immerhin hatte er das verdient. Gabs würde beide Daumen heben und in Begeisterungsstürme ausbrechen. Immerhin predigte sie mir das bereits seit Monaten, war aber nie mit meinen Bemühungen zufrieden. Wo ich meinen Körper mit gutem Tee, einem Aromabad oder auch einer neuen Gesichtsmaske verwöhnte, dachte Gabs eher an Ganzkörperölmassagen, exotische Saunabesuche oder einen halbnackten, gemieteten Mann, der sie einen Abend lang bediente und mit »Mylady« anredete.

Nach der Dusche blieb mir noch Zeit, also schlenderte ich durch Newquay. Nur zehn Minuten Fußweg entfernt befanden sich die Trenance Gardens, eine riesige Erholungsfläche mit Wiesen, einem See, Möglichkeiten zu Sportarten wie Golf, Reiten oder Rudern, sowie dem Newquay Zoo – dem größten in Cornwall. Hin und wieder schallte der Ruf eines Pfaus über die Dächer. Ich stellte mir vor, wie das Tier im Garten meines Herrenhauses landen und sein prächtiges Gefieder spreizen würde, während ich mich zurücklehnte und an meinem Tee nippte.

Ob Mads Carstens Tee mochte?

Erschrocken kniff ich die Augen zusammen und verscheuchte das Bild von ihm an meinem Teetisch. Das war mein Tagtraum, mein Herrenhaus und mein Garten, da hatte er nichts zu suchen! Überhaupt war das Risiko zu groß, dass er die Kontrolle übernehmen wollte, und das konnte in meinem Traumhaus verheerende Auswirkungen haben. Nachher verscheuchte er den Pfau oder er rügte mich, weil ich meinen Earl Grey mit Milch und Honig trank, was laut Tante Beate ein schreckliches Vergehen in Großbritannien war.

Ich genoss noch ein wenig das Treiben in den Straßen von Newquay, betrachtete die hübschen Bauten mit den großen Erkern, las die Namen der Häuser und lauschte dem Geschrei der Möwen. Dann machte ich mich auf den Rückweg.

Natürlich war ich eine der Letzten, die zum Abendessen erschienen, obwohl noch einige Minuten blieben. Dieses Mal war ich allerdings ebenso hungrig wie meine Mitreisenden. Die Kletterpartie hatte mir einiges abverlangt, und die gute Seeluft tat ihr Übriges. Seit dem Frühstück hatte ich nichts bis auf ein paar Kekse und ein Stück von Käthes Fudge gegessen, und nun knurrte mein Magen vor lauter Vorfreude.

Die Karte kam, und ich wählte eine leichte Gemüsesuppe mit Zitronengras und Avocadostücken, Spaghetti mit marinierten Meeresfrüchten und als Nachtisch etwas, das sich *Sticky Caramel Fudge Pudding* nannte und ganz danach klang, als würde es mich aufs Höchste verwöhnen.

Käthe zeigte einen gesunden Appetit, ebenso die Ingbill-Schwestern, die heute zu dezentem Rosa gegriffen hatten, aber hinsichtlich des Schnittmusters um mindestens ein Jahrhundert in die Vergangenheit gereist waren. Ich fragte mich, ob sie unter den engen Spitzenkragen überhaupt schlucken konnten.

Ich war gerade mit meiner Suppe fertig, als Käthe zur Seite deutete. »Ob sie noch immer schmollt?«

Zunächst begriff ich nicht, entdeckte dann aber den freien Stuhl und ließ meinen Blick über die übrigen Gäste schweifen. Tatsache, von Antonia war keine Spur zu sehen. Dafür waren Hermann und Rudi in bester Laune, obwohl der Ehestreit noch immer anhielt – zumindest saßen sie von ihren Frauen getrennt. Auf dem reinen Männertisch, nun bereichert von unserer Kurfürst-Crew, standen zwei Flaschen, die nach Hochprozentigem aussahen. Hermanns Armbewegungen nach zu urteilen, schwang er eine große Rede, griff nach einer Flasche und schenkte Herrn Wewers ordentlich nach. Der winkte zunächst ab, griff aber dann nach dem Glas und stürzte es herunter. Kaum hatte er es abgestellt, füllte Hermann es erneut mit der goldenen Flüssigkeit. Gerda und Lise beobachteten das Ganze vom Nebentisch, warfen die Köpfe in den Nacken und straften ihre Ehemänner mit Ignoranz.

Ich blickte zur Eingangstür des Restaurants, doch keine Spur von Antonia. »Vielleicht hat sie keinen Hunger.«

Lotte schnalzte mit der Zunge. »Ich tippe darauf, dass sie mit dem Veranstalter telefoniert …«

»… und sich beschwert«, führte Christel den Gedanken fort. »Bin gespannt, wie lange es dauert, bis sie merkt, dass dort um diese Uhrzeit keiner mehr arbeitet und sie nur den Anrufbeantworter dranhat.«

»Herrje«, sagte Käthe. »Vielleicht sollten wir etwas für sie mitbestellen? Die arme Frau hat doch sicher Hunger nach dem aufregenden Tag.«

Die Ingbill-Schwestern schüttelten die Köpfe. »Machen Sie

sich mal keine Sorgen, das Hotelrestaurant hat abends lange geöffnet. Verhungern kann man hier nicht.«

Als ich beim Nachtisch angelangt war (ich hatte viel von Orgasmen durch Nahrung gelesen und das meiste auf die bezahlt-ausschweifende Phantasie von Autoren und Regisseuren geschoben, doch wer immer einen Sticky Caramel Fudge Pudding probiert hatte, wusste, was jene Bücher und Filme sagen wollten), stand fest, dass Antonia nicht mehr auftauchen würde. Mir war es egal, den Ingbills erst recht. Lediglich Käthe machte sich Sorgen und war damit wohl die Einzige im Saal. Hermann, Rudi und Fabio prosteten sich mittlerweile lautstark zu. Herr Wewers prostete mit, schwieg aber. Beim genaueren Hinsehen bemerkte ich seinen leicht glasigen Blick.

Nach dem Essen (ich hatte zehn Minuten lang überlegt, ob ich einen zweiten Fudge Pudding in der Küche ordern sollte, es dann aber meinen Hüften zuliebe unterlassen) verkündete Käthe, dass sie heute früh zu Bett gehen wollte. Ich hielt das für eine gute Idee, immerhin hatte ich in den letzten Tagen mein Reisetagebuch vernachlässigt und wollte diesbezüglich aufholen, also begleitete ich sie zum Aufzug. Entgegen Fabios Aussagen hatten nicht alle Senioren ein Zimmer im Erdgeschoss bekommen.

Ich rang mit mir, bis der Lift uns fast erreicht hatte, und fasste mir dann ein Herz. »Ähm, Käthe, wollen Sie sofort zu Bett gehen?«

»Ist denn etwas passiert, Liebes?« Sie sah erstaunt aus und auch besorgt.

Ich schüttelte rasch den Kopf. »Nein, ich ... ich wollte Sie nur fragen ...« Himmel, warum war das denn so schwer? Ich bat sie ja nicht um ihr letztes Geld oder aber um etwas Illegales. Oder gar Peinliches. Oder? Ich war mir nicht sicher.

»Ja, Junalein?« Mit einem Ping erreichte der Fahrstuhl das

Erdgeschoss. Die Tür glitt auf, doch Käthe machte keine Anstalten einzusteigen.

Ich streckte meinen Rücken. Gerade stehen, das vermittelten sämtliche Seminare für Durchsetzungsvermögen im Berufsalltag, dann begründete man seine Argumente besser und niemand bemerkte, wenn man sich unwohl fühlte. »Ich wollte fragen, ob ich mir Ihr Telefon borgen könnte. Ich müsste kurz mit Ihrem Enkel wegen einer ... Sache reden, und ich habe mir seine Nummer nicht notiert oder gespeichert. Ich meine, wozu sollte ich auch? Aber ... nun, es geht eben um diese bestimmte Sache. Ich ...« Mir gingen die Ideen aus. Das war gut, denn wenn ich noch schneller redete, würde ich mich hoffnungslos verheddern.

Käthes helle Augen blitzten auf, und die Falten rundherum tanzten einen Moment lang. »Natürlich, warte doch bitte kurz.« Sie öffnete ihre Handtasche und kramte darin herum. Ich war froh, dass sie ihr Telefon nicht auf Anhieb fand, denn so blieb meinen Wangen etwas Zeit, um wieder ihre normale Farbe anzunehmen. Ich hatte keine Ahnung, was mit mir los war. Der Gedanke, Mads noch einmal anzurufen und mich für seine Hilfe zu bedanken, war mir während des Essens gekommen und hatte sich nicht mehr vertreiben lassen. Ich hatte mit mir gerungen, mir aber dann gesagt, dass nichts dabei war. Käthe hatte mich bereits oft genug mit ihrem Enkel telefonieren lassen, da war es doch logisch, dass man noch einmal etwas aufgriff oder nachhakte. Nicht wahr?

Ich strich mir über die Stirn, konzentrierte mich auf Käthes gesenkten Haarschopf mit dem sorgfältigen Dutt und atmete tief und gleichmäßig.

»Ah, hier ist es.« Sie reichte es mir mit dem strahlendsten Lächeln der Welt. »Behalt es doch bis morgen früh, ich brauche es heute nicht mehr. Ich mache es nachts sowieso immer aus, weil ich Angst habe, dass mich jemand anrufen könnte. Ich würde mich ganz schön erschrecken!« Sie drückte den Knopf neben dem Fahrstuhl.

Ich verstand ihre Befürchtungen – Mads war es zuzutrauen, dass er seine Oma auch aus dem Tiefschlaf riss, um sich nach ihrem Befinden zu erkundigen. »Sind Sie sicher? Ich kann es Ihnen auch vorbeibringen. Oder Sie geben es mir morgen früh. So wichtig ist es ja auch nicht.«

»Nein, nein«, sagte sie und drückte es mir in die Hände. »Ich brauche es wirklich nicht.« Der Fahrstuhl erreichte das Erdgeschoss zum zweiten Mal und forderte mit einem Pling auf, doch bitte einzusteigen. Dieses Mal folgte Käthe dem Ruf. »Grüß Blacky von mir, mein Kind, und schlaf gut. Wir sehen uns morgen.«

»Bis morgen, Käthe. Schlafen Sie auch gut.«

»Käit«, rief sie. »Ich bin doch hier die Käit.« Sie hielt sich eine Hand halb vor das Gesicht und drehte sie majestätisch hin und her, bis sich die Türen schlossen.

Ich grinste und nahm die Treppen nach oben. In meinem Zimmer schlüpfte ich in meinen Schlafanzug, reinigte mein Gesicht, cremte mich ein und machte es mir mit einem Glas Wasser gemütlich. Nachdem ich mich in die Kissen gekuschelt hatte, rief ich Mads' Nummer auf. Kurz zögerte ich, dann presste ich den Finger entschlossen darauf.

»Hallo, ich bin es, Juna«, sagte ich rasch, nachdem er abgenommen hatte. Ich war nervös. Wann bitte hatte denn das begonnen? Bisher hatte er mich wütend gemacht, ja, und dankbar, als er mich von den Treppen an den Klippen weggelotst hatte. Aber nervös?

»Einen wunderschönen guten Abend«, sagte er. Seine Stimme vibrierte, so als wollte er jeden Moment lossingen. Oha, da hatte aber wer gute Laune!

»Ich hoffe, ich störe nicht ...«

»Absolut nicht. Ich sitze mit meinem Hund und dem eines Freundes auf dem Sofa und sehe einen Horrorfilm, dessen Namen ich vergessen habe.«

»Oh. Ist er so schlecht?«

»Wer?« Er klang verwundert.

»Der Film. Weil sich niemand gefunden hat, der ihn mit dir sehen will, und dir nur Hunde Gesellschaft leisten.«

Er gab einen undefinierbaren Laut von sich – und lachte. Ich hielt den Hörer ein Stück weg, rieb an meinem Ohr und legte ihn wieder an. Nein, ich hatte mich nicht getäuscht: Mads Carstens lachte wirklich, und es klang ... echt. Selbstbewusst, klar und warm. Auf das übliche Knurren lauschte ich vergeblich.

»War das so lustig?« Ich kämpfte darum, selbst ernst zu bleiben.

Mads räusperte sich. »Nun ... ja. Irgendwie schon. Ich bin heute der Gesellschafter, nicht andersherum. Ein Freund hat sich einen jungen Hund aus dem Tierheim geholt. Leider ist er auch recht groß. Er möchte ihn daher nicht allein lassen, hat aber einen wichtigen Termin. Tja, und da bin ich kurz eingesprungen, der Kleine versteht sich mit Käptn ja ganz gut.«

»Käptn?«

»Mein Hund.«

»Ha! Ich wusste es!«

Sollte ich ihn irritiert haben, behielt er es für sich. »Wie auch immer, ich habe nichts Besseres gefunden als diese Sammlung an Filmen aus den Siebzigern.«

Im Hintergrund bellte es und klang wirklich außergewöhnlich groß. »Hast du keine Angst, dass er sich fürchtet und versucht, dir auf den Schoß zu klettern?«

»Jetzt wo du es erwähnst ... ja. Vorher habe ich nicht einmal daran gedacht.«

»Oh, ich ... das tut ...« Noch während ich herumstotterte, lachte er wieder, dieses Mal leise.

»Juna. Das war ein Scherz.«

»Ah. Natürlich. Ich ...« Herrje, warum war ich so nervös? Zu meiner Verteidigung sagte ich mir, dass ich mich erst daran gewöhnen musste, bei Sergeant Carstens Humor vorzufinden. »Ich wollte mich nur noch einmal bedanken. Für deine Hilfe heute in Tintagel.«

»Gern geschehen. Ich konnte dich doch nicht da oben sitzen lassen. Wen würde ich denn anrufen, um etwas über meine Oma zu erfahren?«

»Touché.«

»Hat es sich denn gelohnt? Die Landschaft sah gut aus auf dem Foto.«

»Es war unglaublich«, sagte ich, schloss die Augen und sah das Panorama wieder vor mir. Beinahe konnte ich das Aroma der See riechen – Salz, Tang und Frische. »Genau so, wie ich es mir vorgestellt habe, und doch viel schöner. Die Ruine allein war schon faszinierend, aber die Lage und der Ausblick ... es ist so schwer zu beschreiben. Du hättest es sehen müssen!«

Dieses Mal war die Stille zwischen uns natürlich und drängte mich nicht weiterzureden. Im Gegenteil. Mir gefiel die Vorstellung, dass er die Augen schloss und versuchte, sich die Szenerie vorzustellen. Allerdings war es wahrscheinlicher, dass ihm ein Riesenhund die nackten Füße leckte oder Chips klaute.

»Vielleicht mache ich das eines Tages«, sagte er dann.

»Mit dem eigenen Auto«, ergänzte ich.

»Oder zu Fuß. Der West Highland Way in Schottland steht noch immer auf meiner To-do-Liste. Warum sollte ich das Ganze nicht gen Süden verschieben?«

»Du hast eine Liste?«, platzte ich heraus.

»Was?«

»Du hast gerade eine Liste erwähnt.« In mir regte sich Hoffnung. Vielleicht war er doch nicht ganz so ziellos, wie ich dachte. Vielleicht plante er bereits jetzt, dass diese Hunde, die dort bei ihm saßen, um Punkt halb neun Fressen bekamen. Das wäre, wenn man die Zeitverschiebung bedachte, in wenigen Minuten.

»Ach so.« Er sagte etwas, das ich nicht verstand. »Nein, ich meinte damit, dass es zu den Dingen zählt, die ich in meinem Leben noch machen möchte. Ich plane nie so weit voraus, als dass es eine Liste füllen könnte. Es kommt doch eh immer alles ganz anders. Aber ... ach komm schon ... Juna, bleibst du kurz dran? Ich muss die Jungs hier füttern.«

Ein Schlag vor meine Brust hätte nicht effektiver sein können. Er löste ein Gefühl aus, das an Glück erinnerte und durch meinen Körper prickelte. Das war ein Zeichen! Verwundert starrte ich zur Decke und zwinkerte, bis mir einfiel, dass Schicksal und Karma wohl nicht in der Etage über mir wohnten. Abgesehen davon gab es keinen Grund, warum sie mir ein Zeichen schicken sollten. »Weil es bei euch halb neun ist?«, fragte ich etwas atemlos.

»Was? Nein, weil Käptn beginnt, an meinem Fußknöchel zu knabbern. Warte kurz.« Das Telefon wurde beiseitegelegt, dann hörte ich Mads im Hintergrund kramen und rascheln. Die Hunde bellten so laut, dass ich zusammenzuckte. Sie waren sicher größer als die Hütehunde, denen wir heute begegnet waren. Es klapperte, das Gebell verstummte, und kurz darauf war Mads wieder da. »Okay, das ist gerade noch einmal gutgegangen. Und, wie war dein Tag noch, nachdem du Tintagel die Stirn geboten hast?«

Ich dachte an die gereizte Stimmung im Bus, die Rufe nach Essen und Kaffee sowie Antonia und ihren Versuch, Fabio zu erpressen. »Abwechslungsreich. Käthe hat sich mit zwei anderen

Reisenden eine Kirche angeschaut und in einem Fudgegeschäft zugeschlagen. Ich meine so richtig. Sie hat den Besitzer dazu gebracht, alle Sorten probieren zu dürfen. Wortwörtlich: alle!«

»Kinderspiel für meine Oma«, sagte Mads. »Sie war mal mit der Dambrow zu einer Whiskyprobe, und zwar so lange, bis der Veranstalter sie höflich bat zu gehen. So spät fuhr kein Bus mehr, ein Taxi wollten sie nicht, das war ihnen zu teuer. Also spielte Oma so lange beschwipste Dame, bis der geplagte Kerl sie nach Hause gefahren hat.«

Ja, das passte. »Liegen diese Fähigkeiten in eurer Familie?«

Er zögerte. »Teilweise. Meine Schwester Lea ist eine echte Dramaqueen, wenn sie will. Mein Bruder ist eher der ruhige Schauspieler, der Probleme für sich behält und nach außen die Fassade wahrt.«

»Und du?«

»Ich?« Er schwieg, und auf einmal war dieser düstere Unterton wieder da. »Ich bin direkt. Das gefällt meinen Leuten nicht immer, aber ich höre lieber auf meinen Bauch als auf meinen Kopf.«

Oha. Bauchmenschen bereiteten mir manchmal Kopfzerbrechen. Sie konnten unberechenbar sein und ganze Konzepte über den Haufen werfen, indem sie ... nun ja, nicht nachdachten und einfach nur *reagierten*. Gabs war ein solcher Bauchmensch, aber sie kannte mich lang genug, um anzukündigen, wenn sie eine solche Entscheidung traf. Somit ließ sie mir die Möglichkeit zur Flucht.

Mads kannte mich dagegen zu wenig, um daran zu denken – oder zu wissen, dass ich gern flüchten würde. Hätte er anfangs nachgedacht, wäre ihm aufgefallen, dass ich nicht für Kurfürst-Reisen arbeitete. So aber hatte er nur auf seine Sorge um Käthe geachtet und mein Leben in eine klitzekleine Hölle verwandelt.

»Das kann dir aber auch Steine in den Weg legen«, sagte ich. »Oft ist es besser, erst abzuwägen. Über mögliche Konsequenzen nachzudenken und so herausfinden, was das Beste ist.«

Er brummte und schwieg. Vor dem Hotel hupte ein Auto, Bremsen quietschten. Im Haus schlug eine Uhr.

»Mads? Bist du noch dran?«

Er räusperte sich leise. »Hast du denn noch nie einfach etwas gewagt? Ohne nachzudenken und ohne zu planen? Ohne an die Konsequenzen zu denken? So wie man als Kind mit ausgestreckten Armen in den Regen gelaufen ist und sich um sich selbst gedreht hat, um zu spüren, wie die Tropfen auf deine Haut treffen und wieder weggeschleudert werden ...«

Ich erschauerte bei seinen Worten und wusste nicht einmal warum. Plötzlich war mein Mund wie ausgetrocknet, und meine Gedanken brüllten mir zu, dass ich sie doch aussprechen sollte. Leider brüllten sie alle gleichzeitig, so dass ich letztlich nicht mehr wusste, worauf ich hören sollte. Die Zeit machte seltsame Dinge, zog sich auseinander, stand still und lief doch weiter.

»Ich ...«

Es klopfte an der Tür. Ich war wieder in der Gegenwart und fühlte mich, als wäre ich gerade aus dem Tiefschlaf erwacht. »Ähm. Ich ... es klopft. Also vielmehr ist es schon vorbei, aber da wird noch jemand stehen. Vor meiner Tür.«

»Gut, ich warte.« Noch immer klang er leise und ... nein, ich wollte nicht weiter darüber nachdenken! Ich sprang auf und stürzte meinem Besucher entgegen, wer auch immer es war. Wahrscheinlich Fabio, der endlich begriffen hatte, dass eine Entschuldigung nötig war. Ich öffnete die Tür, und ...

»Käthe!« Erstaunt starrte ich auf die schmale Gestalt. Sie trug noch immer Rock und Bluse. Oder womöglich schon wieder, denn ihr Haar fiel ihr bis auf den Rücken. Käthe hatte es zu einem Zopf gebunden, der sich am unteren Ende leicht lockte.

Sie lächelte und sah zur Seite. Ich folgte ihrem Blick – natürlich, das Handy! Wahrscheinlich brauchte sie es doch noch, und anstatt mich über das Hoteltelefon anzurufen, war sie vorbeigekommen. Wie gut, dass ich ihr beim Abendessen meine Zimmernummer verraten hatte. Ich trat zurück. »Kommen Sie doch bitte herein! Sie wollen Ihr Handy zurück, nicht wahr? Hier, ich habe sowieso Ihren Enkel in der Leitung. Mads, deine Oma ist da.« Ich drückte ihr den Apparat mit einem breiten Lächeln in die Hand. Obwohl ich nicht wusste, warum, fühlte es sich an, als hätte Käthe mich mit den Händen in der Keksdose erwischt.

Käthe bedankte sich mit einem Nicken, schien aber nicht ganz bei der Sache zu sein. »Hallo Blacky«, flötete sie. »Ist bei dir alles in Ordnung? Bei mir auch, ich bin nur müde und wollte schnell Juna gute Nacht sagen.« Kurzes Innehalten. »Nein, ich bin wirklich sehr, sehr müde.« Sie gähnte wie zur Bestätigung, und sogar ich hörte, wie unecht es klang. »Also dann telefonieren wir morgen, ja? Schlaf gut, mein Lieber, tschüs!« Sie legte schnell auf und warf das Telefon auf mein Bett, so als würde es in Flammen stehen. Ihr Kinn ruckte hoch, und sie sah mich alarmiert an. »Antonia ist verschwunden!«

»Aber was, wenn sie nur schläft? Sie wird nicht begeistert sein, wenn wir plötzlich mit einem Hotelangestellten in ihrem Zimmer stehen.« Ich folgte Käthe in den Fahrstuhl und suchte fieberhaft nach weiteren Argumenten. Die Entschlossenheit im Gesicht meiner Reisebekanntschaft beunruhigte mich.

Käthe beäugte mein Spiegelbild. »Wir nehmen ja auch gar keinen mit. Wir gehen allein da rein!«

»Aber wie wollen Sie denn an Antonias Zimmerschlüssel

kommen? Wissen Sie überhaupt, in welchem Zimmer sie wohnt?«

Käthe schüttelte den Kopf. »Deshalb fahren wir ja zur Rezeption.«

Ich wusste nicht, was sie sich in den Kopf gesetzt hatte. Letztlich war es egal, denn sie war so in Fahrt, dass ich sie auch nicht hätte bremsen können, wenn ich sie anbinden würde. Offenbar hatte sie von den Woteskis erfahren, dass Antonia bisher jeden Abend einen Schnaps in den Hotelbars getrunken hatte – natürlich nicht, ohne sich anschließend zu beschweren und anzumerken, dass der Schnaps in Deutschland besser sei. Heute hatte sie nicht nur das Abendessen, sondern auch den Schnaps ausfallen lassen. Für Käthe ein untrügliches Zeichen, dass etwas nicht stimmte.

Sie fasste meinen Arm, als wir im Erdgeschoss ankamen. »Ich mache das schon. Du bleibst am besten hier stehen, Junalein. Sie dürfen dich nicht entdecken!«

Sie war eindeutig im Detektiv-Fieber. Ich tat ihr den Gefallen und blieb brav hinter der Ecke, außer Sichtweite der netten Dame an der Rezeption.

»Guten Abend«, sagte die in bestem Deutsch und mit diesem Akzent, den ich mittlerweile zu lieben gelernt hatte. »Wie kann ich Ihnen helfen?«

Käthe hustete. »Ich ... ach, junges Fräulein, ich komme nicht auf mein Zimmer. Dabei würde ich so gern schlafen und müsste auch mal dringend, aber mein Schlüssel ... ich kann ihn einfach nicht finden! Vielleicht habe ich den oben gelassen, aber die Tür ist nun zu.« Ihre Stimme zitterte, und sie machte viele Pausen zwischen den Worten, so als könnte sie sich nicht mehr erinnern, was sie wirklich sagen wollte. Ich verdrehte die Augen und schob mich vorwärts, damit ich um die Ecke lugen konnte. Ja, Käthe zog dort sämtliche Register: zupfte an ihrem

Haar, sah sich unsicher um und tippelte auf der Stelle. Fast hätte ich losgelacht.

Gesichtsausdruck und Tonfall der Rezeptionistin pendelten sich zwischen Sorge und Verständnis ein. »Da machen Sie sich mal keine Sorgen, Frau ...?«

»Gralla«, strahlte Käthe.

Ich presste eine Faust vor den Mund und erstickte mein Husten.

Käthe wedelte hinter dem Rücken mit einer Hand in meine Richtung – das Luchsohr musste mich gehört haben.

Die Frau hinter der Rezeption gab etwas in ihren Computer ein. »Welche Zimmernummer haben Sie, Frau Gralla?«

»Oh«, sagte Käthe und sah zu Boden, auf ihre Hände, zur Decke und wieder die Frau an. »Warten Sie, ich hab sie mir doch heute extra noch mal eingeprägt.« Sie nahm ihre Hände und begann, ihre Finger abzuzählen. Dabei murmelte sie vor sich hin und sah aus, als würde sie keine weitere Stunde ohne Hilfe überleben. »Ich glaube, es war die 58. Oder die 48? Hach, Fräulein, mir entfallen so viele Dinge in letzter Zeit! Als mein Mann noch lebte, war das einfacher, der war sehr fit da oben!« Sie tippte an ihre Schläfe. »Der hat sich alles gemerkt, und ich musste ihn nur fragen. Aber seitdem ich allein bin ... nun, Sie verstehen.« Trauriger Blick, knibbeln am Blusensaum. »Ich bin Antonia. Antonia Gralla.« Mit der letzten Silbe erreichte ihr Hilflosigkeits-Status hundert Prozent.

Kurze Stille. »Ah hier, Frau Gralla. Sie haben Zimmer 45.«

»Ich wusste, irgendwo war da eine Fünf!«

»So.« Es klimperte. »Wenn Sie Ihren Schlüssel finden, dann rufen Sie doch kurz an. Einfach die Null wählen, und Sie landen an der Rezeption. Ich schicke dann jemanden hoch, der den Ersatzschlüssel abholt, dann müssen Sie nicht extra noch einmal nach unten kommen.«

Ich fasste es einfach nicht! Warum hatte ich jemals gedacht, dass ich nicht alt werden wollte? Es war das Beste, was mir passieren konnte – zumindest standen einem dann sehr viele Türen offen. Selbst wenn man eine eintrat, die noch geschlossen war, gab es oft kaum Ärger. Sicher fiel auch der Dame von der Rezeption nicht auf, dass Käthes Gebrechen wie weggefegt zu sein schien, als sie sich verabschiedete. Kurz darauf huschte sie an mir vorbei, schwenkte ihre Beute und zog mich mit sich.

Ich ließ ihr den Willen und folgte. »Warum haben wir nicht einfach gefragt, welches Zimmer Antonia hat? Wir hätten schlicht bei ihr anklopfen können.«

Käthe machte Riesenaugen. »Und wenn sie weg ist? Nein, wir müssen nach Hinweisen suchen. Du hast doch gehört, was unser Fahrer gesagt hat: Es wurden schon Teilnehmer nach Hause geschickt. Das können wir nicht zulassen.«

»Vielleicht ist sie einfach nur spazieren?«, schlug ich vor und wusste in dem Moment, als Käthe eine Augenbraue hob, wie dumm mein Argument war. Antonia ging nicht spazieren, es sei denn, das Hotel brannte und zwei Feuerwehrmänner zerrten sie mit ganzer Kraft aus ihrem Zimmer. Der Weg zum abendlichen Schnaps war da schon das höchste der Gefühle.

»Außerdem«, fügte Käthe an und bog links ab, wo es zu den Zimmern ab Nummer dreißig aufwärts ging, »hört sie unser Klopfen vielleicht nicht, wenn sie schläft.«

Mir gefiel der Gedanke trotzdem nicht, so mir nichts, dir nichts in Antonias Zimmer aufzutauchen. Immerhin bestand die Gefahr, etwas auf den Kopf oder in den Magen zu bekommen, und wenn ich mir dabei den Umfang von Antonias Armen vorstellte, konnte das weh tun. Kurz dachte ich an Mads. Sollte ich ihm zuliebe Käthe von ihrem Plan abhalten? Oder würde der Seniorenbonus auch bei Antonia ziehen?

»Da sind wir!« Käthe blieb vor der Tür mit der großen 45 darauf stehen. Die erste Ziffer hing etwas schief. Ich stellte mir vor, wie Antonia voller Wut über die fehlenden Schafe hereinstapfte und die Tür so fest hinter sich zuschlug, dass die Ziffer kapitulierte.

»Käthe, sind Sie sicher, dass wir ...«

Schon hatte sie den Schlüssel ins Schloss geschoben und aufgesperrt. »So, dann wollen wir mal. Antonia? Hallo meine Liebe, sind Sie da? Wir machen uns Sorgen!« Schon war sie im Zimmer.

Ich fluchte und stürzte vorwärts, um sie notfalls vor einer Attacke zu schützen. Bis auf eine erstickende Wolke Lavendelduft kam mir jedoch nichts entgegen. Ich rümpfte die Nase und sah mich um: Das Zimmer war leer, das Bett gemacht. Antonias Koffer stand in einer Ecke, nicht ausgepackt. Mehrere angebrochene Kekspackungen waren im Zimmer verstreut, auf dem Kopfkissen lag etwas, das meine Oma stets als ›Schmöker‹ bezeichnet hatte: ein Groschenroman mit einem jungen Arzt im Kittel auf dem Cover, das obligatorische Stethoskop in der Hand. Davon abgesehen entdeckte ich keine persönlichen Gegenstände. Nicht einmal Schuhe standen auf dem Boden.

»Seltsam«, murmelte ich, ging zu dem Wandschrank neben dem Bett und öffnete ihn. Auch er war leer. Ein Blick ins Badezimmer verriet, dass Antonia auch nicht dort war, dafür zumindest einige Pflegeartikel, darunter eine Riesenflasche Lavendelduft.

Als ich wieder heraustrat, stemmte Käthe sich ächzend vom Boden in die Höhe. »Unter dem Bett ist nichts! Mein Tuch ist auch weg.«

Ich stutzte, dann erinnerte ich mich – richtig, Käthe hatte Antonia in Exeter ihr Halstuch geliehen und noch nicht zurückerhalten. Ging es ihr in Wirklichkeit etwa darum? Nein, dafür war ihr Enthusiasmus zu groß. Ich sondierte noch einmal das Zimmer und begriff, worauf Käthe hinauswollte. »Ich sehe keine Jacke. Von Schuhen ganz zu schweigen.« Ich versuchte mich zu erinnern, welche Schuhe Antonia trug, doch ich hatte nie darauf geachtet.

Käthe schien meine Gedanken zu lesen. »Sie trägt diese beigefarbenen Gesundheitsschuhe. Ich weiß das so genau, weil meine Kinder immer versuchen, mich zu denen zu überreden. Damit bin ich schneller und sicherer unterwegs, sagen sie. Aber ich fühle mich ganz sicher, wenn ich laufe, und schneller muss ich nicht sein. Dann würde ich ja joggen und müsste mir ein so hübsches Stirnband kaufen. Aus Frottee!« Sie lachte, und auch ich musste bei der Vorstellung grinsen. Dann wurde ich rasch wieder ernst. »Also, was nun? Antonia ist nicht hier.«

Käthe nickte, legte die Finger aneinander und sah wirklich aus, als ermittelte sie in einem Fall. Der lange, weiße Zopf baumelte über ihrer Schulter. »In der Bar ist sie auch nicht, da habe ich nachgesehen, ehe ich zu dir gekommen bin.«

»Vielleicht doch spazieren. Um frische Luft zu schnappen«, schlug ich vor. »Es könnte doch sein, dass es hier drinnen zu stickig war, und die Fenster sind schwer zu öffnen.«

Käthe sah mich zweifelnd an. »Einen Versuch ist es wert. Wir müssen sowieso irgendwo anfangen, wenn wir dieser Sache auf den Grund gehen wollen.«

Das wollte ich eigentlich nicht. Mir war egal, wo Antonia sich herumtrieb, und ich sehnte mich nach der Ruhe meines Zimmers, wo ich mich auf das Bett werfen und lesen oder die Liste für den kommenden Tag schreiben konnte. Aber ich konnte Käthe nicht solo auf die Suche gehen lassen. Das Glitzern in ihren Augen flüsterte mir zu, dass ich sie nun besser nicht allein ließ.

»Also gut. Wir können ja den Parkplatz absuchen und einmal die Straße entlanggehen.«

»Wunderbare Idee! Genau daran habe ich auch gedacht. Komm, Junalein, lass uns keine Zeit vertrödeln.« Schon stand sie wieder auf dem Flur und schwenkte den Messingschlüssel wie eine Trophäe. Wir machten uns auf den Weg zum Hoteleingang, wobei Käthe zu schleichen versuchte und um jede Ecke blinzelte, ehe sie weiterging. Im Foyer presste sie sich an meine Seite, damit die Rezeptionistin sie nicht bemerkte und auf die Idee kam, ihr den Schlüssel abzunehmen – in Käthes Augen ein wichtiges Beweisstück. Zu allem Überfluss begegneten wir Herrn Wewers, der mit einem Päckchen Zigaretten aus der Bar kam und uns missmutig grüßte. Er sah verschlafen aus und lief unsicher. Es schien, als hätten Rudi, Hermann und er noch etwas tiefer ins Glas geguckt – und das, wo er laut eigenen Worten nichts vertrug. Das bereitete mir Kopfzerbrechen. Würden wir morgen überhaupt zur geplanten Zeit losfahren können? Ich würde mich nicht in den Bus setzen, wenn Herr Wewers noch Restalkohol im Blut hatte.

Käthe beendete meine Grübelei und schob mich aus der Tür. Draußen hatte die Dämmerung eingesetzt und verwischte die Konturen, bis sie weich und mystisch wirkten. Es hatte aufgehört zu regnen, und die Luft war schwer vor Feuchtigkeit. Noch waren Autos auf den Straßen unterwegs, aber es war ruhiger geworden, so als bereitete Newquay sich auf die Nacht vor. Stets glaubte ich, zwischen den Motorengeräuschen die See zu hören. Vor dem Hotel brannte eine Straßenlaterne, die zu meinem Entzücken viktorianisch gestaltet war. Es passte zu Cornwall.

Käthe hakte sich bei mir unter. »Lass uns zunächst am Bus nachsehen.«

»Gute Idee. Vielleicht hat sie sich aus Trotz wieder dort eingesperrt.« In diesem Fall hatte sie immerhin ihr Lavendelparfüm auf dem Zimmer gelassen und wir würden morgen nicht unterwegs ersticken. Abgesehen davon bezweifelte ich, dass Antonia den Bus zum zweiten Mal hatte entern können. Zwar wusste ich nun, dass es einen Notfallknopf gab, aber der funktionierte nur, wenn der Bus nicht abgeschlossen war.

Wir bogen um die Ecke des Hotels ... und blieben wie angewurzelt stehen. Käthes Finger bohrten sich in meinen Arm. Ich blinzelte, wischte mir eine Haarsträhne von der Stirn und ließ meinen Blick noch einmal über das Gelände schweifen, obwohl ich wusste, dass es sinnlos war.

»Auweia«, sagte Käthe.

Wir tauschten einen Blick. Dieses Mal stimmte ich ihr voll und ganz zu.

Unser Bus war verschwunden.

20

»Da haben wir den Salat.« Käthe stapfte dort herum, wo der Bus gestanden hatte, als würde ihr die Bodenbeschaffenheit mehr über seinen Verbleib verraten. »Sie hat den Bus entführt. Ich denke nicht, dass sie ihn fahren kann.«

»Ich auch nicht.« Ich sah mich um. Vom Parkplatz aus konnte ich die Straße überblicken. Nirgends entdeckte ich das gelbe Ungetüm mit dem Kurfürst-Schriftzug. »Vielleicht ist Fabio tanken gefahren oder lässt ihn durchchecken?« Unser Fahrer schied aus, dem waren wir immerhin kurz zuvor begegnet. »Oder jemand hat ihn gestohlen. In dem Fall sollten wir Herrn Wewers Bescheid geben.«

Käthe zog die Nase kraus. »Aber der ist doch gar nicht mehr gut zu Fuß. Hat ganz schön gewackelt gerade. Und wäre das nicht ein großer Zufall, dass Antonia und unser Bus am selben Abend verschwunden sind?« Sie betrachtete stirnrunzelnd einen abgebrochenen Ast.

Ich zuckte die Schultern. »Schon, ja. Aber sie kann den Bus unmöglich genommen haben, sie käme ja gar nicht hinein. Und warum sollte sie das überhaupt tun?«

»Na, wegen den Schafen«, sagte Käthe so erstaunt, als hätte ich eine dumme Frage gestellt.

Dagegen ließ sich nichts sagen. Ich stellte mir vor, dass Antonia am Lenkrad stand wie ein Seemann auf einem Schiff aus vergangenen Zeiten. Auf jeden Fall würde sie so viel fluchen wie dieser, wenngleich sie mehr Menschen mit sich in den Tod reißen würde. Eine beunruhigende Vorstellung!

»Also gut.« Ich verdrängte die Bilder von überfahrenen Verkehrsschildern und wütenden Dörflern, die sich zu einem Mob zusammenrotteten, um die deutschen Touristen aus Cornwall zu vertreiben. »Es bleibt uns wohl nichts anderes übrig, als mit Herrn Wewers zu reden. Ich erledige das.« Dieses Mal wollte ich kein Herumschleichen auf Hotelfluren, sondern eine klare Auskunft, und das so schnell wie möglich. Die Kosten-Nutzen-Gleichung musste stimmen, immerhin war die Zeit hier ein wichtiger Faktor.

Käthe musste mir ansehen, wie ernst es mir war. »Gut.« Sie fasste meine Schulter und zog mich zu sich hinunter. »Ich bleibe solange hier und beobachte. Aber denk daran, dass Herr Wewers keinen Verdacht schöpfen darf. Er muss ja nicht wissen, dass der Bus … nun, umgeparkt wurde.« Aha, treuherziges Blinzeln! Ich erkannte immer besser, wenn sie mich manipulieren wollte.

»Ich werde ihn einfach fragen.« Ich machte mich auf den

Weg. Kosten-Nutzen, schnell und einfach. Schon lief ich gerader, und selbst meine Schuhe klangen auf den Treppenstufen anders. Energischer. Im Foyer wurden die Töne vom Teppichbelag verschluckt. Musik spielte im Hintergrund und flüsterte mir zu, wie schön es wäre, einfach in meinem Zimmer zu sein, statt Käthes wahnwitzigen Vorstellungen nachzugehen. Beinahe hätte ich darauf gehört, wenn dieses Stimmchen in meinem Hinterkopf nicht wispern würde, dass meine Reisegefährtin recht haben konnte.

Die Rezeptionistin sah mich fragend an.

»Guten Abend«, sagte ich auf Deutsch. Immerhin hatte sie bereits bewiesen, dass sie meine Sprache perfekt beherrscht. Es gab keinen Grund, das nicht zu nutzen. »Mein Name ist Juna Fleming. Ich bin Gast von Kurfürst-Reisen und muss dringend mit unserem Fahrer sprechen, Herrn Wewers. Alternativ mit Fabio Bertani.« Ich nickte mein Geschäftsnicken, lächelte mein Geschäftslächeln und stellte mir einen großen Krieger mit breiten Schultern und einem Speer in der Hand vor, der neben mir stand und mir half, meine Wünsche durchzusetzen. Das hatte ich in einem Kurs zum Thema Selbstmanagement gelernt – den Krieger an meiner Seite zu erschaffen. Bis heute wusste ich nicht, warum es ein waschechter Navajo-Krieger sein musste. Allerdings wirkten seine Züge zum ersten Mal heller, weniger exotisch. Beinahe ...

Die nette Engländerin rettete mich. »Herr Wewers hat wie immer in unserem Haus das Zimmer 101. Er ist vor kurzem in Richtung Fahrstuhl gegangen, wahrscheinlich schläft er schon.«

»Vielen Dank, damit haben Sie mir sehr geholfen.« Ich ignorierte den leichten Tadel, trat die Flucht an und ließ sie sowie den Navajo-Mads-Krieger an der Rezeption zurück.

Im Zimmer unseres Fahrers regte sich nichts, selbst als ich

ein zweites und drittes Mal klopfte. Ich hielt den Atem an und legte ein Ohr an das Holz: Doch, da war etwas. Dumpfe, regelmäßige Geräusche, die im Abklang knatterten. Herr Wewers schnarchte so inbrünstig, dass ich froh war, nicht das Zimmer neben ihm zu haben.

Ich wartete die Pause zwischen zwei Gaumenzäpfchenexplosionen ab und klopfte noch einmal so fest ich konnte. Es klang, als wollte ich die Tür eintreten. Erschrocken sah ich mich um, doch niemand war auf mich aufmerksam geworden. Herr Wewers allerdings auch nicht, denn er fand nach einer interessanten Abfolge aus Knall- und Grunzgeräuschen in seinen Schnarchrhythmus zurück.

»Das gibt's doch nicht.« Ich atmete tief durch und verwünschte schon einmal vorweg den Aufruhr, den ich nun verursachen würde. Dann hämmerte ich so fest ich konnte gegen das Holz und ließ zwei Fußtritte folgen. »Herr Wewers! Waldemar!«

Der Lärm war mir furchtbar peinlich, und ich hoffte von ganzem Herzen, dass ich nicht jeden Gast auf diesem Flur aus dem Schlaf riss. Zu meiner Erleichterung flog keine einzige Tür auf. Aber ich hatte noch mehr Glück: Das Schnarchen war erstauntem Brummen gewichen. Ich klopfte schnell noch einmal, ehe Herr Wewers alles für einen Traum halten und wieder einschlafen konnte. Endlich fragte eine verschlafene Stimme, wer ich war und ob ich mein grünes Nachthemd trug (ich beschloss, mir darüber nicht weiter den Kopf zu zerbrechen), verwünschte mich und anschließend den Fuß, der scheinbar schmerzte. Das bedeutete immerhin, dass er im Begriff war, aufzustehen! Oder?

Im Zimmer klirrte es. Es folgten Poltern und stapfende Schritte. Endlich wurde die Tür geöffnet, und mir wurde bewusst, dass sie nur angelehnt gewesen war. Herr Wewers blinzelte mir entgegen und atmete eine Mixtur an Gerüchen aus, die niemand auf dieser Welt in die Nase bekommen sollte. Für Foltermethoden waren sie dagegen ideal geeignet. Ja, er hatte deutlich tiefer ins Glas geschaut, als ihm guttat.

»Herr Wewers.« Ich drehte mein Gesicht zur Seite. »Entschuldigen Sie die späte Störung, aber ... haben Sie den Bus umgeparkt?«

Seine Augen erinnerten an die einer sehr alten Schildkröte, und er gab sich keine Mühe, sie weiter zu öffnen. Stattdessen beäugte er mich, als wäre ich ein Blatt Salat. Dann tappte er in sein Zimmer zurück. »Was für'n Unsinn«, brummelte er. Es quietschte. Er hatte sich wohl wieder auf das Bett fallen lassen. Zögernd trat ich ein.

Abgestandene Luft schlug mir entgegen, durchzogen von Alkoholschwaden und Männerschweiß. Ich widerstand dem Drang, die Fenster aufzureißen, und verschränkte die Arme vor der Brust. Was tat ich hier eigentlich? Selbst wenn Antonia und der Bus verschwunden waren, konnten wir nichts daran ändern. Und wenn ich Herrn Wewers' Zustand betrachtete, war es vielleicht gar nicht so schlimm, dass der Bus verschwunden war. Es schützte uns vor einem Unfall durch Restalkohol im Blut.

Herr Wewers lag auf dem Rücken, trug zum Glück Shorts sowie ein Rippunterhemd, hatte den Mund weit geöffnet und atmete, als würde er um jedes Quäntchen Luft kämpfen. Offenbar störte es ihn nicht, dass ich in seinem Zimmer stand. Wahrscheinlicher war, dass er mich bereits wieder vergessen hatte.

Verschwinde, Juna! Geh und mach dir einen schönen Abend!

Ich ballte meine Hände zu Fäusten. Nun war ich einmal hier, da würde ich zu Ende bringen, was ich begonnen hatte! »Herr Wewers, haben Sie den Busschlüssel oder Fabio?«

Er brummte. »Fabio? Da verreck ich lieber, ehe ich den ans

Steuer lass. Natürlich hab ich das Ding. In meiner Hosentasche, so wie immer. Wozu ist die olle Schlaufe denn wohl da, hm?« Die Worte waren nur schwer zu verstehen. Er murmelte noch etwas, kratzte sich zwischen den Beinen und lag wieder still.

Na wunderbar. Ich nagte an meiner Lippe und sah mich um. Unser Fahrer besaß das Talent, mit wenigen Sachen ein Riesenchaos anzurichten. Das Zimmer sah aus, als hätte eine Jugendgang darin gefeiert, dabei lagen lediglich Schuhe, Socken, Hose, Gürtel, Pulli und Portemonnaie herum. Nichts stand hier gerade. Selbst der Vorhang hing schief.

Herr Wewers wandte mir mittlerweile den Rücken zu und schmatzte. Kein Zweifel, er war wieder eingeschlafen. Ich trat von einem Fuß auf den anderen und schielte zu der Hose. Sollte ich? Wenn er keinen Unsinn erzählt hatte, müsste der Schlüssel dort sein. War das der Fall, hatte unser Fahrer den Bus wirklich umgeparkt – oder, mit weniger Glück, in seinem Zustand in die See gesetzt. Aber auch das ließe sich in Erfahrung bringen, sobald die Polizei im Greenbank Hotel auftauchte.

Augen zu und durch!

»Herr Wewers?«, flüsterte ich. Er rührte sich nicht. Ich zählte bis zehn, gab mir einen Ruck und schlich zu dem Stuhl, über dem die Hose baumelte und frappierend an eine tote Schlange erinnerte. Eine halb verweste Schlange, wenn ich den Geruch im Zimmer bedachte. Ich hielt den Atem an, griff nach dem Stoff und schüttelte ihn.

Nichts. Sollten die Schlüssel nicht klimpern? Ich schüttelte erneut, dann seufzte ich und griff zu. Die Tasche war leer. Dafür fand ich, als ich sie nach außen stülpte, eine eingenähte Schlaufe aus Stoff. Das hatte er also gemeint! Ein Metallring baumelte daran – von der Sorte, die einen Schlüssel erst dann wieder hergab, wenn man sich die Metallspitze des Kreises unter den Daumennagel gerammt hatte. Es war unwahrscheinlich, dass Herr Wewers den Schlüssel verloren hatte. Nein, jemand hatte ihn entwendet. Nur wer? Die Tür war nicht geschlossen gewesen, und unser Fahrer gewann an diesem Abend keinen Preis in Sachen Aufmerksamkeit. Es könnte also jeder gewesen sein.

Hatte Käthe etwa doch recht? War Antonia mit dem Bus losgezogen? Falls ja, waren die Chancen noch größer, das Fahrzeug im Wasser zu finden.

»Mist!« Ich sah noch einmal zum Bett, doch von dort durfte ich keine Hilfe erwarten. Nein, hier waren wir auf uns allein gestellt. Nur Käthe und ich.

Ich durchsuchte rasch den Rest des Zimmers, fand den Schlüssel nicht und machte mich wieder auf den Weg. Im Erdgeschoss warf ich einen Blick in die Bar und fand Fabio, der mit einer hübschen Dunkelhaarigen an einem Ecktisch saß, sich in die Brust warf, während er erzählte, und ihr dabei an die Oberschenkel fasste. Ich winkte ihnen zu. Er erstarrte, als er mich sah, und wurde eine Nuance bleicher. Interessant. Und auch lächerlich. Wie hatte ich dieses Getue jemals übersehen und ihn attraktiv finden können? Mittlerweile kannte ich so viele Seiten an ihm, die lediglich Show waren und wie gefüllte Ballons um ihn herumschwebten. Was wohl geschah, wenn man sie mit einer Nadel anpikte und zum Platzen brachte? Doch im Grunde wollte ich das nicht. Fabio war zwar alles andere als ein Traumtyp, aber ich hatte nichts davon, ihn bloßzustellen.

»Juna«, sagte er und sah mich mit weit aufgerissenen Augen an. Dunkle, von langen Wimpern umkränzte Augen, in denen nichts funkelte, das länger hielt als wenige Stunden.

Ich lächelte die Frau an und nickte Fabio zu. »Ich will euch nicht lange stören, sondern nur fragen, ob du den Busschlüssel hast?«

Sein Grinsen kehrte zurück. »Wieso sollte ich? Nein, Waldi

gibt den nicht aus der Hand. Das ist sein Heiligtum! Warum fragst du?«

Ich grübelte nach einer logischen Erklärung – und entschied, dass keine vonnöten war. Fabio würde sich nur allzu gern von seiner Abendbekanntschaft ablenken lassen. Immerhin trug sie einen ultraknappen Jeansrock und hatte ihre Brüste nur zur Hälfte mit einer feuerroten Carmenbluse bedeckt. Ihre üppige Mähne wogte wie das Meer, als sie den Kopf zurückwarf.

»Nur so. Alles okay«, sagte ich. »Schönen Abend!«

»Dir auch«, sagte er, angelte ohne hinzusehen nach der Schale mit Erdnüssen und warf sie um. Ich ließ die beiden Turteltauben allein. Was auch immer Fabio mit seiner neuen Eroberung trieb – es störte mich nicht im Geringsten. Das Schicksal hatte sämtliche Register gezogen, um mir hinsichtlich unseres Reisebegleiters die Augen zu öffnen, und nicht lockergelassen, egal wie begriffsstutzig ich gewesen war. Doch nun hatte selbst ich es verstanden. Das Einzige, was Fabio mir bieten konnte, war ein Flirt und möglicherweise ein One-Night-Stand – etwas, woran ich kein Interesse hatte. Ich wollte einen Mann kennen und Gespräche mit ihm führen, die nicht nur von seinen Heldentaten handelten, ehe ich mit ihm im Bett landete. Fabio redete zwar sehr viel, aber letztlich war es ähnlich wie bei schlechten Filmen: Man konnte nebenher mit einer Freundin telefonieren und verpasste nichts.

Käthe wartete auf dem Parkplatz und konnte ihre Aufregung kaum verbergen. Einige Haarsträhnen hatten sich gelöst, wurden vom Wind aufgebauscht und verwandelten sie in ein kleines mystisches Wesen, das sich nach Newquay verirrt hatte, aber zu freundlich war, um den Leuten zu sagen, dass es lieber wieder nach Hause wollte.

Ich schüttelte den Kopf. »Der Busschlüssel ist weg.«

Käthes Augen wurden so rund wie Murmeln.

Ich deutete zum Hotel. »Herr Wewers liegt in seinem Bett, und ich hoffe, dass er bis morgen wieder nüchtern ist. Seine Zimmertür war nur angelehnt, es hätte also jeder hineingehen können. Fabio sagt, dass Wewers den Schlüssel niemals aus der Hand gibt.«

Käthe klatschte in die Hände. »Also hat jemand den Schlüssel geklaut, und damit auch den Bus.«

»Ich bin ziemlich sicher, dass Antonia ihn nicht fahren kann. Sie schafft es doch nicht einmal, länger als zehn Minuten am Stück zu laufen. Und dann ein Fahrzeug steuern?«

Käthe sah mich an und legte eine Hand an meine Wange. »Man schafft sehr viel, wenn man es wirklich will, Junalein.«

Es war ein seltsamer Moment. Ich spürte deutliche Schwielen, rührte mich nicht und dachte, dass ich die Situation ... ja, mochte. Käthes Worte verliehen ihr diesen besonderen Zauber.

»Aber man kann nichts tun, das man nicht zuvor gelernt hat«, brachte ich Logik ins Spiel. Ich konnte einfach nicht aus meiner Haut. »Und wir können leider nichts tun. Ja, Antonia ist verschwunden und der Bus auch. Wir sind nicht sicher, ob das zusammenhängt. Also müssen wir abwarten.«

Käthe schüttelte den Kopf. Behutsam, aber nachdrücklich. »Ganz im Gegenteil, meine Liebe. Wir müssen sie suchen! Denk doch nur daran, wie schlimm es für sie wäre, wenn sie vorzeitig nach Hause müsste. Und wenn der Bus verschwunden bleibt, ist die Reise vielleicht sogar für uns alle beendet.«

Ich vermutete, dass Antonia sich sogar darüber freuen würde. In Deutschland fand sie sicher frisches Publikum, um von dem schrecklichen Urlaub in diesem schlimmen Land zu berichten, wo alles viel zu weit, das Wetter zu schlimm, die Kekse zu trocken, der Kaffee zu schwach und die Schafe zu rar gesät waren. Mehr Sorgen als die verschwundene Rentnerin machte mir allerdings Käthes Enthusiasmus. Ich kannte sie vielleicht nicht gut, aber gut genug, um zu wissen, dass sie sich von ihren Plänen nicht abbringen lassen würde.

Auf der anderen Seite war es sehr wahrscheinlich, dass Kurfürst-Reisen wirklich unser Cornwall-Abenteuer ad hoc beenden würde, sollte ein Fahrgast sich den Bus für eine Spritztour ausgeliehen haben. Der Gedanke beunruhigte mich. Ich war noch nicht bereit, die Gegend zu verlassen, geschweige denn auch nur eine Minute von dem zu verschenken, was mir zustand. Was, wenn wir die Reise vor der Kurve abbrachen, hinter der mein weißes Herrenhäuschen mit dem gepflegten Garten auf mich wartete?

»Wir wissen doch nicht einmal, wohin sie gegangen sein könnte«, kramte ich den letzten Rest Vernunft heraus, so wie ich es stets tat und so wie auch all meine Freunde es von mir erwarteten. Schon immer. Als Teenager war ich zu zwei oder drei Partys lediglich eingeladen worden, weil die Organisatoren ahnten, dass sie einen Moralapostel brauchten. Jemand, der aufpasste, dass nicht alles aus dem Ruder lief. Jemand, der Eskalationen und damit Besuche der Polizei sowie Strafen der Eltern verhinderte.

Aber diese Juna war ich nicht mehr. Oder? Ich starrte in die Ferne und beobachtete den Lufttanz zweier Möwen, als könnten sie mir die Entscheidung abnehmen. Nein, ich war nun eine andere. Nicht hier, damit andere ihren Spaß hatten, sondern um selbst unvergessliche Tage zu erleben.

Damit war es entschieden. »Wir brauchen einen Anhaltspunkt.«

Käthe sah zufrieden aus. »Den haben wir.«

Zunächst wusste ich nicht, wovon sie redete, doch dann sickerte die Erkenntnis in mein Hirn. »Sie meinen die Schäferin? Die mit den schönen Hunden?«

Käthes Geste passte perfekt in eine Quizsendung – und ich hatte mit der richtigen Antwort den Jackpot geknackt. »Du hast es, Junalein. Die Dame hat doch gesagt, dass die Tiere abends zurückgetrieben werden, nicht wahr? Ich bin sicher, Antonia hat sich zu dieser Wiese aufgemacht. Wir müssen zurück nach Tintagel!«

Anderthalb Stunden später fühlte ich zum ersten Mal Panik in mir aufsteigen, seitdem wir den Parkplatz des Hotels verlassen hatten. Es war Irrsinn, was wir da machten.

Ich drehte mich um, doch wie so oft in den vergangenen Minuten hatte sich die Landschaft nicht verändert. Falls es doch geschah, würde ich es nicht mehr allzu lange bemerken, denn die Dämmerung setzte ein und fraß das noch vorhandene Tageslicht mit einer Geschwindigkeit, die mir nicht gefiel. Immerhin regnete es nicht. Noch war es idyllisch mit der rauschenden See ganz in der Nähe. Doch schon bald würde dieses Geräusch mir zuflüstern, dass es die Schritte anderer Menschen übertönte, die uns auflauerten und Böses wollten. Ich lenkte mich ab, indem ich die Steinmauer zu unserer Linken betrachtete. Dahinter bewegte sich etwas, eine Kuh.

Keine Schafe.

Ich tastete nach meinem Zimmerschlüssel. Er war zusammen mit dem Anhänger, auf den die Nummer gestanzt war, so groß, dass ich Fach 2 komplett dafür geräumt hatte. Immerhin die zweitwichtigste Stelle in meiner Handtasche. Aber er war auch schwer und damit das Beste, was ich als provisorische Waffe hatte auftreiben können. Selbst meine Haarbürste, die meine zweite Wahl gewesen wäre, wog deutlich weniger.

Ich musterte Käthe, die mit gleichmäßigen Schritten neben mir her tippelte und sich noch immer über das Abenteuer freute, auf das wir gegangen waren. Ihr Elan war fast greifbar. Sie hatte es sich in den Kopf gesetzt, Antonia zu finden, und noch konnte nichts ihre Laune trüben: weder die Tatsache, dass sich um uns herum nur Wiesen, Steinmauern und Felder befanden, noch die Möwe, die so nah vor uns auf den Boden geschissen hatte, dass es auf unsere Schuhspitzen gespritzt war.

Nachdem wir unsere Jacken und Handtaschen geholt hatten, besorgte ich eine der Umgebungskarten von der Rezeption, die dort als Abreißblock auslagen. Bis Tintagel waren es achtundzwanzig Meilen, also knapp sechsundvierzig Kilometer. Käthe plauderte indessen mit zwei jungen Frauen, die vor dem Eingang Zigaretten rauchten und ihr in einer Mischung aus Englisch und Zeichensprache erklärten, dass es einen Bus gab, der aus Newquay herausfuhr, aber wir um diese Uhrzeit nicht mehr bis Tintagel kommen würden. Ich schlug ein Taxi vor, doch Käthe gab zu bedenken, dass wir eventuell nicht bis Tintagel fahren mussten. Noch wussten wir ja nicht, ob wir nach einer fußkranken Alten *und* einem Bus oder besagter Frau *in* einem solchen Ausschau hielten. Wir entschieden, erst einmal den Bus zu nehmen und unser Glück anschließend zu Fuß zu versuchen. »Wir haben ja unsere Telefone dabei und können noch immer einen Wagen kommen lassen, wenn unsere Beine nicht mehr können«, hatte Käthe gesagt.

Wir waren bis an den Rand von Wadebridge gelangt, einem für Cornwall großen Ort, den der Wind mit dem Salzaroma des Atlantischen Ozeans tränkte. Zum ersten Mal hatte ich keine Begeisterung übrig für das Rathaus aus Stein, die adrett getünchten Häuser oder die Blumenprachten in den Vorgärten, die im maritim gemäßigten Klima besonders gut gediehen. Stattdessen überlegte ich, wie wir zurückkommen würden, denn der Busfahrer hatte uns deutlich gemacht, dass seine Fahrt die letzte heutige für seine Linie war. Immerhin hatte ich meine Kreditkarte sowie die Visitenkarte unseres Hotels eingesteckt. Im Notfall mussten wir wirklich ein Taxi nehmen, im noch größeren Notfall (Gab es hier draußen mehr als einen Taxifahrer? Was, wenn nicht und dieser eine krank geworden war?) in Tintagel übernachten. In dem Fall würde ich Herrn Wewers oder Fabio über die Rezeption eine Nachricht zukommen lassen, sollten wir uns am Morgen verspäten.

Mittlerweile kam mir unser Aufbruch sehr überstürzt vor. So etwas war nicht meine Art. Aber ich hatte auf Käthes Drängen hin zu schnell reagiert, ohne nachzudenken, was das Beste war. Ich hatte keine Fallanalyse laufen lassen, nicht ausreichend recherchiert, nicht einmal Pro und Kontra gegeneinander abgewogen. Im Gegenteil, in meiner Planung klafften so enorme weiße Flecken, dass ich mich scheute, überhaupt von Planung zu reden.

Gabs hätte mich dafür gelobt und mir gesagt, dass heute der erste Tag vom Rest meines Lebens war. Onkel Olli hätte mir geraten, einfach innezuhalten und die Füße in das Wasser des Ozeans zu tauchen (ohne zu ahnen, wie kalt dieses verdammte Wasser war). Beide hätten gejubelt und getanzt, wenn sie mich nun sehen würden, und gefeiert, dass ich die Welt endlich so sah, wie sie es sich wünschten.

Käthe tat das alles nicht, und trotzdem sagte sie mir ohne Worte so viel mehr, als meine beste Freundin und mein durchgeknallter Patenonkel es in einer Nacht voller Monologe tun konnten. Hier war sie, diese zarte Frau, die mir gerade bis zur Schulter ging und mit ihren zweiundachtzig Jahren so energisch ausschritt, als steckte sie mitten in einer Kneipp-Kur. Sie ließ die Dinge auf sich zukommen und reagierte. Punkt. Gut, ihre Begeisterung spielte dabei eine wichtige Rolle, aber immerhin ließ sie sich nicht kleinkriegen oder verfiel in Grübeleien. Sie jammerte nicht einmal, obwohl der Fußmarsch für sie kräftezehrender sein musste als für mich.

Ich sah genauer hin. Käthe presste die Lippen fester zusammen als sonst, sie war sichtlich angespannt. Allmählich machte die Anstrengung ihr zu schaffen.

Ein weiterer Punkt auf meiner Sorgenliste. »Wir können nicht bis Tintagel laufen«, sagte ich. »Wadebridge liegt ungefähr auf der Hälfte der Strecke, also haben wir noch mindestens zwanzig Kilometer vor uns. Das ist einfach zu weit. Außerdem weiß ich nicht, wie lange wir hier draußen noch Empfang haben.« Ich sah sicherlich zum zehnten Mal innerhalb der letzten fünf Minuten auf mein Handy. Ein Balken. Ich fürchtete mich vor dem Moment, an dem er verschwand und die Einöde in ein Meer aus Verzweiflung verwandelte.

Käthe lief langsamer. »Ich hatte so sehr gehofft, dass wir Antonia rasch finden. Aber dann ist sie wohl doch zurück bis zu der Schafweide.«

Ich bezweifelte das, vor allem, weil ich Antonia nicht zutraute, sich den Weg und vor allem die Weide gemerkt zu haben. Die Wiesen hier draußen sahen alle gleich aus.

»Also gut, ich rufe uns ein Taxi.« Ich zog die Karte hervor, an deren Rand Werbung von Restaurants und auch die Nummer eines Taxiunternehmens stand. Dass wir mit besagtem Gefährt nicht weiter suchen, sondern schnurstracks zurück zum Hotel kutschieren würden, sagte ich Käthe nicht.

Sie blieb stehen und strahlte mich an. Der Vorschlag gefiel ihr. Gut, dann gab es zumindest keine Diskussion, und dieser wahnwitzige Ausflug hatte ein Ende. Wenn der Bus morgen früh wieder an Ort und Stelle stand, würden wir einfach kein Wort darüber verlieren. Wenn nicht ... nun, damit musste unser Fahrer sich befassen, nachdem er ein paar Aspirin geschluckt hatte.

»Warte, Juna.«

O nein. Also doch Diskussionen! Doch Käthe hob lediglich einen Finger und zeigte in den Himmel. »Hörst du das?«

Zunächst glaubte ich, sie redete vom Meer, dann vermutete ich ein Flugzeug. Endlich begriff ich: Ein Auto näherte sich. »Ich glaube nicht, dass das unser Bus ...«

Käthe zwinkerte mir zu, streckte einen Arm aus und reckte den Daumen in die Höhe. Es war ein so ungewohntes Bild, dass ich erst nicht reagierte. Stumm beobachtete ich, wie sich ein roter, in die Jahre gekommener Wagen näherte. Wie so viele fuhr er zu schnell für meinen Geschmack, was die schmalen Straßen von Cornwall betraf.

Auto. Straße. Daumen. Käthe wollte wirklich per Anhalter fahren! »Ähm, ich halte das für keine gute Idee. Außerdem rast der Fahrer ziemlich, Sie sollten besser etwas zurücktreten.« Ich war noch nie bei einem Fremden mitgefahren (außer damals mit Gabs auf Teneriffa, aber das war wirklich eine Ausnahme), und ich würde jetzt sicher nicht damit anfangen! Zudem war es mir peinlich, ganz zu schweigen davon, dass ich nicht wusste, auf was ich mich einließ. Käthe und ich bildeten die perfekte Werbefläche für die Aufschrift ›Leichte Beute‹. Ich sehnte mich nicht danach, ausgeraubt und bei voller Fahrt aus dem Wagen gestoßen zu werden.

Dieser hatte uns beinahe erreicht – und bremste.

»Käthe, bitte nehmen Sie den Daumen wieder herunter. Ich habe die Taxinummer bereits eingetippt.«

Käthe sah über die Schulter. In ihrem Blick schimmerten Abenteuer und Mut. »Keine Sorge, es ist nur eine Person im Auto. Ob Mann oder Frau, kann ich nicht erkennen. Du vielleicht?« Sie kniff die Augen zusammen und beugte sich vor. Verdammt, sie ließ mir keine andere Wahl! Hastig riss ich sie zurück. Der Wagen – ein Subaru – fuhr einen kleinen Schlenker und blieb mit laufendem Motor neben uns stehen. Sehr vertrauenerweckend sah er nicht aus: Rostflecken überzogen in unregelmäßigen Abständen die Karosserie, ein Kotflügel war eingebeult. Auf Radkappen schien der Besitzer keinen Wert zu legen.

Mein Atem beschleunigte sich, und ich wünschte mich weit, weit weg. Ich hätte niemals ja sagen sollen! Aber ich würde dem Fahrer einfach höflich erklären, dass Käthe das mit dem Daumen nicht so gemeint hatte und wir bereits auf ein Taxi warteten.

Hinter dem Fenster bewegte sich etwas, dann wurde es mit einem Quietschen heruntergekurbelt. Eine Frau streckte den Kopf heraus. Ich schätzte sie auf Anfang oder Mitte vierzig. Dunkle Locken wirbelten um ein schmales, freundliches Gesicht. »Hey, where do you want to go?«

Käthe trat vor und streckte ihr eine Hand entgegen. »Hi, eim Käit. From se Jörmännie.«

Die Frau runzelte die Stirn und sah von Käthe zu mir. Dann erhellte sich ihr Gesicht. »Ah, aus Deutschland? Wir haben viel Gäste from da. Ich arbeite in ein Café. Wohin wollt ihr gehen?«

Käthe knipste sämtliche Lampen der Kategorie ›alte Frau in Nöten‹ an. »Das ist meine entzückende Reisepartnerin Juna. Wir suchen eine Dame aus unserer Gruppe, die verloren gegangen ist. Sie heißt Antonia und ist leider nicht so gut zu Fuß, aber es könnte sein, dass sie mit einem gelben Bus unterwegs ist. Vielleicht bis Tintätschl. Sie sucht Schafe, wissen Sie?«

Entweder waren schrullige Geschichten in Cornwall normal, oder die Frau im Auto fiel ebenso auf Käthe herein wie die meisten anderen auch. Jedenfalls winkte sie uns heran. »Ich muss auch gehen dahin, Tintagel. Kommt ein, ich nehme ihr mit. Ich bin Anna.«

»Wunderbar«, sagte Käthe, öffnete eine der hinteren Türen und krabbelte schneller als ein Blitz auf die Rückbank des Wagens. Zwei Augenpaare starrten mich an und forderten mich auf, über meinen Schatten zu springen und ihr zu folgen. Gut, diese Anna schien nett zu sein, aber wer schrieb sich schon auf die Stirn, dass er Böses im Schilde führte? Was würde Mads von mir denken, wenn er erfuhr, dass ich seine Oma allein in ein fremdes Auto hatte steigen lassen?

Ich seufzte, überschlug rasch in Gedanken Notfallmaßnahmen, ging zur Beifahrertür und ließ mich kurz darauf in den Sitz fallen.

21

*E*s war beinahe dunkel, als Annas Scheinwerfer etwas streiften, das sich in einem Baum verfangen hatte und im Wind wehte.

Wir hatten Tintagel beinahe erreicht. Vor uns strahlten die Lichter des Ortes, doch nicht so hell, dass sie die gelegentlich durch die Wolken funkelnden Sterne übertünchten. Ich hatte die vergangene halbe Stunde damit verbracht, aus dem Fenster zu starren und gleichzeitig alles im Auge zu behalten, was Anna tat. Nichts Ungewöhnliches. Lenkrad, Schaltung, gelegentlich strich sie sich die Haare zurück. Keine Waffe im Handschuhfach (und falls doch, so kam sie nicht zum Einsatz), keine Lösegeldforderungen, nichts. Sie begriff schnell, dass ich die Schweigsamere ihrer beiden Gäste war, und begann eine Unterhaltung mit Käthe. Die umklammerte die Rückenlehne des Fahrersitzes und erzählte von den Erlebnissen, die sie in England bisher am meisten begeistert hatten. Streng genommen fasste sie also unsere ganze Reise zusammen.

Ich hörte mit halbem Ohr zu und überlegte, was wir tun sollten, sobald wir Tintagel erreichten. Anna hatte angeboten, uns an einem Ort unserer Wahl abzusetzen. Viel Zeit blieb ihr nicht, weil sie eine kleine Tochter hatte und der Babysitter nach Hause musste. Den hellen Fleck im Baum bemerkte ich daher erst, als wir beinahe an ihm vorbeigefahren waren. Im letzten Moment beugte ich mich vor. »Halt! Stopp!«

Anna erschrak so sehr, dass sie das Lenkrad verriss und wir eine halbe Drehung hinlegten. Käthe quietschte auf der Rückbank. Es war nicht klar, ob vor Schreck oder Begeisterung.

Anna brachte den Wagen zum Stillstand. »Was ist geht an?« Sie sah sich um, als erwartete sie eine Delegation der Russenmafia.

Ich murmelte eine Entschuldigung. Meine Reaktion war übertrieben gewesen, aber ich zerbrach mir seit gefühlten Stunden den Kopf, wie ich alles unter einen Hut bringen sollte: Käthe und ihre Abenteuerlust, Antonia und ihre Schafe, den verschwundenen Bus und meinen Wunsch nach Ruhe und Normalität. Nach Listen. Ja, ich wollte eine Liste. Eine, die mir vorschrieb, wann ich aufstehen und frühstücken sollte, die mir die Abfahrtszeit nannte und aufzeigte, was ich am Tag alles besichtigen würde. Es war gut, im Voraus zu wissen, was einen erwartete. Vertraut. Jetzt fühlte ich mich, als würde ich durch ein dunkles Labyrinth schleichen, in dem hinter jeder Ecke etwas lauerte.

Ich deutete aus dem Fenster. Zunächst hatte ich gedacht, dass uns jemand zuwinkte. Doch es war keine Hand, die sich dort bewegte, sondern ein Stück Stoff. Elfenbeinfarben.

»Ach herrje, ist das mein Schal?« Käthe öffnete die Tür, stieg aus und mühte sich ab, ihn zu erreichen. Ich wollte ihr zu Hilfe eilen, als sie ihn in die Finger bekam und in unsere Richtung schwenkte. Dabei stand sie noch immer mehr oder weniger auf den Zehenspitzen. Eine olympische Tänzerin, die nicht mitbekommen hatte, wie die Jahre des Lebens an ihr vorbeigezogen waren. »Antonia muss ganz in der Nähe sein, Junalein. Ich wusste es!«

Anna hob die Brauen. »Der gehört zu der verschwunden Dame?«

»Zumindest ist sie hier vorbeigekommen. Oder der Wind hat ihn hergeweht.« Ich öffnete die Tür, stieg aber nicht aus. Ein Schal genügte mir nicht, um mich in Cornwalls Wiesen zu stürzen. Von unserem Bus war nichts zu sehen. »Kommen Sie, Käthe, fahren wir weiter.«

»Aber hier sind Fußspuren.«

Die Scheinwerfer des Wagens erhellten die Stelle, an der sie stand, nur geringfügig. »Das können Sie erkennen?«

Käthe ließ ihren Schal durch die Finger gleiten. »Nun, ich dachte, ich hätte welche bemerkt. Aber wir könnten uns hier doch ein wenig umsehen, nicht wahr?«

Ich hatte kein Verlangen danach, abends über feuchte Wiesen zu stolpern und in Schaf- und Kuhdung zu treten. Zudem lockten die Lichter Tintagels mit dem Versprechen auf Zivilisation und vielleicht auch einer Möglichkeit, sich auszuruhen. War Käthe denn gar nicht müde?

Anna stieg ebenfalls aus und sah sich um. »So sorry, Ladys, aber ich muss einhalten meine Termin. Ich kann nehmen euch bis Tintagel, oder ihr lauf den Rest. Aber es ist nicht weit.«

Käthe nickte. »Das war sehr nett von dir, dass du uns bis hier mitgenommen hast. Ab jetzt können wir sicher zu Fuß weitergehen. Was denkst du, Junalein?«

Junalein dachte vor allem, dass sie drei Kreuze machen und gern auch heidnischen Göttern opfern würde, wenn dieser Abend endlich vorbei war. Ich fühlte mich, als würde ich über dünnes Eis laufen, unter dem das Wasser des Ozeans schwappte und gischtete. Kurz spielte ich mit dem Gedanken, Mads anzurufen. Aber was hätte ich ihm sagen sollen? Dass ich mit seiner Oma in der Dunkelheit unterwegs war, mitten in der bäuerlichen Ödnis zwischen Newquay und Tintagel? Er würde mir völlig zu Recht Vorwürfe machen und, schlimmer, sich sorgen. Wenn er nicht sofort alle Hebel in Bewegung setzen und in den nächsten Flieger steigen würde. Hatte Newquay nicht sogar einen Flughafen? Meine Fingerspitzen berührten bereits das Telefon, doch ich zog sie zurück. Was, wenn wir einige Wiesen und Steinmauern später wirklich auf Antonia stießen? Wir würden ein Taxi rufen, zurückfahren und hätten sämtlichen Ärger abgewendet. Die Reise konnte morgen wie geplant weitergehen. Wir würden das Minack Theatre besichtigen, dieses einzigartige Freilichttheater direkt am Meer, dessen Sitze in Stein gehauen waren und den Besucher doppelt in die Zeit zurückversetzten: durch die Stücke, die dort aufgeführt wurden, und das Gefühl, selbst Teil eines längst vergangenen Jahrhunderts zu sein. Außerdem wollte ich so sehr Land's End sehen, den westlichsten Punkt Großbritanniens. Es war 2011 der Ruhepunkt von Tante Beate gewesen, und sie hatte einen ganzen Tag lang einfach nur auf das Wasser gestarrt, ehe ein netter Herr ihr eine Jacke um die Schultern gelegt hatte. Beinahe wäre sie ihm in sein Haus gefolgt, doch er erinnerte sie an den italienischen Maestro und die damit erlittene Schmach, und so sagte sie nein. Zu ihrem Leidwesen verlangte er daraufhin seine Jacke zurück und verschwand.

So sehr ich mich auch nach Beistand sehnte, der nicht aus purer Begeisterung am Detektivdasein geboren war – Mads schied aus. Käthe und ich waren auf uns gestellt. Ich hoffte nur, dass wir vor dem Morgen wieder im Hotel waren und ich nicht Gefahr lief, des Kidnappings einer Rentnerin beschuldigt zu werden.

»Wie weit ist es denn zu Fuß?«, wandte ich mich an Anna.

Ihre Locken tanzten. »Ach, sure nicht mehr als zwanzig Minuten.«

Das war zu bewerkstelligen. Ich grübelte, doch als Anna auf ihre Uhr sah, gab das den Ausschlag. »Wunderbar, dann laufen wir. Vielen Dank, dass Sie uns mitgenommen haben.« Ich hielt ihr eine Hand hin, und sie schüttelte sie. »Ihr seid sicher zu allein klarkommen? Einfach immer geradeaus gehen.«

»Kein Problem, wirklich. Danke nochmals.«

Sie lächelte und ging zu Käthe. Die streckte sich, warf beide Arme um Annas Hals und drückte sie fest, während sie ihr auf den Rücken klopfte und ein paar Ratschläge mit auf den Weg gab (sich von der Polizei nicht anhalten zu lassen, niemandem zu sagen, dass sie uns gesehen hatte, sowie Insassen von gelben Reisebussen mit deutschem Kennzeichen in unsere Richtung zu schicken). Ich runzelte die Stirn. Drückte man sich normalerweise nicht nur kurz und sagte anschließend alles, was man loswerden wollte? Käthe verband das miteinander, und Anna lachte.

Mir war es anfangs schon seltsam vorgekommen, dass Käthe mich getätschelt hatte. Die Wange, den Arm, manchmal auch meine Gefühle. Dabei fand ich durchaus, dass es Momente gab, in denen man sich umarmen und Nähe genießen sollte. Die meisten meiner Partner waren darüber erstaunt. Besonders Simon hatte es irritiert, dass ich nach dem Sex noch kuscheln wollte und nicht sofort aufstand, um irgendetwas zu tun. ›So habe ich dich nicht eingeschätzt‹, waren seine Worte gewesen, und ich hatte mich in der Folgezeit bemüht, ihm zu signalisieren, dass ich Romantik durchaus mochte.

Jetzt hielt ich es allerdings für sinnvoller, nicht länger zu trödeln. Die zwei hatten sich voneinander gelöst. Anna stieg in den Wagen, winkte und fuhr los. Ich sah den Rücklichtern hinterher, bis sie in der Dunkelheit verschwanden und mir zuflüsterten, dass unser Abenteuer soeben das nächste Level erreicht hatte.

Ich teilte unsere Aktion in Schritte ein: zwanzig Minuten bis Tintagel. Antonia dabei höchstwahrscheinlich nicht finden. Nach einem Taxi fragen, am besten in einer Bar oder einem Hotel.

»Also gut«, sagte ich und deutete die Straße hinab. »Gehen wir.«

Käthe faltete ihren Schal zusammen und schüttelte den Kopf. Ich stöhnte auf. Was war nun? Wenn sie sich vorgenommen hatte, hier auf Antonia zu warten, würden wir es nicht in zwanzig Minuten nach Tintagel schaffen. Ich glaubte nicht, dass ich sie überreden konnte weiterzulaufen, wenn sie nicht wollte. Auf gewisse Weise war sie ebenso störrisch wie Antonia, nur verbarg sie es hinter Freundlichkeit und ihrer zuckersüßen Art. Eine tödliche Mischung.

»Käthe?«

»Da ist noch ein Weg«, sagte sie und deutete zur Seite.

Ich kniff die Augen zusammen. Tatsächlich, hinter dem Baum verlief eine deutliche Schneise über die Wiese und verlor sich in der Ferne, gerade breit genug für ein Auto. Zahlreiche Reifenspuren hatten sich in den Boden gegraben und bildeten tiefe Furchen. Wahrscheinlich stammten sie von landwirtschaftlichen Fahrzeugen.

»Sollten wir nicht lieber auf der Straße bleiben?« Ich sah zu den Lichtern des Ortes.

Käthe rieb sich die Nasenspitze. »Antonia würde den Schafen folgen. Solange kein Schäfer dabei ist, laufen die sicher nicht die Straße entlang. Der Asphalt ist doch unbequem für Hufe. Und die Schäfer sind doch sicher alle bereits zu Hause.«

Da hatten die Schäfer uns einiges voraus. Ich musterte den Feldweg und glaubte zu erkennen, dass er einen Bogen schlug, aber ebenfalls auf Tintagel zuhielt. Im Idealfall verlief er nach einer Weile parallel zur Straße und würde uns nur wenige Minuten Umweg bescheren. »Also gut. Schaffen Sie das denn?« Ich deutete auf ein größeres Loch im Boden.

Zur Antwort streckte Käthe einen Arm aus und hakte sich bei mir ein. Vorsichtig gingen wir den Pfad entlang, wobei ich darauf achtete, dass Käthe auf möglichst ebene Flächen trat. Ich war heilfroh, dass ich meine Sportschuhe trug. Wie hatte ich jemals bereuen können, sie eingepackt zu haben? Gut, ich joggte mit ihnen nicht durch die Straßen von Newquay, um meine Haltung bewundern zu lassen, aber vermutlich bewahrten sie meine Knöchel vor Verstauchungen. Sollte jemals wieder jemand anmerken, dass ich meine Sportkleidung nur zur Zierde gekauft hätte, würde ich ihm diese Geschichte um die Ohren hauen: Wie Juna Fleming und ihre Sportschuhe eine ältere Dame über einen zerklüfteten Acker führten, um eine andere ältere Dame vor der Kälte der Nacht zu retten! Oder vor anderen Abenteuern, denn kalt war es wirklich nicht. Noch ein Punkt für Cornwall: Das Klima blieb angenehm, selbst nachts stürzten die Temperaturen nicht ins Bodenlose. Anders als meine Hoffnung auf Ruhe.

Es wurde dunkler – das Gelände stieg an der Seite an und verdeckte den Lichtschein des Ortes.

»Ich schlage vor, dass wir noch bis zur Kurve gehen und dann umkehren, wenn wir nichts finden.«

»Eine Kurve?« Käthe sah zu mir auf, ihr Gesicht ein heller Fleck neben meiner Schulter. Ihre Sehkraft war nicht so gut wie meine, sie war jetzt voll und ganz auf mich angewiesen. Das Wissen darum fühlte sich nicht gut an. Meine Sinne rotierten, als wären sie Wachhunde, die an einem Zaun entlangliefen und nach Lücken suchten. Raschelte da mehr als der Wind? Bewegte sich ein Schatten? Roch ich Aftershave? Und wenn ja, benutzten böse Jungs welches?

Mach dich nicht lächerlich. Wenn du ein Krimineller wärst und darauf aus, hilflose Frauen zu überfallen, wohin würdest du dann gehen? Sicherlich nicht hierher, auf diese Wiese hinter Bäumen und Mauern, wohin sich nie im Leben in der Nacht jemand verirren würde.

Niemand bis auf Käthe, die von Inge Dambrow auf Detektivspielchen gedrillt worden war, oder vielleicht auch Antonia, die einen Urlaub gebucht hatte, um dreckige Wolllieferanten zu bestaunen, die sich ausschließlich für Gras interessierten.

Ich stolperte und unterdrückte einen Fluch. Dann begriff ich, dass es kein Stein, sondern nur ein Grasbüschel gewesen war.

Und dass ich es erkennen konnte.

Erkennen!

Ich blickte auf. Tatsächlich, hinter der Kurve sickerte Licht hervor. Es war, wie ich gehofft hatte: Wir bewegten uns wieder Richtung Tintagel.

»Ah, jetzt sehe ich die Kurve auch.« Käthe schritt energischer aus. Ich legte ebenfalls einen Zahn zu, immerhin sollte ich sie stützen und mich nicht von ihr ziehen lassen. In Gedanken entschuldigte ich mich bei Antonia und wünschte ihr, einen netten Schäferunterstand gefunden zu haben, wo sie sich zwischen ihre vierbeinigen Fanobjekte kuscheln könnte und es warm hatte. Aber sobald die Silhouette von Tintagel wieder in mein Sichtfeld kam, würde ich mich nicht mehr von meinem Ziel abhalten lassen. Um meinen guten Willen zu zeigen, blieb ich stehen und sah mich um. »So leid es mir tut, Käthe, aber weit und breit keine Spur von Antonia.« Ich ging weiter, um ihr wenig Chance auf Protest zu geben. »Oder auch von Schafen.

Das da vorn sind die Lichter des Ortes, wir werden also bald in Tintagel sein.«

Sie sah mich an und tippelte weiter in völligem Vertrauen, dass ich auf sie achtgeben würde. Ihre Augen waren groß und glänzten, das Lächeln malte Strahlenkränze um ihre Mundwinkel. O nein. Ich kannte diesen Blick, und ich würde mich davon nicht überreden lassen. Es tat mir leid, ich hatte sogar einen flüchtigen Moment lang ein schlechtes Gewissen, doch ...

Ich rammte beide Füße in den Boden. Käthe, irritiert durch die Vollbremsung, warf die Arme um meine Taille und hielt sich fest, als befänden wir uns mitten in einem Orkan. Oder zumindest einem soliden, kornischen Sturm.

Das vor uns war nicht Tintagel. Es hätte mir auffallen müssen, denn der Lichtschimmer drängte sich zu sehr am Boden. Er überzog die Umgebung mit einem Film aus Partikeln, die sämtliche Konturen weichschmirgelten. Ein trügerisches Bild. Ich fühlte mich wie Gretel vor dem Pfefferkuchenhäuschen. Nur wohnte die böse Hexe in Cornwall nicht in einem abgelegenen Haus im Wald, sondern ... vielleicht vor uns. Drei Häuser standen dort eng zusammen und konnten sich nicht entscheiden, ob sie wie ein altes, lieblos zusammengezimmertes Gehöft oder wie Lagerhallen wirken wollten, deren Wellblechdächer sämtliche Romantik aus Cornwall herauszusaugen schienen. Sie bildeten ein schiefes U. Holzzäune umgrenzten das Areal, der Boden bestand aus gestampfter Erde. Eine mannshohe Rolle Stacheldraht lagerte neben einem Haufen Holz oder Schrott, und in den dunklen Flecken dahinter glaubte ich einen Traktor oder Ähnliches zu erkennen. Zwei Kleinwagen parkten nebeneinander und sahen aus, als hätten sie ihre besten Jahre hinter sich. Es war ein unheimliches Bild aus Grau, Braun und Schwarz. Bis auf ein Detail. Oder vielmehr: einen Fremdkörper.

Der sonnengelbe Bus von Kurfürst-Reisen parkte mitten auf dem Gelände.

Während wir uns mit angehaltenem Atem den Häusern näherten, überlegten wir, was wirklich passiert sein könnte. Wir kamen auf fünfundvierzig Möglichkeiten, von denen manche so absurd waren, dass ich sie sofort wieder verwarf (Käthe gefiel die Idee des Außenpostens eines anderen Planeten). Letztlich blieben drei Theorien übrig:

Erstens: Professionelle Autodiebe hatten unseren Bus geklaut und ihn hier versteckt, bis er auseinandergenommen und/oder weiterverkauft wurde.

Zweitens: Antonia hatte den Bus wirklich gestohlen und war zusammen mit ihm entführt worden.

Drittens: Antonia hatte den Bus wild durch die Gegend gesteuert und ihn schließlich zu den Hütten gelenkt, weil sie dort Schafe vermutete. Als sie diese nicht gefunden hatte, war sie in einen Schmoll-/Sitz- oder Tobstreik getreten, der noch immer anhielt.

Bei den ersten beiden Möglichkeiten mussten wir die Beine in die Hand nehmen und laufen (ich hoffte sehr, dass Käthe noch ausreichend Energie aufbringen konnte). Die dritte war zwar ebenfalls gefährlich – ich traute Antonia zu, mit Steinen oder anderen Dingen zu werfen –, aber wir würden nicht laufen, sondern Antonia zurück in den Bus treiben, um ins Hotel zu fahren. Streng genommen war das die gefährlichste Option, aber ich war wild entschlossen, sie durchzuziehen.

Ich war vor allem überrascht, dass wir den Bus wirklich gefunden hatten. Sollte Käthes Annahme doch stimmen und Antonia war damit bis hierher gegondelt? Falls ja, hatte sie mir einiges voraus. Ich würde mich niemals an das Steuer eines solchen Ungetüms setzen. Oder an irgendein anderes.

Käthe war langsamer geworden und lauschte. Jetzt, wo ich mich nicht mehr auf etwaige Horrorszenarien konzentrierte, hörte ich es auch: Töne, die zu schwach waren, um sie zu identifizieren. Die Nacht dämpfte sie und schenkte ihnen einen gespenstischen Nachhall. Sie verrieten uns, was wir wissen mussten: Wir waren nicht allein.

»Ich glaube nicht, dass das Antonia ist«, flüsterte ich.

Käthe schüttelte den Kopf, die Lippen zu einem Strich zusammengepresst. »Es sei denn, sie hat eine Flasche mitgenommen und feiert. Aber hat sie nicht gesagt, sie mag keine Feiern?«

»Ohne es zu wissen, würde ich sagen, dass Antonia vieles nicht mag. Daher ist die Wahrscheinlichkeit hoch.«

Käthe nickte. »Also müssen wir uns anschleichen.«

Ich wäre beeindruckt von ihrem Mut und ihrer Abenteuerlust, wenn sie sich nicht so eng an mich drängen würde, dass ich ihre Unsicherheit spüren konnte. Verdammt, was ging hier eigentlich vor sich? Warum rannte ich nicht schon längst den Weg zurück, Käthe im Schlepptau?

Weil ich keine gute Läuferin war. Weil ich nicht wollte, dass wir alle morgen auf der Fähre nach Dover landeten, weil der Kurfürst-Reiseleitung der Kragen geplatzt war. Weil auch ich wissen wollte, was dort vor sich ging.

Ja, das war es. Ich, Juna Fleming, wollte mich mitten in der Nacht auf ein Privatgrundstück schleichen, um einen Bus und eine keifende Alte zu retten. Meine Hände waren zwar feucht und kühl, aber mein Herz schlug vor Aufregung schneller. Adrenalin verpasste meinem Körper einen Kick und trieb ihn weiter vorwärts, um bei jedem zweiten Schritt gegen meine Zweifel zu kämpfen – und zu gewinnen.

Ich tastete nach Käthes Hand und schob meine Finger zwischen ihre. Vor uns glitzerte es. Ein Fenster, oder auch mehrere. »Wollen Sie hier warten, Käthe? Ich schleiche weiter und versuche, mehr herauszufinden.«

Sie drückte kurz zu. »Nein, wir machen das zusammen, Junalein.«

»Was ist, wenn es gefährlich ist?«

Sie sah mich an, ganz Entschlossenheit und blitzende Augen, und zog ihr Telefon aus der Handtasche. »Also gut. Wir ordern Verstärkung.«

Ich sah verwirrt zu, wie sie das Menü aufrief, durch die gespeicherten Nummern scrollte und eine auswählte. Vor meinem inneren Auge blitzte das Bild von zuvor auf, dieses Mal versehen mit einem knallroten Warnrahmen.

Wir, morgen, auf dem Weg nach Dover. Bye-bye, Cornwall, es war schön und kürzer als geplant, aber das lag an der Entführung unseres Busses.

»Wollen Sie die Polizei rufen?« Und falls ja, warum hatte sie die Nummer überhaupt gespeichert? Dass sie hervorragend mit ihrem Telefon klarkam, ließ ich unkommentiert. Ich hatte es ja die ganze Zeit über gewusst.

»Nein, meine Liebe, die halten wir erst einmal da raus! Aber einen großen, starken Ritter könnten wir dennoch gebrauchen, oder? Oh, ich glaube, da hat er auch schon abgenommen!« Sie presste das Telefon an ihr Ohr. »Heinz, mein Guter, wie geht es dir an diesem schönen Abend? Mir? Ach wunderbar, ganz wunderbar. Wobei Juna und ich ein klitzekleines Problem haben«, flötete sie in den Hörer.

Erst begriff ich nicht, doch dann erinnerte ich mich an den Biker, der Käthe in St. Ives den Hof gemacht hatte. Fast hätte ich losgelacht. Diese Frau war unglaublich! Nicht nur, dass sie sich während ihres Urlaubs mal eben einen echten Bad Boy (zumindest optisch) an Land zog, nein, sie sicherte sich auch rasch seine Nummer. Wahrscheinlich unter ›Kontakte, die nützlich sein können, sollte ich in eine brenzlige Situation geraten‹. Und Heinz würde auf seinem Stahlross heranpreschen, zum Kampf bereit, und die Bösen in die Flucht jagen.

In meine Erleichterung mischte sich ein wenig Neid. Wen konnte ich anrufen? Ich hatte nicht einmal Fabios Nummer, und wenn doch, wusste ich nicht einmal, ob er verfügbar oder im Bett einer unbekannten Frau beschäftigt wäre – und ob er überhaupt zu meiner Rettung eilen würde. Eine kleine Stimme flüsterte mir zu, dass er dafür weder den Mut noch den Elan besaß.

Ich riss mich zurück in die Gegenwart – jetzt war nicht die Zeit, um von starken Helden zu träumen!

»Kurz vor Tinntätschl«, sagte Käthe gerade. »Links stehen ein paar Bäume, an einem hing mein Halstuch, da sind wir dann rein. Wenn man den Weg entlangläuft, kommt man direkt zu diesen Häusern.« Sie lauschte und nickte, zunächst schwach, dann immer stärker. »Fahr aber vorsichtig.« Es klang herrisch. Mehr noch, wie ein Befehl. Käthe legte auf, reichte mir aus Gewohnheit ihr Handy, damit ich es verstaute, und blinzelte mich schelmisch an. »Er war früher Soldat.«

»Das erklärt einiges.«

»Er ist gerade mit einem Freund unterwegs, aber sie kehren um und machen sich auf den Weg. Es kann dauern, sagt er, und seine anderen Freunde können heute leider nicht mehr fahren.« Trinkbewegung.

Ich nickte. Mit der Aussicht auf baldige Verstärkung fühlte ich mich gleich besser. »Vielleicht sollten wir zurück zur Straße gehen«, sagte ich. »Um ...«

Ich brach ab, als ein Geräusch die Stille um uns herum zerriss: Jemand hupte. Wir sahen uns an, zwei Karnickel im Angesicht der Schlange, die sich den drei Häusern näherte: Es war ein Pick-up. Die Kegel der Scheinwerfer wurden größer, fraßen sich durch die Nacht und glitten über den Rasen.

»Ach du meine Güte«, sagte Käthe.

Ich sah mich um – bis wir um die Kurve gerannt waren, würde es zu spät sein. So viel Zeit blieb uns nicht, denn die Scheinwerfer hatten uns beinahe erreicht. »Dort!« Ich griff nach Käthes Arm, deutete auf einen mit Gras und Moos bewachsenen Steinhaufen zwischen uns und den Häusern und trat die Flucht nach vorn an. Meine pfiffige Gefährtin begriff, und wir rannten. Kaum hatten wir unser Ziel erreicht, ließ ich mich zu Boden fallen und drehte mich im Schwung, um Käthe abzufangen. Der Boden war mit Steinen übersät, was mir schmerzhaft bewusst wurde, als meine Unterschenkel über den Untergrund schabten. Jetzt war ich nicht nur froh über meine Schuhe, sondern auch, dass ich meine robuste Hose angezogen hatte.

Käthe fiel mir in die Arme, als hätten wir es unzählige Male geprobt. Sie war zum Glück trotz des Schwunges so leicht, wie sie aussah. Ihre Hüfte prallte auf meine Oberschenkel, und sie rammte mir einen Ellenbogen in den Magen. Dann strich auch schon der Lichtkegel über die Stelle, an der wir eben noch gestanden hatten. Unwillkürlich zog ich den Kopf zwischen die Schultern und hielt den Atem an. Käthe rührte sich nicht.

Eine Wagentür schlug. Schritte ertönten. Vorsichtig atmete ich ein.

»Hey!«

Die Stimme war dunkel und weit entfernt, aber ich erschrak dennoch zu Tode. Hatte man mich gehört? Himmel, wie laut atmete ich denn?

Ein zweites ›Hey‹ antwortete, und mir fiel ein ganzes Geröllgebirge von den Schultern. Man hatte nicht mich gemeint.

Ich presste meinen Rücken gegen den Stein und überlegte,

ob es Sinn machte, hier sitzen zu bleiben, bis die Kavallerie auftauchte.

Käthe ging das alles zu langsam. Sie fasste meine Schulter mit einer Hand, den Fels mit der anderen, und zog sich hoch. Ihr Haar streifte meine Wange und brachte einen Hauch Limette und Rose mit sich. Eine interessante Mischung, aber zu filigran für diese Welt aus Nacht, Wind und Stein.

»Käthe«, zischte ich.

Ihre Antwort bestand in entsetztem Luftholen, und mir wurde schlagartig kalt. Man hatte sie entdeckt! Uns blieb nur eine Möglichkeit. Ich spannte meine Beinmuskeln und machte mich bereit für die Flucht.

»Käthe, wir müssen rennen.«

Sie warf mir einen Blick zu, der verriet, was sie davon hielt: nämlich nichts. Dafür winkte sie mich zu sich. »Das musst du dir ansehen.«

Ich blieb, wo ich war. »Zu viel Risiko, Käthe. Außerdem ist mir egal, wie die Kerle aussehen, die ...«

»Juna.« Zum ersten Mal lag keine Sanftheit in ihrer Stimme. Die freundliche Käthe war in die Haut der Matriarchin geschlüpft. Der Effekt war so enorm, dass ich sofort gehorchte. Ich rollte mich auf den Bauch und biss die Zähne zusammen, als ich mit einem Ellenbogen an einen Stein stieß. Vorsichtig schob ich mich vorwärts, und der merkwürdige Hof geriet Stück für Stück in mein Sichtfeld: die Autos, die abbruchreifen Häuser, unser Bus, Stacheldraht. Und dazwischen: Männer, die heftig gestikulierten. Ich wollte mir bereits eine gemütlichere Position suchen, um die Szene länger beobachten zu können, als ich begriff. Käthe war nicht scharf darauf, zu observieren und weiter Miss Marple zu spielen. Im Gegenteil, das Spiel war schon längst vorbei.

Dort im fahlen Licht, mit einer halb verschmutzten, halb

zerrissenen Jacke und hängenden Schultern, stand Hermann. Hermann, der Sprücheklopfer, der zweieiiger Zwilling mit Rudi gespielt hatte, wann immer es ging. Von dem war nichts zu sehen, und es hatte nicht den Anschein, als wäre Hermann glücklich darüber.

Schon allein, weil jemand seine Hände hinter dem Rücken zusammengebunden hatte.

22

*E*ine Entführung.« Käthes Begeisterung war verschwunden. Zurück blieb ein tonloses Flüstern und pures Entsetzen. Ihre Hände tasteten über den Stein, so als suchten sie nach einem Halt. Vor meinen Augen verwandelte sie sich in eine zweiundachtzigjährige Frau mitsamt all ihren Gebrechen, Zipperlein und Ängsten. Die Käthe, die ich bisher gekannt hatte, verschwand und ließ mich allein zurück. Ich wollte sie festhalten, wollte ihr hinterherrufen, dass sie gefälligst bleiben sollte, aber ich bekam keinen Ton heraus. Was hätte ich auch sagen sollen? ›Ja, stimmt, eine Entführung, das haben Sie gut beobachtet‹? Oder etwa ›Ach Unsinn, da irren Sie sich, die reden doch nur‹? Beides war Unsinn.

Ich drehte mich wieder zurück, um mich nicht von dem Bild ablenken zu lassen und in Ruhe nachdenken zu können. Wir brauchten eine Lösung, und zwar schnell. Plötzlich war ich mir nicht mehr so sicher, ob wir auf Heinz und seine Höllenmaschine warten konnten.

Hinter uns brüllte ein Typ, gefolgt von einem dumpfen Laut sowie einem ›Umph‹.

Sammle Tatsachen. Spiele Möglichkeiten durch. Ziehe Schlussfolgerungen.

Käthe atmete scharf ein und presste eine Hand vor den Mund.

Erst wenn du dir einen Überblick verschafft hast, kannst du schlechte Lösungen ausschließen und die beste finden. Eine Liste, Juna!

Mein Herz bildete sich noch immer ein, ein Presslufthammer zu sein, doch die vertrauten Gedankengänge beruhigten mich etwas. Erst einmal die Fakten: Hermann stand dort hinten, ebenso unser Bus. Die Vermutung lag nahe, dass Rudi in der Nähe war. Dieses Puzzleteilchen passte schon einmal, immerhin hatte Rudi erst vor kurzem bewiesen, dass er sich mit Bussen auskannte und unseren wahrscheinlich fahren konnte. Damit blieb Antonia die unbekannte Variable in meiner Gleichung, und ich ließ sie erst einmal außen vor. Es war möglich, dass sie mit all dem hier gar nichts zu tun hatte und sich gerade in einer Bar in der Nähe unseres Hotels betrank.

Die Berührung an meinem Arm ließ mich beinahe aufschreien.

»Juna, sieh doch.« Käthes Stimme schwappte, wollte ihr entkommen, doch sie hielt sie fest. Allmählich kämpfte sich ihr Mut seinen Weg zurück.

Fremde Männer, eine abgelegene Häuseransammlung, die sowohl ein ehemaliger Bauernhof als auch ein Lager sein kann. Hermann gefesselt.

Meine erste Schlussfolgerung besagte, dass Hermann den anderen Männern schlicht auf die Nerven gegangen war. Immerhin hatten er und Rudi in den vergangenen Tagen versucht, Kontakt zu Einheimischen herzustellen. Daran war nichts auszusetzen, solange sie niemandem auf die Füße traten. Hier lag der Hund begraben: Das muntere Duo erreichte auf einer Nervskala rasch die volle Punktzahl.

Aber sie dafür gleich kidnappen?

Nein, diese Lösung hatte zu viele Lücken und Fragezeichen. Vor allem passte der Bus nicht in das Puzzle.

Käthe pikste mit den Fingernägeln auf meinem Handrücken herum. Ich ignorierte es und versuchte einen anderen Ansatz: Hermann musste mit dem Bus hergekommen sein und war auf diese Typen gestoßen, die ihn nicht mochten. Aber warum? Hatte er gewusst, dass sie hier waren? Hatten sie sich eventuell verabredet? Wenn ja, warum an einem Treffpunkt mitten im Nichts?

Oder Hermann ist nicht der, der er vorgibt zu sein. Er ist in geheimer Mission unterwegs und arbeitet für die Regierung. Diese Jungs sind die Bösen, und er sollte sie festnehmen, ist aber in einen Hinterhalt geraten.

Nein, das war zu ... abgehoben. Letztlich konnte ich nur eine Sache mit Gewissheit sagen: Hermann war in Schwierigkeiten, diese Männer dort waren ihm nicht wohlgesinnt, und wir wussten nicht, wie gefährlich sie waren. Wir mussten doch die Polizei rufen und weiter beobachten, bis sie eintraf.

»Juna.« Käthe rüttelte so fest an meinem Handgelenk, dass es schmerzhaft auf den Stein schlug.

Ich griff in die Handtasche nach meinem Telefon. »Wir rufen die Polizei. Oder die Feuerwehr.«

»Aber sie schlagen ihn.«

»Sie tun *was*?«

Ich drehte mich um: Hermann kniete mit aufrechtem Oberkörper auf dem Boden und sah aus, als hätte er viel Alkohol und einer Handvoll Schlaftabletten zugesprochen. Er wankte, fiel jedoch nicht. Drei Männer starrten auf ihn hinab. Einer von ihnen sagte etwas, dann packte er Hermann am

Kragen, riss ihn in die Höhe und brüllte. Hermann schüttelte den Kopf.

Meine Körpertemperatur schien um ein Grad pro Sekunde zu sinken. »Verdammter Mist. Käthe, wir ...«

Der Kerl, der zuvor gebrüllt hatte, holte aus und schlug zu. Er traf – den Aufprall hörte ich bis hier –, und Hermann sackte wie auf Kommando zusammen. Ein feines Geräusch drang zu uns herüber, als er zu Boden ging. Leider nicht laut genug, um Käthes Entsetzensschrei zu übertönen. Er gellte über Gras und Steine, und die gesamte Natur hielt den Atem an, damit die Männer hörten, dass ihre Handlung eine nette, alte Dame erschreckt hatte. Sogar der Wind verstummte und mit ihm die dämlichen Möwen, die ausgerechnet in diesem Moment die Schnäbel halten mussten, so als wollten sie sagen: ›Hey, seht ihr, was ihr angerichtet habt? Nun hat sie Angst! Reißt euch mal ein bisschen zusammen!‹

Obwohl der Schreck meine Muskeln zu lähmen drohte, legte ich eine Hand auf Käthes, die sie bereits auf ihre Lippen presste. Wir verschmolzen mit dem Stein, so still lagen wir, doch es war zu spät.

Gemurmel war zu hören, dann, lauter: »Wer ist da?« Harte Worte auf Englisch. Selbst der Akzent klang wie ein Angriff.

Ich dachte nicht daran, zu antworten, und warf Käthe einen bezeichnenden Blick zu. Sie war so bleich wie Schnee und sendete stumme Signale, die ich nicht verstand. Kein Wunder, ich war nicht geübt darin, Panikbotschaften zu deuten. Wollte sie, dass wir rannten? Uns weiter versteckten? Gab sie auf und wollte sich stellen?

Ich versuchte die Chancen zu schätzen, dass Käthe auch hier mit ihrer Tatterignummer punkten konnte, und kam zu einem niederschmetternden Ergebnis.

Die Schritte klangen dumpf auf dem weichen Untergrund.

Uns blieb keine Zeit mehr. Ich ahnte, dass Käthe dieses Mal nicht versuchen würde, den Mann zu manipulieren. Nicht nur, weil sie Angst hatte, sondern weil sie ihn ebenso als gefährlich einschätzte wie ich. Und da wusste ich, was ich tun musste.

Ich legte eine Hand auf ihren Arm, sah sie eindringlich an und deutete mehrmals auf den Boden.

Sie bleiben hier, Käthe! Bis Heinz mit seinen Angels auftaucht, oder gern auch nur mit einem. Und dann haut ihr uns raus.

Ich biss die Zähne zusammen, sprang auf und lief auf den Kerl zu. Er durfte Käthe nicht entdecken. Besser, eine von uns war noch in Freiheit und konnte einen Rettungstrupp herführen, als wenn wir beide gefangen genommen wurden.

Von ... Narbengesicht.

Der Spitzname waberte durch meinen Kopf, kaum dass ich einen Blick auf den Typen geworfen hatte. Zwar konnte ich keine einzige Narbe entdecken, aber er musste früher mit starker Akne gekämpft haben. Er war nur etwas größer als ich, dafür aber recht bullig. An ihm war alles rau, angefangen von seinen Händen über sein Gesicht bis hin zu dem Stoff von Jeans und Shirt. Er ballte seine Fäuste und öffnete sie wieder, so als wollte er sich einen Vorgeschmack auf meinen gebrochenen Kiefer geben.

Mir war kalt – innerlich. Die Kälte auf meiner Haut spürte ich gar nicht mehr. Das war gut, oder? Dann tat es nicht so weh, wenn er zuschlug. Ich zwang mich, zu winken und dabei zu lächeln, so als bemerkte ich gar nicht, dass mir ein Mann mit dem Gemüt eines gereizten Bullen gegenüberstand.

»Hallo, guten Abend!« Ich bemühte mich um eine feste Stimme sowie halbwegs verständliches Englisch. Die Silben zitterten. »Ich bin Touristin und habe mich verlaufen. Geht es dort nach Tintagel?« Meine Hand beschrieb einen vagen Kreis. Ich vermied es, in Käthes Richtung zu zeigen oder dorthin, wo Hermann noch immer auf dem Boden kniete. Gleichzeitig lauschte ich, doch nichts deutete darauf hin, dass Käthe ihr Versteck verlassen hatte.

Der Kerl stieß eine Reihe Wörter hervor, die ich nicht verstand, aber definitiv Flüche waren. Er hatte rotblondes Haar, das hübsch sein könnte, wenn er es gewaschen oder, besser noch, geschnitten hätte. So faserte es ihm in fünf bis zehn verschiedenen Längen über den Kragen. Ich starrte darauf, um mich zu beruhigen.

»Ich habe Licht gesehen«, fuhr ich fort und wahrte mein Pokerface, indem ich einen Trick von Gabs anwandte: Ich stellte mir meinen Gegenüber im Urlaub vor. Entspannt, in einer bunten Hawaii-Badehose und einem Drink in der Hand.

Sowie einem Schlagstock unter der Sonnenliege, falls jemand auf die Idee kommt, sein Kind in der Nähe kreischen zu lassen.

Er schwieg und taxierte mich mit Blicken, die jeden Mafioso zu Freudentänzen animiert hätten. Es war schwer, mein Lächeln dagegenzuhalten, aber ich schaffte es. Hinter ihm gellten Rufe seiner Kumpel. Endlich hob er einen Mundwinkel. Nicht gerade freundlich. »Deutsche, hä?«

Ich nickte. Das war ein Anfang! Hieß es nicht stets, dass Opfer eine persönliche Beziehung zu ihrem Kidnapper aufbauen sollen? Gut, ich war nicht sein Opfer – noch nicht –, aber es konnte nicht schaden. »Ja, genau. Ich heiße Katharina.« Mein Zweitname war streng genommen keine Lüge. »Ich wollte morgen die Burg von Tintagel besuchen und dann zurück gen Osten.« Was ich damit meinte, ließ ich offen. Es war besser, wenn diese Männer möglichst wenige Hinweise von mir erhielten und mich nicht mit Hermann und Rudi in Verbindung brachten. Falls das nicht bereits der Fall war.

Bitte, lass sie strohdumm sein!

Er begutachtete mich von Kopf bis Fuß, als würde er den

Wert einer Kuh oder eines Schafes schätzen. »Burg, na klar. Willst du mich für dumm verkaufen? Was hast du gesehen?« Wenn ich näher hinhörte, klangen die Worte schwammig, so als hätte er getrunken. Er trat vor und packte mich. Ich fuhr zusammen. Meine Beine reagierten als Erstes und wollten nachgeben. Ich keuchte, als mein Kragen sich um meinen Hals zusammenzog. Ohne Vorwarnung drehte der Kerl sich um, lief los und zerrte mich mit sich. Eingehüllt in den Geruch von kalten Zigaretten und Bier taumelte ich hinter ihm her und versuchte, mich zu befreien. Mit zweifelhaftem Erfolg: Er wirbelte herum und hob eine Faust in die Höhe.

Ich schrie auf und duckte mich. Endlich ließ er mich los. Ich fiel, wagte jedoch nicht mehr, mich zu bewegen. Trotzdem veränderte sich die Umgebung: Zwei Beine schoben sich in mein Sichtfeld. Bekleidet mit fleckigen, alten Jeans, die Schuhe waren von braunen und weißen Sprenkeln übersät. »Steh auf. Noch mehr Zicken, und du kannst dir einen Zahnarzt suchen, statt scheiß Burgen anzuglotzen!«

Ich fand eine Regelmäßigkeit: Sein Akzent verstärkte sich, je wütender er wurde. Immerhin etwas, woran ich mich orientieren konnte. Ehe ich ihn bald kaum noch verstehen würde, beeilte ich mich und quälte mich zurück auf die Füße. Dabei sah ich mich unauffällig um. Noch immer keine Spur von Käthe. Gut.

Ich ließ mich am ganzen Körper zitternd wie ein vermisstes Schaf zurück zur Herde treiben, die allerdings aus Wölfen bestand. Die Typen, die mittlerweile an den Autos lehnten und uns mit unverhohlener Häme entgegensahen, fletschten die Zähne zu einem Grinsen. Sie sahen weder besser noch sauberer aus als mein Kidnapper. Ich hatte die Wahl zwischen einmal drahtig und dunkelhaarig (überall, denn die Zotteln krochen aus Kragen und unter den Ärmeln hervor, die viel zu kurz waren und nur bis zur Hälfte der Unterarme reichten) oder Glatze und nahezu ausgemergelt. An Hals und Unterarmen traten die Adern hervor, als wären sie zu groß für den dürren Körper. Glatzkopf stank sogar gegen den Wind nach Alkohol, und ich atmete automatisch flacher. Sein Körper war mit Tattoos bedeckt, die ich selbst nach mehreren Cocktails besser hätte stechen können. Worte prangten auf seinen Handrücken, doch bis auf ›Gemma‹ konnte ich nichts lesen.

So sehr sich die drei auch voneinander unterschieden, sie schienen ein eingespieltes Team zu sein. Zumindest wechselten sie vielsagende Blicke. Leider konnte ich sie nicht deuten. Unauffällig blinzelte ich zu Hermann. Er starrte mich mit weit aufgerissenen Augen an. Ich betete, dass er schlau genug war, um nicht …

»Juna? Erkennst du mich nicht? Ich bin es, Hermann!«

Nein, er war es nicht. Ich gab vor, nicht zu verstehen, was er von mir wollte: Stirnrunzeln, Kopfschütteln, erstaunter Blick.

Du musst mich verwechseln, älterer Herr am Boden, der die Hände hinter dem Rücken gefesselt hat.

Leider ließ sich das Gangstertrio nicht täuschen. »Die gehören zusammen.« Der Glatzkopf spuckte auf den Boden.

Ich wagte nicht, den Kopf zu schütteln, da Narbengesicht mich soeben mit Blicken erdolchte. Dann schob er eine Hand in die Hosentasche und beförderte eine zerknautschte Zigarettenpackung sowie zwei kleine Plastikpäckchen zutage, die er sofort wieder zurücksteckte. Nach einem Blick in die Schachtel fluchte er, zog eine halbe Zigarette heraus, steckte sie an und schob sie in seinen Mundwinkel. Dann sah er auf seine Armbanduhr. Rotes Plastik. »Sie wird ebenso wenig reden wie der Opa, und wir müssen los. Dagger wartet nicht ewig.«

»Sperren wir sie solange in den Schuppen«, sagte der Werwolf und zog die Nase so feucht hoch, dass ich mich schüttelte. Seine Stimme gehorchte ihm nur schleppend.

Seine Kumpel antworteten mit einem Brummen, und er legte mir eine Pranke in den Nacken. »Schön mitkommen, Blondie«, grinste er. Seine Pupillen waren groß, die Iriden nur noch schmale Ränder darum, und sein Atem roch wirklich, als hätte er in der vergangenen Nacht Berge rohen Fleisches verdrückt. Ich hielt die Luft an und sah zum Schuppen. So verfallen wie von weitem sah er leider nicht aus. Ich bekam Gelegenheit, einen näheren Blick darauf zu werfen, denn man schob mich darauf zu. Hinter mir jammerte und brabbelte Hermann, während Narbengesicht Befehle bellte. Ich wagte nicht, mich umzusehen. Mittlerweile hatte ich meinen Körper wieder halbwegs unter Kontrolle, zumindest zitterte ich nicht mehr ganz so stark. In meiner Mundhöhle hatte sich ein bitterer Geschmack ausgebreitet, der nicht verschwinden wollte. Ich klammerte mich an dem Gedanken fest, dass Käthe in Sicherheit war und Hilfe holen konnte. Die Tatsache, dass die Chancen auf besagte Hilfe bei einer zweiundachtzigjährigen Deutschen allein in Cornwall gering waren, verdrängte ich.

Mein Mut sank weiter, als wir vor der Tür stehen blieben: Was auch immer dort drinnen lagerte, musste wertvoll sein, denn sie war mit massiven Eisenbeschlägen gesichert. Wolfsmann packte das Vorhängeschloss, steckte einen Schlüssel hinein und sperrte auf. Anschließend hielt er mir eine Hand hin. Ich starrte darauf und glaubte zunächst, dass selbst bei ihm die britische Höflichkeit durchschlug und er mir über die Schwelle helfen wollte, begriff dann aber, dass er es auf meine Handtasche abgesehen hatte. Siedendheiß fiel mir ein, dass ich nicht nur mein, sondern auch Käthes Handy mit mir herumschleppte. Verdammt! Das erschwerte die Rettung.

»Gib schon her«, knurrte er, riss die Tasche an sich, öffnete sie und wühlte darin herum. Vor meinem geistigen Auge sah ich, wie er meine Ordnung komplett zerstörte. Er grunzte, dann angelte er erst mein, dann Käthes Telefon hervor. »Zwei, was?«

»Firma und privat«, murmelte ich.

Er schnaubte und versetzte mir einen so festen Stoß gegen die Schulter, dass ich taumelte und auf die Knie krachte. Keine zwei Sekunden später griff er mich an. Ich schrie auf und schlug um mich, versuchte, ihn mir vom Leib zu halten ... und erkannte, dass es sich um Hermann handelte, den man mir kurzerhand hinterhergeworfen hatte. Unsere Blicke bohrten sich voll Entsetzen und Erkenntnis ineinander, dann wurde die Tür auch schon zugeschlagen. Ein Teil des Lichtes verschwand. Nur noch wenige, fahle Schimmer fielen durch die Bretter der Scheune. Ich rappelte mich auf, rannte zur Tür und versuchte, etwas zu erkennen. Doch hier waren die Lücken zwischen den Brettern zu schmal. Ich hörte Stimmen, Schritte, ein raues Husten. Autotüren knallten, dann startete ein Motor. Ich legte eine Hand auf die Tür, so als könnte ich sie beschwören aufzuspringen. Durchdrehende Reifen, noch mehr Motor. Kurz fragte ich mich, ob die drei es in ihrem Zustand überhaupt lebendig bis zu Dagger, wer oder was das war, schaffen würden.

Ich wirbelte herum und sah Hermann an, der noch immer am Boden hockte und versuchte, seine Arme zu befreien. »Was bitte haben Sie hier zu suchen?«

Er antwortete nicht. Dafür hörte ich seine Zähne aufeinanderschlagen, so heftig zitterte er. Ich hatte mir mehrmals gewünscht, dass ihn jemand zum Schweigen brachte, aber so hatte ich es mir nicht vorgestellt. Hermann schien in den vergangenen Stunden um Jahre gealtert zu sein und hatte nicht nur sein vorlautes Mundwerk, sondern auch alles verloren, was auch nur entfernt an Mut erinnerte. »Hermann? Was tun Sie hier? Warum steht unser Reisebus dort draußen?«

Er schluckte hart und sah mich an. Dann drehte er sich herum und forderte mich mit den Blicken eines Leidenden auf, seine Fesseln zu lösen. Es musste die Erleichterung sein, dass die Jungs mir kein körperliches Leid zugefügt hatten – aber ich dachte wirklich darüber nach, ihn zappeln zu lassen. Schließlich schnalzte ich mit der Zunge und bedeutete ihm, sich umzudrehen. Zu meiner Erleichterung handelte es sich bei den Fesseln um dicke Hanfseile, die mir zwar die Haut aufrissen, sich aber nach einer Weile lockerten und zu Boden fielen.

Hermann sprang auf und wich vor mir zurück. Himmel, er benahm sich, als hätte *ich* ihn entführt!

»Also?« Ich sah mich um, so gut es ging. Der Bau war länglich, nur an einer Seite zweigte eine Tür ab. Dahinter konnte nicht mehr als eine kleine Kammer sein. Womöglich fanden wir dort etwas, mit dem wir die Tür aufbrechen konnten. Da Hermann es vorzog, weiter zu schweigen, hielt ich darauf zu. Dabei dachte ich an Käthe und hoffte, dass sie entweder Hilfe holte oder es selbst wagte, uns zu befreien. Wir durften auf keinen Fall mehr hier sein, wenn die drei Kerle zurückkehrten. Ein dumpfes Gefühl sagte mir, dass wir nur Glück im Unglück gehabt hatten, weil jemand namens Dagger Trödelei nicht mochte und dem zugedröhnten Trio keine Zeit geblieben war, um mich eingehender zu befragen. Wenn sie zurückkehrten, sah das ganz anders aus, und ich hatte nicht vor, weiter zu ihrer Abendunterhaltung beizutragen. Sobald Hermann sich wieder gefangen hatte, mussten wir unseren Ausbruch planen.

Ich tastete über die Tür, fand einen Riegel, schob ihn zur Seite und zog. Es knarrte. Das Holz schwang auf und gewährte mir den Blick auf einen wie erwartet kleinen Raum. Er war heller als der andere, wenn auch geringfügig. An einer Seite waren Regale angebracht, auf denen Werkzeuge lagerten. An der anderen standen Gartengeräte dicht an dicht. Auf dem Boden dagegen ...

Ich stieß einen leisen Schrei aus. Dort lag, mit geschlossenen Augen und regungslos, Rudi Ottmann.

23

*W*ir haben uns nichts dabei gedacht. Warum auch? Bisher hat immer alles so gut funktioniert. Die Mädels waren genervt, aber das kenn ich ja von meiner Lise, und für Rudi ist das auch nichts Neues. Wir hätten ihnen zu Hause vom Gewinn etwas Schönes gekauft, und dann wären sie auch zufrieden gewesen.« Hermann hatte seine Fassung wiedergewonnen.

Ich saß auf einer Holzkiste und wollte nicht glauben, was ich hörte. »Sie haben Alkohol geschmuggelt? Deshalb das ganze Theater?« Ich erinnerte mich nur zu gut an die Geheimniskrämerei der beiden, an das Gerede von der ›Fracht‹, die verschwörerischen kleinen Gesten und das Piratenflair, das sie versucht hatten zu versprühen. Da mein vorwurfsvoller Blick an Hermann abprallen würde, bedachte ich Rudi damit. Wie erwartet zuckte er zusammen, aber das tat er bei jeder Bewegung, seitdem er aufgewacht war. Zu meiner Erleichterung war er nicht verletzt. Im Gegenteil, sein schwaches Nervenkostüm hatte seinen Körper dazu gebracht, den Notfallplan einzuschalten, und Rudi ins Reich der Träume geschickt. Die Dreierbande hatte das wohl überfordert, so dass sie ihn in der Kammer abgelegt hatte. Jetzt starrte er mich an, als wäre er nicht sicher, ob er mich kannte. Sein Gesicht ähnelte dem Mond mehr denn je, weil es durch Dreck und Schrammen einige Krater abbekommen hatte. Aber solange seine Augen glitzerten, machte ich mir keine Sorgen.

Denn die brauchte ich für die wahnwitzige Geschichte, die Hermann mir auftischte. Ich wollte einfach nicht glauben, dass eine dumme Idee dazu geführt hatte, dass wir nun hier festsaßen.

»Mädel, du kennst dich da nicht so aus.« Hermann hatte sich eindeutig von dem Schreck erholt. »Der Erwin, mein Arbeitskollege, macht das andauernd. Mit dem Wohnmobil nach Norwegen, zwei Kisten Obstler dabei. Abends wird dann eine Flasche ins Fenster gestellt, und zack, schon läuft das Geschäft. Die Norweger kaufen das wie verrückt, und der Erwin finanziert sich so einen Teil vom Urlaub.«

»Ihnen ist aber schon aufgefallen, dass England und Norwegen nicht dasselbe sind?«

Er lachte. »Richtig. Und weil wir keinen Wohnwagen hatten, mussten wir etwas aktiver an die Sache rangehen. Quasi nach potentiellen Kunden Ausschau halten, Verkaufsgespräche führen. In St. Ives sind wir nur eine Flasche losgeworden. Aber hier in Tintagel, da sah es nach dem ganz großen Geschäft aus.«

Ich versuchte, ihm zu folgen. Es klang alles so surreal. »Von wie viel Alkohol reden wir eigentlich gerade?«

Hermann zuckte die Schultern. »Rudi und ich haben je zwanzig Flaschen dabei. Echten deutschen Obstler, das bekommt man hier nicht! Wir haben extra nachgeforscht, während die Mädels sich diese alte Kirche angesehen haben.«

In Exeter, ich erinnerte mich. »Und was hat das alles mit dem Bus zu tun?«

Hermann warf Rudi einen Blick zu, doch von dort hatte er keine Hilfe zu erwarten. »Nun ja, in Tintagel haben wir drei Flaschen verkauft, und der Kerl wollte mehr für seine Kumpel. Der war noch jung, ich hab mich gefragt, woher er das Geld hatte. Immerhin nehmen wir das Doppelte von dem, was wir im Einkauf bezahlt haben.«

»Sie wollen mir doch nicht erzählen, dass man in Cornwall keinen Obstbrand bekommt.«

»Nicht das echte Zeug aus dem Schwarzwald.« Er schnippte mit den Fingern. »Das ist ein Zauberwort. Black Forest haben die hier alle schon mal gehört. Und mit ein wenig Verkaufsgeschick ...« Er deutete auf sich.

Ich verdrehte die Augen. »Also gut. Zurück zum Bus.«

Er nickte eifrig. »Der Grund, warum wir uns leicht verspätet haben in Tintagel, war der junge Herr mit dem dunklen Haar.« Er zeigte zur Tür.

Der Wolfsmensch.

»Er wollte etwas kaufen und war sauer, dass Sie ihn mit dem Preis übers Ohr hauen wollten?«

Hermann spielte den Entrüsteten. »Nana, wer wird denn gleich. Nein, er war interessiert an der gesamten Ladung und wollte sich am Abend treffen. Er hat uns diese Adresse gegeben. Und ... na ja, wir wollten den Deal möglichst unauffällig abwickeln.«

»Indem Sie einen gelben Reisebus mit deutschem Kennzeichen klauen?«

»Indem wir keine Zeugen haben«, sagte er und bewegte tadelnd einen Finger hin und her. »Ein Taxi schied daher aus. Da Rudi aber früher als Busfahrer gearbeitet hat, haben wir ... nun, wir haben ihn uns geliehen.«

»Unauffällig«, sagte ich.

Hermann ignorierte den Einwand geflissentlich. Mittlerweile schien er eifrig darauf bedacht zu sein, mir den Rest der Geschichte zu erzählen. So wie ich ihn einschätzte, war er einfach zu stolz auf seinen großen Coup.

Der reichlich dämlich ist.

»An die Schlüssel zu kommen, war kein Problem. Der gute Waldi verträgt kaum etwas.«

»Ja«, seufzte ich. »Das habe ich bemerkt.«

Er wirkte kurzzeitig erstaunt, doch dann schlug seine Angewohnheit durch, sich mehr für sich als für andere zu interessieren. »Wir haben gewartet, bis niemand auf dem Parkplatz war. Dann hieß es: Flaschen in den Bus und los. Den Weg haben wir sofort gefunden, und die drei warteten kurz vor dem Ort, so wie wir es abgesprochen hatten. Sie sind vorgefahren und wir hinterher. Das war ganz schön eng, Rudi musste ziemlich manövrieren. Wir sind ausgestiegen und haben den Obstler ausgepackt, aber die waren gar nicht mehr daran interessiert. Rudi hatte schon die ganze Zeit befürchtet, dass die uns nur ausrauben wollen, aber …« Er zuckte die Schultern. Es musste schwer für ihn sein zu gestehen, dass andere recht und er sich geirrt hatte. »Also, sie waren gar nicht daran interessiert! Die Flaschen sind noch alle im Bus. Stattdessen haben sie plötzlich schneller geredet und lauter, und wir haben gar nichts mehr verstanden. Ich hab versucht, das denen klarzumachen, aber die haben nur noch gebrüllt. Tja, und dann …« Er deutete einen Schlag mit der Faust an, und Rudi zuckte zusammen.

»Seltsam«, sagte ich. »Aber Sie müssen doch zumindest etwas verstanden haben.«

Hermann wirkte entrüstet. »Wie denn, bei dem Akzent? Und wenn die hier schnell reden, dann hat man doch gar keine Chance mehr. Mein Englisch ist ja nicht so gut.«

Ich stutzte. »Wie, nicht so gut?«

»Na, alles kann ich auch nicht«, schnaubte Hermann. »Lise ist die mit den Sprachen, ich kümmer mich um alles andere.«

Natürlich.

Ein Kribbeln setzte ein, zog über meine Haut und sammelte

sich am Hinterkopf, so als wollte es mir etwas mitteilen. »Was haben Sie denn gesagt? Zu den drei Männern, meine ich?«

Er sah mich an, als hätte ich nicht alle Tassen im Schrank. »Mädel, du hast sicher auch einen leichten Schock. Soll ich dir etwa alles noch einmal erzählen?«

»Ich meine doch nicht den Inhalt, sondern die Worte! Was haben Sie zu den Kerlen gesagt, wenn Ihr Englisch eher schlecht ist?«

»Also, ich sagte nicht, dass es schlecht ist. Nur eben nicht perfekt. Für den Hausgebrauch reicht es allemal!«

Ich verschränkte die Arme vor der Brust. Allmählich verlor ich die Geduld. »Ich höre.«

Hermann machte ein ›Gut, damit du endlich Ruhe gibst‹-Gesicht. »Nun, dass wir a very important deal machen wollen mit drugs from Germany. So was in der Art.«

Ich hatte so etwas geahnt, daher schloss ich lediglich ganz, ganz langsam die Augen und sperrte die beiden Möchtegernkriminellen eine Weile aus. Ein Bild tauchte in meinem Kopf auf: Narbengesicht, der die zerknüllte Packung Zigaretten aus seiner Hosentasche zog – und die beiden Plastikpäckchen. Sie waren mit hellem Pulver gefüllt gewesen. Auch wenn ich noch niemals mit Drogen in Kontakt gekommen war (abgesehen von den angeblichen Aphrodisiaka, mit denen Gabs so gern experimentierte), so hatte ich genug Krimis im Fernsehen verfolgt, um zu wissen, dass das muntere Trio kein Mehl in Miniportionen mit sich herumschleppte. Dazu passte womöglich sogar der Termin mit einer Person namens Dagger, den man unbedingt einhalten wollte. Wer um alles in der Welt nannte sich Dagger, wenn er sich nicht in einer zwielichtigen Szene Respekt verschaffen wollte? Und letztlich: Warum sollten drei Kerle, die nicht den Eindruck machen, als würden sie einer geregelten Arbeit nachgehen, so viel Wert auf Pünktlichkeit legen? Nein, sie legten wahrscheinlich eher Wert darauf, ihr Geschäft weiter zu betreiben und keine Konkurrenten neben sich zu dulden. Solche aus Deutschland beispielsweise, die durch Tintagel liefen und erzählten, dass sie Drogen verkauften.

So wie es aussah, hatten Rudi und Hermann die örtlichen Dealer gegen sich aufgebracht. Die wollten die unerwartet aufgetauchten Rivalen natürlich ausschalten.

Ich fasse es einfach nicht.

Allmählich wurde ich ebenso nervös wie Rudi. Ich wusste nicht, wie energisch die kornischen Drogengeschäfte verteidigt wurden und was man mit Rudi und Hermann – und nun auch mit mir – vorhatte. So oder so war mir die Geschichte zu heiß. Wir mussten hier heraus, und zwar so schnell wie möglich.

Wie auf ein geheimes Zeichen schabte etwas an der Tür, dann rüttelte jemand daran. Hermann und ich fuhren herum. Rudi sprang mit einem Schrei auf und wich zurück, bis er in den Schatten verschwand.

An der Tür wurde es still. Das Dröhnen meines Herzens blieb zurück. Es war so laut, dass ich glaubte, dass zumindest jeder in diesem Raum es hören konnte. Ich zwang mich zu schlucken, aber es kratzte und brannte und funktionierte nicht so gut wie sonst.

»Was war das?«, wisperte ich.

Hermann sah ebenso verschreckt aus, wie ich mich fühlte. »Vielleicht sind sie zurück? Aber ich habe kein Auto gehört.«

Ich auch nicht, aber ich hatte mich auch zu sehr auf Hermanns Geschichte konzentriert. War das Treffen mit Dagger bereits vorbei? Wenn ja, saßen wir nun wirklich in der Tinte.

»Ich ...«

Ein heftiger Schlag ließ die Tür erzittern. Ich schrie auf. Sie mussten zurückgekommen sein, wütend auf die unverschämten Deutschen, die glaubten, ihnen ihre Geschäfte versauen zu können. Noch ein Schlag, gefolgt von einem Wimmern aus der Dunkelheit. Zumindest war Rudi nicht wieder ohnmächtig geworden.

Erst dann wurde mir bewusst, dass die drei die Tür nicht einschlagen, sondern aufschließen würden. Ja, sie hatten einen leicht benommenen Eindruck gemacht und sicher die eine oder andere Kostprobe von der eigenen Ware genommen, aber so sehr konnten sich ihre Sinne in der kurzen Zeit nicht vernebelt haben. Das ließ nur eine Schlussfolgerung zu: Das dort draußen war jemand anderes, und er war dabei, uns zu befreien.

»Hallo?« Ich rief so laut ich konnte.

Hermann stürzte auf mich zu und packte meinen Arm. »Bist du wahnsinnig, Mädel?«

Ich schüttelte ihn ab. »Hallo, wir sind hier drinnen!«

Noch ein Schlag, gefolgt von angestrengtem Keuchen. Etwas traf mit einem Klonk auf den Boden.

»Hallo?« Nun hämmerte ich gegen die Tür, trat und schob, obwohl das nichts brachte. Mir antwortete Stille, so als hätte ich mir die Person draußen nur eingebildet. Doch dann sah ich eine Bewegung im Spalt zwischen Holz und Boden. Ja, da war jemand, nur durch das Holz von mir getrennt! Einmal mehr schien die Tür explodieren zu wollen. Sie erzitterte, etwas schlug auf dem Boden auf, und dann wurde sie endlich aufgerissen. Ein unendlich erschöpftes Gesicht erschien.

»Käthe!«

Ich fasste behutsam ihre Schultern. Sie atmete schwer. Die langen, weißen Strähnen klebten an Hals und Wangen, und ihre Arme hingen herab, als hätte sie keine Kraft mehr. In einer Hand hielt sie einen Vorschlaghammer von der Sorte, die einen Kopf mit zwei flachen Enden besaß. Ich wusste nicht, wie sie ihn überhaupt hatte hochwuchten können, geschweige denn das Schloss von unserer Gefängnistür schlagen. Aber genau das war passiert: Käthe, diese zarte Person, hatte uns befreit.

»Ich ... wollte nicht mehr auf Heinz warten«, japste sie.

Behutsam nahm ich ihr den Hammer aus der Hand und ließ ihn zu Boden fallen. »Sie haben es wirklich geschafft, Käthe.«

Sie blinzelte zu mir empor, stummer Vorwurf in den Augen. »Aber natürlich doch, Junalein. Ich habe gewartet, bis die drei weg waren. Anschließend habe ich den Weg ausgekundschaftet, den sie zur Straße genommen haben, um alle Fluchtmöglichkeiten zu entdecken. Ich habe mein Halstuch wieder in den Baum gebunden, als Zeichen für Heinz, und etwas zum Schlagen gesucht.« Sie krümmte ihre Finger und streckte sie. Ich nahm eine Hand und rieb sie vorsichtig, um die Durchblutung anzukurbeln. Ich war wahnsinnig stolz auf Käthe.

Sie lächelte mich an und sah über meine Schulter. »Hallo, Herr Mosbach. Ich hoffe, es geht Ihnen gut?«

Ich mochte Käthe in diesem Augenblick noch mehr als sonst, weil ihr Auftritt Hermann die Sprache verschlug. Er öffnete zwar den Mund und bewegte die Lippen, aber heraus kam nichts. Herrlich! Ich genoss den Anblick, bis ich fand, dass jemand Käthe eine Antwort geben sollte.

»Rudi Ottmann ist auch hier. Die beiden haben Alkohol aus Deutschland geschmuggelt, um ihn hier zu verkaufen.«

»Ah!« Käthe hob einen Finger. »Das hat Inge Dambrow auch immer gemacht, wenn sie mit dem Wohnmobil nach Norwegen gereist ist.«

Ich stöhnte auf. Gab es denn keinen Rentner in ganz Deutschland, der noch nicht mit einem Wohnmobil in Norwegen Alkohol unter der Hand verkauft hatte?

Rudi kroch aus den Schatten wie ein Hund, der Käthe beglotzen wollte, um zu sehen, ob sie einen Keks dabeihatte. Käthe winkte ihm zu und rieb sich die Schulter. »Ich denke, es hat keinen Sinn, auf die Jungs mit den Motorrädern zu warten, Junalein. Wir müssen fliehen, ehe die Bösen zurückkommen!«

Ihre Worte lösten ein Kribbeln in meinen Händen aus sowie das Gefühl, die Zeit würde uns davonrennen. Am liebsten wäre ich nach draußen gestürmt, um den Weg zurück nach Newquay im Notfall zu joggen. Alles, nur nicht hier bleiben. Aber ich riss mich zusammen. Mein Bewegungsdrang in allen Ehren, aber wir verfügten ja durchaus über einen Fluchtwagen: den Bus.

»Sie haben recht. Also dann, fahren wir!« Ich gab Herrmann einen Wink und hoffte, er würde sich um Rudi kümmern. Käthe hakte sich wie gewohnt bei mir unter, und gemeinsam schlichen wir aus dem Schuppen. Wir liefen langsam, weil wir die Umgebung im Auge behielten und immer wieder lauschten. Ein perfekt aufeinander eingespieltes Duo. Die beiden hinter uns machten deutlich mehr Lärm.

Die Nacht war still, und erst als eine Windböe meine Haut kühlte, merkte ich, dass ich vor Aufregung glühte. Hier waren wir, mitten in einer von Inge Dambrows Geschichten, die das beschauliche Cornwall in einen Ort voller Schatten, Zweifel und Anspannung verwandelte. Es war so unfair, dass es zum Himmel schrie. Die ganze Zeit über hatte ich mir die Hauptrolle in einer Romanze gewünscht, umgeben von in der Sonne glitzernden Schmetterlingen und den Düften nach Tee und frisch Gebackenem. Und was hatte ich bekommen? Einen Krimi, voller Drogen und Gewalt, in dem sogar alte Frauen mit einem Hammer durch die Gegend liefen. Mein Schicksal und ich hatten ein schwerwiegendes Kommunikationsproblem, was meine Wünsche betraf.

Käthe zupfte an meinem Ärmel und deutete in die Dunkelheit. »Da müssen wir lang. Es ist ganz schön eng.«

»Die beiden sind da auch vorher mit dem Bus durchgekommen«, versuchte ich sie zu beruhigen. Dabei hätte ich wissen müssen, dass sie sich von uns vieren am wenigsten aufregte.

»Das wird ganz schön spannend.« Käthe zwinkerte mir zu, und endlich konnte ich wieder lächeln. Ich wusste nicht, was passieren würde, aber jetzt und hier, mit Käthe an meiner Seite, war das völlig in Ordnung.

Solange wir den Drogendealern nicht mehr begegnen!

»Ja, das denke ich auch.« Verschwörerblick, dann blieben wir vor dem Bus stehen. Rudi hatte ihn in weiser Voraussicht rückwärts auf diesen Hinterhof gefahren. Das war gut, denn Wendemöglichkeiten gab es kaum.

»Der Schlüssel steckt innen«, rief Hermann.

Ich erinnerte mich an den versteckten Notknopf und fand ihn schnell. Die Tür öffnete sich mit einem Zischen. Ich ließ Käthe den Vortritt. Sichtlich vergnügt wählte sie Antonias Platz und starrte voller Tatendrang aus dem Fenster. Ich warf einen Blick auf den Fahrersitz und atmete auf.

»Der Schlüssel steckt!« Entweder hatte das düstere Trio nicht daran gedacht, ihn mitzunehmen, oder aber sie hatten den Bus nicht öffnen können. Sobald Rudi und Hermann eingestiegen waren, konnten wir schon einmal die Türen schließen. Ein Minimum an Sicherheit. Doch nichts geschah, keine Schritte hinter mir und auch niemand, der mich beiseiteschob, um auf Herrn Wewers' Sitz Platz zu nehmen.

Ich drehte mich um: Das duo fatale stand vor dem Bus, als wüsste es nichts damit anzufangen. Hermann starrte Rudi an, der glotzte zu Boden. »Worauf warten Sie denn noch? Wir müssen hier weg!«

Er hob nicht einmal den Kopf, geschweige denn bewegte er sich. Ich schnaubte und gab Hermann ein Zeichen.

»Er hat wohl einen Schock«, sagte Käthe leise.

Zunächst wollte ich dementieren, eine bessere Erklärung finden. Nur fiel mir keine ein. Käthe hatte klar erkannt, was los war.

»O nein«, murmelte ich, sprang aus dem Bus und griff nach Rudis Hand. Er zuckte zurück, sah mich aber an. Gut. Immerhin war er nicht so paralysiert, dass er nichts mehr um sich herum wahrnahm. »Rudi, wir müssen mit dem Bus zurück zum Hotel fahren, und Sie sind der Einzige, der das kann. Es ist Nacht, und uns werden wahrscheinlich kaum Autos begegnen, die Straßen sind also frei.«

Er presste die Lippen aufeinander, zwei weiße Striche, und schüttelte den Kopf. »Ich kann das nicht.«

Er redete! Das war ein gutes Zeichen, oder?

»Natürlich können Sie. Sie haben das ja schon oft gemacht. Also früher. Und auf dem Weg hierher noch einmal.«

Kopfschütteln.

»Wollen Sie denn, dass die drei zurückkommen und uns wieder in dieses Ding da sperren?«, versuchte ich die leichte Drohmethode, während ich über eine schwere nachdachte. Konnte ich Rudi zwingen? Würde es genügen, ihm eine Ohrfeige zu verpassen, um ihn aus seinem Zustand zu holen? Gabs hätte das nun getan, immerhin begeisterte sie sich ja auch für diese Webseite, auf der man Leute fand, die sich nach Ohrfeigen sehnten.

Rudi senkte den Kopf und murmelte etwas.

»Können Sie sich darum kümmern?«, wandte ich mich an Hermann.

Der wirkte ratlos. »Ich denke nicht, dass das was bringt.«

»Wie bitte? Wir sollten wirklich nicht länger warten. Wer weiß, was die Typen vorhaben, wenn sie zurückkommen? Bisher haben sie uns vielleicht nur nichts angetan, weil sie keine Zeit hatten!«

Es waren die falschen Worte. Rudi zuckte zusammen, kiekste, stürmte in den Bus und drückte mich dabei gegen die Wand. Ich schrie auf und bekam einen Haltegriff zu fassen. Ungläubig richtete ich mich auf und rieb meine Hüfte, während ich Rudi hinterhersah. Der rannte den Gang entlang, ließ sich auf einen der hintersten Sitze fallen und rutschte nach unten, bis man ihn vom Eingang aus nicht mehr sehen konnte.

»Herr Ottmann!« Ich hätte ebenso gut den schlecht erzogenen Hund meiner Nachbarn rufen können. Der hätte zumindest mit biestigem Gebell geantwortet. Rudi dagegen hüllte sich in Schweigen.

»Das kann doch nicht der Schock sein?«, wandte ich mich an Hermann, der langsam folgte. Der Klang seiner Schritte hatte etwas Endgültiges, sein Gesichtsausdruck erst recht. Im Licht der Scheinwerfer sah es richtig dramatisch aus.

Im Licht der Scheinwerfer!

Käthe stand auf und verrenkte sich den Hals. »Sie kommen wohl zurück«, sagte sie. »Das klingt nicht wie ein Motorrad.«

Sie hatte recht. Wir steckten in der Klemme. Draußen wurde es dunkel, dann wieder heller, als der sich nähernde Wagen die Richtung änderte. Ich packte die Lehnen der Sitze zu meinen Seiten und holte so tief Luft, wie ich konnte. »Rudi, Sie kommen jetzt sofort nach vorn!« Mein Hals kratzte von dem Gebrüll, aber abgesehen davon tat sich nichts. »Mist! Mist! Wie schließt man so eine Tür?«

Hermann trat an mir vorbei und presste den Daumen auf einen der unzähligen Knöpfe am Armaturenbrett. Die Tür schloss sich zischend und sperrte einen Teil der Panik aus. Leider nur einen kleinen. Vorläufig waren wir sicher – zumindest, bis die Gang die Fenster einschlug. Oder Schlimmeres.

In meinem Kopf setzten Horrorszenarien aus Maschinengewehren und Handgranaten ein, doch ich schob sie energisch beiseite und Hermann zum Fahrersitz. »Wir haben nicht viel Zeit. Sie müssen den Bus fahren.«

»Das hast du dir ja schön gedacht, Mädel. Aber das wird nichts.«

Zunächst glaubte ich, mich verhört zu haben, doch Hermanns verschränkte Arme belehrten mich eines Besseren. Ich war fassungslos. Wir standen kurz davor, unsere Flucht selbst zu vereiteln, und ausgerechnet die zwei, die zuvor eine wilde Schmugglerkarriere angestrebt hatten, zickten herum?

»Hören Sie, das hier ist eine Ausnahmesituation. Ich verspreche Ihnen, dass es vollkommen irrelevant ist, ob Sie einen Führerschein Klasse D besitzen oder nicht. Wir werden auch niemandem sagen, dass Sie und nicht Herr Ottmann den Bus gefahren haben.«

Das Motorengeräusch war nun sogar durch die geschlossene Tür zu hören. Käthe murmelte auweia, oha und andere kleine Dinge, Rudi blieb auf Tauchstation, und Hermann verschloss sich all meinen guten Argumenten.

»Ich werde das Ding trotzdem nicht fahren.«

»Aber Sie müssen!«

»Ich muss gar nichts.«

»Ich verstehe, dass Sie nicht wissen, wie ... ich meine, das ist ja auch verwirrend mit all den Schaltern, aber haben Sie Rudi denn nicht zugesehen? Sie wussten doch auch, wie man die Tür verschließt, das ist ein guter Anfang.«

»Trotzdem fahre ich den Bus nicht.«

»Sie sind gleich da«, mischte sich Käthe ein. »Vielleicht sollten wir das Licht ausmachen. Dann merken sie nicht sofort, dass wir hier drinnen sind.«

Hermann nickte, drückte hier und dort, und im Bus wurde es dunkel. Augenblicklich stand ich still, damit ich das Dealertrio nicht durch Bewegung auf uns aufmerksam machte. Käthes Idee gewährte uns einen Aufschub. Bis die Jungs merkten, dass die Tür des Schuppens offen stand.

Meine Nerven verabschiedeten sich. »Verdammt, Hermann«, zischte ich. »Setzen Sie sich endlich ans Steuer.«

»Ich kann den Bus nicht fahren. Ich weiß nicht, wie man Auto fährt.« Auf sein Flüstern folgte Totenstille. Im Dämmerlicht konnte ich erkennen, dass seine Lippen noch immer auseinanderklafften, als wollte er noch etwas sagen, vielleicht sogar eine Erklärung liefern. Doch er schwieg. Die Sache schien ihm ziemlich unangenehm zu sein.

Die Sache. Das Geständnis.

In einer anderen Situation würde ich annehmen, dass er sich einen Scherz mit mir erlaubte. Aber so dreist war nicht einmal Hermann Mosbach.

»Sie können kein Auto fahren?«

So wie ich.

Er hob das Kinn. »Nein. Ich musste es nie lernen. Zu Hause fährt Lise.« Der selbstsichere Ton war verschwunden. Wir hatten eine von Hermanns Schwächen aufgedeckt, und zu meinem Leidwesen erkannte ich, dass uns doch etwas verband.

»Versuchen Sie es eben«, sagte ich.

»Versuch es doch selbst.«

Ich musste einen empfindlichen Punkt getroffen haben, denn er ließ mich stehen, wohl um sich zu Rudi zu gesellen. Auf das Gelände kam Bewegung: Die Autos waren da.

Mir brach der Schweiß aus, meine Hände begannen zu zittern. Wir saßen in der Falle. Hastig sah ich in den hinteren Teil des Busses, auf den Schatten des viel zu großen Lenkrads ... und zu Käthe, die sich mit bewundernswerter Ruhe anschnallte. »Was machen wir jetzt?« Ich flüsterte, doch sie hörte mich trotzdem. Natürlich.

»Du fährst den Bus, Junalein.«

Draußen hupte ein Wagen, ein zweiter folgte, und beide parkten. Waren es vorhin nicht drei gewesen? Ich wusste es nicht mehr. Mir schossen Tränen in die Augen, und die Welt verschwamm. Womöglich war das gar nicht mal so schlecht, denn ich wollte momentan nichts mit ihr zu tun haben. »Ich kann doch nicht einmal Auto fahren.«

»Hast du einen Führerschein?« In ihrer Frage lag keine Stichelei. Nur Interesse.

»Ja«, schluchzte ich und zuckte zusammen, als eine Tür schlug. Sie konnten uns jede Sekunde entdecken, und dann war es nur noch eine Frage der Zeit, bis sie uns aus dem Bus zerrten. Beinahe hätten wir es geschafft! Ich wagte kaum, den Kopf zu drehen, und sah einen winzigen Punkt aufglühen: eine Zigarette.

Die Tränen wanderten meine Kehle empor und drohten mich zu ersticken. »Ich kann das nicht, Käthe.« Meine Stimme brach.

Ich spürte, wie sie mich ansah, dann berührte sie meine Hand. Ihre Finger waren kühl und legten sich auf meine, als wollten sie mich führen. »Mach mal die Klappe da vorn auf.« Ihr Zeigefinger schob sich über meine Haut in Richtung Fenster. Käthe hatte wie ich begriffen, dass es besser war, sich wenig zu bewegen. Ich wusste nicht, was sie vorhatte, aber ich gehorchte und tastete, bis ich eine Vertiefung fand und zog. Es klackte, und die Klappe öffnete sich. Ich steckte meine Hand hinein, fand Papiere, wahrscheinlich Straßenkarten, sowie einen Gegenstand aus …

Ich keuchte. »Ich glaube, da ist ein Telefon.«

»Das Ersatztelefon von Kurfürst-Reisen. Herr Wewers hat mir erzählt, dass er es immer im Bus lässt, während er sein privates mit auf sein Zimmer nimmt. Das war an dem Tag, als wir Stonehenge besucht haben, weißt du noch?«

Natürlich wusste ich es, und die Erinnerung daran, wie Fabio Käthe im Souvenirshop hatte stehen lassen, war mir noch immer unangenehm. Ich hielt das Telefon tiefer, um mich durch etwaiges Licht nicht zu verraten, und drückte die Tasten. Es leuchtete auf und scheuchte eine Steinlawine von meinem Herzen. Keine Nummernsperre.

»Es funktioniert«, flüsterte ich. »Ich rufe die Polizei.«

»Nein.« Der Zucker in Käthes Stimme hatte Eis Platz gemacht. Noch immer süß und nett, aber unnachgiebig. »Sie können uns jederzeit entdecken. Bis die Polizei eintrifft, sind die jungen Männer längst hier drin. Besser du rufst jemanden an, der uns hilft, diesen Bus zu lenken.«

Uns. Nicht *dir*. Es war ungeheuerlich, wie viel Kraft ein Wort haben konnte. Schon dachte ich über ihren Vorschlag nach. Sie lag richtig, wie immer, denn eine bessere Option gab es nicht. Ich konnte kaum Käthe bitten, sich hinter das Steuer zu klemmen, sie konnte ja nicht einmal darüber sehen. Aber wen anrufen? Gabs? Falls ich sie um diese Uhrzeit erreichte, konnte sie mir nicht helfen. Es war schon ein Kampf, sie als Fahrgast in einen Linienbus zu bekommen, weil sie sich einbildete, riechen zu können, was ihre Sitznachbarn in den vergangenen Stunden gegessen hatten. In 95 % der Fälle handelte es sich dabei um Wurstbrot. Onkel Olli fiel ebenfalls weg, weil er erst einmal in aller Seelenruhe versuchen würde, mir die Panik zu nehmen, und bis dahin wären wir geschnürt und gebündelt zurück im Schuppen. Finja würde eine noch viel größere Panikattacke bekommen als Rudi, und auch sonst fand ich im Familien- oder Freundeskreis niemanden, von dem ich sicher wusste, dass er sich mit Bussen auskannte.

Raue Stimmen ertönten, verzerrt von der Barriere aus Metall und Glas. Ein Gedanke zog durch meinen Kopf und rüttelte mich wach. Ich bewegte die Finger, so als könnte ich das Geländer noch spüren, an dem ich mich auf meinem Weg zur Burg von Tintagel festgeklammert hatte. Dort hatte ich Hilfe gefunden, auch wenn ich nicht damit gerechnet hätte.

»Käthe.«

»Ja, Herzchen?«

»Sie haben nicht zufällig die Telefonnummer Ihres Enkels im Kopf?«

»Natürlich«, sagte sie, und ich bekam fast weiche Knie vor Erleichterung. »Ich habe sie vor der Reise auswendig gelernt. Inge Dambrow meinte, es sei besser. Schon allein, falls mir jemand die Handtasche klaut.«

Meine Hand zitterte, als ich ihr das Telefon reichte. Vielleicht, weil Hoffnung in mir aufkeimte, obwohl das bedeutete, dass ich mich ans Steuer dieses Ungetüms setzen musste. Vielleicht aber auch, weil ich sah, wie unsere Kidnapper sich dem Schuppen näherten. Ich betete, dass sie sich in Tintagel zugedröhnt hatten und ihre Hirne langsamer arbeiteten als zuvor.

Als das Telefon meine Finger wieder berührte, hätte ich vor Schreck beinahe aufgeschrien.

»Ich habe bereits die Wahltaste gedrückt«, sagte Käthe.

Ich presste das Handy an mein Ohr, lauschte dem Freizeichen und beschwor Mads, so spät noch abzunehmen. Plötzlich fiel mir auf, wie lange wir nicht mehr miteinander telefoniert hatten – und wie sehr ich das vermisste. Nur hätte ich mir einen anderen Grund für das Gespräch gewünscht als diesen.

Er klang so wie immer, als er abnahm und sich mit Nachnamen meldete, obwohl er eine fremde Nummer angezeigt bekam.

»Mads, hier ist Juna«, flüsterte ich. »Wir brauchen deine Hilfe.«

24

Um mich herum tobte die Hölle. Das Geschrei draußen war vor einer Sekunde losgegangen, und bald würden die drei den Bus erreichen. Schweiß stand auf meiner Stirn, obwohl mir eiskalt war. Ich hatte meine Hände um das Lenkrad gekrampft und versuchte, mir das zu merken, was Mads mir im ruhigsten Tonfall der Welt erklärte: wie ich diesen Bus startete. Käthe stand hinter mir und hielt sich mit einer Hand an der Lehne fest. In der anderen hielt sie das Telefon. Wir hatten es auf Lautsprecher gestellt und die Lautstärke so weit gedrosselt, dass man es nicht bis draußen hören konnte. Die Vorsichtsmaßnahme hatte uns zwar nur ein kleines Zeitfenster verschafft, aber besser als nichts.

»Also, noch einmal zusammengefasst: Im Grunde läuft es wie in einem Auto ab«, sagte Mads. »Und da du das bereits einmal gelernt hast, wird das kein Problem sein. Glaub mir. Du hast nicht alles vergessen.«

Ich wünschte mir so sehr, ich könnte ihm glauben. Wir hatten ihm eine Kurzversion der Ereignisse geliefert. Er war so schlau, keine Zeit mit Nachfragen zu verschwenden, wahrscheinlich, weil die Panik in meiner Stimme nicht zu überhören war. Mit einer beneidenswerten Ruhe, aber dennoch zügig, war er sämtliche Handgriffe mit mir durchgegangen, mit denen ich startete und anfuhr: Zündung, Kupplung, Gas. In meinem Kopf ergab es Sinn, nur befürchtete ich, das Ganze nicht zusammenhängend ausführen zu können und den Bus damit abzuwürgen. So viel Zeit blieb uns nicht.

Drei Gestalten bewegten sich dicht vor dem Bus, und dann krachte die erste Faust auf die Frontscheibe.

Ich schrie auf, und auch Käthe zuckte zusammen. »O nein, sie haben uns entdeckt. Sie wissen, dass wir im Bus sind!« Meine Stimme war rau und schabte an meinen Nerven.

»Also dann«, sagte Mads, als wäre nichts gewesen. So, als würde er neben mir sitzen, das Fenster herunterkurbeln und die Nase in den Wind halten. Als befänden wir uns auf einem Übungsplatz oder einer einsamen Landstraße und nicht hier, auf einem Hinterhof, eingekesselt von wütenden Briten, die ihr Revier verteidigten. »Juna? Ich möchte, dass du dich auf die Abläufe und meine Stimme konzentrierst. Bekommst du das hin?«

Ein weiterer Schlag, gefolgt von Gebrüll. Ich riss mich zusammen und sah nach vorn, auf dieses Lenkrad, das durch eine seltsame Stange mit dem Boden verbunden war, und die länglichen Pedale daneben. »Ja«, hauchte ich. »Okay.«

Der Bus erzitterte, und dann waren sie alle drei da: vor uns, neben uns. Sie drohten, umkreisten das Fahrzeug wie Hyänen und suchten nach einer Schwachstelle, um ihre Beute hinauszuzerren. »Mach die scheiß Tür auf! Wenn wir sie eintreten müssen, wird es schlimmer für euch!« Narbengesicht.

Falls Mads ihn hörte, so ignorierte er ihn. »Also gut. Anlasser.«

Meine Finger zitterten, aber ich konzentrierte mich auf seine Stimme und das Gefühl von Metall und Plastik unter meinen Fingern. Es funktionierte. Der Bus sprang an, und mit ihm explodierte die Welt um uns herum: Das Geschrei wurde lauter, und einer der drei trommelte wie ein Besessener gegen das Fenster. »Mach auf, du Schlampe!«

»Juna, hör mir zu.« Mads' Stimme. Mir kam Karamell in den Sinn, weich und hart zugleich. »Wenn du anfährst, denk daran, dass du vor der lenkenden Achse sitzt. Die Vorderräder sind hinter deinem Sitz. Das ist der Unterschied zu einem Auto.

Deine Front ist viel, viel kürzer, und es wird anders sein, wenn du Kurven fährst, denn dafür musst du weiter ausholen. Alles klar?«

Ich schluckte, doch dann wanderte Käthes Hand von der Rückenlehne auf meine Schulter. Es tat weh, so sehr krallte sie ihre Finger ins Fleisch. Doch es war mir egal.

»Juna?«

»Ja, ich denke schon.«

»Gut, dann geh aufs Gas. Langsam. Und denk an die Kupplung.«

Neben mir erzitterte die Scheibe, und ich schrie auf. Der Wolfsmensch hatte die Position gewechselt und schwenkte etwas durch die Luft, das er gegen den Bus schlug. Ich hoffte, dass das Glas stabil genug war.

»Mads ...« Ich klang hilflos und jung, dabei wusste ich nicht einmal, was ich sagen wollte. Dass ich Angst hatte? Mir wünschte, uns würde jemand beistehen? Das musste ich ihm nicht mitteilen. Jeder, der alle Sinne beisammenhatte, wusste es.

»Ich bin da«, kam die Antwort. Noch immer keine Spur von Aufregung. Im Gegenteil, er klang, als würde er in einer Hängematte liegen und seinen Hund streicheln. »Mach dir keine Sorgen, ich lotse dich da durch. Ich würde dir nicht mehr zumuten, als du schaffen kannst.«

»Aber du kennst mich doch gar nicht«, jammerte ich.

»Ich kenne dich genug, um zu wissen, was du in dieser Situation leisten kannst. Über alles andere reden wir später, einverstanden?«

»Einverstanden.«

Ein weiterer Schlag. Dieses Mal klang er anders, härter. War das Glas etwa gesplittert? »Sie schlagen auf die Scheiben ein, o Gott. Ich bin nicht sicher, ob sie halten werden.«

»Gas, Juna. Hält meine Oma sich fest?«

»Bei mir ist alles gut, Blacky«, flötete Käthe. »Wir können loslegen.« Ihr Schauspieltalent in allen Ehren, aber selbst ihre Stimme bebte.

»Gut. Hände ans Lenkrad. Beide. Augen geradeaus. Nur geradeaus. Und jetzt auf das Gas.«

Ein weiterer Schlag, noch einer. Ich sah nicht hin. Gebrüll, jemand hämmerte gegen die andere Seite.

Ich trat auf das Gas, und der Bus ruckte nach vorn.

»Bleib auf dem Gas! Und sag mir, was du tust. Was passiert. Rede mit mir, Juna.«

»Wir … wir rollen. Die drei versuchen noch immer, die Scheiben einzuschlagen.«

»Die drei sind mir egal. Wie schnell seid ihr?«

»Nicht sehr schnell.«

Etwas klirrte, und Käthe sog erschrocken die Luft ein. Geschrei neben uns, hinter uns, dann wurde in der Nähe ein Motor angelassen.

»Drück das Gas mehr durch.«

Mein Oberteil klebte mir mittlerweile am Rücken. Ich zitterte am ganzen Körper. »Die Einfahrt ist ziemlich eng. Was ist, wenn …«

»Bring das Ding erst einmal auf zwanzig. Kannst du die Einfahrt sehen?«

»Nein, aber sie muss direkt vor uns liegen.«

Ein zweiter Motor. Sie hatten es aufgegeben, den Bus aufbrechen zu wollen. Nun setzten sie auf eine Verfolgungsjagd und …

O nein! Nein, nein, nein.

»Sie wollen uns rammen. O nein, die Einfahrt. Wenn sie uns blockieren …«

»Mehr Gas, Juna. Geh auf dreißig hoch.«

Durchdrehende Reifen irgendwo hinter uns. »Mads, sie kommen, und sie wollen uns sicher abdrängen, und ...«

»Fahr schneller.«

»Aber ich sehe die Einfahrt nicht!« Tränen schossen in meine Augen. Bald sah ich gar nichts mehr.

»An dem Strauch bin ich vorhin hängengeblieben«, sagte Käthe in einem Tonfall, als würden wir uns über das Fernsehprogramm unterhalten. »Die Durchfahrt ist genau geradeaus.«

Ein Schatten tauchte neben mir auf. Einer der Wagen.

»Sie sind da!«, schrie ich.

»Oma, setz dich hin, oder halt dich fest. Juna, du gibst Gas. Halt einfach drauf. Los!«

Zu viele Eindrücke auf einmal. Ich war schlicht überfordert. Der Bus flößte mir großen Respekt ein, sogar Angst, und ich glaubte, nicht alles im Blick halten zu können. Gas, Kupplung, Bremse, Umgebung, Tacho ... Himmel, ich war doch quasi seit der Prüfung kaum Auto gefahren. Dazu kamen unsere Verfolger, das Gehupe, die Schreie, die Risse im Glas.

Käthe schlang ihre Arme halb um den Sitz, halb um meine Schultern. »Direkt nach der Durchfahrt müssen wir nach rechts.«

»Verstanden.« Mads hatte es gesagt, nicht ich.

Und plötzlich wusste ich, was ich tun musste. Ich schloss die Augen und sperrte die Welt aus, die momentan aus zu vielen Einzelteilen bestand. Alles, was blieb, war Käthes Berührung sowie ihre und Mads' Stimmen. Ich vertraute weder diesem Bus noch meiner Fähigkeit, ihn zu steuern. Aber ich vertraute der alten Dame, die sich seit unserer ersten Begegnung an meine Fersen geheftet hatte. Und vor allem vertraute ich Mads. Er war schon längst viel mehr als der Fremde, mit dem ich hin und wieder telefonierte. Manche Leute besaßen die Fähigkeit, stets die richtigen Worte zu finden, und andere fanden sie, weil da etwas war, das man nicht erklären konnte.

Ich fasste das Lenkrad fester und drückte das Gas durch. Das Motorengeräusch änderte sich.

Jemand hupte, nun hinter uns. Das Gaspedal unter meinem Fuß fühlte sich leicht an, und kurz fragte ich mich, ob ich es überhaupt noch berührte. Das Surren des Motors gab Antwort.

»Da ist sie«, murmelte Käthe.

Es rumpelte, und mein Sitz federte auf und ab, als säße ich in einer Fahrattraktion auf dem Jahrmarkt. Wenn wir etwas rammten, dann würde es jede Sekunde passieren.

»Jetzt!«, rief Käthe. »Nach rechts!«

Ich öffnete die Augen, packte das riesige Lenkrad fester und schlug ein, während ich mich nach links fallen ließ. Zu früh.

Deine Front ist viel, viel kürzer.

Äste tauchten vor uns auf und schlugen gegen die Scheibe. Käthe und ich schrien gleichzeitig auf. Der Bus schlingerte, doch er brach nicht aus.

»Was ist passiert?« Nun klang auch Mads angespannt. Ich wunderte mich, dass Käthe das Telefon trotz allem nicht fallen gelassen hatte.

»Zu früh eingeschlagen«, stieß ich hervor.

»Nicht schlimm. Das ist ein Bus, der kann einiges ertragen. Halt weiter drauf, und korrigier vorsichtig ein Stück nach links. Oma?«

»Ich stehe noch.« Sogar Käthe klang außer Atem. Kein Wunder, sie musste heftig gegen die Fliehkraft angekämpft haben. Oder war es die Zentrifugalkraft? Egal!

Ich betete, dass uns niemand entgegenkam. Falls doch … Nein, daran wollte ich nicht denken. Stattdessen tat ich, was Mads sagte, und kurz darauf änderte sich das Geräusch der Reifen.

»Wir sind auf der Straße.« Ich fühlte mich, als hätte ich einen Marathon hinter mir. Adrenalin wummerte in meinen Adern, trieb mich an und bewahrte mich davor, dem Zittern nachzugeben oder gar dem Wunsch, mich in einer Ecke zusammenzurollen. Das Schlimmste hatten wir überstanden, aber das bedeutete nicht, dass wir aus dem Schneider waren. Unsere Scheinwerfer beleuchteten den Asphalt. Er kam mir viel zu schmal vor.

Ein Lichtschimmer traf auf den Außenspiegel und blendete mich. »Sie sind noch immer hinter uns.«

»Fahr weiter. Nicht vom Gas gehen. Wie verläuft die Straße?«

»Erst einmal geradeaus. Mehr oder weniger. Ich bezweifle, dass hier vollkommen gerade Straßen existieren.« Meine Stimme klang kehlig und fremd.

»Sehr gut. Verkrampf dich nicht so. Locker dein rechtes Bein etwas, aber ohne den Fuß vom Gas zu nehmen. Und streck deine Finger durch.«

Verblüfft starrte ich auf meine Hände. Woher hatte er das jetzt wieder gewusst? Dann tat ich, was er sagte, und fühlte mich eine Winzigkeit besser.

»Hab ich«, flüsterte ich.

»Vorbildlich.«

»Werd nicht frech. Ich befinde mich in einer schlimmen Situation.«

Er lachte. Unglaublich, aber wahr: Hier waren wir, seine heißgeliebte Oma und ich, verfolgt von einem Drogentrio. Und Mads Carstens, der Mann mit einem Beschützerinstinkt, bei dem jede Löwenmutter neidisch geworden wäre ... nun, lachte. »Du befindest dich in einer Situation, mit der du fertig wirst. Das Schlimmste hast du überstanden.«

Genau das hatte ich zuvor gedacht. »Und wenn sie uns

überholen? Sie sind schneller als wir, und zumindest fahren sie besser.«

»Denk an das Gesetz des Stärkeren. Du fährst den Bus.«

Das klang gut. Ich sah in den Seitenspiegel. Die Lichter kamen näher: Die Jungs fuhren über die Wiese neben der Straße, um uns zu überholen! Ich holte tief Luft und gab Gas. Die Tachonadel zitterte hoch auf fünfundfünfzig, dann auf sechzig km/h. Die nächtliche Landschaft flog an uns vorbei und sah in den Lichtkegeln fremd und manchmal unheimlich aus. Dies war das andere Gesicht von Cornwall. Hier gab es keine weißen Häuschen mit Tischen, Tee und Törtchen, sondern flüsternde Strände voller Schmuggler und Geister. Hinter uns röhrte ein Motor auf, dann fiel der Wagen zurück – aber nur, weil sich nun zu beiden Seiten die typischen Steinmauern der Region erhoben. Cornwalls Bauern schenkten uns Aufschub. Nur wie lange?

»Oha.« Käthe deutete nach vorn. »Was ist das?«

»Was ist los?« Mads klang interessiert.

Ich wagte es, den Blick für eine Sekunde von der Straße zu nehmen. »Ich weiß es nicht genau ... sind das etwa Schafe?« O nein! Ich sah die Tiere bereits reglos auf der Straße liegen, blutig und halb von Busreifen zerfetzt. »Mads, da sind Schafe.«

»Auf der Straße?«

»Nein, daneben. Aber sie halten auf die Straße zu.«

»Schaffst du es vorher?«

»Ich ... ich weiß nicht. Ich ...«

»Gib Gas.«

»Aber ...«

»Das klappt«, sagte Käthe. »Inge Dambrow sagt, die sind gar nicht so dumm, wie man immer denkt.«

Gegen den vereinten Clan Carstens hatte ich keine Chance, also gehorchte ich. Fünfundsechzig km/h. Der Bus fühlte sich an wie ein riesiges Tier, das leicht unter mir bockte. Mauern flogen an mir vorbei sowie einzelne Bäume. Die Schafe hielten unbeirrt auf die Straße zu und schickten sich an, sie zu überqueren.

»Nein!« Ich hupte, doch nur wenige Tiere reagierten und warfen die Köpfe hoch. Dafür winkte jemand. Eine Gestalt, die mitten in der Herde lief. Das musste der Schäfer sein, vielleicht auch die Frau, die wir zuvor getroffen hatten. Konnte sie ihre Tiere nicht zurückhalten?

»Vorsicht«, brüllte ich und winkte energisch, obwohl sie mich weder hören noch sehen konnte. Zwei Schafe nahmen all ihren Mut zusammen und preschten über die Straße. Ich schrie, Mads rief etwas, und Käthe bearbeitete meine Schulter. Wir hatten die Herde beinahe erreicht. Ich hupte weiter, sah Augen aufblitzen sowie unzählige dürre Beine unter wolldicken Körpern. Viel zu nah.

Die vordersten drängten rückwärts, doch der Rest der Herde bewegte sich nur unwillig. Was war los mit den dummen Viechern? Wurden sie denn täglich Zeugen einer Verfolgungsjagd oder von Bussen, die viel zu schnell über die Straße bretterten?

»Zurück!« Ich hupte noch einmal, ging vom Gas und ließ den Fuß über der Bremse schweben. Wir wurden allmählich langsamer, doch noch waren wir viel zu schnell, sollte auch nur ein Tier auf die Idee kommen, jetzt auf die Straße zu hüpfen. Was war denn nur mit dem Schäfer los? Er bewegte sich nicht und winkte auch nicht mehr.

Unsere Scheinwerfer erfassten einen Schafskopf, das Maul aufgerissen. Im Rückspiegel blendeten die Lichter unserer Verfolger auf ... und die Schafe setzten sich wieder in Bewegung.

»Nein! Verdammter Mist!« Ich riss das Lenkrad zur Seite. Der Bus wurde durchgeschüttelt, seine Außenverkleidung schrammte gegen die Steinmauer. Ich glaubte, Funken fliegen zu sehen, riss das Lenkrad zurück und betete, kein Schaf zu erwischen. Wir beleuchteten die Straße, die mittlerweile laut mähende Herde, und ...

»Himmel, war das etwa Antonia?«

Ich hatte die Gestalt nur für den Bruchteil einer Sekunde gesehen, doch die Einzelheiten brannten sich in mein Hirn: die gekrümmte Haltung, die enorme Brust, der stets zu einem O zusammengezogene Mund. Sie stand mitten in den Schafen, die nun überall um uns herum waren. Ich fuhr langsamer, und wie durch ein Wunder sprangen die Tiere entweder beiseite, oder ich schaffte es, so zu manövrieren, dass ich sie verschonte. Hoffentlich hatte ich vorhin keines überfahren.

Mittlerweile war die Straße erfüllt von Mähs, Möhs und Hufen. Ich warf einen Blick in den Rückspiegel: Die Lichter des anderen Wagens waren ein Stück hinter uns, dafür hörte ich ein Dauerhupen. Ich wusste nicht, wie genau es passiert war, aber die Herde hatte sich zwischen uns und unsere Verfolger geschoben. Es drängten immer noch Tiere nach, so als wollten sie jede verfügbare Lücke füllen. Mit unsicheren Handgriffen brachte ich den Bus zum Stehen, ließ aber den Motor laufen.

»Was ist passiert?« Mads.

Ich schüttelte den Kopf und wusste nicht, ob ich staunen oder fassungslos sein sollte. »Schafe. Und ... Antonia. Ich habe angehalten.«

»Wer ist Antonia?«

»Eine Frau aus unserer Reisegruppe.«

Käthe ging zu den Seitenfenstern und warf einen Blick hinaus. »Sie ist es wirklich. Sie hält einen Stock in der Hand und treibt die Schafe vor sich her. Sieht so aus, als wär sie doch ganz gut zu Fuß.«

Ich schob jedwede Fragen, wie sie hierhergekommen war oder was sie mit den Schafen vorhatte, beiseite. Antworten konnten wir später suchen, wenn uns das Verfolgertrio nicht mehr auf den Fersen war. »Wir müssen sie mitnehmen.«

Käthe sah mich an. »Ja, das müssen wir wirklich.«

Ich biss die Zähne zusammen, öffnete die Tür, trat auf die unterste Stufe und beugte mich vor. Zunächst schlug mir der Schafgeruch entgegen, schwer und ölig. Dann begrüßte mich die Herde mit vielstimmigem Mäh. Die hintere Hälfte des Busses war von Schafen umdrängt. Sie klebten an der Karosserie, so als genössen sie die Wärme, die der Bus abstrahlte. Eine lebendige Barriere. Das Auto in ihrer Mitte war nur halb zu sehen und machte den Anschein, als würde es in den zuckenden Leibern ertrinken. Das zweite konnte ich nicht entdecken.

Manche Schafe standen still, vor allem jene, die Grashalme erreichen konnten. Für sie war die Sache glasklar: Solange Futter in der Nähe war, konnte nichts geschehen. Um die seltsamen Spiele der Menschen zerbrachen sie sich gar nicht erst die Köpfe.

Antonias Gestalt hatte etwas Biblisches, so wie sie aus der riesigen Schafherde hervorragte. Obwohl ihr Rücken wie immer leicht gekrümmt war, hatte sie ihr Kinn erhoben. Sie sah nicht glücklicher aus als sonst, aber trotzdem anders. Stolz. Gabs würde es den ›Siehst du, ich hatte doch recht‹-Gesichtsausdruck nennen. Dies war also Antonias *Happy Face*.

»Antonia«, rief ich, so laut ich konnte. »Hier herüber! Zum Bus!«

Sie sah mich an, ich winkte, und sie zeigte mir einen Vogel. Dann lief sie weiter, als wäre alles völlig normal.

»Ich glaube das einfach nicht«, murmelte ich.

Käthe drängte sich aus der Tür und beobachtete, wie Antonia den Schafen den Weg wies. »Wir sollten los und sie holen.«

»Und wie? So wie ich sie kenne, müssten wir sie niederschlagen. Dann tragen. Bis dahin sind die drei dahinten längst bei uns.« Ich deutete auf den Wagen, neben dem nun ein Kopf in die Höhe ragte. Eine Faust wurde geschüttelt. Die Drohung galt zwar in erster Linie den Schafen, aber letztlich auch uns. Ich glaubte, Narbengesicht zu erkennen.

Antonia ignorierte uns weiterhin und zockelte mit stolzgeschwellter Brust vorbei. Ich wurde wütend, und am liebsten wäre ich wirklich meinem Impuls gefolgt und hätte sie bewusstlos geschlagen. Wir hätten schon viele Kilometer zwischen uns und unsere Verfolger bringen können. Stattdessen standen wir hier und verschenkten wertvolle Zeit. Andererseits konnten wir sie nicht zurücklassen. Zum einen, weil das Dealertrio mittlerweile begriffen hatte, dass die Hexe mit dem Schäferstock irgendwie zu uns gehörte, und zum anderen waren wir ja wegen ihr erst losgezogen. Über die Ereignisse auf dem Hinterhof hatte ich sie kurzzeitig vergessen, aber nun war sie wieder da.

Wie eine Mahnung.

»Antonia«, rief ich noch einmal, doch lediglich einige Schafe hoben ihre Köpfe. Da ich keine Anstalten machte, sie zu füttern, stolperten und mäh-ten sie weiter. Dafür antwortete mir der andere Wagen, ließ den Motor aufheulen und machte einen Satz nach vorn.

Käthe fasste meinen Arm. »Der will doch nicht die Schafe überfahren?«

Hinter uns kam Hektik auf. Das Mähen wurde lauter und klang empört und verzweifelt zugleich. Der Wagen machte noch einen Satz. Ein Schaf sprang in die Höhe und drängelte sich mit seltsamen Hopsern durch seine Artgenossen hindurch. Ein weiteres folgte, und dann wogte die gesamte Herde. Unsere Verfolger hatten ihre Methode gefunden, um vorwärtszukommen. Ich wollte nicht wissen, ob sie wirklich Schafe anfuhren oder ihnen einfach nur Angst machten. Antonia jedenfalls zeterte etwas in deren Richtung und drohte mit dem Stock. Sie erhielt keine Antwort, aber ich traute den Kerlen zu, sie ebenso wie die Schafe von der Straße zu drängen.

Der Abstand zu unseren Verfolgern verringerte sich stetig. Die Schafe, die es bereits auf die andere Seite geschafft hatten, hörten auf zu grasen, weil andere sie panisch weiterdrängten. Die Stimmung änderte sich, tierischer Gleichmut wich Angst und Überlebensinstinkt.

»Das dauert nicht mehr lange, dann sind sie durch.« Käthe beobachtete das Ganze mit bemerkenswerter Ruhe.

Ich geriet in Panik. »Es geht nicht anders. Wir müssen Antonia zurücklassen.«

Käthe antwortete nicht, doch es war nicht schwer zu erkennen, dass sie anderer Meinung war.

Eine Autotür schlug, und ich hielt die Luft an. Eine böse Vorahnung beschlich mich. Auf einmal war Antonia nicht mehr der einzige Mensch, der sich in der Herde befand: Zwei der drei Dealer schoben die wolligen Leiber beiseite und hielten auf uns zu. Es fühlte sich an, als hätte jemand mir eine riesige Panzerfaust in den Magen gerammt. Mein Fluchttrieb erwachte und brüllte mir zu, wie blöd ich war, immer noch hier herumzustehen.

»Auweia.« Käthe schob sich eine Haarsträhne aus dem Gesicht.

Ich fasste sie an der Hand. »Wir müssen Antonia wirklich hierlassen. Wir holen sie später, zusammen mit der Polizei. Oder zumindest mit Verstärkung.«

Mads kam mir in den Sinn. Wir hatten das Telefon neben dem Fahrersitz gelassen, und ich hoffte, dass er noch in der Leitung war. »Kommen Sie, Käthe!«

Sie ließ sich einige Schritte mitziehen, stemmte aber dann die Füße fest auf den Boden und deutete zur Seite. »Da!«

Ein Kerl – der Wolfsmensch – war ausgeschert und drängelte sich zu Antonia durch. Sie bemerkte ihn nicht, weil die Welt außerhalb ihrer Herde sie nicht interessierte und es ihr daher egal war, dass wir nachts mit unserem Bus vor Einheimischen flüchteten. Seine Kumpane schoben und drängelten sich weiterhin ihren Weg frei. Viele Schafe befanden sich nicht mehr zwischen ihnen und uns.

»So, Mädchen«, rief Narbengesicht über die vielen Mähs hinweg. »Ich verspreche dir, das wird unschön für dich und deine Großeltern.«

Meine Kehle wurde eng, aber das war nicht weiter tragisch. Es gab eh keinen Speichel mehr, den ich hätte hindurchzwängen können.

Panik wich der Verzweiflung, und ich war nahe daran aufzugeben. Aber was sollte ich tun? Das Wohl einer Person opfern, um mich und drei andere zu retten? Ich wollte diese Entscheidung nicht treffen. Ich konnte nicht.

»Ich weiß nicht, was ich tun soll«, flüsterte ich. »Käthe, steigen Sie bitte endlich in den Bus.«

»Aber Antonia!«

Der Wolfsmann hatte die störrische Möchtegernschäferin beinahe erreicht. Und sie ihn bemerkt. Mit einem Stock und viel Gemecker versuchte sie, ihn sich vom Leib zu halten. Seine Augenbrauen waren finster zusammengezogen. Ich fürchtete, er könnte zurückschlagen.

Meine Brust war so eng, dass jeder Atemzug schmerzte. Ich bewegte mich nicht, sondern blickte Narbengesicht entgegen. Nur noch wenige Schritte, dann konnte er mich berühren, wenn er einen Arm ausstreckte.

Es war vorbei.

Wie um unsere Ausweglosigkeit zu untermalen, setzte in der Ferne ein Donnergrollen ein. Ich holte tief Luft – und hielt sie an: Das Grollen riss nicht ab. Weil es kein Gewitter war, sondern ein Motorrad. Das Gewicht auf meiner Brust hob und senkte sich. Noch war ich nicht sicher, ob ich erleichtert sein durfte.

Ich sah zu Käthe und entdeckte auf ihrem Gesicht eine ähnliche Regung: den scheuen Ansatz eines Lächelns. In der Ferne wurden winzige Lichtpunkte sichtbar und größer.

Narbengesicht war stehen geblieben und gestikulierte seinen Kumpanen. Der Wolfsmensch vergaß Antonia, drehte sich um und wollte zurück zum Auto. Natürlich, wir erregten für ihren Geschmack zu viel Aufmerksamkeit durch den Bus, die Schafherde und die Personen, die um diese Uhrzeit einer Massendemo gleichkommen mussten.

Bitte, es muss einfach Heinz sein.

Er war es. Zumindest deutete ich Käthes Reaktion so: Sie klatschte erfreut in die Hände, als zwei Maschinen sich aus der Dunkelheit schälten. Ich erkannte die Fahrer nicht, denn sie trugen schwere Ledersachen mit massigen Stiefeln, dazu schwarze Helme. Die Chromverkleidung der Motorräder funkelte angriffslustig.

Das Knattern der Motoren wurde beinahe unerträglich laut, dann erstarb erst einer, dann der andere. Die Maschinen standen still. Die Fahrer balancierten aus, zogen ihre Handschuhe aus und nahmen ihre Helme ab. Den einen Mann hatte ich nie zuvor gesehen, doch der andere war unverkennbar Heinz. Er bedachte Käthe mit einem Strahlen und nickte mir freundlich zu. Dann verdüsterte sich sein Gesicht so sehr, dass es an diverse Actionfilme erinnerte. »Sind das die Kerle, die euren Bus gestohlen haben?«

Zunächst war ich irritiert, dann verstand ich. Natürlich, wir hatten ihn angerufen, ehe wir wussten, was wirklich geschehen war.

Narbengesicht dagegen wurde von jedweder Erkenntnis

verschont. Wachsam, aber noch immer wütend starrte er unsere beiden Retter an, noch nicht bereit aufzugeben.

Käthe stemmte die Hände in die Hüften. Der wohl zarteste Racheengel der Welt. »Ach, wenn das mal alles wäre«, seufzte sie und fasste sich an die Stirn. »Sie haben uns bedroht und bis hierher verfolgt, als wir vor ihnen flüchten wollten.« Sie sah aus, als würde sie jeden Augenblick zusammenbrechen.

Nun, ich wusste es besser. Heinz allerdings nicht. Der Actionheld verwandelte sich in einen Rachegott, der sehr, sehr wütend war. Langsam stand er auf, stellte das Motorrad auf den Hauptständer, legte den Helm auf den Sitz und ließ seine Handschuhe zu Boden fallen. Wie durch ein Wunder blökte kein Schaf, als sie aufschlugen. Es war ein düsteres Versprechen, gerichtet an die Männer, die geglaubt hatten, ein leichtes Spiel mit uns zu haben.

Heinz' Kumpel folgte. Er erinnerte mich an einen schottischen Clanchief mit dem langen, halb ergrauten Bart und dem Zopf, der ihm über die Schulter baumelte. Nebeneinander pflügten sie auf das Verfolgertrio zu. Selbst die Schafe traten beiseite. Das Letzte, was ich hörte, ehe Käthe ihr Gesicht an meiner Schulter verbarg, um ein Kichern zu unterdrücken, war der entsetzte Ausruf von Narbengesicht.

25

»Dort müssen wir lang.« Ich deutete nach links, und Kalle schlug mit geübter Lässigkeit ein – jedoch erst, nachdem der Bus für mein Gefühl zu weit in die Kreuzung hineingefahren war.

»Keine Panik«, sagte er, als ich scharf Luft holte. »Sieht auf den ersten Blick komisch aus, aber wir sitzen ja vor der Achse.«

Genau das hatte Mads auch gesagt. Ich hatte ihn angerufen und informiert, dass die Sache vorbei war und er sich keine Sorgen mehr machen musste. Anschließend hatte er mit Käthe geredet und ihr das Versprechen abgerungen, sich zu melden, sobald wir sicher in Newquay angekommen waren.

Heinz' Kumpel, den er uns als Kalle aus Bochum-Langendreer vorstellte, hatte sein Motorrad am Straßenrand geparkt und das Steuer des Busses übernommen. Allein deshalb würde ich mein Leben lang in seiner Schuld stehen. Jetzt, da das Adrenalin allmählich abebbte, konnte ich mir nicht vorstellen, das sperrige Ding noch einmal zu fahren. Rudi und Hermann beäugten ihn, seitdem wir eingestiegen waren. Mittlerweile saßen sie kerzengerade und mit gereckten Hälsen auf den letzten Plätzen, doch weder rührten sie sich, noch sagten sie etwas. Kalle hatte sie zwar eindeutig bemerkt, doch entweder dachte er sich seinen Teil oder, wahrscheinlicher, sie interessierten ihn einfach nicht.

Ich lehnte mich zurück und schmiegte mich in den Sitz, den Antonia sonst für sich beanspruchte. Doch Reiseübelkeit und andere Wehwehchen waren vergessen, seitdem wir sie von ihren heißgeliebten Schafen hatten wegzerren müssen. Sie tobte und zeterte, als wir sie zum Bus schoben. Mit geballten Fäusten erklärte sie dann, dass sie durchaus noch ein Stück laufen könnte, immerhin wäre sie ja nicht fußkrank. Mehr als das, sie verfügte sogar über die Konstitution einer Boxerin – zumindest kam es mir so vor, als sie auf meine Hand eindrosch und sich losriss. Meine Finger schmerzten noch immer, und ich hoffte, dass nichts gebrochen war. Heinz und Kalle schoben sie schließlich unter Keuchen und Flüchen aus der Schafherde heraus und trugen sie wie einen Kartoffelsack in den Bus. Antonia nutzte die Zeit, um zunächst die Männer zu verfluchen, anschließend ihre Familien und ihre Fortpflanzungsorgane. Kein Wunder, dass man sie etwas unsanfter als nötig absetzte, woraufhin Antonia all ihre Wut und den verletzten Stolz zusammennahm und einige Reihen nach hinten flüchtete. Dort saß sie seitdem, schwieg und starrte düster vor sich hin. Auf den ersten Kilometern sah ich mich stetig nach ihr um, weil ich die unangenehme Vision hatte, dass sich jeden Moment zwei Hände um meinen Hals legten und mir die Luft abschnürten.

Die Einzige, die einen Hauch Empathie empfand, war Käthe. »Sie hat sich so angestrengt, um endlich ihre Schafe zu sehen. Die ganze Nacht auf den Füßen, Junalein, das ist in dem Alter eine stramme Leistung.«

»Immerhin durfte sie die Schafe ein wenig vor sich hertreiben«, sagte ich, woraufhin Käthe mir eines ihrer breiten Lächeln geschenkt hatte.

»Ja, das hat sie geschafft. Und ich bin sicher, es wird ihre schönste Urlaubserinnerung.«

Getrieben hatten auch Heinz und Kalle, und zwar das düstere Trio. Die drei waren zurück zu ihren Fahrzeugen gestolpert, nachdem die wütenden Biker die Fingerknöchel hatten knacken lassen. Unsere Retter waren jedoch schneller gewesen, hatten einige sehr unfreundliche Worte mit den dreien gewechselt und sogar meine Handtasche gerettet. Kurz darauf waren unsere ehemaligen Verfolger mit quietschenden Reifen gen Tintagel gerast. Käthe und ich waren übereingekommen, sie nicht zu verfolgen und auch die Polizei nicht einzuschalten.

»Das war eine ganz besondere Nacht, in der viel passiert ist, das nicht in der Reisebeschreibung stand«, hatte Käthe weise bemerkt. »Aber sie ist bald vorbei, und es wäre doch schade, wenn das Abenteuer dann nicht weiterginge? Hach, ich freue mich so darauf, Inge Dambrow alles zu erzählen!«

Die Nacht dauerte zwar noch etwas, selbst Newquay ruhte noch. Es waren nur wenige Fahrzeuge und kaum Fußgänger unterwegs. Wir passierten dunkle Gärten, Häuser mit Notbeleuchtung, Hotels, deren Reklameschilder mit den Sternen um die Wette glitzerten, sowie ein Casino, das in der Nachtruhe mit seinen ekstatisch blinkenden Lichtern wie ein Fremdkörper wirkte. Der Ort erholte sich vom vergangenen Tag, um einem neuen entgegenzusehen. So war es vorher gewesen und würde es immer sein.

Wir waren noch einmal davongekommen. Was blieb, war eine Geschichte zwischen mir, meinen Reisekollegen, Heinz und Kalle. Und Mads.

Ich blinzelte. Meine Lider waren in den vergangenen Minuten schwer geworden. Allzu viel Schlaf würden wir in dieser Nacht nicht mehr bekommen. Der Gedanke genügte, und ich musste ein Gähnen unterdrücken. Das Rücklicht vor uns begann zu tanzen, dann bog das Motorrad in die Straße ein, in der sich unser Hotel befand. Das Greenbank war zurückhaltend, aber ausreichend beleuchtet. Die meisten Fenster lagen im Dunkeln, lediglich zwei im obersten Stockwerk bildeten die Ausnahme, ebenso der Empfangsbereich. Ich stellte mir vor, wie dort jemand saß und ebenso gegen die Müdigkeit ankämpfte wie ich gerade. Ich hoffte lediglich, dass unsere Ankunft kein übermäßiges Interesse auslöste.

Ich lotste Kalle zu dem Platz, an dem der Bus zuvor geparkt hatte, ehe er durch Hermann und Rudi entführt worden war. Das Motorrad stand bereits, und Heinz half soeben Käthe abzusteigen. Als Heinz ihr Kalles Helm abnahm, lachte sie vor Begeisterung. Ihre Haare waren vom Fahrtwind durcheinandergewirbelt, und ihre Augen strahlten so sehr, dass ich grinsen musste.

Nimm das, Inge Dambrow! Du magst die Urlaubsexpertin sein, aber ich wette, du hattest noch niemals so viel Spaß wie Käthe eben.

»So, meine werten Gäste«, sagte Kalle ins Mikro. »Da wären wir. Bitte alle aussteigen! Das gilt besonders für die grummelige Alte in der Mitte, die nach Schaf stinkt und sich dringend waschen sollte, sowie für die feigen Säcke auf der hintersten Bank. Ich hoffe, eure Frauen werden nie erfahren, was heute passiert ist. Weil sie sich nämlich sonst in Grund und Boden schämen würden. Ansonsten hoffe ich, die Fahrt hat Ihnen gefallen.« Er zwinkerte mir zu und öffnete die Türen. Seine Worte wirkten: Nach einer Weile stapfte zunächst Antonia vorbei, ohne uns eines Blickes zu würdigen. Rudi und Hermann folgten zögerlicher und starrten zu Boden. Zusammen krochen sie auf das Hotel zu, als ob sie von einer Pubtour kämen. Ich hoffte, dass Gerda und Lise ihnen ordentlich die Hölle heißmachten.

»So, um den musst du dich kümmern.« Kalle warf mir den Schlüssel zu.

»Kein Problem.«

Wir stiegen aus und gesellten uns zu Heinz und Käthe.

»So, die Damen. Sicher zu Hause angekommen«, sagte Heinz und verbeugte sich.

»Wir sind nun aber Ladys«, sagte Käthe. »Ich bin doch hier die Käit.« Sie hielt ihm eine Hand entgegen, die er formvollendet küsste, ehe er sich herabbeugte, Käthes Taille fasste und sie an sich zog. »Du passt in Zukunft besser auf dich auf. Und wenn noch etwas ist ... Du hast meine Nummer.«

Sie kicherte, nahm sein Gesicht in beide Hände und drückte ihm einen Kuss auf den Mund.

Kalle und ich wechselten einen Blick, und ich fragte mich, ob ich ebenso breit grinste wie er. Ich begnügte mich damit, die beiden Biker fest zu umarmen und mich zu bedanken.

Anschließend nahm Kalle Helm und Jacke an sich, und beide stiegen auf Heinz' Maschine. Käthe und ich winkten, bis das Rücklicht des Motorrads erloschen war – und noch ein wenig länger. Schließlich frischte der Wind auf und erinnerte uns, dass es Zeit war, ins Hotel zu gehen.

Wir liefen langsam, als wüssten wir nicht, ob wir diese seltsame Nacht zu einem Ende bringen wollten.

»Wirklich, Käthe«, sagte ich. »Ein Kuss?«

»Er hatte es sich gewünscht.«

»Und, werden Sie ihn wiedersehen?«

Sie antwortete nicht sofort. Erst am Eingang, als ich ihr den Vortritt ließ, blieb sie stehen. »Nun, auf jeden Fall habe ich seine Telefonnummer. Das ist heutzutage ja schon eine gute Voraussetzung, nicht wahr?« Pause. »Was machen wir denn nun mit dem Busschlüssel?«

Zuerst glaubte ich, sie erwartete eine Antwort auf die Aussage mit der Nummer, so eindringlich hatte sie mich angesehen. Die letzte Frage verwirrte mich daher. »Ähm ... das ist kein Problem. Ich lege ihn in den Flur, in die Nähe von Herrn Wewers' Zimmer. Er wird glauben, ihn verloren zu haben. Immerhin hat er ordentlich gebechert. Mir macht vielmehr Sorgen, wie wir die Kratzer am Bus erklären wollen. Oder die schlammigen Reifen.«

Käthe hob ihren Kopf, straffte die Schultern und zupfte an einer Haarsträhne. Plötzlich sah sie wieder ganz wie die Dame aus. »Ach, das ist nicht unser Problem. Darum muss sich der Fahrer kümmern. Und nun werde ich auf mein Zimmer gehen, denn ich muss dringend schlafen. Wir sehen uns morgen, meine Liebe.«

Ich nickte, und plötzlich stellte sie sich auf die Zehenspitzen und warf beide Arme um meinen Hals. Zwei, drei Sekunden lang war ich still, perplex, verwirrt, unsicher ... aber auch froh.

Dann legte ich vorsichtig meine Hände an Käthes schmale Schultern. Es fühlte sich gut an.

Zurück in der Normalität meines Zimmers, kam mir alles beinahe so vor, als wäre es niemals geschehen. Ich schloss die Tür hinter mir, zog einen Schuh sofort aus und den anderen vor dem Bett. Zögernd sah ich mich um. Das Zimmer glotzte steril zurück. Ich hatte meine Sachen fein säuberlich in den Schrank gehängt und auch sonst nur wenig ausgepackt. Plötzlich kam es mir fremd und erdrückend vor. Es fehlte Geborgenheit. Dies war kein Raum, in den man zurückkehrte und sich wohl fühlte, nachdem man etwas Schlimmes erlebt hatte.

In meiner Handtasche klingelte mein Handy. Erst klopfte mein Herz wild vor Schreck, doch dann war ich froh über die Störung. Ich griff in Fach eins und fand heilloses Chaos vor. Die drei mussten Frisbee mit meinen Sachen gespielt haben oder, wahrscheinlicher, sie hatten nach Geld gesucht. Ich drehte die Tasche kurzerhand um, kippte den Inhalt aus und griff nach dem Telefon.

»Hey Mads«, sagte ich und ließ mich auf das Bett fallen. »Wir sind gut angekommen.«

»Ich weiß. Meine Oma hat mich gerade angerufen. Sie wirkt aufgekratzt und sagt, sie will Motorradfahren lernen.«

Ich schmunzelte. »Und nun möchtest du, dass ich sie für den Rest des Urlaubs von Fahrschulen fernhalte?«

»Nein.« Er schwieg. »Ich wollte noch einmal deine Stimme hören. Wissen, dass du sicher auf deinem Zimmer bist. Du hast mir gesagt, ich hätte einen Kontrollzwang ...«

»Mads ...«

»Nein, lass mich bitte ausreden. Es war ein beschissenes Gefühl, vorhin so weit weg zu sein. Ich konnte nichts für dich tun, außer mit dir zu telefonieren. Ich ... ach verdammt, ich wünschte, ich hätte da sein können.«

Ich setzte mich wieder hin. »Aber das warst du doch. Die ganze Zeit. Wenn du nicht gewesen wärst, hätten wir das nicht geschafft. Ich hätte niemals gewagt, einen Bus zu fahren. Aber du hast gesagt, ich soll dir vertrauen.« Meine Worte waren stetig leiser geworden.

Er schwieg, doch das war okay. Es war okay, weil er da war. Und wenn wir dieses Gespräch mit Schweigen füllten, so war es mir recht, denn ich wusste, er würde zuhören, wenn es darauf ankam. »Ich hatte wirklich Angst um euch«, sagte er dann nicht lauter als ich. »In meiner Wohnung herrscht ziemliches Chaos. Ich habe sie halb zerlegt, während wir telefoniert haben.«

Er hat was?

Davon hatte ich nichts bemerkt. Im Gegenteil, Mads hatte so ruhig geklungen, als würden ihn häufiger nächtliche Hilferufe wegen Verfolgungen oder Bedrohungen erreichen.

»Es ist vorbei«, sagte ich. »Und ich glaube nicht, dass wir von den Kerlen noch etwas zu befürchten haben. Nun müssen wir die Sache vor Kurfürst verheimlichen, damit die den Urlaub nicht abbrechen.« Die letzten Silben ähnelten einem Hundejaulen, weil ich erneut gähnen musste.

Endlich lachte er. »Verstanden, Major Fleming. Ich werde dich nun schlafen lassen. Wenn du möchtest, melde ich mich morgen wieder.«

Ich strich mir die Haare aus dem Gesicht, stand auf und trat vor den Spiegel neben dem Kleiderschrank. Ich sah ... ungewohnt aus, und mein Gesicht benötigte ebenso dringend eine Wäsche wie meine Klamotten. Doch aus einem Grund, den ich nur ahnte, aber nicht wirklich begreifen konnte, sah ich lebendiger aus als sonst. Meine Wangen waren gerötet, meine

Augen strahlten. »Das wäre schön«, sagte ich zu Mads und meinem Spiegelbild.

»Also dann, bis morgen.«

»Bis morgen.«

Ich legte auf, warf das Telefon auf den Sessel und sah mich um. So unpersönlich, wie ich geglaubt hatte, war das Zimmer gar nicht. Vor allem fühlte es sich nicht steril und leer an. Im Gegenteil. Von irgendwoher strahlte eine Wärme, die nichts mit der Temperatur zu tun hatte.

Ich war zu müde, um ins Bad zu gehen, also kickte ich lediglich alles bis auf die Unterwäsche weg, ließ mich ins Bett fallen und war innerhalb weniger Sekunden eingeschlafen.

Vier Tage später

So, Leute, wir sind in Moers, hier verlassen uns die ersten Gäste. Ich wünsche noch eine gute Heimfahrt, vergessen Sie nichts im Bus und treffen Sie mich und Fabio draußen bei der Gepäckausgabe. Danke, dass Sie mit Kurfürst-Reisen gefahren sind, und auf Wiedersehen.« Waldi Wewers ratterte die Worte so schnell herunter, dass für Herzlichkeit kein Platz blieb. Anschließend sprang er auf und stürzte aus dem Bus.

»Hach, der ist sicher auch froh, wenn er alle abgeliefert hat. Die ganzen Stunden hinter dem Steuer, das ist sicher anstrengend.« Käthes Augen waren groß und glasig vor Müdigkeit. Sie hatte tief und fest geschlafen und mir ins Ohr geschnarcht, weil sie meine Schulter bequemer fand als ihr Reisekissen. Ich sah auf meine Uhr: kurz nach drei mitten in der Nacht. Wenn alles gutging, würde ich in Kürze in mein eigenes Bett fallen.

Käthe rappelte sich vorsichtig auf, und auch in den restlichen Bus kam Bewegung. Man ächzte, murmelte und suchte seinen Kram zusammen.

Ich starrte nach draußen, auf eine Plattform des Busbahnhofs von Moers, wo Menschen auf ihre Lieben warteten. Ich grübelte, wer Käthe wohl abholte. Ob es Mads war? Ich hatte sie gefragt, aber sie wusste selbst nicht, wer von ihren Leuten sich mitten in der Nacht aus dem Bett schälen würde.

»Junalein, kannst du mir helfen?« Sie stand bereits auf Zehenspitzen, kam aber nicht an alle Plastiktüten, die sie im Laufe der vergangenen Tage gesammelt und im oberen Gepäckfach verstaut hatte, wo sie nicht zuletzt durch meine wilde Fahraktion durcheinandergerutscht waren.

Ich sprang auf. »Aber sicher. Gehen Sie doch schon einmal nach draußen, ich kümmere mich um den Rest.«

»Wunderbar, ich danke dir. Bis gleich.«

Sie machte sich auf den Weg, verabschiedete sich von allen Gästen, die noch weiterfuhren, und ich sammelte ihre Tüten zusammen. Ich kam auf die erstaunliche Zahl von achtzehn.

Nicht schlecht, Käthe.

Vollbepackt folgte ich ihr, stieg aus dem Bus und sah zunächst Fabio, der sich, ganz der Strahlemann mit breitem Lächeln und wundervollen, perlweißen Zähnen, von den Gästen verabschiedete. Ein Lächeln wie aus einem Werbemagazin. Ebenso hochglanzpoliert, ebenso leer.

Ich sah mich um. Menschen umarmten sich, klopften sich gegenseitig auf den Rücken, lachten und schäkerten. Die Ingbill-Schwestern wurden von vier jungen Frauen umringt, die ihre Vorliebe für Pink teilten. Ich konnte das Bild nicht allzu lange betrachten, ohne dass meine Augen schmerzten, und drehte mich zur Seite.

Dort stand Käthe. Sie zog ihren Koffer hinter sich her, direkt auf eine abseits stehende Gestalt zu.

Ich holte scharf Luft und stolperte beinahe über die Bordsteinkante. Es war Mads. Er winkte nicht, er rief keine Scherze quer über den Bahnhof. Stattdessen lief er Käthe ruhig entgegen, nahm ihr den Koffer aus der Hand, stellte ihn beiseite und umarmte sie. Neben ihr wirkte er riesig. Er sah genauso aus wie auf dem Foto, das er mir geschickt hatte. Das dunkle Haar fiel ihm in die Stirn, und die durchaus trainierten Arme glänzten im Laternenlicht, da er nur ein Shirt trug.

Ich wollte den Wiedersehensmoment der beiden nicht stören und blieb stehen. Auch, weil ich nervös war. Fast befürchtete ich, dass die Plastiktüten mir aus den Händen gleiten würden.

Ich wollte sie gerade abstellen, um zu verhindern, dass noch etwas zu Bruch ging, als Mads den Kopf hob. Beiläufig, aber zielgerichtet, so als wüsste er genau, dass ich hier stand und wartete. Unsere Blicke trafen sich, und auf einmal stand ein winziger Teil der Welt still. Aber es genügte, denn exakt dieser Teil gehörte mir.

Käthe drehte sich um, winkte mir und kam mir entgegen. »Ach du meine Güte, waren das so viele Einkäufe? Das hab ich gar nicht bemerkt. So was aber auch. Dann gib mal her.«

Vorsichtig reichte ich ihr die Tüten nacheinander an und stellte sicher, dass sie auch jede richtig erwischte, ehe ich losließ. Kaum war ich zurückgetreten, schon raschelten einige zu Boden. Etwas schepperte, und ich hoffte nicht, dass Käthes Gin zu Bruch gegangen war. Rasch sprang ich vor, um ihr zu helfen, doch sie wedelte mich weg, als wäre ich ein Insekt, das gefälligst seine Flugbahn zu ändern hatte. »Ich mach das hier schon. Sag doch hallo zu meinem Enkel.« Schon wandte sie mir den Rücken zu.

Ich fühlte mich auf einmal fehl am Platz. Unsicher. Noch nervöser als zuvor. Trotzdem hätte ich mit niemandem in der Welt tauschen wollen. Langsam drehte ich mich um.

Mads stand nur eine Armlänge von mir entfernt. Die blauen Augen strahlten selbst im Licht der Laternen so intensiv, dass ich zweimal hinsehen musste.

Dunkle Haare, stahlblaue Augen. Irischer Typ.

Sicher fragten ihn viele, ob seine Augenfarbe echt war. Doch ich kannte ihn bereits gut genug, um die Antwort zu wissen – Künstlichkeit passte einfach nicht zu ihm. Dafür überraschte mich mein Herz: Es begann zu flattern. Meine Handflächen waren feucht, und der aberwitzige Gedanke schoss durch meinen Kopf, wie unangenehm es wäre, wenn Mads mir nun die Hand schütteln würde.

Aber das tat er nicht. Er ließ mich lediglich keine Sekunde lang aus den Augen, und ich las dort dieselben Fragen und Unsicherheiten, mit denen ich zu kämpfen hatte. Und die sich zu meinem Erstaunen wunderschön anfühlten.

»Hallo, Juna«, sagte er nur.

Doch das war alles, was ich hören wollte.

Epilog

1 Jahr später

Ich legte den Rückwärtsgang ein, drehte mich um, musterte die Straße hinter uns und gab Gas. Der Wagen schoss wie ein Pfeil los. Kleine Steine und Erdklumpen trafen die Karosserie, und ich entschuldigte mich in Gedanken bei dem Mietwagenverleih. Vor allem, als der Wagen über das Viehgitter schrammte und ich so sehr auf meinem Sitz durchgeschüttelt wurde, dass mein Kopf gegen die Decke stieß.

»Ups«, murmelte ich, behielt die Kurve im Auge, riss das Steuer herum und trat auf die Bremse. Ein wenig zu heftig vielleicht, denn ich wurde nach vorn geschleudert und vom Sicherheitsgurt energisch zurück in den Sitz gedrückt. »Ups«, wiederholte ich und hustete.

Mads bedachte mich mit einem seiner düsteren Blicke, die ich so sehr liebte wie die Tatsache, dass der Respekt vor meinem Fahrstil deutlich in seinen Augen stand. »Soll ich lieber fahren?«

Ich verbiss mir ein Grinsen und schüttelte den Kopf. »Meine Urlaubsplanung, mein Platz am Steuer.«

Leises Lachen. »Es war also Teil deiner Planung, dass wir uns komplett verfransen?«

Da war etwas dran. Ich zog die Straßenkarte vom Rücksitz und warf einen kritischen Blick darauf. Dann sah ich nach vorn und wieder auf die Karte. Es stimmte leider: Die Straße, auf der wir uns befanden, war nicht eingezeichnet. Wir hatten am Flughafen überlegt, ein Navigationsgerät zu mieten, uns aber dann dagegen entschieden, weil wir den Preis als unverschämt empfunden hatten. Zudem hatte ich eine Straßenkarte dabei – und letztlich war Cornwall nicht so riesig, dass wir verloren gehen würden.

»Verdammt«, murmelte ich und nagte an meiner Lippe. »Dabei muss es hier irgendwo sein. Man soll von Newlyn aus losfahren in Richtung Lamorna. Das haben wir getan.« Ich ließ das Fenster herunter, so als würde der Blick ohne Glasscheibe mir mehr über den sagenhaften Ort verraten, den wir suchten. Bei den *Merry Maidens* handelte es sich um einen 3000 bis 4000 Jahre alten Steinkreis. Das Faszinierende an diesen

Menhiren waren ihre Regelmäßigkeit sowie die Legende über 19 Mädchen, die in Steine verwandelt worden waren, weil sie entgegen der öffentlichen Weisungen an einem heiligen Sonntag getanzt hatten.

Es war mein zweiter Besuch in Cornwall, Mads' erster, und unsere Liste an Orten, die wir besuchen wollten, war erstaunlich lang. Wir hatten sie zusammen angefertigt, wobei Mads' Art, Listen zu erstellen, einem Kunstwerk glich. Sie waren weder chronologisch noch übersichtlich, verziert mit kleinen Zeichnungen, einer Menge Sternchen und Randbemerkungen. Doch ich hatte gelernt, sie zu lieben. So wie ich ihn liebte.

Eine Möwe flog nah am Fenster vorbei, krächzte und ließ sich vom Wind treiben. Ihre schwarzen Knopfaugen flüsterten mir zu, die ganze Sache nicht so kompliziert zu machen. Damit hatte sie vollkommen recht.

Ich warf die Karte nach hinten und deutete zur Seite. »Dort ist auf jeden Fall das Meer. Und so wie es aussieht, führt da sogar ein Weg hin.«

Mads nickte und berührte flüchtig meinen Handrücken, wie so oft zwischendurch. Jedes Mal brachte er mich damit zum Lächeln, und es gab Tage, da wartete ich regelrecht darauf. »Ich habe nichts gegen etwas Strand. Die Menhire können wir uns auch später noch ansehen.«

»Oder morgen.«

Er schmunzelte. »Oder morgen.«

Unsere Blicke trafen sich einen Hauch zu lange, um nur flüchtig zu sein. »Also los«, sagte ich und genoss das Kribbeln in meinem Bauch. Nach all den Monaten schaffte er es immer noch, meinen Atem für einen wundervollen Moment stocken zu lassen.

Ich legte den Gang ein und riss mich von Mads los, um uns

nicht in den nächsten Graben oder die Mauer zu lenken, die in einigen Metern Entfernung in den Himmel ragte. Hier, in der Abgeschiedenheit Cornwalls und mit ihm an meiner Seite, fühlte ich mich sicher hinter dem Steuer. Selbst auf den schmalen Single Track Roads machte mich Gegenverkehr nicht nervös. Es gab genügend Haltebuchten am Straßenrand, und die Höflichkeit der Bewohner tat ihr Übriges, um mir meine Nervosität zu nehmen. Auf Autobahnen sah es schon wieder ganz anders aus. Aber ich hatte den perfekten Beifahrer, dem ich hundertprozentig vertraute. Er konnte mich aus jeder Paniksituation herausholen. Ich hatte es vor beinahe exakt einem Jahr zum ersten Mal erlebt.

Der Untergrund wurde unwegsamer. Harte Grasbüschel mischten sich unter die Steine, dann Sand unter das Grün. Möwen zogen an uns vorbei, und auf einer Wiese zur Linken hoben Schafe ihre Köpfe. Ich musste an Antonia denken und verbiss mir ein Lächeln. Es schlug jedoch mit voller Kraft durch, als vor mir das Wasser auftauchte.

Ich stellte den Motor ab und ließ den Wagen neben einer Wiese ausrollen. »Lass uns den Rest zu Fuß gehen, okay?«

Mads nahm meine Hand, hauchte einen Kuss darauf und stieg aus – seine Art der Zustimmung.

Die Wärme kribbelte noch immer auf meiner Haut, als ich die Nase in den kühlen Wind hielt. Er wehte heute stärker als an den Tagen zuvor, schäumte die See auf und spielte mit dem Gras und unserem Haar. Es roch so frisch, dass ich mich fragte, wie ich es jemals wieder in der Großstadt aushalten wollte. Ich atmete tief durch, wie immer, wenn ich das Auto verließ. Tante Beate hatte recht behalten: Cornwall war ein Ruhepunkt. Allerdings meiner, nicht ihrer. Sie bereiste seit einigen Monaten Norwegen und schickte Karten voller glühender Lobeshymnen auf die Ursprünglichkeit des Landes. Meinen halb ernstgemeinten Ratschlag, eine Kiste Obstler mitzunehmen und vor Ort zu verkaufen, hatte sie nicht beherzigt.

Ich dagegen hatte mir fest vorgenommen, meiner Lieblingsgrafschaft einmal pro Jahr einen Besuch abzustatten. Als wir vor einer Woche die Grenze zwischen Devon und Cornwall überquert hatten, fühlte es sich an, als würde ich nach Hause kommen. Ein anderes, zweites Zuhause, das ich noch kennenlernte, von dem ich aber wusste, dass es mich nicht enttäuschen würde. Allein bei dem Gedanken musste ich stark blinzeln, um die Tränen zurückzudrängen. Käthe hätte verstanden und mir den Arm getätschelt. Antonia dagegen hätte gefragt, warum zur Hölle ich im Urlaub heulen muss, wenn ich mir nicht einmal das Bein gebrochen hatte.

Mads war in der Zwischenzeit aus seinen Turnschuhen geschlüpft, hatte sie ins Auto geworfen und sah mich an. »Na los, zum Strand!«

Ich bekam gerade noch ein »Okay« über die Lippen, als er mich packte und über seine Schulter warf. Plötzlich stand die Welt kopf, wie so berauschend oft in den vergangenen Monaten. Ich quietschte und zappelte mit den Beinen. Mads lachte leise, bewerkstelligte irgendwie, mir meine Schuhe von den Füßen zu ziehen, und stapfte los. Die Welt wogte in fließenden Bewegungen an mir vorbei, Sand und Meer und Himmel und Gras und Liebe.

Mads schwankte, als der Sand das Laufen erschwerte. Ich stützte die Ellenbogen auf seine Schulter und sah mich um. Wir waren allein, lediglich in der Ferne bewegten sich Menschen an der Wasserlinie. Einmal mehr staunte ich darüber, wie laut das Meer sein konnte und gleichzeitig so viel Ruhe verströmte.

In der Mitte des Sandstreifens, zwischen Grasdünen und Wasser, blieb Mads stehen und ließ mich vorsichtig zu Boden. Meine Zehen hatten kaum den Sand berührt, als seine Lippen auf meine trafen. Ich schloss die Augen, schmiegte mich an ihn und schlang die Arme um seinen Hals. Ich wollte mehr von ihm spüren, von dieser Sanftheit, die er sich stets für mich aufsparte. Mein Herz flatterte ihm entgegen, als er sich von mir löste, nur um mein Gesicht mit beiden Händen zu umfassen. »Du schmeckst noch immer nach diesem süßen Zeug.«

»Fudge«, murmelte ich. Fünf Sorten durfte ich probieren, ehe der Inhaber des Ladens ungeduldig geworden war. Daher hatte ich rasch eine Mischung für Käthe, Gabs und meine Mum erstanden und mich verabschiedet.

Mads hob einen Mundwinkel, und das Sonnenlicht zauberte Lichter in seine Augen. Ich beobachtete sie fasziniert, bis er mich erneut küsste. Unser Kuss überdauerte die nächste Böe, die Schreie der Möwen, Sand an unseren Füßen, das Plätschern der Wellen. Es würden noch mehr folgen und wir noch viel mehr überstehen. Das Versprechen dafür funkelte an meiner linken Hand mit Mads' Augen um die Wette. Der Ring war aus Silber und schmal, Mads hatte keltisches Flechtwerk hineingravieren lassen. Bald würde er den Ring gegen einen anderen tauschen. Und ich wusste bereits, wohin wir dann fahren würden.

Ich glaubte an die Liebe bis ans Lebensende, nicht zu verwechseln mit der großen Liebe. Es gab sie beide, und wenn man viel, viel Glück hatte, erlebte man sie zur selben Zeit mit demselben Menschen.

Christine Weiner

Drei Frauen im R4

Roman.
288 Seiten. Klappenbroschur.
Auch als E-Book erhältlich.
www.marion-von-schroeder.de

Stell dir vor, es ist wieder 1981 – und wir müssen mitmachen

Auf ihrer gemeinsamen Feier zum 50. Geburtstag bekommen die Freundinnen Trudi, Nele und Renate eine Reise geschenkt. Der Clou: Sie sollen ihre geplatzte Italienreise von 1981 nachholen. Mit einem alten R4, Latzhosen, Kassetten von Herman van Veen und einer mickrigen Reisekasse. Und die Reise in die Vergangenheit birgt noch ganz andere Überraschungen.

Eine unterhaltsame Midlife-Lektüre für alle Kinder der 80er Jahre.
Bild am Sonntag

Marion von Schröder

Åsa Hellberg

Sommerreise

Roman.
Taschenbuch.
Auch als E-Book erhältlich.
www.list-taschenbuch.de

Das Glück wartet gleich hinter der nächsten Kurve

Sara ist Anfang fünfzig und frisch geschieden. Als ihr Exmann dann auch noch verlangt, dass sie sich um den Verkauf seines Motorrads kümmert, hat sie genug. Kurzerhand entführt sie das wertvolle Liebhaberstück. Ihrer besten Freundin Jessica liegt eigentlich nichts ferner als eine Reise auf dem Motorrad. Aber sie lässt sich überreden. Kurz darauf verlassen die beiden Freundinnen Stockholm und düsen in Richtung Süden. Und damit beginnt das eigentliche Abenteuer erst, bei dem die beiden Freundinnen die Liebe und das Leben endlich zu genießen lernen.

List

Kim Wright

Die Canterbury Schwestern

Roman.
Taschenbuch.
Auch als E-Book erhältlich.
www.ullstein-buchverlage.de

Neun Frauen, fünf Tage, ein gemeinsamer Weg

Che kann es nicht fassen: Sie ist mit acht anderen Frauen auf dem Weg von London nach Canterbury.
Es war der letzte Wunsch ihrer Mutter, dass Che dort ihre Asche verstreut. Aber eigentlich hat sie gar keine Lust auf einen als Pilgerreise getarnten Selbstfindungstrip. Und was interessieren sie die Lebensgeschichten der anderen Frauen, die traditionell auf dem Weg nach Canterbury erzählt werden? Doch zu Ches Überraschung berühren die unterschiedlichen Geschichten ihrer Mitreisenden sie tief. Und obwohl Che unterwegs ist, hat sie das Gefühl, angekommen zu sein.

Ein großer, berührender Frauenroman über die Bedeutung von Freundschaft, späte Trauer und die Frage, was Wanderschuhe und das Leben gemeinsam haben ...